ALEXIS HALL

The Lost Memory Project

Die Bücher von Alexis Hall bei LYX:

London Calling:
1. Boyfriend Material
2. Forever Material

Material World:
1. The Lost Memory Project

Weitere Bücher des Autors sind bei LYX in Vorbereitung.

ALEXIS HALL

THE LOST MEMORY PROJECT

Roman

Ins Deutsche übertragen von Carina Schnell

LYX

LYX in der Bastei Lübbe AG

Die Bastei Lübbe AG verfolgt eine nachhaltige Buchproduktion.
Wir verwenden Papiere aus nachhaltiger Forstwirtschaft und verzichten darauf, Bücher einzeln in Folie zu verpacken. Wir stellen unsere Bücher in Deutschland und Europa (EU) her und arbeiten mit den Druckereien kontinuierlich an einer positiven Ökobilanz.

Die Originalausgabe erschien 2023 unter dem Titel »10 Things That Never Happened« bei Sourcebooks Casablanca, an imprint of Sourcebooks.

Published by Arrangement with SOURCEBOOKS LLC,
Naperville, IL 60563 USA
Dieses Werk wurde vermittelt durch die Literarische Agentur
Thomas Schlück GmbH, 30161 Hannover

Textredaktion: Silvana Schmidt
Umschlaggestaltung: © Guter Punkt, München | www.guter-punkt.de
unter Verwendung des Originalcovers (© Cover design and illustration by Elizabeth Turner Stokes) und eines Motivs von
© iStock/Getty Images Plus (Katerina Andronchik)
Satz: Greiner & Reichel, Köln
Gesetzt aus der Adobe Caslon
Druck und Verarbeitung: GGP Media GmbH, Pößneck
Printed in Germany
ISBN 978-3-7363-2065-9

1 3 5 7 6 4 2

Weitere Informationen unter:
lyx-verlag.de
luebbe.de | lesejury.de

1

MEINEN JOB UND MEIN GEDÄCHTNIS VERLIEREN

Dass ich in meiner Kindheit weniger wegen meines Schwulseins und mehr aufgrund der Tatsache aufgezogen wurde, dass ich nach einem Hobbit benannt wurde, wirft vermutlich ein gutes Licht auf das moderne Großbritannien – oder vielleicht bloß auf das moderne Liverpool. Und obwohl ich froh bin, dass die Kinder in meiner Klasse nicht homofeindlich waren, haben mich die Hobbitwitze doch ziemlich angepisst, vor allem, weil es sich nicht mal um einen der seltsamen Hobbitnamen handelt. Würde ich Meriadoc oder Fredegar »Dicker« Bolger heißen, wäre es verständlich gewesen, aber mein Name war Sam. Ich meine, so heiße ich bis heute. Mein vollständiger Name ist allerdings Samwise Eoin Becker, was bedeutet, dass ich mich immer, wenn ich in eine neue Klasse kam und die Lehrperson die Liste der Anwesenden durchging, auf diesen Namen melden musste, und von dem Moment an war es für mich jedes Mal vorbei. Es half nicht, dass die erste Filmreihe gerade herauskam, als ich eingeschult wurde, und die zweite, als ich gerade meinen Realschulabschluss machte. Kurz: Von meinem fünften bis zu meinem achtzehnten Lebensjahr musste ich mir Witze über das zweite Frühstück und behaarte Füße anhören.

Also, was ist die Lösung? Einfach mitlachen. Das hat mir zumindest mein Dad beigebracht.

Und es ist vermutlich das Nützlichste, was ich je gelernt habe.

Ein Beispiel:

»Hey, Ban«, ruft einer meiner Angestellten. Er weiß, wie ich richtig heiße, aber Amjad ist ein noch größerer Nerd als meine Mam. Als er herausfand, dass ich nach einem Hobbit benannt wurde, fand er es furchtbar witzig, mich mit Sams ursprünglichem Westron-Namen aus den Anhängen und Registern der *Herr-der-Ringe*-Trilogie anzusprechen, die er offenbar auswendig kennt. Und ich ließ es ihm durchgehen, weil es wenigstens einmal ein origineller Witz war. »Du wirst im Schlafzimmer gebraucht.«

Ich liebe mein Team. Na ja, *lieben* stimmt nicht ganz. Ich toleriere sie mit einer gewissen Belustigung. Aber der Satz »Du wirst im Schlafzimmer gebraucht« löst in mir ein Gefühl aus, das so weit von *zuversichtlich* entfernt ist, dass es schon an *besorgt* grenzt. »Warum?«, frage ich.

Amjads Antwort besteht nur aus einem Wort, aber mehr muss ich nicht wissen. »Brian.« *Fuck*, fluche ich innerlich und mache mich auf den Weg in die besagte Problemzone. Da die Schlafzimmerabteilung die halbe Ladenfläche einnimmt, müsste ich mich eigentlich auf eine längere Suche einstellen, aber Brian hat ein Talent dafür, ein ziemliches Chaos zu veranstalten, also dürfte er nicht schwer zu finden sein.

Wie vermutet, brauche ich nicht lange. Er steht neben der *Country-Living-Hamsterley*-Matratze, die mit ihrer doppellagigen Kaliko-Baumwolltaschenfederung, den weichen handverarbeiteten Naturfasern aus Lammwolle und Mohair und einhundert Prozent natürlichem belgischen Damast eine der luxuriösesten und teuersten Matratzen im Geschäft ist. Doch was noch viel wichtiger ist: Sie ist eins der Produkte, die wir Brian auf gar keinen Fall anvertrauen können.

Er sieht nervös aus. Und er hat eine extrem unheilvoll aussehende Tasse in der Hand.

»Bitte«, sage ich, sobald ich nah genug dran bin, dass er mich hören kann, ohne dass ich ihn anschreien muss. »Bitte, bei allem, was heilig ist, sag mir, dass du nicht gerade Tee auf die *Country-Living-Hamsterley*-Matratze mit doppellagiger Kaliko-Baumwolltaschenfederung und handverarbeiteten Naturfasern geschüttet hast.«

»Nein«, antwortet er. »Habe ich nicht.«

Und naiv, wie ich bin, lasse ich mich von Erleichterung überwältigen. »Ich habe Kaffee draufgeschüttet«, fügt er hinzu.

Ich sollte mich nicht an diesem Detail aufhängen. Darum geht es gerade nicht. »Ich dachte, du trinkst keinen Kaffee.«

»Tue ich auch nicht.« Er gibt sich wirklich Mühe, bedauernd dreinzuschauen. »Aber ich dachte, Claire hätte gern welchen, also wollte ich ihn ihr ins Büro bringen, tja, und dann ist es passiert.«

Es gibt so viele Details zu klären, aber so wenig Zeit. »Und aus welchem Grund hast du dich entschieden, direkt an der teuersten Matratze im Laden vorbeizugehen?«

»Na ja, ich dachte, nach dem Vorfall letzte Woche sollte ich mich lieber von der *Flaxby-Nature's-Finest-9450*-Pillow-Top-Matratze fernhalten.« Die Tatsache, dass ich keine Ahnung habe, dass sich letzte Woche etwas mit der *Flaxby-Nature's-Finest-9450*-Pillow-Top-Matratze zugetragen hat, wirft womöglich nicht das beste Licht auf mich als Filialleiter.

»Ich sollte lieber nicht nachfragen, was passiert ist, oder?«

»Tja nun, ich habe ein Marmeladenbrot gegessen –«

»Du hast Marmelade auf die *Flaxby-Nature's-Finest-9450*-Pillow-Top-Matratze gekleckert?«

Brian nickt verlegen. »Es ist aber nicht weiter schlimm. Tiffany hat mir geholfen, die Matratze umzudrehen, sodass man den Fleck nicht sieht.«

Ein zweites Mal überkommt mich diese trügerische Erleichterung. Doch kurz darauf melden sich die Teile meines Gehirns zu Wort, die aufgrund meines Jobs wissen, wie Betten funktionieren. »Warte mal, Brian. Pillow-Top-Matratzen kann man nicht umdrehen. Weil sie einen *oben* eingenähten Topper mit Füllung haben.«

»Ooh.« Brian zuckt auf eine Weise zusammen, die ich lieber nicht bei einem Mann sehen würde, der die Verantwortung für Zweitausend-Pfund-Matratzen trägt.

Ich beschließe trotz allem, dass das Pillow-Top-Problem erst einmal warten kann. »Okay, wenigstens können wir *diese* Matratze umdrehen. Pack mit an.«

Auch wenn die Matratze schwer ist, ist es keine komplizierte Aufgabe, sie umzudrehen, und nachdem ich Brian angewiesen habe, endlich die verdammte Tasse wegzustellen, schafft er es auf beinahe kompetente Weise. Wir hieven sie auf eine Seite, drehen sie und platzieren sie wieder ordentlich auf dem Ausstellungsbettrahmen.

Als ich einen Schritt zurücktrete, um zu prüfen, ob jetzt alles in Ordnung aussieht, fällt mir jedoch ein weiterer großer brauner Fleck in der Mitte der Matratze auf.

»Ah«, sagt Brian. »*Das* ist jetzt aber Tee.«

Ich bin gerade auf dem Rückweg aus der Schlafzimmerabteilung und grübele darüber nach, wie ich gleich zwei hochwertige Ausstellungsmatratzen ersetzen soll, als Claire, die stellvertretende Filialleitung, den Kopf aus dem Büro steckt und durch den ganzen Laden brüllt: »Seine Königliche Arschlöchigkeit ist am Telefon.« Gefolgt von: »Und keine Sorge, ich habe ihn lautlos gestellt.«

»Das bedeutet bloß, dass du ihn nicht hören kannst, er dich aber schon«, rufe ich zurück.

»Tja, Scheiße.«

Eines Tages werde ich mit Claire darüber reden müssen, dass sie unseren Chef nicht als *Seine Königliche Arschlöchigkeit* betiteln darf. Und auch darüber, dass sie keine Schimpfwörter durch den Laden schreien sollte. Und am besten sprechen wir auch mal über Brian, so ganz allgemein.

Im Moment wird Seine Königliche Arschlöchigkeit aber vermutlich am meisten Anstoß an den Schimpfwörtern nehmen.

Ich liege richtig.

Jonathan Forests ein wenig zu aufpolierter Akzent dringt durch den Telefonhörer in mein Ohr. »Eigentlich rufe ich dich aus einem anderen Grund an, aber warum nennt mich deine Stellvertreterin *Seine Königliche Arschlöchigkeit,* und zwar so laut, dass es der gesamte Laden gehört haben muss?«

Ich kann es unmöglich schönreden, versuche es aber Claire zuliebe. »Es ist ein liebevoller Spitzname?«

»Wie soll das liebevoll gemeint sein?«

»Ist so ein Ding im Norden. Weißt du, wie wenn du deinen Kumpel *Bastard* nennst.«

»Ich habe sechzehn Jahre im Norden gelebt«, erwidert Jonathan Forest – das bringt er immer gern zur Sprache, weil er dann mehr nach Mittelklasse klingt, obwohl er in echt ein reicher Scheißer ist, der sich für nichts und niemanden außer andere reiche Scheißer interessiert. »Und ich hatte nie einen Kumpel, den ich als *Bastard* betitelt hätte.«

So ganz im Geheimen denke ich, dass er wahrscheinlich überhaupt nie einen Kumpel hatte. »Ich meine ja bloß, dass die Leute hier so reden.«

»Wie dem auch sei, aber die Bedeutung von *Bastard*« – er

spricht das Wort aus, wie wir Normalsterbliche es tun würden, und nicht wie alles andere, was aus seinem Mund kommt, das ihn wie eins der weniger respektablen Mitglieder der Königsfamilie klingen lässt – »ist nicht mit der von *Arschloch* gleichzusetzen.«

»Ist doch dasselbe Prinzip«, versuche ich mich weiter rauszureden. Selbst in meinen Ohren klingt es schwach.

»Okay.« Ich bin mir ziemlich sicher, dass Jonathan Forest kein Roboter ist, aber in diesem Moment höre ich beinahe, wie sein Gehirn klickend zum nächsten Thema umschaltet. »Obwohl ich aus einem anderen Grund angerufen habe, sind die beiden Probleme verwandt.«

Oh Scheiße, er weiß, dass ich ihn hinter seinem Rücken auch als Arschloch bezeichne. Wir nennen ihn so, weil er nun mal ein Arschloch ist. Meiner Meinung nach sollte man sich nicht wie ein Arschloch verhalten, wenn man nicht als eins bezeichnet werden möchte. »Ach ja?«, frage ich und versuche dabei, nicht so zu klingen, als hätte er mich gerade dabei ertappt, wie ich mir einen runterhole.

»Derzeit gibt es drei Filialen von *Splashes & Snuggles,* und nächstes Jahr eröffnet die vierte. Die Filiale in Croydon liefert die von mir erwarteten Ergebnisse. Die Filiale in Leeds liefert die von mir erwarteten Ergebnisse. Die Filiale in Sheffield ist allerdings weit davon entfernt.«

Dies ist vermutlich nicht der beste Zeitpunkt, um ihm mitzuteilen, dass einer meiner Angestellten gerade Matratzen im Gesamtwert von viertausend Kröten mit Tee ruiniert hat. »Und inwiefern liegt unsere Performance unter deinen Erwartungen?«

»Eure Ausgaben sind zu hoch und die Einnahmen zu niedrig. Und, ganz ehrlich, es besorgt mich ein wenig, dass du das nicht längst weißt.«

Warum muss dieses Arschloch so ein Arschloch sein? Ja, streng genommen sind unsere Ausgaben ein kleines bisschen zu hoch, weil Brian so viele Ausstellungsstücke zerstört, und ja, streng genommen liegen wir unter den vorgegebenen Einnahmen, aber das liegt einzig und allein daran, dass Jonathans Vorgaben Bullshit sind. »Ich kenne die Zahlen. Aber das hier ist eine neue Filiale an einem Standort mit viel Konkurrenz in unmittelbarer Nähe, und wir kommen dem vorgegebenen Ziel schon recht nahe.«

»Ich habe dich nicht eingestellt, um dem Ziel *recht nahe* zu kommen.« Irgendwie gelingt es ihm, mich allein durch seinen Tonfall wissen zu lassen, dass er gerade spöttisch grinst. »Ich habe dich eingestellt, damit du die Ziele erreichst, die ich dir stecke, und wenn du das nicht hinbekommst, finde ich jemand anderen, der es schafft.«

Ein Teil von mir würde gern sagen: »Na toll, dann mach doch«. Dieser Job ist es nicht wert, mich mit solchem Scheiß herumschlagen zu müssen. Allerdings geht es nicht nur um *meinen* Job. Nachdem er mich rausgeworfen hat, wird Jonathan Forest mich durch eine Person ersetzen, die seine ach so wichtigen »Ziele« für ihn erreicht, und was passiert dann mit Claire und Amjad und Brian und den anderen?

Also lehne ich mich nicht gegen ihn auf. Stattdessen versuche ich, ihm Versprechungen zu machen, die ich nicht einhalten kann, ohne ihm einen Grund zu liefern, mich durch eine Person zu ersetzen, die sie wird halten können. »Ich bin mir sicher, dass wir uns etwas einfallen lassen können.«

»Ich habe bereits eine Lösung gefunden.« Er zögert einen kurzen, kaum wahrnehmbaren Moment lang, und dann wird seine Stimme ein winziges bisschen weicher. »Ich möchte dich nicht feuern, Sam. Ich finde, du hast das Zeug zu einem wirklich guten Filialleiter.«

Du herablassender Scheißkerl. Meiner Meinung nach bin ich längst ein guter Filialleiter. Oder wenigstens so gut, wie er es von einer Person erwarten kann, die ein zweitklassiges Schlaf- und Badezimmergeschäft in einer Umgebung voller ähnlicher Läden führt und dabei ein Team voller Brians zur Verfügung hat.

Claire hält ein Blatt Papier hoch. Darauf steht: *Verhält er sich wie ein Arschloch?*

Lautlos antworte ich mit *Ja, natürlich,* woraufhin sie ein weiteres Blatt hochhält, auf dem steht: *Sorry, ich kann nicht Lippen lesen.*

Normalerweise wäre das in Ordnung, aber normalerweise versuche ich nicht gerade herauszufinden, ob ich eventuell meinen Job verliere. Also wedele ich mit der Hand, damit sie aufhört. Sie hört nicht auf. Und natürlich hätte sie sowieso nicht auf mich gehört, aber manchmal tue ich gern so, als hätte ich hier das Sagen.

»Aus diesem Grund«, sagt Jonathan gerade, als ich mich wieder auf ihn konzentriere, »will ich, dass du morgen nach Croydon kommst, damit du dir ansehen kannst, wie ich die Filiale leite.«

Morgen ist Freitag. Der schlimmste Tag, um nach London zu fahren. Mein persönlicher Lieblingszeitpunkt für eine Reise nach London ist nie. »Wir sind sehr beschäftigt mit dem Vorweihnachtsgeschäft.«

»Ich bin mir sicher, dass Claire das schafft. Sie scheint viel freie Zeit zu haben. Offenbar so viel, dass sie sich liebevolle Spitznamen für mich ausdenken kann.«

Herablassung ist Jonathans zweiter Vorname, und auch jetzt hält er damit nicht hinter dem Berg.

»Claire ist ein geschätztes Teammitglied und …«

In diesem Moment schwingt Claire eine detaillierte und liebevoll gestaltete Zeichnung eines Arschs mitsamt Loch hin und her.

»… und … und …« Sie fügt Haare hinzu.

»… sie trägt sehr zur Aufrechterhaltung der Arbeitsmoral bei.«

»Dann kommt sie sicher einen Tag ohne dich klar«, fährt Jonathan mich an. »Dies ist keine Bitte, Samwise.«

Ich verkneife mir einen Kommentar, zucke aber zusammen. Ich weiß, dass es mein Name ist, aber niemand außer meiner Mutter hat mich je so genannt, und gerade möchte ich nicht an sie denken. »Bitte, nenn mich nicht so.«

»Ich bin dein Chef, Sam, und du kommst morgen nach Croydon. Die Firma wird dir die Reisekosten erstatten.«

Er legt auf, bevor ich etwas erwidern kann. Was wohl am besten so ist.

»Alles in Ordnung?« Claire hat die Arschzeichnung beiseitegelegt, was ich als Glück im Unglück werte.

Ich lasse mich auf meinen Stuhl sinken und setze mich auf meine zitternden Hände. »Ja. Er ist bloß so ein … so ein …«

»Arschloch?«

»Ein *Riesen*arschloch!«

»Möchtest du«, jetzt sieht sie mich auf so besorgte Weise an, wie ich es eigentlich nie von einer Person sehen möchte, deren Gehaltschecks ich unterschreibe, »darüber sprechen?«

»Er raubt mir einfach den letzten Nerv. Ich kann nie einschätzen, ob er von Grund auf böse ist oder ob er es einfach nicht besser weiß oder ob es ihm schlicht egal ist oder was davon am schlimmsten wäre.«

Sie denkt einen Moment darüber nach. »Er ist böse.«

»Ich muss morgen nach Croydon.«

»Ach, wenn's weiter nichts ist. Ich dachte, er würde dich feuern.«

»Könnte er immer noch.«

»Nicht sehr wahrscheinlich. Um dich den ganzen Weg von Sheffield nach Croydon zu ordern, nur um dich dann zu feuern, müsste man schon ein waschechter … oh.«

»Jap, sieht nicht gut aus, was?«

Sie schweigt einen weiteren Augenblick, fährt sich mit der Hand durchs platinblonde Haar und sieht mich an, als hätte ich braune Soße im Gesicht und sie wüsste nicht, wie sie es mir sagen soll. »Ich versuche gerade, etwas Aufmunterndes zu sagen, aber du bist komplett am Arsch.«

»Ich weiß, aber was habe ich für eine Wahl?« Ich gebe mein Bestes, so zu tun, als würde das Ganze mich nicht so sehr mitnehmen. »Wir können ein Arschloch nicht davon abhalten, sich wie ein Arschloch zu verhalten. Kannst du dich morgen um die Filiale kümmern?«

»Süßer, das hier ist ein Schlaf- und Badezimmergeschäft und kein nukleares U-Boot.«

»Ja, aber morgen schließt Brian den Laden auf.«

»Dann sind wir am Arsch.« Nun, da Jonathan nicht mehr am Telefon ist, sieht Claire ernster aus. Vielleicht weil sie genug von unserem Telefonat mitbekommen hat, um zu verstehen, dass wir uns in einer ernsten Lage befinden. »Weißt du«, sagt sie, »wenn Jonathan dir wegen den Zahlen Druck macht, solltest du es in Erwägung ziehen, Brian zu feuern.«

Ich kann nicht glauben, dass sie das laut ausspricht. Ich meine, doch kann ich, weil sie dasselbe schon mal gesagt hat, aber trotzdem. »Brian ist einer von uns.«

»Er ist der grottigste Kundenberater, mit dem ich je zusammengearbeitet habe, und ich habe mit Chel gearbeitet.«

Harsche Worte. »Chel hat ein Kind geboxt.«

»Ein sehr nervtötendes Kind. Und wir haben ihretwegen wenigstens keine Einnahmen eingebüßt.«

»Streng genommen« – nach diesen Worten folgt nie etwas Gutes – »kostet uns jedes Teammitglied Geld.«

Das beeindruckt Claire nicht. »Amjad hat mir erzählt, was mit der *Country-Living-Hamsterley*-Matratze passiert ist. Und das war nicht das erste Mal.«

»Ach, komm schon, er hat ein paar Matratzen vollgekleckert.«

»Fünf seit Juni. Und er hat die Klobrille von einer spülrandlosen *VitrA-Sento*-Toilette abgerissen, als er einem Kunden zeigen wollte, wie widerstandsfähig sie ist.«

Ich habe mich in eine Brian-Sackgasse manövriert, aus der es keinen Ausweg gibt. »Klobrillen können leicht ersetzt werden. Aber Brian braucht diesen Job dringend. Er ist ganz allein mit seiner Nan, und er bezahlt alle Rechnungen.«

»Ich weiß.« Claire wirft mir einen mitfühlenden Blick zu, was nicht oft passiert. Vermutlich weil sie nicht oft findet, dass ich Mitgefühl verdient habe. »Aber wenn Jonathan auf Blut aus ist, kannst du entweder Brian retten oder mich. Und ehrlich gesagt, Sam, wäre es mir lieber, wenn deine Wahl auf mich fällt.«

Ich möchte ihr versichern, dass es nicht so weit kommen wird. Aber das kann ich nicht. Ich kann nur hoffen, dass Jonathan Forest Vernunft annehmen wird. Was, wenn ich so darüber nachdenke, bedeutet, dass wir *definitiv* am Arsch sind.

2. KAPITEL

Für ungefähr zehn Minuten gelingt es mir, zu vergessen, dass wir vollkommen am Arsch sind, bis ich das Büro verlasse, um mich zu vergewissern, dass alles an Ort und Stelle ist, und mir auffällt, dass wir die Weihnachtsdeko längst aufgehängt haben sollten. Also suche ich Tiff auf, die ich normalerweise auf solche Dinge ansetze, weil sie ein Talent für Design hat, auch wenn sie nicht gerade die verlässlichste Person der Welt ist, und sie teilt mir mit, dass die Deko am Mittwoch hätte geliefert werden müssen, aber nie ankam, und dass sie es mir bis jetzt nicht erzählt hat, weil sie dachte, das Problem würde sich von selbst lösen.

»Aber ist das nicht sowieso egal?«, fragt sie. Eine blaue Haarsträhne hängt ihr ins Auge, was ihr zugegebenermaßen ein nicht gerade professionelles Auftreten verleiht. »Weihnachten ist doch eh bloß ein heidnisches Fest und –«

»Das ist ein verbreiteter Irrglaube«, wirft Amjad ein, der falsche Fakten selbst bei starkem Wind aus achthundert Schritten Entfernung aufschnappen würde.

»Ist es nicht.« Tiff ist ziemlich jung, und sie ist sich deshalb nicht zu schade für die endlose Nein/Doch-Debatte.

Offenbar ist Amjad der Ansicht, dass halb drei Uhr am ersten Dezember mitten in einer Dekokrise ein guter Zeitpunkt für eine Debatte über komparative Folkloristik ist, denn er beginnt, an den Fingern abzuzählen. »Der Weihnachtsbaum ist eine deutsche evangelische Tradition, ebenso wie der Weihnachtsmann. Die frühen Lutheraner brauchten eine Alternative für das Christkind, weil sie das als zu katholisch empfunden haben. Julklötze gehen auf das achtzehnte oder neunzehnte Jahrhundert zurück, Weihnachtslieder sind –«

»Amj, ist das wirklich wichtig?«, frage ich, so gefasst wie möglich. Heftige Reaktionen versuche ich immer zu vermeiden, denn dafür gibt es nie einen triftigen Grund.

»Wenn Tiff dadurch aufhört, falsche Informationen zu verbreiten.«

Tiff wirkt nicht so, als kümmere es sie, ob sie falsche Informationen verbreitet. »Okay, also ist Weihnachten ein *christliches* Fest, aber heutzutage geht es nur noch um Konsum und –«

Ich werfe ihr einen Blick zu. »Mir ist bewusst, dass es nur noch um Konsum geht, Tiff. Aber falls es dir nicht aufgefallen ist: Du arbeitest im Einzelhandel. Hier dreht sich *alles* um Konsum.«

»Das heißt aber nicht, dass wir das unterstützen müssen«, beharrt Tiff.

»Irgendwie schon.« Ich ermutige mein Team gern dazu, eigenständig zu denken, aber manchmal wünsche ich mir, dass sie es verdammt noch mal weniger oft tun würden. »Wir hängen keine Lichterketten auf, um die Leute daran zu erinnern, dass Jesus sie gerettet hat, sondern damit sie ein paar extra Kröten für eine neue Tagesdecke mit Rentiermotiv ausgeben.«

Tiff wirft mir einen tief enttäuschten Blick zu. Es dürfte ihr nicht erlaubt sein, so viel Enttäuschung gegenüber einer Person auszustrahlen, die fast zehn Jahre älter und ihr Chef ist. »Das fasst alles zusammen, was mit der Spätphase des Kapitalismus nicht stimmt.«

»Weißt du«, erwidere ich, »für eine Friseurin in Ausbildung bist zu ziemlich marxistisch drauf.«

»Haar- und Schönheitsberaterin«, korrigiert sie mich. »Und darum geht es doch gerade: Marxismus ist eine Philosophie für gewöhnliche Leute aus der Arbeiterklasse, oder nicht?«

Da kann ich ihr nicht widersprechen. »Du hast schon recht, aber es ist irgendwie ironisch, dass der Gründer dieser Philosophie berühmt für seine furchtbare Frisur ist.«

»Jetzt redest du aber von Einstein«, wirft Amjad ein.

»Nein. Kann es nicht mehr als eine bekannte historische Person mit einer schrecklichen Frisur geben?«

Tiff hat längst ihr Handy gezückt.

»Was machst du da?«, frage ich. »Googelst du gerade *Hatte Karl Marx eine furchtbare Frisur*?«

Sie blickt auf. »Ich suche bloß ein Bild.« Sie dreht uns ihr Handydisplay zu. »Seine Haare sehen okay aus.«

Auf dem Bild ist sein Grab auf dem *Highgate Cemetery* zu sehen. »Das ist eine Statue. Du kannst das Haar einer Statue nicht als Beweis heranziehen. Außerdem befindet sie sich neben seinem Grab. Niemand würde eine Statue mit schlimmer Frisur neben ein Grab stellen.« Obwohl ich es besser wissen müsste, hole ich mein eigenes Handy hervor und finde ein Foto des lebendigen Marx. »Hier, siehst du. Schreckliche Frisur.«

Amjad hat sich unserer Google-Party angeschlossen, obwohl ich vermute, dass er eher etwas in die Richtung *Leute liegen falsch, was Karl Marx' Haare angeht* gegoogelt hat. »Laut dieser Website hat er sich die Haare schneiden lassen, kurz nachdem dieses Foto aufgenommen wurde, also ist es nicht besonders repräsentativ.«

»*Und*«, fügt Tiff hinzu – sie verschwören sich gegen mich, das machen sie immer –, »das ist gar keine schlimme Frisur.«

»Für mich sieht sie ziemlich schlimm aus.«

Tiff wirft mir schon wieder diesen enttäuschten Blick zu. »Manchmal ist schlimm nicht wirklich schlimm.«

»Das klingt nach Bullshit.«

Sie stößt ein gequältes Seufzen aus, wofür sie viel zu jung ist. »Das ist totale Absicht. Wie diese Typen, die stundenlang vor dem Spiegel stehen, um ihre Haare exakt so zu zerstrubbeln, damit es gut aussieht, aber gleichzeitig so, als wären sie zu cool, um sich Gedanken darum zu machen. Marx ist sozusagen deren Äquivalent aus dem neunzehnten Jahrhundert. Wenn du beruflich mit Haaren zu tun hast, erkennst du das sofort.«

»Du glaubst, er wollte absichtlich so aussehen?«

Tiff nickt. »Ich glaube, damit wollte er so richtig viele *Das-Kapital*-Vibes ausstrahlen.«

Als mir auffällt, dass ich mich ablenken lassen habe, stecke ich mein Handy weg. »Okay. Das war mal wieder absolut faszinierend, aber jetzt müsst ihr mich bitte entschuldigen. Ich muss herausfinden, was mit unserer Weihnachtsdeko passiert ist, denn wenn wir sie nicht bis morgen aufhängen –«

»Hängen wir sie einfach am Montag auf?«, schlägt Tiff vor.

»Dann gehen uns die Verkäufe vom ersten Dezemberwochenende durch die Lappen, was Seine Königliche Arschlöchigkeit noch mehr anpissen wird. Und da er gehört hat, wie Claire ihn als Seine Königliche Arschlöchigkeit bezeichnet hat, wird sein Angepisstheitslevel ins Unermessliche steigen.«

Amjad, der manchmal wirklich hilfreich ist, wenn er sich nicht gerade wie ein unverbesserlicher Klugscheißer aufführt, setzt eine nachdenkliche Miene auf. »Ich glaube, wir haben hinten noch Deko von letztem Jahr herumliegen. Wenn alle Stricke reißen, können wir die benutzen.«

»Und meinst du, dass die noch gut aussieht, nachdem sie ein Jahr in einem kalten Hinterzimmer herumgelegen hat?«, frage ich.

Er schaut erneut nachdenklich drein. »Vielleicht nicht alles, aber ein paar Sachen dürften brauchbar sein.«

»Aber können wir wenigstens auf neue Lichterketten warten?« Tiff fummelt müßig am Kragen ihres schwarzen Arbeitsshirts herum. »Letztes Jahr musste ich fünfhundert Lämpchen checken, um die eine zu finden, die kaputt war.«

»Der Weihnachtsbaum könnte auch ein Problem darstellen«, fügt Amjad hinzu. »Letztes Jahr hatten wir einen echten, was ich merkwürdig fand. Schließlich verkaufen wir Fake-Bäume.«

Ich klammere mich an die verzweifelte Überzeugung, dass wir es trotz allem schaffen können. »Okay. Ich rufe mal bei der Lieferfirma an. Sollte der schlimmste Fall eintreten, benutzen wir die Deko von letztem Jahr, bis die neue eintrifft.«

»Und was ist mit dem Baum?«, fragt Tiff, die das Chaos mehr zu genießen scheint, als sie sollte.

»Wir befinden uns in einem Gewerbegebiet, und es ist Dezember. In weniger als zwanzig Autominuten dürften sich mindestens drei Orte erreichen lassen, an denen Weihnachtsbäume verkauft werden.« Ich habe meinen optimistischen Tonfall aufgesetzt, weil ich in einer perfekten Welt *nicht* herumdüsen müsste, um auf den letzten Drücker einen Weihnachtsbaum zu kaufen, den ich höchstwahrscheinlich von meinem eigenen Geld bezahlen muss, nur um meinem absoluten Arsch von einem Chef verkünden zu können, dass ich wenigstens die Weihnachtsdeko rechtzeitig aufgehängt habe. Aber in einer perfekten Welt hätte Karl Marx eine bessere Frisur und Weihnachten wäre keine seelenlose Zurschaustellung des Prestigekonsums. Manchmal muss man eben mit dem klarkommen, was einem gegeben wird.

Ich gehe zurück ins Büro und rufe die Lieferfirma an. Einen absoluten Kontrollfreak als Chef zu haben, hat auch seine Vorteile. Zum Beispiel, dass es nur eine einzige Lieferfirma und damit nur einen Ansprechpartner gibt.

Der Nachteil ist natürlich, dass die Lieferfirma nie mit einer anderen Person außer Jonathan Forest in Kontakt steht, obwohl es einfacher für alle wäre, wenn die Filialleitenden die Organisation übernehmen würden. Jedes Jahr lässt Jonathan sein Londoner Team die Weihnachtsdeko designen und die streng vorgegebene Menge an Weihnachtswaren aussuchen, und dann lässt er die jeweils identische Anzahl an Lichterketten und Weihnachtsmannkissenbezügen von einem zentralen Standpunkt aus an alle drei Filialen schicken. Und da es nur drei Geschäfte gibt, würde man annehmen, dass es ein simples Unterfangen ist. Doch wenn ich in den letzten Jahren als Filialleiter eines Schlaf- und Badezimmergeschäfts eins gelernt habe, dann ist es, dass selbst einfach erscheinende Dinge überraschend schnell vermasselt werden können.

»Wie konnte das passieren?«, frage ich den Mann am anderen Ende der Leitung. »Wie kam es dazu, dass Sie alles auf die Isle of Sheppey geschickt haben?«

Wenigstens wirkt der Mann peinlich berührt. »Ich weiß nicht, was ich sagen soll. Wir haben viel Kundschaft aus dem Haushaltswarensektor. Viele Lieferungen gingen an die *B&M*-Filiale in Queensborough, und Kev aus der Versandabteilung hat eine grottige Handschrift und –«

»Moment mal, Moment mal.« Das lasse ich ihm nicht durchgehen. »Egal, wie unleserlich eine Handschrift sein mag, *Sheffield* kann unmöglich mit *Isle of Sheppey* verwechselt werden. Davor stehen noch zwei Worte: *Isle of!*«

Der Mann gibt einen Laut von sich, der mich an ein Schulterzucken erinnert. »Wir nennen die Insel bloß *Sheppey*. Wie dem auch sei, Ihre Dekoartikel wurden dorthin geliefert.«

»Können wir sie zurückhaben?«

»Sie sind in Sheppey.«

»Ich weiß, dass sie in Sheppey sind. Aber ich brauche sie hier. Und zwar so schnell wie möglich.«

Er schweigt einen Moment. Ich glaube allerdings nicht, dass er diesen Moment dazu nutzt, um darüber nachzudenken, wie er mich als seinen Kunden zufriedenstellen kann. »Wie wäre es mit Mittwoch?«

»Das ist erst in einer Woche.« Ich versuche wirklich, an mich zu halten. Meine Eltern haben mich nicht dazu erzogen, aus der Haut zu fahren. »Eine Woche klingt nicht nach *so schnell wie möglich*.«

»Es gibt Lieferpläne, die zu beachten sind –«

Ich wurde nicht dazu erzogen, aus der Haut zu fahren, aber meine Eltern haben mir beigebracht, für mich einzustehen. »Ihre Pläne sind mir egal. Sie hätten uns die Dekoration gestern liefern müssen, und jetzt sagen Sie mir, dass ich bis« – ich rechne es schnell im Kopf durch, Mathe war nie meine Stärke – »zum achten Dezember warten muss. Bis dahin ist ein Drittel des Vorweihnachtsverkaufs vorbei, und Sie müssen wissen, wie wichtig diese Zeit für den Einzelhandel ist.«

»Ich kann da nichts mach–«

Ich lasse nicht locker »Okay, aber hören Sie mal, von Mann zu Mann, können Sie *wirklich* nichts machen, oder geht es nur darum, dass es viel Aufwand für Sie bedeuten würde?«

»Es würde viel Aufwand für mich bedeuten«, gibt er zu. »Und ich möchte mich nicht damit herumschlagen.«

Jetzt habe ich ihn. Abgesehen von den Jonathan Forests dieser Welt geben die meisten Leute nicht offen zu, dass sie das Leben anderer Personen erschweren, nur um ihr eigenes Leben leichter zu machen. »Und das verstehe ich, mein Freund«, sage ich. »Wirklich. Aber es war Ihr Fehler, und dieser Fehler wird mein Team und mich einiges kosten, deshalb wäre es toll, wenn Sie uns irgendwie helfen könnten.«

Er schweigt erneut, aber ich glaube, diesmal nutzt er die Zeit wirklich, um sich eine Lösung zu überlegen. »Ich kann Ihnen höchstwahrscheinlich bis heute Abend etwas schicken. Aber es wird spät.«

»Wie spät?« Ich bin mir ziemlich sicher, dass ich die Antwort lieber nicht hören möchte.

»Es dauert mindestens sechs Stunden, also … zwischen halb neun und neun?«

Ich muss nehmen, was ich kriegen kann. Das wäre sonst wirklich undankbar.

Obwohl ich nichts dafürkann, ist es meine Aufgabe, das Problem zu lösen. Den gesamten Laden allein zu dekorieren, ist allerdings ein Vorhaben, das meine Fähigkeiten bei Weitem übersteigt. Und dann wäre da noch das klitzekleine Problem, dass ich morgen in aller Herrgottsfrühe nach Croydon fahren muss.

Ich verlasse den Laden, um nachzudenken, und treffe draußen auf Tiff, die eine außerplanmäßige Pause einlegt. Das tut sie manchmal, und das eine Mal, als ich sie darauf angesprochen habe, hat sie bloß erwidert, dass so eine Pause gesellschaftlich vollkommen akzeptabel wäre, würde sie rauchen, und ich destruktive Sozialkonventionen reproduzieren würde, indem ich Nichtrauchenden die Rechte abspreche, die ich Rauchenden zugestehe.

»Alles in Ordnung?«, fragt sie.

»Oh, klar.« Gerade lehne ich an einer Glastür, starre zum grauen Himmel auf, und heute ist einer der kältesten Tage, die wir dieses Jahr bisher hatten – also nein, eigentlich ist nicht alles in Ordnung. Ich bin froh um meinen Schal, auch wenn das Hellblau nicht gerade stylish ist und er früher meiner Mam gehörte. »Ich habe bloß gerade mit dem Lieferanten gesprochen, und die Deko wird erst heute Abend um neun geliefert und –«

Tiff grinst mich an. »Also dekorieren wir zusammen?«

»Nicht wirklich zusammen«, erkläre ich. »Ich kann heute nicht länger bleiben, also –«

»Ich *liebe* es, zu dekorieren.«

»Okay, aber …«

Sie führt einen kleinen Freudentanz auf, während sie bereits auf dem Weg nach drinnen ist. »Überlass das mir, Boss. Ich trommele alle zusammen. Das wird großartig. Bestell uns einfach Pizza oder so.«

»Aber«, versuche ich erneut zu protestieren. Sie ist allerdings längst nach drinnen verschwunden, während sie *De-ko-rations-par-taaay* zu einer mir unbekannten Melodie singt.

Und ich hoffe, bete und hoffe dann wieder – weil mir einfällt, dass ich Atheist bin –, dass es nicht vollkommen in die Hose geht.

Am Ende besteht die Gruppe aus Tiff, Claire, Amjad, Brian und dem Neuen namens Chris, der sich immer als Erstes freiwillig meldet und mir ständig sagt, dass er in drei Jahren meinen Job haben wird. Ich bestelle tatsächlich Pizza als kleines Dankeschön dafür, dass sie länger bleiben, und wir sitzen zusammen hinter dem Umtauschtresen, essen Knoblauchbrot und planen die Ladendeko. Na ja, theoretisch. Eigentlich streiten wir uns bloß darüber, welcher Pizzabelag der beste ist.

»Was haben immer alle gegen Ananas auf Pizza?«, ereifert sich Brian. »Ist doch völlig legitim.«

»Ist es nicht.« Tiff lässt nicht locker. Sie hat ihren Kreuzzug gegen die Ungerechtigkeit des globalen Kapitalismus hinter sich gelassen und widmet sich nun der Frage, ob Pizza Hawaii eklig oder akzeptabel ist. »Es ist vergleichbar mit dem Avocado-Badezimmerdesign.«

Amjad schenkt ihr ein Nerd-Grinsen. »Du meinst, es ist cool, es zu hassen, aber eigentlich ist es gar nicht so schlimm?«

»Nein, ich meine, objektiv gesehen ist es so ziemlich das Schlimmste überhaupt.«

In Amjads Gegenwart sollte niemand je den Ausdruck *objektiv gesehen* benutzen. Ich habe mal gehört, wie er argumentierte, dass der Himmel aufgrund von Wellenlängen objektiv gesehen nicht blau ist. »Du meinst, es ist *subjektiv* gesehen so ziemlich das Schlimmste überhaupt. Geschmack ist immer *subjektiv*. Und wenn du schon von *objektiv gesehen* sprichst, sind Avocado-Badezimmerdesigns und Pizza Hawaii unter den besten, weil sie nie ganz verschwanden und konsistent beliebt sind, und Beliebtheit ist etwas, das man tatsächlich messen kann.«

»Meine Großmutter hat ein avocadogrünes Badezimmer«, wirft der Neue Übereifrige Chris ein. »Ist ganz okay.«

Der Neue Übereifrige Chris hat sich noch nicht eingelebt, weshalb er sich bisher nicht traut, sich so richtig in Debatten einzubringen. Daher killt er jede Diskussion, an der er sich beteiligt. Mutig will ich ein neues Thema zur Sprache bringen, als wir draußen einen LKW vorfahren hören. Der Neue Übereifrige Chris springt als Erster auf, gefolgt von Tiff. Wir anderen schließen uns den beiden etwas gediegener an – alle, außer Brian, der Pizza auf sein Shirt gekleckert hat und nun versucht, es mit dem Saum desselben Shirts abzuwischen.

Draußen erwartet uns ein LKW-Fahrer, der überraschend entspannt mit der Tatsache umgeht, dass er kurzfristig auf eine sechsstündige Fahrt geschickt wurde. Vielleicht kann er die Überstunden gut gebrauchen. Das Team hilft ihm beim Ausladen des geschmackvoll ausgewählten und von ganz oben abgesegneten Flitters. Amjad und der Neue Übereifrige Chris kümmern sich um den Weihnachtsbaum, während Brian und Claire ein tiefsinniges Gespräch über die Tagesdecken mit Zuckerstangenmuster beginnen, die wir bereits verkaufen, die aber nun gesondert ausgestellt werden.

»Ich meine ja bloß, dass ich sie nicht mag«, sagt Brian.

»Sosehr ich Zynismus allgemein zu schätzen weiß: Warum nicht?«, fragt Claire.

»Sie wirken einfach so amerikanisch.«

Aus irgendeinem Grund scheint Claire der Ansicht zu sein, dass das Sinn ergibt. »Da hast du wohl recht.«

»Wartet mal«, sage ich, während ich über einen Berg voller weihnachtlicher Duschvorhänge zu schielen versuche, die ich im Arm trage. »Er hat *nicht* recht. Ihr könnt nicht einfach sagen, dass etwas *amerikanisch wirkt.* Und selbst wenn es amerikanisch ist, ist das doch kein Grund, es nicht zu mögen.«

»Natürlich können wir«, antwortet Claire, die im Gegensatz zu Brian wenigstens in der Lage dazu ist, das Gespräch weiterzuführen, während wir die Deko in den Laden tragen.

»Finde ich nicht«, erwidere ich und drehe mich zu Amjad um. »Hey Amj, du hast doch sicher eine Meinung dazu.«

Amjad, der ein Ende des Weihnachtsbaums schleppt, späht zu mir rüber. »Ich habe gerade die Hände voll.«

Hat er wirklich. Ich würde ihm helfen, aber ich habe die Hände ebenfalls voll, und außerdem hat er den Neuen Übereifrigen Chris im Schlepptau, und es ist so gut wie unmöglich, dem Neuen Übereifrigen Chris zu helfen, weil er eifrig darauf bedacht ist, zu beweisen, dass er für zwei arbeiten kann. Also tragen wir alles weiter in Richtung Laden, und Amjad schafft es bis zur Hälfte des Parkplatzes, bis er nicht länger an sich halten kann. »Aber ich bin mir fast hundertprozentig sicher, dass sie auf eine deutsche Tradition zurückgehen.«

»Es geht nicht schon wieder um die Ursprünge des Weihnachtsfests, oder?«, fragt Tiff, die Arme voller Lichterketten.

»Die Frage ist, ob Zuckerstangen amerikanisch sind«, erkläre ich ihr.

»Superamerikanisch«, stimmt Tiff zu. »Heutzutage sind

sie superamerikanisch, selbst wenn sie ursprünglich aus dem zwölften Jahrhundert aus Bayern stammen oder so.«

Amjad ist mittlerweile vollkommen erpicht darauf, Baumschleppen und Weihnachtsklugscheißen unter einen Hut zu bringen. Er verlagert das Gewicht der Tanne und beginnt ohne Umschweife mit seinem improvisierten Vortrag. »Achtzehntes Jahrhundert. Und ursprünglich waren sie vermutlich weiß, weil für die Färbung modernere Technologie nötig war. Und sie kommen nicht aus Bayern, sondern aus Köln.«

Brian trägt einen einzigen winzigen Pappständer. »Gibt es nicht ein Aftershave, das aus Köln kommt? Cologne?«

»Das heißt bloß so und hat nichts mit der Stadt zu tun.« Claire belädt ihn mit fünf weiteren Ständern.

Das zusätzliche Gewicht von mittelgroßen, ineinandergesteckten Pappwänden ist zu viel für Brian. Panisch beäugt er seine Last. »Das kann ich nicht tragen. Ist viel zu sperrig.«

Claire lässt den Bullshit anderer Leute nur selten durchgehen. »Sind sie nicht. Sie sind ordentlich gestapelt. Und jetzt bring sie rein.«

Wir müssen noch dreimal hin- und herlaufen, bis alles im Laden ist. Genauer gesagt gehen alle noch einmal raus, während der Neue Übereifrige Chris zweimal allein geht, weil »nicht mehr viel übrig ist« und er »alles im Griff« hat. Gegen halb elf machen sich Amjad und Brian auf den Weg nach Hause, was vollkommen in Ordnung ist, weil sie gute Arbeit geleistet haben. Claire verabschiedet sich wenig später, weil sie annimmt, dass ich alles unter Kontrolle habe, und sie außerdem morgen für mich einspringt, also kann ich mich nicht beklagen. Tiff bleibt bis nach Mitternacht, um alle neuen Ausstellungsstücke aufzubauen.

Sie ist wirklich eine merkwürdige Person. Neunundneunzig Prozent ihrer Arbeitszeit ist ihr alles so scheißegal, dass ich ihr beim Betriebswichteln am liebsten Abführmittel schenken würde, aber wenn etwas sie inspiriert, ist sie ein verdammtes Wunder. Und ich bin wirklich froh, dass sie hier ist, da ich es niemals geschafft hätte, den Laden allein so festlich zu schmücken. Ich hätte bloß ein bisschen Krepppapier auf ein Bettkopfteil geklebt, aber sie gibt sich wirklich Mühe mit den Lichterketten und den kleinen Klebeschneeflocken, und als wir endlich fertig sind – sie und ich und der Neue Übereifrige Chris, der immer als Letztes geht, weil er neu und übereifrig ist – und uns noch ein letztes Mal umdrehen, sieht alles wirklich magisch aus.

Es liegt bestimmt bloß daran, dass ich sentimental drauf bin, aber in diesem Moment, als ich Anfang Dezember in einem Gewerbegebiet stehe und ein Badezimmergeschäft anstarre, das von einer Friseurin in Ausbildung – Pardon, Haar- und Schönheitsberaterin in Ausbildung – dekoriert wurde, sodass es wie ein Märchenreich aussieht, bin ich beinahe stolz auf uns. Ja, unsere Ausgaben sind ein bisschen zu hoch und unsere Verkäufe könnten besser sein, aber mit Blick auf die sehr genau festgelegten Standards des Schlaf- und Badezimmereinzelhandels haben wir uns richtig gut geschlagen. Wir sind ein tolles Team.

Nein. Wir sind ein *großartiges* Team. Auch wenn Tiff nicht immer dort anzutreffen ist, wo sie gerade sein sollte, und Brian die eine oder andere Klobrille fallen lässt und der Neue Übereifrige Chris aktuell mehr übereifrig als nützlich ist, sind wir … trotz allem die Sheffield-Filiale. Und ich werde nicht zulassen, dass Jonathan Forest mir das wegnimmt. *Uns* das wegnimmt.

Habe ich schon erwähnt, dass Jonathan Forest ein Arschloch ist? Falls nicht: Er ist ein Arschloch. Er ist die Art von Arschloch, die dich an einem Donnerstagnachmittag wissen lässt, dass er dich am Freitagmorgen um acht Uhr in London erwartet, um dich zusammenzuscheißen. Nicht falsch verstehen, ich bin ein Morgenmensch. Aber kein Vier-Uhr-morgens-Mensch. Denn um diese Uhrzeit musste ich aufstehen, damit ich um fünf Uhr im Zug saß, um dann um sieben Uhr neunundvierzig vor Jonathan Forests Bürotür zu stehen, und zwar in dem Anzug, den ich zur Beerdigung meiner Nan getragen habe, nur um darauf zu warten, dass er mich reinbittet, was er – wie ich ihn kenne – erst um Punkt acht Uhr tun wird.

Er bittet mich um Punkt acht Uhr herein.

Sein Büro befindet sich im zweiten Stock der Filiale in Croydon, was es so aussehen lässt, als versuche der Raum viel zu verbissen, wie ein Penthouse zu wirken. Wenn ich die Augen zusammenkneife, kann ich mir beinahe vorstellen, dass ich mich gerade in einem eleganten Wolkenkratzer irgendwo in der Londoner Innenstadt statt in einem Gewerbegebiet zwischen einem *Nando's* und einem *DFS* aufhalte. Es gibt einen kleinen Versammlungstisch für sechs Personen und ein Sofa, das so aussieht, als würde darauf häufiger geschlafen als gesessen werden. Außerdem gibt es einen Schreibtisch – der viel chaotischer aussieht, als ich es erwartet hätte – mit einem gerahmten Foto, das mit dem Rücken zu mir steht, und einer viel benutzten blauen Kaffeetasse, die über und über mit dem Satz *Heute ist Mittwoch, oder?* in Weiß beschrieben ist. Jonathan Forest sitzt am Schreibtisch und mustert mich.

Ich glaube, er will mich einschüchtern, aber die Genugtuung werde ich ihm nicht verschaffen. Einen Moment lang starrt er mich bloß mit diesem intensiven Blick aus seinen dunklen Augen an, doch als ihm klar wird, dass ich mir deshalb nicht in die Hose machen werde, fordert er mich endlich auf, mich zu setzen.

»Ich bedauere, dass es so weit gekommen ist, Sam«, sagt er. Wenigstens nennt er mich diesmal nicht Samwise.

»Dein Bedauern kann nicht besonders groß sein, sonst hättest du es nicht getan«, erwidere ich.

»Ich bedauere, dass es so weit gekommen ist«, wiederholt er, »aber *Splashes & Snuggles* ist ein Business.«

Als er es ausspricht, muss ich sehr an mich halten, ihm nicht ins Gesicht zu lachen. Etwas stimmt ganz und gar nicht mit einem Mann, der sein Geschäft *Splashes & Snuggles* nennt und dem nicht mal auffällt, wie lustig das ist. »Ich weiß, dass es ein Business ist, Jonathan, aber es ist ein Business, das gute Erträge erzielt, und deshalb verstehe ich nicht wirklich, warum du so ein Riesendrama aus ein paar Details auf einem Spreadsheet machst.«

Jonathan Forest lehnt sich zurück und wirft mir einen weiteren dieser Blicke zu. Unter anderen Umständen – also, wäre er nicht mein Boss und hätte mich nicht an einem Freitag um vier Uhr morgens einmal quer durchs Land geschickt – hätte er diesen ganz besonderen Sexy-ugly-Charme. Irgendetwas an seinen markanten, stets wütenden Gesichtszügen und der unbändigen weißen Strähne in seinem ansonsten perfekt gestylten Haar erweckt den Wunsch in mir, ihn gewisse Dinge mit mir anstellen zu lassen. Oder vielleicht ist es bloß der Wunsch, dass *ich* Dinge mit *ihm* anstelle, damit er sich verdammt noch mal endlich entspannt. »Ich glaube, die Tatsache, dass du es als« – er malt doch tatsächlich Anführungszeichen in die Luft – »*Riesendrama* bezeichnest, wenn dich dein Chef zu einem Meeting einlädt, um deine Performance zu besprechen, ist der Kern deines Management-Problems.«

Wir unterhalten uns seit weniger als fünf Minuten, und ich verspüre bereits den Drang, ihm seinen Bleistift in die Nase zu stecken. »Mit meinem Führungsstil ist nichts verkehrt. Frag mein Team.«

»Wenn keins deiner Teammitglieder ein Problem mit deiner Herangehensweise hat, dann *ist* das ein Problem.«

Was er sagt, ergibt keinerlei Sinn. Man erzielt keine Ergebnisse, indem man sich unter der Kollegschaft unbeliebt macht. Dafür ist er das beste Beispiel. »Warum sollte das ein Problem sein? Das ist ganz einfach mein Job.«

Jetzt kneift er sich in die Nasenwurzel, als wäre er enttäuscht darüber, dass ich meine Geographiehausaufgaben vergessen habe. »Samwise –«

»Nenn mich nicht Samwise.«

»Unterbrich mich nicht. Als ich dich eingestellt habe, bin ich ein Risiko eingegangen …« – er macht eine fiese kleine Kunstpause – »*Sam*, weil ich dachte, du hättest Potenzial. Aber langsam dämmert mir, dass du nicht verstehst, was in deiner Position von dir erwartet wird.«

»Für mich klingt es so, als wolltest du, dass ich das Team scheiße behandle.«

»Ich verlange von dir, dass du Ziele priorisierst.«

»Das tue ich. Für mich sind Ziele aber nicht wichtiger als Menschen.«

So, wie er nun das Gesicht verzieht, möchte ich noch viel mehr als nur einen Bleistift in viel mehr als nur seine Nase stecken. Es ist die Art von Grimasse, die man zieht, wenn der neu gekaufte Welpe auf den Boden scheißt und man ihm nicht böse sein kann, weil man weiß, dass er nichts dafür kann. »Menschen bezahlen dich aber nicht. *Ich* bezahle dich.«

Es juckt mich in den Fingern, ihm aufzuzeigen, dass er sich gerade als nichtmenschlich bezeichnet hat, aber ich bin hier, um meinen Job zu retten, und nicht, um meinen Job zu sabotieren. »Na ja, ich will dir ja keine Vorträge über Dinge halten, mit denen du dich eigentlich gut auskennst, aber es sind die Menschen, die den Laden am Laufen halten. Mit dem Laden wird Geld verdient, und mit diesem Geld bezahlst du mich. In gewisser Weise sind Menschen also sehr wohl ein Teil davon.«

»Aktuell kosten mich diese Leute aber mehr als die Angestellten in den anderen Filialen, und sie fahren weniger Profit ein. Außerdem …« Er wirft einen Blick auf seinen Monitor, und für den Bruchteil einer Sekunde entdecke ich etwas auf seinen Zügen. Eine Gefühlsregung. Fast wirkt es, als wäre ihm doch nicht alles egal. Aber dann erkenne ich, dass es ihm dabei bloß ums Geld geht. »Es ist besorgniserregend, Sam. Äußerst besorgniserregend.«

Irgendwie läuft das hier noch schlimmer, als ich erwartet hatte. Beim Bewerbungsgespräch habe ich mich ganz gut geschlagen, doch zu dem Zeitpunkt war ich noch nicht so emotional involviert gewesen, sodass es mir nicht schwergefallen war, die richtigen Dinge zu sagen. Er hatte gefragt: *Was ist deine größte Schwäche?*, und ich hatte irgend so einen Bullshit geantwortet wie: *Na jaaa, ich konzentriere mich einfach* zu *sehr darauf, der Schlaf- und Badezimmerkundschaft den besten Service zu bieten*. Und irgendwie hat das funktioniert. Aber wenn ich jetzt im falschen Moment nicke oder lächele, muss ich zu Fuß zurück nach Sheffield und meinem Team eröffnen, dass ihre Gehälter gekürzt werden, weil sich der Scheißkerl, der hier vor mir sitzt, gern ein neues Auto kaufen möchte.

»Hör mal«, sage ich, »ich verstehe deinen Standpunkt. Wirklich. Aber findest du nicht, dass eine Firma ihren Angestellten gegenüber Verantwortung hat? Ich meine, ist es das wirklich wert? Jemandes Leben schlechter zu machen, als es sein müsste, nur damit wir bis zum Quartalsende ein paar zusätzliche Tagesdecken verkaufen?«

Das will er nicht hören. Denn was er hören will, ist: *Du hast mit allem recht, ich werde nach Hause fahren und anfangen, Leute zu feuern.* »Ihr Leben wird noch viel schlechter werden, wenn ich die gesamte Filiale schließen muss.«

»Aber das *musst* du nicht wirklich, oder?« Jetzt lege ich es wirklich drauf an. Meine Mam sagte immer, sie habe das Glück der Iren auf ihrer Seite, und ich hoffe wirklich sehr, dass dieses Glück keine Generation übersprungen hat. »Eventuell *möchtest* du es tun, aber dann sei wenigstens ehrlich.«

Und vielleicht, ganz vielleicht, dringe ich damit zu ihm durch. Aber nicht unbedingt auf eine gute Weise. Trüge er eine Brille, würde er sie sich jetzt höher auf die Nase schieben, aber er trägt keine, also zieht er bloß die Brauen zusammen und funkelt mich an. »Du denkst sicher, ich wäre extrem egoistisch, Sam. Du denkst sicher, dass ich bloß von dir will, dass du so viel Geld wie möglich aus den Angestellten herauspresst, damit ich … damit ich …«

»Damit du dir einen weiteren Ferrari kaufen kannst?«, vervollständige ich seinen Satz, in der Hoffnung, dass mich mein liebenswerter Liverpool-Akzent gepaart mit unwiderstehlicher Keckheit retten wird.

»Genau.« Er lässt das *Genau* lange zwischen uns in der Luft hängen, bis er weiterspricht. »Aber *Splashes & Snuggles*« –

durch die ernste Lage fällt es mir noch schwerer, nicht zu kichern, und es gelingt mir gerade so – »ist ein kleiner Fisch in einem großen Teich. Wir versuchen, es mit *Dreams and Wickes* und *Bensons for Beds* gleichzeitig aufzunehmen. Und natürlich mit all den lokalen Geschäften. Selbst bei *Morrisons* bekommt man heutzutage Heimtextilien.«

»*Morrisons* vertreibt aber keine Betten«, erinnere ich ihn.

»Aber Kissen und Überwürfe.« Er ist nicht gerade entspannt, strahlt aber nicht mal mehr die Hälfte der Boss-Energie aus wie noch vor einer Minute. »Du wirst nicht pleitegehen, weil *Morrisons* ein paar Kissen verkauft.«

»Das ist mir bewusst. Ebenso wie mir bewusst ist, dass ich meinen Betrieb nicht werde einstellen müssen, weil die Sheffield-Filiale« – er beginnt in einem offenbar sehr langen unheilvollen Dokument nach unten zu scrollen – »eine mit vierzehn Jet-Düsen und LED-Beleuchtung ausgestattete Doppelend-Whirlpool-Badewanne im Wert von eintausendfünfhundertneunundneunzig Pfund aufgrund *eines Vorfalls beim Auspacken* abschreibt.«

Die Formulierung steht für *Brian ist mit dem Transporter rückwärts drübergefahren.*

»Oder wegen zweiundzwanzig *TheraPur*-Memory-Schaum-Kühlkopfkissen zu je fünfundachtzig Pfund, die einem *Lagerunfall* zum Opfer gefallen sind.«

Das geht auch auf Brians Kappe, und diesen Vorfall konnte er nie wirklich erklären. Irgendwann habe ich aufgehört nachzufragen.

»Außerdem hat eine Mitarbeiterin in den letzten zwölf Monaten insgesamt achtzehn Tage aus persönlichen oder Krankheitsgründen gefehlt.«

»Sie ist jung und macht nebenbei eine Ausbildung.«

Langsam bekommt Jonathan seine Geschäftsführer-Aura

zurück, und ich bin fast schon erleichtert. »Und bezahle ich sie dafür, jung und in Ausbildung zu sein, oder bezahle ich sie dafür, Schlaf- und Badezimmerprodukte zu verkaufen?«

»Du bezahlst sie dafür, Schlaf- und Badezimmerprodukte zu verkaufen«, gebe ich zu, während mich Jonathan Forests Fähigkeit, mir das Gefühl zu geben, ich wäre ein unartiger Schuljunge, ein klein wenig – okay, sehr stark – auf die Palme bringt. »Aber …«

»Aber was?«

Ich habe eigentlich kein *Aber*. »Hättest du mir das alles nicht am Telefon sagen können?«

»Hätte ich.« Er nickt. »Aber ich hielt ein persönliches Gespräch für erforderlich.«

Fuck. Er wird mich feuern, nicht wahr? »Fuck, du wirst mich feuern, nicht wahr?«

»Die ideale Lösung für mich wäre«, er steht auf und schreitet zum Fenster, »dass du deinen Job behältst, aber einsiehst, dass du an der Effizienz deiner Filiale arbeiten musst.« Er sieht mich nicht an, hat die Hände hinter dem Rücken verschränkt und schaut nach draußen wie ein König, der sein Reich überblickt. Das wäre um einiges beeindruckender, befänden wir uns in einem Wolkenkratzer in Manhattan statt in einem Schlaf- und Badezimmer-Superstore mit Blick auf einen Parkplatz und ein Gelände, auf dem wiederverwertetes Holz nach Gewicht verkauft wird.

»Ich sage ja nicht, dass wir nicht effizienter sein könnten.« Langsam fühle ich mich, als hätte mich der Scheißkerl in die Ecke gedrängt. »Ich sage bloß, dass wir nur dann effizienter werden können, wenn wir die Filiale in einen viel schlechteren Arbeitsplatz verwandeln.«

Er posiert immer noch wie ein König. »Das ist nicht mein Problem.«

Seufz. »Also, was willst du konkret von mir? Bisher verstehe ich nämlich nur *mach es besser,* und ich hoffe, du nimmst es mir nicht krumm, wenn ich sage, dass das kein besonders effektives Management von dir ist.«

»Erstens« – er wendet sich vom Fenster ab, als wäre er Medusa, die sich zu dem Kerl mit den Sandalen umdreht – »nehme ich es dir krumm. Zweitens habe ich mir die Zahlen angesehen, und du musst die folgenden Maßnahmen exakt so vornehmen, wie ich es dir sage: Du musst dein Team dazu bringen, mehr Garantie- und Wartungsverträge zu verkaufen, du musst die Angestellten mit den niedrigsten Verkäufen ersetzen, du musst aufhören, Angestellten, die pro Stunde bezahlt werden, außerplanmäßige Pausen zu bewilligen, dich an die Betriebsvorgaben für die Anzahl von krankheitsbedingten Fehltagen halten und das Problem all der auf mysteriöse Weise verschwindenden Produkte lösen. Sobald du das getan hast, unterhalten wir uns wieder.«

»Also unterm Strich heißt das: Sei ein Arschloch.«

Zu meiner Überraschung lächelt Jonathan Forest beinahe. »Ein ziemlich großes Arschloch, wenn du es so ausdrücken willst. So führt man ein Geschäft.«

Ich sehe das anders, aber gerade ist nicht der richtige Zeitpunkt dafür, ihm das mitzuteilen. »Mein Angestellter mit den niedrigsten Verkäufen muss für seine gebrechliche Nan sorgen«, sage ich stattdessen.

»Das muss ich auch.«

»Ja, aber du bist ein verdammter Millionär.«

»Meine persönlichen Finanzen gehen dich nichts an. Aktuell leben wir in Zeiten einer äußerst unsicheren Wirtschaft.«

Ich bin kurz davor, spöttisch aufzulachen. »Ach was, und du machst dir wohl Sorgen, dass dein extrem lukratives Schlaf- und Badezimmerreich über Nacht verschwinden könnte und du auf der Straße Ed-Sheeran-Songs spielen musst, um über die Runden zu kommen?«

Und obwohl ich es nicht erwartet habe, nimmt ihm mein Kommentar kurz den Wind aus den Segeln. Er gerät einen Moment ins Wanken, wie eine Kerzenflamme, auf die ich zu fest gepustet habe. »Es sind schon schlimmere Dinge passiert.«

»Aber nicht Leuten wie dir.«

Jonathan verengt die Augen. »Du solltest wirklich mal darüber nachdenken, wie du mit deinem Chef sprichst.«

»Warum sollte ich? Du hast eh schon damit gedroht, mich zu feuern, und ich sehe nicht, wie mir höfliches Verhalten dir gegenüber dabei helfen soll, mehr CoolTouch-Cloud-Elite-Matratzen zu verkaufen.«

Da er um des Effekts willen aufgestanden ist, kann er sich jetzt natürlich nicht wieder setzen, also bleibt er stehen. »Vielleicht nicht. Aber wenn du dich mir gegenüber so aufsässig verhältst, kann ich davon ausgehen, dass du dich von deinem Team ebenso behandeln lässt, was erklären würde … nun ja, es würde sehr viele deiner Probleme erklären. Geringstenfalls erklärt es, warum deine Angestellten nicht ausreichend motiviert dazu sind, ihre Ziele zu erreichen.«

Nachdem er mich eingestellt hat, schickte mich Jonathan auf eine kurze Fortbildung, weil ich keine Erfahrung als Filialleiter hatte. Dort ging es viel um intrinsische und extrinsische Motivation. Aus diesen drei Tagen in einem Seminarraum in Burnley habe ich mitgenommen, dass es sich bei intrinsisch motiviertem Verkaufspersonal in der Regel um Arschlöcher handelt, die ihre eigene Nan an eine Person verkaufen würden, die selbst eine Nan hat, bloß weil es ihnen einen Kick gibt. Extrinsisch motiviertes Verkaufspersonal hingegen ist nicht in der Lage, die eigenen Kinder über die Runden zu bringen, wenn keine Kommission ausgezahlt wird. Die erste Kategorie wollte ich nicht einstellen, und die zweite wollte ich nicht ausnutzen. So kam ich zu Brian. »Wie wäre es denn mit Folgendem«, versuche ich es. »Du gibst mir ein Jahr, um bessere Zahlen zu schreiben, und wenn ich es auf meine Art hinkriege, sprechen wir noch mal über Personaleinsparungen.«

Ich habe ein Jahr vorgeschlagen, weil ich annehme, dass er mit drei Monaten dagegenhalten wird und wir uns auf sechs Monate einigen können.

Tut er nicht. »Dafür ist es schon zu spät.«

Ist es verdammt noch mal nicht. Aber das spreche ich nicht aus. Ich nähere mich dem Punkt, an dem die Grenze zwischen *sehen, wie weit ich es treiben kann* und *mich wie ein Tölpel verhalten* verschwimmt. »Es tut mir leid, dass du es so siehst.«

»Es wird wie folgt ablaufen.« Er klingt total nach *ich reiße das jetzt an mich*, was ich vermutlich um einiges attraktiver fände, wenn *es* nicht mein Leben wäre. Und wenn er nicht auf dem besten Weg wäre, *es* total abzufucken. »Heute begleitest du mich bei der Arbeit durch diese Filiale, damit du siehst, wie ich vorgehe. Morgen fährst du zurück nach Sheffield und beginnst sofort damit, Änderungen einzuführen. Darunter fällt auch das Ersetzen von ungenügend performenden Angestellten. Hast du mich verstanden?«

Ja. Es gefällt mir zwar nicht, aber ja, ich habe ihn verstanden.

Den Rest des Vormittags folge ich Jonathan wie ein Schatten durch die Filiale. Von einem steifen und lieblosen Briefing (*hier sind die neuen Produkte, die ihr verkaufen sollt, und jetzt verschwindet*) bis hin zu seiner Runde durch die verschiedenen Abteilungen der Filiale, auf der er unterdurchschnittlich arbeitende Angestellte erschnüffelt wie ein Raubtier, das sich von nachlassender Disziplin ernährt. Sein Verhalten ist nicht das Einzige an ihm, was an einen Werwolf erinnert. Seine breiten

Augenbrauen und die dauerdüstere Miene versprühen den Vibe, dass er jeden Moment aus der Haut fahren, sich Krallen wachsen lassen und einem das Fleisch vom Körper reißen könnte. Oder vielleicht nur die Klamotten, falls er mehr wie die Werwölfe in den Büchern ist, die Claire angeblich nur »auf ironische Weise« liest.

Irgendwann ist es Zeit für die Mittagspause. Er bietet mir weder an, mich irgendwohin einzuladen, noch zeigt er mir, wo ich mir etwas kaufen kann. Wahrscheinlich weil wir uns theoretisch immer noch in einem disziplinarischen Meeting befinden und er glaubt, dass ich am besten von ihm lerne, ein guter Filialleiter zu sein, wenn er mich ständig auf subtile Weise daran erinnert, dass ich nicht viel mehr wert bin als der Dreck unter seinen Schuhen.

Croydon ist die Hauptfiliale und befindet sich deshalb in einem etwas gehobeneren Gewerbegebiet als unsere Filiale im Norden. Es ist kein wirkliches Shoppingcenter wie *Meadowhall* in Sheffield oder *Liverpool ONE* in meiner Heimatstadt und definitiv auch keine »Mall« im amerikanischen Stil, aber die Filiale teilt sich einen Parkplatz mit einem Kino und einem *PizzaExpress*, was sie im Vergleich mit unserer Filiale praktisch so besonders macht, als befände sie sich auf der Champs-Élysées. Ich habe nicht wirklich Lust auf Pizza, also husche ich ganz allein rüber zu *Nando's*. Nicht dass es in Sheffield Personen gäbe, mit denen ich essen gehen würde.

Die nette Kellnerin namens Rita fragt, ob ich schon mal bei *Nando's* gegessen habe. Während sie mich zu meinem Tisch führt, erklärt sie mir dann die Speisekarte, obwohl ich mit Ja geantwortet habe. Sobald ich mich gesetzt habe, zücke ich mein Handy und bestelle ein Fino Pitta mit Smoky-Churrasco-Soße und Maiskolben über die App. Denn aus irgendeinem Grund gehören Maiskolben dazu, wenn ich bei einer Fast-

Food-Hühnchen-Kette esse, so wie Zuckerstangen an Weihnachten dazugehören.

Während ich auf das Essen warte, rufe ich Claire an, um nicht allzu einsam auszusehen.

»Alles ist in bester Ordnung«, sagt sie schnell. Zu schnell. Viel zu schnell.

»Nicht wirklich, oder?«

»Doch. Hauptsächlich.«

»Na schön.« Ich halte mir das Handy dicht an den Mund, damit ich nicht im *Nando's* herumbrülle. »Was hat Brian jetzt wieder verbrochen?«

Claire gibt einen Laut von sich. Ein Laut, der allein für Anekdoten über Brian bestimmt ist. »Du kennst doch den Alarm?«

»Ja, ich kenne den Alarm.«

»Und du kennst auch den Code für den Alarm?«

»Ich schon. Aber ich nehme an, Brian nicht?«

»Richtig geraten.«

Langsam wünschte ich mir, ich hätte eine Vorspeise bestellt. »Der Code ist 1-2-3-4. Wie konnte er 1-2-3-4 vergessen?«

»Er hat gesagt, er hätte Panik geschoben. Offenbar hat der Timer einen zu großen Druck auf ihn ausgelöst.«

»Bitte sag mir, dass die Polizei nicht kommen musste.

»Die Polizei musste kommen.«

Ich hätte eine Vorspeise bestellen sollen. »Bitte sag mir, dass sie uns nicht auf die Ignorierliste gesetzt haben.«

»Sie haben uns auf die Ignorierliste gesetzt. Sie haben gesagt, es sei das dritte Mal diesen Monat, und sie können nicht ständig wegen leichtfertig erhobener Beschwerden zu einem Schlaf- und Badezimmerlagerhaus ausrücken.«

»Wir sind kein Lagerhaus, sondern ein Superstore.«

»Merkwürdigerweise hielten sie das für ein unwichtiges Detail. Kurz: Sie werden jetzt sechs Wochen lang nicht auf unseren Alarm reagieren.«

Mich überkommt Panik, als mir einfällt, wie gern Claire durch den Laden schreit. »Sag das nicht zu laut, sonst werden wir noch ausgeraubt.«

»Keine Sorge, ich bin im Büro, und die Tür ist geschlossen.«

Jetzt mache ich mir nur noch größere Sorgen, was Bände über mein Vertrauen in mein Team spricht. »Solltest du nicht lieber im Laden sein und ein Auge auf die anderen haben?«

»Alles unter Kontrolle. Amjad passt auf Brian auf, und ich habe Tiff und den Neuen Übereifrigen Chris in verschiedene Abteilungen geschickt, damit sie ihn nicht negativ beeinflusst. Wie läuft es mit Seiner Königlichen Arschlöchigkeit?«

»Es gefällt ihm immer noch nicht, dass du ihn so nennst.«

Sie gibt einen nachdenklichen Laut von sich. »Das glaube ich nicht. Männer wie er stehen heimlich darauf, von anderen Leuten gehasst zu werden. Sie glauben, dadurch hätten sie mehr Durchsetzungsvermögen.«

Mein Pitta wird serviert, und mir fällt auf, dass ich kein Getränk bestellt habe. »Kann ich bitte eine Cola haben?«, frage ich den Typen, der mir mein Essen bringt.

»Sorry, Sie müssen die App benutzen oder am Tresen bestellen.«

Ich mustere die Schlange am Tresen. Es ist brechend voll, also minimiere ich Claire und bestelle über die App. Ich bin zu jung für Sprüche wie *so ist das eben heutzutage*, aber so ist es nun mal. Fühlt sich nicht an, als wäre es besser als vorher.

»Hallo?« Nun schreit Claire beinahe durch die Leitung. »Bist du noch dran?«

»Sorry, mein Hähnchen ist gekommen.«

»Oh, bist du bei *Nando's?*«

»Woher weißt du das?«

»Bei *KFC* bringen sie dir das Essen nicht an den Tisch, und ich erinnere mich daran, eins neben der Croydon-Filiale gesehen zu haben, und in meinem früheren Leben war ich Sherlock Fucking Holmes. Also, wie ist es mit Forest gelaufen?«

»Schlecht.«

»Danke für die ausführliche Antwort.«

Ich beiße in mein Fino Pitta mit Smoky-Churrasco-Soße. »Ich will ja keine Panik verbreiten, aber eventuell hat er gedroht, er würde unsere Filiale schließen, wenn wir keine besseren Zahlen schreiben.«

»Was?« Claire klingt eindeutig panisch. »Das … das ergibt keinen Sinn.«

»Ich glaube, er lässt bloß den harten Kerl raushängen, aber –«

»Ich bin mir sicher, dass er wirklich hart ist. Ich meine, seine Eier müssen –«

»Kannst du bitte nicht über Jonathan Forests Eier reden, während ich zu essen versuche?«

Wie vorhergesehen, verschließt sich Claire der Realität. »Er blufft. Er muss bluffen.«

»Was? Der Kerl, den du gerade noch als so tough beschrieben hast?«

»Fuck«, flucht sie durch die Leitung. »Fuck fuck fuck fuck fuck. Du musst etwas unternehmen.«

Sie ist gut. Geht von Wut direkt zu ihren Überredungskünsten über. »Ich unternehme ja längst was. Heute schaue ich ihm bei der Arbeit über die Schulter, und wenn ich zurückkomme, soll ich –«

»Nein, ich meine, mach was Großes. Sofort. Denn wenn es unsere einzige Hoffnung ist, dass wir besser in unserem Job werden, sind wir so richtig am Arsch.«

»Was soll ich denn tun? Ihn fragen, ob er mir das Lager

zeigt, und ihm dann mit einer Soft-Close-Tongue&Groove-Wood-Effect-Klobrille den Schädel einschlagen?«

»Ja.«

»Nein.«

»Okay, eher nein.« Ich höre, wie ihr ein Seufzen entweicht. »Scheiße. Scheiße fuck Scheiße fuck Scheiße.«

Willkommen in meinem Leben. »Ich weiß. Es ist ätzend, aber wir schaffen das.«

»Wir müssen wirklich noch mal über die Option reden, Brian zu feuern.«

»Brian muss sich um seine Nan kümmern. Außerdem hat Jonathan sehr deutlich gemacht, dass es nicht ausreichen würde, nur Brian zu feuern.« Ich lege ihr den ganzen Hintergehe-deine-Angestellten-für-ein-paar-Extramäuse-Plan dar.

»Okay.« Claire schweigt sehr lange. »Nur aus Interesse: Wer ist laut Jonathans Zahlen unser zweitschlechtestes Teammitglied?«

»Tiff.«

Sie schweigt wieder. »Fairerweise muss ich zugeben, dass sie eine ziemlich grottige Arbeitsmoral hat.«

Irgendein seltsamer, wahrscheinlich leicht sexistischer Instinkt regt sich in mir, sodass ich den Drang verspüre, sie in Schutz zu nehmen, als wäre sie meine Schwester oder so. »So schlimm ist sie gar nicht.«

Ich höre, wie sich Claire durch das Büro zum Fenster bewegt. »Sie ist gerade auf dem Parkplatz und läuft durch Herbstlaub.«

»Es ist besser, wenn die Angestellten in achtzig Prozent der Arbeitszeit hundert Prozent geben, als dass sie in hundert Prozent der Zeit nur siebzig Prozent geben«, sage ich, etwas unschlüssig, ob die Gleichung aufgeht.

Selbst wenn die Zahlen stimmen, will Claire davon jedoch nichts hören. »Tiff gibt vierzig Prozent ihrer Arbeitszeit lang vierzig Prozent, und etwa ein Prozent lang gibt sie zehn Millionen Prozent. Was süß ist, aber nicht wirklich das, was wir brauchen.«

»Claire.« Mein Tonfall ist nicht scharf, aber ich lasse meine Verärgerung durchsickern. »Wir sind doch ein Team. Auf wessen Seite stehst du?«

»Auf unserer natürlich.« Sie klingt resigniert. »Du solltest dir eine Klobrille suchen und sie ihm über den Kopf ziehen.«

»Nicht hilfreich.«

»Okay, aber wir brauchen einen Plan. Und wenn du Brian nicht feuern willst, muss es ein drastischer Plan sein.«

»Wie zum Beispiel?«

Und jetzt schweigt sie wieder. »Tu so, als hättest du einen Herzinfarkt? Er kann nicht von dir verlangen, Leute zu feuern, wenn du im Krankenhaus bist.«

»Du hast recht, aber dann würde er *dich* dazu bringen, sie zu feuern.«

»Krieg ihn irgendwie dazu, dass er dich sexuell belästigt?«

Ich verschlucke mich an meinem Fino Pitta mit Smoky-Churrasco-Soße. »Erstens: Wie soll ich das anstellen? Zweitens: Nein. Drittens: Ich glaube, dass dieser Vorschlag respektlos gegenüber echten Opfern von sexueller Belästigung ist.«

»Gutes Argument. Aber wie wäre es damit: Du deckst superschnell auf, dass er verdächtige Lücken in seiner Buchhaltung hat, und drohst ihm damit, es seinen Aktionären zu verraten?«

Ich habe Churrasco-Soße an den Fingern, also wechsle ich das Handy in die andere Hand und wische sie mir an der Serviette ab. »Guter Plan. Es gibt da nur ein paar winzige Haken: Er hat keine verdächtigen Buchhaltungslücken und selbst wenn: *S&S* ist in Privatbesitz, also hat er keine Aktionäre, an die ich ihn verraten könnte.«

»Tja, wenn du jetzt auch noch kleinlich wirst, kann ich dir auch nicht helfen.«

»Sorry.«

»Was, wenn wir ihn zu uns in die Filiale einladen, damit er uns als Menschen wahrnimmt und zu sentimental wird, um uns zu feuern?«

»Jetzt suchst du wirklich nach dem letzten Strohhalm. Er hat mich schon Dutzende Male getroffen, und ich bin mir ziemlich sicher, dass er mich nicht mal anpinkeln würde, wenn ich in Flammen stünde.«

Sie wird wieder still.

Ich auch.

»Scheiße«, sagt sie schließlich.

»Ich weiß. Mir bleiben zwar noch ein paar Monate, aber ich glaube, unterm Strich sind wir wirklich am Arsch.«

»Dann …« Claire klingt nicht sehr hilfreich und auch nicht sehr hoffnungsfroh. »Tu, was du kannst?«

»Werde ich.« Nicht, dass ich auch nur die geringste Ahnung davon hätte, was das sein soll.

Ich habe den Appetit auf mein Fino Pitta mit Smoky-Churrasco-Soße verloren, also schiebe ich den Teller von mir, stehe auf und gehe zurück, um mich Jonathan Forest einmal mehr entgegenzustellen.

4. KAPITEL

Ich folge Jonathan weiterhin, während er durch den Laden streift und nach Angestellten Ausschau hält, die nicht produktiv genug sind. Würde ich aufpassen, würde ich sicher viel von ihm lernen. Zum Beispiel, wie man sich wie ein ziemlicher, nein, ein riesengroßer Arsch verhält. Allerdings fällt es mir schwer, mich zu konzentrieren, da Claires Stimme unaufhörlich in meinem Kopf nachhallt: *Du musst etwas tun, Sam.* Nach der Schlafzimmerabteilung geht es nach oben zu den Badezimmern, und ich ertappe mich dabei, wie mein Blick zu den Klobrillen wandert, als wäre der Schlag-ihm-den-Schädel-mit-einer-Klobrille-ein-Plan tatsächlich eine Option. Das ist er definitiv nicht.

Also, wahrscheinlich nicht.

»Ich weiß es wirklich zu schätzen, was du hier machst«, sage ich zu ihm, während wir vor in Pyramidenform aufgestellten *Croydex*-Flexi-Fit-Grosvenor-Klobürsten stehen. Das stimmt zwar nicht, aber Bauchpinselei ist an diesem Punkt die einzige Strategie, die nicht illegal, unmoralisch oder peinlich ist. »Viele Chefs hätten mir keine solche Chance gegeben.«

»Versuchst du gerade, dich bei mir einzuschleimen, Sam?«

»Funktioniert es denn?«

Er hebt eine Braue. Langsam finde ich, dass er das viel zu oft tut. »Glaubst du wirklich, dass ich die Sorte Mann bin, der so etwas gefallen würde?«

Ja. Aber ich glaube auch, dass er die Sorte Mann ist, der sich gern einreden würde, dass es ihm *nicht* gefällt. »Vermutlich nicht, sorry. Trotzdem bin ich froh, dass du uns die Möglichkeit gibst, uns zu verbessern, bevor wir mit dem Feuern loslegen.«

Ich hoffe, dass er das so stehen lassen wird, aber man führt keine Schlaf- und Badezimmer-Superstore-Kette mit drei Filialen, indem man Dinge auf sich beruhen lässt. »Um das klarzustellen, es wird trotz allem Personaleinsparungen geben müssen.«

Jetzt nennt er es also Einsparungen? »Ich weiß. Ich versuche bloß, mich langsam daran zu gewöhnen. Mental und so.«

Er sieht mich an, und sein Blick würde beinahe freundlich wirken, wenn er nicht gleichzeitig so verdammt herablassend wäre. »Ich weiß, dass es schwer sein kann, aber dein Job ist es nicht, dich mit den Angestellten anzufreunden. Du bist ihr Chef.«

Ich würde ihn gern daran erinnern, dass Chef sein nicht zwangsläufig bedeutet, ein geldhungriger kleiner Scheißer zu sein, aber sosehr er auch so tut, als würde Bauchpinselei bei ihm nicht ziehen, so offensichtlich ist es, dass er es ebenfalls nicht mag, wenn man ihm widerspricht. »Wohl wahr«, sage ich stattdessen.

Wir verlassen gerade den Bereich mit den Badezimmer-Accessoires und begeben uns in die Duschen- und Nasszellenabteilung, als Jonathan stehen bleibt und den Blick aus seinen gierigen Adleraugen auf ein Teammitglied richtet, das, wie es aussieht, gerade kurz davor ist, eine *Nexa by MERLYN*-Walk-in-Dusche mit 8-mm-Glasschiebetür zu verkaufen.

»Ich weiß, dass sich das Produkt in der oberen Preisklasse befindet«, sagt der Verkäufer, der wirklich sehr, sehr groß ist. Er verfügt jedoch über die Fähigkeit, groß zu sein, ohne einschüchternd zu wirken, die sich viele hochgewachsene Leute schnell aneignen, wenn sie andere Leute nicht ständig zu Tode erschrecken wollen. »Aber es lohnt sich. Es ist stilvoll, luxuriös und aufgrund der Form«, er misst die Breite und Tiefe mit den Händen, vermutlich, um die Kundinnen vom Preis abzulenken, »passt die Dusche in jeden Raum, auch wenn Sie ein kleines Badezimmer haben.«

Die Kundinnen – zwei junge Frauen mit Bürojobs, die höchstwahrscheinlich gerade ihr erstes Haus einrichten, wenn mich meine Verkäuferinstinkte nicht trügen – sehen ihn beide mit einem *Nicht-sicher-ob-wir-so-viel-Geld-ausgeben-wollen*-Blick an. »Es ist so«, sagt die eine, »wir haben gerade unser erstes Haus gekauft« – ich wusste es – »und deshalb sind wir … Wir wollen, dass es schön aussieht, aber wir sind auch etwas …«

»Es war sehr teuer«, sagt die andere. »Und mit Stempelsteuer, Notarkosten, Möbeln, Haushaltsgeräten und einem *Dyson* kommt schnell einiges zusammen.«

Die erste bohrt ihr einen Ellbogen in die Seite und zischt scharf *Allie*, was bestimmt die Kurzform für *Allie, warum erzählst du einem Mann, der Duschen verkauft, von unseren privaten Finanzen* ist.

»Ist schon in Ordnung.« Der Verkäufer nickt. Ich könnte schwören, dass sein Akzent ganz plötzlich drei Prozent mehr so klingt, als käme er aus South London. Wenn man wie eine Person aus der Arbeiterklasse spricht, vertrauen einem die Leute irgendwie mehr, weil sie glauben, man wäre nicht schlau genug, um sie um den Finger zu wickeln. »Es ist bloß meine bescheidene Meinung«, sagt er – und natürlich gibt er ihnen gerade keinen spontanen Ratschlag, sondern hat diesen Teil einstudiert –, »aber wenn ich Ihnen einen Rat geben darf: Es gibt Dinge, an denen Sie sparen können, und andere, an denen

Sie nicht sparen sollten. Und an etwas, was Sie jeden Tag benutzen und was mindestens zehn Jahre halten soll, sollten Sie nicht sparen.«

Die beiden mustern die *Nexa by MERLYN*-Walk-in-Dusche mit 8-mm-Glasschiebetür mit einer Mischung aus Verlangen und Einsicht. »Haben Sie so eine zuhause?«, fragt Allie. Es klingt, als würde sie ihn damit überführen wollen, aber wir hören so etwas ständig und sind dementsprechend vorbereitet.

»Ich habe eine Preisklasse drunter«, sagt er, »aber ehrlich gesagt, wünschte ich, ich hätte diese genommen. Die andere ist okay, aber ich sehe diese jeden Tag und denke mir: *Hätte ich doch bloß die paar Hundert Pfund mehr ausgegeben.*«

Die beiden Frauen sind so kurz davor, sich die teurere Dusche zu gönnen. Und der Verkäufer hat recht damit, dass sie daran nicht sparen sollten.

»Was ist mit der Lieferung?«, fragt Allie.

»Die ist gratis. Der Aufbau zwar nicht, aber ich kann Ihnen ein gutes Angebot machen.«

Ein gutes Angebot machen steht für *genau so viel in Rechnung stellen, wie er es auch sonst getan hätte, es aber freundlich verpacken.*

Die Kundinnen tauschen Blicke aus und drücken einander die Hände, als wollten sie sagen: *Lass es uns tun*. Und der Verkäufer steht so kurz davor, das Ganze einzutüten, als Jonathan *Fucking* Forest sich auf schmierige Weise einmischt, weil er ein gieriger Scheißkerl ist. »Ich unterbreche nur ungern, aber mein Kollege scheint vergessen zu haben, Sie über unseren Garantie- und Wartungsvertrag aufzuklären.«

Der Verkäufer sieht ihn an, und als ihm klar wird, dass das nichts bringen wird, sieht er mich an. Und obwohl wir uns nicht kennen, weiß ich genau, was er gerade denkt, denn ich denke das Gleiche. Und zwar, dass man einem Pärchen Mitte zwanzig, das nur ein barsches Wort davon entfernt ist, aus dem

Laden zu rennen, ohne achthundertfünfundachtzig Pfund plus Aufbaukosten für eine ebenerdige Dusche auszugeben, unter gar keinen Umständen einen Garantievertrag aufzuschwatzen versucht.

»Ist das … brauchen wir das?«, fragt die Frau, die nicht Allie heißt. »Sie werden sehen«, sagt Jonathan mit einem Selbstbewusstsein, das absolut unbegründet ist, »dass mit der Zeit Probleme auftreten können, wenn dieses Produkt nicht sorgfältig behandelt wird. Bloß Kleinigkeiten, aber wenn Sie unseren Garantie- und Wartungsvertrag dazunehmen, sparen Sie langfristig gesehen kleinere Reparaturarbeiten, die sich schnell ansammeln können.«

Er versaut es. Er versaut es so richtig. Und was noch schlimmer ist, er versaut gerade seinem eigenen verdammten Teammitglied die Kommission auf diesen Verkauf, der sich am Ende auf fast tausend Pfund belaufen hätte. Der große Kerl sieht mich immer noch fassungslos an, und da er nichts erwidern kann, weil er sonst direkt gefeuert werden würde …

Trete ich vor wie ein Reh, das sich auf der Straße vor ein anderes Reh wirft, weil es naiverweise glaubt, es wäre immun dagegen, von Autos angefahren zu werden. »Kann ich Ihnen ein Geheimnis verraten?«, frage ich. Und zu meinem unglaublichen Glück ist Jonathan Forest zu verblüfft, um mir sofort zu befehlen, die Klappe zu halten.

»Entschuldigung, wer sind Sie?«, fragt die Frau, die Allie heißt.

»Ach, lassen Sie sich von mir nicht stören«, antworte ich. Und wie der Verkäufer vor mir, klinge ich plötzlich drei Prozent mehr, als würde ich vom Land kommen. »Ich arbeite in einer anderen Filiale, deshalb steht es mir eigentlich nicht zu, mich einzumischen, aber was diesen Garantie- und Wartungsvertragsfirlefanz angeht« – um das klarzustellen: Im echten

Leben sage ich fast nie so etwas wie *Firlefanz* – »wir würden Ihnen das Produkt nicht verkaufen, würden wir glauben, dass Sie die Extrawartung brauchen.«

Allie und Nicht-Allie sehen so verwirrt aus, dass Jonathan sich einzumischen versucht. »Sam, ich glaube nicht –«

Ich ignoriere ihn. Und das fühlt sich so verdammt gut an. »Ich meine damit, dass dies ein gutes Produkt ist. Vielleicht hat es eben so geklungen, als wäre es viel Arbeit, es instand zu halten, aber dem ist nicht so. Sie müssen die Glastür bloß nach dem Duschen abwischen, dann und wann mit etwas Antikalkspray einsprühen, und dann werden sie keine Probleme damit haben. Sollten Sie das Geld haben und die zusätzliche Absicherung wollen, kann Ihnen der Garantie- und Wartungsvertrag sämtliche Sorgen nehmen, aber meine Kollegen und ich würden Ihnen nichts verkaufen, das Sie nicht brauchen oder das nicht lange halten wird oder das wir nicht selbst benutzen würden.« Ich deute auf Jonathan und den hochgewachsenen Verkäufer, der zumindest ein wenig erleichtert aussieht. Schließlich ist noch nicht klar, ob ich seinen Verkauf gerettet habe.

Nicht-Allie sieht immer noch unentschlossen aus und spricht das auch aus. Früher war ich mal besser darin, aber ich war jetzt schon seit einer Weile nicht mehr im Verkaufsraum unterwegs. Manchmal vermisse ich es, wenn auch nicht das Gefühl, immer hinter dem nächsten Verkauf her sein zu müssen. Aber wenn man es gut anstellt, hat man am Ende des Tages wirklich das Gefühl, den Leuten geholfen zu haben. Management fühlt sich hingegen eher so an, als würde man den Abwasch machen. Das Gefühl, etwas erreicht zu haben, ist sehr vergänglich.

»Wie wäre es damit«, schlage ich vor. »Sie unterhalten sich weiter mit« – ich wende mich an den Verkäufer – »sorry, ich weiß gar nicht, wie Sie heißen.«

»Liam«, sagt er. Seine Mam muss *Oasis*-Fan gewesen sein.

»Sie unterhalten sich noch ein bisschen mit Liam, und er schlägt Ihnen ein paar Optionen vor. Dann finden Sie sicher etwas, das auf Ihre Bedürfnisse zugeschnitten ist.«

Meistens wollen die Leute bloß, dass wir ihnen die Erlaubnis erteilen, das zu tun, was sie sowieso vorhatten. Allie und Nicht-Allie nicken dankbar, und Liam führt sie davon.

Jonathan wartet mit seiner Strafpredigt nicht mal, bis sie außer Hörweite sind.

»Was zur *Hölle!*« Er bemüht sich nicht besonders, leise zu sein, aber das Wort *Hölle* flüstert er, als würde es ihm nichts ausmachen, wenn die Leute sehen, wie er ausrastet, solange sie ihn nicht fluchen hören. »Was sollte das?«

»Du hättest ihn beinahe den Verkauf gekostet.«

Er verengt die Augen. Ja, er benutzt seine Brauen definitiv zu viel. »Habe ich *nicht*.«

»Und ob, mein Freund.« Ich sollte ihn nicht als meinen Freund bezeichnen, aber es ist mir so herausgerutscht. »Sie waren sich unsicher, ob sie so viel Geld ausgeben sollen, und du hast es so klingen lassen, als wäre das Produkt nicht einfach in der Handhabung.«

»Ich habe dir *und* Liam gezeigt, wie man die Kundschaft über die Vorteile unseres Garantie- und Wartungsvertrags aufklärt.«

»Nein.« Ich habe mich in eine Sackgasse manövriert. Ich sollte wohl aufhören, weiter in diese Richtung zu rennen, aber ich komme aus einer Familie, deren Spezialgebiet es ist, sich in ausweglose Situationen zu bringen, und dies ist das ehrlichste Gespräch, das ich mit Jonathan Forest habe, seit ich für ihn arbeite. »Du hast ihnen das Gefühl gegeben, das Produkt allein wäre nicht gut genug und sie müssten deshalb entweder mehr Geld für Extrazeug ausgeben oder sich mit der Wartung herumschlagen. Und das Problem daran ist, dass diesen zwei Frauen anzusehen war, dass sie sich mit nichts herumschlagen wollen. Du hattest sie fast so weit, dass sie den Laden verlassen hätten, ohne etwas zu kaufen.«

Einen Moment ist er sehr still, doch als er den Mund wieder öffnet, ist seine Stimme sehr tief und sehr angespannt. »Willst du mir etwa vorschreiben, wie ich meinen Job zu machen habe?«

»Nein«, sage ich so ruhig wie möglich, weil das Ganze jeden Moment außer Kontrolle geraten könnte. »Duschen zu verkaufen ist nicht dein Job. Nicht mal meiner. Sondern *seiner.*« Ich nicke in Liams Richtung, der gemeinsam mit Allie und Nicht-Allie in der Nähe steht und, ebenso wie die beiden Frauen, so aussieht, als wüsste er nicht, wie er auf unseren Schlagabtausch reagieren soll. »Und er hat es gut gemacht. Du musst nicht ständig alles unter die Lupe nehmen, was die Leute in deinem Umfeld tun.«

»*Willst* du etwa gefeuert werden?«

Ich atme tief durch. Ja, ich bin an einem Punkt angelangt, an dem es so aussieht, als würde ich es darauf anlegen. »Es tut mir leid. Ich weiß, dass ich eine Grenze überschritten habe. Ich wollte bloß Liams Verkauf retten.«

»Es gab nichts zu retten. Alles war in Ordnung.«

Und bevor ich mich zurückhalten kann, spreche ich schon weiter. »Nein, war es nicht. Weißt du, für einen Mann, der behauptet, bei ihm könne man mit Schmeichelei nicht punkten, gehst du wirklich schlecht mit konstruktiver Kritik um.«

Ich muss mich auf dünnerem Eis bewegen, als mir bewusst war. So oft habe ich an diesem Tag in seiner Gegenwart geflucht, aber in diesem Moment ist es, als hätte jemand einen Schalter umgelegt. Jonathan verliert zwar nicht die Beherrschung – wie ich ihn einschätze, ist er kein emotionaler Mann, selbst wenn er wütend ist –, aber er wird ganz ruhig, sehr fokussiert und wirkt plötzlich größer, als er eigentlich ist.

»Wie kannst du es *wagen.*« Er brüllt nicht, aber seine Stimme hallt trotzdem weit. Und er strahlt plötzlich eine Energie aus, die mir sagt, dass es jetzt richtig ernst wird.

»Es tut mir leid, ich wollte nicht –«

»Glaubst du etwa, ich würde andere Leute so mit mir sprechen lassen?«

»Ganz offensichtlich nicht, aber –«

»Du bist *gefeuert.*«

»Okay, aber –«

»Dein gesamtes *Team* ist gefeuert.«

»Warte mal einen Moment –«

Er macht einen Schritt auf mich zu. Nicht auf bedrohliche Weise, sondern eher, als wollte er direkt ein unsichtbares Entlassungsschreiben aushändigen. Und weil viel auf dem Spiel steht und weil ich dringend einen kühlen Kopf bewahren muss, um mein drohendes Schicksal abzuwenden, beschließe ich, dass ich ihm Raum geben sollte.

Also mache ich einen Schritt rückwärts.

Und bleibe mit dem Fuß am unteren Rand der *Nexa by MERLYN*-Walk-in-Dusche mit 8-mm-Glasschiebetür hängen, stolpere rückwärts und reiße das ganze Ding mit mir zu Boden.

5. KAPITEL

Ich weiß nicht, was als Nächstes passiert, aber es fühlt sich an, als würde ich fernsehen und die Katze wäre auf den Überspringen-Knopf getreten. Liam hebt eine acht Millimeter dicke Scheibe aus gehärtetem Glas von meinem Körper und fragt: »Alles in Ordnung, Mann?«

Und dann sagt er: »Ich glaube nicht, dass alles in Ordnung ist.«

Jemand anderes sagt: »Geben wir ihm ein bisschen Raum.«

Und wieder eine andere Stimme fragt: »Wer kann Erste Hilfe leisten?«

Und noch eine Person sagt: »Wer ruft den Krankenwagen?«

Und dann höre ich Jonathan. »Hallo? Sara? Ich habe eine dringende Haftungsfrage …«

Etwas, das wahrscheinlich ein Gesicht ist, schwebt über mir, und ich habe die schlimmsten Kopfschmerzen meines Lebens. »Sehen Sie mich an«, sagt die Person, und ich glaube, ich sehe sie an, aber ich bin mir nicht sicher, ob meine Augen meinem Gehirn gehorchen. »Wie heißen Sie?«

Ich sage Samwise, aber dass sie mich Sam nennen kann, aber es kommt nicht so aus meinem Mund. Eher wie ein Brabbeln.

Sie zwickt mich ins Ohr, und ich zucke zusammen.

»Er ist bei Bewusstsein«, sagt sie zu einer anderen Person,

die ich nicht klar sehen kann. »Und er reagiert auf Schmerz, kann aber keine einfachen Fragen beantworten.«

Das hat das Lehrpersonal an meiner Schule auch immer über mich gesagt.

»Jamie, sag Bescheid, dass wir auf jeden Fall einen Krankenwagen brauchen.«

Alles wird noch unschärfer, und durch das schmerzhafte Pochen in meinem Kopf erscheint es mir besser, die Taubheit willkommen zu heißen. Es fühlt sich besser an, ist aber vermutlich nicht die beste Idee.

Bevor alles wieder schwarz wird, sehe ich, wie Jonathan auflegt, und ich frage mich, ob er wirklich zuerst seine Anwältin statt des Krankenhauses angerufen hat.

Ich befinde mich in einem Krankenwagen. Ein gutaussehender Sanitäter stellt mir Fragen, die ich nach wie vor nicht beantworten kann.

Ich liege in einem von allen Seiten von Vorhängen umgebenen Bett in der Notaufnahme und fühle mich ein bisschen klarer, wenn auch nicht viel. Ich glaube, ich wurde genäht. Auf meinem T-Shirt ist Blut. Wenigstens kann ich Fragen jetzt ganz gut beantworten. Der Arzt fragt mich nach meinem Namen, und ich antworte. Als er mich fragt, was passiert ist, bin ich mir allerdings unsicher.

»Das ist normal«, sagt er beruhigend. »Nach einer schweren Gehirnerschütterung ist mit Gedächtnisverlust zu rechnen.«

Die Worte *schwere Gehirnerschütterung* und *Gedächtnisverlust* scheinen Jonathans Superman-Gehör getriggert zu haben, denn er rauscht mitfühlend lächelnd durch die Vorhänge herein. »Sam. Ich hoffe, alles ist in Ordnung. Und mach dir keine Sorgen, die Firma wird –«

»Wer sind Sie?«, frage ich und will ein *Und was haben Sie mit Jonathan Forest gemacht?* hinterherschieben, aber so weit komme ich nicht. Denn er verzieht das Gesicht, als hätte er gerade eine unerwartete Steuernachzahlung bekommen, und wendet sich mit ernster Miene an den Arzt.

»Ist der Gedächtnisverlust wirklich derart ausgeprägt?«, fragt er.

Nein, ist er nicht. So habe ich das nicht gemeint. »Ich –«

Sie hören mir nicht zu. »Kopfverletzungen sind kompliziert«, antwortet der Arzt. »Er ist gerade sehr verwirrt.«

Natürlich bin ich verwirrt. Ich erinnere mich an den Sturz, und ich erinnere mich *vor allem* daran, dass Jonathan Forest mich gefeuert hat, und obwohl ich hoffe, dass das nur eine Kurzschlussreaktion war, möchte ich es nicht drauf anlegen.

»Aber er wird wieder?«, fragt Jonathan, und entweder ist er wirklich gut darin, seine Sorge um mich zu faken, oder sehr schlecht darin, die Sorge um seine Betriebshaftpflichtversicherung zu überspielen.

»Wahrscheinlich schon«, antwortet der Arzt ausweichend, und ich weiß, wie er sich fühlt. Was ich jetzt vor allem anderen brauche, ist Zeit. »Wie schon erwähnt, lässt es sich nie ganz genau sagen.«

»Wie fühlst du dich, Sam?«, fragt Jonathan in diesem leicht zu lauten, leicht zu überdeutlichen Tonfall, den Leute aufsetzen, um mit Kindern oder alten Menschen zu sprechen, wenn sie nicht mit ihnen umzugehen wissen.

»Benommen«, antworte ich. Und das ist die Wahrheit. »Alles ist sehr …« Ich beende den Satz nicht. Im Hinterkopf höre ich Claire, die mir sagt, dass ich *irgendetwas* tun muss, und obwohl ich nach wie vor nicht weiß, was, hoffe ich, dass ich mir etwas Zeit verschaffen kann, wenn ich mich so vage wie möglich ausdrücke.

»Sie müssen ihn im Auge behalten«, sagt der Arzt. »Idealerweise mindestens zwei Wochen lang. Wahrscheinlich wird alles wieder in Ordnung kommen, aber sollte ihm schlecht oder schwindelig werden oder sollten die Symptome in ein paar Wochen nicht abgeklungen sein, müssen Sie ihn wieder herbringen.«

»Ich?« Es ist beinahe lustig, Jonathan dabei zuzuhören, wie er so tut, als wäre ihm das alles nicht egal, während er gleichzeitig versucht, sich aus der Verantwortung zu ziehen. »Es gibt doch sicher eine andere Person, die besser dafür geeignet wäre?«

Wenigstens dieses eine Mal muss ich ihm zustimmen. Selbst ein Alligator wäre besser dafür geeignet als Jonathan Forest. Das einzige Problem ist: Es gibt niemand anderen. Ich bin ganz allein. Und wie ich so in der kalten Notaufnahme in Croydon sitze und zu dem Mann aufblicke, der sich mehr um seine schwarzen Zahlen schert als um meinen angeknacksten Schädel, kann ich es nicht über mich bringen, ihm das zu erklären. Denn es geht ihn nichts an. Also sage ich stattdessen: »Vielleicht gibt es jemanden … aber ich erinnere mich einfach nicht.«

Es verlangt Jonathan eindeutig alles ab, sich menschlich zu verhalten. Die weiße Strähne hängt ihm in die Stirn.

»Normalerweise«, stößt er zwischen zusammengepressten Zähnen hervor, »würde ich das ja gern übernehmen. Aber die Weihnachtssaison hat gerade begonnen, und ich werde in nächster Zeit sehr viel zu tun haben.«

»Ich möchte niemandem zur Last fallen.« Es verlangt mir ebenfalls viel ab, so zu tun, als wäre Jonathan tatsächlich ein Mensch. Unglaublich, dass der gierige kleine Scheißer, der mich gefeuert, in eine Dusche geschubst und dann zuerst seine Anwältin statt den Krankenwagen angerufen hat, gerade erklärt, warum seine Firma wichtiger sei, als dafür zu sorgen, dass ich keine verdammte Hirnblutung habe.

»Können Sie ihn nicht wenigstens über Nacht hierbehalten?«, fragt er den Arzt.

»Haben keine Betten frei.« Der Arzt strahlt starke *Ich-muss-jetzt-gehen*-Vibes aus. »Und wir haben seinen Notfallkontakt bereits angerufen. Die Nummer ist nicht vergeben.«

Ja, weil ich noch nicht dazu gekommen bin, sie zu ändern. Aber das möchte ich genauso wenig erklären.

»Ich kann das einfach nicht glauben«, sagt Jonathan zu niemand Bestimmtem. »Also wollen Sie mir sagen, dass ich keine Wahl habe?«

Der Arzt windet sich nicht gerade vor Unbehagen, aber er sieht auch nicht so aus, als wäre ihm dieses Gespräch angenehm. »Nun ja, wenn Sie sich weigern, müssten wir irgendeinen anderen Weg finden, aber …« Mit einem perfekten Händchen für Drama im richtigen Moment, schiebt er den Vorhang beiseite, um Jonathan einen Blick auf einen Gang voller blutender, verletzter Leute mit gebrochenen Knochen und in merkwürdigen Winkeln abstehenden Gliedmaßen zu geben. »Es wäre mir lieber, wenn Sie sich um ihn kümmern würden.«

Einen Moment lang, nur einen kurzen Moment lang, könnte ich schwören, dass Jonathan Forest es in Erwägung zieht, mich hier zurückzulassen. Aber entweder ist er kein dermaßen großer Arsch, oder er hat wirklich Angst davor, von mir verklagt zu werden. »Na schön.« Er seufzt. »Komm mit.«

Mehr braucht der Arzt nicht, um sich eilig auf die Suche nach der nächsten armen Seele zu machen. Er lässt mich allein mit Jonathan Forest zurück, dem ich nun auf Gedeih und Verderb ausgeliefert bin, und ich bin mir nicht sicher, wer von uns beiden deswegen mehr angepisst ist.

Es überrascht mich kein Stück, dass Jonathan Forest einen BMW fährt. Sicher gibt es irgendwo auf der Welt einen Mann, der einen BMW fährt und kein totaler Arsch ist, aber den habe ich bisher nicht getroffen. So ein Auto kaufen sich Leute, die eine waschechte Midlife-Crisis-auf-Rädern fahren wollen, aber zu wenig Selbstbewusstsein haben, um es richtig zu rocken.

Ich setze mich auf den Beifahrersitz, und er nimmt hinter dem Steuer Platz. Und noch bevor wir es überhaupt aus dem Parkhaus herausgeschafft haben, ist die Stimmung verdammt unangenehm.

»Danke für … das hier«, sage ich zu ihm. Zwar bin ich mir nicht sicher, was *das hier* eigentlich ist, und ziemlich sicher, dass es nichts gibt, wofür ich mich bei ihm bedanken müsste, aber das denke ich bloß, weil er ein Arsch ist, und es wäre schön, wenn wir noch mal an dem Punkt anfangen könnten, an dem ich *nicht* weiß, dass er ein Arsch ist, oder an dem *er* wenigstens nicht weiß, dass ich weiß, dass er ein Arsch ist.

Jonathans Blick huscht im Rückspiegel kurz zu meinem. »Nicht der Rede wert. Das würde ich für alle Angestellten tun, die in einen Unfall verwickelt waren.«

Wohl eher alle Angestellten, die in einen Unfall verwickelt waren, für den er verantwortlich ist.

Er räuspert sich. »Wie geht es dir?«

Ziemlich beschissen, aus ziemlich vielen Gründen. »Ich bin immer noch etwas durcheinander.«

»Und«, er bemüht sich sehr, so zu klingen, als wäre ihm die Sache nicht völlig egal, und das ist sie ja auch nicht, aber nicht meinetwegen, »du erinnerst dich wirklich an nichts, was passiert ist?«

Aus ebendiesem Grund bin ich ein miserabler Lügner. Es erfordert viel zu viel Aufwand. »Ich erinnere mich allgemein an nicht viel.«

»Auch nicht an mich?«

Fuck. Richtig wäre es an dieser Stelle, ehrlich zu sein. Zu sagen: *Ach, so schlimm ist es eigentlich gar nicht*. Aber dann müssten wir unweigerlich über das sprechen, was im Laden vorgefallen ist, inklusive dem Teil, in dem er uns alle gefeuert hat. Und er wirkt so, als würde er das ebenso gern vergessen wollen wie ich. Was solche Dinge angeht, bin ich nicht so versiert wie Claire, aber Jonathan Forest erscheint mir wie ein Mann, der etwas, das er einmal gesagt hat, nicht zurücknehmen kann, selbst wenn er weiß, dass es falsch war. Also ist das hier vielleicht meine Chance, uns beiden einen Neuanfang zu schenken. »Ich weiß, dass ich dich kenne.«

»Ich bin dein Chef«, erklärt er.

»Also …« Ich weiß, dass ich es damit womöglich zu weit treibe. »Du scheinst ein guter Chef zu sein.«

Ich muss Jonathan anrechnen, dass er ein klitzekleines bisschen beschämt dreinschaut. Denn mal ganz ehrlich, ein guter Chef treibt seine Angestellten nicht in begehbare Duschen, sodass sie im Krankenhaus landen. »Ich …« Er scheint wirklich keine Worte zu finden. »Danke.«

Wenn ich es auf einen Neuanfang anlege, sollte es mir vielleicht nicht so viel Genugtuung verschaffen, ihn so verlegen zu sehen. Und das tut es ja auch nicht. Also hauptsächlich nicht. Schließlich muss ich mich trotz allem noch mit einer Gehirnerschütterung herumschlagen. Aber es fühlt sich einfach falsch an, dass der Scheißer jetzt so tut, als wäre heute Morgen alles in perfekter Ordnung gewesen. Und das bedeutet, dass ich es nicht lassen kann, ihn noch ein bisschen mehr zu quälen. »Also, was ist denn passiert? Vielleicht fördert es ja meine Erinnerungen zutage, wenn du es mir erzählst.«

Schweigen setzt ein, während Jonathan wahrscheinlich gerade im Stillen debattiert, ob er seinen Arsch lieber jetzt gleich oder erst später retten soll. »Nun ja, also, ich war nicht – ich habe nicht wirklich gesehen, was passiert ist. Aber ich glaube, du bist in die *Nexa by MERLYN*-Walk-in-Dusche mit 8-mm-Glasschiebetür gestürzt.«

»Wie habe ich das denn angestellt?«

Auf aggressive Weise überholt er ein Auto, das in ganz normalem Tempo fährt. »Du musst wohl gestolpert sein.«

»Ach so?« Ich lasse das einen Moment so stehen. »Hoffentlich hat keiner der Angestellten etwas herumliegen lassen, worüber ich gestolpert bin, denn dann könnte ich euch verklagen.«

Jonathan wird blass. »Ich glaube, das ist sehr unwahrscheinlich.«

»Das war bloß ein Scherz.«

»Du solltest lieber keine Witze über Gerichtsverhandlungen reißen, Sam.«

Ich zucke mit den Schultern. »Vielleicht ist das ja meine Persönlichkeit. Ich bin unbeholfen und reiße unangebrachte Witze.«

»Oder vielleicht bist du ein Vorzeigeangestellter, der seinem Chef gegenüber nie frech wird.«

Das ist das allererste Mal, dass ich Jonathan Forest etwas auch nur entfernt an Humor Erinnerndes von sich geben höre. Es nervt mich, denn wenn er wirklich so wäre, könnte ich ihn vielleicht sogar ertragen. »Ich bin mir nicht sicher, aber irgendwie klingt das nicht nach mir.«

Er antwortet nicht. Was sollte er auch dazu sagen? Entweder versucht er, mich davon zu überzeugen, dass ich eine völlig andere Persönlichkeit habe, als wäre ich Goldie Hawn in *Overboard – Ein Goldfisch fällt ins Wasser*, oder er sagt: *In Wahrheit hast du dich wie ein aufsässiger Wichser verhalten, und ich habe dich gefeuert.* Beides sind nicht gerade gute Optionen für ihn.

Schließlich entscheidet er sich für: »Es ist nicht mehr weit.« Vielleicht fürchtet er, ich könnte denken, er hätte mich entführt. Da er allerdings gerade auf einen Wald zuhält, beruhigt mich das nicht gerade.

Ich habe mir nie Gedanken darüber gemacht, wo Jonathan Forest wohnt. Er ist wie ein Lehrer, bei dem alle immer davon ausgehen, dass sich sein Dasein nur auf die Schule beschränkt und er nach Schulschluss aufhört zu existieren, außer wenn er einen anruft, um sich über etwas zu beschweren. Hätte ich darüber nachgedacht, hätte ich ihn mir in einem dieser Londoner Apartments der Größe einer Klebebandrolle vorgestellt, die so viel kosten wie ein Haus mit fünf Schlafzimmern in einer normalen Stadt.

Damit hätte ich falschgelegen.

Eine weitere Sache, über die ich nie nachgedacht habe, weil ich außer für die Arbeit nie in den Süden fahre und es selbst dann zu vermeiden versuche, ist die Frage, ob es in Croydon einen schicken Stadtteil gibt. Ich will ja nicht voreingenommen klingen, aber allein mit dem Namen werden allgemein eher, nun ja, Schlaf- und Badezimmer-Superstores in einem Gewerbegebiet neben einem *Nando's* assoziiert und keine gemütlichen, von Bäumen umstandenen Häuser mit grünen Vorgärten und kleinen Steinmauern am Straßenrand. Das Viertel verbreitet zwar nicht direkt *Cottagecore*-Vibes, weil es sich hauptsächlich um brandneue Häuser handelt, die teils viel zu groß sind, um als Cottages durchzugehen, aber seltsamerweise ist es überraschend hübsch anzusehen.

Damit meine ich: Es ist die Art von Stadtteil, in dem es gute Schulen gibt.

Und Jonathans Haus ist riesig. Mit einem Garten, der so groß ist, dass man das Haus fast übersehen könnte. Es ist keine Villa. Aber es ist ein Eigenheim. Ein waschechtes Familienheim – also, vorausgesetzt deine Familie hat viel mehr Geld, als du jemals als Angestellter bei *Splashes & Snuggles* verdienen würdest.

Irgendwie fühlt sich das nicht richtig an. Es passt nicht zu ihm.

Er parkt den Wagen und führt mich durch die große offene Eingangshalle mit weichem Teppichboden in eine Wohnküche, die voller Leben sein müsste, aber ohne andere Menschen einfach bloß steril wirkt. Fast erwarte ich, dass er mir eröffnet, er würde das Haus für jemanden hüten, der kein Arschloch ist. Oder dass er die Leute ermordet hat, die hier ursprünglich wohnten, und ihre Leichen unter den Dielen versteckt hat, und dass er jetzt dasselbe mit mir vorhat.

»Setz dich … einfach irgendwohin«, sagt er.

Ich nehme auf einem festen Zweisitzer Platz, den er mit Sicherheit nicht selbst ausgesucht hat, während Jonathan herumsteht, als wäre er nicht sicher, wie er sich in seinem eigenen Haus verhalten soll. Aufgrund der Schlafcouch und der Wechselhemden, die ich in seinem Büro gesehen habe, kann ich wohl annehmen, dass er sich wirklich nicht oft hier aufhält. Nach einer Weile zuckt er zusammen, als hätte er einen Stromschlag von einem Nylon-Suspensorium bekommen.

»Du brauchst wohl ein paar Dinge«, sagt er. »Eine Zahnbürste.«

Hätte er mir nicht verkündet, dass er alle meine Leute feuern wird, wäre das fast schon niedlich. »Eine Zahnbürste wäre super.«

»Und Kleidung. Du brauchst etwas zum Anziehen. Du kannst *das*«, er deutet auf mein Outfit, »nicht so lange tragen, bis … es dir besser geht.«

Da es sich um meinen besten Anzug handelt, fühle ich mich leicht beleidigt. »Warum nicht? Was stimmt nicht damit?«

»Na ja, zum einen ist das Hemd voller Blut.«

Ich sehe an mir herunter. Jemand hat mir die Anzugjacke ausgezogen, sodass ich das ganze Hemd vollgeblutet habe. Ich würde mich ja wie ein Actionheld fühlen, wenn ich nicht wüsste, dass die Verletzung aus dem Kampf mit einer Dusche hervorging – den ich verloren habe. »Oh«, sage ich. »Ja, natürlich.«

»Am besten ziehst du es gleich aus«, sagt er. »Nachher gehen die Flecken nicht mehr raus.«

Ungefähr drei Sekunden lang klingt er wie ein normaler Mensch. Ein Mensch, der sich Gedanken darüber macht, ob ich mein schönstes Hemd versaue, oder ob die Frittenbude noch offen hat, wenn er einen Snack braucht, und das bringt mich so aus dem Konzept, dass ich das Hemd beinahe komplett ausgezogen habe, bis mir auffällt, wie verdammt seltsam das ist. Aber es ist längst zu spät, also ziehe ich es ganz aus und reiche es ihm, während ich so tue, als wäre das etwas Stinknormales, was ständig passiert.

Es ist aber nichts, was ständig passiert, und das ist uns beiden bewusst.

Jonathan starrt mich zu lange an und schaut dann zu lange in eine andere Richtung, und dem Teil von mir, der immer noch eine Liste mit Dingen führt, wegen derer ich ihn verklagen könnte, fällt auf, dass er mich erst ins Krankenhaus befördert, mich dann mit zu sich nach Hause genommen und mir nun befohlen hat, mich auszuziehen.

»Ich …« Ich hätte nicht gedacht, dass Jonathan Forest erröten kann. »Äh. Ich.«

»Willst du deine Anwältin anrufen?«, frage ich.

Jonathans Blick zuckt zu mir, und ich befürchte schon, dass ich mich verraten habe. Aber nein. Er ist bloß durch den Wind. »Nein. Aber ich meinte nicht … also. Du solltest … Lass mich das zuerst in die Wäsche tun, und dann suche ich dir etwas zum Anziehen.«

Er schreitet durch die absurd große, absurd teuer aussehende Küche und öffnet eine diskrete Holztür. Dahinter kommt ein glänzendes Stahlmonster zum Vorschein, das wie ein Ufo aussieht.

»Also gut«, sagt er zu niemand Bestimmtem und sucht dann nach dem Etikett an meinem Hemd.

Ich erbarme mich seiner. »Wirf's einfach rein und wasch es auf vierzig Grad.«

Nun kniet er vor der Waschmaschine, als hinge er einer zweifelhaften Sekte an, die auf Schleudergänge steht. »Das habe ich mir auch erschlossen. Das Problem ist die Bedienung.«

Ich will schon sagen: *Wie schwer kann die bei einer Waschmaschine schon sein?*, aber die Antwort liegt auf der Hand: Natürlich hat Jonathan Forest eine Waschmaschine mit komplizierter Bedienung gekauft. Also geselle ich mich zu ihm, um mir das Ganze mal anzusehen. Das Ufo verfügt über genau eine Taste und einen Touchscreen.

»Rück mir nicht auf die Pelle«, fährt Jonathan mich an. Offenbar hat er vergessen, dass er eigentlich nett sein wollte.

Ich ignoriere ihn. Das ist einer der Vorteile von vorgetäuschtem Gedächtnisverlust. »Wie kannst du nicht wissen, wie deine Waschmaschine funktioniert?«

Er funkelt die Waschmaschine nach wie vor an, als würde er sie feuern wollen. »Ich habe eine Haushälterin.«

»Wenn sie diese Höllenmaschine benutzen muss, solltest du ihr eine Gehaltserhöhung geben.«

»Ich kann dir versichern, dass sie mehr als genug Geld von mir bekommt.« Jonathan tippt auf dem Touchscreen herum, und einige unverständliche Symbole tauchen auf. »Fuck.«

Ich beuge mich über ihn, um einen Blick darauf zu werfen.

Aus der Nähe sieht die Maschine weniger wie ein Ufo und vielmehr wie eine recht komplizierte Mikrowelle aus. Ich drücke auf ein paar Symbole.

»Was machst –«, will Jonathan protestieren.

Da öffnet sich die Tür. »Jetzt sollte es funktionieren«, sage ich. »Nächste Frage: Wo bewahrst du dein Waschmittel auf?«

6. KAPITEL

Mein bestes Hemd befindet sich nun also in der Waschmaschine, und ich trage ein T-Shirt, das Jonathan mir gegeben hat. Darauf steht das Wort *Ich*, gefolgt von einem Herz, und dann das Wort *Blackpool*, gefolgt von einer gezeichneten Möwe. Es ist wohl die am wenigsten zu Jonathan passende Sache, die ich mir hätte vorstellen können, abgesehen von dem Haus, in dem er wohnt. Aber da er gerade schmollt, weil er nicht wusste, wie seine Waschmaschine funktioniert, war er nicht gerade erpicht darauf, mir mehr zu dem T-Shirt zu erzählen. Er hat mir allerdings auch ein Handtuch und eine Zahnbürste überreicht, sodass ich mich jetzt allgemein ganz gut versorgt fühle. Ich meine, okay, ich wohne immer noch bei meinem Chef und habe mich irgendwie in eine Lage manövriert, in der ich Gedächtnisverlust vortäusche, und ich wurde streng genommen gefeuert, aber mein Dad hat immer gesagt, dass ich mich auf die positiven Dinge konzentrieren soll, da das niemand für mich übernehmen wird. Das mag zwar totaler Bullshit sein, aber für ihn hat es funktioniert.

Jonathan hat sich in sein Büro verzogen, wo er seit einer Stunde am Telefon hängt. Ich weiß nicht, mit wem er spricht, aber ich wette, dass einer der Anrufe an seine Anwältin ging. Ich gehe ins Badezimmer – also, in eins der Badezimmer, denn er hat mindestens drei – und drehe alle Wasserhähne auf, als wäre ich in einem Spionagefilm. Dann rufe ich Claire an.

Es beruhigt mich nicht gerade, dass ihre ersten Worte »Wurden wir schon gefeuert?« sind.

»Nicht wirklich«, flüstere ich.

»Warum flüsterst du?«, schreit Claire.

»Weil ich nicht will, dass Jonathan mich hört. Ich bin in seinem Haus. In seinem Badezimmer.«

»Oh mein Gott. Versuchst du etwa wirklich, ihn dazu zu bringen, dich sexuell zu belästigen?«

»Nein. Erstens habe ich doch schon gesagt, dass ich so etwas nicht tun würde. Und zweitens glaubt er, ich hätte mein Gedächtnis verloren.«

Claire schweigt einen Moment und sagt dann: »Sorry, du musst lauter sprechen, es klang nämlich gerade so, als hättest du gesagt, ›Er glaubt, ich hätte mein Gedächtnis verloren.‹«

»Du hast richtig gehört.«

»Wie kam es denn dazu?«

Wenn ich das wüsste, befände ich mich jetzt in einer besseren Lage. »Es ist einfach passiert. Er hat mich in eine begehbare Dusche gestoßen, und mir ist eine *Nexa by MERLYN*-8-mm-Glasschiebetür auf den Kopf gefallen. Als ich wieder zu mir kam, lag ich in der Notaufnahme, und der Arzt meinte, ich könne womöglich unter Gedächtnisverlust leiden, woraufhin ich Jonathan gefragt habe, wer er ist – das war bloß ein Witz, weil er sich plötzlich so fake-nett verhalten hat –, und dann sagte er auch schon, *Oh nein, er hat sein Gedächtnis verloren,* und ich wollte es nicht richtigstellen, weil ich sonst wahrscheinlich gefeuert werde, und wenn ich gefeuert werde, dann werden auch Tiff und Brian ge–«

»Warum solltest du gefeuert werden, wenn *er* dich in eine Dusche geschubst hat?«

»Er hat mich kurz vorher gefeuert.« Okay, er hat mich streng genommen gar nicht *geschubst*, ich bin eher *gestolpert*, während er in der Nähe stand, aber das ist im Moment ein unwichtiges Detail. »Und auch wenn ich nicht weiß, ob Jonathan einer Religion angehört, steht *Du sollst nicht zurücknehmen, was du einmal gesagt hast* mit Sicherheit auf der Liste seiner ganz persönlichen Zehn Gebote.«

»Also hast du beschlossen, ihm weiszumachen, du würdest unter Gedächtnisverlust leiden?«

»Ich habe ihn bloß in dem Glauben gelassen. Die Worte *Ich habe mein Gedächtnis verloren* habe ich, glaube ich, nie ausgesprochen. Ich habe bloß gesagt, dass ich mich nicht an alles erinnern kann, was zu dem Zeitpunkt die Wahrheit war, weil er mich, wie bereits erwähnt, in eine verdammte Dusche geschubst hat.«

Sie schweigt schon wieder. »Claire? Bist du noch dran?«

»Was? Oh, ja, ich bin noch dran. Gehe bloß gerade im Kopf alle Gründe durch, aus denen das gewaltig schiefgehen könnte.«

»Fairerweise muss ich anmerken, dass es längst total schiefgegangen ist. Hatte ich nicht erwähnt, dass er gerade dabei war, mich zu feuern?«

Sie seufzte. »Hast du denn jetzt wenigstens einen echten Plan?«

»Ich habe jetzt eine echte Gehirnerschütterung. Der Plan wird später kommen müssen. Wenn ich ein paar Tage hierbleibe, kann ich mich hoffentlich etwas erholen und er sich abkühlen. Und dann schauen wir mal. Außerdem glaube ich … Ich hoffe, dass er mich danach ganz vielleicht ein bisschen besser leiden und ich ihn dadurch leichter beeinflussen kann.«

»Inwiefern beeinflussen?«, fragt Claire. Es scheint, als hätte ich sie noch nicht von meinem brillanten Plan überzeugt.

»Einfach, du weißt schon, allgemein. Ich meine, wenn er

mich als Mensch wahrnimmt und versteht, wie viel ihr mir alle bedeutet – wie viel wir einander bedeuten –«

»*Bedeuten* wir einander denn viel?« Ungeduld schleicht sich in Claires Tonfall. »Ich meine, ich kann Tiff und Brian ganz gut leiden, aber …«

»Ja, ja.« Mein Tonfall klingt auch nicht viel besser. »Deinen Job zu behalten, ist dir wichtiger, als dass sie ihren behalten. Ich hab's kapiert. Ich meine bloß, wenn er uns als Menschen und nicht bloß als Namen auf einer Liste wahrnimmt, will er uns vielleicht doch nicht feuern.«

Nun schweigt Claire eine ganze Weile. »Das klingt nicht wirklich nach einem Plan«, sagt sie schließlich.

»Tja.« Ich versuche mich an Unbeschwertheit. »Da ich jetzt bei ihm zuhause bin, kann ich ihn immer noch mit einer Klobrille erschlagen, sollte es dazu kommen.«

»Dir ist aber schon klar, dass er dir noch viel Schlimmeres antun könnte, als dich zu feuern, wenn er herausfindet, dass du gar nicht unter Gedächtnisverlust leidest.«

Ich setze mich auf den Rand der rechteckigen *Duravit-Starck*-Badewanne mit zweifacher Rückenschräge und Kombi-System und muss wenigstens diese eine Sache zugeben: Jonathan Forest verkauft wirklich nichts, was er nicht selbst benutzen würde. »Ich glaube nicht, dass er es herausfindet. Das Gedächtnis ist eine komplizierte Sache. Und wenn alles den Bach runtergeht, lasse ich einfach wieder etwas auf meinen Kopf fallen und tue dann so, als hätte das meine Erinnerungen zurückgebracht.«

»So funktioniert das nicht«, sagt Claire streng. »Du kannst Hirnschädigungen nicht mit noch mehr Hirnschaden rückgängig machen.«

»Okay, dann sage ich ihm einfach, dass meine Erinnerungen langsam zurückkommen.«

»Dein gesamtes Leben kommt langsam zu dir zurück?«

»Ich habe nicht gesagt, dass ich mein ganzes Leben vergessen habe. Bloß die Dinge, die mir in dem Moment praktisch erschienen. Zum Beispiel, dass er ein Arsch ist, der mich gefeuert hat und – oh, Scheiße, mein Kater!«

»Meinst du, dass du deinen Kater wirklich vergessen hast oder dass du Jonathan gesagt hast, du hättest ihn vergessen?«

»Wie hätte ich ihm sagen können, dass ich meinen Kater vergessen habe, wenn ich ihn doch vergessen habe? Aber ich habe tatsächlich vergessen, dass er verhungern wird, wenn ich so lange hierbleibe, bis alles wieder im Lot ist. Doch bisher habe ich nicht gesagt, dass ich mich an meinen Kater erinnere, also wird Jonathan misstrauisch werden, wenn ich plötzlich mit *Ach, mir fiel gerade ein, dass ich einen Kater habe* um die Ecke komme. Dann weiß er, dass ich mich an mehr erinnere, als ich preisgegeben habe.« Ich habe es verkackt. Habe alles wie ein Kartenhaus aufgebaut, das nun jeden Moment in sich zusammenfallen und meinen Kater unter sich begraben wird.

»Meinst du, die Moral der Geschichte ist, dass du dich niemals in absurde Lügen verstricken solltest?«

»Claire, kannst du meinen verdammten Kater füttern?«

»Klar, ich fahre einfach durch ganz Sheffield und breche in Wohnungen ein, bis ich eine mit einem Kater finde, der hungrig aussieht.«

»Ich gebe dir die Adresse.«

»Gibst du mir auch den Schlüssel? Rufst du deine Nachbarn an und sagst: *Hi, falls Sie eine winzige wütende Lesbe sehen, die durch mein Fenster einsteigt, machen Sie sich keine Sorgen, sie will bloß den Kater füttern*.«

»Du könntest herkommen und den Schlüssel abholen. Ich könnte mich rausschleichen und …« Das wird alles zu kompliziert. Man würde meinen, es wäre einfach, sich an nichts zu erinnern, weil man sich schließlich an nichts erinnert. »Warte mal, nein. Vergiss es. Du könntest einfach sagen, du hättest gehört, dass ich in einen Unfall verwickelt war und dass du vorbeischauen wolltest, um nach mir zu sehen.«

»Und um sicherzustellen, dass jemand deinen Kater füttert.«

»Und um sicherzustellen, dass jemand meinen Kater füttert.«

Sie schweigt wieder. »Und wer übernimmt den Laden, während ich acht Stunden nach Croydon und zurück fahre?«

Fuck, es gibt niemanden, der das könnte. Tiff ist zu jung. Der Neue Übereifrige Chris ist zu neu, Amjad kommt allein super klar, aber er hasst es, sich um andere zu kümmern, und Brian ist das beste Beispiel für einen Mitarbeiter, der noch kein Training durchlaufen hat, auch wenn er das hat. »Was soll ich denn jetzt machen?«

»Tja.« Ich weiß jetzt schon, dass ihre Antwort nicht hilfreich sein wird. »Meiner Meinung nach hast du zwei Möglichkeiten. Entweder gestehst du Jonathan Forest, dass du ihn angelogen hast, oder du lässt deinen Kater sterben.«

»Scheint so, als würde es in beiden Szenarien schlecht für einen von uns ausgehen …« Plötzlich überkommt mich Panik, da ich glaube, die Dielen knarzen zu hören. Ich kann es aber nicht genau sagen, weil das Wasser immer noch läuft. »Scheiße. Ich muss auflegen.«

Ich habe so große Angst davor, erwischt zu werden, dass ich auflege, bevor sie sich verabschieden kann. Gut so! Denn als ich das Wasser abstelle, höre ich Schritte. Gefolgt von einem Klopfen an der Tür.

»Alles in Ordnung?«

»Ja. Warum?«

»Du bist schon seit einer Weile dadrin, und der Arzt hat gesagt, dass ich dich im Auge behalten soll.«

»Ja, aber«, ich öffne die Tür, »nicht, während ich pinkeln gehe.«

Er sieht mich ernst an. »Ich glaube nicht, dass Gehirnblutungen höflich darauf warten, bis du auf der Toilette fertig bist.«

Damit hat er wohl recht. Doch es ist so typisch für ihn, dass er selbst dann noch wie ein Arsch klingt, wenn er sich um andere Leute kümmert. »Danke, aber es geht mir gut.«

»Kein Schwindel, kein Kopfweh?« Beinahe klingt es so, als würde er sich Sorgen um mich machen, auch wenn das nicht sein kann. Eher geht es ihm um sein Bankkonto als um mein Gehirn.

»Bisher nicht.«

»Und kannst du ... Ich weiß, der Sturz ist noch nicht so lang her, aber kannst du dich schon wieder an etwas erinnern?« Jetzt klingt er noch besorgter. Es geht also definitiv um sein Bankkonto.

Und vielleicht, ganz vielleicht, ist das meine Chance, das Toter-Kater-Problem anzusprechen. »Wie lustig, dass du es ansprichst«, sage ich. »Während ich auf dem Klo war, habe ich mich durch meine Handyfotos geklickt, um zu sehen, ob das meine Erinnerungen ankurbelt, und« – ich entsperre mein Handy, hoffe dabei, dass er sich nicht fragt, warum ich mich an meine PIN *(laut Amjad heißt es nicht PIN-Nummer, denn dann würde es Persönliche Identifikationsnummer-Nummer heißen)* erinnern kann, und finde ein Foto von mir und meinem Kater, den ich Gollum genannt habe, denn wenn dich deine Mutter Samwise nennt, musst du es durchziehen – »ich glaube, ich habe einen Kater.«

Jonathan zuckt leicht zurück. »Der ist ...« Jonathan Forest fällt es allgemein nicht leicht, nett zu sein, aber was Gollum angeht, fällt es den meisten Menschen nicht leicht, etwas Nettes zu sagen. »Er sieht interessant aus.«

Ich will gerade erklären, dass ich ihn aus dem Tierheim habe und seine Ohren so aussehen, weil er eine Infektion hatte, aber dann erinnere ich mich daran, dass ich unter Gedächtnisverlust leide. »Ja, ich muss ihn auf der Straße aufgelesen haben oder so, weil ich so ein guter Mensch bin.«

»Oder weil du ein zu weiches Herz hast und Hygiene nicht so ernst nimmst.«

»Moment mal. Wer von uns beiden«, ich deute zwischen uns hin und her, »weiß denn nicht, wie eine Waschmaschine funktioniert?«

Einmal mehr sieht er wie ein wütender Wolf aus. »Ich.Habe. Eine.Haushälterin.«

»Und ich habe offenbar einen Kater, der verhungern könnte, wenn wir uns nicht um ihn kümmern.«

»Gibt es niemanden, der das übernehmen könnte? Eine Freundin, ein Nachbar oder –«

»Woher soll ich das wissen? Ich leide unter Gedächtnisverlust.«

»Ich bin mir sicher«, er versucht wirklich, geduldig zu sein, Gott hab ihn selig, nein, er soll sich ins Knie ficken, »dass der Kater gut allein zurechtkommen wird.«

Gollum wird nicht gut allein zurechtkommen. Er ist ein Kater, weshalb er nicht sprechen kann, aber wenn er es könnte, würde er niemals sagen, dass es ihm *gut* geht. »Aber was, wenn nicht? Was, wenn mir dieser Kater wirklich wichtig ist und wenn ich mein Gedächtnis zurückbekomme, hast du ihn getötet?«

»Ich hätte ihn nicht getötet. Ich bin mir sicher, dass du dich darum gekümmert hast, dass er versorgt ist, für den Fall, dass du länger weg bist.«

Habe ich nicht. Scheiße, bin ich ein schlechter Haustierhalter? Zu meiner Verteidigung kann ich nur vorbringen, dass sie einem im Tierheim nicht sagen: *Stellen Sie sicher, dass der Kater mindestens sechs Monate lang versorgt ist, für den Fall, dass Sie nicht wiederkommen, weil Sie in eine Dusche stürzen und danach unter Gedächtnisverlust leiden.* »Aber was, wenn nicht?«, versuche ich es weiter. »Mein Notfallkontakt war nicht erreichbar. Was, wenn der Notfallkontakt meiner Katze auch nicht funktioniert?«

»Das erscheint mir unwahr– «

»Jonathan, bitte.« Ich wedele mit dem Handy vor seinem Gesicht herum. »Sieh dir das Foto an. Ganz offensichtlich liebe ich diesen Kater. Dies ist das Gesicht eines Menschen, der seinen Kater liebt.«

Jonathans Blick zuckt von dem Handy zu mir. »Ich bin mir nicht sicher, ob es das Gesicht eines *Katers* ist, der seinen *Menschen* liebt.«

Ich würde ihm ja sagen, dass Gollum immer so aussieht, aber das darf ich nicht wissen, und es würde sowieso keinen Unterschied machen. »Es könnte mir dabei helfen, schneller gesund zu werden. Vertraute Dinge und so. Dann könnte ich schneller wieder aus deinem Haus ausziehen.«

Er denkt darüber nach. »Ich müsste vorher ein paar Dinge erledigen.«

»Bitte«, sage ich erneut. »Ich will nicht nach Hause kommen und einen toten Kater vorfinden.«

Er seufzt. »Na schön. Ich suche deine Adresse raus, und wir fahren morgen hin. Hoffentlich treffen wir dort jemanden, der sich um euch beide kümmern kann, aber falls nicht …« Die Vorstellung scheint ihm körperliche Schmerzen zu verursachen. »Können wir dein … Tier mit hierhernehmen.«

Ich bin so erleichtert, dass ich ihn umarmen könnte. Das tue ich natürlich nicht, weil es verdammt merkwürdig wäre. Also sage ich bloß »Danke« und meine es wirklich ernst. Und Jonathan sieht mich so verwirrt an, als wäre es das erste Mal in seinem Leben, dass er etwas Nettes für eine andere Person getan hat. Was vermutlich sogar der Fall ist.

2

NACH HAUSE FAHREN & DEN FESTEN FREUND TREFFEN

7. KAPITEL

Am nächsten Morgen ruft Jonathan in der Sheffield-Filiale an, um die Angestellten wissen zu lassen, dass ich einen Unfall hatte und ein paar Wochen lang nicht zur Arbeit kommen kann. Ich bekomme nicht viel von dem Gespräch mit, aber ich glaube Claire rufen zu hören: »Oh nein, wer kümmert sich denn jetzt um seinen Kater?«, und zwar in einem derart übertrieben besorgten Tonfall, als wollte sie das Kater-Problem bis zur Polizei tragen. Jonathan versichert ihr, dass wir kommen, um uns des Problems anzunehmen, ich aber zu schwach sei, um in der Filiale vorbeizuschauen. Was entweder nett oder bestimmerisch rüberkommen könnte, je nachdem, von welchem Standpunkt aus ich es betrachte.

Die Autofahrt in den Norden ist lang und vergeht in aller Stille. Die meiste Zeit über starre ich aus dem Fenster, ohne so recht zu wissen, worüber ich mit meinem Chef sprechen soll, der denkt, ich könnte mich an nichts erinnern. »Du solltest lieber im Auto warten«, sage ich zu ihm, als wir ankommen.

Ich hoffe, dass er dieses eine Mal auf mich hört, aber natürlich ist mir so viel Glück nicht vergönnt. »Warum?«, fragt er.

»Weil ich nicht weiß, wie es dadrin aussieht.« Natürlich stimmt das nicht. In Wahrheit will ich bloß nicht einen auf desorientiert und verwirrt machen müssen, während ich versuche, Gollum zu füttern und ihn in seine Transportbox zu bugsieren. »Es könnte peinlich sein.«

Er nimmt mir die Ausrede ab. Vielleicht weil wir lange zusammen in einem Auto eingesperrt waren und er froh ist, mich los zu sein. Um ehrlich zu sein, bin ich auch froh, ihn los zu sein, weil ich in den letzten vierundzwanzig Stunden eine größere Dosis Jonathan Forest abbekommen habe, als eine vernünftige Person ertragen könnte.

Die erste halbe Stunde nach dem Streit wegen dem Kater war gestern wirklich unangenehm, aber danach waren wir wieder fake-nett zueinander, als wäre nichts geschehen. Da Jonathan seinen Ofen genauso wenig bedienen kann wie seine Waschmaschine, haben wir chinesisches Essen von einem Restaurant um die Ecke bestellt, aber ich hatte keinen großen Hunger, was wohl auf die Gehirnerschütterung und die Vorstellung zurückzuführen war, morgen einen toten Kater in meiner Wohnung zu finden. Wenigstens habe ich ein eigenes Zimmer bekommen, da Jonathan Forest allein in einem Haus mit fünf Schlafzimmern wohnt, aber er hat nachts ständig nach mir gesehen, weil er sichergehen wollte, dass alles in Ordnung ist, was der Fall gewesen wäre, hätte er nicht ständig nach mir gesehen. Ich habe ihm mitgeteilt, dass sein Verhalten vor dem UN-Gericht als Folter von politischen Gefangenen eingestuft werden würde und es mir besser ginge, wenn er mich einfach durchschlafen lassen würde. Doch aus irgendeinem Grund scheint er davon überzeugt zu sein, dass mir mein Hirn aus der Nase fallen könnte, wenn ich mehr als eine halbe Stunde am Stück allein bin, und dass seine Haushälterin meine Leiche dann für ihn unter den Begonien vergraben muss.

Kurz: Ein paar Minuten allein mit meinem Kater zu haben, ist eine Riesenerleichterung.

Nun zu meiner Wohnung.

Sie ist in Ordnung. Wirklich echt in Ordnung. Sie befindet sich in einem hübschen Stadtteil über einer Metzgerei, was praktisch ist, aber auch ein bisschen Arbeiterklasse-Vibes versprüht. Vor allem, weil ich in Begleitung eines Kerls hier bin, der wahrscheinlich noch nie in seinem Leben einen Supermarkt betreten hat. Seit meinem Einzug habe ich nicht viel verändert, teils weil es eine Mietwohnung ist und teils weil … Wie dem auch sei, selbst für eine Mietwohnung ist sie ein bisschen spartanisch eingerichtet – okay, *sehr* spartanisch, sogar so spartanisch, dass ich sie im Kampf gegen eine ganze Armee wahrscheinlich mit nur zweihundertneunundneunzig anderen Typen an meiner Seite verteidigen könnte.

Sobald Gollum hört, wie ich die Tür öffne, wirft er sich neben seinem Napf auf den Boden und gibt *Wie-konnte-es-zu-dieser-schrecklichen-Tragödie-kommen*-Laute von sich. Was Bullshit ist, weil ich ihn vor meiner Abreise mit reichlich Futter versorgt habe und er hochwertigeres Essen bekommt als ich. Nachdem ich ihn aus dem Tierheim geholt hatte, habe ich ihn ein einziges Mal mit Gourmet-Katzenfutter gefüttert, nur damit er sich besser einlebt, und seitdem verweigert er alle anderen Futtersorten.

Ich versuche, ihn zur Begrüßung zu streicheln, doch er hebt nur träge seinen Schwanz, als wäre er zu schwach, um sich anderweitig zu bewegen. Ich weiß nicht, was ihm genau passiert ist, bevor ich ihn aus dem Tierheim geholt habe, aber der Schwanz ist in der Form eines ewigen Fragezeichens eingefroren.

»Also gut, mein Junge«, sage ich zu ihm. »Wir müssen für eine Weile nach London ziehen.«

Er gibt eine Art erstickten Laut von sich, was ich als Zustimmung werte. Und um ihn weiter zu besänftigen, öffne ich eine frische Dose *Wildlachs aus Alaska & Shrimps*. Die restlichen Dosen packe ich mit Wechselklamotten und ein paar anderen wichtigen Dingen für mich in einen Turnbeutel. Dann leere ich sein Katzenklo, um es ebenfalls mit nach Croydon zu nehmen, und erst in der allerletzten Sekunde hole ich die Transportbox.

Ich dachte, ich wäre total diskret vorgegangen. Ich lag falsch.

Sobald Gollum die Box klappern hört, nimmt er Reißaus. Der Vorteil einer Einzimmerwohnung über einer Metzgerei in Sheffield ist, dass es nicht besonders viele Verstecke für Katzen gibt. Ich muss Gollum allerdings anrechnen, dass er es trotzdem versucht. Zuerst zwängt er sich hinter den Fernseher mitten zwischen die Kabel, und ich mache mir ein wenig Sorgen, dass er einen Stromschlag bekommen könnte. Es gelingt mir, ihn da rauszujagen, aber dann quetscht er sich unter das Sofa, als bestünde er aus Pastete. Es gelingt mir, die Couch zu verschieben, aber dann flitzt er zwischen meinen Beinen hindurch ins Badezimmer, wo er die Klobürste umwirft. Während ich aufwische, rennt er wieder davon und versteckt sich unter dem Bett. Er rollt sich zu einem winzigen Ball zusammen und beginnt zu jammern, was herzzerreißend wäre, wüsste ich nicht, dass er nur eine Show abzieht.

Also recke ich gerade meinen Hintern in die Luft, während mein Kopf unter dem Bett steckt und ich lockende Kussgeräusche von mir gebe, als sich die Wohnungstür öffnet.

»Was«, fragt Jonathan Forest mit einem Anflug von Besorgnis, den er eilig unter einer dicken Schicht Abneigung zu verbergen versucht, »machst du da?«

»Wie sieht es denn aus?«

»Ich würde lieber nicht zu lange darüber nachdenken.«

»Ich versuche, meinen Kater unter dem Bett hervorzulocken, um ihn in seine Box zu verfrachten.«

»Und du bist dir sicher, dass er *dein* Kater ist? Ist dies das Verhalten eines Katers, der dir gehört?«

Ich ziehe den Kopf unter dem Bett hervor und starre ihn an. »Wie viele Leute, glaubst du, leben wohl hier?«

»Ganz ehrlich?« Jonathan sieht sich in meiner lieblos eingerichteten Wohnung um. »Gar keine.«

Aus genau diesem Grund wollte ich nicht, dass er mit hochkommt. Okay, und auch weil er nicht sehen sollte, dass ich mich an alles erinnere. »Ich muss gerade erst eingezogen sein oder so.«

»Wenn du das sagst.« Zwar grinst er nicht spöttisch, aber er wünscht sich ganz offensichtlich, er könnte es tun.

Ich erwidere sein Nicht-Grinsen. »Warum bist du überhaupt hochgekommen? Ich hatte dich doch gebeten, im Auto zu warten.«

»Ich dachte, du könntest vielleicht Hilfe gebrauchen. Und ganz offensichtlich hatte ich recht.«

»Das ist wohl die Rache dafür, dass ich mich über dich lustig gemacht habe, weil du nicht wusstest, wie deine Waschmaschine funktioniert.«

Seine Lippen verziehen sich zu diesem steifen, da nicht häufig benutzten Zucken, das beinahe als Lächeln durchgehen könnte. »Ganz genau. Vor allem, da ich dich nicht dazu gezwungen habe, vier Stunden mit dem Auto zu fahren, um die Waschmaschine zu retten.«

»Ich weiß, wie ich mit meinem Kater umzugehen habe. Versprochen. Er ist bloß etwas komplizierter gestrickt als eine Waschmaschine. So verhalten sie sich, wenn sie einen mögen.«

Gollum gleicht immer noch einem bitterbösen zischenden Fellknäuel, doch ich schiebe trotzdem beide Hände unter das Bett und packe ihn. Das gefällt ihm gar nicht.

»Hol die Transportbox«, rufe ich Jonathan zu. »Hol die Transportbox.«

Irgendwie ist es Gollum gelungen, sich mindestens sechs zusätzliche Pfoten wachsen zu lassen, mit denen er nun um sich schlägt wie ein Kerl, der an einem Samstagabend einen über den Durst getrunken hat.

Jonathan sieht aufrichtig alarmiert aus. »Was denn für eine Transportbox?«

Ich versuche, mit meiner Nase auf den Korb zu deuten, während der jaulende Kater sein Bestes gibt, um mir eine Kopfnuss zu verpassen. »Der, der mitten im Raum steht.«

Mit zugegeben beeindruckender Schnelligkeit hebt Jonathan den Korb auf und fummelt an der Tür herum. »Wie soll das funktionieren?«

Ich bekomme eine Pfote ins Gesicht, was, obwohl Gollum kein besonders starker Kater ist, sicher nicht ideal für meine Gehirnerschütterung ist. »Oben ist ein Riegel.«

Er braucht einen Moment, doch dann öffnet Jonathan die Box. Ich sprinte los und versuche, Gollum hineinzustopfen. Es klappt ganz gut, wenn man von den *Hilfe-ich-werde-ermordet-*Lauten absieht, die er dabei ausstößt. Es gelingt ihm, eine Pfote herauszuschieben, als wären wir in *Jurassic Park* und er wäre gerade in das Velociraptor-Gehege gesperrt worden. Schließlich schaffe ich es jedoch, auch diese Pfote hineinzuschieben, und ich schlage hastig die Tür zu. Er sieht mich mit riesigen Augen an, die verkünden: *Ich werde dir niemals vergeben. Meine Nachfahren werden deine Nachfahren bis in alle Ewigkeit heimsuchen, und ihre Rache wird legendär sein.*

Jonathans weiße Strähne hat sich gelöst, und er lässt sich auf mein Sofa fallen. »Gestern war mein Leben noch sehr normal.«

Ich lasse mich neben ihn fallen. Gollum erdolcht uns weiterhin mit Blicken. »Ich, äh, nehme an, meins auch.«

Er versucht, seine Frisur zu richten. Wahrscheinlich sollte er sein Haar nicht so streng nach hinten gelen, denn er sieht besser aus, wenn es ein bisschen verwuschelt ist. »Ich kenne dich seit zwei Jahren, und soweit ich es beurteilen kann, ist das nicht der Fall.«

Ich sollte nicht nachfragen. Ich sollte nicht nachfragen. Ich frage nach. »Wie bin ich denn so?«

»Du wohnst mit *diesem* Kater in *dieser* Wohnung. Reim es dir selbst zusammen.«

»Okay, ich habe eine recht möbellose Wohnung und einen recht hässlichen Kater. Ich finde, du interpretierst da zu viel rein.«

Jonathan verschränkt die Arme vor der Brust und späht zur Decke hinauf, als wüsste er nicht, wie viel er sagen darf. »Du bist sehr dickköpfig und hast ein zu großes Herz.«

Aus irgendeinem Grund hatte ich das Erste erwartet, das Zweite aber nicht. »Ich glaube, ich bin lieber jemand mit einem zu großen Herzen als jemand, dem alles egal ist.«

»Wenn einem alles wichtig ist, ist es dasselbe, als wäre einem nichts wichtig.«

Ich weiß nicht mehr, wer ich eigentlich gerade zu sein vorgeben sollte, aber die Person, die ich gerade sein *möchte*, ist die, die ihm sagt, wie falsch er damit liegt. »Das stimmt aber nicht, und das weißt du, oder?«

»Doch«, sagt Jonathan in seinem mittlerweile vertrauten *Ich-bin-es-nicht-gewohnt-dass-mir-jemand-widerspricht*-Tonfall. »Ist es.«

Ich mag zwar nicht an Gedächtnisverlust leiden, aber eine Gehirnerschütterung ist trotzdem kein Zuckerschlecken. Nachdem wir Jonathans Wagen endlich mit meinem Kram und dem Kater beladen haben, bin ich verdammt erschöpft und – was viel beunruhigender ist – ziemlich wackelig auf den Beinen. Das hat aber auch seine Vorteile, denn ich nicke ein, sobald wir losfahren, was theoretisch bedeutet, dass ich die nächsten vier Stunden nicht mit Smalltalk mit meinem Arschlochboss verbringen muss … »Sam?«, fragt der Arschlochboss und beugt sich über mich.

Zu früh gefreut.

»Sam, ist alles in Ordnung? Wenn du nicht antwortest, rufe ich einen Krankenwagen.«

Stöhnend öffne ich die Augen. Wir haben gerade mal die Hälfte meiner Straße geschafft. »Ich antworte ja, ich antworte ja. Versuche bloß gerade, ein Schläfchen zu halten.«

»Du musst bei Bewusstsein bleiben.«

»Das war direkt nach dem Unfall. Irgendwann muss ich aber mal schlafen.«

Jonathan bedenkt mich mit einem missbilligenden Blick. Was natürlich nichts Neues ist. »Ungewöhnlich starke Müdigkeit könnte bedeuten, dass es Komplikationen gibt.«

»Ich bin müde, weil ich seit heute früh um acht in einem Auto sitze und du mich die ganze Nacht wach gehalten hast.«

»Ich habe dich nicht die ganze Nacht wach gehalten, sondern bloß ein paarmal nach dir gesehen.«

»Und in welchem Universum steht das nicht für *mich wach halten?*«

Seine Miene wird noch missbilligender. »Sam, du siehst blass aus. Geht es dir gut?«

»Nein, ich versuche zu schlafen.«

»Sam.« Jetzt knurrt er beinahe.

»Okay.« Ich habe es nicht sofort zugegeben, weil er sowieso überreagieren wird. »Ich habe mich vorhin tatsächlich einen kurzen – einen winzigen – Moment lang schwindelig gefühlt, aber ich glaube, dass ich wirklich bloß müde bin.«

»Und was, wenn es nicht nur das ist?«

Ich zucke mit den Schultern. »Dann werde ich wohl an Hirnblutungen sterben, und du kannst nichts dagegen tun.«

Jonathan Forest funkelt mich sehr finster an. »Was? Du solltest das ernst nehmen.«

Ich weiß, dass er einfach bloß nicht verklagt werden will, aber langsam glaube ich, dass mehr hinter seiner Reaktion steckt. »Jonathan, hast du ein schlechtes Gewissen?«

Er blinzelt kurz und wirkt dabei irgendwie ertappt. »Nein. Nein. Warum sollte ich ein schlechtes Gewissen haben?«

Ich beschließe, es ihm leicht zu machen. »Weil es doch in deinem Geschäft passiert ist. Du musst dich mir gegenüber nicht verantwortlich fühlen.«

»Doch.« Jetzt klingt er beinahe wütend. »Der Arzt hat mir praktisch gesagt, dass es keine andere Person gibt, die sich um dich kümmern kann.«

Wow, tritt ruhig noch einmal ordentlich nach. »Hör mal, ich bin mir sicher, dass ich ein erfülltes Sozialleben und ein tolles Hilfsnetzwerk habe. Ich kann mich gerade nur an niemanden erinnern.«

»Aus diesem Grund musst du jetzt mit mir vorliebnehmen. Und ich werde nicht zulassen, dass du in meinem Auto das Bewusstsein verlierst.«

Ich bin mir nicht sicher, ob ich Jonathan früher mehr gehasst habe, als er noch versucht hat, jedes Detail meines Jobs an sich zu reißen, oder jetzt, da er jedes Detail meines Genesungsprozesses an sich reißt.

Als wir den Wagen ausladen, bin ich immer noch nicht ganz auf der Höhe, und ich glaube, Jonathan spürt es, denn er befiehlt mir, ins Haus zu gehen. Ich würde mich gern weigern, aber noch lieber möchte ich mich hinsetzen.

Was danach passiert, weiß ich nicht genau, denn als ich wieder zu mir komme, steht Jonathan vor mir und beugt sich mit in die Hüften gestemmten Händen über mich.

»Ganz offensichtlich«, sagt er, »ist dir das nicht gut bekommen.«

»Eine achtstündige Autofahrt an einem Samstag würde niemandem gut bekommen.«

Ihm entfährt ein frustrierter Laut. »Sam, kannst du bitte einfach akzeptieren, dass du eine Gehirnerschütterung hast und in nächster Zeit etwas vorsichtiger sein musst.«

Ich glaube, ich hasse diese Situation. Ich fühle mich erbärmlich und abhängig von ihm, und ich kann nicht auseinanderhalten, wann er anmaßend ist und wann er wirklich nett ist und wann er nur nett tut und ob es überhaupt einen Unterschied gibt. »Es geht mir gut«, lüge ich.

Jonathan setzt sich neben mich und steht sofort wieder auf. Dann streicht er sich wieder die weiße Strähne aus der Stirn, die sich einfach nicht benehmen will. »Hör mal«, beginnt er. »Mir ist bewusst … Mir ist bewusst, dass die Lage für uns beide nicht gerade ideal ist –«

»Ja, das habe ich in dem Moment kapiert, als du gefragt hast, ob du mich im Krankenhaus zurücklassen könntest.«

»Unterbrich mich ni– Ich meine, ja … ja, das war nicht sehr … Ich habe eine stressige Woche hinter mir, und ich bin allgemein ein viel beschäftigter Mann, und … was ich eigentlich sagen will … ich bin deshalb nicht immer besonders umgänglich.«

»Wer? Du?« Für einen Moment vergesse ich, dass ich ihn eigentlich nicht kennen darf. »Aber die Sonne scheint dir doch geradezu aus dem Arsch.«

Glücklicherweise hört er mir sowieso nicht zu. »Und mir ist ebenfalls bewusst, dass ich manchmal etwas herrisch sein kann, weil ich es gewohnt bin, das Sagen zu haben. Das bedeutet aber nicht, dass du es hier nicht gemütlich haben sollst oder dich fühlen sollst, als könntest du dir nicht die Zeit nehmen, die du für die Genesung brauchst.«

Müsste ich seine Entschuldigung benoten, wäre es bestenfalls eine Vier plus. Aber es ist offenbar die beste, zu der Jonathan Forest in der Lage ist. Andererseits hat er mich heute nach Sheffield gefahren, um meinen Kater zu retten, und ich darf nicht vergessen, dass es meine Mission ist, an die hoffentlich tief in ihm vergrabene Menschlichkeit zu appellieren, also ist es wohl am besten, nachzugeben. »Alles klar«, sage ich. »Danke.«

Er tut sich weiterhin schwer damit, sich auch nur annähernd wie ein guter Mensch zu verhalten. »Und falls du irgendetwas … brauchst. Oder … willst? Dann.«

Jetzt ist ihm der Saft ausgegangen. Und irgendwie ist es ihm gelungen, die Grenze zwischen *er treibt mich zur Weißglut* und *er ist irgendwie niedlich* zu überschreiten. Das Talent hat er mit Gollum gemeinsam.

»Wäre es okay, wenn ich mich ausruhe?«, frage ich, obwohl ich es immer noch hasse, mich ausruhen zu müssen.

»Natürlich.«

Und das müsste eigentlich reichen, um ihn loszuwerden, aber Jonathan Forest ist die Art von Person, die glaubt, dass nichts passiert, wenn er es nicht selbst in die Hand nimmt. Obwohl ich sehr zufrieden damit gewesen wäre, einfach allein auf dem Sofa zu liegen, besteht er darauf, mir eine Decke und ein Kissen zu bringen. Und dann eine Tasse Tee und eine Wärmflasche. Und irgendwann dazwischen trägt er meine Sachen nach oben, stellt Gollums Napf und Katzenklo in der Küche auf und beginnt mit dem Aufbau des Kratzbaums. Es ist irgendwie befremdlich. Ich meine, ich brauche seine Hilfe nicht, aber es macht mir Spaß, ihm dabei zuzusehen, wie er Dinge in die Hand nimmt, solange er mich nicht feuert oder mich vor sich her in eine *Nexa by MERLYN*-Walk-in-Dusche mit 8-mm-Glasschiebetür treibt. Sein »lockeres Wochenendoutfit« besteht aus einem Anzug ohne Krawatte, was allem, was er tut, einen Hauch von Wichtigkeit verleiht, die gerade sehr deplatziert ist. Denn welcher Kratzbaum wurde je mit so viel Ernsthaftigkeit und Konzentration aufgebaut?

Vielleicht starre ich ihn an, denn er blickt auf, und auf einmal sehen wir einander an. »Braucht das Tier sonst noch etwas?«

Gollum hat die ganze Zeit über in seiner Box vor sich hin geschmollt. Da er sich jedoch ausnahmsweise nicht beim Tierarzt befindet, wird er positiv überrascht sein, wenn ich ihn rauslasse.

»Die Umgebung ist neu für ihn, also müssen wir ihm gegenüber ein bisschen vorsichtig sein.«

Jonathan verdreht die Augen. »Natürlich.«

»Er ist ein Kater. Ein Straßenkater aus dem Tierheim. Katzen verstehen nicht, wie Autos funktionieren. Wir haben ihn durchs halbe Land geschleppt und ihn in ein Haus gebracht, in dem er noch nie war. Wir sollten ihn jetzt nicht noch zusätzlich stressen.«

»Also, was tun wir?«

Ich versuche, mich daran zu erinnern, was mir das Tierheim geraten hat. »Wir müssen seinen Bewegungsraum erst mal einschränken und alle Türen schließen, damit er sehen kann, wo sich seine Sachen befinden. Und vielleicht können wir mein T-Shirt vor den Korb legen, damit er einen vertrauten Geruch riecht, wenn er rauskommt.«

Da ihn mein gestriger spontaner Hemdwechsel offensichtlich kalt erwischt hat, geht Jonathan nach oben und holt mir ein frisches T-Shirt, ohne dass ich ihn darum bitte. Dieses ist von *Disney World* mit einem Bild von Brummbär aus *Schneewittchen und die sieben Zwerge*.

»Jonathan«, sage ich. »Warum besteht deine komplette Garderobe aus dunklen Anzügen und Souvenir-Shirts?«

Er sieht mich finster an. »Ich habe Anzüge, weil ich sie für die Arbeit brauche, und ich habe T-Shirts, weil andere Leute sie mir als Witzgeschenk kaufen.«

»Wer kauft dir Witz-T-Shirts?«

»Leute, die keine Ahnung haben, was sie mir sonst schenken sollen.«

Ich wüsste auch nicht, was ich ihm schenken sollte. Er scheint nichts zu mögen außer Geld, und davon hat er schon sehr viel. Nachdem ich mich umgezogen habe, legt Jonathan das Shirt, das ich bis eben getragen habe, vor die Transportbox. Dann dreht er sie, sodass Gollum den Kratzbaum im Blick hat. Er öffnet das Türchen und geht weg, um seine Nachrichten zu checken, als hätte diese eine Geste die Kapazität seiner Gehirnhälfte, die für nichtarbeitsbezogene Dinge vorgesehen ist, bereits überstrapaziert.

Mit der Decke um mich gewickelt, lasse ich mich vom Sofa gleiten, um sicherzugehen, dass Gollum mich sieht, wenn er rauskommt. Nachdem ich ihn aus dem Tierheim geholt hatte, war er so traumatisiert, dass er drei Tage lang hinter meiner Waschmaschine gelebt hat. Diesmal reckt er allerdings das Köpfchen heraus, ignoriert mein T-Shirt völlig und steuert direkt auf Jonathan zu, der etwas abseits steht und so abwesend auf sein Handy starrt, als wäre er ein Teenager – oder ein Workaholic.

Gollum reibt sich an seinen Beinen. Leicht panisch sieht Jonathan auf ihn herab. »Was tut es da?«

»Er markiert dich mit seinem Geruch. Das heißt, dass du jetzt ihm gehörst.«

»Ich gehöre ihm nicht.«

»Das musst du mit ihm ausmachen.«

»Aua.« Gollum hat sich auf die Hinterpfoten gestellt und klettert nun enthusiastisch an Jonathans Hose hoch. »Was macht es denn jetzt schon wieder?«

»Das bedeutet, dass er dich mag.« Keine Ahnung, ob das stimmt, aber es klingt zumindest beruhigend.

Jonathan schüttelt sein Bein sehr sanft, doch dann scheint ihm zu dämmern, dass er meinen Kater lieber nicht durchs Zimmer schleudern sollte. »Kannst du machen, dass es damit aufhört?«

»Dass er aufhört, dich zu mögen? Gib ihm ein bisschen Zeit. Wenn er dich besser kennenlernt, hört er schon ganz von allein auf.«

»Im Ernst. Es macht meine Hose kaputt. Kannst du es nicht von mir wegnehmen?«

»Sorry.« Ich hebe beide Hände. »Du hast mir befohlen, mich auszuruhen.

»Sam.« Er versucht wirklich, energisch zu klingen, obwohl sich gerade ein Kater an sein Schienbein klammert. »Du bist nicht witzig.«

»Finde ich schon. Ich beginne zu glauben, dass ich eine sehr witzige Person bin. So ganz allgemein, meine ich.«

»Ich kenne dich, und du bist nicht witzig. Bloß nervig. Und jetzt hol bitte deinen Kater von mir weg.«

Ich stehe auf und hole meinen Kater. Zumindest versuche ich es, aber er weigert sich vehement. Als ich ihn schließlich von Jonathans Bein gelöst habe, stößt er traurige *Warum-zerstörst-du-mein-Leben*-Laute aus.

Jonathan funkelt mich und das auf tragische Weise leidende Fellknäuel auf meinem Arm an. »Was … was stimmt nicht mit ihm?«

»Ich glaube, du hast seine Gefühle verletzt.« Ich halte ihm Gollum unter die Nase, und er hängt zwischen uns wie ein nasser Lappen. »Siehst du? Schau dir sein kleines Gesicht an.«

Jonathan schaut sich sein kleines Gesicht an. Dann sieht er *mein* kleines Gesicht an, und ich bin mir nicht sicher, welches er weniger leiden kann. Tatsächlich werde ich aus seiner Miene überhaupt nicht schlau. Sehr selten – wenn er nicht gerade eine Strafpredigt hält oder sich in Dinge einmischt, die ihn nichts angehen – sieht er fast schon gut aus. Wenn man auf den bitteren, interessanten Typ steht. Was ich bisher von mir nicht gedacht habe.

Plötzlich zuckt er zurück. »Das ist lächerlich. Ich habe Dinge zu erledigen.« Er fährt herum und schreitet in sein Büro, und Gollum, der besorgniserregend wenig Geschmack für ein Tier an den Tag legt, dem ich glaubte, vertrauen zu können, rennt sofort hinter ihm her.

Eine Gehirnerschütterung zu haben ist scheiße. Es ist nämlich so: Es geht mir gut, aber ich muss meinen Zustand im Auge behalten, für den Fall, dass es mir plötzlich nicht mehr gut geht. Denn das würde bedeuten, dass ich gleich sterbe. Nun ist es Sonntagnachmittag, und ich habe es geschafft, am Leben zu bleiben. Aber ich habe noch einige Stunden Am-Leben-Bleiben vor mir, bevor es gesellschaftlich akzeptabel ist, ins Bett zu gehen.

Jonathan sitzt in seinem Büro, und Gollum ist mit ihm dort. Und das ist … Na ja, ich kann Wochenenden allgemein nicht leiden, aber wenigstens hatte ich sonst immer meinen Kater bei mir. Jetzt habe ich eine Gehirnerschütterung, mir ist langweilig, ich bin allein, und mein verdammter Kater hat mich für meinen verdammten Chef verlassen. Und das tut besonders weh, weil er so ein Arschgesicht ist. Zu allem Überfluss muss ich weiterhin daran arbeiten, dass er mich als Mensch wahrnimmt, um zu verhindern, dass er mich in genau dem Moment feuert, in dem der Arzt verkündet, dass ich das Schlimmste überstanden habe. Und das wird echt schwierig, wenn ich mich nie mit ihm unterhalte. Das kann ich aber nicht, weil er sich in seinem Büro verbarrikadiert. Mit meiner verdammten Katze.

Es ist gleich drei Uhr, und ich bin drauf und dran, die vierte Folge *Homes Under the Hammer* hintereinander zu schauen, als mir auffällt, dass ich ganz dringend etwas anderes tun muss. Egal was. Also stehe ich auf, gehe ins Büro, erdolche Gollum – der es sich fröhlich auf Jonathans Schoß gemütlich gemacht hat – mit einem *Du-hast-mich-verraten*-Blick und sage Jonathan, dass ich spazieren gehen werde.

»Jonathan«, sage ich. »Ich werde spazieren gehen.«

Er sieht nicht mal von seinem Laptop auf. »Wirst du nicht.«

»Ich denke schon. Meine Füße bewegen sich einer nach dem anderen in Richtung Tür.«

Endlich lässt er sich dazu herab, sich mit seinem Schreibtischstuhl zu mir umzudrehen. Mit Gollum auf dem Schoß sieht er dabei wie ein waschechter Bösewicht aus. »Ich meine damit, dass ich zu viel zu tun habe, um dich zu begleiten, und mit deiner Kopfverletzung kannst du nicht allein durch die Gegend laufen.«

Leider hat er damit nicht vollkommen unrecht. »Also muss ich so lange im Wohnzimmer fernsehen, bis du damit fertig bist, ein Bade- und Schlafzimmermagnat zu sein?«

Er nickt. Er *nickt* einfach. Was für ein Arsch. »Mir gefällt das auch nicht, aber so ist es nun einmal.«

»Aber ich verliere den Verstand. Drehe bald total durch.«

»Und das tut mir leid, aber …« Plötzlich sieht er aus, als wäre ihm eine Idee gekommen, und ich wünsche mir augenblicklich, dass das nicht der Fall ist. »Gib mir dein Handy.«

»Was?«

»Gib mir dein Handy. Ich werde *Standort teilen* aktivieren, und dann weiß ich immer, wo du gerade bist.«

Ich bin mir nicht sicher, ob ich will, dass Jonathan Forest immer weiß, wo ich gerade bin. Aber mein gehirnerschütterungsgeplagtes Ich dürfte wohl nicht wissen, was für eine schlechte Idee das ist. Außerdem muss ich wirklich dringend aus diesem Haus raus, also entsperre ich mein Handy und reiche es ihm.

Jonathan tippt darauf herum und gibt es mir zurück. »So. Jetzt kann ich deinen Standort bestimmen, und ich habe außerdem einen Alarm eingerichtet, der dich daran erinnert, mir alle zwanzig Minuten zu schreiben, bis du wieder zurück bist.«

»Jonathan.« Ich versuche, lässig und neckend zu klingen, aber mein Tonfall geht eher in die Richtung *todernst*. »Findest du nicht, dass du dich ein bisschen wie ein Psychopath anhörst?«

»Es ist mir egal, wie ich mich anhöre. Mir ist allerdings nicht egal, dass ich dich im Notfall finden kann, bevor du an einer Hirnblutung stirbst.«

Dagegen komme ich nicht an. Wenn er das Hirnblutungsargument vorbringt, ist die Diskussion meistens vorbei. Also verlasse ich ihn und meine Katze, schlüpfe in meinen Mantel und laufe über die Straße in Richtung Wald.

Draußen ist es frisch und winterlich, und ich bin froh, den Mantel angezogen zu haben. Der Wald ist einer dieser typischen Stadtwälder, wo Heide zwischen den weit auseinanderstehenden Bäumen wächst und wo ich nach einiger Zeit vergesse, dass ich mich in London befinde, bis ich zu einem Hügel komme, wo sich die Bäume lichten und sich auf der einen Seite das Stadtzentrum von Croydon erstreckt und auf der anderen Seite die *Canary Wharf* wie ein steifer Penis in die Höhe ragt. Aber selbst das hat etwas Schönes, denn bei dem Anblick wird mir klar, dass die Stadt – egal, wie groß sie ist, und egal, wie schwer man ihr entkommen kann – eben wirklich nur aus Gebäuden und einem Fluss besteht und dass sie, wenn ich mich an genau dem richtigen Tag im Dezember in den Wald begebe und sie betrachte, klein und weit entfernt und überhaupt nicht mehr so wichtig aussieht.

Mein Alarm klingelt, und ich schreibe Jonathan. Zwei Worte. Nicht tot. Dann schlendere ich den Hügel wieder hinunter, um weiter durch den Wald zu spazieren. Ich bleibe vor einem dieser Schilder stehen, auf denen eine Karte vom Wald auf einem grünen Hintergrund prangt, umgeben von Fotos der Tiere, die es hier zu sehen gibt. Offenbar leben hier verschiedene Vögel wie Spechte und Provencegrasmücken. Nicht, dass ich eine Provencegrasmücke erkennen würde, selbst wenn sie direkt vor mir sitzen und mich vollträllern würde. Außerdem ist gerade Winter, also müssen sie wohl ins Warme geflogen sein. Falls es sich um Zugvögel handelt. Vielleicht in die Provence? Darauf deutet der Name zumindest hin.

Kurz: Es ist einfach schön hier. Ein Ort, an den Leute ihren Hund oder ihre Kinder bringen würden, was seltsam ist, da Jonathan nichts von beidem hat. Jetzt hat er zwar eine Katze, *meine* verdammte Katze, aber laut der *Royal Society for the Prevention of Cruelty to Animals* ist es keine gute Idee, Katzen an die Leine zu nehmen, und selbst wenn nicht, könnte ich mir nicht vorstellen, wie Jonathan mit irgendeinem Tier spazieren geht. Oder dass er überhaupt irgendwohin *läuft*. Offensichtlich kann er laufen, und ich habe ihn von einem Ort zum anderen gehen sehen, wenn es nötig war. Ab und an läuft er auch aufgebracht auf und ab. Himmelherrgott, läuft dieser Mann gern aufgebracht auf und ab. Wenn er nicht gerade an seinem Schreibtisch ist, setzt er sich so gut wie nie, weil er immer mit irgendwas beschäftigt ist oder nach Beschäftigung sucht, oder er dreht total am Rad, weil er sechs Sekunden lang nichts zu tun hatte.

Aber ihn mir vorzustellen, wie er einfach so *spazieren geht?* Unmöglich. Das würde ja bedeuten, dass er denkt: *Ich werde durch den Wald flanieren, der sich praktischerweise direkt um die Ecke des riesigen, sehr teuren Hauses befindet, in dem ich ganz allein wohne.*

Und ganz plötzlich ertappe ich mich dabei, wie ich Mitleid

mit Jonathan Forest bekomme. Ich möchte kein Mitleid mit Jonathan Fucking Forest haben. Weil er ein Arschgesicht ist. Er ist ein Scheißkerl. Er ist ein Fiesling. Ein totaler Wichser. Es ist nur so: Ich wohne jetzt seit zwei Tagen bei ihm, und ich verstehe nicht, wie er so leben kann. Ich verstehe nicht, wieso die Leere in seinem Leben ihn nicht schon längst in die Knie gezwungen hat. Andererseits – vielleicht ist das ja längst passiert. Vielleicht rühren seine Arschgesichtigkeit, sein Scheißkerlgebaren, seine Fieslingnummer und sein Wichserverhalten genau daher.

Oder vielleicht versuche ich gerade bloß, ihn mit derartigen Ausreden in Schutz zu nehmen.

Erneut schicke ich ihm eine *Nicht-tot*-Nachricht, sehe mich ein letztes Mal vergeblich nach einer Provencegrasmücke um und mache mich dann auf den Weg zurück.

Sobald ich die Haustür öffne, höre ich laute Stimmen, und mein erster Gedanke ist, dass Jonathan gerade die Seifenoper *EastEnders* sehr laut aufgedreht hat. Aber da ich ihn bisher nie vor dem Fernseher gesehen habe, muss es sich um echten Besuch handeln.

»… du hast halt so viel Platz«, ertönt die Stimme einer älteren Lady mit starkem Cockney-Dialekt, die Mundart der alteingesessenen Londoner Bevölkerung. »Und alle werden kommen: ich, dein Dad, Nanny Barb, Granddad Del, Auntie Jack, Nana Pauline, Barbara Jane, Theo, Kayla, die kleine Anthea, die mittlerweile gar nicht mehr so klein ist –«

Jonathan schneidet ihr mitten im Satz das Wort ab. »Ich muss mir nicht auf deine Cockney-Art anhören, wie jedes einzelne Mitglied meiner Familie heißt.«

»Manchmal glaube ich, dass du genau das hören musst. Wir bekommen dich ja nicht oft zu Gesicht.«

»Ich bin eben sehr beschäftigt«, knurrt Jonathan sehr vorhersehbar, und Gollum unterstützt ihn mit einem Miau.

»Seit wann hast du überhaupt eine Katze?«, fragt eine andere Stimme – diesen Akzent kenne ich mittlerweile sehr gut von meiner Zeit in Sheffield –, und das nehme ich als mein Zeichen, nicht länger auf dem Flur herumzulungern, sondern endlich einzutreten.

»Er gehört zu mir«, sage ich in die Runde.

Jonathan befindet sich mitten in einem Streit mit zwei Personen, die beide etwa Ende fünfzig sind. Die Frau trägt eine knallgelbe Strickjacke über einer roten Bluse, und der Mann in Lammfelljacke sieht aus, als würde er mir jeden Moment eine zweifelhafte Armbanduhr andrehen wollen.

»Er hat Besuch.« Die Frau fährt zu mir herum und schenkt mir das breiteste Lächeln, das ich seit Tagen gesehen habe. »Johnny«, sie dreht sich zu dem Mann in der Lammfelljacke um, »er hat Besuch.« Dann wendet sie sich wieder Jonathan zu. »Du hast uns nicht gesagt, dass du Besuch hast.« Ohne eine Antwort abzuwarten, sieht sie wieder mich an. »Er hat uns nicht gesagt, dass er Besuch hat. Er hat nie Besuch.«

Jonathans Miene ist so düster, als würde er jede Person in diesem Raum feuern wollen, aber das geht nicht, weil das hier offensichtlich seine Familie ist, und die kann er nicht feuern. »Er ist kein Besuch. Er ist jemand, den ich … jemand aus der Sheffield-Filiale. Sam, kannst du uns einen Moment allein lassen? Dieses Gespräch ist privat.«

»Es ist nicht privat, Sam.« Die Frau kommt auf mich zu und umarmt mich. Das ist mir schon länger nicht passiert, und es fühlt sich intensiv an, aber nicht furchtbar. »Ich heiße Wendy. Ich bin seine Mum. Und das ist Onkel Johnny.«

»Freut mich, Junge.« Onkel Johnny schüttelt mir gerade so energisch die Hand, dass ich glaube, dass er mich testen will.

Ich drücke etwas weniger fest zu, damit er es nicht als Herausforderung auffasst, mich aber auch nicht als eine Person einschätzt, die sich herumschubsen lässt.

»Mum, Johnny, hört auf, euch vorzustellen.« Jonathan nimmt das hier wirklich nicht sehr gut auf. Er nimmt es in etwa so auf, wie es in so einer Situation von einem Sechzehnjährigen erwartet werden könnte. »Sam, geh auf dein Zimmer.«

Ich starre ich an. »Was? Du bist nicht mein verdammter Vater.«

Ich bin mir ziemlich sicher, dass Jonathan Forest niemals Reue empfindet, aber manchmal ist er nah dran. »Ich meine bloß: Kannst du uns bitte etwas Privatsphäre geben?«

Wendy stemmt die Hände in die Hüften. »Darum geht es ihm überhaupt nicht. Er will bloß nicht, dass sein Freund erfährt, was für ein schlechter Sohn er ist.«

»Ich bin kein schlechter Sohn.« Jonathan steht kurz davor, sich in einen Werwolf zu verwandeln.

»Ist schon okay«, wirft Johnny ein. »Nana Pauline sagt auch, dass ich ein schlechter Sohn bin.«

Jonathan funkelt seinen Onkel an. »Bitte verteidige mich nicht, Johnny, wir haben *nichts* gemeinsam.«

»Ein bisschen schon. Du kommst nach deinem Dad.«

Ich muss kein super-duper-empathischer Typ sein, um zu verstehen, dass dies der Zeitpunkt ist, um sich aus dem Staub zu machen. Auf höfliche Weise. Denn es ist nur noch eine Frage der Zeit, bis Rauch aus Jonathans Ohren schießt. Er ist so außer sich, dass selbst Gollum Abstand zu ihm hält. »Also, es war schön, Sie beide kennenzulernen«, sage ich. »Aber es klingt wirklich nach einer Familienangelegenheit, also werde ich nach oben gehen.«

Die Stimmung ist so angespannt, dass Wendy und Johnny nur noch leise Abschiedsworte murmeln, während ich mir

Gollum schnappe und mich auf mein Zimmer verziehe. Dann und wann dringen laute Stimmen aus der Küche. Meistens ist es Jonathan, aber manchmal auch Wendy, und seltsamerweise wirkt es irgendwie beruhigend auf mich. Natürlich ist es nicht ideal, Leuten dabei zuzuhören, wie sie sich anschreien, aber da es hier in den letzten Tagen so still und unheimlich war, bin ich froh darum.

Außerdem habe ich deshalb jetzt meinen Kater zurück.

Ich kraule ihn hinter den Ohren. »Du bist ein wankelmütiges kleines Kerlchen«, sage ich. »Aber ich hoffe, du hast deine Lektion gelernt.«

Er knurrt mich an, und ich glaube nicht, dass er seine Lektion gelernt hat.

»Tschüss, Sam«, schallt es etwa zwanzig Minuten später die Treppe herauf, was mir verrät, dass die Familie jetzt wieder geht.

Ich warte weitere zwanzig Minuten ab und gehe dann nach unten, Gollum dicht auf den Fersen. Jonathan hat sich direkt wieder an die Arbeit gemacht und sieht dabei verdächtig so aus, als würde er nach seinen Worten von vorhin jetzt erst recht zeigen wollen, wie beschäftigt er ist. Leider richtet sich die Botschaft aber an Personen, die nicht mehr hier sind.

Ich druckse in der offenen Tür herum. »Alles in Ordnung?«

Er sieht nicht auf. »Warum sollte nicht alles in Ordnung sein?«

»Weil du dich gerade mit deiner Mam und deinem Onkel gestritten hast.«

»Familien streiten sich manchmal, Sam.«

Gollum springt auf den Schreibtisch und stößt mit dem Kopf von unten gegen Jonathans Hand, bis dieser – zu meinem überwältigenden Erstaunen – aufhört zu tippen und ihn zu streicheln beginnt. Jonathan Forest hat große Hände, ein wenig zu groß für seine knorrigen Handgelenke. Und er hat knotige Fingerknöchel, als hätte jemand einen Ent in einen Anzug gesteckt.

»Ich weiß, dass sich Familien manchmal streiten«, sage ich. »Möchtest du mir sagen, worüber du dich mit deiner gestritten hast?«

Ich erwarte, dass er mit »Nein« antwortet, ohne sich mir zuzuwenden. Dann erwarte ich, dass er einfach gar nichts sagt. Stattdessen sagt er nach einer Weile: »Meine Mutter will, dass ich dieses Jahr an Weihnachten alle zu mir einlade.«

Ich schnalze in gespielter Empörung mit der Zunge. »Was für eine Ziege.«

Nun dreht er sich doch zu mir um. Gollum springt sofort kopfüber in seinen Schoß. »Ich weiß, dass du unter Gedächtnisverlust leidest, aber hast du die Mutter deines Chefs gerade eine Ziege genannt?«

»Das war bloß ein Witz. Ich meine, das klingt nicht, als wäre es zu viel verlangt, da du in einer riesigen leeren Villa wohnst.«

Der Blick aus seinen dunklen Augen bohrt sich in meinen. »Doch, es ist zu viel verlangt. Ich bin –«

»Ich weiß, ich weiß, du bist sehr beschäftigt. Aber es geht verdammt noch mal um Weihnachten und um deine verdammte Familie.«

»Du arbeitest im Einzelhandel, Sam. Du weißt, wie wichtig dieses Quartal ist.«

Eigentlich will ich mit *Nicht wichtiger als die Personen, die du liebst* antworten, aber ich tue es nicht, weil nicht alle so viel Glück haben wie ich und nicht alle eine Familie haben, mit der sie unbedingt die Feiertage verbringen möchten. Und ich will ihm auch nicht mit *Du hast ihnen gegenüber eine Verpflichtung* kommen, für den Fall, dass er dann mit *Sie haben mich rausgeworfen, als ich sechzehn war* kontert.

Nicht, dass Johnny und Wendy so aussehen, als würden sie so etwas tun. Aber das ist bei solchen Leuten meistens nicht der Fall.

»Hör mal«, versuche ich es, »es geht mich ja nichts an, aber –«

»Es geht dich auch nichts an«, stimmt er mir zu.

»Aber du hast hart gearbeitet und bist wirklich erfolgreich –«

»Danke für die Bestätigung.«

»Kannst du mich verdammt noch mal ausreden lassen?« Ich funkele ihn an, aber ich habe kein gutes Funkelgesicht. »Ich versuche zu sagen, dass es vollkommen in Ordnung ist, wenn du deine Familie nicht leiden kannst oder andere Gründe hast, um sie auf Abstand zu halten, von denen ich nichts weiß. Aber wenn es dir wirklich nur um deinen *Job* geht, dann … weißt du … es gibt andere Dinge auf der Welt, die auch wichtig sind.«

Er wendet sich wieder seinem Laptop zu und bemüht sich nach Kräften, so auszusehen, als würde er arbeiten, während Gollum sich nach Kräften bemüht, ihn davon abzuhalten. »Ich mag meine Familie«, sagt er schließlich. Die Worte kommen ihm langsam über die Lippen, als würde er eine schreckliche Beichte ablegen. »Aber meine Zeit ist sehr knapp bemessen, und dieses Haus ist nicht zur Unterhaltung gedacht.«

»Dieses Haus hat drei Wohnzimmer, fünf Schlafzimmer und fünf Badezimmer. Es gibt nicht viel, das besser zur Unterhaltung geeignet wäre. Und außerdem musst du ja niemanden unterhalten. Du lädst deine *Familie* zu dir ein. Das ist etwas anderes.«

Über die Schulter wirft er mir einen gefährlichen Blick zu. »Und warum sollte ich auf einen Typen mit Gedächtnisverlust hören, der in einer leeren Einzimmerwohnung über einer Metzgerei wohnt?«

Ich weiß, dass Jonathan Forest ein Arschloch ist, und weil er ein Arschloch ist, sagt er manchmal – oft – Arschlochdinge. Aber das war unter der Gürtellinie. »Tja, ganz offensichtlich tust du es ja ohnehin nicht.«

Und dann drehe ich mich um und gehe.

In dieser Nacht schlafe ich nicht gut. Ich denke über Dinge nach, an die ich nicht denken möchte. So sehr, dass ich mir wünsche, ich würde wirklich unter Gedächtnisverlust leiden. Deshalb sehe ich beim Frühstück wohl so mitleiderregend aus, dass Jonathan – dessen tägliches Frühstück aus schwarzem Kaffee und einer halben Grapefruit besteht – beinahe den Anschein erweckt, als würde er ganz vielleicht anfangen, etwas zu fühlen, das eventuell eines Tages einem schlechten Gewissen recht nahe kommen könnte.

»Um noch mal auf gestern Abend zu sprechen zu kommen«, sagt er, statt sich zu entschuldigen. »Du musst begreifen, dass meine Beziehung zu meiner Familie sehr kompliziert ist. Sie haben mich nie schlecht behandelt, daran liegt es nicht. Vielmehr daran, dass es eine sehr große Familie und meine Zeit sehr knapp bemessen ist, und über die Jahre ist es immer schwieriger geworden, diese beiden Dinge in Einklang zu bringen. Wir sind nicht gut darin, uns gegenseitig zufriedenzustellen.«

Hätte ich bessere Laune, würde ich das Thema nicht weiter vertiefen. Aber ich vertiefe es. »Weißt du, wenn du schlecht in etwas bist, kannst du besser werden. Das ist das Gute daran.«

»Es geht dich nichts an, Sam.«

Er hat recht. Ich weiß nicht mal, warum es mich überhaupt kümmert. Ich bin nicht hier, um mich mit Jonathan anzufreunden. Ich bin hier, damit er mich gerade genug leiden kann, um Tiff, Brian und mich nicht zu feuern. Mit in sein Familiendrama hineingezogen zu werden, ist das Letzte, was ich gebrauchen kann.

»Wie dem auch sei«, fährt er energisch fort. »Ich muss heute Nachmittag ins Geschäft. Aber die Haushälterin kommt vorbei, also …«

»Also wenn ich tot umfalle, wird eine Person da sein, die sagen kann *Oh nein, wie traurig?*«

Er weigert sich, auf meine Spitze einzugehen. »Falls du etwas brauchst, schreib mir einfach.«

»Danke«, sage ich. »Wie großmütig von dir.«

Auch darauf geht er nicht ein. Das Treffen mit seiner Familie muss ihm wirklich unter die Haut gegangen sein.

Ich mache mich auf die Suche nach Frühstück, was wohl ein gutes Zeichen ist, weil ich in den letzten Tagen keinen Appetit hatte. Allerdings stellt sich schnell heraus, dass Jonathan absolut nichts Essbares im Haus hat außer frischem Obst und dem Katzenfutter, das ich selbst mitgebracht habe. Und obwohl Letzteres von guter Qualität ist und damit wirbt, dass es aus echtem Fleisch und frischem Fisch besteht, bin ich dann doch nicht dermaßen verzweifelt.

»Isst du eigentlich überhaupt jemals?«, frage ich.

Jonathan deutet auf seine Grapefruit. Und wenn ich so darüber nachdenke, wirkt er wirklich wie ein Mann, der allein von Koffein und Zitrusfrüchten leben könnte.

»Nein, ich meine bloß – du hast kein Brot zuhause.«

»Mittags esse ich immer auf der Arbeit. Wenn ich zuhause Hunger kriege, bestelle ich etwas.« So haben wir es die letzten Tage über gemacht, aber ich hatte angenommen, es würde bloß daran liegen, dass ich seine Routine durcheinandergebracht habe. »Ich werde mich in den nächsten zwei Wochen ganz sicher nicht nur von Lieferservice-Essen ernähren. Das ist nicht gesund.«

»Es ist praktisch, und die Qualität ist dieselbe wie im Restaurant.«

Keine Ahnung, warum mich das so stört. Es ist ja nicht so, als hätte ich nicht auch viele einsame Ausflüge zur Frittenbude hinter mir. Vielleicht stört es mich deshalb. »Also bist du im Besitz dieser maßgeschneiderten Einbauküche, benutzt sie aber nie?«

»Ich frühstücke hier.«

»Du schneidest eine Grapefruit auf. Das kannst du nicht Kochen nennen, das ist …« Ich versuche, mir einen guten Vergleich einfallen zu lassen. »Du schneidest eine Grapefruit auf.«

»Sam, ich weiß, dass du eine Gehirnerschütterung hast, aber ich habe dich nicht in mein Haus eingeladen, damit du dich in Familienangelegenheiten einmischst *oder* meinen Lebensstil kritisierst.«

»Und das würde ich ja auch nicht« – wie schon gesagt, gewöhnlich hätte ich ihm nicht so viel Kontra gegeben, doch ich bin einfach müde und schlecht drauf – »aber ich muss jetzt eine Weile so leben wie du, und ich möchte nicht aus Kartons essen müssen, bis ich wieder nach Sheffield zurückfahre.«

Jonathan steht auf und lässt seinen Teller mit der ausgelöffelten Grapefruit stehen, wahrscheinlich, damit sich die Haushälterin darum kümmert. »Was schlägst du also vor?«

Seinem Tonfall ist zu entnehmen, dass er keine Antwort hören will, aber ich antworte trotzdem. »Ich habe den ganzen Tag sowieso nichts zu tun, also warum lässt du mich nicht kochen?«

»Du kochst?«

Nicht gut, wenn ich ehrlich bin. Aber wahrscheinlich besser als Jonathan. »Ich kann einen Braten machen.«

»Einen Braten?«

»Ja, du weißt schon, Fleisch und vielleicht ein bisschen Gemüse, aber nicht auf Gourmet-Standard oder so.«

Er sieht unbeeindruckt aus. »Ich weiß, was ein Braten ist, Sam. Ich meinte bloß – du willst mir einen Braten zubereiten, während ich auf der Arbeit bin? Wird er auf dem Tisch bereitstehen, wenn ich nach Hause komme?«

»Äh ja, wenn du mir vorher Bescheid gibst, wann du hier sein wirst.«

»Ich habe eine Haushälterin. Ich brauche nicht auch noch eine Ehefrau.«

Ich wedele mit der Hand in seine Richtung. »Okay, diese Aussage müsste mal genauer unter die Lupe genommen werden, darin verbirgt sich so einiges. Ich sage aber nicht, dass ich dir eine Pfeife und deine Hausschuhe bringen will, während du vor dem Kamin sitzt. Ich sage bloß, dass ich gern etwas Selbstgekochtes essen würde, und wie es aussieht, passiert das nur, wenn ich es selbst in die Hand nehme. Und natürlich könnte ich mich auch allein in deine Küche setzen und meinen Braten essen, aber dann würde ich mich ziemlich arschig fühlen.«

Ich könnte schwören, dass er einen Moment lang versucht ist, Ja zu sagen. Warum auch nicht? Lieben nicht alle Menschen einen guten Braten? »Wir haben ja schon darüber gesprochen, dass es nichts Essbares im Haus gibt, und wenn wir etwas liefern lassen, wird es erst morgen ankommen.«

So einfach lasse ich ihn nicht davonkommen, vor allem nicht, wenn sich mir damit eine Möglichkeit bietet, aus dem Haus zu kommen und mir die Beine zu vertreten. »Weißt du, ich habe Gerüchte über magische Gebäude gehört, in die du reingehst und den Leuten dort dein Geld gibst, und im Gegenzug geben sie dir Lebensmittel.«

»Ich werde dich nicht –«

»Und jetzt wage es ja nicht, zu sagen, dass du mich nicht

einkaufen gehen lässt. Ich habe eine Gehirnerschütterung, aber ich wurde nicht unter Hausarrest gestellt.«

Eine lange Stille setzt ein, während sich Jonathan offenbar zu entscheiden versucht, ob es einfacher wäre, mir zu geben, was ich verlange, oder weiter mit mir zu streiten, bis ich aufgebe. »Na schön«, fährt er mich an. »Aber ich muss heute zur Arbeit, also wird es schnell gehen müssen.«

Wie sich herausstellt, ist einkaufen gehen wie sich den Arsch abwischen. Du tust es meistens allein, also nimmst du an, dass alle es ungefähr gleich tun, aber überraschenderweise gibt es da große Unterschiede. Ich glaube, ich habe meine Einkaufsgewohnheiten von meiner Mam. Sie hatte immer im Kopf, was sie brauchte, ist dann aber doch durch den Laden geschlendert, um nach Angeboten Ausschau zu halten. Jonathan scheint seine Gewohnheiten aus Filmen über Ausbrüche aus Kriegsgefangenenlagern aus dem Zweiten Weltkrieg zu haben: alles genau planen, dicht zusammenbleiben, nicht sprechen, sich nicht ablenken lassen, so schnell wie möglich raus hier.

Ich mache das zwei Minuten lang mit, während Jonathan mich wegen meiner Unentschlossenheit rügt.

»Wenn ich es sehe, weiß ich, dass ich es brauche«, sage ich dann zu ihm.

Er sieht sich ungeduldig um. »Wir wissen, was wir brauchen. Wir wollen Hühnchen, Möhren und Erbsen, das ist alles.«

»Was ist mit Bratensoße?«

»Okay, Hühnchen, Möhren, Erbsen und Bratensoße.«

Ich betrachte das Gemüsesortiment, das zu einem bunten Regenbogen angeordnet ist, und fühle mich um einiges besser als in den letzten Tagen. »Was hältst du von Pastinaken?«

»Ich finde, dass sie nach ihrem dritten Album nachgelassen haben. Was meinst du mit ›Was halte ich von Pastinaken‹? Ich habe keine Meinung zu Pastinaken. Wer hat schon eine Meinung zu Pastinaken? Wer hat Zeit, um sich Gedanken über Pastinaken zu machen?«

Ich frage mich ganz ehrlich, ob er den Verstand verloren hat. »Sollen wir das noch einmal versuchen? Magst du Pastinaken?«

»Ich denke schon …« Er macht eine verwirrte Handbewegung. »Wenn sie auf meinem Teller lägen, würde ich sie wohl essen.«

»Das reicht mir. Ich nehme welche mit.«

Jonathan zückt sein Handy, um auf die Uhr zu sehen. »Super. Können wir jetzt weitergehen?«

»Wie sieht es mit Stangenbohnen aus?«

»Wirst du das jetzt für jede einzelne Gemüsesorte im ganzen Laden fragen?«

»Nein, es geht nur um die, von denen ich glaube, dass sie gut zu dem Braten passen. Ooh …« Ich entdecke etwas anderes. »Sollen wir Pilze und Speck für morgen zum Frühstück kaufen?«

Jonathan entfährt der tiefste Seufzer, der überhaupt noch als Seufzer und nicht als Schrei bezeichnet werden kann. »Sam, kauf einfach, was du willst. Ich weiß nicht, wie oft ich dir noch sagen muss, dass ich viel zu tun habe. Heute ist ein Wochentag, also muss ich arbeiten, und es ist mir schlichtweg egal.«

Ich würde gern mit *Gibt es überhaupt irgendwas anderes in deinem Leben außer deinem Job?* antworten, aber ich kenne die Antwort auf diese Frage, und wer im Glashaus sitzt …

»Okay.« Ich versuche, versöhnlich zu klingen, weil er kurz vor einem Nervenzusammenbruch mitten im *Morrisons* zu stehen scheint. »Ich beeile mich.«

Und ich versuche wirklich, mich zu beeilen oder so schnell zu machen, wie es mit einer Gehirnerschütterung in einem Supermarkt möglich ist, in dem ich noch nie vorher war. Ich hole

Hühnchen, Kartoffeln und Gemüse und ein bisschen Brot und Speck und Eier zum Frühstück und eile dann zurück zu der Stelle, an der ich Jonathan mit seinen E-Mails zurückgelassen habe. Aber er ist nicht mehr da. Das löst ein wenig Panik in mir aus, auch wenn ich nicht sicher bin, ob es sich um die Art von Panik handelt, die ein Kind verspürt, das seinen Dad verloren hat, oder die eines Dads, der sein Kind verloren hat. Ein wenig verbittert frage ich mich, ob er einfach aufgegeben hat und ohne mich nach Hause gefahren ist. Das erscheint mir dann doch unwahrscheinlich, wenn ich bedenke, wie sehr ich ihn jedes Mal bearbeiten muss, damit er mich überhaupt mal allein lässt.

Als ich mich daran erinnere, dass er die Standort-teilen-Funktion auf meinem Handy aktiviert hat und ich dadurch auch *seinen* Standort sehen müsste, fühle ich mich ein wenig selbstgefällig. Es funktioniert tatsächlich, aber ich erfahre bloß, dass er sich irgendwo im selben Gebäude aufhält wie ich. Also schiebe ich den Einkaufswagen durch die Gänge und suche nach einer miesepetrigen Witzfigur in einem Anzug, die kein bisschen in diesen Supermarkt passt.

Ich finde ihn in der Haustierabteilung, wo er sich Katzenleckerlis ansieht. Und als er mich bemerkt, sieht er plötzlich aus, als hätte ich ihn beim Pornoschauen erwischt.

»Ich dachte, du würdest länger brauchen«, sagt er.

»Du hast mir gesagt, dass ich mich beeilen soll.«

»Ja, aber ich dachte nicht, dass du auf mich hörst.«

Er hat einen dieser Stöcke mit einem Faden in der Hand, an dessen Ende eine Stoffmaus baumelt. Ich glaube, sie werden Katzenangeln genannt. Die Vorstellung, wie Jonathan Forest Gollum eine Maus vors Gesicht baumeln lässt, ist eine lustige Mischung aus liebenswert, seltsam und ein wenig angsteinflößend. Er will das Spielzeug ganz offensichtlich kaufen, es aber nicht zugeben, also nehme ich es ihm aus der Hand und lege es in den Wagen. Und während er auf seine Füße starrt und so tut, als wäre er nicht dankbar dafür, werfe ich auch noch eine Tüte *Felix Lachs und Forelle Crispies* hinterher, die Gollum liebt, obwohl ich nicht zugeben darf, dass ich das weiß, weil ich doch unter Gedächtnisverlust leide. Glücklicherweise schämt sich Jonathan immer noch zu sehr, um mir ins Gesicht zu sehen.

Es ist sehr anstrengend, über einen längeren Zeitraum sauer auf eine andere Person zu bleiben. Wenn sich die Wut gegen Jonathan Forest richtet, ist es meistens nicht ganz so anstrengend, weil er eine sehr zornauslösende Person ist. Nur manchmal ertappe ich mich dabei, wie ich *nicht* sauer auf ihn bin, und das wird langsam etwas besorgniserregend.

Etwa zwanzig Minuten nachdem Jonathan zur Arbeit gefahren ist, trifft seine Haushälterin ein.

»Hi«, sagt sie. »Ich bin Agnieszka.«

Als Jonathan von seiner Haushälterin gesprochen hat, hatte ich mir irgendwie eine Frau über sechzig mit grauen Haaren und Gummihandschuhen vorgestellt, und keine eisblonde Mitte zwanzig, die wie eine Anwältin aussieht. Deshalb komme ich mir ziemlich scheiße vor, wie ich hier den ganzen Tag mit der Decke auf Jonathans kaum benutztem Sofa sitze und *Pointless* schaue, bis es Zeit zum Kochen ist. »Sam«, sage ich zu ihr.

»Ich weiß.«

»Ich habe eine Gehirnerschütterung.«

»Ich weiß. Und offenbar leidest du auch unter Gedächtnisverlust.« Sie klingt skeptisch, was Letzteres angeht.

»Bin ich dir im Weg?«, frage ich, um sie von dem Thema abzulenken. »Soll ich mich verziehen? Oder kann ich dir, äh, helfen?«

Sie schüttelt den Kopf. »Ich glaube, Mr Forest wäre nicht begeistert, wenn ich dich zum Duscheschrubben verdonnere, obwohl er mich gebeten hat, ein Auge auf dich zu haben.«

»Wenn ich mich zwischen der Dusche und dem Tagesfernsehprogramm entscheiden muss, wähle ich die Dusche.«

»Klingt gut.« Sie grinst und sieht dabei sofort weniger wie eine Anwältin aus. »Du putzt die Bäder, und ich schaue *Pointless*.«

Sie macht bloß Witze, und ich weiß es, und sie weiß, dass ich es weiß, aber jetzt kann ich keinen Rückzieher machen, sonst wirkt es so, als hätte ich es nicht ehrlich angeboten, auch wenn ich es ernst gemeint habe. Ich hebe Gollum von meinem Schoß, der sich mit mir zufriedengibt, wenn Jonathan nicht verfügbar ist, und stehe dann ganz langsam vom Sofa auf, in der Hoffnung, dass sie mich aufhalten wird.

Das tut sie nicht. Stattdessen setzt sie sich und spielt die nächste Folge ab. Gerade bittet Richard Osman die Teilnehmenden, einen US-Staat zu nennen, der nicht mit einem Vokal endet.

»Wisconsin«, sagt Agnieszka zu dem Fernseher. Der Typ im Fernsehen sagt *Hawaii*, weil er entweder vergessen hat, wie man das schreibt, oder sich nicht daran erinnern kann, was ein Vokal ist, und Agnieszka zuckt zusammen. »Ooh, ein klassischer *Pointless*-Fehler.«

Ich habe ungefähr die Hälfte des Raums durchquert und werde immer langsamer, damit sie Zeit hat, um mich aufzuhalten, bevor ich herausfinden muss, wo Jonathan Forest seine Putzschwämme aufbewahrt.

Sie tut es immer noch nicht.

Der nächste Kandidat antwortet mit *New York*, was korrekt ist, aber viele Punkte generiert, was schlecht ist, wie der Name des Spiels schon sagt. Jetzt habe ich die Tür fast erreicht.

Ich verlasse den Raum und höre hinter mir »Arkansas«, und erst als ich einen Fuß auf die Treppe setze, kommt ein »Ziehst du das jetzt wirklich durch?« hinterher.

Das zähle ich als Sieg, wenn es auch ein sehr unnötiger ist, und gehe zurück ins Wohnzimmer. »Hättest du es mich wirklich durchziehen lassen?«

»Natürlich nicht, dann würde ich gefeuert werden.«

Ihre Worte versetzen mir einen Stich, was sie vermutlich nicht beabsichtigt hat. »Ich bin kein Spitzel, und ich helfe gern.«

Sie steht auf. »Ganz ehrlich, es gibt hier nie viel zu tun. Es ist ein großes Haus, aber ich glaube, nicht mal die Hälfte wird benutzt.« Sie geht in die Küche, schnappt sich Jonathans Teller vom Frühstück und entsorgt die Grapefruit teils im Biomüll und teils in der Spüle. »Ich habe Mr Forest nur ein einziges Mal getroffen, aber so, wie es aussieht, steht er morgens auf, isst eine halbe Grapefruit, geht zur Arbeit, kommt irgendwann nach Hause und geht direkt ins Bett. Ist wahrscheinlich der leichteste Job, den ich je haben werde.«

»Das stimmt sicher, aber ich würde mich einfach schlecht fühlen, hier zu sitzen und dir bei der Arbeit zuzusehen.«

»Mit einer Gehirnerschütterung solltest du dich am besten ausruhen.«

Ich verdrehe die Augen. »Jetzt fang du nicht auch noch damit an. Hat Jonathan dir befohlen, das zu sagen?«

»Nein, das ist nur meine professionelle Einschätzung der Lage als medizinische Fachperson.«

Ich lache gerade lange genug, um festzustellen, dass sie es ernst meint. »Was meinst du mit ›medizinische Fachperson‹?«

»Ich bin ausgebildete Ärztin. Aber dann hattet ihr in diesem Land eine Abstimmung darüber, ob *Agnieszka und alle, die wie sie sind, sich dahin zurückverpissen sollen, wo sie herkommen,* und die Antwort lautete *Ja*, also war ich danach nicht mehr besonders erpicht darauf, mich für den *National Health Service* zu Tode zu schuften.«

»Also bist du Haushälterin geworden?«

Sie zuckt mit den Schultern. »Es sollte bloß vorübergehend sein, aber ich hatte Glück mit Mr Forest, und ich habe festgestellt, dass ich eher eine Person bin, die arbeitet, um zu leben, und nicht andersherum. Manchmal befürchte ich zwar, dass er ein Serienkiller ist, aber ich kann wohl immer noch kündigen, sollte ich mal irgendwelche Körperteile für ihn beseitigen müssen.«

»Ich bin mir ziemlich sicher, dass er kein Serienkiller ist.«

»Woher willst du das wissen?«, fragt sie. »Du leidest doch unter Gedächtnisverlust.«

Irgendwie glaube ich, dass der *Oh-ja-hab-ich-ganz-vergessen*-Witz bei ihr nicht ziehen würde. Denn einem Mann etwas vorzuspielen, der immer nur an sich selbst denkt und sich für nichts anderes als seine Geschäftszahlen interessiert, ist eine Sache. Aber eine ehemalige Ärztin zu verarschen, die sich mit Gehirnerschütterungen auskennt, könnte schwieriger werden. »Er betreibt eine Schlaf- und Badezimmer-Superstore-Kette«, erkläre ich.

»Er könnte *trotzdem* ein Serienkiller sein.«

»Ich glaube, ich würde es merken, wenn ich für einen Serienkiller arbeiten würde.«

»Ich wiederhole mich: Gedächtnisverlust.«

Das Gespräch geht für meinen Geschmack langsam echt zu sehr in diese Richtung. »Ich finde trotzdem, dass das etwas ist, was ich irgendwie immer wissen würde. In etwa so, wie niemand je vergisst, Klavier spielen zu können.«

Sie hat mittlerweile die Hälfte der Küchenoberflächen abgewischt, und sie hat recht: Es ist nicht viel Arbeit, weil sie nie benutzt werden. Beinahe fühle ich mich schlecht, weil ich nachher darauf kochen werde. »Kannst du es denn?«

»Was?«

»Klavier spielen.«

Ich mache mir große Sorgen, dass das eine Falle sein könnte. »Ich weiß es nicht. Ist es nicht so eine Sache, die ich erst wissen würde, wenn ich mich an ein Klavier setze?«

»Nicht wirklich.«

»Oh. Also, ich weiß nicht, was ich dir sagen soll, weil der Arzt meinte –«

Nun hat sie die Arme vor der Brust verschränkt und sieht nicht mehr misstrauisch aus, was aber nur daran liegt, dass das Misstrauen in ihrer Miene durch Gewissheit ersetzt wurde. »Ich wette, der Arzt hat schnell irgendwas dahingesagt, weil acht weitere Menschen darauf gewartet haben, von ihm untersucht zu werden.«

Ich nicke zögernd. »Ich verstehe, warum du lieber Betten machst.«

»Und ich wette außerdem, dass er nicht gesagt hat: *Sie leiden unter der Filmversion von Gedächtnisverlust, sodass sie praktische Teile Ihrer Vergangenheit vergessen, aber neu entstandene Erinnerungen problemlos behalten und, ach ja, da ist noch die Sache mit dem Klavier.*«

»Das hat er tatsächlich nicht gesagt.«

Einen langen Moment starrt sie mich bloß an. »Du leidest nicht an Gedächtnisverlust, oder?«

Und einen sehr, sehr langen Moment starre ich bloß zurück. Dann gebe ich klein bei. »Bitte, *bitte*, sag es ihm nicht. Ich weiß, es klingt abgefahren, aber es geht hier nicht nur um mich, sondern um mein Team.«

»Erstens hatte ich nicht vor, dich zu verraten.« Sie widmet sich wieder dem Putzen der blitzsauberen Oberflächen.

»Zweitens, wann sollte ich das tun? Ich habe ihn ein Mal gesehen, und er kommuniziert nur über SMS mit mir.«

»Du könntest ihm eine SMS schreiben.«

»Klar, ich könnte ihm aus dem Nichts heraus eine Nachricht schicken, in der steht: *Ihr Anzug ist in der Reinigung, und der Mann, der in Ihrem Haus wohnt, leidet gar nicht wirklich unter Gedächtnisverlust.* Das würde mein Leben auf keinen Fall unnötig verkomplizieren.«

»Ich wohne nicht in diesem Haus«, protestiere ich. »Ich … schlafe bloß hier und nehme all meine Mahlzeiten hier ein, und mein Kater ist hier.«

»Das soll ein Kater sein?«

»Jap. Ich sehe schon, dass du Ärztin und keine Tierärztin bist.«

Sie inspiziert ihn auf diese medizinische Weise, die medizinischem Fachpersonal zu eigen ist. »*Er* braucht aber vielleicht einen Tierarzt.«

»Ich war mit ihm schon beim Tierarzt. Er hat alle Impfungen bekommen. Es geht ihm gut, aber die Ohren werden immer so bleiben. Genauso wie der Schwanz. Und auch an seinem Gesicht lässt sich nichts ändern. Und überhaupt, du solltest ihn nicht so runtermachen.«

Sie verlässt die Küche, kommt zum Sofa, kniet sich vor Gollum und nimmt seine beiden Vorderpfoten in die Hände. »Es tut mir sehr leid, Kater.«

»Er heißt Gollum.«

»Es tut mir sehr leid, Gollum. Du bist bestimmt ein sehr guter Kater, auch wenn du mit Toxoplasmose verseucht bist.«

»Hey.« Ich versuche, ihr einen warnenden Blick zuzuwerfen, aber ich glaube, mein allgemein freundliches Wesen macht mir einen Strich durch die Rechnung. »Sei nicht so gemein. Er hat keine Toxoplasmose.«

»Hat er bestimmt. Außerdem ist er ein Kater, ihm ist egal, was ich sage, es geht nur darum, *wie* ich es sage.« Sie setzt sich zwischen uns, und Gollum nimmt Reißaus – offenbar spürt er, wenn jemand schlecht über ihn redet, auch wenn er die Worte nicht versteht. »Also, warum tust du so, als würdest du an Gedächtnisverlust leiden?«

Ich zögere. Einerseits, weil ich niemanden einweihen möchte, andererseits, weil sie streng genommen für Jonathan arbeitet, und teilweise auch, weil es sich wirklich verdammt lächerlich anhört, wenn ich es laut ausspreche. »Okay, also ich fange hinten an: Falls Jonathan herausfindet, dass ich eigentlich gar keinen Gedächtnisschwund habe, wird er mich und mindestens zwei meiner Teammitglieder feuern, vielleicht sogar mehr.«

Sie sieht verständnisvoll aus. Nicht auf eine Sie-wird-ihren-Job-für-mich-riskieren-Art, aber zumindest auf eine Sie-wird-mich-nicht-verraten-nur-weil-das-lustig-wäre-Art. »Und warum sollte er das tun?«

»Du hast eben noch geglaubt, er wäre ein Serienkiller, also kannst du davon ausgehen, dass er sehr wohl dazu fähig ist, ein paar Leute zu feuern.«

»Ich dachte, er wäre ein Serienkiller, weil er allein in einem großen Haus mit viel zu vielen Badezimmern und Platz für einen schallisolierten Keller wohnt. Warum aber solltest du denken, dass er deine gesamte Kollegschaft feuern wird?«

»Weil er gesagt hat, *Sam, ich werde alle feuern, die mit dir zusammenarbeiten, wenn du nicht anfängst, dich mehr wie ein Arschloch zu benehmen*.«

»Ich nehme an, dass das nicht seine exakten Worte waren.«

»Ich habe sie ein bisschen ausgeschmückt. Dann ist die Geschichte interessanter. Die Kurzversion ist: Es gefällt ihm nicht, wie ich meine Filiale führe, und er will Ausgaben kürzen, was bedeutet, dass ich Leute feuern muss, und wenn ich es nicht tue, wird Jonathan zuerst mich feuern und dann jemand anderen damit beauftragen, alle zu feuern, oder er wird gleich die gesamte Filiale schließen und alle Angestellten feuern.«

Agnieszka sieht so aus, als würde sie mir wirklich zuhören – etwas, was ich lange nicht erlebt habe. Mein Team ist nett, aber sie sind nicht gut im Zuhören, und dasselbe gilt für Jonathan, nur das mit dem *nett Sein* nicht. »Ich verstehe aber immer noch nicht, woher die Sache mit dem Gedächtnisverlust rührt.«

»Na ja, wir sind ein bisschen aneinandergeraten, und er hat mich angebrüllt, und ich bin rückwärts von ihm weg und in eine *Nexa by MERLYN*-Walk-in-Dusche mit 8-mm-Glasschiebetür gestolpert –«

»Ist es wirklich wichtig, von welcher Marke die Dusche war?«

»Ja, weil der Name verrät, wie schwer das Glas ist, das auf mich gefallen ist.«

Sie blinzelt. »Wie schwer ist das Glas denn?«

»Acht Millimeter.«

»Das ist keine Gewichtsangabe, sondern die Dicke des Glases.«

Ich bewege meine Hände in einer Geste, die hoffentlich unterstreicht, wie krass es ist, von einer acht Millimeter dicken Glastür am Kopf getroffen zu werden. »Also … sie ist verdammt schwer, okay?«

»Ich habe ja bloß gefragt.«

Wir bewegen uns in eine Richtung, die nicht wirklich relevant für die Geschichte ist, aber der Teil von mir, der viel zu viel Zeit im Verkaufsraum verbracht hat, kann es nicht einfach auf sich beruhen lassen. »Aber du hast die *Nexa*-Dusche gesehen«, sage ich. »Er hat oben eine.«

»Die mache ich bloß sauber. Ich schaue mir die Markennamen nicht an.«

»Die große, teuer aussehende Dusche mit der superdicken Glasschiebetür in dem Bad, das an sein Schlafzimmer angrenzt.«

Agnieszka sieht mich mit einer *Jetzt-hab-ich's-verstanden-*Miene an. »Ah, das ist wirklich schweres Glas.«

»Ich weiß, deshalb habe ich das Modell erwähnt.«

»Und deshalb ist es gut, dass ich nachgefragt habe, als du es mir gesagt hast.« Wo sie recht hat.

»Wie dem auch sei«, fahre ich fort. »Ich bin in die *Nexa by MERLYN*-Walk-in-Dusche mit 8-mm-Glasschiebetür gefallen, die dann auf mich drauf–«

»Das ist das Modell, das oben im Bad steht, richtig?«

»Ja, genau. Also, ich falle in die *Nexa by MERLYN*-Walk-in-Dusche mit 8-mm-Glasschiebetür, wie die, die oben steht, und – du machst das extra, oder?«

Sie nickt. »Die Geschichte ist jetzt schon lang und sehr albern. Ich wollte sehen, wie lang und albern sie noch werden kann.«

»Sie ist nicht albern, sondern sehr wichtig. Leute könnten ihre Jobs verlieren. Nachdem ich in die *Nexa by MERLYN*-Walk-in-Dusche mit 8-mm-Glasschiebetür, wie die, die oben steht, gefallen bin, wurde ich ins Krankenhaus gebracht, und ich war ein wenig verwirrt, sodass Jonathan sofort angenommen hat, ich würde unter Gedächtnisverlust leiden, und der Arzt, der uns, wie du schon sagtest, schnell loswerden wollte, hat ihm nicht widersprochen, also habe ich mitgespielt, weil ich dachte, das würde mir Zeit verschaffen, um mir einen Plan auszudenken, wie ich Jonathan davon abhalten kann, sämtliche Leute zu feuern.«

Agnieszka beugt sich nun mit ernster Miene vor. »Könntest du nicht einfach … die paar Leute feuern?«

»Ach ja? Und wie soll sich Brian dann um seine Nan kümmern? Wie Tiff ihren Kurs bezahlen? Was soll Claire –«

»Dir ist schon klar, dass ich diese Leute nicht kenne, oder?«

Ich wedele erneut sinnträchtig mit der Hand. »Ich wollte es nur etwas dramatischer machen.«

»Du hättest definitiv eine Karriere als Geschichtenerzähler einschlagen sollen, Sam.« Ich empfange starke Sarkasmus-Vibes von ihr. »Und es tut mir leid, dir mitteilen zu müssen, dass das hier«, nun macht *sie* eine sinnträchtige Handbewegung, »langfristig nicht funktionieren wird.«

»Ich weiß, dass es langfristig nicht funktionieren wird. Deshalb arbeite ich ja an einem Plan.«

Sie blickt skeptisch drein. »Und wie sieht der aus?«

»Ich habe noch nicht … zu dem Teil bin ich noch nicht gekommen.«

»Tja nun, wenn dir etwas einfällt, kannst du es mich gern wissen lassen, aber bis dahin …«, sie erhebt sich und schüttelt traurig den Kopf, »… muss ich eine *Nexa by MERLYN*-Walk-in-Dusche mit 8-mm-Glasschiebetür putzen.«

Ich danke ihr fürs Zuhören, mache es mir mit Gollum auf dem Sofa gemütlich und schaue weiter *Pointless*. Doch jetzt kann ich mich nicht mehr auf die Frage konzentrieren, welches Haiku für welche klassische britische Sitcom steht, weil Agnieszka recht hat, oder? Das hier kann nicht ewig so weitergehen, und es verbessert die Situation auch nicht. Bestenfalls schiebe ich das Unausweichliche auf. Schlimmstenfalls ändere ich bloß den Grund, aus dem Jonathan Forest mich feuern wird.

Und ich stecke fest, denn ich muss mich wirklich von der Gehirnerschütterung erholen. Gleichzeitig muss ich aber so tun, als würden meine Erinnerungen langsam zurückkehren, und zwar auf eine Weise, die Jonathan dazu anregt, seine komplette Persönlichkeit und seine Werte zu überdenken. Und das ist nicht vollkommen unmöglich – wenn Leute viel Zeit miteinander verbringen, lernen sie oft, einander zu mögen. Und wenn er mich mag, vertraut er mir vielleicht. Und wenn er mir vertraut, wird er mich nicht feuern und auch die anderen nicht.

Natürlich besteht die winzige Möglichkeit, dass er mir nicht vertrauen wird, wenn er herausfindet, dass ich versuche, sein Vertrauen zu gewinnen, indem ich ihm vorspiele, an Gedächtnisverlust zu leiden.

Fuck. Ich bin wirklich am Arsch.

Ich informiere Agnieszka, dass ich vorhabe, die Küche zu benutzen, und verspreche ihr, dass ich hinter mir aufräumen werde. Sie sagt, dass das okay ist und wahrscheinlich auch schön, weil die Küche endlich mal in Gebrauch ist. Und es ist eine wirklich gute Küche – groß mit viel Stauraum, und es gibt sogar ein gut bestücktes Kräuter- und Gewürzregal, was Jonathan Forest mit großer Wahrscheinlichkeit noch nie benutzt hat. Natürlich ist es schwieriger, Gollum davon abzuhalten, auf die Küchenzeile zu springen, weil es so viele Oberflächen gibt. Wenn ich ihn von einer scheuche, springt er einfach auf die nächste. Irgendwann kapiert er es jedoch und verzieht sich zum Schmollen unter einen Stuhl. Ich schwöre, er sagt mir damit, dass Jonathan ihn auf der Küchenzeile hätte spielen lassen. Und wahrscheinlich würde er das wirklich, weil er noch nie gekocht hat.

Ich schmelze ein wenig Butter und mixe sie mit etwas Zitrone und Thymian und bin gerade dabei, das Hühnchen damit einzureiben, wie mein Dad es zu tun pflegte – er hat nie viel gekocht, aber immer einen hervorragenden Braten gezaubert –, als es an der Tür klingelt. Einen Moment lang ziehe ich es in Erwägung, nicht aufzumachen, weil es nicht mein Haus ist, aber dann denke ich, dass es wichtig sein könnte, also wasche ich mir die Hände und mache mich auf den Weg in die Empfangshalle.

Jonathan hat eine dieser eleganten Glastüren, also sehe ich, dass eine Menge Leute vor dem Haus stehen, bevor ich die Eingangstür erreiche. Also, so richtig viele Leute. Kurz kommt mir der Gedanke, dass dies ein Einbruch sein oder ich festgenommen werden könnte, aber dann erkenne ich Wendy und Johnny.

»Hab ich's euch nicht gesagt«, ruft Wendy, sobald ich die Tür öffne. »Er hat einen Freund. Jonathan hat einen festen Freund.«

Und bevor ich richtigstellen kann, dass ich nicht sein fester Freund bin und außerdem an Gedächtnisverlust leide, stehen sie schon alle in der Empfangshalle.

Eine winzige alte Frau mit einer riesigen Brille, die – im Gegensatz zu Agnieszka – tatsächlich graue Haare hat, dringt in die Küche vor. »Und er kocht. Er hat sich einen Kerl geangelt, der kocht.«

»Ich mache bloß einen Braten«, antworte ich.

»Und«, fügt ein Mann mit einem halben weißen Haarkranz und einem schicken Blazer hinzu, »er kocht *richtiges* Essen. Nicht diesen vegetarischen Scheiß aus Nüssen.«

»Nicht so viel fluchen, Dad.« Wendy schlägt ihn gegen den Arm. »Sonst lässt uns das aussehen wie die letzten Ärsche.«

Der Typ mit dem schicken Blazer beäugt mein Hühnchen. »Warum darfst du Ärsche sagen, aber ich darf nicht Scheiß sagen?«

»Scheiße ist ein Schimpfwort, Arsch nicht.«

»Ich glaube nicht, dass das so stimmt, Liebes«, sagt die kleine alte Dame mit der Brille. »Wenn es um die von Unterwäsche verdeckten Körperteile geht, handelt es sich immer um Schimpfwörter.«

»Und was ist mit Titten?«, fragt Johnny, der es sich bereits auf dem Sofa gemütlich gemacht hat.

Eine andere alte Frau, die mir bis dahin noch nicht aufgefallen ist – auch wenn ich nicht weiß, wie ich sie habe übersehen können, weil sie gekleidet ist, als wäre sie Marlene Dietrich höchstpersönlich, sogar eine Zigarettenspitze hat sie in der Hand –, zieht an ihrer Fluppe. »Ich denke, mein junger Freund, wenn du drüber nachdenkst, wirst du kapieren«, ihr Akzent ist gehobener als der der anderen, »dass BHs als Unterwäsche gelten. Also, wenn wir von Barbaras Aussage ausgehen: Ja, *Titten* ist ebenfalls ein Schimpfwort.«

»Verdammte Titten«, grummelt Johnny.

»Wie dem auch sei.« Wendy packt mich am Arm und zieht mich vor die versammelte Gruppe, was kein leichtes Unterfangen ist, weil sie sich überall verteilt haben. »Das ist Sam. Er ist Jonathans neuer Freund, obwohl Jonathan so tut, als wären sie nicht zusammen.«

»Also, es ist so –«, versuche ich es noch mal.

»Sam«, fährt Wendy ungerührt fort, »du kennst mich und Johnny schon. Das ist Les …« Sie deutet auf einen großen, älteren, schroff wirkenden Mann, der bisher keinen Ton von sich gegeben hat. »Jonathans Dad. Und das ist Nanny Barb, meine Mum, und Granddad Del, mein Dad.«

Langsam fühle ich mich etwas schwindelig, was an der Gehirnerschütterung oder an dem Überfall dieser Leute liegen kann. Nanny Barb ist die winzige Frau mit der Brille, und Granddad Del ist der Mann, der gerne *Scheiß* sagt. Damit bleibt nur noch die Frau mit der Zigarettenspitze.

»Und das«, Wendy kommt zum großen Finale, »ist Auntie Jack, die neben Barb und Del wohnt.«

Auntie Jack hebt eine silberne Braue. »Barbara und ich sind schon seit sehr langer Zeit sehr gute Freundinnen.«

Endlich entsteht eine Stille, die lange genug anhält, dass ich ein paar Worte herausbekomme. »Schön, Sie alle kennenzulernen. Aber ich sollte wirklich betonen, dass ich nicht Jonathans fester Freund bin.«

Alle starren mich an, als hätte ich sie gerade über den Abstieg ihrer Lieblingsfußballmannschaft informiert.

Auntie Jack zieht erneut an ihrer Zigarette. »Lass mich raten, ihr lebt bloß eine Zeit lang zusammen, ohne triftigen Grund?«

Wenn sie es so ausdrückt, klingt es wirklich etwas fragwürdig. »Ja?«

Nanny Barb kommt zu mir und legt mir eine Hand auf den Arm. »Wir sollten die Jungs nicht unter Druck setzen«, sagt sie. »Sie werden es uns schon sagen, wenn sie bereit sind.«

Irgendwie war ich an dem Tag in der Schule nicht da, als sie uns beigebracht haben, wie wir uns verhalten sollen, wenn wir im Haus unseres Chefs wohnen, Gedächtnisverlust vortäuschen und seine gesamte Familie auftaucht, die fest davon überzeugt ist, dass wir ihn heimlich daten, es aber nicht zugeben wollen. Am Ende entscheide ich, dass es wohl das Beste ist, sich nicht mit ihnen anzulegen. »Was machen Sie eigentlich hier?«, frage ich so freundlich wie möglich, was ziemlich freundlich ist, da ich nicht aus dem Süden komme und deshalb nicht genetisch dazu veranlagt bin, fremden Leuten mit Misstrauen zu begegnen, statt einfach nett Hallo zu sagen.

»Wie lustig, dass du fragst«, sagt Onkel Johnny. »Jonathan und ich haben über eine meiner Geschäftsideen gesprochen und –«

»Johnny, das ist jetzt nicht der richtige Zeitpunkt dafür.« Das ist das erste Mal, dass ich Les sprechen höre. Er redet leise, aber bestimmt. In etwa so, wie ich mir Jonathan vorstellen würde, wenn er sein Ego mal für fünf Minuten beiseitelassen könnte.

»Wir sind hier«, beantwortet Wendy meine Frage, »weil diese ganze Sache mit Jonathan und Weihnachten in seinem Haus ein großer Haufen – äh –«

»Es ist ein großer Haufen Scheiße«, sagt Del. »Weißt du, Liebes, man kann sich eben nicht vor allem drücken. Jedes Jahr richten ich und Barb das Fest aus –«

»Du meinst, *Barbara* richtet das Fest aus«, korrigiert ihn Auntie Jack. »Und wir werden alle nicht jünger. Jetzt ist Jonathan mal dran.«

»Vor allem«, wirft Wendy ein, »weil Barbara Jane aus Texas hergeflogen kommt, und sie wird wegen der Scheidung sehr traurig sein, und Donna kommt für einen Tag aus Romford, und dann sind da noch Kayla und Theo und die kleine Anthea, und Les' Mum kommt aus Sheffield her, und es ist einfach zu viel, Sam.«

»Ich bin fast achtzig Jahre alt«, erklärt Nanny Barb. »Mit achtzig kann ich nicht mehr den ganzen Tag Truthähne stopfen.«

»Und weißt du«, Del tätschelt mir den Rücken, auch wenn ich nicht weiß, warum, »ein Truthahn ist auch bloß ein großes Hühnchen.« Er wirft einen vielsagenden Blick auf meinen zukünftigen Braten.

Ich hebe beide Hände, als wollte ich mich geschlagen geben, auch wenn ich nicht weiß, warum. »Sorry, aber was kann ich da tun …?«

Plötzlich steht Wendy direkt vor mir. »Wir dachten, du könntest vielleicht mal mit Jonathan sprechen, mein Lieber.«

»Ich arbeite wirklich bloß für ihn.«

Sie tätschelt mich ebenfalls. »Ja, das wissen wir, mein Lieber. Aber weißt du, wir sehen ihn ja so selten. Nicht wahr, Les?«

»Ja«, bestätigt Les.

»Und er würde nicht auf uns hören. Nicht wahr, Les?«

»Ja.«

»Früher hat er auf seinen Granddad gehört, aber selbst du dringst nicht mehr zu ihm durch, nicht wahr, Dad?«

Dels Miene ist eine seltsame Mischung aus Stolz und Verärgerung. »Er ist ein unabhängiger Mann, und das respektiere ich. Er hat Eier.«

»Weißt du, Derek«, mischt sich Auntie Jack von der anderen Seite des Raums ein, »nicht in jedem Satz müssen zwingend Genitalien vorkommen.«

Es fällt mir ja bereits schwer genug, mir zu überlegen, wie ich Jonathan davon abhalten soll, mich zu feuern. Ich weiß nicht, ob ich das schaffe, während ich ihn gleichzeitig davon zu überzeugen versuche, seine gesamte Familie an Weihnachten in sein leeres Serienkiller-Haus einzuladen. »Hört mal«, versuche ich es erneut. »Ich glaube nicht, dass …«

Und da öffnet sich die Tür ein weiteres Mal, und Jonathan steht in seinem schwarzen Anzug auf der Schwelle und sieht wie Maleficent höchstpersönlich aus.

»Was habt ihr alle hier zu suchen?«, fragt er. Es wird still.

»Ich besuche meinen Sohn«, sagt Wendy schließlich. »Ich wusste nicht, dass ich dafür einen Grund brauche.«

Jonathan versucht, sie alle mit seinem Todesblick niederzustarren, und das gelingt ihm wirklich gut. »Ihr wart gestern erst hier.«

»Ich wusste außerdem nicht, dass es eine Obergrenze für Besuche gibt.«

»Und jetzt habt ihr alle mitgebracht?«

Nanny Barb schiebt sich vor die anderen. »Wir wollten deinen Freund kennenlernen.«

»Aber«, Auntie Jack stößt einen Rauchring aus, wie ihn nur Leute ausstoßen können, die fünfzig Jahre Übung haben, »er hat klargestellt, dass ihr bloß gute Freunde seid, und das glauben wir ihm natürlich.«

Ich hebe beide Hände. »Moment mal, ich habe nie behauptet, wir wären Freunde. Ich arbeite für ihn.«

»Unsere Beziehung zueinander geht euch nichts an«, fügt Jonathan hinzu.

»Und, Jack, wie oft muss ich dir noch sagen, dass du in meinem Haus nicht rauchen darfst?«

»Mindestens noch ein paar Mal.«

Während ich mich frage, ob das hier noch mehr in die Hose gehen könnte, ergreift Del das Wort. »Wir sind hergekommen, um mit Sam darüber zu sprechen, dass du uns an Weihnachten nicht zu dir einladen willst, und er ist auf unserer Seite.«

Ich will einwerfen, dass ich meine Meinung nicht korrekt von ihm vertreten fühle, aber ich bekomme nicht mehr als ein »Äh« heraus.

»Alle. Sofort. Raus. Hier.« Jonathan hat diesen Move drauf, bei dem es so klingt, als würde er brüllen, dabei brüllt er gar nicht, aber alle wünschten, er würde brüllen, weil das weniger furchteinflößend wäre. »Ihr habt kein Recht, hier einfach reinzuschneien, und ich habe viel zu viel zu tun, um mich mit gestopften Truthähnen und Weihnachtspapiergirlanden auseinanderzusetzen.«

Einen Augenblick lang sind alle still. Dann sagt Les: »Es wäre schön, wenn du nicht in diesem Ton mit deiner Mutter sprechen würdest.« Er brüllt ebenfalls nicht.

»Das meint er nicht so«, erwidert Wendy. »Er hatte bestimmt bloß einen langen Tag.«

»Mein Tag«, nun wird Jonathan ein winziges bisschen lauter, »war ebenso lang, wie er gestern war und morgen sein wird. Das ist es ja, was ich euch zu sagen versuche: Ich habe keine Zeit für diesen *Zirkus*. Wenn Nanny Barb es nicht schafft, Essen zu machen, bezahle ich sehr gern einen Catering-Service. Aber ich werde das Kochen nicht übernehmen, und die

Feier wird nicht hier stattfinden, und vor allem werdet ihr nicht mehr herkommen und«, er sieht mich an, und fast wirkt es, als würde er mich zum ersten Mal wahrnehmen, seit er zur Tür hereingekommen ist, »Sam in die ganze Sache mit reinziehen, der überhaupt nichts damit zu tun hat.«

Ich bin nicht scharf darauf, in ein Weihnachtsfamiliendrama hineingezogen zu werden, aber nun, da er sagt, dass ich sowieso nichts damit zu tun habe, versetzt es mir trotzdem einen Stich.

»Und jetzt verschwindet«, schließt Jonathan.

Del reagiert zuerst. Er nimmt seine Frau am Arm. »Komm, Barb, wir verstehen, wenn wir nicht erwünscht sind.«

Die anderen folgen ihnen nach draußen. Les bildet das Schlusslicht. Er bleibt in der Tür stehen und dreht sich noch einmal um. »Jonathan …« Er scheint nicht zu wissen, was er sagen soll.

Und Jonathan scheint auch nicht zu wissen, was er zu ihm sagen soll.

Dann ist er weg. Und Jonathan Forest und ich stehen allein in seiner Empfangshalle, einer Halle, die ganz offensichtlich dafür gemacht ist, mehr als zwei Leute und einen Kater zu beherbergen, egal, was Jonathan sagt.

»Und was dich angeht.« Er deutet mit einem Finger auf mich, als wäre er Perry Mason oder Elle Woods und würde mir gleich eröffnen, dass der Angeklagte den Mord nicht begangen hat, weil ich es war. »Warum glaubst du, du könntest –«

»Hey, ich habe überhaupt nichts getan.« Schon wieder habe ich die Hände erhoben. »Ich stand bloß hier und habe den Braten vorbereitet, und dann hat es an der Tür geklingelt, und auf einmal standen diese ganzen Leute hier drin.«

»Granddad hat gesagt, du wärst auf ihrer Seite.«

Ich zucke leicht unbehaglich mit den Schultern. »Na ja, ich kenne ihn zwar nicht, aber er kommt mir wie jemand vor, der so etwas sagen würde, um seinen Standpunkt zu untermauern.«

Einen Moment lang erwidert er nichts. Oder vielmehr: Er sieht aus, als versuchte er, ungefähr acht verschiedene Dinge auf einmal zu sagen. Schließlich entscheidet er sich für: »Ich habe keine Zeit dafür. Halte dich einfach aus meinen Angelegenheiten raus.« Dann hebt er Gollum hoch, der sich wie ein hässliches selbstzufriedenes Baby an seine Schulter schmiegt und ganz offensichtlich entschieden hat, sich gegen die Person zu stellen, die ihn aus dem Tierheim geholt hat. Die beiden stürmen in Richtung Büro davon.

Mein Braten steht nach wie vor in der Küche und gibt ein bemitleidenswertes Bild ab. Und ich weiß, wie sich das anfühlt.

Meine Mam hat immer gesagt, man solle nicht mit schlechter Laune kochen, weil man das sonst herausschmeckt. Doch gerade habe ich die Wahl zwischen schlecht gelaunt kochen oder gar nicht essen, also mache ich mich wieder an die Arbeit. Ich reibe das Hühnchen fertig ein, stopfe es mit Zitrone und Thymian und beträufele es dann noch mit Öl und Knoblauch, bevor ich es für etwa eine Stunde in den Ofen schiebe. In der Zwischenzeit räume ich die Spülmaschine ein und widme mich dem Gemüse.

Wenn ich überhaupt mal wütend werde, dann schäume ich nicht so wie Jonathan, aber gerade bin ich wütend auf ihn. Und zwar auf diese leise Art, bei der es sich anfühlt, als säße die Wut wie eine Maus in meinem Magen. Ja, er hat mich nicht anders behandelt als früher im Geschäft, aber auf der Arbeit darf ich nichts erwidern, und danach kann ich wenigstens nach Hause gehen. Jetzt sitze ich allerdings hier mit ihm fest, und das fühlt sich … nicht okay an.

Ich war schon immer etwas misstrauisch, was Typen angeht, die eine große Show daraus machen, für sich selbst einzustehen, denn oft enden sie wie, na ja, wie Jonathan. Ich weiß, er hat seine drei Filialen und sein großes Haus und das alles, aber er ist auch die Art von Person, die ihre Familie rausschmeißt und einen Angestellten so runterputzt, dass er in eine *Nexa by*

MERLYN-Walk-in-Dusche mit 8-mm-Glasschiebetür stolpert. Und ja, manche denken, so etwas würde einen zu einem richtigen Mann machen, aber ich gehöre nicht dazu. Ich finde, dass es einen zu einem Arschloch macht.

Mein Dad war nie so. Er ist für sich eingestanden, wenn es nötig war, aber er hat trotzdem immer versucht, sich in die andere Person hineinzuversetzen. Also wurde es mit ihm nie hässlich, und ich wusste immer, dass er einen guten Grund hatte, wenn er nicht nachgab. Langsam glaube ich, dass ich einen guten Grund habe, Jonathan Forest gegenüber nicht klein beizugeben. Weil ich ihm *tatsächlich* zugehört habe und ich *wirklich* verstehe, warum er so aufgebracht ist, und ich weiß, dass die Beziehung mit der Familie schwierig sein kann, aber trotz allem hat er nicht das Recht, es an mir auszulassen, und mein Dad würde nicht wollen, dass ich es auf mir sitzen lasse.

Der Timer klingelt, und nachdem ich den Braten aus dem Ofen geholt habe, setze ich die Erbsen auf. Sie brauchen nicht so lange, und hätte ich früher damit angefangen, wären sie kalt geworden, bis es Zeit ist, den Braten anzuschneiden. Als alles fertig ist, richte ich es hübsch auf der Kücheninsel in der Mitte der Küche an und rufe Jonathan zu, dass das Essen fertig ist.

»Ich werde im Büro essen«, ruft er zurück.

Nicht mit mir. Ich stürme ins Büro und muss dabei schneller gewesen sein, als er erwartet hat, denn er kuschelt gerade mit Gollum und arbeitet ganz offensichtlich überhaupt nicht. Er startet zwar einen verzweifelten Versuch, superbeschäftigt aufzusehen, aber das endet darin, dass er Gollum auf seinem Laptop absetzt und dieser auf die Windows-Taste tritt und den Rechner öffnet.

»Was ist dein Problem?«, verlange ich zu wissen. »Ich habe ein ganzes Hühnchen gebraten.«

Jonathan hebt Gollum wieder vom Schreibtisch. »Darum habe ich dich nicht gebeten.«

»Nein, wohl aber darum, dir dein Essen ins Büro zu bringen, als wäre ich dein verdammter Butler.«

»Ich habe viel zu tun und wollte dir nicht das Gefühl geben, dass du umsonst gekocht hast. Wenn es dermaßen unter deiner Würde ist, zwanzig Schritte mit einem Teller in der Hand zu gehen, dann bestelle ich mir was.«

Ich könnte ihn umbringen. Ich könnte ihn wirklich umbringen. »Ich will nicht, dass du etwas bestellst. Ich will, dass du hier rauskommst und zu Abend isst wie ein echter Mensch. Es wäre mir ja egal, würdest du tatsächlich arbeiten. Aber du versteckst dich bloß.«

»Ich verstecke mich nicht.«

»Du hast dich nur mit einem Kater als Gesellschaft in einem Raum verbarrikadiert. Du versteckst dich eindeutig.«

Gollum sitzt wieder auf seinem Schoß, und Jonathan streicht ihm gedankenverloren übers Fell. »Ich wollte bloß etwas Abstand. Das ist doch wohl nicht zu viel verlangt.«

»Du hattest genug Abstand, seitdem du deine Eltern rausgeworfen hast und während ich den Braten gemacht habe.«

»Sam.« Jonathan bedenkt mich mit einem seiner intensiven Blicke. »Wir diskutieren das jetzt nicht.«

Und er macht es schon wieder. »Du hast nicht das Recht, das allein zu entscheiden. Wir müssen uns unterhalten, und wir können das entweder beim Essen oder gleich hier tun.«

»Worüber müssen wir uns denn deiner Meinung nach unterhalten?«

»Darüber, dass du mich scheiße behandelst.«

Er zuckt ganz leicht zusammen. »Ich behandele dich nicht scheiße.«

Offenbar tun wir es also jetzt und hier. »Hör mal, ich weiß

nicht, was zwischen dir und deiner Familie abgeht, aber du darfst das nicht an mir auslassen. Außerdem musst du aufhören, mich herumzukommandieren. Ich weiß, dass ich für dich arbeite, aber ich bin nicht dein Bediensteter. Ich bin der Manager einer deiner Filialen, und aktuell bin ich dein Gast.«

»Und meine Aufgabe ist es, mich um dich zu kümmern, weil du ein Schädeltrauma hast«, entgegnet er.

Ja, was ich *ihm* zu verdanken habe. »Du kümmerst dich aber nicht um mich. Du verhältst dich wie ein Arsch.«

»Zum letzten Mal.« Jonathan steht so abrupt auf, dass Gollum von seinem Schoß springt und zur Tür hinausflitzt. »Ich verhalte mich nicht wie ein Arsch. Meine Zeit ist sehr begrenzt, und ich bin es leid, mich deshalb ständig allen Leuten gegenüber rechtfertigen zu müssen.«

Es bringt sowieso nichts, oder? Ich habe versucht, nett mit ihm zu reden, aber es hat nicht funktioniert. Ich habe versucht, nicht klein beizugeben, aber es hat nicht funktioniert. Offenbar muss ich zurück nach Sheffield fahren und Claire eröffnen, dass ich alles verkackt habe. »Dafür gibt es eine sehr einfache Lösung«, sage ich leise. »Ich reise morgen früh ab.«

Er will etwas sagen – *das kannst du nicht, ich lasse dich nicht* oder was auch immer –, aber ich höre ihm nicht mehr zu. Ich lasse die Tür hinter mir ins Schloss fallen. Das Hühnchen wird langsam kalt, aber ich habe jetzt sowieso keinen Appetit darauf. Da ich es aber auch nicht verschwenden will, schneide ich es, gebe Gollum ein Stück und stelle den Rest gemeinsam mit dem Gemüse in den Kühlschrank.

Dann gehe ich ins Bett. Und vielleicht liegt es bloß daran, dass ich ihm Hühnchen gegeben habe, aber diesmal begleitet Gollum mich.

Wieder einmal schlafe ich nicht gut. Teils weil es noch recht früh ist und teils weil ich mir zu viele Gedanken mache und teils weil Gollum sich ständig auf meinen Kopf setzt. Vielleicht sollte ich ihn einfach bei Jonathan lassen. Das sind nicht die einzigen Zweifel, die auf einmal in meinen Kopf kriechen. Während ich froh darüber bin, mich gegen Jonathan behauptet zu haben, frage ich mich langsam, ob ich nicht drauf und dran bin, es zu vergeigen. Okay, er hat meine Gefühle verletzt, aber er ist mein Chef und nicht mein Kumpel. Und ich bin nicht hier, um ihn als Freund zu gewinnen, sondern um ihn besser kennenzulernen und ihn auf diese Weise davon abzuhalten, mich zu feuern oder mein Team zu dezimieren.

Das Problem ist nur, dass ich vorhin meine Abreise verkündet habe. Wenn ich jetzt einen Rückzieher mache, wird er mich niemals ernst nehmen. Außerdem werde ich es bestimmt bald leid sein, ihm vorzugaukeln, dass ich unter Gedächtnisverlust leide, und es ist wohl besser, abzuhauen, solange ich noch kann.

Es ist schon lange nach Mitternacht, als ich Geräusche aus dem Erdgeschoss höre. Zuerst nehme ich an, dass es Gollum ist, aber er schläft auf meinem Fuß. Dann denke ich, dass es wohl Jonathan sein muss. Und höchstwahrscheinlich ist er es auch – ich bin erst seit ein paar Tagen hier, also weiß ich nicht, wann er zu Bett geht, wenn er nicht gerade alle zwanzig Minuten nach mir sieht. Aber dann fällt mir eine dritte Möglichkeit ein: Einbruch. Und vermutlich handelt es sich nicht um einen Einbruch. Es ist sogar höchst unwahrscheinlich, dass es sich um einen Einbruch handelt. Doch da ist diese Stimme in meinem Kopf, die mir einflüstert, dass gerade jemand in Jonathans Haus einbricht, und sie will einfach nicht die Klappe halten. Also schüttele ich Gollum von meinem Fuß, steige aus dem Bett, streife mir ein T-Shirt über und versuche, mir etwas Schweres zu schnappen. Nur leider gibt es nichts, da Jonathan nicht mal die Zimmer möbliert, die er benutzt, geschweige denn jene, die für Besuch gedacht sind, den er nie hat. Schließlich schlüpfe ich in mein Badezimmer und hebe die Klobrille von der Toilette. Für einen Kampf ist sie nicht gerade handlich, aber womöglich kann ich einen möglichen Eindringling damit so sehr verwirren, dass er sich ergibt.

Ich schleiche nach unten, und Gollum schleicht hinter mir her, obwohl ich ihm zu signalisieren versuche, dass er in Sicherheit bleiben soll. Die Geräusche kommen aus der Küche. Es klingt nicht nach einem Einbruch, sondern eher danach, als würde jemand Dinge hin und her räumen, was bedeutet, dass ich mich ein bisschen närrisch fühle, als ich barfuß und in Boxershorts in der Küche auftauche und die *Ideal-Standard*-Concept-Space-Klobrille mit Absenkautomatik in der Hand halte, als wäre ich Moses mit den Tafeln der Zehn Gebote.

Denn wie sich herausstellt, war meine zweite Vermutung richtig, und es ist Jonathan. Er steht vor dem Kühlschrank und holt gerade mein Hühnchen aus der Frischhaltefolie.

»Moment mal«, sage ich. »Du hast gesagt, du würdest nichts davon essen wollen.«

Er dreht sich um. »Warum hast du die *Ideal-Standard*-Concept-Space-Klobrille mit Absenkautomatik in der Hand?«

»Ich dachte, du wärst ein Einbrecher. Und das bist du in gewisser Weise auch. Du klaust mein Hühnchen.«

»Ist es nicht *unser* Hühnchen?«

Vorsichtig stelle ich die *Ideal-Standard*-Concept-Space-Klobrille mit Absenkautomatik ab. »Ich bin mir nicht sicher, ob wir den *Unser-Hühnchen*-Punkt in unserer Beziehung schon erreicht haben.«

Nun, da es um Hühnchen geht, schießt Gollum zu Jonathan und reibt sich auf diese *Fütter-mich-fütter-mich-ich-sterbe-gleich*-Weise an ihm. Jonathan hockt sich hin und füttert ihn.

»Ich hätte nicht … eventuell habe ich … Vorhin war ich zu barsch zu dir.«

»Findest du?«

»Ja, möglicherweise.«

»Was hat dich drauf gebracht? Kam dir dieser Gedanke, als ich dir gesagt habe, *du behandelst mich scheiße?* Oder als ich meinte, *ich reise morgen früh ab?*«

Jonathan blickt gequält drein, obwohl es, glaube ich, bloß daran liegt, dass er nicht mal annähernd weiß, wie man sich entschuldigt. »Ich habe nachgedacht.«

»Wie großmütig von dir.«

Einen Moment lang sagt er nichts mehr. Er wartet nur, bis Gollum auch noch das letzte bisschen Huhn von seinen Fingern geschleckt hat, und geht sie sich dann waschen. Dann nimmt er sich das Brot, das ich gekauft habe. »Möchtest du ein Hühnchen-Sandwich?«

»*Mein* Hühnchen-Sandwich?«

»Ja, möchtest du, dass ich dir ein Sandwich mit deinem Hühnchen, deinem Brot und deiner …«, er mustert die Packung, die bereits neben ihm auf der Kücheninsel steht und auf der die Aufschrift *Keine Butter* prangt, »Nicht-Butter mache?«

Ich habe nichts zu Abend gegessen und bin kein übermäßig stolzer Mensch. »Nur zu.«

»Wie wäre es, wenn du in der Zwischenzeit die Klobrille zurück an ihren Platz bringst und«, Jonathan räuspert sich, »dir eine Hose anziehst?«

Vor lauter Aufregung habe ich ganz vergessen, dass ich in grau karierten Boxershorts vor ihm stehe. »Gute Idee«, sage ich. »Ich geh dann mal.«

Als ich mit einem abgetragenen Bademantel über den Boxershorts in die Küche zurückkomme, sitzt Jonathan am Tisch und macht sich bereits über sein Hühnchen-Sandwich her.

»Wie schmeckt es?« Ich lasse mich auf den Stuhl ihm gegenüber fallen.

»Gut.«

Ich will mich gerade darüber auslassen, dass es besser geschmeckt hätte, wenn wir es frisch aus dem Ofen gegessen hätten, doch ein Braten schmeckt tatsächlich am besten, wenn er im Nachhinein kalt verspeist wird. Stattdessen beiße ich also in mein Sandwich und fühle mich dabei ein wenig seltsam, weil Jonathan Forest es gemacht hat. Es gibt mir nicht gerade ein *schlechtes* Gefühl, aber es ist eben einfach seltsam. Weil er in etwa so gut in eine Küche passt wie ein Timberwolf und auch in etwa so fürsorglich wie einer ist. Obwohl, Wölfe kümmern sich eigentlich gut umeinander.

Am Anfang essen wir einfach bloß. Was in Ordnung ist, da ich mir nicht sicher bin, was hier überhaupt los ist. Und vielleicht ist ja auch gar nichts los. Vielleicht haben wir beide bloß Hunger. Aber irgendetwas an Jonathans Verhalten – dass er mir ein Sandwich gemacht und nicht mit mir gestritten hat – löst in mir … Ich bin mir nicht sicher, was es in mir auslöst. Aber ich bin mir sicher, dass ein Sandwich nicht ausreicht, um mich davon zu überzeugen, dass von jetzt an alles Friede, Freude, Eierkuchen sein wird. Ich wüsste nicht mal, *was* ausreichen würde.

Ich spähe über den Tisch zu ihm und frage mich, wie – oder ob – ich das Schweigen brechen soll. Jonathan hat seinen »lässigen Look« auf ein neues Level gehoben, denn nicht nur trägt er keine Anzugjacke, sondern er hat sogar den obersten Hemdknopf aufgemacht und sich die Ärmel hochgekrempelt. Ich glaube nicht, dass er versucht, seine Unterarme zur Schau zu stellen oder mich gar mit deren Anblick von sich einzunehmen, aber nun ja … Die Chance besteht, dass ihm das gelingen würde. Die lassen sich bestimmt ganz hervorragend packen. Außerdem ist es schön, heutzutage zur Abwechslung mal einen Mann zu sehen, der sich nicht überall rasiert oder wachst.

Was soll ich sagen? Mein Männergeschmack lässt sich mit den gleichen Worten beschreiben wie meine zukünftigen Jobaussichten: rau und haarig.

»Sam.« Plötzlich sieht er auf.

»Ja?«

Er stößt ein gequältes Seufzen aus. »Ich will nicht, dass du gehst.«

»Stünde es wirklich so schlimm um mich, dass ich nicht allein sein kann, wäre ich bestimmt schon gestorben.«

»Der Arzt hat von ein paar Wochen gesprochen. Sind denn schon irgendwelche Erinnerungen zurückgekommen?«

Fuck. »Ein paar.« Und ich hoffe, mir damit so schnell wie möglich ein Ticket hier raus kaufen zu können. »Ich meine, ich kann einen Braten zubereiten, also kann ich wohl für mich selbst sorgen. Vermutlich besser, als du es kannst.«

»Was das angeht.« Ihm entfährt ein neuerliches gequältes Seufzen.

»Was den Braten angeht?«

»Ich spreche nicht von dem beschissenen Braten.« Er reißt sich ganz offensichtlich sehr zusammen, um mich nicht weiter anzufahren. »Sondern von der ganzen Situation mit dem Braten.«

»Du meinst die Du-behandelst-mich-scheiße-Situation?«

»Wenn du darauf bestehst, sie so zu nennen, dann ja.«

Das muss jetzt wirklich gut werden, und ich glaube ehrlich gesagt nicht, dass Jonathan Forest das hinbekommt. Ich lege die Unterarme auf dem Tisch ab. »Also, was ist damit?«

Er braucht sehr lange, um überhaupt etwas zu sagen. »Ich habe eine große Familie.« Er massiert sich die Schläfen und starrt auf die Überreste seines Sandwichs.

»Das ist mir aufgefallen.«

»Und sie bedeuten mir wirklich viel. Sehr viel. Vermutlich mehr als alles andere.«

»Nichts für ungut, aber du hast eine sonderbare Art, ihnen das zu zeigen.«

»Ich zeige es, indem ich hart arbeite, um sie unterstützen zu können.«

Das ist das Ehrlichste, was Jonathan mir seit unserer allerersten Begegnung gesagt hat. Und ich muss jetzt wirklich vorsichtig sein, damit nicht auffliegt, dass ich mich an alles seit unserer ersten Begegnung erinnere. »Für mich sieht es so aus, als kämen sie gut allein zurecht. Nur Johnny scheint mir ein bisschen zu risikofreudig.«

»Das ist er auch, und ich habe seine Schulden häufiger bezahlt, als ich es hätte tun sollen. Ich zahle außerdem die Hypothek meiner Eltern, die Scheidungsanwältin meiner Schwester, die Heimbetreuung meiner Großmutter, und ich beteilige mich an Antheas Schulgebühren.«

»Und das ist wirklich toll von dir, aber sie wirken auf mich nicht, als würden sie das von dir erwarten.«

»Sie erwarten es nicht, aber ich will nur das Beste für die Menschen, die mir am Herzen liegen.« Das ist ein schöner Charakterzug und würde endlich einmal Jonathans Menschlichkeit hervorheben, wenn er die Worte nicht auf eine dermaßen verbitterte Weise hervorpressen würde, als wäre er sauer, ohne genau zu wissen, warum.

»Geld ist nicht immer das Beste.«

»Nicht immer«, stimmt Jonathan mir halb zu. »Aber oft genug.«

Ich sehe mich in seiner leeren Küche um, in der unsere Stimmen von den Wänden widerhallen, dann betrachte ich das angrenzende leere Wohnzimmer, dessen große Glastüren einen

Blick auf den leeren Garten freigeben. »Ich sage ja nicht, dass du nicht hart arbeitest oder dass du nicht alles verdienst, was du hast. Aber das hier«, ich mache eine Handbewegung, die alles umfassen soll, »ist erst wirklich etwas wert, wenn du Leute hast, mit denen du es teilen kannst.«

»Ich habe Menschen, mit denen ich es teilen kann, das habe ich dir doch gerade gesagt.«

»Ja, aber du teilst es ja nie mit ihnen.«

Er fummelt an der Kruste seines Sandwichs herum. »Doch. Manchmal. Es ist … bloß gerade eine schwierige Zeit.«

»Wann war es zuletzt keine schwierige Zeit?«

Er antwortet nicht.

»Du kannst dich nicht erinnern, oder?«

»Das ist ironisch, was?« Er schenkt mir etwas, das beinahe als Lächeln durchgehen könnte. »Da du doch derjenige bist, der an Gedächtnisverlust leidet.«

Der Teil von mir, der kein guter Lügner ist, fragt sich, ob er mich gerade aufzieht. Ob er weiß, dass alles nur gespielt ist. »Okay, also«, versuche ich, das Thema zu wechseln, »wäre es wirklich so schlimm, alle einen Tag lang hier zu haben?«

»Es ist eine –«

»Ja, ein ungünstiger Zeitpunkt, ich weiß. Aber warum eigentlich?«

Er sieht mich verständnislos an. »Was meinst du damit? Es ist Weihnachten, und mir gehört eine Ladenkette. Wir befinden uns in der stressigsten Phase des Jahres.«

»Ist das wirklich so?«, frage ich. »Ich meine, ich erinnere mich natürlich nicht, weil …« Ich deute auf meinen Kopf. »Aber es ist ja nicht so, als würdest du Spielzeug verkaufen oder, ich weiß nicht, Pullover oder Schmuck. Dinge, die zu Weihnachten verschenkt werden.« Ich greife ausnahmsweise auf mein Vor-Gedächtnisschwund-Wissen zurück, denn obwohl wir zur Weihnachtszeit immer einen leichten Anstieg der Verkaufszahlen erleben, ist das nichts im Vergleich zu anderen Läden, die sich nicht auf Toiletten spezialisieren.

»Trotzdem gibt es mehr zu tun als sonst«, erwidert Jonathan. »Ja, die meisten Leute schenken ihren Partnerinnen und Partnern Socken oder Ohrringe, aber manche Familien investieren tatsächlich in ein neues Bett oder eine Badezimmerrenovierung, und das Jahresende wird nicht umsonst das goldene Quartal genannt.« Er seufzt erneut. »Und dazu kommt noch die Orga der Betriebsweihnachtsfeier.«

Stimmt, die gibt es ja auch noch. Jedes Jahr führe ich mein Team in den örtlichen Pub aus, um ihnen für ihre Arbeit zu danken, aber ich bezahle das aus eigener Tasche, weil Jonathan Forest entschieden hat, dass die Firma nur eine einzige Weihnachtsfeier schmeißt, die in Croydon stattfinden muss, sodass die Teams der anderen Filialen selbst zusehen können, wie sie hinkommen. Das ist wirklich scheiße, aber ich gehe gewöhnlich trotzdem hin, weil ich wie ein Teamplayer aussehen muss. Der Rest der Sheffield-Filiale kann selbst entscheiden und entscheidet sich meistens dagegen, obwohl ich es so im Gefühl habe, dass der Neue Übereifrige Chris dieses Jahr bestimmt vorbeischaut.

Das alles erinnert mich auf lästige Weise daran, dass ich mir eigentlich einen Plan überlegen sollte, wie ich alle aus meiner Filiale, mich eingeschlossen, als unentbehrlich darstellen kann. Oder wenigstens wichtig genug, um nicht gefeuert zu werden. Dieses Thema könnte sich vielleicht als Chance entpuppen. »Kann ich dir irgendwie dabei helfen?«, frage ich.

Jonathan schnaubt. Er ist nicht besonders attraktiv, wenn er schnaubt. Aber wer ist das schon? »Wie denn? Erinnerst du dich überhaupt noch daran, wie der Laden aussieht?«

»Nicht wirklich. Aber ich weiß, was Weihnachten ist, und

ich weiß, was eine Feier ist, also denke ich nicht, dass mir meine fehlenden Erinnerungen bei der Planung im Weg stehen würden.«

Einen Moment lang glaube ich, dass ich ihn verschreckt habe, dass der bescheidene Hühnchen-Sandwich machende Jonathan jetzt wieder dem boshaften Badezimmer-Hai gewichen ist. Denn er mustert mich mit einem emotionslosen Blick. »Du willst, dass ich mein Party-Budget in die Hände eines Mannes mit Gedächtnisverlust lege, der nicht mal in der Stadt lebt, in der die Feier stattfinden soll? Ein Mann, der nicht mal gut mit Geld umgehen konnte, als sein Gedächtnis noch einwandfrei funktioniert hat?«

Das stimmt so nicht. Wir hatten bloß unterschiedliche Prioritäten. Und dann wäre da noch das kleine Detail, dass ich kein Arschloch bin. »Na ja, vielleicht habe ich alle meine schlechten Angewohnheiten vergessen. Und außerdem geht es doch bloß um einen Raum, ein bisschen Musik und ein paar Würstchen im Schlafrock. Ich glaube nicht, dass ich dafür besondere Fähigkeiten brauche. Und ich arbeite streng genommen immer noch für dich, nicht wahr?« Jetzt lege ich es wirklich drauf an, aber ich kann mich einfach nicht zurückhalten. »Es sei denn, du hast mich gefeuert, und ich kann mich nicht daran erinnern.«

Jonathan reagiert nicht wirklich, nur die Falten um seine Brauen vertiefen sich ein wenig. »Nein«, sagt er sehr vorsichtig. »Aber –«

»Und ich könnte dir auch dabei helfen, alles für die Feier mit deiner Familie vorzubereiten. Dann hätte ich etwas anderes zu tun, als den ganzen Tag nur herumzusitzen, *Pointless* zu schauen und Agnieszka zu nerven.« Er sieht mich verständnislos an. »Deine Haushälterin?«

»Oh, ja, natürlich.«

Ich starre ihn an. »Weißt du … weißt du nicht mal, wie deine Haushälterin heißt?«

Wenigstens besitzt er Anstand genug, um verlegen dreinzuschauen. »Ich spreche nicht oft mit ihr, und ihr Name ist mir entfallen.«

Fast hätte ich gelacht, aber ein Mann, der den Namen seiner Haushaltshilfe vergisst, ist ein Mann, der sich mal gründlich im Spiegel ansehen sollte. »Weil du so beschäftigt bist, dass du andere Leute nicht mal wie Menschen behandeln kannst?«

»Ich glaube wirklich, dass es meiner Haushälterin egal ist, ob ich ihren Namen kenne.«

»Sie glaubt, du wärst ein Serienkiller.«

Jonathans Augen weiten sich eine Sekunde lang. Dann sieht er wieder so aus, als bestünde er aus Stein. »Würde sie das wirklich denken, dann würde sie nicht hier arbeiten.«

»Sie glaubt, du bist eine Person, die ein Serienkiller sein *könnte*. Wie es aussieht, hast du ein kleines Image-Problem.«

»Serienmörder können extrem charismatisch sein.«

Ich glaube nicht, dass sie von dieser Art Serienkiller gesprochen hat. Eher von der *Oh-ich-hätte-es-wissen-müssen*-Art. Aber ich sollte wohl lieber nicht nach Mitternacht hier sitzen und mit Jonathan über Massenmord diskutieren. »Halt die Klappe und iss dein Hühnchen auf.«

»Entschuldige mal, ich bin dein Chef.«

»Halten Sie die Klappe und essen Sie Ihr Hühnchen, Sir.«

Er nimmt den Rest seines Sandwichs in die Hand. Dann sieht er aus, als wäre ihm soeben klar geworden, dass er getan hat, was ihm eine andere Person befohlen hat. Instinktiv hält er inne und mustert mich eingehend über seinen Teller hinweg. »Bedeutet das, dass du bleibst?«

»Ich glaube, das hängt sehr stark von dir ab.«

»Also zwingst du mich unterm Strich dazu, dir zu erlauben,

eine Party zu organisieren und meine Familie an Weihnachten zu mir einzuladen?«

»Jonathan.« Ich versuche, nicht zu lachen, weil das hier wirklich verdammt lächerlich ist. »Dass du überhaupt erst gezwungen werden musst, Hilfe anzunehmen oder deine Familie einzuladen, ist hier das Problem.«

»Ich brauche keine Hilfe.« Jetzt wird er schon wieder total defensiv wie ein in die Ecke getriebener Wolf.

»Jeder Mensch braucht mal Hilfe. Und du sagst ständig, dass du für alles zu beschäftigt bist. Und per Definition braucht eine Person, die zu beschäftigt für alles ist, Hilfe.« Ich bedenke ihn mit einem strengen Blick, weil ich auch streng sein kann, wenn ich es drauf anlege. »Es sei denn, du bist gar nicht so beschäftigt und es ist bloß eine Ausrede, damit du deine Familie nicht sehen musst.«

Er öffnet den Mund und schließt ihn dann wieder. Weil es höchstwahrscheinlich nur eine Ausrede ist. Eine kleine. In gewisser Weise. Dann sackt er plötzlich leicht in sich zusammen. »Na schön. Aber wenn ich zustimme, musst du hierbleiben, bis es dir wirklich besser geht, und darfst mich nicht verklagen.«

Ich werfe ihm einen unschuldigen Blick zu. »Wofür sollte ich dich denn verklagen?«

»Du hattest einen Unfall in meinem Geschäft. Für so etwas werden ständig Leute verklagt.«

»Ich werde dich nicht verklagen.« Halb wünschte ich mir, Jonathan Forest würde wenigstens ein einziges Mal nicht zuerst daran denken, was wohl seine Anwältin sagt. »Aber wenn ich bleibe und wir das wirklich angehen …« Das *wir* löst ein kleines Schaudern bei ihm aus, doch er beschwert sich nicht. »Dann musst du dich etwa zehn Prozent weniger arschig verhalten.«

Jetzt beginnt er, sich zu beschweren. »Ich verhalte mich nicht – «

»Du hast den Namen deiner Haushälterin vergessen. Du kommandierst mich ständig herum. Du …« Ich bin so nah dran zu sagen: *Hast damit gedroht, die gesamte Sheffield-Filiale zu feuern*, fange mich aber gerade noch rechtzeitig. »Hast deiner eigenen Mam praktisch gesagt, dass Weihnachten dieses Jahr ausfällt.«

Ich erwarte, dass er dagegenhält, aber das tut er nicht. Er sackt nur noch ein wenig mehr in sich zusammen. »Mir ist bewusst, dass ich keine besonders liebenswürdige Person bin.«

»Dieses Problem erscheint mir lösbar.«

»Da bin ich mir nicht so sicher.« Wenn Jonathan mich dermaßen missbilligend ansieht, fühlt sich der Küchentisch gleichzeitig so lang und so kurz wie nie zuvor an. »Ich erwärme die Herzen anderer Leute nicht gerade.«

»Hast du es denn jemals versucht?«

»Nein, ich stoße andere schon absichtlich von mir, seit ich sechs bin.«

Er scherzt nicht oft, und auch jetzt bin ich mir nicht ganz sicher, ob sein Kommentar lustig gemeint ist. »Also hast du einfach beschlossen, dir überhaupt keine Mühe mehr zu geben?«

»Ich habe beschlossen, meine Zeit nicht damit zu vergeuden, es Leuten recht zu machen, mit denen ich nichts gemeinsam habe.«

Ich blinzele ihn an. »Wen meinst du zum Beispiel?«

»Alle.« Er zuckt ungeduldig mit den Schultern. »In der Schule war ich der schwule Junge aus Sheffield, umgeben von Heteros aus London. An der Uni war ich der Sohn eines Stahlarbeiters, umgeben von Doktoren- und Anwaltskindern und, in einem bestimmten Fall, einem Rockstar-Sprössling.«

Ich muss ihm lassen, dass das *wirklich* schrecklich klingt. »Gab es denn keine, ich weiß nicht, LGBTQ-Gruppe, der du dich anschließen konntest?«

»Doch. Aber die Leute dort waren hauptsächlich aus der Kunstszene oder haben sich für irgendwelche wichtigen politischen Dinge eingesetzt.«

»Hast du den Rockstar-Sprössling dort kennengelernt?«

»Unter anderem. Keiner von denen hat mich wirklich verstanden.« Er klingt nicht selbstmitleidig. Er spricht es wie eine Tatsache aus. Dann schleicht sich dieser distanzierte Ausdruck auf sein Gesicht – fast als hätte er vergessen, dass ich anwesend bin –, und ich könnte schwören, dass sein Sheffield-Akzent plötzlicher stärker durchkommt. »Einmal habe ich mich mit einem Studenten der englischen Literatur unterhalten. Das war in meinem ersten Studienjahr. Er hat mich gefragt, warum ich Businessmanagement studiere, und ich habe gesagt, dass ich etwas studieren will, womit ich später Geld verdienen kann, und er hat mich so voller Abscheu angesehen. Seine Antwort bestand nur aus einem *Oh*. Dann hat er nur noch von Keats geschwafelt.«

Das ist wohl die längste Zeit am Stück, die ich Jonathan Forest je habe sprechen hören. Mit Sicherheit ist es die längste Zeit, die er am Stück gesprochen hat, ohne jemanden zu feuern. Er hat sein Sandwich aufgegessen und steht auf, um die Krümel im Mülleimer zu entsorgen und den Teller in die Spülmaschine zu stellen. Ich schweige, um zu sehen, ob er weitersprechen wird.

Überraschenderweise tut er es wirklich. »Schon damals fiel mir auf, dass der Typ sich nicht mal *vorstellen* konnte, warum ich den Aspekt der finanziellen Sicherheit in meine Pläne mit einbeziehen musste.« Er lehnt sich mit der Hüfte an die Küchenzeile, nimmt mich weiterhin kaum wahr. »Und so habe ich mich während des gesamten Studiums gefühlt. Ich habe versucht, meine Studiengebühren nicht zu verschwenden, während meine Mitstudierenden von ihrem hohen Ross auf mich herabgesehen haben, auch wenn sie in der Maslowschen Bedürfnishierarchie nicht viel höher gestanden haben als ich.«

»Das klingt hart«, sage ich, weil es stimmt. »Aber ist dir klar, dass nicht alle Menschen so sind?«

»Vielleicht.« Nun ist er völlig in Gedanken versunken, und ich frage mich, ob ich zu weit gegangen bin.

»Was ist aus dem Kerl geworden, der englische Literatur studiert hat?«, frage ich. Das erscheint mir eine gute Strategie, um das Gespräch am Laufen zu halten.

Jonathan zuckt wieder mit den Schultern. »Er hat einen YouTuber geheiratet. Ich war auf seiner Hochzeit.«

»Warum?«

»Warum er den YouTuber geheiratet hat oder warum ich auf seiner Hochzeit war?«

»Äh … beides?«

»Tja.« Jonathans Miene wird höhnisch – das ist wohl seine Version von neckisch. »Was den YouTuber angeht: Er war jung und heiß. Und warum ich dort war … Wir waren beide Teil einer komplizierten Gruppe. Auf der Hochzeit aufzutauchen, war für mich der einfachste Weg, um ihnen zu zeigen, dass mir alles egal ist.«

Ich werfe ihm einen zweifelnden Blick zu. »Es war dir aber wichtig genug, um ihnen zeigen zu *wollen*, dass dir alles egal ist.«

Er presst die Lippen zusammen. »Genau.«

Eine lange Stille setzt ein. Jonathan lehnt nach wie vor an der Küchenzeile, die er nie benutzt, in dem eleganten Haus, in das nie jemand zu Besuch kommt. Und langsam finde ich, dass das alles echt schade ist. Weil ich nicht glaube, dass er als Arsch geboren wurde. Ich glaube, das wurde ihm eingeimpft. Und in diesem Moment sieht er wirklich verdammt elend aus. Er sieht so aus, als wäre es ihm immer elend gegangen. Und als würde es auch immer so bleiben.

»Jonathan«, sage ich.

Seine Miene hellt sich nicht auf. Stattdessen macht er wieder dicht, wechselt von traurig zu emotionslos. »Was?«

»Komm mal kurz her.«

»Warum?«

Ich schiebe den Stuhl neben meinem mit dem Fuß unter dem Tisch hervor. »Kannst du ein einziges Mal nicht alles ausdiskutieren?«

»Typischerweise gründet man keine eigene Firma, weil man sich gern von anderen Leuten herumkommandieren lässt.«

Jonathan Forest zu trösten ist jetzt schon anstrengender, als es die Energie wert ist. »Ich kommandiere dich nicht herum, ich bitte dich – und zwar bloß darum, dass du dich auf diesen Stuhl setzt.«

»Kann ich mich nicht einfach auf den Stuhl setzen, auf dem ich vorher saß?«

»Setz dich auf den verdammten Stuhl. *Bitte.*«

Er setzt sich auf den verdammten Stuhl. »Und jetzt?«

»Ich wollte dir nur sagen«, beginne ich, auch wenn ich längst wünschte, ich hätte nicht damit angefangen, »dass du vielleicht denkst, ich könnte dich nicht leiden, aber das stimmt nicht.«

»Und ich musste auf diesem Stuhl sitzen, damit du mir das sagen kannst?«

Irgendwie gelingt es mir, ihn nicht mit einer Gabel zu erstechen. Zum Teil bloß, weil ich gerade keine zur Hand habe. »Ach, lass gut sein, Mann. Ich versuche hier gerade, nett zu sein. Und ich dachte, es wäre, du weißt schon, persönlicher, wenn wir dabei nebeneinandersitzen statt an gegenüberliegenden Enden dieser Riesenküche, die du aus keinem verdammten Grund hast.«

Er blickt finster drein, was aus der Nähe noch furchteinflößender ist. »Wie persönlich kann es schon sein? Du leidest schließlich unter Gedächtnisverlust.«

»Was bedeutet, dass ich keine Vorurteile habe.« Ich wünschte, dass ich verdammt noch mal wirklich keine Vorurteile hätte. »Ich beurteile bloß, was ich hier vor mir sehe.«

»Und es gefällt dir?« Jonathan macht eine Handbewegung, die sein gesamtes Ich miteinschließt. »Oder vielmehr: Es gefällt dir *nicht*. Gott, dadurch fühle ich mich so von dir gesehen.«

Nun ist es an mir, zu seufzen. »Ich weiß, dass du das sarkastisch meinst, aber es stimmt wirklich. Ich sehe dich.«

Er verschränkt die Arme vor der Brust und lehnt sich leicht von mir weg. »Und was glaubst du zu sehen?«

»Ich sehe eine zielstrebige und ehrgeizige Person, der gesagt wurde, dass das schlechte Eigenschaften sind, obwohl das nicht stimmt. Ich sehe eine Person, der nicht alles egal ist, aber sie weiß nicht, wie sie es zeigen soll. Ich sehe eine Person, die glaubt, sie müsse allein sein, und deshalb so tut, als wäre das ihre Entscheidung.« Ich stehe auf, bevor er etwas erwidern oder auch nur antworten kann. »Und außerdem kannst du überraschend gut mit Katzen umgehen.«

Und zum allerersten Mal hat Jonathan Forest keine Antwort parat.

Nicht besonders überraschend verbringt Jonathan den Großteil des nächsten Tages in seinem Büro. Die Tür ist geschlossen, und mein verdammter Kater ist mit ihm dadrin. Da ich nicht abgereist bin, koche ich die Hühnchenreste in Brühe und verarbeite das übrige Gemüse zu *Bubble and Squeak*, wie es eben mit Resten gemacht wird. Gerade gönne ich mir einen Bissen, als Gollum hereinkommt und zu seinem Napf huscht, gefolgt von Jonathan, der den größten Ordner im Schlepptau hat, den ich je gesehen habe.

»Was ist das?«, frage ich.

Doch Jonathan ignoriert mich, weil er auf Gollums *Ich-sterbe-wenn-du-mich-nicht-augenblicklich-fütterst*-Masche hereinfällt. Nachdem er den Kater versorgt hat, mustert er meine Pfanne. »Ist das *Bubble and Squeak?*«

»Ja, mit dem übrig gebliebenen Gemüse.«

»Ich … Das habe ich seit Jahren nicht gegessen.«

Beinahe wäre es ein sanfter, nostalgischer Moment, aber Jonathan Forest ist keine sanfte, nostalgische Person, und Gollums Gesicht ist gänzlich in dem Napf voller *Natürlichem Weißen Fleisch und Leber vom Huhn mit einem Schwaps Kokosnussmilch* von *Fancy Feast* verschwunden, wobei er Geräusche ausstößt, als würde ein feuchter Lappen mit dem Staubsauger aufgesaugt werden.

Ich versuche, die schlabbernden Fressgeräusche zu ignorieren. »Gibt es das bei euch nicht an Weihnachten?«

»Mein Dad macht es immer am Boxing Day, aber da arbeite ich meistens.«

»Du kannst ein Stück haben. Aber es wird nicht ganz so gut schmecken.«

»Warum?« Schon trennt er sich ein Stück mit dem Spatel ab. »Bist du ein miserabler Koch?«

»Nein, ich meine wegen der Gefühle, die du damit verbindest.« Da erst fällt mir auf, dass er grinst. Und dass diese Aussage in den labyrinthartigen Abgründen von Jonathans Gehirn als Witz gilt. »Du bist nicht witzig.«

Er setzt sich neben mich. »Das ist mir durchaus bewusst.«

Und sofort habe ich ein schlechtes Gewissen, weil er sich gerade wirklich Mühe gibt. Also, so richtig echt. Nicht nur, weil er Angst hat, verklagt zu werden. »Okay, vielleicht bist du ein bisschen witzig. Manchmal.«

»Nein«, erwidert Jonathan. »Du hattest schon recht.«

Irgendwann muss der Elefant im Raum ja mal angesprochen werden, und mit Elefant meine ich den verdammt gigantischen Ordner. »Also, was ist in dem verdammt gigantischen Ordner?«

»Ich habe nachgedacht. Über die Weihnachtsfeier. Wenn du mir immer noch bei der Orga helfen willst, dann …« Er schiebt den unfassbar riesigen Dokumentenstapel zu mir. »Hier.«

Während Jonathan sich über sein *Bubble and Squeak* hermacht, nehme ich den Ordner unter die Lupe. Es ist so viel … mehr, als ich je für die Planung einer Arbeitsveranstaltung erwartet hätte. Um ehrlich zu sein, ist es mehr, als ich selbst für die Planung der Landungsoperationen in der Normandie im Zweiten Weltkrieg erwartet hätte.

Ich schließe den Ordner. »Was … ist das?«

»Listen der möglichen Veranstaltungsorte, Kostenaufstellungen, einzuhaltende Vorschriften, Risikoanalysen, das Übliche.«

»Das ist nicht das Übliche. Es ist das Gegenteil vom Üblichen. Es ist das Unübliche.«

Jonathan sieht von seinem halbleeren Teller auf, und sein Blick ist nicht ermutigend. »Ich wusste, dass es keine gute Idee ist.«

Er greift nach dem Ordner. Ich versuche, ihn aufzuhalten, was in dem wahrscheinlich bürokratischsten Tauziehen, das je an einem Küchentisch stattfand, endet.

»Komm schon.« Ich ziehe noch etwas fester. »Es tut mir leid. Ich wollte nicht über … dein riesiges Partybuch herziehen.«

»Es ist kein riesiges Partybuch«, knurrt Jonathan, der nach wie vor nicht loslässt. »Ich bin nicht sechs Jahre alt. Es ist eine Sammlung von Informationen, die aus rechtlichen und steuerlichen Gründen wichtig sind.«

Ich lasse ebenfalls nicht los. »Du bist der waschechte Geist der Weihnacht, was? Ich kann mir dich lebhaft als Kind vorstellen, wie du im Schlafanzug die Treppe runterrennst, deine Geschenke aufreißt und dann rufst *Mam, Mam, kann ich das von der Steuer absetzen?*«

»Das ist nicht dasselbe, Samwise.«

Ich habe ihm bereits gesagt, dass er mich nicht so nennen soll. Und eigentlich wollte ich ihn ja bloß aufziehen – so hat es zumindest angefangen, aber ehrlich gesagt war das mit seiner Familie etwas unter der Gürtellinie, und ich hätte es nicht erwähnen sollen, aber mit dem ganzen Pfennigfuchser-Bullshit hat er mir mal wieder den letzten Nerv geraubt. »Ich heiße Sam«, erinnere ich ihn. »Und ich weiß, dass es eine Arbeitsveranstaltung ist, aber es geht immer noch um Weihnachten. Es soll Spaß machen.«

Jonathan Forest sieht mir direkt in die Augen. Sein *Bubble and Squeak* wird langsam kalt, aber ich glaube nicht, dass es ihm etwas ausmacht. »Ich garantiere dir, dass du jeden einzelnen spaßigen Moment deines Lebens der harten Arbeit anderer Menschen zu verdanken hast.«

Würde er sich nicht wieder so arschig verhalten, würde ich zugeben, dass er damit wohl recht hat. Aber er benimmt sich arschig, also gebe ich es nicht zu. »Okay, manchmal trifft das zu, aber nicht immer. Du kannst auch einfach mal spontan sein. Bist du nie, ich weiß nicht, am Strand spazieren gegangen und hast plötzlich entschieden, einfach ins Meer zu rennen, nur um zu sehen, wie sich das wohl anfühlt?«

»Und glaubst du wirklich, der Strand wäre ganz von allein so einfach und sicher zugänglich und so sauber?«

Ich seufze erneut. »Du bist gerade wirklich unhilfreich.«

»Du hast angeboten, etwas für mich zu tun. Ich habe versucht, alles bereitzustellen, was du dafür brauchst, und du machst dich darüber lustig.«

So kann man das auch sehen. Aber ich finde nicht, dass es fair ist, das, was gerade zwischen uns passiert, derart abzustempeln. »Nein, ich habe bloß meine leichte Verwirrung zum Ausdruck gebracht. Denn als ich gesagt habe: *Hey, soll ich dir bei der Partyplanung helfen*, dachtest du offenbar, das hieße: *Hey, sollen wir uns zusammen durch einen Papierhaufen wühlen, der dicker als die Bibel ist*.«

»Was war denn *dein* Plan?« Nun lehnt Jonathan sich zurück und verschränkt die Arme vor der Brust. »Wolltest du alle in den Pub einladen?«

»Was wäre daran so falsch?«

»Für mich arbeiten hundertfünfzig Leute. Du kannst nicht einfach sagen: *Kommt alle gegen zehn Uhr ins* Dog and Duck, *das erste Bier geht auf mich*.«

Langsam wird mir klar, dass ich mich zu weit aus dem Fenster gelehnt habe. Und außerdem beginne ich zu verstehen, warum Jonathan bisher immer so grottige Partys geschmissen hat. Ich dachte immer, es läge bloß daran, dass er Spaß hasst. »Nein, aber du könntest dafür sorgen, dass es sich weniger wie, ich weiß nicht, eine Arbeitsveranstaltung anfühlt.«

»Und wie soll ich das machen? Wir sprechen hier schließlich von einer Firmenfeier, die von dem Mann organisiert wird, dem die Firma gehört.«

»Hör mal.« Verstohlen ziehe ich den Ordner unter seiner Hand hervor. »Lass mich einfach machen, und wir schauen mal, was ich auf die Beine stelle.«

Eine Sekunde lang berühren sich unsere Finger auf der blauen Plastikhülle des mittlerweile berüchtigten Party-Orga-Ordners. Und Jonathan Forest reißt seine Hand zurück, als wäre ich eine heiße Kochplatte. »Na schön«, sagt er. »Ich lasse dich machen. Aber du musst das wirklich *ernst* nehmen.«

Er ist ein Arschloch. »Ich nehme es ernst.«

Keine Ahnung, was er gleich darauf erwidern wird, aber er atmet erst einmal langsam und tief ein. »Du wirst dich bestimmt nicht daran erinnern, aber du bist unter anderem nach London gekommen, weil du … nicht immer besonders gut mit einem vorgegebenen Budget umgehen kannst. Ich vertraue dir das an, aber es ist wichtig, dass du es richtig machst.«

Er ist ein Arschloch, er ist ein Arschloch. »Das werde ich.«

»Ich meine es ernst. Der absolute Höchstpreis pro Person – und ich meine wirklich, das *absolute* Maximum – ist hundertfünfzig Pfund. Keinen Penny mehr.«

Er ist ein Arschloch. Er ist ein Arschloch. Er ist ein Kontrollfreak-Arschloch. »Okay«, sage ich. »Das schaffe ich. Und jetzt gib mir den Ordner, damit ich anfangen kann, ein paar Veranstaltungsorte anzurufen.«

»Keinen Penny mehr«, wiederholt er.

»Ich habe es auch schon beim ersten Mal verstanden. Alles klar. Ich verspreche es dir.«

Dies ist der Grund, warum ich auf keinen Fall vergessen darf, warum es nichts bringt, Jonathan Forest mögen zu wollen. Ich helfe ihm aus purer Herzensgüte. Na ja. Eher weil ich verzweifelt bin und mir einen ziemlich beschissenen Plan überlegt habe, wie ich ihn dazu kriege, die Sheffield-Filiale in Ruhe zu lassen. Aber unterm Strich versuche ich, ihm zu helfen, und er behandelt mich, als wäre ich nicht mal in der Lage zu zählen. Von seiner extrem unattraktiven Ebenezer-Scrooge-Imitation fange ich lieber gar nicht erst an. Seltsamerweise motiviert mich das alles aber dazu, die beste Party zu schmeißen, die er je gesehen hat. Was irgendwie bedeutet, dass sein schrecklicher Managementstil funktioniert. Und das ist mehr als beunruhigend.

Heute ist einer der Tage, an denen Agnieszka kommt, also wird sich Jonathan am Nachmittag in die Filiale verziehen können. Das empfinden wir wahrscheinlich beide als Erleichterung. Von zuhause zu arbeiten macht ihn immer ein bisschen nervös, weil er nicht mal annähernd in der Lage ist, darauf zu vertrauen, dass andere Leute ihre Arbeit machen. Und in dem Moment, als ich das Party-Projekt übernommen habe, wurde es noch hundertmal schlimmer, weil er all das in ihm aufgestaute Mikro-Management nun mir gegenüber entlädt. Ich habe kaum begonnen, durch die lange Liste der Veranstaltungsorte zu blättern, da bombardiert er mich bereits mit Vorschlägen, die sich anfühlen wie Befehle. Das Essen muss im Sitzen eingenommen werden (ich bin anderer Meinung, bestehe aber nicht darauf), buche auf keinen Fall ein Boot (hatte ich sowieso nicht vor), es muss genug Platz zum Tanzen da sein (ist doch vollkommen klar) und achte darauf, dass der DJ eine eigene Beleuchtung mitbringt (siehe oben).

Es hilft nicht, dass ich dringend mein altes Team nach deren Meinung fragen möchte, vor allem dazu, wie ich meine hart erkämpfte neue Rolle als Weihnachtsfeierplaner dazu einsetzen kann, dass wir nicht alle gefeuert werden. Das gestaltet sich aber nicht gerade als leicht, während Jonathan mir ständig über die Schulter schaut und ich nach wie vor so tue, als würde ich mich an nichts erinnern.

Sobald er also ins Auto gestiegen ist und ich sichergestellt habe, dass sich Agnieszka irgendwo aufhält, wo ich sie nicht störe, rufe ich in meiner Filiale an, stelle mein Handy auf Lautsprecher und bitte Claire, alle für ein Meeting im Büro zu versammeln. Na ja, mit *alle* meine ich sie, Tiff und Amjad, weil Brian eher lästig als hilfreich ist und der Neue Übereifrige Chris zu neu und übereifrig ist, als dass wir ihn in einen Plan einweihen könnten, der beinhaltet, dass er seinen Chef anlügt.

»Du machst *was?*«, fragt Claire.

»Ich organisiere die Firmenweihnachtsfeier«, wiederhole ich.

»Ist die Firmenweihnachtsfeier nicht immer total mies?« Amjad spricht die Wahrheit aus.

Ich mache eine Handbewegung in Richtung meines Handys, obwohl sie mich nicht sehen können. »Jap, genau deshalb ist es ja so genial.«

Claire entfährt ein Geräusch, wie es Lehrende an Schulen ausstoßen, wenn sie ermutigend sein wollen, aber eins der Kinder gerade totalen Bullshit von sich gegeben hat. »Ist *genial* hier wirklich das passende Wort?«

»Nein. Aber hört zu. Die Weihnachtsfeier ist bloß immer so schlecht, weil Jonathan sie organisiert, und weil er Jonathan ist, wird die Party miserabel und seelenlos. Wenn ich sie also auf meine Weise plane, kann ich ihm damit zeigen, dass mein Führungsstil doch funktioniert, und er wird niemanden feuern.«

»Das kommt mir falsch vor.« Amjad spricht einmal mehr die Wahrheit aus, auch wenn sie mir diesmal weniger gefällt.

»Sehe ich auch so«, wirft Agnieszka ein, die gerade ins Wohnzimmer gekommen ist, um den Sofatisch abzustauben. »Es ist extrem fragwürdig.«

Kurz dringt nichts als Stille aus der Leitung an mein Ohr, dann folgt ein verwirrteres »Wer ist das?« von Claire.

»Alles in Ordnung, es ist bloß Agnieszka, die Haushälterin. Sie ist cool. Sie arbeitet für Jonathan, also weiß sie, was für ein Scheißkerl er ist.«

»Das weiß ich nicht.« Agnieszka hebt meine Decke von der Couch, schüttelt die Kissen aus und legt die Decke viel ordentlicher zusammengefaltet zurück. »Zu mir war er bisher immer nett. Ich vermute bloß, dass er in seiner Freizeit gern Anhalter aufliest und zerstückelt.«

Das scheint Tiffs Aufmerksamkeit zu erregen. »So kommt er wirklich rüber, nicht wahr?«

»Solange wir keine Beweise für seine Hobby-Serienmorde haben, um ihn einzubuchten, bevor er uns feuern kann«, ich versuche, zum eigentlichen Thema zurückzukehren, »ist die Party unsere beste Chance.«

»Ich finde immer noch, dass es falsch ist«, sagt Amjad.

Auf dem Weg nach oben wirft Agnieszka einen Blick über die Schulter. »Und ich sehe das immer noch genauso.«

»Wisst ihr, was«, erwidere ich. »Ich stelle den Timer auf meinem Handy auf sechs Minuten, und wenn ihr bis dahin keine bessere Idee habt, versuchen wir es mit meinem Plan.«

Sie denken tatsächlich darüber nach. Aber nicht die ganzen sechs Minuten lang, was gut ist, weil ich in Wahrheit gar keinen Timer gestellt habe.

Schließlich meldet sich Tiff wieder zu Wort. »Hast du denn Erfahrung mit Partyplanung?«

»Jetzt fang du nicht auch noch an.« Ich werfe meinem Handy einen bösen Blick zu. »Das musste ich mir von Jonathan Forest heute Morgen schon zur Genüge anhören.«

Sie gibt einen typischen Teenager-Laut von sich – und damit sage ich viel mehr über mein Alter aus als über ihres. »Ich verhalte mich nicht wie Jonathan. Ich meine ja bloß ... du bist auch nicht gerade der spaßigste Typ.«

Oh, jetzt legt sie es aber drauf an. »Was soll das denn heißen?«

»Okay, du bist nicht total langweilig oder so. Aber dein Humor ist eher wie ... wie ... der von einem Vater.«

»Tiff, ich bin siebenundzwanzig. Um dein Vater zu sein, müsste ich deine Mam geschwängert haben, als ich zehn war.«

»Sam«, mischt sich Claire ein. »Ich glaube, wir müssen dringend die Richtung wechseln, in die sich dieses Gespräch entwickelt.«

Sie hat recht. Den Satz *deine Mam schwängern* sollte ich nie zu einer Angestellten sagen, auch wenn sie mir das Gefühl gibt, alt zu sein. »Ich sage ja bloß, dass es nicht allzu schwer sein kann«, verteidige ich mich.

»Das hat meine Mam auch gesagt, als sie nicht wollte, dass ich ihr mit Auntie Ritas fünfzigster Geburtstagsfeier helfe«, sagt Tiff. »Und dann ist uns schon um halb sieben der Alkohol ausgegangen, und Onkel Colin war so sauer, dass er Mr Pettiforth von *Number Forty-Two* mit einem Teller voller Mini-Quiches beworfen hat.«

»Geht es dem Mann gut?«, fragt Claire in dem Moment, in dem Amjad kommentiert: »Was für eine Verschwendung von Mini-Quiches.«

Ich klopfe auf den Tisch, um das Meeting wieder in die richtige Bahn zu lenken. »Ich verstehe dein Argument, Tiff, und mir ist bewusst, dass es logistische Dinge zu beachten gilt.« Automatisch denke ich an den gigantischen Ordner. »Aber diese Feier muss keine königliche Hochzeit werden. Sie muss bloß besser sein als die, die Jonathan geplant hat, und das ist keine Kunst.«

Irgendwie höre ich Claire zusammenzucken. »Erinnert ihr euch noch an das eine Mal, als er uns alle auf ein Boot gesperrt hat?«

»Ja.« Keine Ahnung, warum ich den Drang verspüre, ihn in Schutz zu nehmen, aber aus irgendeinem Grund tue ich es trotzdem. »Daraus hat er aber gelernt. Nicht besonders viel, aber trotzdem.«

»Die eine, zu der ich gegangen bin, war in einem Hotel, wo noch sechs weitere Weihnachtsfeiern stattgefunden haben«, erzählt Amjad. »Und ich musste neben diesem Typen aus der Leeds-Filiale sitzen, der mich die ganze Zeit davon überzeugen wollte, dass *Age of Sigmar* besser als *Warhammer Fantasy* ist.«

»Ich hab gerade kein Wort verstanden«, sagt Tiff.

»Also, das ist so.« Amjad ist drauf und dran, einen seiner Vorträge zu halten. »*Warhammer Fantasy* hatte ein klassisches Setting mit dreißigjähriger Geschichte, gepaart mit einem soliden taktischen Kriegsspiel mit asymmetrischem Gameplay, wenn ich auch zugeben muss, dass die verschiedenen Fraktionen nicht ganz so ausgeglichen waren. Aber dann haben sie die Welt komplett verändert und ein Spiel für Kinder und Hobby-Gamer draus gemacht, was nicht mehr viel mit dem Kanon zu tun hatte.«

»Und wieder habe ich kein Wort verstanden.«

In gewisser Weise möchte ich die beiden nicht unterbrechen. Ich sollte wohl, aber es hat etwas Beruhigendes, Tiff und Amjad zanken zu hören, als wären sie Geschwister. Etwas, das sich fast wie zuhause anfühlt. Aber ich bin der Chef, und wir haben etwas Wichtiges zu besprechen, also sage ich: »Musst du auch nicht, weil es nichts mit der Party zu tun hat, die ich planen muss.«

Amjad stößt ein Schnauben aus, mit dem er ausdrückt, dass er in der Zeit, in der er lebt, niemals die Wertschätzung erfahren wird, die ihm zusteht. »Ich wollte ja bloß sagen, dass du sie nicht in einem Hotel schmeißen und niemanden aus Leeds einladen sollst.«

»Aber ich muss die Leeds-Filiale einladen.«

»Was das Hotel angeht, hat er recht«, sagt Tiff. »Hotels als Veranstaltungsort vermitteln sofort den Eindruck, als hättest du dir überhaupt keine Gedanken gemacht.«

»Wo soll ich die Party also schmeißen? Auf einem verlassenen Parkplatz in Dagenham?«

»Du bist in London.« Tiff klingt ein wenig zu respektlos für eine Person, deren Job ich zu retten versuche. »Die Stadt besteht praktisch aus Party-Locations.«

Ich ziehe ein unbeschriebenes Blatt Papier hinten aus dem Ordner und mache mir Notizen. »Alles klar. Kein Hotel. Kein Boot. Wir *müssen* Leeds einladen …«

Amjad seufzt. »Kannst du uns wenigstens weit weg von denen setzen?«

»Ja, aber dann müssen wir zusammensitzen, und das bedeutet, dass wir zweihundert Meilen mit dem Zug anreisen, nur um mit den Leuten zu essen, die wir sowieso jeden Tag auf der Arbeit sehen«, wirft Claire ein.

»Lieber so, als zweihundert Meilen mit dem Zug anzureisen, um mit Leuten zu essen, die *scheiße* sind.«

Ich setze dem Gezanke ein Ende. »Okay, also wollt ihr weder zusammen noch neben anderen Leuten sitzen. Ehrlich gesagt ist das kein besonders hilfreiches Feedback.«

Eine mittellange Stille setzt ein, während die allgemeine Sich-über-verhasste-Dinge-beschweren-Stimmung allmählich in einen Problemlösemodus übergeht. Leider wird die mittellange Pause dadurch zwangsläufig zu einer recht langen, und mir wird langsam klar, dass die Truppe eigentlich ihrem echten Job nachgehen sollte, und je länger ich sie davon abhalte, desto unwahrscheinlicher wird es, dass sie Jonathan Forests ach so wertvolle Ziele erreichen. Zudem besteht die Chance, dass er unerwartet nach Hause kommt, weil er etwas vergessen hat oder nach mir sehen will. Dann würde er herausfinden, dass ich nicht nur so tue, als würde ich unter Gedächtnisverlust leiden, sondern auch noch das gesamte Team eingeweiht habe, was dazu führen könnte, dass er ihnen gegenüber noch negativer eingestellt ist. Ich werfe einen Blick auf die Standort-teilen-App auf meinem Handy, und er ist nach wie vor im Laden, aber ich beschließe trotzdem, das Gespräch an dieser Stelle zu beenden.

»Ich glaube, ich habe erst mal genug zusammengetragen«, sage ich, wobei ich nur ein kleines bisschen lüge. »Wenn euch noch etwas einfällt, dann wartet, bis ich wieder anrufe. Denn ich kann es auf keinen Fall gebrauchen, dass ich während dem Abendessen mit Jonathan eine Nachricht kriege, in der steht *Hey, ich habe eine Idee, wie wir die Party dazu benutzen können, unseren Arschloch-Chef davon abzubringen, uns zu feuern.*«

Eine weitere Stille setzt ein, aber diesmal keine hilfreiche.

»Du isst mit ihm zu Abend?«, fragt Claire mit zugegebenermaßen gerechtfertigter Fassungslosigkeit.

»Ich wohne in seinem Haus. Was soll ich denn sonst tun? Allein in meinem Zimmer essen wie ein eingeschnappter Teenager?«

»Ich fand nur, dass es seltsam klang, wie du es formuliert hast.«

»Es ist nicht seltsam.«

»Schon ein bisschen«, sagt Tiff.

»Ja«, stimmt auch Amjad zu.

»Ich muss ihn auf unsere Seite ziehen«, erinnere ich sie. »Dafür muss er mich mögen.«

Claire klingt nicht so, als würde sie mir zustimmen. »Aber du hast doch nicht vergessen, was für ein Riesenarsch er ist, oder?«

»Oh, glaub mir, daran werde ich regelmäßig erinnert. Aber es ist … kompliziert.«

»Es ist nicht kompliziert«, fährt Claire mich an. »Er hat dich in eine Dusche geschubst, dir eine Gehirnerschütterung eingehandelt und gedroht, uns alle zu feuern, wenn auch nicht in dieser Reihenfolge.«

Tiff schnappt nach Luft. »Scheiße, er hat sich das Stockholm-Syndrom eingefangen.«

»Ich habe kein –«

»Also streng genommen wurde das Stockholm-Syndrom von einem Typen erfunden, der es total persönlich nahm, dass eine der Geiseln seine Verhandlungskünste kritisiert hat«, wirft Amjad ein. »Es steht nicht im *Diagnostischen und statistischen Leitfaden psychischer Störungen*.«

Ich bin kurz davor, einfach aufzulegen. »Es ist egal, ob es existiert oder nicht, denn ich habe es nicht.«

»Das würdest du auch sagen, wenn du es hättest«, sagt Tiff.

»Aber er kann es nicht haben, weil es nicht existiert«, erwidert Amjad.

»Ich habe es nicht«, antworte ich, noch nicht total genervt, aber auf dem besten Weg dahin. »Weil ich mich hier abrackere und gesundheitliche Probleme vortäusche, um *unsere* Jobs zu retten, und ich kann Jonathan Forest *nicht* leiden. Und jetzt lege ich auf, weil ich eine Party planen muss, was, falls ihr es schon vergessen habt, ein wichtiger Teil der Jobs-retten-Strategie ist.«

Sie geben ein paar leise Entschuldigungen von sich, und ich lege auf. Dann sitze ich erst einmal nur da und schmolle ein wenig vor mich hin. Denn in mir wütet eine Mischung aus Frust und Zuneigung. Ich habe definitiv *kein* Stockholm-Syndrom. Aber es ist so typisch für *Tiff*, dass sie das denken würde, und so typisch für *Amjad*, dass es ihm wichtiger ist, klarzustellen, dass es keine korrekte Diagnose ist, und so typisch für *Claire*, dass sie zwischen den beiden vermittelt, während sie mir dabei zu helfen versucht, mich zu konzentrieren.

Aber trotzdem habe ich keinerlei Syndrome, die nach einer Stadt in Europa benannt sind. Seit ich hier wohne, haben Jonathan und ich, wenn es hoch kommt, zwei gute Gespräche geführt. Okay, manchmal hat er mich beinahe einen Blick auf seine menschliche Seite erhaschen lassen. Und okay, er versteht sich gut mit dem Kater, also kann er keine so furchtbare Person sein. Und okay, er hat mir ein ziemlich gutes Sandwich gemacht. Aber es braucht mehr als das, damit ich ihn mag. Viel mehr. Vermutlich mehr, als er in der Lage ist zu geben. Und ich bin mir nicht sicher, warum ich überhaupt darüber nachdenke, ob ich ihn mag oder nicht, weil es *ihm* ganz eindeutig egal ist.

Ich versuche, nicht weiter an ihn zu denken, und widme mich wieder dem Ordner. Nur hilft das leider überhaupt nicht, denn ebenso wie die Diskussion über das Stockholm-Syndrom typisch Tiff und Amjad war, ist dieser Ordner voller Regeln darüber, wie man Spaß hat, so *so* typisch Jonathan Forest.

13. KAPITEL

Was auch immer ich Jonathan Forest vorwerfen könnte – und da gibt es so einiges –, er steht immer zu seinem Wort. Aus diesem Grund werde ich gerade von allen Frauen seiner Familie gleichzeitig umarmt. Die Männer stehen hingegen nicht so auf Umarmungen unter Männern, also folgt eine Runde Händeschütteln und Schulterklopfen.

»Ich habe euch doch gesagt, dass er sich für uns einsetzen würde«, sagt Wendy. »Was dich angeht, hatte ich ein gutes Gefühl, Sam. Habe ich es nicht gesagt, Les? Habe ich nicht gesagt, dass ich ein gutes Gefühl hatte?«

»Ja«, sagt Les.

Wendy flattert in einem lilafarbenen Kleid mit Blätter- *und* Punktemuster an mir vorbei. »Ich wusste, dass du unserem Jonathan guttun würdest.«

»Wie schon gesagt: Ich arbeite bloß für ihn.« Langsam dämmert mir, dass ich das noch oft werde wiederholen müssen. »Ich wohne hier, weil ich einen Unfall in seiner Filiale hatte und er sich Sorgen wegen meiner Gehirnerschütterung macht.«

»Ja, ja.« Auntie Jack flattert ebenfalls an mir vorbei. »Ihr seid nur Freunde. Wir verstehen es. Wir verstehen es nur allzu gut.«

Ich bin mir nicht sicher, ob es meinem Plan zugutekommt, dass Jonathans Familie denkt, wir wären heimlich zusammen, oder ob es sich eher als hinderlich entpuppen wird. Fest steht allerdings, dass ich es nicht ändern kann. Selbst wenn ich es ausdiskutieren wollen würde, könnte ich es nicht, da sie sich nun im gesamten Erdgeschoss verteilen, wie Schulkinder in einem Museumssouvenirshop.

»Hier ist Platz für einen Riesenbaum«, ruft Wendy aus dem zweiten der drei Wohnzimmer.

»Aber er braucht einen neuen Esstisch«, antwortet Nanny Barb, wenn auch leiser. Deshalb muss sie noch hinzufügen: »Del, sag ihr, dass er einen neuen Esstisch braucht.«

Del steckt den Kopf zur Tür hinaus. »Deine Mum sagt, dass er einen neuen Esstisch braucht«, brüllt er.

»Ich weiß.« Wendys Stimme scheint lauter zu werden, obwohl sie sich von uns entfernt. »Les, haben wir den alten noch in der Garage stehen?«

Les, der kein Brüller ist, sich aber verständlich machen kann, wenn es sein muss, begibt sich auf den Weg ins angrenzende Zimmer, bevor er antwortet. »Ja, aber daran passen auch keine dreizehn Personen.«

»Was hast du gesagt?«, fragt Barb, die nach wie vor dabei ist, Jonathans Küche zu inspizieren, und das mit einer Miene, die verrät, was sie von Wasserkochern anstelle von Teekesseln hält.

»Er sagt Ja, aber daran passen auch keine dreizehn Personen«, wiederholt Del für sie.

Sie fragt, wie viele Leute denn dranpassen, und Del bringt die Nachricht wieder auf den Weg.

»Acht«, ruft Wendy den Flur runter.

»Nein, sechs, Liebling«, korrigiert Les sie.

»Acht, wenn wir ihn ausziehen.«

»Wie viele?«, fragt Nanny Barb erneut.

Del ist inzwischen zurück ins erste Wohnzimmer gewandert. »Acht«, sagt er, »wenn wir ihn ausziehen.«

Und das lockt Jonathan schließlich aus seinem Büro. Gollum, der Verräter, schleicht hinter ihm her. »Könnt ihr bitte aufhören, euch wegen Tischen anzuschreien, während ich zu arbeiten versuche.« Er mustert den versammelten Mob. »Was habt ihr überhaupt hier zu suchen?«

Wendy kommt aus dem dritten Wohnzimmer, als wäre sie eine verlorene Mutter, die zu ihrem Sohn zurückkehrt. »Nun, da du und Sam uns zu Weihnachten eingeladen habt –«

»Es gibt kein *ich und Sam*«, knurrt Jonathan.

Nanny Barb hat sich ebenfalls zu uns gesellt, nachdem sie ihre Kücheninspektion abgeschlossen hat. »Was *ist* nur mit ihm? Man könnte glauben, es wäre immer noch neunzehnhundertsiebenundsechzig.«

»Wir sind nicht zusammen, Nan, und selbst wenn wir es wären, würde Sam Weihnachten sicher lieber mit seiner eigenen Familie verbringen.«

»Das weiß ich nicht«, antworte ich eilig. »Ich leide unter Gedächtnisverlust.«

Es gefällt mir nicht, die anderen anzulügen, aber ich weiß nicht, was ich sonst sagen soll. »Ist nicht wahr«, ruft Del fasziniert.

Wendy sieht eher besorgt aus. »Du erinnerst dich an gar nichts?«

»An ein bisschen, hier und da.« Ich wünschte bereits, den Mund gehalten zu haben. »Ich weiß, wer ich bin und wie gewisse Dinge funktionieren, aber es gibt immer noch einige Lücken in meinem Gedächtnis.«

Nun versammeln sich alle um mich. Jonathan tritt vor, wobei er beinahe beschützerisch wirkt. »Der Arzt sagt, dass sein Gedächtnis von allein zurückkehren wird. Bis dahin können wir bloß zusehen, dass wir ihn in *Ruhe* lassen.« Alle weichen zurück. Nanny Barb tätschelt mir aber vorher noch den unteren

Rücken, da sie höher nicht kommt, und sagt mir, dass ich herzlich eingeladen bin, Weihnachten mit ihnen zu feiern.

»Aber dann sind wir dreizehn«, sagt Auntie Jack. »Nicht, dass ich abergläubisch wäre oder so.«

»Kein Problem.« Wendy sieht nicht so aus, als wäre es wirklich *kein* Problem. »Einer von uns steht einfach den ganzen Tag.«

»Ich glaube, das zählt dann aber immer noch als dreizehn Personen.« Aus irgendeinem Grund habe ich es so im Gefühl, dass Auntie Jack gerade ein bisschen zu viel Spaß mit dem Thema hat.

Wendy, deren Besorgnis zu wachsen scheint, wendet sich an Nanny Barb. »Wie wäre es, wenn du jemanden von deiner Bingo-Gruppe mitbringst?«

»Ich frage Mavis.«

Del blickt entsetzt drein. »Die wirst du verdammt noch mal *nicht* fragen.«

»Mavis ist doch völlig in Ordnung«, erwidert Nanny Barb.

»Ich finde, dass da so einiges nicht in Ordnung mit Mavis ist«, sagt Les, der weiterhin in der Tür steht und nach wie vor leise spricht.

Auntie Jack hat sich eine neue Zigarette angezündet. »Das Problem mit Mavis ist, dass die Dinge, die mit ihr nicht stimmen, gerade die Dinge sind, die sie interessant machen.«

»Nenn mir einen guten Grund, warum ich Mavis nicht einladen sollte.« Es sieht so aus, als würde Nanny Barb jetzt gleich so richtig loslegen, wie es nur Leute über achtzig können.

»Sie schummelt bei *Cluedo*«, sagt Wendy.

»Und sie hat die kleine Anthea zum Weinen gebracht«, fügt Les hinzu.

»Aber um das fairerweise mal klarzustellen«, mischt sich

Auntie Jack ein, »mit der Zahnspange sah es wirklich so aus, als hätte sie Oralverkehr mit einem Einkaufswagen.«

»Das macht es aber immer noch nicht in Ordnung, so etwas zu einer Vierzehnjährigen zu sagen.«

»Und sie ist uneingeladen auf Kaylas dreißigster Geburtstagsparty aufgetaucht«, fährt Wendy fort. »Hat auf den Kuchen gekotzt, den Hund getreten und Johnnys Auto geklaut.«

»Nun mach aber mal halblang.« Selbst Nanny Barb hat all diesen Vorwürfen nicht mehr viel entgegenzusetzen. »Immerhin hat sie das Auto zurückgegeben.«

»Erst, nachdem sie festgenommen wurde«, wirft Del ein.

»Ja, aber –«

»Wegen Trunkenheit am Steuer.«

»Sie hatte –«

»Auf Mallorca.«

Es ist absehbar, dass das noch eine Weile so weitergehen wird, und obwohl es nicht einfach erscheint, in dieser Diskussion zu Wort zu kommen, möchte ich keinen Familienstreit vom Zaun brechen. Also versuche ich es. »Ist wirklich in Ordnung. Ich werde schon irgendwo unterkommen.«

»Nein.« Wendy klingt nun sehr, sehr energisch. »Es ist völlig unmöglich, dass du nicht weißt, wo du an Weihnachten sein wirst. Du feierst mit uns, und wir riskieren den Todesfluch der Dreizehn.«

Bis dahin hatte ich geglaubt, sie wären nur ein wenig abergläubisch. Mir war nicht klar, dass es Tote geben könnte. »Todesfluch?«

»Wenn sich dreizehn zum Essen versammeln, stirbt einer innerhalb eines Jahres«, zitiert Nanny Barb mit Grabesstimme.

»*Sicher*, dass wir Mavis nicht einladen sollen?«, fragt Auntie Jack.

Del seufzt. »Ach, wisst ihr, ich beiße sowieso bald ins Gras. Passt nur auf, dass niemand vor mir vom Tisch aufsteht.«

»Oh, du makabrer Kerl, Dad.« Wendy lässt das nicht durchgehen. »So funktioniert das aber nicht. Irgendwer wird's vergessen und aufs Klo gehen und auf dem Weg dahin *Zack!*«

Ich sollte nicht nachfragen, tue es aber trotzdem. »Zack?«

»Ein Herzinfarkt«, erklärt Wendy. »Oder ein Toaster fällt ins Klo, während die Person pinkelt.«

Aus irgendeinem Grund ist dies der Punkt, an dem es Jonathan zu bunt wird. »Ich. Habe. Keine. Toaster. In. Meinem. Badezimmer.«, sagt er mit derselben Endgültigkeit, die er ausstrahlte, als er mich gefeuert hat. »Mit dem Kater sind wir vierzehn, also kann Sam bleiben, wenn er will.«

Und das ist das Ende der Diskussion. Soweit ich es mitbekommen habe, funktioniert Jonathans komplizierte Alpha-Energie nicht immer bei seiner Familie – ebenso wenig wie bei mir –, aber manchmal, wenn er die richtige Dosis genau zum richtigen Zeitpunkt einsetzt, überzeugt er selbst die dickköpfigsten Familienmitglieder. Es überrascht mich ehrlich gesagt, dass er sie gerade *für mich* eingesetzt hat.

»Also wäre das auch geklärt«, sagt Wendy fröhlich. »Natürlich müssen wir dann auch Truthahnkatzenfutter kaufen.«

»Und deine Mum hat gesagt, dass wir unseren Ersatztisch nehmen können«, fügt Les hinzu. »Wenn wir ihn an deinen stellen, sollten alle Platz finden.«

»Nicht ganz.« Del ist offenbar der Typ für Erbsenzählerei. Ich frage mich, ob er sich wohl gut mit Amjad verstehen würde. »Wenn an den einen acht und an den anderen sechs Personen passen, sind wir bei zwölf.«

Es ist eine Falle, ich weiß, dass es eine Falle ist, aber lieber tappe *ich* hinein als jemand anderes. »Macht das nicht vierzehn?«

»Aber wenn du sie aneinanderstellst«, er streckt die Hände flach aus und führt sie zusammen, »dann verlierst du zwei Enden. Also sind wir bei zwölf.«

Nun, da das Dreizehn-an-einem-Tisch-Problem geklärt ist, wedelt Wendy geringschätzig mit der Hand. »Kein Problem, wir rücken einfach näher zusammen. Das wird gemütlich. Ich mache mir mehr Sorgen wegen des Baums.«

Das ist neu für Jonathan. »Was denn für ein Baum?«

»An Weihnachten braucht es einen Baum«, sagt Nanny Barb zu ihm. Sie klingt, als würde sie eine offensichtliche Tatsache aussprechen, und sie hat ja auch recht. »Kein Weihnachten ohne Baum. Wohin sollen wir sonst die Geschenke für die Kinder legen?«

»Es gibt nur ein Kind, und das ist sechzehn«, entgegnet Jonathan.

Langsam mache ich mir Sorgen, dass er es bereut, alle eingeladen zu haben. Und es passt mir gar nicht, dass er es bereut, denn für das Gelingen meines Plans muss er entspannt sein und nicht drauf und dran, ein ganzes Team zu feuern, weil sie ein paar lächerliche Verkaufsziele nicht erreicht haben. »Was den Baum angeht, helfe ich gern«, sage ich.

Und es hätte mir vorher klar sein müssen, dass dies das Thema nicht beenden würde. Nein, jetzt geht es erst so richtig los.

»Und was ist mit der Deko?«, fragt Nanny Barb. »Die ist in der Kiste auf unserem Dachboden.«

Jonathan verschränkt die Arme vor der Brust. Das ist nie ein gutes Zeichen. »Können wir nicht einfach neue kaufen?«

Ich will ja nicht einfach Vermutungen über diese Familie anstellen. Jede Familie ist anders. Aber hätte ich meiner Mam und meinem Dad vorgeschlagen, neue Weihnachtsdeko zu kaufen, hätten sie es in etwa so gut aufgefasst, als hätte ich vorgeschlagen, den Weihnachtsmann zu essen. Und offensichtlich verhält es sich in dieser Familie ebenso.

»Nein, das können wir verflucht noch mal nicht.« Als ich Wendy nun ansehe, verstehe ich langsam, woher Jonathan sein Temperament hat. »Die Deko hat Tradition. Wir benutzen sie schon, seit du *so* klein bist.« Sie beugt sich vor, um zu zeigen, wie klein Jonathan war, als sie diese wichtige Weihnachtstradition einführten.

»Dabei kann ich auch helfen«, sage ich.

»Vielleicht wird unsere Deko aber nicht ausreichen.« Les lässt seinen vielsagenden Blick über Jonathans beachtliche Wohnfläche schweifen. »Du hast viel Platz, Sohn.«

Jonathan kneift sich in die Nasenwurzel, was sehr starke *Ich-bekomme-gleich-Kopfschmerzen*-Vibes versprüht, obwohl der Kopfschmerz offensichtlich schon da ist. Also, metaphorisch gesehen. »Wir können einfach mehr kaufen.«

»Ja«, sage ich in dem Versuch, den Enthusiasmus am Leben zu erhalten. »Wir können shoppen gehen.«

»Oben im *North End* gibt es einen Weihnachtsmarkt«, schlägt Les vor, doch damit scheint Del nicht einverstanden zu sein.

»Wage es ja nicht«, sagt er. »Damit wollen sie bloß die Touris übers Ohr hauen. Unten in *Acton* gibt es einen Großhändler, bei dem du alles für die Hälfte bekommst.«

Ein Schatten huscht über Les' Gesicht. Dieses Gespräch hat er schon einmal geführt. Oder zumindest ein sehr ähnliches. »Können wir nicht –«

Bevor er den Satz beenden kann, öffnet sich die Haustür, und eine dunkelhaarige Frau mit riesiger Sonnenbrille marschiert herein, als würde sie hier wohnen. Irgendwie ist es ihr gelungen, ein Kittelkleid und Cowboystiefel stylish zu kombinieren. Sie erinnert mich sehr an Jonathan. So würde er aussehen, wenn er eine Frau wäre und wenn seine Gesichtszüge etwas liebevoller zusammengesetzt worden wären. Ein bisschen weniger Nase und viel weniger Furchen.

»Tür war offen«, sagt sie. »Was hab ich verpasst?«

Jonathan funkelt sie bloß an. »Woher wusstest du überhaupt, dass alle hier sind, BJ?«

BJs Gesichtsausdruck verrät mir, dass sie nicht viel von dieser Abkürzung hält. »Ich hab mir ein Taxi vom Flughafen zu Mum und Dad genommen, aber als ich da ankam, hing an der Tür ein Zettel, auf dem stand: *Jonathan hat uns alle zu Weihnachten eingeladen, wir sind bei ihm.*« Sie zieht eine *Das-ist-jetzt-echt-peinlich*-Schnute. »Das bedeutet auch, dass ich mein ganzes Gepäck in deinem Garten abgeladen hab, sorrynotsorry.«

Bevor Jonathan etwas erwidern kann, folgt eine weitere Runde Umarmungen – diesmal machen die Männer mit, weil es laut den Regeln okay ist, wenn sie eine Frau umarmen. Wir werden einander vorgestellt, und ich erfahre, dass ihr Name Barbara Jane ist – daher BJ – und dass sie Jonathans Schwester ist, die gerade nach einer komplizierten Scheidung aus Texas zurückgekommen ist.

»Ich liebe dein Kleid, Mum«, sagt sie zu Wendy.

Wendy grinst. »Danke. Achtzehn Mäuse bei *Bonmarsh.*«

Nachdem genug Höflichkeiten ausgetauscht wurden, wendet sich Barbara Jane wieder an ihren Bruder. »Du hast nicht *wirklich* alle an Weihnachten zu dir eingeladen, oder?«

»Warum überrascht dich das?« Jonathans defensive Reaktion ist beeindruckend, wenn ich bedenke, wie stark er sich dagegen gewehrt hat, alle einzuladen.

Barbara Jane verschränkt die Arme vor der Brust. Eine Geste, die mich sofort wieder an Jonathan erinnert. »Weil du das nicht draufhast. Du kannst nicht kochen, dein Haus ist der am wenigsten einladende Ort, den ich je gesehen habe, und du bist absolut unfreundlich.«

»Ach, verpiss dich doch, BJ.«

»Das wird schon klappen.« Nanny Barb bricht eine Lanze für Jonathan. Oder doch nicht? »Der neue Freund wird sich um alles kümmern.«

»Du meinst, die neue Person in seinem Leben, die zufällig bei ihm wohnt«, korrigiert Auntie Jack sie.

Barbara Jane schiebt sich die Sonnenbrille auf die Stirn und mustert mich eingehend. »Du bist sein Freund? Was hast du mit ihm angestellt, Johnny? Ihn hypnotisiert?«

»Ich habe eine Gehirnerschütterung«, sage ich.

»Tja.« Sie grinst. »Das erklärt es.«

»Das erklärt es *nicht*.« Jonathan channelt mal wieder seinen inneren Werwolf, und zwar so sehr, dass ihm glatt entfallen ist, zu bestreiten, dass wir daten. Mir allerdings auch. »Kannst du es jetzt bitte einfach hinnehmen, dass Sam und ich absolut in der Lage sind, einen Truthahn in den Ofen zu schieben und für ein bisschen Papierdekoration zu sorgen? Ich habe zu tun, und ihr alle habt keinen guten Grund, hier zu sein.«

Wendy sieht betrübt aus. »Wir sind gekommen, um uns bei Sam dafür zu bedanken, dass er dich dazu überredet hat, uns an Weihnachten zu dir einzuladen.«

Jetzt mache ich mir Sorgen, dass sie es verkackt hat. Jonathan kann es gar nicht leiden, wenn es so aussieht, als hätte eine andere Person ihn zu irgendetwas überredet.

»Sam hat mich nicht überredet.« Seiner Familie gegenüber wird Jonathan immer *sehr* knurrig. »Sam hilft mir dabei, das Weihnachtsfest auszurichten, aber ich hätte euch auch ohne ihn eingeladen.«

Es kostet mich viel Willenskraft, nicht in den einsetzenden Chor von *So-ein-Quatsch*-Kommentaren einzustimmen.

Jonathan wirft doch tatsächlich die Hände in die Luft. Das ist vermutlich die dramatischste Geste, die ich je an ihm gesehen habe, aber sie kommt von Herzen. »Das ist so typisch. Ihr belästigt mich, bis ich zustimme, etwas für euch zu tun, und dann zieht ihr mich damit auf, dass ich nachgegeben habe. Wenn ich auch nur einen oder eine von euch vor dem Fünfundzwanzigsten sehe, blase ich Weihnachten ab.«

Alle schweigen länger, als ich es bisher in ihrer Gegenwart erlebt habe. Und ja, okay, ich kenne sie erst seit ein paar Tagen.

Dann fängt BJ an zu lachen. »Johnny, hast du gerade damit gedroht, Weihnachten abzublasen?«

»Nenn mich nicht Johnny.«

»Tja, nenn du mich nicht BJ.«

»Jonathan.« Wendy stellt sich zwischen die beiden, als wäre es die Macht der Gewohnheit. »Wir freuen uns einfach, dich zu sehen. Aber du hast recht. Wir sind schon zu lange hier. Geh wieder zurück an die Arbeit, und wir sehen uns bald.«

»Habe ich nicht gerade gesagt –«, will Jonathan aufbrausen.

»Kommt alle mit.« Wendy scheucht die Familie zur Tür hinaus. Sobald alle draußen sind, zieht sie sie langsam zu. Doch dann hält sie inne und winkt noch einmal fröhlich. »Ta-da, mein Schatz. Bis bald.«

»Sie sind unausstehlich«, sagt Jonathan, ein bisschen zu mir, aber hauptsächlich zu sich selbst.

»Sie zeigen dir damit bloß, wie wichtig du ihnen bist.«

»Dann wünschte ich mir, sie würden es auf eine weniger frustrierende Art und Weise zeigen.«

Ich zucke mit den Schultern. »So ist Familie eben. Du solltest sie nicht als selbstverständlich hinnehmen, vor allem nicht um diese Jahreszeit.«

Nun dreht er sich zu mir um. Seine Wangen haben sich leicht gerötet, und sein Haar ist zerzaust, sodass ihm eine

Strähne ins Auge hängt – ich weiß, dass er nun einmal so aussieht, wenn er genervt ist, aber es fällt mir immer schwerer, mir *nicht* vorzustellen, dass er auch aus einem anderen Grund so aussehen könnte. »Diese Worte wirst du bereuen, Sam Becker.«

Ich bin nicht oft einer Meinung mit Jonathan Forest. Aber diesmal kann ich wirklich mit absoluter Überzeugung sagen, dass er völlig falschliegt.

3

DEN BAUM SCHNEIDEN UND SICH DER VERGANGENHEIT STELLEN

14. KAPITEL

»Wohin willst du?«, fragt mich Jonathan ein paar Tage später.

»Raus?« Vermutlich sollte ich mich ihm gegenüber nicht so vage ausdrücken, aber ich hoffe, dass er sich einfach um seinen eigenen Kram kümmert, wenn ich es nur deutlich genug mache, dass er sich um seinen eigenen Kram kümmern soll.

»Ja, aber wohin?«

»Ich schaue mir einen Veranstaltungsort an. Weißt du, für die Party, die ich für dich organisiere.« Das ist nicht mal gelogen. Verschwiegen habe ich nur, dass ich mir die Location gemeinsam mit meinem Team über *FaceTime* ansehen werde, und das wird sich als schwierig gestalten, wenn Jonathan Forest mir dabei über die Schulter schaut.

»Und wenn du auf dem Weg dahin zusammenbrichst?«

Ich zucke versucht lässig mit den Schultern. »Dann wird es mitten in London passieren, und obwohl ihr Leute aus Südengland ein egoistischer Haufen seid, gehe ich davon aus, dass wenigstens eine Person einen Krankenwagen rufen würde.«

»Und wenn du stirbst, bevor der Krankenwagen eintrifft?«

»Dann wärst du sicher auch nicht in der Lage gewesen, mich zu retten.«

Jonathan sieht aus, als fände er die Vorstellung besorgniserregend. Offenbar ist sein Kontrollzwang so stark ausgeprägt, dass ihn selbst der Gedanke, dass ich sterben könnte, ohne dass er die komplette Situation kontrollieren kann, aus der Fassung bringt. »Ich fahre dich.«

Fuck. Das ist echt nett von ihm – damit würde ich Zeit, Geld und Energie sparen und das Risiko umgehen, tot umzufallen, während mir Blut aus den Ohren läuft. Deshalb würde es total verdächtig rüberkommen, wenn ich jetzt mit *Nein danke, ich würde aus Gründen lieber allein hinfahren* antworte. »Danach werde ich einen Weihnachtsbaum kaufen gehen, also wird es sich für dich nicht lohnen. Du hast sicher Pläne, und ich will nicht, dass du meinetwegen deinen kompletten Tag umorganisieren musst.«

Er wirft einen Blick auf sein Handy – es ist eins dieser übertrieben coolen, die sich aufklappen lassen, um auf dem Display zu schreiben. »Wie es aussieht, muss ich es wohl trotzdem tun.«

Ich kann nicht einschätzen, ob er wirklich angepisst ist oder sich nur große Mühe gibt, es zu sein. Und das ist ein merkwürdiges Gefühl. Denn wenn er nicht angepisst ist, bedeutet das, dass er wirklich mitkommen will, und ich weiß nicht, was ich damit anfangen soll. »Musst du nicht. Du hast doch diese App, um meinen Standort zu tracken, und ich werde mich für Letzteres sowieso mit deinem Dad und Granddad treffen. Sollte mir auch nur ein bisschen schwindelig werden, rufe ich dich an.«

Er hört mir nicht zu, sondern schickt bereits E-Mails und verschiebt Meetings. »Warte hier.«

»Was ist das Zauberwort?«

»Sam.« Er seufzt. »Kannst du *bitte* hier warten, während ich meinen Laptop hole?«

Gut zu wissen, dass der gute alte Workaholic-Jonathan noch nicht ganz verschwunden ist. »Wofür brauchst du deinen Laptop? Willst du eine Telefonkonferenz mit den Weihnachtsbäumen abhalten?«

»Ich muss mir den Veranstaltungsort ja nicht mit dir ansehen. Während du drin bist, kann ich arbeiten, und danach fahre ich dich – wo triffst du dich mit meiner Familie?«

Die Worte *treffen* und *meine Familie* hängen eine Sekunde lang in der Luft. »Portobello Road.«

Jonathon wirft mir einen *Das-ergibt-Sinn*-Blick zu und geht dann seinen Laptop holen. Auf der Fahrt ist er ziemlich schweigsam – vermutlich macht ihn der Gedanke an all die Duschen, die ohne ihn verkauft werden, total fertig. Er entspannt sich aber ein bisschen, nachdem er hinter einem *Budgens* geparkt hat und ich ihn im Wagen zurücklasse, um mir die Location anzusehen.

»Sollte ich in einer halben Stunde nicht zurück sein, schick die Hunde los«, sage ich.

»Du bist nicht witzig.«

Ich lächle ihn auf eine Weise an, die sagt: *Bin ich doch, und du weißt es, willst es aber nicht zugeben*. Dann gehe ich.

Der Manager trifft mich im Erdgeschoss und erklärt mir die Aufteilung der Location. Sie haben mehrere Räume, einige große, einige kleine, einige teure und einige noch teurere. Und ich bin etwas überfordert, als er mich mit einer Broschüre allein lässt und mir sagt, dass ich mich gern umsehen kann.

Allerdings bin ich mir recht sicher, dass Jonathan nicht gleich hier auftauchen und mich in meiner Nicht-unter-Gedächtnisverlust-leidenden-Glorie vorfinden wird, also öffne ich *FaceTime*. Tiff, die sich in meiner Abwesenheit offenbar eigenhändig zur Chef-Partyplanerin befördert hat, blickt mir so enthusiastisch entgegen, wie ich sie noch nie gesehen habe.

»Also.« Ich drehe mein Handy, um ihr den nobel aussehenden Raum mit Gewölbedecke und Kronleuchtern mit Glühbirnen zu zeigen. »Was meinst du?«

»Wie viele passen rein?«, fragt sie.

Ich checke meine Liste. »Zweihundert.«

»Nicht groß genug.«

Ich tappe ständig in derartige Fallen, aber ich befürchte, wenn ich damit aufhöre, werde ich bloß in andere tappen. »Warum sollte der Raum nicht groß genug sein, wenn doch bloß hundertfünfzig Personen eingeladen sind?«

»Zweihundert passen rein, wenn alle stehen. Aber die Leute müssen sich auch hinsetzen können. Selbst wenn du Jonathan von dem Vorhaben abbringen kannst, dass alle am Tisch essen sollen –«

»Das wird nicht passieren. Ich hab's versucht.«

»Dann brauchst du die Hälfte des Platzes für Tische, und wenn die Leute später noch tanzen sollen – was ja der Fall ist –, brauchst du die andere Hälfte als Tanzfläche. Also brauchst du einen Raum, der doppelt so groß ist.«

Meiner Meinung nach sieht dieser hier schon verdammt groß aus, und der Gedanke, einen noch größeren zu buchen, macht mich nervös. Ich sehe mir die Broschüre an. »Ich glaube, sie haben nur *einen* größeren Raum.«

Tiff starrt mich stillschweigend an, und zwar so lange, bis jede vernünftige Person es als unschicklich empfunden hätte. »Also dann ... zeig ihn mir?«

Wie sich herausstellt, ist der größte Raum *absurd* groß – mit eingebauten Scheinwerfern und einer waschechten Galerie. Ich schwenke mein Handy durch den Saal, und Tiff gibt zufriedene Laute von sich.

»Ja«, sagt sie. »Das sollte funktionieren.«

»Ist es nicht ein bisschen übertrieben?«

»Sam, es geht um eine Feier für einen Anlass, bei dem Leute Sachen mit Lichtern schmücken, die sie sonst nie mit Lichtern behängen würden, und riesige Plastikrentiere in ihren Vorgärten aufstellen. *Übertrieben* ist hier das Schlagwort.«

Ich drehe das Handy wieder um, damit ich sie ansehen kann. Sie bedenkt mich mit einem *Du-hast-keine-Ahnung-was-du-tust*-Blick, was ich von ihr gewohnt bin und meistens ihrer Jugendlichkeit zuschreibe. Aber heute fühlt es sich persönlicher an als sonst. »Warum … gibt es hier eigentlich keine Decke? Ich meine, dieser Raum hat Marmorwände, Herrgott noch mal. Ich bin mir nicht sicher, ob ich eine Weihnachtsfeier an einem Ort schmeißen will, der Marmorwände hat. Brian wird kommen. Brian ist nicht der Typ für Marmorwände.«

»Du erwartest von den Leuten, dass sie zweihundert Meilen anreisen, um mit Leuten abzuhängen, die sie nicht leiden können, und das für einen Job, der ihnen egal ist – «

»Hey!« Das lasse ich ihr nicht durchgehen. Ja, die Arbeit kann echt eintönig sein, aber wir sind immer noch ein Team. »Mein Job ist mir nicht egal. Und ich hoffe, deiner dir auch nicht, denn falls du es vergessen hast: Ich tue gerade so, als würde ich unter Gedächtnisverlust leiden, damit *du* weiter für deinen Haar- und Schönheitskurs bezahlen kannst.«

»Ja, aber«, sie beißt sich auf die Lippe, »sagt dir nicht allein die Tatsache, dass ich diesen Kurs mache, dass ich in meinem Leben später mal was anderes machen will?«

»Doch.« Und sie hat wahrscheinlich recht damit, dass die meisten Leute nicht im Verkauf bei *S & S* arbeiten, weil sie eine überwältigende Leidenschaft für Tagesdecken und Whirlpool-Badewannen hegen. »Okay, und das bedeutet, dass du in einem Raum mit Marmorwänden sein willst?«

»Wenn mich mein reicher Chef schon nach London ordert, damit er mir zeigen kann, wie dankbar er für all meine harte Arbeit ist, kann er wenigstens den schönen Raum mieten. Außerdem haben wir keine wirkliche Alternative.«

Damit hat sie recht. Denn offensichtlich ist es viel schwieriger und umständlicher, in London Veranstaltungsorte für

Weihnachtsfeiern zu finden, als ich dachte. Also suche ich den Manager wieder auf und frage ihn, wie viel der große protzige Raum mit der Galerie und den Marmorwänden kostet, und er sagt mir, dass er achthundert Pfund kostet, was mir zuerst recht vernünftig vorkommt, bis er klarstellt, dass es sich um achthundert Pfund *pro Stunde* handelt.

Mit Tiff auf meinem Handydisplay verziehe ich mich in eine Ecke. »Ist das nicht etwas übertrieben teuer?«, frage ich sie. Zum ersten Mal an diesem Tag sieht sie so verblüfft aus, wie ich mich fühle.

»Ja. Aber … Keine Ahnung, es ist nun mal London. Dort kannst du bestimmt nicht mal 'ne Toilette für unter dreihundert pro Stunde mieten.«

Damit hat sie ebenfalls recht. London ist, nach den Standards einer jeden vernünftig eingestellten Person, das Schlimmste überhaupt. »Unser Budget beläuft sich auf hundertfünfzig Mäuse pro Kopf. Was meinst du, wie lange wir den Raum brauchen?«

»Da die Leute eine mindestens dreistündige Anreise haben, vermutlich recht lange. Nur für die Party vielleicht so von sieben bis zwölf plus ein paar Stunden für den Aufbau. Also um die acht Stunden?«

Da ich nie gut im Rechnen war, minimiere ich Tiff und tippe acht mal achthundert in meine Taschenrechner-App. Ich muss wohl eine Schnute ziehen, denn Tiff lacht mich aus. »Das ist wirklich viel«, sage ich.

»Jonathan kann es sich leisten. Dem kommt das Geld sicher schon aus dem Hintern raus.«

Stimmt. Also, ich meine sprichwörtlich, nicht wortwörtlich. In einem Haus wie seinem wohnen nur Leute, deren Hintern bis zum Bersten mit Kohle gefüllt sind. »Das Budget liegt bei hundertfünfzig pro Kopf.«

»Und? Was soll er schon tun, wenn du mehr ausgibst?« Ich vergrößere Tiffs Fenster gerade rechtzeitig, um zu sehen, wie sie auf gefährliche *Wen-interessiert-es-schon*-Weise mit den Schultern zuckt.

»Er wird sagen: *Sam, ich wusste, du kannst nicht mit Finanzvorgaben umgehen, jetzt feuere ich dich und schließe deine gesamte Filiale.*«

»Und wenn du drunter liegst«, Tiff hat nun dieses selbstbewusste Funkeln in den Augen, das ich in ihrem Alter sicher auch hatte, »wird er sagen: *Siehst du, jetzt hast du es ja geschafft, also kannst du das Mädel mit den bunten Haaren feuern.*«

Sie könnte recht haben. Das klingt sehr nach Jonathan Forest. »Falls es hilft: Ich bin mir ziemlich sicher, dass er Brian zuerst feuern möchte.«

Das hilft nicht. Und obwohl Tiff mich dazu drängt, einfach den verdammten Raum zu mieten, sage ich dem Manager, dass ich mir noch ein paar andere Optionen ansehe, und gehe zum Auto zurück.

Dort finde ich Jonathan, der auf seinem Laptop herumhämmert, um – tja, was auch immer er tut, wenn er nicht im Büro ist, aber trotzdem den Drang verspürt, seine Nase in alles zu stecken. »Und?«

»Es ist eine Möglichkeit.«

»Du musst dich bald entscheiden, die sind schnell ausgebucht.«

Ich glaube nicht, dass er mich diesmal absichtlich ärgern will, aber vielleicht ist mir die Fähigkeit abhandengekommen, den Unterschied zu erkennen. Und da ich mich gerade erst mit Tiff herumschlagen musste und keine Lust habe, jetzt dasselbe mit ihm durchzukauen, wechsle ich das Thema. »Willst du irgendwo was zu Mittag essen?«

Und überraschenderweise sagt er Ja.

Die Chancen, dass Jonathan seinen Laptop mitnimmt, liegen bei etwa siebzig zu dreißig, aber er tut es nicht. Er verstaut ihn schlicht unter dem Sitz, und wir schlendern die Straße entlang, um nach Essen Ausschau zu halten. Und da wir nicht gerade Freunde sind und sich die Chef-Angestellter-Dynamik irgendwie verflüchtigt hat, weil er mir eine Gehirnerschütterung verpasst hat und ich ihn deswegen belüge und wir nun zusammenwohnen, gestaltet sich der Wo-sollen-wir-essen-gehen-Tanz ganz besonders ungemütlich. Wir umgehen die Entscheidungsfindung, indem wir einfach den erstbesten Laden ansteuern, der nicht nach offensichtlichem Date-Restaurant aussieht.

Es ist eine kleine unabhängige Pizzeria, die zwanzig Zoll große Pizzen im Steinofen mit einer für die Londoner Innenstadt sehr typischen Auswahl an Belägen anbietet. Was bedeutet: weniger Salami und mehr Rucola. Drinnen ist es beinahe rustikal eingerichtet, was schön wäre, wenn es mich nicht daran erinnern würde, dass es nirgendwo weniger authentisch rustikal ist als in Shoreditch. Hier sind wir so weit entfernt vom Land, wie es in England nur möglich ist. Die Dies-ist-kein-Date-Atmosphäre bekommt einen Dämpfer, als wir zu einer Sitzecke geführt werden und mir klar wird, dass ich die nächste Stunde damit verbringen werde, Jonathan Forest über den geschmackvollen Hartholztisch hinweg in die Augen zu sehen.

Er hat wirklich nervtötend hübsche Augen. Oder vielleicht stechen sie bloß heraus, weil er ansonsten keine klassische Schönheit ist.

Eine Weile verstecken wir uns hinter den wabbligen, frisch gedruckten Speisekarten in DIN-A3-Format. Die Auswahl ist recht klein, was ich als gutes Zeichen werte, seit ich *Ramsay's Kitchen Nightmares* gesehen habe. Doch obwohl es bedeutet, dass sie sich auf etwas spezialisiert haben und das Risiko deshalb geringer ist, dass sie es verkacken, heißt das auch, dass ich nicht allzu viel Zeit damit verbringen kann, so zu tun, als würde ich die Speisekarte lesen.

Als es sich anfühlt, als würde das Schweigen langsam von höflich ins Gegenteil umschlagen, sage ich: »Ich bin fast versucht, das Wagyu-Fleisch zu nehmen, einfach weil ich nicht glaube, je wieder die Möglichkeit zu bekommen, Wagyu-Fleisch auf einer Pizza zu essen.«

Jonathan senkt seine Speiskarte ein winziges bisschen. »Aber *willst* du es wirklich essen?«

Jonathans negative Einstellung zu allem und jedem kann komplizierterweise echt Spaß machen, wenn er sie nicht auf mich bezieht. Er ist kein Mann, dessen Glas halb leer ist, sondern einer, der wissen will, warum du ihm ein Glas gebracht hast, obwohl er die Flasche bestellt hat. »Nein, aber aus genau diesem Grund würde ich es ja bestellen.«

»Ich verstehe langsam, warum ich –« Er unterbricht sich, und ich bin mir etwa neunzig Prozent sicher, dass er sagen wollte W*arum ich dich gefeuert habe*, ihm aber dann eingefallen ist, dass ich das nicht wissen darf. Vielleicht ist ihm aber auch klar geworden, dass es unangebracht ist, so etwas zu seiner Begleitung in einer Bijou-Pizzeria in Shoreditch zu sagen.

»Warum was?«, frage ich, weil ich ihn manchmal gerne quäle.

»Warum ich mir Sorgen gemacht habe, du könntest nicht mit dem Party-Budget umgehen.«

»Weil ich offen für neue Pizzabeläge bin?«

»Weil«, jetzt beugt er sich über den Tisch zu mir vor, »du zweiunddreißig Pfund für etwas ausgeben würdest, das du wahrscheinlich nicht mal magst, bloß um es probiert zu haben.«

»Manchmal sind die Dinge, von denen du glaubst, sie nicht zu mögen, aber gar nicht so schlimm, wie du denkst.«

»Und manchmal«, entgegnet er schroff, »sind sie so schlimm, wie du denkst.«

Ich bin mir nicht sicher, ob wir noch über Pizza sprechen, aber immer, wenn ich mit Jonathan Forest rede, werde ich daran erinnert, dass es ein Teufelskreis ist, keine freundschaftlichen Beziehungen zu haben. »Ach, weißt du, ich werde sie trotzdem bestellen.«

»Dir ist klar, dass diese Pizzen einen Durchmesser von zwanzig Zoll haben. Wirst du wirklich eine Zwanzig-Zoll-Pizza zum Mittag essen?«

Scheiße. Wir werden uns eine teilen müssen. Wir müssen Susi und Strolch mit einer Zwanzig-Zoll-Wagyu-Pizza spielen, die keiner von uns wirklich essen will. »Sollen wir uns eine teilen?«

»Ich esse keine halbe Wagyu-Pizza.«

»Komm schon.« Ich setze meinen besten schmeichelnden Tonfall auf. »Dann hast du etwas, worüber du dich beschweren kannst. Du liebst es doch, dich über Dinge zu beschweren.«

»Sam, du wohnst in meinem Haus und versuchst, das Weihnachtsfest für meine komplette Familie zu organisieren. Glaubst du wirklich, ich hätte nicht genug Dinge, über die ich mich beschweren kann?«

»Die meisten anderen Leute wären dankbar dafür.«

»Nein, die meisten anderen Leute würden so tun, als wären sie dankbar, während sie dich in Wahrheit heimlich hassen.«

Noch vor einer Woche hätte mich das richtig angepisst, aber jetzt finde ich es recht amüsant. Scheiße noch mal, vielleicht habe ich doch das Stockholm-Syndrom. »Tja, du tust aber nicht so, als wärst du dankbar, also hasst du mich wohl auch nicht.«

»Du hast recht, ich hasse dich nicht. Lass uns heiraten.«

Wahrscheinlich sagt es nichts Gutes über Jonathan oder mich aus, dass ich nicht einschätzen kann, ob er versucht, mit mir zu flirten, mich zum Lachen zu bringen, oder ob er sich einfach nur wieder total arschig verhält. Bevor ich mir eine gute Konter-Flirt-Beleidigung überlegen kann, kommt glücklicherweise der Kellner und fragt, ob wir bestellen wollen.

»Wir hätten gern die Wagyu-Pizza«, sage ich. »Wir teilen sie uns.«

»Ganz sicher nicht«, wirft Jonathan sofort ein.

»Ignorieren Sie ihn, er fühlt sich gerade nicht gut.«

Jonathan, der sich offenbar immer noch an der Grenze zwischen Verärgerung und Rumalberei befindet, funkelt den Kellner an. »Sehe ich so aus, als ginge es mir nicht gut?«

Der Kellner lächelt entschuldigend und macht einen Schritt rückwärts. »Wie würden Sie diese Frage an meiner Stelle beantworten?«

Jonathan seufzt. »Gutes Argument.«

»Viele Paare entscheiden sich für zwei unterschiedliche Beläge auf einer Pizza«, fügt er hinzu.

»Wir sind kein Paar«, sagen Jonathan und ich gleichzeitig, was unsere Worte nicht gerade glaubhafter klingen lässt.

»Aber ja«, fährt Jonathan fort, »das ist wohl die beste Option. Dann nehmen wir eine halbe Wagyu und eine halbe Margherita.«

»Ach, komm schon«, protestiere ich. »Du willst mich doch verarschen.«

»An einer Margherita ist nichts Verwerfliches.«

»Natürlich ist – « Mir fällt auf, dass der Kellner immer noch wartend neben uns steht, wahrscheinlich, weil wir noch nichts zu trinken bestellt haben, also bestelle ich eine Cola und Jonathan ein Wasser. »Natürlich ist an einer Margherita nichts Verwerfliches«, fahre ich fort, nachdem der Kellner gegangen ist. »Aber daran ist auch nichts Gutes, weil eine Margherita eine Nicht-Pizza ist. Bloß ein aufgepimptes Käse-Tomaten-Sandwich.«

»An einem Käse-Tomaten-Sandwich ist auch nichts Verwerfliches.«

Mittlerweile bin ich mir sicher, dass er das extra macht. »Doch, wenn du vierundzwanzig Pfund in einem Restaurant in Shoreditch dafür bezahlst.«

»*Du* hast doch das Restaurant ausgesucht.«

»Aber du wohnst in einer Stadt, in der sie uns dreißig Pfund für eine Pizza abknöpfen.«

Ich erschrecke ein wenig, als er aufbraust, und zwar nicht auf die beinahe spielerische Weise, an die ich mich gerade langsam gewöhnt habe. »Können wir vielleicht nicht die«, er wechselt in einen ausgeprägten Sheffield-Akzent, »*Herrje-dieses-London-ist-ja-grausig*-Nummer abziehen?«

Meine Augen weiten sich. »Ich meine ja bloß, dass es hier unten recht teuer ist. Das ist eine Tatsache.«

»Ja, ja.« Er furcht die Stirn noch tiefer als sonst. »Alles ist überteuert. Die Leute sind nicht nett genug. Der Boden ist zu flach, und der Himmel hat den falschen Grauton. Das habe ich alles schon tausendmal gehört. Und trotzdem haben sich zehn Millionen Menschen dazu entschieden, hier zu leben.«

Ein Teil von mir findet wirklich, dass sich diese zehn Millionen Menschen ganz furchtbar irren. Oder es vielleicht nicht besser wissen. Doch mein Gefühl sagt mir, dass Jonathan das nicht gut aufnehmen würde. Also lasse ich es gut sein. Einerseits der Harmonie wegen und andererseits, weil ich nicht will, dass mein ganzes Team gefeuert wird. Doch nachdem wir einige Minuten lang in völliger Stille dagesessen haben, wird mir klar, dass ich es nicht wirklich gut sein lassen habe. Stattdessen geht in meinem Kopf gerade eine dieser stillen Debatten ab, wie ich sie manchmal mit mir selbst führe, wenn jemand im Fernsehen etwas sagt, dem ich nicht zustimme.

»Warte mal einen Moment«, beginne ich. Na ja, *beginnen* ist das falsche Wort. Eher wärme ich das Thema wieder auf. »Ich dachte, dass du dich hier nicht willkommen gefühlt hast. Du weißt schon, wegen der Rockstar-Sprösslinge und Literaturstudierenden und all dem Zeug.«

»Ich sage ja nicht, dass es perfekt ist. Ich bin es nur so leid, dass sich die Leute aus dem Norden darüber auslassen, wie viel besser alles an einem Ort ist, den sie aus guten Gründen verlassen haben.«

»Jonathan«, sage ich sanft. »Ich will mich ja nicht zu weit aus dem Fenster lehnen, aber liege ich richtig mit der Annahme, dass du gerade gar nicht über mich sprichst? Du weißt doch, dass ich noch dort lebe, oder? Und sobald ich mein Gedächtnis zurückhabe, werde ich dorthin zurückkehren.«

»Ich habe deine Wohnung gesehen, Sam. Und mir ist nicht wirklich klar, was der Norden dir zu bieten hat.«

Frustrierenderweise hat er nicht ganz unrecht, und er weiß nicht mal, wie sehr er ins Schwarze getroffen hat. »Hey, wir wissen nicht, warum meine Wohnung so aussieht. Ich könnte im Zeugenschutzprogramm sein. Oder nur vorübergehend dort wohnen. Aber eins steht fest: Würde ich in London wohnen, könnte ich mir keine derart luxuriöse Wohnung leisten.«

Seine angepisste Miene verwandelt sich in eine zornige. Und es sieht so aus, als würde die sich eine Weile halten. »Erstens könntest du dir sehr wohl etwas Besseres leisten. Deine Wohnung ist furchtbar. Zweitens hättest du in London bessere Chancen. Oder zumindest, wenn du genug Eigeninitiative besitzen würdest, um sie zu ergreifen.«

»Nicht alle in London lebenden Menschen haben Millionen auf dem Konto.«

Der Kellner kehrt nervös mit unserer Pizza zurück. Er glaubt bestimmt nach wie vor, dass wir ein Paar sind. Aber jetzt denkt er außerdem, dass wir ein Paar sind, das sich streitet.

»Danke«, sagt Jonathan, wobei all die Verärgerung sofort aus seiner Stimme weicht. Und mir wird bewusst, wie froh ich darüber bin, dass ich nie die Fähigkeit entwickeln musste, ohne mit der Wimper zu zucken zwischen *schimpfen* und *freundlich sein* wechseln zu können.

»Hier ist Ihre Pizza«, sagt der Kellner. »Eine Hälfte Margherita, die andere mit Wagyu-Fleisch, Trüffel-Crème-fraîche, Cipollini-Zwiebeln und Salsa Verde belegt. Darf es sonst noch etwas sein?«

Wir verneinen, also geht er wieder. Und jetzt mustern wir uns über die zugegeben viel zu große Pizza hinweg, für die wir zugegeben viel zu viel Geld ausgeben.

Als Jonathan wieder zu sprechen ansetzt, erkenne ich an seinem Tonfall, dass er versucht, versöhnlich zu sein, auch wenn ich jetzt schon weiß, dass ihm das nicht gut gelingen wird. »Mir ist bewusst, dass nicht alle in London lebenden Menschen reich sind. Ich bin zwar ein Arschloch, aber ich bin nicht naiv. Aber in dieser Stadt habe ich Dinge erreicht, die ich in Sheffield niemals erreicht hätte.«

Herrgott, dieser Mann ist widersprüchlich. Kein Wunder, dass er immer so verstimmt ist. »Wenn Sheffield wirklich so ein wertloser Scheißhaufen ist, warum hast du dann eine Filiale dort eröffnet?«

Er schweigt einen Moment. »Aus einer sentimentalen Anwandlung heraus.«

Dann schneidet er sich ein Stück seiner superlangweiligen Pizza ab und isst es, ohne das weiter zu kommentieren.

15. KAPITEL

Die *Portobello Road* hatte als Treffpunkt viel mehr Sinn ergeben, als ich noch dachte, dass ich allein und mit der Tube beziehungsweise zu Fuß kommen würde. Nun, da ich mit Jonathan im Auto hinfahre und er den Wagen in einem der Langzeitparkhäuser parken muss, von deren Preisen selbst er zugeben würde, dass sie völlig überteuert sind, wenn wir uns nicht gerade erst über dieses Thema gestritten hätten, ergibt das Ganze viel weniger Sinn.

Zu allem Überfluss werde ich auch noch langsam müde – was ich ihm gegenüber nicht erwähnen werde, weil er sich sonst bloß Sorgen macht oder wieder versucht, alles zu bestimmen. Es ist eine Müdigkeit, die höchstwahrscheinlich etwas mit meiner Gehirnerschütterung zu tun hat, auch wenn ich versuche, mir einzureden, dass es nicht so ist. Also ist es vermutlich gut, Jonathan an meiner Seite zu haben. Ich glaube zwar nicht, dass ich zusammenbrechen werde, aber auf der Straße weichen ihm die Leute automatisch aus. Selbst die waschechte Londoner Bevölkerung kommt ihm nicht in die Quere, und diese Leute halten sonst nicht mal für einen verdammten LKW an. Peinlicherweise fühle ich mich dadurch irgendwie sicher in seiner Gegenwart, auch wenn er der eigentliche Grund für meine Gehirnerschütterung ist. Vielleicht leide ich mittlerweile doch unter dem Stockholm-Syndrom. Fest steht, dass ich dank ihm nicht angerempelt werde, obwohl sich die Leute hier dicht an dicht über den Gehsteig drängeln.

In den meisten Städten gibt es Orte, zu denen nur die Leute gehen, die *wirklich* von dort sind oder *wirklich nicht* von dort sind, und die *Portobello Road* ist einer dieser Orte. Jonathan führt mich über einen gut besuchten Straßenmarkt, dessen grellbunte Stände ausschließlich von Touris belagert werden, die Ramsch wie die britische Flagge kaufen, oder von Einheimischen mit stahlhartem Blick, die eisern um den Preis von Teetassen feilschen. Das wäre selbst ohne Gehirnerschütterung schon ziemlich überwältigend für mich, auch wenn es sich bei Liverpool und Sheffield nicht um Kleinstädte handelt. London hat einfach diese Art, die einem ins Gesicht springt und die man entweder mag oder nicht. Und ich glaube, ich mag sie eindeutig nicht.

Es ist ja nicht so, als würde ich die Atmosphäre nicht zu schätzen wissen. Alles wirkt irgendwie zeitlos. Die Häuserfassaden sind in allen Regenbogenfarben angestrichen, und die Menschen, die aus den Läden und Pubs strömen, ergießen sich in einem fröhlichen Chaos auf die Gehsteige. Es fühlt sich aber einfach nicht wie zuhause an. Doch wie Jonathan mir ständig vorhält, fühlt sich selbst mein Zuhause nicht mehr wie zuhause an.

Glücklicherweise weiß Jonathan genau, wo wir hinmüssen, und er windet sich zielstrebig zwischen dem ausgestellten Nippes, den Schals und dem frischen Obst und Gemüse hindurch, bis wir endlich Del ausmachen. Er scheint in ein sehr ernstes Gespräch mit einem Mann an einem Antiquitätenstand verwickelt zu sein. Beide tragen Schiebermützen und identische marineblaue Fleecepullover.

»Vernon«, sagt Del gerade. »Vern. Kumpel. Wann habe ich dich je irregeführt?«

Vernon-Vern-Kumpel verschränkt die Arme hinter dem Kopf. »Ständig, Kumpel.« Unter seinem ausgeprägten London-Dialekt verbirgt sich ein leichter jamaikanischer Akzent.

»Ich schwöre dir, ich wusste nicht, dass die Reisewecker – Jonathan.« Del wendet sich uns grinsend zu. »Vern, du erinnerst dich doch sicher noch an Jonathan, Wendys Sohn. Du weißt schon, der die drei Superstores in drei verschiedenen Städten besitzt.«

»Nein.« Vernon grinst. »Noch nie von ihm gehört, weil du ihn noch nie erwähnt hast.« Fest schüttelt er Jonathans Hand. »Schön, dich wiederzusehen. Was hast du in der Zwischenzeit alles angestellt?«

Jonathan verhält sich auf einmal anders. Ich würde seine Art nach wie vor nicht als warmherzig beschreiben, nicht als wäre er eine Person, die ich auf eine Party mitbringen und von ihr erwarten würde, dass sie die Stimmung *nicht* ruiniert, aber er legt plötzlich gute Manieren an den Tag. Als wäre er sechs Jahre alt und würde einen Familienfreund besuchen. »Die meiste Zeit arbeite ich – mittlerweile ist es hauptsächlich administrativer Kram. Manchmal vermisse ich es, mir die Hände schmutzig zu machen.«

Vernon stößt ein lautes Lachen aus. Es ist ein nostalgisches Lachen, und er legt Jonathan einen Arm um die Schulter und dreht ihn zu mir. »Dieser Junge«, grinsend deutet er auf Jonathan. »Mit vierzehn ist er oft vorbeigekommen und hat mir am Stand ausgeholfen, und ich schwöre, er hätte jeder Person alles Mögliche aufschwatzen können.«

Jonathan errötet beinahe. »Ich war bloß sehr beharrlich.«

Das ist er immer noch. Und vielleicht ist es meistens auch gar nicht so verkehrt.

»Den lässt du lieber nicht gehen«, sagt Vernon zu mir. »Er ist ein Guter.«

»Wir sind gar nicht –«, will ich protestieren, aber ich komme nie dazu, den Satz zu Ende zu bringen, da Barbara Jane aus der Menge springt und sofort anfängt, wahllos Leute zu umarmen. Heute trägt sie eine andere riesige Sonnenbrille und einen knallroten Pulli, auf dem *Frohe Weihnachten, du widerliches Stinktier* steht.

»Vern«, ruft sie. »Es ist verdammt lang her.«

»Ich weiß, und trotzdem sehe ich keinen Tag älter als zwanzig aus. Ich liebe deinen Pulli.«

»Danke.« Sie zupft an ihrem Kragen. »Neun Pfund fünfzig an einem Stand die Straße runter.« Sie deutet hinter sich. »Sie fing bei zwölf an, aber ich habe sie runtergehandelt.«

Del klopft ihr auf den Rücken. »Gutes Mädchen. Doch wenn es Crissy war, hättest du dranbleiben sollen, dann hätte sie ihn dir für acht verkauft. Aber jetzt«, er wendet sich wieder Vernon zu, »kommen wir zu der Kristallkaraffe zurück.«

Mit extrem skeptischer Miene nimmt Vernon eine Kristallkaraffe in die Hand und dreht sie hin und her. »Wenn die viktorianisch ist, Del, dann bin ich ein verdammter Schotte.«

»Gutes Argument. Sie *könnte* edwardianisch sein.«

Vernon mustert die Gravierungen auf der vermeintlich antiken Karaffe. »Bin mir ziemlich sicher, dass sie von *Debenhams* ist.«

»Na und? *Debenhams* gab es mehrere hundert Jahre, bevor sie insolvent gingen.«

»Ich glaube, das Ding verkaufen sie *heute noch* auf ihrer Website.«

»Klassisches Design.«

»Del«, sagt Les leise. Mir ist bis dahin gar nicht aufgefallen, dass er ebenfalls aufgetaucht ist. »Gib es auf, Vernon eine zweifelhafte Karaffe andrehen zu wollen. Wir müssen den Baum abholen, den du ohne unser Wissen gekauft hast.«

»Der Baum war ein Schnäppchen, und mit der Karaffe ist alles in Ordnung.« Del spricht immer noch hauptsächlich mit Vernon. »Schlaf 'ne Nacht drüber. Wir sprechen uns morgen wieder.«

Vernon gibt ein paar sehr unverbindliche Laute von sich, von wegen er würde drüber nachdenken, und dann schieben Jonathan, seine Familienmitglieder und ich uns durch die Menge und über die Straße zu einem weißen Van, der auf einem Platz parkt, der wahrscheinlich für einen Marktstand reserviert ist. Da Jonathan und ich nicht ganz so schnell sind wie die anderen, sind die vorderen Sitze schnell belegt, sodass wir uns in den hinteren Teil quetschen müssen, wo wir einander auf niedrigen Bänken ohne Anschnallgurte gegenübersitzen. Der Boden ist voller Zeug. Kisten über Kisten voller *Zeug*, das höchstwahrscheinlich bald für einen satten Profit verkauft werden soll.

»Konntest du nicht wenigstens mal für einen Tag dein Straßenhändler-Getue sein lassen, damit wir Weihnachten organisieren können?«, fragt Les, während wir losfahren.

»Wie wär's, wenn du dich aus meinem Kram raushältst und ich mich aus deinem?«

»Wirst du aber nicht, oder?«

»Es ist so *schön*, dass die Familie wieder vereint ist.« Barbara Jane brüllt zwar nicht direkt, aber sie hat die Fähigkeit ihrer Mutter geerbt, sich verständlich zu machen, wenn es drauf ankommt. »Wann waren wir das letzte Mal zusammen einen Weihnachtsbaum kaufen, Johnny?«

»Vor über zehn Jahren.« Jonathan scheint ebenfalls daran gelegen zu sein, jegliches Gezanke im Keim zu ersticken. »Du hast gerade deinen Schulabschluss gemacht.«

»Nein, in dem Jahr war ich nicht dabei, weil«, sie wirft ihrem Dad einen Seitenblick zu, »ich den ganzen Stoff noch mal extrem ausgiebig durchgearbeitet habe.«

Jonathan verzieht die Lippen ein wenig, was bei ihm als Lächeln durchgeht. »Und ich dachte, du wärst auf einer von Abigails Drogen-Sexpartys gewesen.«

»Das ist Verleumdung. Abigail hat keine Drogen-Sexpartys geschmissen. Auf ihren Partys haben manche Leute *zufällig* Drogen genommen, und manche Leute hatten *zufällig* Sex.«

»Meint ihr, ihr könntet im Beisein eures Dads und Granddads vielleicht etwas weniger über Drogen-Sexpartys reden?«, fragt Les.

»*Ich* habe ja gar nicht über Drogen-Sexpartys gesprochen«, protestiert Barbara Jane. »*Johnny* hat über Drogen-Sexpartys geredet. *Ich* habe bloß angemerkt, wie schön es ist, dass wir mal wieder etwas gemeinsam als Familie unternehmen.«

Es fühlt sich ein bisschen seltsam an, dass sie mich bei dem Familienteil miteinschließt, weil ich doch eigentlich ein völlig Fremder bin. Aber als Jonathan und Barbara Jane in ihre offenbar gewohnten Neckereien verfallen, während wir durch London fahren, ertappe ich mich dabei, wie ich mich fast schon entspanne, als fühlte sich das Ganze ebenso vertraut für mich an wie für sie. Als würde ich hierher gehören, auch wenn das nicht der Fall ist.

Der Ort, an dem wir offenbar unseren Weihnachtsbaum kaufen sollen, befindet sich weit draußen am Stadtrand. Es handelt sich um einen waschechten Bauernhof mit riesigen Feldern voller Tannen, die hier wild wachsen und von waschechten Baggern durch die Gegend gezogen werden. Mir wird schnell klar, dass die Größe der Bäume hier von *sehr groß* über *wirklich sehr groß* bis hin zu *verdammt riesig* reicht. Und als wir schließlich am Ende einer langen Einfahrt anhalten, glaube ich, nicht einen einzigen gesehen zu haben, der in ein Wohnzimmer passen würde.

Del steigt aus und begrüßt einen Mann, der ebenfalls eine Schiebermütze trägt. Außerdem hat er einen Spitzbart und einen kurzen Pferdeschwanz. »Hast du einen guten für uns?«, fragt Del ihn.

»Einen großartigen«, antwortet der Mann mit dem Pferdeschwanz. Dann führt er uns in Richtung eines bereits gefällten und in ein Netz gepackten Baums, der mit Sicherheit um die zwanzig Fuß groß ist.

»Wunderschön«, sagt Del. »Perfekt. Kommt her, Jonathan, Sam, packt mit an.«

Wir anderen starren jedoch bloß. »Ist der nicht ein bisschen zu groß für … die Höhe der Decke?«, frage ich.

Barbara Jane rückt ihre Sonnenbrille zurecht, die mir zunehmend unpraktisch erscheint, da das Tageslicht immer mehr abnimmt. »Der ist ein bisschen zu groß für die Höhe des *Dachs*.«

»Wir bekommen das, wofür wir gezahlt haben.« Entweder liegt es an seinem Stolz, oder er besitzt tatsächlich die Fähigkeit, immer nur das Gute zu sehen, denn Del lässt sich den Enthusiasmus für seinen Zwanzig-Fuß-Weihnachtsbaum-Plan nicht von uns trüben.

»Nur das Beste für meinen Kumpel«, sagt der Mann mit dem Pferdeschwanz.

Les lässt das jedoch nicht einfach so stehen. »Er wird nicht in den Van passen.«

»Obendrauf schon.« Del hat eindeutig keine Zeit für Weihnachtsbaumeinwände. »Wir schnallen ihn einfach fest.«

»Ah, ja klar.« Barbara Jane grinst. »Wir schnallen uns ein Riesending an, genau das hat Weihnachten gebraucht.«

Jonathan tritt vor. Wenn er eins ist, dann pragmatisch. »Ich glaube, wir müssen alle mitanpacken. Drei vorne und zwei hinten?«

Völlig unüberraschend legt Del sofort los, als wäre er nicht bloß knapp eins siebzig groß und siebzig Jahre alt. Es widerstrebt mir ein wenig, einen Baum ohne Einweisung oder Aufsicht zu heben, aber wenn ich nicht mit anpacke, wird er sich wahrscheinlich verletzen. Leider schaffen wir es lediglich, den Baum herumzurollen. Ich hätte nicht erwartet, dass ein Weihnachtsbaum so schwer ist, aber es ist nun mal ein verdammter *echter* Baum.

»Les«, ruft Del. »Barbara J. Was macht ihr denn? Warum steht ihr bloß rum?«

Barbara Jane schiebt sich die Sonnenbrille auf den Kopf. »Ich kann nicht für Dad sprechen, aber *ich* sehe drei Schafen dabei zu, wie sie versuchen, eine komplette Douglastanne auf einen Ford-Van zu heben.«

»Tja, wenn ihr zwei nicht bloß rumstehen würdet, wären es fünf Schafe«, antwortet Del. Und er hat natürlich recht, auch wenn ich dem Schaf-Sein mehr Wichtigkeit beigemessen hätte als der Schaf-Anzahl.

»Del.« Les ist mal wieder die Ruhe in Person. Aber in diesem Moment fällt mir auf, dass seine augenscheinliche Gefasstheit etwas anderes kaschiert. Etwas, das nicht unbedingt angsteinflößend ist, aber definitiv tiefgreifend. »Denk doch mal nach. Wenigstens ein einziges Mal.«

Del lässt den Baum los, um zu diskutieren, was bedeutet, dass Jonathan und ich die Tanne sehr, sehr schnell ablegen müssen. »Ich *habe* darüber nachgedacht. Und bin zu dem Schluss gekommen, dass ich nächste Weihnachten vielleicht nicht mehr hier bin –«

»Granddad«, unterbricht Jonathan ihn nüchtern. »Du wirst länger leben als wir alle, und das weißt du auch.«

»Wie dem auch sei.« Del kann es nicht einfach gut sein lassen. »Es ist das erste Mal seit Jahren, dass die ganze Familie zusammenkommt, wo Barbara Jane doch in Amerika gelebt hat und Jonathan immer zu beschäftigt ist und Theo und Kayla jedes zweite Weihnachten bei seinen Eltern verbringen, und ich wollte etwas Besonderes auf die Beine stellen. Und du, Junge …« Jetzt deutet er mit dem Finger auf Les. Das ist nie ein gutes Zeichen. »Du machst alles kaputt.«

Les zuckt nicht mal mit der Wimper. »Er.Wird.Nicht.Ins. Haus.Passen.«

»Kein Problem. Wir schneiden was ab.«

»Also willst du unser ganz besonderes Weihnachtsfest, das erste seit Jahren, mit einem Weihnachtsbaum ohne Spitze feiern?«

»Es wird funktionieren, wenn wir es in die Hand nehmen, statt hier zu sitzen, rumzumaulen und uns Ausreden einfallen zu lassen.«

Eine lange, lange Stille setzt ein. So lang, dass mir auffällt, wie furchteinflößend Weihnachtsbäume im Dunkeln aussehen. Als wären sie bösartige Riesen, die uns erwürgen wollen. Und außerdem so lang, dass mir klar wird, wie viel an Kontext mir fehlt, um alles zu verstehen, was hier gerade abgeht. Kontext, über den ich lieber nicht näher Bescheid wissen möchte.

Schließlich sagt Jonathan: »Komm schon, Dad. Wir können uns etwas überlegen, wenn wir zuhause sind.« Er klingt müde. Fast schon enttäuscht.

Nach einer halben Stunde Schwitzen und Schleppen haben wir den Baum auf das Van-Dach gehievt und so festgeschnallt wie James Bond in *Goldfinger*. Aber beim ersten Mal binden wir ihn falsch herum drauf, sodass die Spitze die Windschutzscheibe verdeckt. Also müssen wir ihn drehen, sodass die Spitze hinten runterhängt, und zwar so tief, dass sie beinahe über die Straße schleift. Die Äste hängen an beiden Seiten runter, da der Baum trotz Netz zu breit für den Van ist. So sieht es aus, als wäre der ganze Wagen von einem Ent verschlungen worden. Oder, wie meine Mam es ausdrücken würde, von einem Huorn – das sind die echten Bäume und nicht die Baumhirten.

»Das ist so gefährlich«, sagt Barbara Jane. »Ich liebe es.«

Del schlägt zuversichtlich gegen den Van. »Es ist nicht gefährlich, wenn du weißt, was du tust.«

Damit liegt er vermutlich falsch. Die einzige Frage, die ich mir stelle, während wir versuchen, uns einen Weg durch den Wald aus Tannennadeln zu bahnen, ist: Wird der Van umkippen, bevor oder nachdem wir festgenommen werden? Glücklicherweise hat der Van einen tiefen Gewichtsschwerpunkt, und nach über zehn Jahren Unterfinanzierung durch die Torys hat die Londoner Polizei nicht gerade genug Leute, um uns aufzuhalten. So schaffen wir es tatsächlich – dank eines vollkommen unverdienten Weihnachtswunders –, wohlbehalten bei Jonathan anzukommen, ohne dass unser Baum als Sicherheitsrisiko für die Allgemeinheit beschlagnahmt wird.

Als ich aussteige, bin ich recht wacklig auf den Beinen und freue mich darauf, mich auf dem Sofa auszuruhen und vergeblich zu versuchen, Gollum dazu zu bringen, mich wieder zu beachten. Leider ist *Operation Weihnachtsbaum* aber hier noch nicht zu Ende, und ich will die anderen nicht hängenlassen.

»Du siehst furchtbar aus«, sagt Jonathan so einnehmend wie immer.

»Danke.«

»Nein, ich …« Er blickt düster drein. »Du siehst nicht gesund aus. Du solltest reingehen und dich ausruhen.«

»Ach, und ich schicke den Kater raus, damit er mit anpackt?«

»Wir kriegen das schon hin. Den Baum runterzuholen, wird einfacher, als ihn draufzuheben.«

Wie üblich habe ich keine Ahnung, ob er sich nett oder einfach nur herablassend verhält. »Ist schon in Ordnung. Ich kann mich ausruhen, wenn wir fertig sind.«

»Mir dämmert langsam, dass wir wahrscheinlich bis nächstes Jahr Weihnachten nicht fertig sein werden.«

Wenn Jonathan *wir* sagt, meint er meistens *er allein.* Selten bezieht er sich außerdem darauf, dass *ich* tue, was *er* will. Heute Abend spricht er aber tatsächlich von einer Personengruppe mit einem gemeinsamen Ziel – und ich bin Teil dieser Gruppe. Selbst wenn das Ziel ist, einen zwanzig Fuß großen Weihnachtsbaum in einen zehn Fuß hohen Raum zu quetschen, als wären wir hier bei *Taskmaster*.

»Na los.« Del deutet durch die Äste auf uns. »Von nichts kommt nichts.«

Barbara Jane blickt vom Van zum Haus und dann wieder zum Van. »Ich glaube nicht, dass dieses Baby durch die Eingangstür passt.«

»Wir können die Verandatüren hinter dem Haus benutzen«, sagt Jonathan. »Aber wenn der Baum einmal drin ist, werden wir ihn nicht aufstellen können.«

Del steckt nach wie vor tief in seiner eigenen Realität fest. »Wir neigen ihn einfach ein bisschen.«

»Wie sollen wir ihn denn *neigen?*«, fragt Barbara Jane, die mittlerweile für uns alle spricht. Außer vielleicht für Les, der starke *Ich-halte-mich-da-raus*-Vibes ausstrahlt.

»Wir können ihn gegen eine Wand lehnen.«

Offenbar haben Les, Jonathan und Barbara Jane alle gleichzeitig entschieden, dass das Einzige, was noch unwahrscheinlicher ist, als den Riesenbaum in Jonathans mittleres Wohnzimmer zu verfrachten, der Versuch ist, Del davon abzubringen, nicht wenigstens zu versuchen, den Riesenbaum in Jonathans mittleres Wohnzimmer zu verfrachten. Also hieven wir fünf den Baum vom Van-Dach, und danach gebe ich Jonathans Drängen nach, die anderen machen zu lassen, um drinnen Tee für alle aufzusetzen.

»Er hat eine ernste Gehirnerschütterung«, erinnert Jonathan seine Familie. »Also sollte er das hier wirklich nicht tun.«

Ich versuche dagegenzuhalten, dass ich mir die Gehirnerschütterung vor einer Woche zugezogen habe und dass bestimmt alles gut geht, aber ich will es nicht zu weit treiben. Einerseits, weil mir mittlerweile mehr als nur ein wenig schwindelig ist. Andererseits, weil ich Fragen darüber aus dem Weg gehen will, warum mein Gedächtnis immer noch nicht zurück ist. Zum Glück macht niemand eine große Sache daraus, was zum Teil daran liegen könnte, dass sie das Wort *Tee* gehört haben und längst dabei sind, mir ihre Bestellungen entgegenzubrüllen.

»Zweimal Zucker für mich.«

»Milch, kein Zucker, danke, Sam.«

»Wenn du auch Kaffee kochen könntest, wäre das echt cool.«

Ich eile in die Küche und setze den Teekessel auf. Dann fällt mir ein, dass ich noch nie zuvor Tee in Jonathans Küche gekocht habe. Ich habe automatisch angenommen, er hätte keinen da, weil er absolut nichts im Haus hat, aber nachdem ich etwas gesucht habe, finde ich eine Dose Kaffeepulver und eine halbleere Kiste mit Yorkshire-Teebeuteln.

Da es eine offene Küche ist, kann ich raus in den Garten schauen, was mir den perfekten Blick auf die anderen beschert, die den Baum durch den Garten zerren. Von hier sieht es noch viel desaströser aus. Del und Les tragen das untere Ende, während Jonathan und Barbara Jane am oberen Ende ziehen, doch Jonathans Garten wurde designt, um in Broschüren hübsch auszusehen, und nicht, um eine norwegische Tanne hindurchzuzerren. Ich bin mir ziemlich sicher, dass die Blumenbeete diesen Abend nicht überleben.

Ich bereite den Tee nach den speziellen Angaben der verschiedenen Personen vor und mache mich dann ganz besonders nützlich, indem ich die Verandatüren öffne. Jonathan und Barbara Jane müssen ein bisschen herummanövrieren, aber schließlich schaffen sie es ins Haus. Doch während sie durch das mittlere Wohnzimmer laufen, ist da immer noch mehr Baum. Es ist, als würden sie Tücher aus dem Ärmel eines Zauberers ziehen. Bevor Les und Del es mit dem anderen Ende überhaupt ins Haus geschafft haben, reicht die Spitze bereits bis in Jonathans Büro.

»Ich erinnere euch nur ungern dran, aber ich hab's euch ja gesagt.« Les klingt nicht so, als täte er es wirklich ungern. Er klingt bestenfalls neutral.

»Das passt schon.« Del hat sich durch die Tür gezwängt und steht nun auf einem der wenigen freien Plätze im Raum, die nicht vom Baum eingenommen werden. »Ist das mein Tee? Cheers.«

Es ist sein Tee, und ich reiche ihm die Tasse.

»Das passt schon«, wiederholt er. »Ich habe einen großen gekauft, weil ich immer sage – was ist es, was ich immer sage, Jonathan?«

Aus seinem Büro klettert Jonathan über den Baum und kommt zu uns, um die Lage in Augenschein zu nehmen. »Du sagst viel, wenn der Tag lang ist, Grandpa, aber ich glaube, gerade beziehst du dich auf: *Man kann was wegnehmen, aber nichts dazutun.*«

»Ganz genau.« Del grinst. »Jetzt müssen wir ihn nur noch in der Mitte durchschneiden.«

Les' Miene verrät, dass er das für einen schrecklichen Plan hält. Barbara Janes Miene verrät, dass sie es für einen schrecklichen Plan hält, die Idee aber trotzdem liebt. Und Jonathan – tja, Jonathan geht los, um eine Säge zu holen. Was nicht gerade die Reaktion ist, die ich von ihm erwartet habe. Eher habe ich mir vorgestellt, dass er etwas stärkere *Das-ist-lächerlich*-Vibes, um nicht zu sagen *Raus-aus-meinem-Haus*-Vibes versprühen würde. Vielleicht ist er einfach zu erschöpft, um sich mit Del anzulegen. Oder vielleicht liegt es an der Wagyu-Pizza.

Oder vielleicht gibt er sich einfach ein bisschen mehr Mühe als sonst.

Was bedeuten würde, dass ich das erreiche, was ich Claire angekündigt habe. Ich beeinflusse ihn. Nur fühlt es sich nicht so an, wie ich dachte, dass es sich anfühlen würde. Von einem Mann wie Jonathan Forest erwarte ich eigentlich nicht, dass er sich verändert. Und dass er es … irgendwie … für *mich* tut. Ich bin mir nicht sicher, ob ich das verdiene.

Sie haben den Baum zurück nach draußen verfrachtet und das Licht im Garten eingeschaltet, damit sie sehen, was sie tun. Ich habe mich in die Küche zurückgezogen, um ein paar Sandwiches zu machen, weil es offensichtlich ein langer Abend wird. Barbara Jane schließt sich mir an. Denn während sie mir ebenfalls pragmatisch veranlagt vorkommt, stehen da draußen bereits drei Generationen ihrer Familie und versuchen herauszufinden, wie sie einen Weihnachtsbaum auf die am wenigsten unweihnachtliche Weise zerhacken können, weshalb sie sich bestimmt etwas überflüssig fühlt.

»Sind sie immer so?«, frage ich.

»So ziemlich.« Sie nimmt einen Schluck von ihrem schwarzen Kaffee und beobachtet die Männer mit einer entschlossenen *Besser-sie-als-ich*-Miene. »Manchmal glaube ich, dass es so ein Toxische-Männlichkeit-Ding ist, und manchmal denke ich, dass wir alle bloß Arschlöcher sind.«

Draußen diskutieren Jonathan und Del die Frage, wer das Sägen übernehmen wird. Ich hoffe insgeheim, dass Jonathan es tut, weil er dabei bestimmt gut aussehen wird. Körperliche Arbeit gibt ihm ein Ventil, um seine Feindseligkeit rauszulassen.

»Also«, Barbara Jane wechselt abrupt das Thema, »wie habt ihr zwei euch kennengelernt, du und Jonathan?«

»Ich habe doch schon erklärt, dass wir nicht zusammen sind. Ich arbeite bloß für ihn.«

Sie gibt das skeptischste *Mhmm* von sich, das ich je gehört habe, und ich kenne Claires skeptische *Mhmms.*

»Wirklich«, sage ich, denn es gibt nichts Überzeugenderes als ein *Wirklich* mit leicht ansteigendem Tonfall.

»Du wohnst bei ihm, und er macht sich solche Sorgen um deinen Gesundheitszustand, dass er dich reingeschickt hat, statt dich mit dem Baum helfen zu lassen. Das ist fürsorglicher, als er sich gegenüber anderer Partner verhalten hat.«

»Ich glaube, er will bloß vermeiden, dass ich ihn verklage.«

Sie stößt ein weiteres *Mhmm* aus. »Bin mir ziemlich sicher, dass er eine bessere Anwältin hat als du.«

Einzig und allein weil wir kurz davorstehen, in ein unangenehmes Schweigen zu verfallen, und weil ich mir nicht sicher bin, was ich als Nächstes sagen soll, und weil ich eine Gehirnerschütterung habe, schiebe ich hinterher: »Hatte er denn viele? Partner, meine ich.«

Das bringt sie zum Lachen. Sie hat viele Dinge mit Jonathan gemeinsam, aber ihr Lachen ist keins davon. »Oh Gott, nein. Ein paar, aber er ist mit seiner Arbeit verheiratet. Ach ja, und dann wäre da noch die Kleinigkeit, dass er ein Arsch ist.«

»Hey, du sprichst von deinem Bruder.«

»Was bedeutet, dass ich ihn als Arsch betiteln darf.«

»So schlimm ist er gar nicht.« Keine Ahnung, warum ich ihn verteidige.

»Sam.« Diesmal verbirgt sich das *Mhmm* in ihrem Blick. »Er gehört zur Familie, und ich habe ihn lieb. Aber er ist *wirklich* so schlimm. Wie Ebenezer Scrooge in den ersten zwei Dritteln der Weihnachtsgeschichte von Charles Dickens. Ganz im Ernst: Wenn du ihn nicht datest, wird er ganz sicher allein sterben.«

»Das erscheint mir recht melodramatisch.«

Barbara Jane hebt beide Brauen und sieht damit so viel mehr wie Jonathan aus, als wenn sie lacht. »Falls es dir noch nicht aufgefallen ist: Wir sind eine ziemlich melodramatische Familie. Seit er elf Jahre alt ist, sage ich Johnny ständig, dass er mal in seinem Büro sterben und erst am nächsten Morgen vom Hausmeister gefunden werden wird.«

»Das erscheint mir etwas hart.« Einmal mehr weiß ich nicht, warum ich das sage, weil ich ihr noch vor einer Woche zugestimmt hätte. »Und soweit ich es mitbekommen habe, ist dein Liebesleben auch nicht gerade rosig.«

»Mein Liebesleben ist *toll*, das kann ich dir versichern.«

»Hast du dich nicht gerade scheiden lassen?«

Nun lacht sie wieder. »Was sich als *extrem* gut für mein Liebesleben herausgestellt hat.«

Im Garten hat Jonathan seine Jacke ausgezogen und zu sägen begonnen. Ich hatte recht, er sieht echt gut dabei aus.

»Bist du dir absolut sicher, dass ihr nicht zusammen seid?«, fragt Barbara Jane in einem recht provozierenden Tonfall.

Also bewerfe ich sie mit den Sandwiches und mache mich an den Abwasch.

Es dauert eine Weile, bis der Baum durchgesägt ist, und dann noch eine Weile, bis sie ihn wieder hineingetragen haben. Barbara Jane ist wieder losgezogen, um die anderen zu ermutigen/nerven, aber ich bleibe in der Küche. Hauptsächlich, weil ich mich etwas verlegen fühle. Irgendwann rufen sie mich jedoch ins mittlere Wohnzimmer, um mich nach meiner Meinung zu fragen.

Meiner ehrlichen Meinung nach sieht es leicht kacke aus. Das will ich zwar nicht aussprechen, aber die Mienen der anderen verraten mir, dass sie derselben Meinung sind.

»Mit ein bisschen Lametta wird es gehen«, sagt Del.

»Ich glaube, das Problem ist«, Barbara Jane beäugt den Baum kritisch, »dass der untere Teil der langweiligste Teil eines Weihnachtsbaums ist. Wir haben hier also zehn Fuß Tanne, ohne Platz für den Stern an der Spitze.«

»Sterne können wir überall anbringen«, erwidert Del, ohne seine Aussage durch irgendeinen Beweis untermauern zu können.

Jonathan steht mit vor der Brust verschränkten Armen da und sieht verschwitzt und sauer aus, was mich nicht so anturnen sollte, wie es tut. »So bleibt er nicht in meinem Wohnzimmer stehen. Das sieht hässlich und lächerlich aus.«

»Ist ja schon gut, ist ja schon gut«, sagt Del. »Wir –«

Jonathan unterbricht ihn. »Nein. Morgen früh lasse ich jemanden kommen, der ihn entsorgt, und dann kaufe ich uns einen normalen Baum.«

Es ist die richtige Antwort und das einzig Vernünftige – also, für eine reiche Person wie Jonathan –, aber ich glaube nicht, dass ihm bewusst ist, wie barsch er klingt. Und für einen streitlustigen Mann sieht Del überraschend enttäuscht aus. Ein bisschen kann ich das nachvollziehen. Ja, die Situation ist scheiße. Aber nachdem wir den ganzen Weg gefahren sind, den Baum geholt, ihn zersägt, ins Wohnzimmer geschleppt und aufgestellt haben, wobei die Möbel wegen der ausladenden Äste verschoben werden mussten, fühlt es sich wie eine Scheißsituation an, in der wir gemeinsam sitzen. Na ja, streng genommen ist es deren Scheiße, nicht meine.

Nein, es ist eigentlich *unsere* Scheiße. Ich war ja die meiste Zeit dabei. Und zwischen der überteuerten Pizza und dem übergroßen Weihnachtsbaum wird mir langsam klar, dass ich einen wirklich schönen Tag hatte. Vielleicht den besten seit Langem. Und ich will nicht, dass er mit einem traurigen alten Mann und einem Innenarchitekturteam endet.

»Wie wäre es, wenn wir es uns von draußen ansehen?«, schlage ich vor. »Durchs Fenster sieht es vielleicht besser aus, vor allem, wenn der Baum erst einmal beleuchtet ist.«

Jonathan wirkt nicht begeistert – ich fürchte, er könnte uns alle jeden Moment aus dem Haus werfen –, aber die anderen sind überraschend enthusiastisch. Oder vielleicht sollte es gar nicht so überraschend sein, weil sie allgemein recht enthusiastisch drauf sind.

Wir marschieren nach draußen und stellen uns neben das obere Ende des Weihnachtsbaums, während wir das untere Ende durch die Verandatüren betrachten. Es sieht ehrlich gesagt nicht besser aus. Bloß wie eine traurig herabhängende grüne Wand mit einer verwirrten Katze, die uns böse Blicke vom anderen Ende des Raums zuwirft.

Del stößt ein ergebenes Seufzen aus. »Okay. Ich sehe es. Es war wohl nicht die beste Idee.«

Mein Blick wandert an der Hauswand empor. Mein Schlafzimmer befindet sich direkt über dem mittleren Wohnzimmer, und es hat dieselben Fenster.

»Wie wäre es, wenn wir den nächsten Teil ins Zimmer obendrüber stellen und die Spitze dann auf dem Dach anbringen, sodass es von außen so aussieht, als würde sich der Baum über alle drei Stockwerke erstrecken?«

Jonathan wirft mir einen Blick zu, den ich nur schwer beschreiben kann. Er besteht zu zwanzig Prozent aus Verrat, zu zehn Prozent aus Resignation, zu dreißig Prozent aus Abscheu und zu vierzig Prozent aus *Was laberst du?*. »Ist es dein Ziel, mein Haus, das jetzt schon viel zu vollgestopft mit Weihnachtsbaum ist, mit noch mehr Weihnachtsbaum vollzustopfen?«

»Ja«, sage ich. »Das ist sozusagen das weihnachtliche Äquivalent zu einem Film, der so schlecht ist, dass er gut wird.«

»Das ist doch jetzt wieder dasselbe wie mit der Wagyu-Pizza, nicht wahr?«

»Komm schon, was hast du zu verlieren?«

»Zeit.« Jonathan zählt an den Fingern ab. »Würde. Und in dem wahrscheinlichen Fall, dass wir alle vom Dach fallen, unser Leben.«

»Ist okay«, sagt Barbara Jane. Mir dämmert, dass sie nichts Hilfreiches beizusteuern hat. »Wir schicken einfach Sam hoch, und wenn er runterfällt, wird wahrscheinlich sein Gedächtnis zurückkehren.«

»Halt die Klappe, BJ.«

»Ich finde, es ist den Versuch wert«, sagt Del. »Das wird ein Weihnachten, das wir nie vergessen.«

»Vor allem, wenn einer von uns stirbt«, fügt Barbara Jane hinzu.

Del zuckt mit den Achseln. »Ich werde nächstes Jahr wahrscheinlich sowieso nicht mehr hier sein.«

»Granddad«, sagen Jonathan und Barbara Jane im Chor. »Das sagst du jedes Jahr.«

Les scheint die ganze Zeit nachgedacht zu haben. »Wir sollten es versuchen«, sagt er nun. »Wo wir schon mal hier sind.«

»Na schön. Ich hole die Leiter.« Jonathan wischt sich das vollkommen zerzauste Haar aus der Stirn und fährt auf dem Absatz herum. »Wozu sollte ich auch ein Haus haben, wenn ich es nicht von meiner Familie zerstören lasse?«

»Das ist die richtige Einstellung«, sagt Del.

Ich fühle mich ein wenig schlecht, Jonathan und seinen Dad aufs Dach geschickt zu haben, versuche mich aber mit dem Gedanken zu beruhigen, dass er uns wenigstens nicht mehr feuern kann, wenn er beim Rangeln mit einem Weihnachtsbaum in den Tod stürzt. Andererseits würde dann vermutlich die ganze Firma verkauft werden, also würden wir am Ende bloß von anderen Leuten gefeuert werden.

Nach einigem »höher, weiter nach links, die Bäume sind noch nicht direkt übereinander« versammeln wir uns alle wieder im Garten, um das Ergebnis zu inspizieren.

»Ich gebe zu, dass es gar nicht so scheiße aussieht, wie ich es mir vorgestellt habe«, sagt Barbara Jane.

Meiner Meinung nach untertreibt sie. Ich würde sogar so weit gehen, es als recht hübsch zu beschreiben. Von außen sieht es wirklich so aus, als erstrecke sich das Riesending vom Erdgeschoss durch das Gästezimmer – *mein* Zimmer – bis hinauf zum Dach wie ein festlicher Godzilla. Wenn er erst einmal geschmückt ist, wird der Baum sicher noch besser aussehen, obwohl das auch bedeutet, dass wir die Leiter noch mal herholen müssen, um den Stern auf die Spitze zu stecken.

»Seht ihr.« Del macht eine triumphierende Armbewegung, als hätte er das von Anfang an geplant. »Ich habe euch doch gesagt, dass wir es schaffen würden. Ist das nicht besser als so ein mickriges Ding von *John Lewis?*«

Jonathan fällt es eindeutig schwer, etwas Nettes über eine meiner Ideen zu sagen. »Es hat eine recht große … Wirkung. Und es hat sich auf meinen gesamten Tag ausgewirkt.«

»Aber es war doch lustig, nicht?«, fragt Del auf eine Das-ist-eine-rhetorische-Frage-Weise.

Obwohl es dunkel ist, setzt sich Barbara Jane ihre Sonnenbrille wieder auf und grinst. »Die Aktion geht definitiv in die Top fünf unserer Weihnachtsbaumgeschichten ein. Fast so spaßig wie das eine Mal, als wir Jonathan versehentlich im Gartencenter vergessen haben und es Granddad erst auffiel, als wir schon an Watford vorbei waren.«

»Oder das eine Mal, als du festgenommen wurdest, weil du was aus Santas Grotte geklaut hast.«

»Ich fand bloß, wenn er genug Spielzeug für alle Kinder auf der Welt hat, könnte er mir ein paar zusätzliche abgeben.«

»Du warst siebzehn.«

»Stimmt gar nicht«, fährt Barbara Jane ihren Bruder an. »Ich war acht. Du willst mich bloß vor Sam schlechtmachen, weil du auf ihn stehst.«

Im Dunkeln ist es nicht gut zu erkennen, aber ich glaube, Jonathan ist knallrot angelaufen. »Tu ich nicht. Ich finde Sam überhaupt nicht attraktiv.«

»Oh, danke«, sage ich.

Jetzt sieht Jonathan nur noch nervöser aus. »Ich meinte nicht … Ich sage ja nicht, dass du nicht … Du arbeitest für mich, Sam. Es wäre unangemessen, über dein Attraktivitätslevel nachzudenken.«

»Oh, danke«, wiederhole ich.

Die Beharrlichkeit, die Jonathan bei der Arbeit am Marktstand und beim Gründen seines eigenen Unternehmens geholfen hat, bedeutet leider auch, dass er keine Ahnung hat, wann er damit aufhören sollte. »Dabei geht es ums Arbeitsrecht. Ich würde ein ungesundes Arbeitsklima schaffen.«

»Jonathan«, entgegne ich. »Du erschaffst sowieso bereits ein ungesundes Arbeitsklima. Du bist ein wandelndes ungesundes Arbeitsklima.«

»Bin ich nicht«, knurrt Jonathan auf sehr ungesunde Weise, während Barbara Jane unseren Schlagabtausch fröhlich verfolgt. »Und jetzt haut alle ab. Wir haben den Baum, und ich muss mein Auto aus Notting Hill zurückholen, sonst werden mich die Parkgebühren in die Insolvenz treiben.«

»Ich glaube«, Les legt einen Arm um Barbara Jane, »wir sollten besser gehen. Dein Bruder wird langsam ein bisschen müde.«

Jonathan beginnt zu gestikulieren. Ich glaube, er ist tatsächlich recht müde. »Ich bin nicht müde. Ich musste heute bloß einiges über mich ergehen lassen.«

»Wir sehen uns, mein Sohn«, sagt Les.

Und dann geht die Familie überraschend gut gelaunt, wenn ich bedenke, dass sie gerade von ihrem eigenen Fleisch und Blut gebeten wurden abzuhauen. Jonathan stürmt derweil davon, um ein Taxi zu rufen. Ich biete ihm an, ihn zu begleiten, aber er lehnt sofort ab, und ich bin ehrlich gesagt froh darum. Weil ich erschöpft bin. Also, so richtig am Ende.

Ich umgehe den nun vom Weihnachtsbaum dominierten Raum und betrete die Küche, um mir noch ein Käsesandwich zu machen. Der übrige Käse reicht ungefähr noch für drei Sandwiches, und ich schreibe auf meine mentale To-do-Liste, dass ich morgen einkaufen gehen sollte, wenn wir uns nicht wieder ausschließlich von Take-away ernähren wollen. Da ich das Brot nun schon einmal hervorgeholt habe, mache ich auch ein Sandwich für Jonathan und schlage es in Folie ein, sodass es frisch bleibt, falls ich schon im Bett bin, wenn er zurückkommt. Und damit er weiß, dass eins auf ihn wartet, schicke ich ihm eine Nachricht, in der steht, dass ich ihm eins gemacht habe, aber er antwortet nicht.

Dann lasse ich mich aufs Sofa fallen und klicke auf das Erste, das mir von *iPlayer* vorgeschlagen wird. Es ist eine alte Folge von *Gavin & Stacey*. Geduckt und mit zurückgelegten Ohren schleicht Gollum aus dem anderen Zimmer herein. Das bedeutet wohl, dass er dem Weihnachtsbaum widerwillig den ersten Sieg zugesteht. So wie ich ihn kenne, wird es aber eine zweite Runde geben. Ich hoffe bloß, dass wir es bis Boxing Day schaffen, ohne dass er das ganze Ding runterreißt und es jemandem auf den Kopf fällt.

Er rollt sich auf meinem Schoß zusammen, wobei er so unzufrieden wirkt, als wünschte er, ich wäre der andere Mensch.

Ich nehme es nicht persönlich. Genauso wie ich Jonathans Bemerkung über mich nicht persönlich genommen habe. Bevor der Titel von *Gavin & Stacey* eingeblendet wird, bin ich bereits eingeschlafen.

Ich wache auf, ohne zu wissen, wie viel Zeit vergangen ist. Zumindest so viel, dass mich die BBC fragt, ob ich immer noch *Gavin & Stacey* schaue, und zwar auf diese total verurteilende Weise, als wüssten sie immer, wenn ich etwas nur im Hintergrund laufen lasse. Mir fällt ein Gewicht auf meiner Schulter auf. Als ich blinzelnd den Kopf zur Seite drehe, sehe ich Jonathan. Im blassen Licht des Fernsehers erkenne ich, dass er tief und fest schläft, während auf seinem Schoß ein halb aufgegessenes Käsesandwich liegt – daneben hat sich Gollum mit einer *Was-ist-das-hier-für-ein-Scheiß*-Miene zusammengerollt.

Es ist allgemein bekannt, dass Leute im Schlaf anders aussehen als sonst. Jünger oder weicher oder attraktiver oder verletzlicher oder so. Nicht aber Jonathan. Im Schlaf sieht er bloß wie das Experimentierkunstwerk eines Bildhauenden aus, der gerade eine abstrakte Phase durchmacht. Feste Linien, harte Winkel und Schatten auf seinen Wangen.

Und vielleicht liegt es daran, dass es dunkel ist, und vielleicht auch daran, dass es ihn erheblich erträglicher macht, wenn er nicht bei Bewusstsein ist, aber ich werde die Tatsache akzeptieren müssen, dass Jonathan Forest, zumindest was sein Äußeres betrifft, ein sehr interessanter Mann ist.

Wenn ich mich bewege, wacht er sicher auf, und er hatte einen langen Tag.

Was teils meine Schuld ist. Also rühre ich mich nicht und lasse ihn schlafen.

Am nächsten Morgen erwähnt keiner von uns, dass wir gestern Abend zusammen auf dem Sofa eingeschlafen sind. Stattdessen merke ich an, dass wir keinen Käse mehr haben.

»Und in nur etwas mehr als zwei Wochen«, füge ich hinzu, »musst du deiner Familie ein von der Gesellschaft vorgegebenes, aufwändiges Menü servieren, wofür du nicht erst auf den letzten Drücker einkaufen gehen willst.«

Jonathan sieht von seinem Laptop auf, auf den er schon stiert, seit ich aus meinem Zimmer gekommen bin. »Dir ist schon klar, dass ich Leute dafür bezahlen kann, das für mich zu tun.«

»Oh ja, das wäre wirklich rührend. *Schmeckt euch der Truthahn? Ich habe einem Fremden fünfzig Pfund gezahlt, damit er ihn für mich auswählt.*«

»Ich plane auch, einen Fremden dafür zu bezahlen, den Truthahn für mich zuzubereiten.«

Mir entfährt so etwas wie ein Aufschrei, und Gollum blickt umher, als befänden wir uns unter Beschuss. »Das kannst du nicht machen. Nicht an Weihnachten. Traditionell musst du den ganzen Tag in der Küche verbringen und dich dann darüber beschweren, dass niemand zu schätzen weiß, dass du den ganzen Tag in der Küche verbracht hast. Das ist Teil der Weihnachtsmagie.«

»Das ist keine Magie, Sam, sondern eine lästige Angelegenheit.«

»Du kannst deine Familie nicht als lästig bezeichnen.«

»Doch, wenn sie mir lästig werden«, fährt er mich an.

Ich öffne den Küchenschrank, hole eine Tasse heraus und setze Teewasser auf. Jonathan trinkt morgens Kaffee, aber nun, da ich weiß, dass es in diesem Haus Tee gibt, mache ich welchen. »Hättest du es also lieber, wenn es sie nicht gäbe?«, frage ich die Wand.

»Nein, natürlich nicht.«

Ich spreche nach wie vor mit der Wand. »Dann musst du aufhören, dich so zu verhalten, als wären sie Unkosten, die du zu reduzieren versuchst.«

»Tue ich doch gar nicht. Aber ich werde niemandem nützlich sein, wenn meine Firma den Bach runtergeht.«

»Erstens«, jetzt drehe ich mich wieder zu ihm um, »doch, wirst du, weil sie deine Familie sind und dich trotzdem lieben werden. Zweitens wird deine Firma nicht den Bach runtergehen, weil du gut in dem bist, was du tust, und weil Leute immer einen Ort zum Schlafen oder Scheißen brauchen werden und weil du Teams für dich arbeiten lässt, die ebenfalls wissen, was sie tun.«

Jonathan hält seine Kaffeetasse viel fester, als es gesund wäre. »Trotzdem kann ich es mir nicht leisten, mich auf meinen bisherigen Erfolgen auszuruhen.«

»Wenn du mal einen Tag frei machst, ruhst du dich doch nicht auf deiner geleisteten Arbeit aus. Und schon gar nicht, wenn du in dieser Zeit einen Truthahn zubereitest.«

»Nein.« Mit wütend zusammengezogenen Brauen funkelt er mich an. »Aber am Ende wird es für alle besser sein, wenn ich einen Profi dafür bezahle. Das ist generell zutreffend.«

Ich seufze. »Wenn deine Familie ein hochqualitatives Dinner-Erlebnis wollte, würden sie in ein Restaurant gehen und dort bestimmt nicht den Truthahn bestellen, weil den eigentlich niemand essen möchte. Was sie wirklich von dir möchten, ist, dass du etwas mit ihnen teilst. Etwas, wofür du nicht einfach nur bezahlt hast.«

»Ich habe sehr hart dafür gearbeitet, mir Dinge leisten zu können.«

»Und das ist toll«, sage ich. »Wirklich. Aber im Moment benutzt du es als Ausrede. Und seltsamerweise weiß ich nicht mal, wofür du eine Ausrede suchst.«

Er starrt in seine Tasse. Kaffee trinkt er am liebsten so, dass er dieselbe Farbe wie seine Augen hat. »Um ehrlich zu sein«, antwortet er schließlich, »weiß ich es selbst nicht.«

Einen Moment lang stehen beziehungsweise sitzen wir einfach nur herum und verbreiten melancholische Stimmung.

Schließlich breche ich die Stille. »Wir müssen doch bloß in einen Supermarkt fahren, ordentlich viel Fleisch kaufen und alles in deinem riesigen Kühlschrank unterbringen, den du nie benutzt. Und wenn wir schon mal da sind, können wir auch andere Lebensmittel kaufen, weil keine mehr da sind.«

»Deshalb *bestelle* ich mein Essen.« Jonathan trägt seine leere Tasse zur Spüle. »Wenn du einmal damit anfängst, Lebensmittel zu kaufen, hörst du nie wieder auf.«

Ich werfe ihm einen ungläubigen Blick zu. »Ist das ein Scherz? Du machst gerade einen Witz, oder?«

Er hält meinen Blick. »Bloß eine Feststellung.«

»Aber mal im Ernst: Wir sollten einkaufen gehen.«

Jonathan setzt sich wieder an den Tisch. Er sieht nachdenklich aus. »Wie wäre es mit einem Kompromiss?«

Bis gerade eben habe ich geglaubt, das Wort existiere in seinem Wortschatz nicht. »Was für ein Kompromiss?«

»Solange du hier wohnst, werden wir Lebensmittel im Haus

haben, und ich werde an Weihnachten meinen eigenen verdammten Truthahn zubereiten, auch wenn ich mir sicher bin, dass es ein Riesendesaster wird, aber wir nutzen wenigstens die Annehmlichkeiten, die uns im einundzwanzigsten Jahrhundert zur Verfügung stehen, und lassen uns die Einkäufe nach Hause liefern.«

Ich bin enttäuscht und brauche einen Augenblick, um zu begreifen, *warum* ich enttäuscht bin. »Ich hatte mich darauf gefreut, aus dem Haus zu kommen.«

»Du warst gestern draußen und …« Er kann sich gerade noch zurückhalten, bevor er vermutlich etwas gesagt hätte wie: *Und dann bist du auf dem Sofa eingeschlafen, und ich bin auf dir eingeschlafen.* »Und danach warst du total erschöpft.«

»Also wirst du mich nie wieder aus dem Haus lassen?«

Er presst die Lippen aufeinander, wie er es immer tut, wenn er sagen will: *Ich gebe gerade mein Bestes, aber du machst es mir schwer, und das gefällt mir nicht.* »Ich finde es schlichtweg praktischer, alles liefern zu lassen. Ich richte uns ein Konto bei *Waitrose* ein.«

Ich widerstehe dem Drang, ihm vorzuhalten, mit was für einer Reicher-Schnösel-Attitüde er gerade vorgeschlagen hat, Lebensmittel von *Waitrose* liefern zu lassen, denn ich will es nicht übertreiben. Und wie sich herausstellt, bringt er es wirklich schnell über die Bühne. Ich habe gerade erst meine Müslischale abgewaschen, da hat er bereits ein Konto erstellt und ist schon dabei, einen virtuellen Einkaufswagen zu befüllen.

Er dreht mir seinen Laptop zu. »Was brauchen wir? Für den täglichen Gebrauch, meine ich. Die Weihnachtseinkäufe musst du separat machen.«

Es fühlt sich seltsam an, Einkäufe über Jonathans Konto zu tätigen, aber er lebt in einem Haus ohne Eier, Brot oder Milch, also kann ich wenigstens das für ihn tun. Außerdem füge ich ein paar wirklich teure Chipssorten hinzu und Zutaten für ein bis zwei Mahlzeiten. »Ist das in Ordnung so?«

Er überfliegt die Liste, stellt keinerlei Fragen und klickt auf *Bezahlen*. »Es wird morgen geliefert. Und jetzt«, er macht eine unnötig dramatische Pause, »wie willst du das mit der Familie angehen?«

»Du meinst Weihnachtszeug? Das sollte doch nicht allzu schwierig werden, oder?«

Er klickt sich durch weitere Tabs und zeigt mir die Optionen.

Es gibt mehr, als ich erwartet habe. »Warum sollte jemand einen Truthahn mit Lebkuchenfüllung wollen?«, frage ich.

»Weil Lebkuchen weihnachtlich ist?« Jonathan sieht selbst nicht besonders überzeugt aus.

»Ja, aber doch nicht in Kombination mit Fleisch.«

»Ist es wirklich so viel merkwürdiger als Cranberrys?«

Damit lasse ich ihn nicht davonkommen. »Ja. Sehr viel merkwürdiger. Lass es uns nicht kompliziert machen. Wir brauchen einen Truthahn, die Füllung, Schinken, vielleicht ein bisschen Rindfleisch als Beilage.« Während ich spreche, scrolle ich weiter. »Verdammt, das ist wirklich viel, was?«

»Verstehst du jetzt, warum ich nicht wollte, dass du alles in einem Einkaufswagen mit wackeligem Rad durch einen Supermarkt karrst?«

Er hat sich neben mich gestellt, um mir über die Schulter zu schauen, und ich drehe mich leicht, um ihn anzusehen. »Da hast du dir ein sehr detailreiches Szenario ausgedacht.«

»Einkaufswagen haben immer wackelige Rollen. Und ich hatte es so im Gefühl, dass das hier eskalieren würde. Soll ich Wild kaufen?«

Ich blinzele. »Was?«

»Wildfleisch.« Er deutet auf den Bildschirm. »Da steht, ein

Karree reicht für sechs bis acht Personen, also sollte ich vielleicht zwei nehmen.«

»Wir sprechen hier von deiner Familie und nicht von Henry dem Achten. Sie werden auch ohne Wildfleisch auskommen.«

»Aber offenbar nicht ohne den Schinken, die Füllung, das Rindfleisch, eine Käseplatte und die drei verschiedenen Sorten Chipolata im Speckmantel?«

Mir dämmert, dass er sich gerade an einem Scherz versucht. »Weißt du, mit einem Profi wärst du vielleicht doch besser bedient.«

Aber jetzt hat er dieses *Ich-bin-durch-harte-Arbeit-Millionär-geworden*-Funkeln in den Augen. Dieser Blick, der sagt: *Wenn mich die Schlaf- und Badezimmerindustrie nicht kleingekriegt hat, wird es das Dinner für dreizehn Personen auch nicht schaffen.* »Nein, ich denke, wir bekommen das hin.«

Da ist es wieder, dieses *wir.*

Und er kauft das Wildfleisch trotzdem.

Den Rest des Tages über frage ich mich, was in Jonathan gefahren ist. Er strotzt zwar nicht plötzlich vor weihnachtlicher Vorfreude. Nein, er ist nach wie vor ein Griesgram, der den Großteil seiner Zeit am Laptop verbringt, um sicherzustellen, dass die Leeds-Filiale genug Memory-Foam-Matratzenauflagen verkauft und dass die Birmingham-Filiale im neuen Jahr eröffnet werden kann. Aber er legt plötzlich dieselbe Detailversessenheit an den Tag, wenn es um die Weihnachtsplanung geht. Zweimal war er bereits im Garten, um zu checken, wie der Baum von außen aussieht, und gegen drei Uhr holt er sogar ein Maßband hervor und stellt irgendwelche Berechnungen an, denen ich nicht folgen kann.

»Dad hat recht«, verkündet er. »Die Deko wird nicht reichen.«

Ich habe gerade *Pointless* geschaut und blicke auf. Verdammt, in letzter Zeit habe ich echt viel *Pointless* geschaut. »Und das konntest du ohne Maßband nicht erkennen?«

»Wie heißt es so schön? Zweimal messen, einmal schneiden.«

»Hier gehts um Deko und nicht darum, Regale aufzuhängen.«

»Kommt aufs selbe raus. Morgen kommen alle vorbei – und ich meine wirklich *alle*. Wenn ich also aufhören soll, mir Ausreden einfallen zu lassen« – Scheiße, das hat er sich wohl wirklich zu Herzen genommen – »dann muss ich dafür sorgen, dass alles da ist, was sie brauchen.«

»Und dieses Problem willst du *jetzt sofort* beheben.«

Ich bin hauptsächlich überrascht, aber Jonathan fasst es völlig falsch auf. »Du erzählst mir doch ständig, dass ich mehr für andere Leute tun soll.«

»Das habe ich nicht gesagt.«

»Du hast es aber impliziert.

»Ich habe es auch nicht impliziert.« Ich atme tief durch. »Du machst schon viel. Nur manchmal … ist es etwas fehlgeleitet.«

Seine Verärgerung verringert sich um vielleicht zwei Prozent. »Dann bin ich eben gerade dabei, meine Bemühungen in die richtige Richtung zu lenken.«

»In die Richtung von Deko?« Niemand außer Jonathan Forest würde sein Haus weihnachtlich dekorieren, nur um eine Diskussion zu gewinnen.

»Ja«, sagt er um einiges aggressiver, als es das Thema verlangen würde. »Wir brauchen Deko.«

»Na schön. Wo kriegen wir sie her?«

Er wirft einen Blick auf sein Handy. Offenbar hat er diese Frage gerade gegoogelt. »*Fortnum & Mason*. Und *ich* kaufe sie, *du* ruhst dich aus.«

»Jonathan, Weihnachtsdeko kaufen soll Spaß machen. Und das wird es nicht, wenn du allein gehst. Ich begleite dich.«

Er sieht nicht überzeugt aus. »Was macht dein Kopf?«

»Mein Zustand ist nicht so schlimm, dass er mich davon abhalten würde, dir dabei zuzusehen, wie du durch einen protzigen Laden läufst und Lametta kaufst.«

»Ich glaube nicht, dass es so lustig wird, wie du es dir vorstellst.«

»Vielleicht hast du recht, aber ich werde es nicht herausfinden, indem ich zuhause rumsitze. Außerdem war ich noch nie bei *Fortnum & Mason*. Davon werde ich eines Tages den Kindern erzählen.«

Jonathan verengt die Augen. »Den Kindern?«

»In der Zukunft. Viele Jahre später, wenn ich mit ihnen ums Feuer sitze und sage: *Grandpa Sam erzählt euch jetzt von diesem Riesengeschäft in London*.«

»Jetzt wird es aber wirklich absurd.«

Ich zucke mit den Schultern. »Es ist Samstag, Weihnachten steht vor der Tür, und ich lebe von Cornflakes und dem Geist des vergangenen Käsesandwichs – natürlich wird es langsam absurd.«

Bisher hat Jonathan mich nie angelächelt, aber er kommt dem mittlerweile schon echt nahe. »Du wirst ein Riesending daraus machen, nicht wahr?«

»Ich?« Ich setze eine Unschuldsmiene auf. »Nein. Es ist bloß ein Einkaufsbummel. Ein ganz normaler Einkaufsbummel zu einem Geschäft, das hauptsächlich für Präsentkörbe bekannt ist.«

»An Präsentkörben ist nichts Verwerfliches. Sie geben gute Geschenke ab.«

»Eine persönliche Note ist dir völlig fremd, oder?«

Er bedenkt mich mit einem Blick, der nicht mal annähernd

so eisig ist, wie er glaubt. »Du hast die Wahl, Sam. Entweder stehst du weiter hier rum und kritisierst meine Persönlichkeit, oder du holst deinen Mantel.«

»Wahrscheinlich kann ich beides gleichzeitig tun«, antwortete ich, während ich mir meinen Mantel schnappe. »Langsam kehrt meine Multitasking-Fähigkeit zu mir zurück.«

Jonathan hört mir aber gar nicht mehr zu. Er ist zu sehr damit beschäftigt, dem Kater zu versichern, dass wir nicht lange wegbleiben werden.

Ich war noch nie bei *Fortnum & Mason* und kann mich nicht entscheiden, ob es von außen mehr nach Hotel oder nach Gefängnis aussieht. Zumindest ist hier alles so einheitlich gestaltet wie in einem Gefängnis, auch wenn die Fenster – für die Weihnachtsstimmung – aktuell mit Zahlen versehen sind, wie bei einem Adventskalender. Allerdings verfügt das Gebäude auch in typischer Hotelmanier über einen pompösen Eingang, eine große Uhr und ein riesiges königliches Wappen. Wenn ich so darüber nachdenke, gibt es von Letzterem aber bestimmt auch so einige in den Gefängnissen Seiner Majestät. Im Inneren sieht es jedenfalls wie in einem Geschäft aus – ein sehr elegantes Geschäft –, abgesehen von den weichen Teppichen, Kronleuchtern und eleganten Auslagen mit Weihnachtsbaummuster.

Es ist ziemlich voll, was vor allem daran liegt, dass alle, die zur Tür hereinkommen, erst mal stehen bleiben, um zu staunen. Na ja, alle außer Jonathan, der sofort losmarschiert und nicht aufhört zu marschieren, bis er die unnötig majestätische Wendeltreppe erreicht, die in den ersten Stock führt, wo sich der ganze Weihnachtsplunder befindet. Und, herrje, gibt es hier viel Weihnachtsplunder.

»Okay.« Jonathan zückt sein Handy und betrachtet die Liste, die er offenbar im Vorfeld erstellt hat. »Wir brauchen vor allem Baumkugeln, weil sich der Weihnachtsbaum, den wir früher zuhause hatten – und das könnte dich jetzt überraschen –, nicht über zwei Stockwerke eines wirklich großen Hauses erstreckt hat. Und dann vielleicht noch einen Kranz für die Tür und ein paar Girlanden.«

»Was ist denn eine Girlande?«, frage ich.

»Ich muss zugeben, dass ich mir nicht hundertprozentig sicher bin, aber ich glaube, es ist so etwas wie Lametta für die Mittelklasse.«

Es ist wirklich zum Brüllen, dass Jonathan Forest in seinem Business-Casual-Aufzug mitten im *Fortnum & Mason* steht, auf sein tausend Pfund teures Handy schaut und es trotzdem noch schafft, sich über die Mittelklasse aufzuregen.

Abrupt blickt er auf. »Was?«

»Nichts«, antworte ich. »Du bist einfach lustig.«

»Ich bin nicht lustig.« So wie er mich ansieht, kommt es mir vor, als wäre er gern lustig. Zumindest ein kleines bisschen. »Ich bin in einem Geschäft, um Deko zu kaufen, die ich gemeinsam mit meiner Familie an einen Baum hängen werde. Das ist ganz normal in der Weihnachtszeit.«

Ich nehme mir eine in der Nähe hängende Christbaumkugel. Sie ist blau und glitzert, und darauf sind Ballerinas gemalt. »Ist das normal?«

Er starrt die Kugel an, offensichtlich darum bemüht, das Normale darin zu erkennen. »Es ist eine Glaskugel für einen Weihnachtsbaum. Was sollte daran nicht normal sein?«

»Erstens sind Ballerinas drauf. Zweitens kostet sie fünfzig Pfund.«

»Du meinst, ein Set?«

»Nein, eine Kugel.«

Einen kurzen Moment lang versprüht er sehr, sehr starke

Ich-wohne-zwar-in-London-komme-aber-aus-Sheffield-Vibes. »Du nimmst mich auf den Arm.« Ich zeige ihm das Preisschild. »Was zur Hölle.«

»Bist du nicht extrem reich?«, ziehe ich ihn auf.

»Ja, aber nicht extrem leicht übers Ohr zu hauen. Und jetzt leg sie wieder weg.«

Ich pruste los. Weil ich langsam glaube, dass es meine absolute Lieblingsbeschäftigung ist, Jonathan Forest dabei zuzusehen, wie er sich total über Dinge aufregt, über die ich mich heimlich auch ein kleines bisschen aufrege. Ich lege die überteuerte Glaskugel weg, und Jonathan hat jetzt offenbar Blut geleckt, denn er packt mich am Handgelenk. Und zwar nicht kontrollierend. Seltsamerweise fühlt es sich stattdessen so an, als würde er sich endlich mal gehenlassen.

»Es *muss* hier etwas mit einem vernünftigeren Preis geben.« Er fängt an, den Laden mit einer dermaßen systematischen Effizienz abzusuchen, dass er mich damit mehr unterhält, als er vermutlich im Sinn hat.

An der Stelle, wo er mich berührt, fühlt sich mein Arm warm an. »Weißt du, ich glaube nicht, dass das ein *Muss* ist.«

»Überall steht, dass das hier der beste Ort in ganz London ist, um Weihnachtsdeko zu kaufen.«

Ich sehe mir eine traditionellere Kugel an, die mit einem Vintage-Look daherkommt, aber ebenso viel kostet wie die erste. »Das könnte daran liegen, dass Leute, die extra nach London kommen, um Weihnachtsdeko zu kaufen, auf ein besonderes Erlebnis aus sind. Ich glaube nicht, dass *Time Out* schreiben würde: *Wenn Sie Ihr Wohnzimmer schmücken wollen, schauen Sie im nächsten Aldi vorbei.*«

In einem Anflug von kaum unterdrückter Wut nimmt Jonathan ein dürres Rentier mit pinken Schuhen und Kerzen auf dem Geweih in die Hand. »Rate mal, wie viel das kostet.«

Es ist größer als die Christbaumkugel, aber auch hässlicher. »Hundert Pfund.«

Er deutet nach oben.

»Es kostet niemals mehr als hundert Mäuse.«

»Hundertvierzig.«

Und jetzt geht es richtig los.

Wir schlängeln uns auf der Suche nach dem teuersten Ramsch an den Regalen entlang, um einander die absolut empörenden Beträge raten zu lassen, die *Fortnum & Mason* dafür haben will.

Jonathan gewinnt die ersten paar Runden, weil das Rentier ein guter Einstieg war, und obwohl der Baumschmuck in Form eines Klaviers, den ich finde, *teurer* ist, kommt sein Preis-Hässlichkeits-Verhältnis nicht an das des Rentiers ran. Kurz darauf ziehe ich an Jonathan vorbei, als ich eine lilafarbene Glasfeige finde, die mehr an Genitalien erinnert, als ich es mir für ein Familienfest wünschen würde. Jonathan findet im Gegenzug ein winziges flauschiges Meerschweinchen mit Weihnachtsmütze, das ich ehrlich gesagt recht süß finde.

»Okay«, sage ich. »Das ist ja bloß flauschig. Für etwas Flauschiges können sie einem nicht allzu viel Geld abknöpfen. Ich sage, es kostet … fünfunddreißig Pfund?«

Jonathan schaut auf das Preisschild. »Zwölf.«

Ich sehe ihn an. Dann das Meerschweinchen. Dann wieder ihn. »Ich glaube, ich bin schon zu lange hier. Sie haben mich dazu gebracht, das als vernünftigen Preis zu empfinden.«

»Ich als ehemaliger Markthändler kann dir sagen, dass genau das ihr Plan ist«, sagt Jonathan. »Für diesen kleinen Kerl«, er lässt das Meerschweinchen an dessen Aufhänger auf und ab hüpfen, »könntest du überall sonst auf der Welt nicht mehr als fünf Pfund verlangen. Aber wenn du es neben einem von denen platzierst«, er zeigt mir einen kleinen Glasschneemann, der achtunddreißig Pfund kostet, »kommt es dir wie ein Schnäppchen vor.«

Obwohl er klargestellt hat, dass das süße flauschige Weihnachtsnagetier eine Tourifalle ist, legt er es nicht wieder weg.

»Kaufen wir es?«, frage ich.

Jonathan blickt leicht verlegen drein. »Es ist ziemlich süß.«

Erneut nimmt er mich am Arm, und es fühlt sich ganz natürlich an, als würden wir so etwas ständig tun. Wir kommen aber nicht weit, bevor er abrupt stehen bleibt.

»Wir müssen hier raus.«

Ich stimme ihm zu, würde aber gern wissen, was ihn so plötzlich darauf gebracht hat. Er scheint es nicht aussprechen zu können, also folge ich seinem Blick zu einem Tisch mit *Christmas Crackers*, den typisch britischen Weihnachtsknallbonbons, die immer einen Witz und einen lustigen Gegenstand enthalten. Das geschmackvolle rote Papier mit den Silberakzenten ist hübsch, aber nichts Besonderes. Verpackt sind sie in einem Weidenkörbchen, was eine schöne Idee ist, aber irgendetwas Besonderes muss ja dran sein, denn …

»Ich *muss* mich verlesen haben.«

»Ich glaube nicht.«

»Niemals kosten sie eintausend Pfund.«

»Schleichen wir uns davon und tun so, als hätten wir sie nie gesehen.«

Ich bin mir nicht sicher, ob ich das schaffe. Denn ich bin erstarrt wie ein unterbezahltes Reh, auf das überteuerte Scheinwerfer gerichtet sind. »Da sind ja bloß sechs Stück drin. Womit sind sie gefüllt? Kokain?«

Jonathan hat schon wieder sein Handy gezückt und scrollt durch eine Liste, während ihm das flauschige Meerschweinchen vom Finger baumelt. »Okay, Planänderung. Wir bezahlen für den kleinen Kerl, und dann gehen wir zu *B & Q*.«

Ein paar Stunden später sind wir wieder zuhause, und ich helfe Jonathan dabei, eine Wagenladung voller Weihnachtsdeko ins Haus zu tragen, die wir für einen viel vernünftigeren Preis erstanden haben. Darunter sind keine Rentiere mit pinken Hufen oder Kugeln mit Balletttänzerinnen, aber meiner Meinung nach ist das besser so. Und obwohl Jonathan sehr darauf bedacht ist, sich nicht übers Ohr hauen zu lassen, ist er ganz sicher nicht geizig, also haben wir mehr als genug Zeug, um sein Haus und den Garten zu schmücken. Wir haben ganze Eimer voller Lametta, meilenlange Perlengirlanden, Hunderte Lichterketten und mehr bunte Kugeln als eine Staffel *RuPaul's Drag Race.*

Wir lassen alles in den Verpackungen, weil es sowieso morgen aufgehängt wird. Gollum beäugt jede einzelne, um sicherzugehen, dass sich darin keine Ersatzkatze versteckt, und als er zufrieden ist, rollt er sich auf einem Haufen Lametta zusammen, das wir vermutlich noch Wochen später aus seinem Fell fischen werden.

Nachdem wir fertig sind, gebe ich nach und lasse Jonathan Essen bestellen. Schließlich müssen wir überleben, bis die Supermarktlieferung eintrifft. Er greift in seine Jackettinnentasche und zieht das Weihnachtsmeerschweinchen heraus, das er mir sehr feierlich überreicht.

»Wofür ist das denn?«, frage ich. »Ich meine, versteh mich nicht falsch, ich finde es wirklich süß, aber ich bin mir nicht sicher, ob ich der Aufgabe gewachsen bin, die Verantwortung für ein Fake-Nagetier mit festlichem Kopfschmuck zu übernehmen.«

»Es ist Tradition«, erklärt er. »Alle Familienangehörigen haben ein Dekostück, das … es ist ein bisschen albern.«

»Wir reden hier von Weihnachten, alles daran ist albern. Schließlich holen wir uns einen Baum ins Haus und behängen ihn mit Plastik.«

Trotz meiner Antwort braucht Jonathan einen Moment, um mit einer anderen Emotion als Genervtheit klarzukommen. »Alle Familienangehörigen haben ein Dekostück, das sie entweder am liebsten mögen oder das ihnen von einer anderen Person geschenkt wurde oder das sie mit sechs Jahren selbstgemacht haben.« Auf einmal spricht er sehr schnell, als würde er die Haftungsausschlussklausel in einem Werbespot vorlesen. Es ist ziemlich süß, dass er verlegen ist. »Und das sind immer die letzten Teile, die aufgehängt werden. Erst dann ist der Baum fertig, und Weihnachten hat begonnen. Also …« Er deutet auf das Meerschweinchen. »Das ist für dich. Weil du … dieses Jahr dabei bist.«

Der Drang, ihn damit aufzuziehen, ist vollkommen verflogen. Und eine Weile bekomme ich kein Wort heraus. Vermutlich liegt es vor allem an dem Schock darüber, dass Jonathan Forest von sich aus etwas wirklich Nettes getan hat. Und zwar für mich. »Danke«, bringe ich schließlich hervor. Und jetzt bin *ich* verlegen, weil mir das nicht ausreichend erscheint. Ich kann mich nicht daran erinnern, wann ich das letzte Mal – ist ja auch egal.

»Na ja.« Jonathan sieht immer unbehaglicher aus. »Du warst wirklich hilfreich. Und ich bin … mir ist bewusst, dass ich nicht besonders gut darin bin … Ich war nicht sehr …«

Und ich weiß nicht, wie es passiert oder was ich mir dabei denke oder was ich mir davon erwarte, aber ich küsse ihn.

Daraufhin passiert alles sehr, sehr schnell. Ich habe ungefähr eine halbe Sekunde Zeit, um mich darüber zu wundern, dass Jonathans Lippen so wunderschön weich sind, weil er es doch allgemein so gar nicht ist. Er legt eine Hand auf meine Schulter, klammert sich beinahe an mich. Und als er mich zurückküsst, fühlt es sich an, als würde sein Körper einfach mit meinem verschmelzen. Aber bevor es richtig anfängt, ist es auch schon wieder vorbei, und Jonathan springt von mir fort wie eine Katze, die mit Wasser bespritzt wurde.

»Fuck, tut mir leid«, sage ich im selben Moment, in dem er »Es tut mir so leid, dass das passiert ist« sagt. Dann sage ich »Ich wollte nicht …« und er »Ich bin dein …«, und was eben noch ein unangenehmer Moment war, verwandelt sich rasend schnell in einen Wir-sind-total-am-Arsch-Moment. »Und du hast eine Gehirnerschütterung«, sagt Jonathan. »Und leidest unter Gedächtnisschwund. Wer weiß schon, ob du nicht sogar einen Freund hast.«

»Tja, falls ich einen habe, ist er ziemlich grottig, weil er sich seit einer Woche nicht gemeldet hat.«

Er hat sich von mir abgewandt, was ich ehrlich gesagt als etwas übertrieben dramatisch empfinde. Aber ich hatte die ganze Zeit über recht. Er sieht gut aus, wenn er emotional ist, sogar noch besser, wenn es sich bei dem, was er empfindet, nicht um Wut handelt. »Du befindest dich in einer verletzlichen Lage«, sagt er. »Und ich nutze das aus.«

Das hier ist schon schwer genug, ohne dass wir uns der Frage widmen müssen, wer wofür verantwortlich ist. Vor allem, da *ich* streng genommen *ihn* geküsst habe, weil ich es wollte, und ich will es immer noch. »Du nutzt mich nicht aus. Es hat mich in dem Moment einfach überkommen, und ich habe eine schlechte Entscheidung getroffen.«

»Eine, die du nicht getroffen hättest, wenn du dir nicht vor Kurzem böse den Kopf angestoßen hättest.«

Vielleicht ist das die Version der Geschichte, an die ich mich halten sollte. Aber das fühlt sich jetzt nicht mehr fair an. Jonathan mag zwar ein Arsch sein, aber er soll nicht denken, dass Leute ihn nur dann küssen wollen, wenn sie unter einer Gehirnerschütterung leiden. »Ich habe mein Gedächtnis verloren, Jonathan. Aber nicht meinen Verstand.«

»Ich bin aber immer noch dein Chef.«

»Aus ebendiesem Grund habe ich gesagt, dass es eine schlechte Entscheidung war. Aber um das mal klarzustellen: Ich bereue es nicht.«

Jetzt dreht er sich mir wieder zu. Seine Wangen sind gerötet, das Haar zerzaust. Vielleicht empfinde nur ich das so, aber irgendwie sehen Leute anders aus, nachdem man sie geküsst hat. Oder vielleicht sehe ich sie bloß mit anderen Augen. »Es wäre …« Er klingt irgendwie verloren. »Es wäre völlig unmöglich und unangemessen.«

»Das ist mir bewusst. Aber du sollst wissen« – und ich kann nicht glauben, dass ich das zu Jonathan Forest sage und es ernst meine – »dass ich es wieder tun würde, wenn ich nicht für dich arbeiten und nicht unter Gedächtnisverlust leiden würde und wenn du es auch wollen würdest.«

Jonathan starrt mich einfach nur an, als hätte er keine Ahnung, was er tun oder sagen soll. Er hat nicht mal versucht, mich zu überreden, ihn nicht zu verklagen, was mir verrät, dass er wirklich durcheinander ist. Also ist es wohl meine Aufgabe, uns hier wieder rauszumanövrieren. Schließlich habe ich uns in das Schlamassel reingeritten.

»Hör mal, es muss keine große Sache sein.«

»Gut«, sagt Jonathan, wenig überzeugend.

Und ich weiß nicht, wie ich ihm sagen soll, dass ich es *so* nicht gemeint habe. Ich meinte bloß, dass es die Dinge zwischen uns nicht verkomplizieren muss.

»Also«, fährt er fort. »Ich sollte … Ich habe noch Arbeit zu erledigen.« Und dann verschwindet er in sein Büro und lässt mich mit einem brennenden schlechten Gewissen zurück. Denn ich hätte wissen müssen, dass Jonathan kein Mann ist, der einen Kuss auf die leichte Schulter nimmt.

Andererseits bin ich das auch nicht.

18. KAPITEL

»Wie spät ist es nach deiner Uhr?«, ruft Del durch den Raum, als Johnny am nächsten Tag um zehn vor zwölf hereinspaziert.

»Es ist Sonntagmorgen«, antwortet Johnny. Er trägt dieselbe Lammfelljacke, die er auch letztes Mal trug, und, ebenfalls wie beim letzten Mal, zieht er sie nicht aus.

Les wirft seinem Bruder einen Blick zu. Es ist nicht mal ein enttäuschter Blick – darüber ist er offenbar weit hinaus. »Wir anderen sind seit zehn hier.«

Das sind sie. Glücklicherweise, denn so mussten Jonathan und ich nicht zu viel Zeit damit verbringen, *nicht* über das zu sprechen, was gestern Abend passiert ist. »Ich hole dir einen Tee«, sage ich zu Johnny.

»Wie dem auch sei«, fährt er fort. »Ich bin nicht der Letzte.«

Nanny Barb, die vor Johnnys Ankunft niemanden hat anfangen lassen, hat nun bereits begonnen, Kisten zu öffnen. »Kayla und Theo kommen heute Nachmittag vorbei. Sie müssen sich schließlich auch noch um ihre eigene Familie kümmern.«

»Im Gegensatz zu dir, Johnny, mein Junge«, sagt Auntie Jack, die auf der Armlehne des Sofas sitzt. »Du hast nichts und niemanden.« Sie seufzt. »Ich allerdings auch nicht. Aber ich habe Gin dabei.«

Tatsächlich hat sie sehr viel Gin dabei. Alle haben irgendetwas mitgebracht, wobei es sich jedoch überwiegend um Snacks handelt.

»Okay.« Nun, da alle versammelt sind, kann es richtig losgehen, und wie immer ist Del derjenige, der den Startschuss gibt. »In den Kisten da drüben ist Lametta. In denen dort ist Baumschmuck. In diesen ist Zeug für die Decke, und die hinterste enthält unsere Familiendekostücke.«

»Also alles wie immer?«, fragt Barbara Jane. Sie trägt wieder einen ironischen Pulli – auf dem *Pah, Humbug* steht – und hat dem Gin bereits ausgiebig zugesprochen.

Nanny Barb wirft mir einen vielsagenden Blick zu. »Er hat es für Sam erklärt.«

Das scheint Barbara Jane nicht zu überzeugen. »Und wem hat er es dann letztes Jahr erklärt?«

»Es ist ja nicht so, als hätte jemand nachgefragt«, fügt Jonathan hinzu, »aber in den anderen Kisten ist Deko, die ich gestern gekauft habe, damit wir genug haben.«

Del beäugt die neuen Sachen, wie er vermutlich einen Leberfleck inspizieren würde, den er gerade erst an sich entdeckt hat. »Es wird schon reichen.«

»Tja, falls nicht, haben wir mehr. Ihr wolltet, dass ich dieses Jahr Weihnachten ausrichte, und das tue ich.«

»Und du machst das ganz wundervoll.« Wendy trägt einen weniger ironischen Weihnachtspulli. Er ist weiß, und vorne ist ein riesiges Rentier drauf. »Aber ich hätte Würstchen im Schlafrock mitgebracht, hätte ich gewusst, dass du keine dahast.«

»Er war sehr beschäftigt, Liebes«, erinnert Les sie. »Na los, lasst uns anfangen.«

Er steht auf und öffnet die ihm am nächsten stehende Kiste. Sobald dieser erste Schritt getan ist, bricht alles rasend schnell in heilloses Chaos aus. Johnny steuert auf die Lichterketten zu – nicht die neuen, die wir für die Fenster gekauft haben, sondern die bunten aus den Achtzigern, die ein bisschen wie Blumen aussehen. Barbara Jane wirft sich auf ein kleines Glocken-Set, und Jonathan versucht, alle daran zu erinnern, dass das Lametta zuerst aufgehängt werden muss, damit es keine Fäden zieht.

Les sitzt in einer Ecke und entrollt eine sehr lange Kette aus schief aneinandergeklebten Papierschlaufen, von denen sich manche vollständig gelöst haben. »Hast du einen Klebestift?«

»In meinem Büro müsste einer sein«, ruft Jonathan von der Lametta-Kiste, wo er weiterhin vergeblich versucht, die Aufmerksamkeit der anderen von den interessanteren Deko-Objekten abzulenken. »Sam, kannst du ihn holen?«

Gerade will ich losziehen, als Les verkündet, dass er es selbst macht. Das bedeutet allerdings, dass ich nun nichts zu tun habe. Zwar möchte ich nicht nur herumstehen, aber ich will mich auch nicht bei dem großen Familienritual aufdrängen. Auch wenn ich ein Meerschweinchen geschenkt bekommen habe, damit ich mitmachen kann.

»Leiter?«, fragt Del. Er hält ein glitzerndes, leicht zerknittertes Mobile aus Alufolie in der Hand und blickt zur Decke auf. »Oder sollen wir einfach einen Tisch herziehen und uns draufstellen?«

Jonathan gibt auf, das Lametta anpreisen zu wollen, und eilt herbei. »Nein, sollt ihr *nicht*. Ich hole die Leiter aus der Garage.«

Johnny blickt von den heillos verknoteten Lichterketten auf. Ich bin mir ziemlich sicher, dass sie vorher weniger wirr waren als jetzt. »Dann bring auch ein Verlängerungskabel mit.«

»Du wirst dich schon noch dran gewöhnen«, flüstert mir eine Stimme ins Ohr. Ich drehe mich um und sehe Auntie Jack neben mir stehen. In der einen Hand hält sie ein Glas und in der anderen einen winzigen Plastikweihnachtsmann. »Sie kriegen sich gleich wieder ein.«

Ich schaue von ihr zur restlichen Familie, dann wieder zu ihr. »Meinst du wirklich?«

»Okay, nur ein bisschen. Aber du musst dir keine Sorgen darüber machen, im Weg rumzustehen. Ist praktisch unmöglich. Das ist, als würdest du einem Kreuzfahrtschiff in die Quere kommen.«

Jonathan kommt mit einer Trittleiter und einem Verlängerungskabel zurück, woraufhin sofort die Diskussion darüber ausbricht, ob er oder Del die Reißzwecken in die Decke stecken wird. »Also«, ich beuge mich zu Auntie Jack, »ich möchte dir ja nicht zu nahe treten, aber … verbringst du Weihnachten jedes Jahr mit diesem Haufen?«

»Seit sehr langer Zeit, ja. Schon bevor Barbara geheiratet hat.«

»Das muss schön sein.«

Sie nickt und wirkt dabei so viel melancholischer, als sie mit einem Nicken ausdrücken können dürfte. »In vielerlei Hinsicht.«

»Alle zurücktreten.« Das ist Johnny. Er hat den Stecker am Ende der Lichterkette sowie eine Steckdose gefunden. Barbara Jane, die gerade eine Fensterbank mit Fake-Grünzeug beklebt, wirft einen Blick in die Runde. »Müssen wir das wirklich jedes Mal machen? Es sind winzige Glühbirnen und kein Feuerwerk.«

»Wir wollen doch nur die Atmosphäre schaffen.« Johnny steckt den Stecker in die Dose, legt den Schalter um, und die Lichter leuchten grell auf, nur um dann mit einem *Pling* wieder auszugehen.

»Ich habe neue Lichterketten gekauft«, wirft Jonathan gereizt ein. »Wir müssen nicht die alten benutzen.«

Nanny Barb schüttelt den Kopf. Sie hat einen Tannenzapfen in der Hand, den jemand vor langer Zeit mit einem winzigen bisschen Glitzer bestäubt hat. »Die alten Lichterketten haben Tradition.«

»Ebenso wie die Tatsache, dass Johnny sie nicht zum Leuchten bringen kann«, fügt Auntie Jack hinzu.

»Sam, halt mal die Leiter.« Langsam überwältigen mich die ganzen durcheinandersprechenden Stimmen – zumindest rede ich mir ein, dass es daran liegt –, aber ich drehe mich trotzdem zu Del um, der die freistehende Trittleiter schon halb erklommen hat und in der einen Hand einen rotgoldenen Folienstern und in der anderen die verblasste Papiergirlande hält, die Les vorhin entwirrt hat.

Da ich nicht mal indirekt dafür verantwortlich sein will, dass sich ein alter Mann den Hals bricht, eile ich ihm zu Hilfe. »Bist du dir sicher, dass du da oben alles im Griff hast?«

»Klar?« Er sieht mich nicht mal an. »Warum auch nicht? Reich mir die Reißzwecken.«

Ich werfe Jonathan einen Seitenblick zu, um sicherzugehen, dass es ihm nichts ausmacht, wenn seine Decke durchlöchert wird. Es scheint ihm nichts auszumachen, also recke ich mich nach den Reißzwecken, während ich versuche, die Leiter weiterhin für Del zu halten.

Da wir zu acht arbeiten, nimmt das Weihnachtswunderland in Jonathans Haus langsam erste Konturen an. Es ist nicht gerade geschmackvoll, versprüht aber einen gewissen Vintage-Vibe. Es ist, als wären wir in eine Zeitmaschine gestiegen, da einige Deko-Objekte so alt sind, dass sie aus der Zeit stammen müssen, als Del und Barb erstmals ihr eigenes Heim eingerichtet haben. Generell hat die Familie eine Mehr-ist-mehr-Einstellung, was Deko – na gut, was so ziemlich alles – angeht. Aber in allem steckt so viel Herz, dass es mich mehr mitnimmt, als ich gedacht hätte. Wie wenn mein Fuß einschläft und ich es erst merke, wenn ich aufzustehen versuche.

Also versuche ich, mich abzulenken, und koche Tee, während die anderen Deko mit noch mehr Deko behängen. Ich bin gerade dabei, die fünfte Runde Tee zu machen, als der Rest der Familie eintrifft. Auntie Jack stellt sie mir vor, da sie als Einzige nicht gerade knietief in Glitzerzeug steckt.

»Also das«, sie deutet auf eine Frau, die ein wenig älter als Jonathan ist und seine und Barbara Janes dunkle Augen hat, »ist Kayla, Johnnys Tochter aus seiner auf spektakuläre Weise vergeigten Ehe.«

»Oi«, rufen Johnny und Kayla gleichzeitig.

»Wäre es euch lieber, wenn ich stattdessen *auf absurde Weise vergeigte Ehe* gesagt hätte?«

»Ich war jung«, protestiert Johnny, als wäre das ein Argument, das er schon sehr oft vorgebracht hat. »Seitdem habe ich mich verändert.«

Auntie Jack grinst ihn spöttisch an. »Hast du verdammt noch mal nicht.«

»Keine Schimpfwörter«, ruft Wendy aus dem anderen Zimmer. »Es sind Kinder anwesend.«

»Ich bin sechzehn«, sagt die Person, die nur Anthea sein kann, auch wenn sie nicht besonders klein oder kindlich ist. Ihre Größe muss sie von der Familie mütterlicherseits geerbt haben. »Leute fluchen ständig in meiner Gegenwart.«

»Nicht in meinem Haus.« Das muss ihr Dad sein, ein schlanker, leicht ergrauter Mann mit runder Brille und einem blauen Hemd, dessen Ärmel er hochgekrempelt hat.

Anthea verschränkt die Arme vor der Brust. Sie schmollt zwar nicht, doch sie versprüht diese typischen Teenie-Vibes, bei denen niemand genau weiß, in welche Richtung sich ihre Laune entwickeln wird. Wahrscheinlich weiß sie es selbst nicht. »Aber wir sind hier nicht in deinem Haus. Wir sind in Jonathans Haus. Und Jonathan benutzt mehr Schimpfwörter als alle anderen Leute, die ich kenne.«

»Nicht in der Gegenwart von Kindern.« Jonathan schiebt sich an uns vorbei und fischt einen Haufen leicht zerrupftes Lametta aus der Kiste.

»Ich bin sechzehn«, wiederholt Anthea. »Ich bin kein Kind.« Nun, da die Vorstellungsrunde aus dem Ruder gelaufen ist, obliegt es Kayla, die eine Vernunft ausstrahlt, die eine Generation übersprungen haben muss, alles wieder in die richtige Bahn zu lenken. »Falls es irgendwie hilft«, sagt sie zu ihrer Tochter, »Barb hat mich als Kind bezeichnet, bis du drei Jahre alt warst.« Dann hält sie mir ihre Hand hin. »Sorry, mein Lieber, ich glaube, deinen Namen kenne ich noch nicht.«

»Das«, Auntie Jack mixt sich gerade einen Gin Tonic mit sehr viel Gin und sehr wenig Tonic, »liegt daran, dass ich höchst unhöflich unterbrochen wurde. Sam, das sind Anthea, Kayla und Theo. Alle, das ist Sam. Aus Höflichkeit tun wir so, als wären er und Jonathan *nicht* zusammen.«

Über Nacht hat dieser Satz ungefähr sechshundert Prozent an Witz verloren. »Hi«, sage ich.

Johnny, der das Problem mit der Lichterkette immer noch nicht gelöst hat, kommt zu uns, um seine Tochter und Enkelin zu umarmen und seinem Schwiegersohn sehr männlich die Hand zu schütteln.

»Anthea«, ruft Wendy aus dem anderen Zimmer. »Komm her und sieh dir den Baum an. Er ist riesig.«

Anthea lehnt sich aus der offenen Tür. Ihre Ohrringe haben die Form von Füllern, die nun leicht hin und her schwingen, als sie den Kopf neigt. »Hab ihn schon aus dem Garten gesehen. Wie ist das zustande gekommen?«

»Ich kenne da jemanden.« Del scheint zu glauben, dass das

als Antwort ausreicht. Er steht nach wie vor auf der Trittleiter, die gerade niemand festhält, also begebe ich mich ganz unauffällig wieder dorthin, um ihn zu stützen.

»Jonathan.« Theo wedelt mit einer riesigen Tupperdose. »Ich habe Melomakarona mitgebracht. Wo sollen die hin?«

»In der Küche ist mehr als genug Platz«, ruft Jonathan.

»Weil er sie nie benutzt«, füge ich hinzu.

Del, der sich viel zu weit von der Leiter weglehnt, schaut zu mir runter. »Weil er darauf wartet, dass du ihm noch einen Braten machst.«

»Probier mal die Melomakarona, Sam.« Kayla nimmt ihrem Mann die Dose aus der Hand, öffnet sie und hält mir eins der Gebäckstücke unter die Nase, die nach Honig und Gewürzen duften. »Bei uns fängt Weihnachten erst richtig an, wenn du eins davon gegessen hast.«

Also esse ich eins. Und in der Zwischenzeit stellt Kayla den Rest in die Küche, und Del hängt an die Decke, was auch immer er an die Decke hängen wollte, und obwohl Auntie Jack recht damit hat, dass das hier pures Chaos ist und immer sein wird, findet jede einzelne Person ihren Platz darin. Wendy schmückt den Baum im angrenzenden Zimmer, Jonathan hilft Johnny mit den Lichterketten. Irgendwann schaffen sie es tatsächlich, nur um dann festzustellen, dass sie nicht mal annähernd lang genug für einen zwanzig Fuß großen Baum sind. Selbst Gollum ist mit von der Partie. Stolz sitzt er auf Auntie Jacks Schoß. Mit seinem Katzeninstinkt hat er sich die einzige Person im Raum ausgesucht, die Katzen nicht leiden kann. Ich stehe weiterhin herum, esse das griechische Gebäck und versuche, nicht zu sehr darüber nachzudenken, wie ich hierhergekommen bin oder wann ich das letzte Mal so etwas sagen konnte wie: *Bei uns fängt Weihnachten erst richtig an, wenn …*

Mein Mund wird trocken, was nichts mit dem Gebäck zu

tun hat. Gerade spricht niemand mit mir, was in Ordnung ist, weil ich ja nicht wirklich Teil dieser Familie bin, so nett sie mich auch aufgenommen haben. Also schleiche ich mich durch die Küche in den Garten.

Die frische Luft tut gut, auch wenn es Dezember und deshalb kalt draußen ist. Ich habe meinen Schal nicht dabei, und ich vermisse ihn aus mehr als einem Grund. Eine Weile hänge ich einfach bloß ein bisschen draußen herum. Das Problematische an Weihnachten ist, dass es groß ist. Zu groß. Unnötig groß. Alle machen daraus so eine Riesensache, aber genau genommen ist es bloß ein Tag. Ein Tag wie jeder andere. Und es ist nicht fair, dem so viel Bedeutung beizumessen und damit Druck zu erzeugen.

Durch die Fenster kann ich die anderen immer noch sehen, und zum ersten Mal ergibt Jonathans Haus – sein absurdes Der-Preis-übersteigt-jegliche-Vernunft-Haus – irgendwie Sinn. Denn die Wohnzimmer sind dafür gedacht, Leute zu beherbergen, und nicht dafür, ständig leer zu stehen oder nur von Jonathan, mir, dem Kater und dem Fernseher mit Leben gefüllt zu werden. Darin soll immer Leben herrschen und Chaos und –

Es ist wirklich frisch draußen. Kalter Wind sticht mir ins Gesicht und treibt mir Tränen in die Augen. Ich suche Schutz bei den Bäumen. Der Garten hat die chaotische Baumaktion am Freitag gut überstanden. Ein paar Begonien haben ihre Köpfe verloren, aber das ist auch schon alles. Zwar spreche ich von Begonien, aber ich würde eine Begonie nicht mal erkennen, wenn sie sich in einen Hund verwandeln und mich beißen würde. Wahrscheinlich sind es eher irgendwelche winterharten Blumen.

»Bist du nun mit Jonathan zusammen oder nicht?«, fragt eine Stimme hinter mir.

Ich drehe mich um und sehe die kleine Anthea. Die ich vermutlich nicht so nennen sollte, weil ihr das sicher nicht gefällt. »Nein.«

Das *Nein* muss sehr emotional aufgeladen sein, denn sie sieht kein Stück überzeugt aus. »Sicher?«

»So sicher, wie ich sein kann. Solltest du nicht drinnen Lametta aufhängen?«

Sie wirft einen Blick über die Schulter. »Ich gehe gleich wieder rein. Sie sind besser in kleinen Dosen auszuhalten, weißt du?«

Nein, weiß ich nicht. »Du solltest sie zu schätzen wissen, solange du sie hast.«

Damit handele ich mir das typische verächtliche Lächeln einer Teenagerin ein. »Du klingst wie mein Uropa. Seit ich mich erinnern kann, sagt er schon, dass er im nächsten Jahr stirbt.«

»Irgendwann wird er wohl richtigliegen.«

Das war ein unbeabsichtigt morbider Kommentar, aber es scheint ihr nichts auszumachen. »Stimmt.«

Wir schweigen ein paar Sekunden lang. Lange genug, dass ich mich daran erinnere, dass ich früher immer dachte, aus mir würde mal einer dieser coolen Erwachsenen werden, mit denen junge Leute ungezwungen reden können. Offenbar nicht.

Der Weihnachtsbaum im Haus nimmt langsam Gestalt an, obwohl Jonathans Einwand, das Lametta zuerst aufzuhängen, vollkommen ignoriert wurde. Da er so groß ist, haben sie bisher nur ein Drittel des Teils im ersten Stock dekoriert.

»Ich muss zugeben«, Anthea schaut in dieselbe Richtung, »dass die Idee mit dem Dach überraschend cool ist.«

»Es war mein Einfall«, antworte ich und erkenne dann, wie lächerlich ich mich anhöre, weil ich in Gegenwart einer Person, die zehn Jahre jünger ist als ich, meine Weihnachtsdeko-Skills anpreise.

»Mein Uropa hat gesagt, es war seine.«

»Seine war der große Baum. Einigen wir uns darauf, dass es eine Gruppenleistung war.«

Durchs Fenster sehe ich, wie Les die Trittleiter zum Baum zieht und die oberen Äste mit diesen kleinen Vintage-Pom-Pom-Dingern schmückt. Jonathan geht zu ihm und sagt etwas. Les erwidert etwas. Und obwohl ich kein Experte bin, was Körpersprache angeht, glaube ich zu erkennen, dass sich die Stimmung zwischen den beiden anspannt. Langsam, aber stetig wie eine Eiskugel, die von einer Waffel rutscht, verwandelt sich die Atmosphäre von gemütlich zu kratzbürstig und schließlich zu sehr ungemütlich.

Sie schreien sich nicht an – soweit ich es einschätzen kann, schreit Les nie. Jonathan hat ein paar Dinge von seinem Dad, aber nicht dessen Talent, die Ruhe zu bewahren. Nun mischt sich Wendy ein, macht es aber nicht besser. Die beiden sind der Ursprung eines wütenden Mahlstroms, der sich langsam ausdehnt.

»Ich sollte lieber wieder reingehen«, sage ich, teils zu Anthea und teils zu mir selbst.

»Warum? Es ist nicht dein Problem.«

Ist es auch nicht. Aber irgendwie schon. Denn wenn Jonathan heute eine kurze Zündschnur hat, dann bin ich dafür verantwortlich, oder könnte es zumindest sein. Außerdem fühlt es sich … einfach überhaupt nicht gut an, zuzusehen, wie plötzlich alles auseinanderfällt. Diese Leute lieben einander offensichtlich sehr, auch wenn sie sich ständig zanken, und sie waren gut zu mir, als sie es nicht sein mussten.

Also gehe ich rein.

»… in meinem eigenen Haus«, sagt Jonathan gerade. Nichts Gutes endet je mit den Worten *in meinem eigenen Haus*.

»Es mag dein Haus sein.« Les ist von der Leiter gestiegen und steht ein paar Schritte von Jonathan entfernt, die Hände in den Hosentaschen vergraben, womit er, glaube ich, verstecken will, dass er sie zu Fäusten ballt. »Aber du bist immer noch mein Sohn, und du wirst nicht mit mir sprechen wie mit einem verdammten Kind.«

Es ist das erste Mal, dass ich Les fluchen höre.

»Hört auf, alle beide«, sagt Wendy. »Es ist Weihnachten.«

Auntie Jack blickt vom Sofa auf. Natürlich verfügt sie über die ausgeprägten Instinkte einer Mitte achtzigjährigen Drama Queen. »Heute ist erst der elfte Dezember. Lass die Jungs das regeln.«

»Niemand hat dich nach deiner Meinung gefragt, Jacqueline.« Les rührt sich kaum, während er spricht. Er wirft bloß einen raschen Blick in Auntie Jacks Richtung.

»Niemand hat dich je nach deiner Meinung gefragt«, fügt Del hinzu.

Les dreht den Kopf einen halben Zoll. »Wer im Glashaus sitzt …«

»Lass gut sein, ich bin auf deiner Seite.«

»Es gibt keine Seiten.« Wendy regt sich immer mehr auf. »Bis eben hatten wir eine schöne Zeit. Es ist lange her, dass wir alle zusammen – «

»Ja, und langsam erinnere ich mich wieder, warum«, sagt Jonathan.

Ich kann es nicht mit Sicherheit sagen, aber ich habe Jonathan Forest in den letzten Wochen recht gut kennengelernt, und ich glaube, dass er die Worte in dem Moment bereut, als sie seinen Mund verlassen. Aber ich glaube auch, dass er das nie zugeben würde.

Les richtet seine Aufmerksamkeit wieder auf Jonathan, und jetzt liegt da etwas seltsam Schweres in seinem Blick. Etwas so Gewichtiges, dass ich es nur halb verstehe. »*Das* war unnötig.«

Und dieser Kommentar weckt den anderen Jonathan. Die Version, die mich in eine *Nexa by MERLYN*-Walk-in-Dusche mit 8-mm-Schiebetür gedrängt und damit gedroht hat, die gesamte Sheffield-Filiale zu schließen, wenn ich nicht mehr Wartungsverträge verkaufe. »Ach, war es das? Ich habe nicht um all das hier gebeten. Ich tue euch allen einen *Riesengefallen*, und ihr benehmt euch, als würdet ihr hier wohnen, und bringt euren ganzen«, er hebt einen Plastikengel mit einem gebrochenen Flügel auf, dessen Glitzer am Heiligenschein völlig abgewetzt ist, »*Schund* mit und – «

Das scheint Wendy mehr zu treffen als alles andere, was bisher gesagt wurde. »Hey, lass es nicht an dem Engel aus. Er hat mal meiner Grandma gehört.«

»Oh, *verdammte Scheiße* noch mal.« Jonathan verliert vollkommen die Beherrschung. »Hört ihr euch eigentlich *reden?* Ich gebe hier wirklich mein Bestes. Ich versuche, euch allen«, er breitet die Arme aus, »*das hier* zu bieten, so wie es offenbar von mir erwartet wird, selbst wenn es bedeutet, dass ich diese menschliche Rauchschleuder«, er deutet auf Auntie Jack, »in meinen Wohnzimmern rauchen lassen muss und mich von *dir*«, jetzt deutet er auf Del, »durch ganz London schleppen lassen muss, weil alle nach deiner Nase tanzen müssen, und *du*«, jetzt ist er bei Johnny angekommen, »warum bist du überhaupt *hier?*«

»Er gehört zur Familie«, sagt Wendy streng.

»Ja, aber niemand kann ihn ausstehen. Selbst Kayla kann ihn nicht leiden, und sie ist seine Tochter.«

Anthea hebt eine Hand. »Ich mag ihn.«

»Du bist ein Kind.« Jonathan scheint keinen Überblick mehr darüber zu haben, auf wen oder was er ursprünglich mal wütend war, also ist er zu einem gehässigen, in alle Richtungen austeilenden Häufchen Elend mutiert. »Und aus irgendeinem Grund ziehst *du* es vor«, zu guter Letzt widmet er sich wieder Les, »einfach *nie* den Mund aufzumachen, außer gerade eben, als ich dich *vollkommen berechtigt* gebeten habe, mir den Baumschmuck zu überlassen.«

»Sohn.« Ich habe noch nie so viel Unterschwelliges verpackt in einem Wort gehört.

»Ach, jetzt komm mir nicht mit *Sohn*.«

Mich jetzt einzumischen ist vermutlich die schlechteste Entscheidung, die ich treffen könnte. Aber da ich sowieso bereits Gedächtnisverlust vortäusche, um meinen Job zu retten, indem ich das Weihnachtsfest der Familie meines Chefs infiltriere, muss ich wohl einsehen, dass gute Entscheidungen nicht wirklich mein Ding sind. »Jonathan, findest du nicht –«

»Nein.« Er fährt zu mir herum. »Was auch immer du sagen willst, nein, finde ich *nicht*. Es sei denn, du wolltest auf wundersame Weise sagen: *Findest du nicht, dass ich, Samwise Becker, meine verschissene Klappe halten und mich wenigstens ein einziges Mal in meinem Leben um meinen eigenen verdammten Kram kümmern sollte?*«

Das regt Wendy noch mehr auf als die Sache mit dem Engel. Was ich wohl als schmeichelhaft empfinden sollte. »Jonathan, er ist ein Gast.«

»Streng genommen, Mum, seid ihr das alle und gerade sogar sehr *unwillkommen*. Also, warum hört ihr nicht einfach ein einziges Mal in eurem vermaledeiten Leben auf mich und erweist mir ein bisschen Respekt.«

Les macht einen halben Schritt vorwärts. »Jetzt warte mal einen Moment, ich kann nicht zulassen, dass du so mit deiner Mutter sprichst.«

»Aber du *wirst* es zulassen, nicht wahr? Das *ist* ja gerade das Problem.«

»Jonathan.« Les hat einen weiteren halben Schritt auf ihn zugemacht. »Beruhige dich bitte.«

»Ich bin vollkommen ruhig«, entgegnet Jonathan. Ich glaube nicht, dass ich die Worte *Ich bin vollkommen ruhig* je aus dem Mund einer Person gehört habe, die tatsächlich ruhig war. »Es geht mir bloß so was von auf den Senkel, dass –«

Er scheint nicht in Worte fassen zu können, was ihm auf den Senkel geht, und selbst wenn, bekommt er nicht die Gelegenheit dazu.

Les sieht seine Frau an. »Wendy, ich glaube, wir sollten gehen.«

»Aber es ist –«

»Wir sollten wirklich gehen.« Les hat sonst immer diese würdevolle, resignierte Art an sich, aber gerade wirkt er einfach nur noch traurig. »Ich weiß, dass es in letzter Zeit schwierig war«, sagt er an Jonathan gewandt. »Aber gerade brauchen wir alle etwas Abstand. Wir sehen uns.«

Und dann gehen sie, und auch der Rest der Familie geht, weil die Stimmung sonst unglaublich unangenehm wäre. Etwa sechs Minuten später stehen nur noch ich, Gollum und Jonathan im zur Hälfte dekorierten mittleren Wohnzimmer.

Er sagt nichts. Er beginnt bloß damit, Dinge total aggressiv in Kisten zu stopfen. Aber dann kommt er zu einer bestimmten Kiste. Die kleine, in der sich all die besonderen Deko-Objekte befinden, die zuletzt an den Baum gehängt werden müssen, sodass die Tradition gewahrt wird. Er hebt sie auf und mustert sie.

Und dann fängt er an zu weinen.

Es gibt nicht viel zu sagen, wenn dein Gegenüber unmissverständlich klargestellt hat, dass du dich um deinen eigenen Kram kümmern sollst, also sage ich nichts. Aber ich koche Jonathan einen Tee, und er trinkt ihn auf dem Sofa im mittleren Wohnzimmer, Gollum auf einem Knie und die Kiste mit den besonderen Deko-Objekten auf dem anderen. Letztere steht offen, und im Inneren befindet sich eine bunte Mischung aus allerlei Krimskrams. Ich entdecke eine zerrissene und wieder zusammengeklebte Schneeflocke aus Zuckerpapier, eine leuchtend rote Kugel mit einem grinsenden rotbackigen Weihnachtsmann drauf, einen Glasapfel und viele andere Dinge, die ich nicht eindeutig identifizieren kann.

»Ich wollte dir vorschlagen, das Meerschweinchen dazuzulegen«, sagt er. »Aber das ist vielleicht keine gute Idee.«

Meiner Meinung nach ist der alte Karton, auf dessen Deckel mit leicht verblasstem Filzstift »Deko« gekritzelt wurde, der schweren symbolischen Bedeutung nicht gewachsen, die Jonathan ihm zuschreibt. »Warum nicht?«, frage ich.

Er starrt seinen Tee an und antwortet nicht.

»Hör mal«, beginne ich, »wenn es um … Ich meine, wenn das, was passiert ist, irgendetwas mit dem zu tun hat, was passiert ist.« Super, Sam. Das war klar wie Kloßbrühe.

Er starrt nur weiter vor sich hin und antwortet nicht.

Und da ich ihm bereits eine Tasse Tee gebracht und versucht habe, das extrem unangenehme Thema *Hast du deine Familie angebrüllt, weil ich dich am Abend zuvor geküsst habe* anzusprechen, weiß ich nicht, was ich noch tun soll.

»Ich versaue alles«, sagt er, und im Moment kann ich mir nicht sicher sein, ob er mit mir, seinem Tee oder mit Gollum spricht.

»Tust du nicht.«

»Bitte nimm es mir nicht übel, wenn ich deine Einschätzung nicht gerade als die beste ansehe.«

Okay, wenn er sich so aufführt, dann ist der Kuss offenbar doch Teil des Problems. »Ich sage ja bloß, dass ich mich ziemlich gut damit auskenne, Dinge zu versauen.«

Der Blick, den er mir nun zuwirft, vermittelt einerseits, dass er sich betrogen fühlt, und andererseits … wirkt er schon fast sehnsüchtig. Na ja, ich meine, wären wir zwei andere Personen in einer anderen Situation. »Das stimmt so aber nicht, oder? Nicht auf dieselbe Weise.«

»Was soll das denn heißen?«, frage ich, weil es sich so anfühlt, als würde er mir etwas vorwerfen, auch wenn ich nicht weiß, was das sein soll.

»Du weißt, wie«, er macht eine leicht zurückhaltende Handbewegung in Richtung des Tees und der Katze, »das alles funktioniert. Andere Leute mögen dich, selbst wenn sie dich nicht mögen dürften.«

»Warum dürfen sie mich nicht mögen? Ich bin doch kein Big Mac oder charismatischer Serienkiller.«

»Ach, sei doch nicht so naiv«, fährt Jonathan mich an.

Ich sollte einer Person gegenüber, die gerade geweint hat, nicht die Augen verdrehen. Ich tue es trotzdem. »Geht es immer noch darum, dass ich dich geküsst habe?«

»Ja«, sagt er nachdrücklich. Dann »Nein«, ebenso nachdrücklich. Mit einem Ruck stellt er seine Tasse auf dem Couchtisch ab, sodass der Tee überschwappt, und gerade will ich Küchentücher holen gehen, da fällt mir auf, dass das ein bisschen zu sehr in Richtung *Die Frauen von Stepford* ginge. »Ich wusste von vornherein, dass das hier eine schlechte Idee ist. Und, glaub mir, hättest du andere Leute in deinem Leben, hätte ich dich zu denen geschickt, und das alles wäre nicht passiert.«

Jonathan ist wahrscheinlich nicht bewusst, wie tief unter der Gürtellinie das ist, aber es ist verdammt tief. Mein Dad hat zwar immer gesagt, der Klügere solle nachgeben, aber er ist gerade nicht hier, und in Gegenwart von Jonathan Forest habe ich es langsam echt satt, immer der Klügere zu sein. »Es wäre trotzdem passiert«, entgegne ich. »Glaub mir, das wäre es. Wenn ich in den letzten Tagen eins gelernt habe, dann ist es, dass du keine Hilfe brauchst, um Leute von dir zu stoßen. Selbst deine eigene Familie.«

Sein Tonfall wird kalt, wie sein Tee. »Was weißt du schon über meine Familie?«

»Ich weiß, dass sie nicht perfekt sind. Aber wer ist das schon? Und ich weiß, dass sie immer wieder für dich da sind, auch wenn du dir wirklich Mühe gibst, sie von dir zu stoßen. Und ich weiß, dass dein Dad es nicht verdient hat, so von dir runtergeputzt zu werden, weil das niemand verdient hat.«

»Mein Dad wird schon drüber wegkommen.« Ein seltsam verachtender Unterton hat sich in seine Stimme geschlichen. »Er hat viel Erfahrung damit, sich Dinge gefallen zu lassen.«

»Dann solltest du vielleicht nicht noch dazu beitragen.«

Wütend starrt er zu mir auf. Und Gollum, der Verräter, funkelt mich ebenso wütend an. »Schon vergessen, dass ich dir gesagt habe, du sollst dich um deinen eigenen Kram kümmern? Das war vor nicht mal zwanzig Minuten.«

»Oh, ich erinnere mich«, antworte ich. »Aber ich habe mich

entschieden, zu glauben, dass du es nicht so gemeint hast, genauso wie ich glauben möchte, dass du die ganzen anderen schrecklichen Dinge nicht ernst meinst, die du von dir gegeben hast.«

Ich bin es gewohnt, Jonathan Forest wütend zu erleben, aber jetzt hat er eine ganz neue Sphäre erreicht. Eine, die mir ganz und gar nicht gefällt. »Ich bin mir nicht sicher, ob du mir damit zu viel oder zu wenig zutraust. Ich meine es ernst, Sam. Ich habe alles so gemeint, wie ich es gesagt habe. Aber vor allem anderen meine ich, dass *das hier*«, er deutet mit beiden Händen zwischen uns hin und her, »nicht das ist, wofür du es hältst. Es ist nämlich nichts. Wir sind nicht befreundet. Wir sind nicht …« Er stolpert über seine eigenen Worte. »Wir sind keine Freunde. Du arbeitest für mich und wohnst vorübergehend in meinem Haus, bis der Arzt sagt, dass du wieder gehen kannst. Und dann gehst du. Das ist alles, was zwischen uns ist.«

Ich will entgegnen, dass er falschliegt. Ich will sagen, dass ich eine andere Seite an ihm gesehen habe und dass er sich nicht so verhalten muss. Ich will ihm beichten, dass ich den Gedächtnisverlust nur vorgetäuscht habe und dass es mir leidtut und ich nicht weiß, wie wir an diesen Punkt gekommen sind. Andererseits will ich ihm gerade auch sagen, dass er ein Stück Scheiße ist und er sich ins Knie ficken soll, und all diese widerstreitenden Gefühle neutralisieren sich gegenseitig. »Alles klar«, sage ich stattdessen.

Und dann lasse ich ihn allein.

Die folgenden Tage sind hart. Mir war nicht bewusst, wie sehr ich mich an den Rhythmus gewöhnt habe, in den Jonathan und ich gefunden hatten. Ich glaube, er hat sich wirklich Mühe gegeben, und wir waren auf einem guten Weg. Schließlich hat er mich nicht mehr angebrüllt, und ich fand zuletzt fast gar nicht mehr, dass er ein Arschloch ist. Oder zumindest habe ich angefangen zu glauben, dass er ein Arschloch mit ungeahnten Tiefen ist. Die Art von Arschloch, die mir ein überteuertes Weihnachtsmeerschweinchen gekauft hat, weil er nicht wollte, dass ich mich beim Weihnachtsfest mit seiner Familie außen vor fühle.

Aber jetzt sind wir wieder ganz am Anfang, was bedeutet, dass er dauerangespannt ist und ich mir ständig wünsche, ich wäre irgendwo anders. Egal wo. Der Unfall ist nun so lange her, dass mich wahrscheinlich jede medizinische Fachkraft nach Hause gehen lassen würde, würde ich verkünden: *Oh, hey, mein Gedächtnis ist zurückgekehrt*. Aber dann wüsste ich nicht, wie es um meinen Job bestellt ist und was das für mein Team bedeutet. Also muss ich meinen Plan durchziehen, egal, wie scheiße er ist.

Es würde allen Beteiligten besser gehen, wenn wir einfach so tun könnten, als wäre das Ganze nie passiert. Dass ich nie nach London gekommen bin, dass Jonathan nie mit der Schließung der Sheffield-Filiale gedroht hat, dass er mich nie gefeuert hat und ich daraufhin nicht in eine *Nexa by MERLYN*-Walk-in-Dusche mit 8-mm-Glasschiebetür gestürzt bin. Einiges davon könnten wir sicher einfach unter den Tisch kehren. Denn der Unfall, von dem Jonathan nach wie vor glaubt, dass ich ihn dafür verklagen würde, wenn ich mich daran erinnern könnte, war wirklich ein Unfall. Der Rest – der Grund, warum ich nach London gereist bin und mir eine Strafpredigt über meinen Managementstil anhören musste – wird uns früher oder später einholen.

So hänge ich also in der Warteschleife fest. Und Warteschleifen haben es so an sich, einen zu zermürben, bis keine Energie mehr übrig ist und man zusammenbricht. Nur dass das in meinem Fall bereits passiert ist. Vielleicht markiert der Kuss diesen Punkt. Und jetzt wird Jonathan mir nie wieder vertrauen.

Wenigstens kann ich mich in die Weihnachtsfeierplanung stürzen. Sonst gäbe es nichts zu tun, als *Pointless* zu schauen und mich schlecht zu fühlen. Die Orga geht gut voran. In meiner Rolle als Partyplaner habe ich eine eigenständige Entscheidung getroffen – etwas, das sicher auf Jonathans Liste seiner meistverhassten Dinge steht – und ein Buffet statt eines am Platz servierten Abendessens gewählt. Denn Claire und die anderen haben recht: Den halben Abend an einem Tisch festzusitzen und sich höflich mit Leuten unterhalten zu müssen, die man entweder nicht kennt oder jeden Tag sieht, ist Humbug. Ich habe einen DJ aufgetrieben, der in der oberen Mittelklasse spielt und dem ich gerade genug bezahle, dass er sein eigenes Lichtsystem mitbringt, und keinen Penny mehr. Und ich habe ein wenig Budget für Reise- und Unterbringungskosten für die Leute aus Leeds und Sheffield zur Seite gelegt, damit sie sich nicht verarscht fühlen, weil sie ihr eigenes Geld für eine Firmenfeier ausgeben müssen, bei der sie sich eigentlich wegen ihrer Arbeit wertgeschätzt fühlen sollen. Was den Veranstaltungsort angeht, so habe ich den extravaganten Raum buchen müssen, denn ich konnte nirgendwo etwas Billigeres finden, das dieselbe Personenzahl fasst.

Als ich vor dem Laptop sitze, den Jonathan mir für die Planung überlassen hat, und die Zahlen in eins von seinen nichtverhandelbaren Spreadsheets eingebe, bin ich ziemlich zufrieden mit mir. Ich bin bei hundertsechzig Pfund pro Kopf, was das Budget zwar ein bisschen übersteigt, aber so ist das eben mit Budgets. Gibst du weniger aus, stellen sie dir nächstes Jahr weniger zur Verfügung. Gibst du viel zu viel aus, wirkst du, als hättest du keine Ahnung, was du da tust. Es ist eine Kunst, das vorhandene Budget bis zum perfekten Betrag zu überziehen, und ich finde, dass ich diesen Punkt exakt getroffen habe. Außerdem möchte ein Teil von mir Jonathan auch eine kleine Botschaft senden. Ja, ab und zu darfst du ein klein wenig mehr ausgeben, das wird dich nicht in den Ruin treiben, und die Welt wird sich weiterdrehen.

Jonathan verbringt jede Minute, die Agnieszka im Haus ist, im Laden. Teils, weil er nicht mal zehn Sekunden *nicht* arbeiten kann, und teils, weil er mir ganz sicher aus dem Weg gehen will. Die restliche Zeit drückt er sich mit Gollum, der sich eindeutig auf seine Seite geschlagen hat, in seinem Büro herum. Als ich nach London kam, dachte ich, schlimmstenfalls würde ich hier meinen Job verlieren. Wie sich herausstellt, könnte ich nicht nur meinen Job, sondern auch meinen Kater verlieren.

Ich speichere das Spreadsheet im geteilten Ordner ab und stecke den Kopf in Jonathans Büro.

»Die Weihnachtsfeierplanung ist so gut wie abgeschlossen«, sage ich. »Wenn du alles absegnest, kann ich endgültig buchen.«

Jonathan antwortet nicht. Er starrt bloß auf seinen Bildschirm und klickt ein paarmal auf der Maus herum. Dann sagt er: »Du hast das Budget überschritten.«

»Nicht viel.«

Er schweigt einen Moment, als würde er einen inneren Kampf mit sich ausfechten. Und als er endlich wieder zu sprechen beginnt, hat er den sehr gefassten Tonfall aufgesetzt, den er immer benutzt, wenn er äußerst ungehalten ist. »Und hätte ich gesagt, das Budget sei hundertfünfzig pro Kopf, aber es sei okay, ein wenig mehr auszugeben, dann wäre es in Ordnung. Aber ich habe gesagt, dass das Budget von hundertfünfzig pro Kopf nicht überschritten werden darf.«

Das ist so typisch Jonathan. Er macht bloß Stress, weil er

eben gern Stress macht. Ich würde ja sagen, dass ihn das anturnt, aber ich weiß nun, dass das nicht der Fall ist, und irgendwie macht es das noch schlimmer. Es bedeutet nämlich, dass er sich bloß so verhält, weil er glaubt, er müsste es tun. »Jonathan, verflucht noch mal, es sind eintausend Pfund. Du bist Millionär. Kannst du nicht ein einziges Mal etwas Nettes für deine Angestellten tun?«

»Sam.« Sein Blick zuckt zu mir, intensiv und unnachgiebig. »Ich weiß, dass die Situation in letzter Zeit … ungewöhnlich war. Aber ich bin dein Chef, und wir führen ein Arbeitsgespräch. Du wirst nicht fluchen, wenn du mit mir sprichst.«

Ich seufze. Er verhält sich arschig, aber leider hat er recht. »Sorry, ich finde bloß … du verhältst dich unvernünftig.«

»Es ist nicht deine Aufgabe, zu entscheiden, was vernünftig ist.«

»Und das ist genau das Problem, verd–« Ich schaffe es, nicht *verdammt* zu sagen. »Das ist es, was du nicht zu verstehen scheinst. Und ob ich entscheiden darf, was vernünftig ist. Du kannst anderen Leuten nicht vorschreiben, wie sie behandelt werden wollen. *Sie* sagen es *dir*. Und ich sage dir gerade, dass sich deine Angestellten nicht so fühlen möchten, als wären sie dir einmal im Jahr keine extra zehn Pfund pro Kopf wert.«

Er gibt nicht klein bei. Blinzelt nicht einmal. »Es geht dabei um Steuern.«

»Schei– Vergiss die Steuern. Geht es dir echt nur darum? Es ist dir völlig egal, den Angestellten zu zeigen, dass du sie wertschätzt, solange du die Feier von der Steuer absetzen kannst?«

»Wenn ich mehr als hundertfünfzig Pfund pro Person ausgebe«, Jonathan befeuchtet sich die Lippen, als würde er gleich eine wichtige Rede halten wollen, dabei will er doch bloß über die Steuerordnung sprechen, »dann handelt es sich um eine Sachleistung.«

»Eine *was?*«

»Eine Sachleistung wird als Teil eures Gehalts angesehen und auch dementsprechend besteuert. Wenn ich meinen Angestellten also eine Party schmeiße, die die Firma hundertsechzig Pfund pro Kopf kostet, zwinge ich besagte Angestellte dazu, zweiunddreißig Pfund von ihrem eigenen Geld für den Spaß auszugeben.«

Ich starre ihn an.

»Andererseits hast du vermutlich recht. Es ist ja nur Geld. Ich bin mir sicher, dass eine Person, die Teilzeit in meiner Badezimmerabteilung Luffa-Schwämme verkauft, dieses Jahr nur zu gern zweiunddreißig Pfund weniger gezahlt bekommen möchte, wenn das bedeutet, dass sie dafür ein Buffet in einer hübschen Location hat.«

Und in diesem Moment lerne ich das Frustrierendste über Jonathan Forest. Nämlich, dass er andere gern auf die falscheste Art und Weise wissen lässt, dass er recht hat. »Hättest du mir das nicht einfach *von Anfang an* sagen können?«

»Ich habe dir eindeutige Anweisungen gegeben.«

Das hier wird gleich sehr, sehr unprofessionell werden. Ich drehe mich einen Moment zur Tür, in der Hoffnung, dass ich mich vielleicht doch noch entschließe, mich *nicht* unprofessionell zu verhalten, aber das war sowieso eine vergebliche Hoffnung. »Bei allem Respekt«, beginne ich, und ihm muss sofort klar sein, dass das bereits ein unheilvoller Anfang ist, »Mr Forest, Sir. Was *zur verfluchten Scheißhölle?* Das ist – ich meine – ich bin doch kein verschissener Hund. Ich mache nicht Platz, wenn du es mir befiehlst, oder hole Bällchen, wenn du es für mich wirfst.«

»Doch, in gewisser Weise schon. Ich habe das Sagen, und dein Job ist es, meinen Anweisungen Folge zu leisten, und nicht, sie zu hinterfragen.«

Es wäre zum Brüllen komisch, wäre es nicht so furchtbar. »Sorry, hast du gerade wirklich gesagt: *Ja, du bist ein Hund?*«

»Ich sagte: *Ja, du solltest tun, was dir dein Arbeitgeber aufträgt.*«

Wie konnte ich bloß glauben, zu ihm durchdringen zu können? Wie konnte ich *jemals* glauben, zu ihm durchdringen zu können? Die letzten zwei Wochen waren eine kolossale Zeitverschwendung. »Das bedeutet doch aber nicht, dass die Leute, die für dich arbeiten, nicht das verdammte Recht auf ein bisschen Berücksichtigung bei einer Entscheidungsfindung oder auf Kontext haben.«

»Und findest du nicht, dass die Leute, die für mich arbeiten, es *mir* schuldig sind, dass sie ihren Job so erledigen, wie ich es von ihnen verlange?« Er klingt nicht mal defensiv. Er spricht es aus, als wäre es das Normalste der Welt.

»Aber wir können unsere Arbeit nicht machen, wenn du uns nicht sagst, warum wir sie machen. Das ist einfach nur – Herrgott, Jonathan, so funktionieren Menschen nicht. Hättest du mich wissen lassen, warum das Budget so wichtig ist, hätte ich weniger als hundertfünfzig pro Kopf ausgegeben. Das ist eine sehr simple Motivationsstrategie.«

Er blinzelt sehr langsam, als wäre ich nicht mal seine Verachtung wert. »Also hast du mein Geld absichtlich verschwendet, weil es dir nicht gefallen hat, dass ich mich dir nicht so erklärt habe, wie du es für richtig hältst?«

»Verdammte Scheiße noch mal. Dein Dad hatte verflucht noch mal recht.« Sobald die Worte raus sind, liegt der Geruch von etwas Verbranntem in der Luft. Und zwar, weil nun auch die letzte Verbindung, die zwischen uns existiert hat, in Flammen steht. Ich sollte wohl nach einem sprichwörtlichen Eimer Wasser greifen und nicht nach einem Benzinkanister. »Du bevormundest andere Leute. Mehr noch: Du verhältst dich, als wärst du der einzige Mensch auf der Welt, der irgendetwas auf die Reihe kriegt.«

»Bisher bin ich gut damit gefahren.«

»Aber das stimmt nicht, oder?« Ich brülle zwar nicht wirklich, aber irgendwie schon. »Du wohnst allein, du hast keine freundschaftlichen Beziehungen, du hast deine Familie so gut wie vollständig von dir gestoßen. Und zu allem Überfluss bist du ein miserabler Chef.«

Ich weiß nicht, was ich erwarte. Dass er mich anschreit, wie er seine Familie angeschrien hat, oder dass er mich abwimmelt, wie er es mit seinen Angestellten tut. Nichts davon passiert. Er sieht einfach bloß … ich weiß auch nicht, fast schon traurig aus. Traurig und steif und erschöpft. »Du hast mir mal gesagt, du hättest mich gern.«

»Tja nun, ich habe einen verdammten Fehler begangen.«

Das lässt sich unmöglich zurücknehmen. Aber wenigstens hat es ihm die Sprache verschlagen. »Ich kümmere mich um das verschissene Budget«, sage ich.

Und dann gehe ich. Ich lasse die Tür einen Spalt offen, damit Gollum hinter mir herkommen kann, wenn er möchte.

Er kommt nicht.

Nachdem ich Jonathan angekreidet habe, mich zu bevormunden wie ein Kind, verziehe ich mich in mein Zimmer wie ein schmollender Teenager.

Ich habe alles versaut. Meinen Job, meine Filiale, die beschissene Weihnachtsfeier und die Sache mit Jonathan. Höchstwahrscheinlich ist er meinetwegen zu einem noch schlimmeren Chef und einem noch schlechteren Menschen mutiert. Dass ich seinen Dad bei einer Arbeitsdiskussion zur Sprache gebracht habe, ließe sich vielleicht noch entschuldigen. Aber dass ich ihm weisgemacht habe, alles Nette, was ich ihm je über ihn gesagt habe, wäre gelogen, hat das Fass zum Überlaufen gebracht.

Ich weiß ehrlich gesagt nicht, ob ich es verdiene, dass er mir verzeiht.

Eine Weile sitze ich auf dem Bett, ohne Kater, und fühle mich scheiße, während ich mich frage, wie alles so sehr außer Kontrolle geraten konnte. Zugegeben, der Plan war von Anfang an nicht besonders toll, aber ich dachte wirklich, er hätte eine solide Basis. Wenn ich es geschafft hätte, die Dinge zwischen Jonathan und mir leicht und freundlich zu halten, dann hätte er vielleicht irgendwann gedacht *Ach, Sam ist ein netter Kerl, ich sollte ihm und seinem Team noch eine Chance geben*. Stattdessen habe ich mich viel zu sehr in sein Familiendrama verstrickt, ich habe ihn geküsst und bin eben völlig explodiert, womit ich ihm in Erinnerung gerufen habe, warum er mich überhaupt erst feuern wollte, und zu allem Überfluss habe ich ihn auf äußerst persönliche Weise beleidigt. Und das meiste davon lässt sich nicht mehr wiedergutmachen. Was mich zu dem unausweichlichen Fazit führt, dass ich wenigstens die Weihnachtsfeier auf die Reihe kriegen muss, wenn ich auch schon alles andere versaut habe, um ihn davon abzubringen, meine Filiale zu schließen. Das bin ich meinem Team schuldig.

Ich zapfe meine Teenager-Energie noch stärker an und schleiche mich ins angrenzende Badezimmer – es hat wirklich seine Vorteile, bei einem Mann zu wohnen, der sein Geld mit Bädern verdient –, schließe die Tür ab und zücke mein Handy.

Dann schicke ich Claire eine Notfall-Nachricht: Hilfe. Wir sind alle am Arsch. Wenige Minuten später ruft mich das Team an. In dem Versuch, so diskret wie möglich vorzugehen, ziehe ich Kopfhörer auf und spreche so leise wie möglich. Das daraus entstehende Problem hätte ich vorhersehen müssen.

»Du klingst sehr verzerrt«, sagt Claire.

»Ich flüstere«, flüstere ich.

»Es klingt, als würdest du flüstern.«

»Weil ich flüstere.«

»Kannst du uns hören, Sam?«, fragt nun Amjad. »Sag, wenn du uns hören kannst.«

»Ich höre euch. Aber ich flüstere.«

»Ich glaube, du musst deine Einstellungen ändern«, fährt er fort. »Reguliere mal die Stimmisolation.«

»Ich flüstere.«

Er lässt nicht locker. »Du musst zu den Einstellungen gehen und dann auf Mikrofon klicken –«

»Ich habe gesagt, dass ich flüstere«, zische ich in einem Tonfall, der das Gegenteil von Flüstern ist.

»Bist du dir sicher?«, fragt Tiff. »Du klingst recht laut.«

»Ja, weil ich jetzt nicht mehr flüstere, damit ihr mich hören könnt.«

»Warum hast du überhaupt geflüstert?«, fragt Claire.

»Weil Jonathan unten ist und er nicht mitbekommen soll, dass ich mich an euch erinnere.«

»Oh.« Claire denkt einen Augenblick nach. »Dann solltest du wohl leise sprechen.«

»Das habe ich ja vers–«

»Warte mal kurz.« Das ist wieder Amjad. »Wir stellen dich einfach lauter.«

Ein paar Minuten lang verfolge ich einen *Nein-nicht-dort-klicken-sondern-da-warum-machst-du-es-dann-nicht-selbst-*Tanz, bis wir endlich die Weichen dafür gestellt haben, dass ich leise sprechen und trotzdem in Sheffield verstanden werden kann, was, wenn ich so darüber nachdenke, ein Wunder der modernen Technik ist.

Als sie endlich so weit sind, kommt Claire wieder auf das eigentliche Thema zu sprechen. »Also, warum sind wir alle am Arsch?«

»Weil ich zehn Pfund zu viel pro Person für die Weihnachtsfeier ausgegeben habe«, erkläre ich, während ich mich auf den Rand der freistehenden gusseisernen *Heritage-Devon*-Badewanne mit Füßen setze. »Und wie sich herausstellte, hat sich Jonathan deshalb nicht ohne Grund wie ein absoluter Arsch verhalten. Das Budget muss eingehalten werden, weil der überschüssige Betrag den Teilnehmenden sonst aus Steuergründen vom Gehalt abgezogen wird.«

Eine kurze Stille setzt ein. »Warum hast du uns das nicht gesagt?«, fragt Tiff.

»Weil *er* es mir nicht gesagt hat.«

»Warum hat er es dir nicht gesagt?«, fragt Claire.

Ich mache eine *Wer-weiß-das-schon*-Handbewegung in Richtung der viktorianisch anmutenden *Silverdale*-Toilette mit hohem Spülkasten, deren altmodisches Design ich irgendwie schon immer niedlich fand. »Weil er ein Arschloch ist. Und jetzt muss ich das in Ordnung bringen, weil ich unserer Kollegschaft sonst statt einer schönen Party eine Steuerzahlung von zweiunddreißig Pfund zu Weihnachten schenke.«

»Kein Problem.« Claire klingt total forsch, wie immer, wenn es ein Problem gibt. »Wir müssen bloß ein paar Ausgaben senken.«

Gerade wäre es wirklich hilfreich, das Spreadsheet zu haben, aber der Laptop steht unten, und ihn zu holen wäre echt ätzend. Dann könnte ich auf Jonathan treffen, und im Moment wäre es für uns beide besser, wenn wir einander nie wiedersehen würden. »Ich bin mir nicht sicher, woran wir sparen könnten. Wenn ich einen billigeren DJ buche, wird er kein eigenes Licht-Equipment mitbringen, und dann ist es bloß ein Typ mit einer Spotify-Playlist. Wenn ich den Leuten nicht die Anreisekosten erstatte, müssen sie ja doch wieder ihr eigenes Geld ausgeben. Und es ist total unfair, dass das nur die Leute betrifft, die nicht in London wohnen.«

»Billigeres Essen?«, schlägt Amjad vor.

»Ich habe mich für ein Buffet entschieden, weil ein gutes Buffet besser und billiger ist, als am Tisch zu essen. Wenn ich dabei Einsparungen mache, werden sie uns Scheiße servieren.«

Claire gibt einen nachdenklichen Laut von sich. »Schaffst du es vielleicht … bei allen Anbietern … einen Rabatt auszuhandeln?«

»Ich muss fünfzehnhundert Mäuse einsparen. Das wären dann Rabatte von je fast zehn Prozent.«

»Um genau zu sein«, Amjad kann es einfach nicht lassen,

»sind es sechs Prozent, was beim Runden näher an fünf als an zehn ist.«

»Hast du das gerade im Kopf ausgerechnet?« Ich weiß nicht, ob ich genervt oder beeindruckt sein soll.

»Ja, ich bin gut im Kopfrechnen.«

»Okay.« Diesmal geht es auf meine Kappe, dass wir vom Thema abgekommen sind, aber ich gebe mein Bestes, um das Gespräch wieder in die richtige Bahn zu lenken. »Da wir die Reisekosten der anderen nicht reduzieren können, müssen wir die Rabatte aller anderen Ausgaben erhöhen, also sind wir bei ungefähr zehn Prozent. Und das ist völlig unrealistisch. In London. An Weihnachten. Bei dem Wetter. Und sie haben einen U-Bahn-Streik angekündigt.« Okay, die beiden letzten Punkte habe ich nur genannt, weil ich gerade ein bisschen in Panik verfalle.

Tiff seufzt. »Wenn wir keine vielen kleinen Rabatte kriegen, müssen wir einfach eine große Summe einsparen. Was kostet am meisten?«

»Die verdammte Location.« Es wird immer unrealistischer, dass wir es schaffen. »Sie kostet sechstausendvierhundert Pfund.«

»Dreiundzwanzig Komma vier Prozent«, wirft Amjad hilfreich ein. Das ist definitiv unmöglich. Ich rutsche in die freistehende gusseiserne *Heritage-Devon*-Badewanne mit Füßen. »Das schaffe ich niemals. Selbst wenn ich dem Typen einen blase, wird er uns keinen so großen Rabatt gewähren.«

»Das wäre ein sehr teurer Blowjob«, sagt Claire. Dann denkt sie wieder nach. »Selbst nach Londoner Standards.«

»Trotzdem ist es immer noch deine beste Chance«, sagt Tiff. »Also, nicht der Blowjob, sondern der Rabatt auf die Location.«

Ich versuche, tief durchzuatmen, um mich zu beruhigen. »Okay, aber –«

»Kein Aber, Sam.« Das Beste an Tiff ist, dass sie noch so jung ist, dass sie zuversichtlich an Dinge glaubt, an die niemand glauben sollte. »Du schaffst das.«

Ihr zu sagen, dass ich es nicht schaffen werde, erscheint mir kleinlich, und es würde mich zu einem noch schlechteren Chef als Jonathan machen, wenn auch aus anderen Gründen. Also sage ich stattdessen »Danke«. Danach setzt Stille ein, und ich nehme an, dass die anderen zur Arbeit zurückkehren wollen, solange sie ihre Jobs noch haben, vor allem die unter ihnen, die auf Kommission arbeiten. Also lasse ich sie gehen und liege noch eine Weile in der freistehenden gusseisernen *Heritage-Devon*-Badewanne mit Füßen, um mir einzureden, dass mein Team auf mich zählt, dass wenigstens ein paar von ihnen an mich glauben und dass ich es schaffen werde.

Es gelingt mir nicht, mich vollständig davon zu überzeugen. Aber ich mache mir gerade so lange etwas vor, dass ich den Typen anrufe, der mir die Location vermietet, und ihm sage, dass ich vorbeikommen werde, um ihm ein paar Fragen zu stellen.

Zum ersten Mal seit zwei Wochen verlasse ich das Haus, ohne dass Jonathan mich aufzuhalten versucht. Nie hätte ich geglaubt, ich würde es vermissen, wie er sich auf seine herrische Art um mich gekümmert hat, aber ein Teil von mir vermisst es. Denn jetzt hat der Winter wirklich Einzug gehalten, und die kalte Luft ist noch schärfer, wenn man gestresst ist, und im Moment bin ich wirklich sehr gestresst.

Ohne Jonathans Auto ist es eine lange Fahrt mit einem Bus, einem *Thameslink*-Zug und einem weiteren Bus. Als ich an der *East Croydon Station* stehe und auf meinen Anschluss warte, kommt mir der Gedanke, wie leicht es doch wäre, mich einfach in einen Zug nach Sheffield zu setzen, oder vielleicht sogar in einen nach Liverpool.

Um das alles zu vergessen und so zu tun, als wären die letzten Wochen, oder am besten gleich die letzten Jahre, nie passiert.

Aber das geht nicht, denn alles ist wirklich passiert.

Als ich an der Haltestelle *London Bridge* ankomme, ist die Kälte tief in meine Knochen gekrochen, und während ich zur Bushaltestelle laufe, versuche ich, an Dinge zu denken, die ich noch weniger gern tun würde, als mich mit einem beinahe Fremden zu treffen und ihn zu bitten, mir dreiundzwanzig Prozent Rabatt auf eine Location zu gewähren, die er einfach an jemand anderen vermieten könnte und für die ich die Kaution bereits bezahlt habe.

Die Liste ist sehr, sehr kurz und beinhaltet Dinge wie *von Haien gefressen werden*.

Und ich hasse Haie.

Was noch schlimmer ist: Obwohl sich meine London-Kenntnisse in Grenzen halten, wird mir bald klar, dass ich mich nur einen kurzen Fußweg von *Fortnum & Mason* entfernt befinde, und das erinnert mich an das Meerschweinchen und an die Deko-Kiste und an Jonathan.

Während ich die Treppe zur Location hinaufgehe und dem Typen an der Rezeption sage, dass ich den anderen Typen sehen möchte, der die Räumlichkeiten vermietet, versuche ich, Selbstbewusstsein auszustrahlen, obwohl ich mich aktuell so selbstsicher fühle wie ein übertrieben ängstliches Nagetier.

Und das führt mich wieder zu dem Meerschweinchen.

Ich werde ins Büro des Typen geführt, und er ist sehr nett und alles, aber ich kann ihm ansehen, dass er nicht mal im Traum daran denkt, mir auch nur ein kleines bisschen entgegenzukommen.

»Okay, Folgendes«, beginne ich. »Es hat sich herausgestellt, dass wir den Raum, den wir gebucht haben, nicht bezahlen können, und natürlich weiß ich, dass das nicht Ihr Problem ist, aber – «

»Gut.« Er sieht immer noch freundlich aus, aber auf eine Ich-lasse-mir-nichts-gefallen-Weise. »Weil es ganz sicher nicht mein Problem ist.«

»Trotzdem hatte ich gehofft, dass Sie mir ein paar Alternativvorschläge unterbreiten könnten, weil doch Weihnachten ist.«

Er schenkt mir ein fröhliches Lächeln, mit dem er wahrscheinlich viel zu gut überspielt, wie hilfreich er tatsächlich sein wird. »Natürlich. Wenn Sie einen billigeren Raum mieten wollen, ist das gar kein Problem. Die bezahlte Kaution können wir dann einfach dafür verwenden.«

»Es ist nur so, dass die billigeren Räume alle zu klein sind.«

»Dann steht es Ihnen frei, den Raum abzusagen. Aber um ehrlich zu sein, glaube ich nicht, dass Sie einen derselben Größe für weniger Geld finden. Nicht in dieser Stadt.«

»Oder zu dieser Jahreszeit«, füge ich hinzu, was für mein Vorhaben wohl nicht gerade förderlich ist.

Der Typ nickt. »Oder bei diesem Wetter.«

»Und mit dem bevorstehenden U-Bahn-Streik«, beende ich unsere Liste von Unannehmlichkeiten. »Aber wir können uns den Raum einfach nicht leisten, wenn Sie uns keinen Rabatt gewähren.«

Del würde das hier genießen. Und er wäre sehr viel besser im Verhandeln.

»Schauen wir mal, was sich machen lässt.« Der Mann tippt auf seiner Tastatur herum und starrt eindringlich auf den Bildschirm. »Woran hatten Sie bei dem Rabatt denn gedacht?«

»Fünfzehnhundertpfund«, sage ich sehr schnell, in der Hoffnung, dass ich ihn damit so überrumpele, dass ihm nicht auffällt, wie dreist das ist.

»Das wären …« Ich sehe, dass er eine Rechner-App öffnen will, unterbreche ihn aber.

»Dreiundzwanzig Komma vier Prozent. Ich bin sehr gut im Kopfrechnen.«

Er bedenkt mich mit einem skeptischen Blick. »Was ist acht mal sieben?«

»Na gut, ich habe es im Vorhinein ausgerechnet, und ich weiß, dass ich viel von Ihnen verlange, aber –«

»Sie verlangen von mir, Ihnen den verdammten Mond vom Himmel zu holen, entschuldigen Sie die Ausdrucksweise.«

Das ist mir bewusst, und er weiß, dass ich es weiß. »Damit würden Sie mir wirklich helfen.«

»Es würde *mir* auch helfen, wenn Sie mir fünfzehnhundert Mäuse schenken würden.«

»Nein, ich meine, Sie würden mir *wirklich* den Hintern retten.«

Jetzt sieht er nicht mehr so nett aus.

»Das wird sich ein klitzekleines bisschen absurd anhören«, beginne ich, wohl wissend, dass es von hier an nur noch bergab gehen wird. »Aber würden Sie mir glauben, dass ich bei der Planung dieser Party unter einem gewissen Budget bleiben muss, damit ich meinem Chef, der glaubt, ich würde unter Gedächtnisverlust leiden, was gar nicht der Fall ist, und der gerade nicht mit mir spricht, weil wir uns über seinen Dad gestritten haben, beweisen kann, dass ich weiß, was ich tue, damit er mich und alle, die für mich arbeiten, nicht feuert?«

Er lehnt sich zurück und blinzelt ein einziges Mal. »Ich glaube Ihnen. Nur nicht genug, um Ihnen einen Rabatt von fünfundzwanzig Prozent –«

»Dreiundzwanzig Komma vier Prozent«, korrigiere ich ihn.

»– auf einen Raum zu gewähren, den ich genauso gut zum

vollen Preis an eine andere Person vermieten könnte, während ich Ihre Kaution einbehalte.«

Wenn er es so formuliert, klingt es von seinem Standpunkt aus tatsächlich nicht besonders klug.

»Hier.« Über den Tisch schiebt er mir die Broschüre zu. Es ist nicht die, die ich schon gesehen habe, sondern bereits eine für das neue Jahr, was vermutlich bloß bedeutet, dass die Preise gestiegen sind. »Wenn Sie den Raum wechseln wollen, kann ich das arrangieren. Wenn Sie ein bisschen was sparen möchten, kann ich Ihnen auch entgegenkommen. Wenn Sie von mir verlangen, Ihnen über tausend Pfund zu schenken, verpissen Sie sich.«

Ich seufze. Er ist trotz allem fair. Ich blättere in der Broschüre herum, nur für den Fall, dass einer der billigen Räume auf magische Weise plötzlich größer oder der große Raum billiger geworden ist, aber natürlich ist das nicht der Fall. Es gibt allerdings *einen* Raum, den ich bisher nicht gesehen habe. Und darin haben hundertfünfzig Leute Platz, inklusive Tische und Tanzfläche. Und er kostet nur die Hälfte. Leider sieht er auf den Fotos … fragwürdig aus. Ich erkenne freigelegte Rohre, auch wenn sie versuchen, sie auf den Fotos zu verbergen, und unbehandelte Backsteinwände, die mindestens dreimal weniger elegant sind als die Marmorwände in dem Raum, den wir uns nicht leisten können.

»Was ist das?«, frage ich.

»Der Keller«, erklärt der Typ. »Nächstes Jahr vermieten wir den, aber aktuell ist der Raum noch nicht fertig, also können Sie ihn nicht mieten.«

Nach dem Debakel mit dem Budget erachte ich es als äußerst wichtig, ein gewisses Detail zu klären. »Und damit meinen Sie, dass es einen *triftigen Grund* gibt, warum ich ihn nicht mieten kann?«

»Ich sagte doch, dass er noch nicht fertig ist.«

»Okay, aber meinen Sie *nicht fertig* im Sinne von *Es ist Ihnen rechtlich nicht erlaubt, ihn zu vermieten?*« Ich wittere eine Chance, aber vielleicht fühle ich auch bloß meine Verzweiflung und verwechsele das eine mit dem anderen. »Ist es in dem Raum nicht sicher oder so?«

»Nein, die Gesundheits- und Sicherheitschecks wurden alle schon durchgeführt.«

»Und gibt es dann vielleicht ein Problem mit der Zulassung?«

»Nein, wir haben eine Lizenz für das gesamte Gebäude.«

»Okay.« Langsam bin ich mir sicher, dass das hier eine echte Chance ist. »Es liegt also nur daran, dass der Raum scheiße aussieht?«

»Ja, genau. Er ist eben noch nicht fertig.«

»Und wenn mir das egal ist?«

Er sieht unschlüssig aus. »Ich habe einen Ruf zu verlieren.«

Okay, Sam, dies ist der Moment, den Charme spielen zu lassen, von dem Jonathan glaubt, dass du ihn hast. Ich lächele ihn an. »Ich möchte ja meine Arbeitsstelle nicht schlechtreden, aber wir sind bloß ein mittelgroßes Schlaf- und Badezimmerunternehmen, also sind wir nicht wirklich in der Lage, Ihren Ruf zu versauen. In den sozialen Medien folgen uns hundertdreißig Leute, und eine davon ist die Mutter vom Chef.«

Er sieht nach wie vor unschlüssig aus.

»Darf ich mir den Raum vielleicht ansehen?«

Er lässt mich ihn ansehen.

Ehrlich gesagt weiß ich nicht recht, was ich mir da überhaupt ansehe, also rufe ich Tiff an.

Sie geht ran. Einerseits erleichtert mich das, weil ich sie

brauche, andererseits ist das ein Problem, weil sie während der Arbeitszeit nicht ans Handy gehen sollte.

»Was gibt's, Boss?«, fragt sie. Hinter ihr erkenne ich einen jungen Mann in einem grünen Pulli, der mit für diese Situation unangebrachter Geduld darauf wartet, dass sie sich ihm wieder zuwendet.

»Bedienst du etwa gerade einen Kunden?«

»Schon in Ordnung, ich habe ihm gesagt, dass es sich um einen Weihnachtsnotfall handelt.«

Ich sollte Tiff wirklich nicht dazu ermutigen, Kundschaft einfach stehenzulassen. Andererseits war sie bisher stets zur Stelle, wenn ich angerufen habe, was bedeutet, dass sie in letzter Zeit immer auf der Arbeit war und sich nicht mehr ständig grundlos krankgemeldet hat. Das werte ich als kleinen Sieg. »Gib ihn mir mal.« Sie hält dem Kunden das Handy vor die Nase, sodass ich ihn nun klar erkennen kann.

Ich muss Tiff lassen, dass er tatsächlich so aussieht, als würde er einen Weihnachtsnotfall als Ausrede akzeptieren. Auf dem grünen Pulli sind Rentiere abgebildet, und er trägt eine dieser vom *National Health Service* verschriebenen Brillen, durch die seine Augen groß und hoffnungsvoll wirken. »Entschuldigen Sie«, sage ich zu ihm. »Ich weiß, dass das hier sehr unprofessionell ist.«

»Schon in Ordnung«, sagt er und sieht so aus, als würde er es tatsächlich ernst meinen. »Ich habe es nicht eilig.«

»Sind Sie sicher? Denn wir können uns auf jeden Fall erst mal um Sie kümmern.«

»Nein, nein.« Er nickt. »Sie haben mein Interesse geweckt. Was ist denn los?«

»Lange Geschichte.«

»Ich hab's immer noch nicht eilig.«

Ich will diesem Fremden nicht alles auf die Nase binden,

also bekommt er die abgespeckte Version. »Ich bin in London und versuche, unsere Firmenweihnachtsfeier zu organisieren, und bei den Ausgaben bin ich über hundertfünfzig Pfund pro Kopf gekommen –«

»Ooh, das ist nicht gut«, sagt er. »Das wird bei der Steuer als Sachleistung abgerechnet.«

»Woher wissen Sie das?«

»Ich bin Steuerberater.«

»Und hätten Sie es ehrlich nicht lieber, wenn wir Ihnen eben schnell verraten, wo Sie die Klobürsten finden?«

Er schüttelt den Kopf.

»Na schön. Also, ich versuche, die Ausgaben zu senken, und das beinhaltet, dass ich unsere teure, elegante Location gegen«, ich drehe das Handy durch den Raum und zeige die Wände mit dem abblätternden Putz und dem freigelegten Stahl, »das hier tausche.«

Der Kunde bekommt Tiffs Ellbogen in die Seite und macht Platz für sie. Wahrscheinlich sollte ich mal mit ihr über Verhalten am Arbeitsplatz sprechen. Während ich durch den labyrinthartigen Gang laufe, von dem überall heruntergekommene Kellerräume mit leeren Regalen und kaputten, unbenutzten Kaminen abzweigen, zieht sie scharf die Luft ein.

»Wow«, sagt sie schließlich.

»Ich weiß«, antworte ich. »Es ist verdammt furchtbar.«

»Es ist verdammt *großartig*.«

Ich drehe das Handy wieder um. Durch die Mitte des Raums, in dem ich gerade stehe, zieht sich ein waschechter senkrechter Stahlträger. »Schauen wir uns gerade denselben Raum an?«

»Es ist perfekt.«

»Es ist ein Drecksloch.«

Der Kunde schiebt sich wieder in mein Blickfeld. »Ich stimme«, er checkt Tiffs Namensschild, »Tiffany zu. Es ist cool. Hat einen gewissen *Urban Chic.*«

»Ist das nicht bloß eine coolere Bezeichnung für Dreckloch?«

»Es ist total immersiv«, sagt Tiff, als würde das irgendwas bedeuten.

Das lasse ich ihr nicht durchgehen. »Alle Räume sind immersiv. Man ist ja schließlich drin. Immersiver, als in etwas drin zu sein, wird es nicht.«

»Es wird unvergesslich werden. Du wolltest eine unvergessliche Feier.«

Vergeblich versuche ich, das in der Location zu sehen, was Tiff darin sieht. »Ja, aber weil die Leute Spaß haben, und nicht, weil sich die Hälfte der Anwesenden Tetanus einfängt.«

»Sam.« Tiff sieht nun ungewohnt ernst aus. »Ich verspreche es dir. Gib mir hundert Mäuse für Deko und einen Tag frei, um alles aufzubauen, und ich mache daraus etwas total Abgefahrenes.«

Ich bin immer noch skeptisch, beschließe aber, ihr zu vertrauen. »Okay.«

Sie gibt einen kleinen Freudenquietscher von sich und erklärt dem Kunden mit dem grünen Pulli und der *NHS*-Brille dann mit lobenswerter Effizienz, wo sich die Taschenfederkernmatratzen befinden. Sobald wir aufgelegt haben, gehe ich nach oben, um dem Typen zu verkünden, dass wir den Keller mieten wollen. Auf dem Weg vibriert mein Handy.

In der eingegangenen Nachricht steht: Warum bist du in Shoreditch?

4

MEIN HERZ UND MEINEN JOB BEHALTEN

21. KAPITEL

Es gefällt Jonathan überhaupt nicht, dass ich allein nach Shoreditch abgehauen bin, und er ist auch nicht besonders überzeugt von der Idee, den eleganten Saal mit Marmorwänden gegen einen dunklen Keller einzutauschen, aber da wir damit weit unter dem Budget liegen, kann er sich nicht zu sehr beschweren, und ich muss es ihm zähneknirschend anrechnen, dass er sich bei mir dafür bedankt, dass ich das Problem gelöst habe, auch wenn er es mit einer distanzierten Chef-Höflichkeit tut, die mich verletzt.

Das Gute – oder je nachdem, wie ich es betrachte, auch das Schlechte – an meinem kleinen Ausflug in die Stadt, von dem ich völlig unversehrt zurückkehre, ist, dass Jonathan nun gewillt ist, mich allein zu lassen. Und das tut er auch, sobald sich ihm eine Gelegenheit dazu bietet. Es ist ja nicht so, als würde ich ihn vermissen – schließlich habe ich jetzt endlich meinen Kater wiederbekommen –, aber zum ersten Mal seit dem Unfall bin ich vollkommen allein in Jonathans großem, leerem Haus. Und das ist … tja, es ist scheiße. Wäre ich nicht so sauer auf ihn, würde ich vermutlich mehr Zeit darauf verwenden, darüber nachzudenken, wie schlimm es für Jonathan gewesen sein muss, so zu leben, und zwar beinahe sein gesamtes Erwachsenenleben lang. Aber ich bin nun einmal sauer, also versinke ich hauptsächlich in Selbstmitleid.

Obwohl es mich freut, dass die Weihnachtsfeierplanung jetzt fast abgeschlossen ist, habe ich damit meinen einzigen Nutzen eingebüßt und sitze wieder auf dem Sofa, um *Pointless* zu schauen und zu hoffen, dass Gollum vielleicht eine Idee hat, welcher britische Premierminister kein e im Namen hat.

Während ich darüber nachgrübele, ob John Major eine zu offensichtliche Antwort wäre, höre ich jemanden an der Tür. Da Agnieszka einen Schlüssel und außerdem heute frei hat, gehe ich nachsehen. Vermutlich ist es kein Einbrecher, denn die klopfen meistens nicht.

Es ist kein Einbrecher und keine Reinigungskraft. Sondern Les.

»Ist Jonathan zuhause?«, fragt er.

»Äh, nein. Leider nicht.«

Er schielt unter seinen Brauen hervor. »Ich dachte, du dürftest wegen der Gehirnerschütterung nicht allein sein.«

Auch wenn ich nach wie vor nicht gut auf Jonathan zu sprechen bin, wäre es unfair, seinen Vater in dem Glauben zu lassen, dass er sich schlecht um eine Person mit Gehirnerschütterung kümmert, denn das ist der eine Job, den er wirklich gut, wenn nicht sogar *zu* gut, auf die Reihe bekommen hat. »Es ist jetzt etwa zwei Wochen her, und ich bin nicht gestorben. Wahrscheinlich ist alles in Ordnung.«

»Mal abgesehen von dem Gedächtnisverlust.«

»Tja.« Ich bin mir nicht sicher, ob er deswegen misstrauisch ist. »Das Gedächtnis ist wirklich kurios.«

Nun sieht er mich mit stiller Besorgnis an. »Es geht mich ja nichts an, aber habt ihr euch gestritten?«

»So in der Art«, antworte ich. Was die Annahme der ganzen Familie, dass Jonathan und ich zusammen sind, nicht gerade widerlegt, aber es ist nun einmal eine wahrheitsgetreue Antwort. »Möchtest du eine Tasse Tee?«, füge ich hinzu.

Egal, aus welchem Teil des Landes eine Person kommt, es ist überall ein unverzeihlicher Fauxpas, einen Tee abzulehnen, obwohl ich glaube, dass Les gerade wirklich einen möchte. Er kommt herein und setzt sich ins erste von Jonathans drei Wohnzimmern – das, in dem kein gigantischer Baumstamm steht. Irgendwie hat es etwas zutiefst Trauriges, einen alten Mann kurz vor Weihnachten auf einem Sofa in einem Raum sitzen zu sehen, der nur zur Hälfte dekoriert ist, weil er sich so heftig mit seinem Sohn gestritten hat, dass die ganze Familie gehen musste.

Ich bringe ihm ein Tablett, stelle es auf den Couchtisch und setze mich auf den Sessel ihm gegenüber.

»Tut mir leid, dass er nicht da ist«, sage ich.

»Hätte nicht davon ausgehen sollen, dass er hier ist.« Les greift nach einer Tasse, pustet und nimmt dann einen Schluck Tee. »Dachte bloß, deinetwegen …« Er nickt in meine Richtung.

»Weißt du, wir sind wirklich nicht zusammen.«

»Ja, aber du hast immer noch eine Gehirnerschütterung.«

Wir haben das Thema schon durch, aber es kommt mir sicherer vor, es nochmals zu besprechen, als ein anderes anzufangen. »Es geht mir schon besser.«

Eine Weile widmet er sich wieder seinem Tee, und ich lasse ihn. Mit Männern seiner Generation habe ich Erfahrung, und sie neigen dazu, nicht viel zu reden, es sei denn, es gibt wirklich etwas zu sagen. Und ich nehme an, dass Les etwas loswerden möchte, weil er den ganzen Weg hierhergekommen und nicht sofort wieder gegangen ist.

»Er ist ein guter Junge«, sagt er schließlich.

»Manchmal«, stimme ich ihm halb zu. »Und manchmal ist er ein ziemlicher Arsch.«

Les nimmt noch einen Schluck Tee. »Tja, das hat er von seinem Vater.«

»Bei allem Respekt, das glaube ich nicht.«

»Das sagt man aber so, nicht wahr?« Es ist warm im Haus, aber Les trägt nach wie vor seinen Mantel, als wollte er sich darin verstecken. »Zu sagen *Ja, das hat er von der anderen Seite der Familie* kommt nicht so gut.«

Meine Tasse habe ich noch nicht angerührt, nur die Hände darum geschlungen. »Ich glaube, wenn es zutrifft, kannst du es ruhig sagen. Es ist nicht schlimm, zuzugeben, dass andere Leute deine Kinder beeinflusst haben. Das ist ganz normal. Sogar gut. Wie sagt man so schön: Es braucht ein ganzes Dorf, um ein Kind großzuziehen?«

»Trotzdem.« Das Wort hängt lange in der Luft, als könnte er sich nur schwer dazu durchringen, das, was er als Nächstes sagen möchte, auszusprechen. »Ich glaube nicht, dass ich ein besonders guter Vater war.«

Ich will ihm sagen, dass das nicht stimmt. Ich will es *unbedingt*, selbst wenn ich keine Ahnung habe, was für ein Dad er war. Am Ende gehe ich einen Kompromiss mit mir selbst ein. »Ich bin mir sicher, dass du ein guter Vater warst.«

»Der eigene Sohn wird als Erwachsener nicht so verbittert, wenn du deinen Job gut gemacht hast.«

Wieder will ich ihm versichern, dass das nicht stimmt. Und diesmal bin ich besser dazu imstande, weil ich jetzt schon seit einer Weile mit Jonathan zusammenlebe. »Ich glaube nicht, dass er verbittert ist. Sondern bloß … herrisch.« Wieder tritt Stille ein, und Les trinkt seinen Tee.

Ich bin nicht in der Stimmung für meinen, also stelle ich die Tasse auf dem Boden ab und nehme mir vor, ihn bald wegzuschütten, damit niemand darüberstolpert oder Gollum davon trinkt.

»Er war anders«, erklärt Les an den Boden gewandt, »als er jünger war.«

»So ist es bei den meisten Leuten.« Ich versuche, ihn ein wenig zu trösten, aber gleichzeitig ist da ein Teil von mir, der neugierig ist und wissen will, wie und warum. »Als ihr nach Süden gezogen seid, muss das hart für ihn gewesen sein«, füge ich hinzu, als mir wieder einfällt, was Jonathan mir darüber erzählt hat, auf der Londoner Gesamtschule der schwule Junge aus dem Norden zu sein.

Einmal mehr ist Les plötzlich sehr an seiner Tasse interessiert. »Wir hatten keine Wahl.«

»Nicht?« Mir fällt keine bessere Antwort ein. Ich möchte ihm zeigen, dass ich zuhöre, aber nicht direkt sagen: *Bitte sprich doch weiter über diese Sache, die dich offenbar quält, auch wenn ich kein Recht habe, mich dafür zu interessieren*, nur für den Fall, dass er das schlecht aufnehmen könnte.

»Meine Mam und mein Dad konnten sich nicht um uns kümmern, Wendys aber schon.«

Ich hake nicht nach, denn in seinen Worten schwingt unmissverständlich Folgendes mit: *Ich konnte meine Familie nämlich nicht selbst versorgen, was für einen Mann meiner Generation der einzige Existenzgrund ist.*

»Was ist passiert?«, frage ich. Und schiebe sofort hinterher: »Du musst es mir nicht erzählen, wenn du nicht möchtest.«

»Kreditklemme.« Der Tee ist nun beinahe kalt, aber Les hält die Tasse nach wie vor umklammert, als befürchte er, sie könne davonlaufen. »Ich habe in der Stahlindustrie gearbeitet. In Rotherham gibt's keinen Stahl mehr.«

»Deine Fähigkeiten müssen dich doch auch für andere Jobs qualifiziert haben.«

»Ja, aber so ging es auch allen anderen in meiner Lage.« Natürlich hat er recht.

»Ich habe gearbeitet«, fährt er fort. »Bloß nicht in dem Job, in dem ich ausgebildet wurde, und nicht für dasselbe Gehalt.

Irgendwann stand ich wieder so gut wie auf eigenen Beinen, aber da war es schon zu spät. Jonathan … Sagen wir es mal so: Er hat ein paar Lektionen gelernt, die er nicht hätte lernen müssen.«

Mit den Ellbogen auf den Knien beuge ich mich vor. »Aber du musst so stolz auf ihn sein.« Ich bin mir nicht sicher, warum ich dieses Thema anschneide, vor allem, da Jonathan in letzter Zeit so ein Arsch war, aber in diesem Moment kann ich es nicht ertragen, dass Les Forest glaubt, er hätte seinen Sohn enttäuscht.

»Natürlich bin ich das.« Etwas Verbittertes schleicht sich in seine Stimme und etwas Reumütiges. »Aber es ist nicht leicht zu wissen, dass dein Sohn nach den Sternen greift, weil er so wenig wie möglich wie du sein möchte.«

»Das ist eine sehr pessimistische Sichtweise.«

Seine nur angedeutete Bewegung könnte ein Schulterzucken sein. »Es ist nun einmal, wie es ist.«

Um mich nützlich zu machen, nehme ich meine noch volle und Les' nun leere Tasse. »Du hast dich in einer schwierigen Situation befunden«, sage ich, obwohl ihm sicher bereits hundert Leute dasselbe gesagt haben. »Und du hast das Beste daraus gemacht.«

Gollum setzt sich auf Les' Knie. Ich frage mich, ob er ihn vielleicht mit Jonathan verwechselt. »Vielleicht hast du recht, aber mein Bestes war nicht gerade viel.«

»Aber es war genug.« Ich bin selbst überrascht, wie beharrlich ich klinge.

»War es das?«

»Muss es gewesen sein«, sage ich. »Was wäre sonst der Sinn von allem?«

Danach gibt es nicht mehr viel zu sagen. Ich lasse ihn wissen, dass Jonathan am Abend zurückkehren wird und dass er gern hier auf ihn warten kann, aber dass ich nicht weiß, wie lange es dauern wird, und Les erwidert, dass er zurück nach Hause muss, weil Wendy ihm aufgetragen hat, eine Lammkeule mitzubringen.

Als er bereits in der Tür steht, legt er mir eine Hand auf die Schulter. »Du bist ein guter Junge, Sam.«

Nachdem er gegangen ist, spüle ich die Tassen ab, und seltsamerweise breche ich zwar nicht direkt in Tränen aus, aber … Ich weiß auch nicht. Mich überkommt ein Gefühl der Leere.

»Jetzt sind es nur noch wir beide«, sage ich zu Gollum, als ich die Tassen in den Schrank stelle. Er schaut zu mir auf und miaut.

»Ist ja gut«, sage ich. »Mir gefällt es ebenso wenig wie dir.«

Daraufhin gibt er eine Art *Mrrgs*-Geräusch von sich, das wie ein Miauen klingt, nur ungeduldiger.

»Es ist noch nicht Zeit zum Essen.« Wieder stößt er den *Mrrgs*-Laut aus.

»Nein.«

Ich setze mich, und er nimmt zu meinen Füßen Platz, von wo aus er vorwurfsvoll zu mir aufblickt. Und aus vielen unterschiedlichen Gründen bin ich froh, dass er hier ist, auch wenn er sich die meiste Zeit über wie ein verdammter kleiner Egoist aufführt. Ständig passieren Dinge, die mich an all die Menschen erinnern, die hier sein könnten, es aber nicht sind. Wie Les und Wendy. Wie meine Mam, mein Dad und meine Gran. Selbst Jonathan Fucking Forest, der mittlerweile nicht mal mehr hier ist, wenn er körperlich anwesend ist.

Meine Mutter nannte mich Samwise, aber vielleicht hätte sie mich Frodo nennen sollen. Weil ich mich langsam unsichtbar fühle. Oder als wäre etwas in mir stecken geblieben, was nie richtig geheilt ist.

Gollum *mrrgst* ein letztes Mal, und ich gebe nach. »Okay,

du kannst ein Leckerli haben. Du hast es dir aber nicht verdient.«

Ich füttere ihn mit ein paar *Felix Lachs und Forelle Crispies*, nicht dass er dankbar dafür wäre. Während er sie frisst, lasse ich mich wieder aufs Sofa plumpsen und schalte den Fernseher ein, um meine Gedanken irgendwie abzustellen.

Schließlich finde ich etwas, das ich schauen kann. Doch hätte mich danach jemand gefragt, was ich mir angesehen habe, hätte ich es nicht sagen können.

22. KAPITEL

Als Jonathan am selben Abend nach Hause kommt, fühle ich mich schon besser. Vielleicht liegt es daran, dass es bereits so spät ist, dass ich in der Zwischenzeit wieder in alte Gewohnheiten verfallen bin. Gollum freut sich natürlich, ihn zu sehen, und reibt sich so hingebungsvoll an Jonathan, dass er überall auf seinem schwarzen Anzug Katzenhaare hinterlässt – was Jonathan, trotz seines langen Aufenthalts in Schmollhausen, nichts auszumachen scheint.

»Im Kühlschrank ist Lasagne«, sage ich. »Und dein Dad hat vorbeigeschaut.«

Jonathan, der sich gerade zu Gollum heruntergebeugt hat, um ihn zu streicheln, erstarrt. »Warum?«

»Ich hatte einfach Lust auf Lasagne.«

Früher einmal hätte er mir jetzt eins dieser Beinahe-Lächeln geschenkt. »Ich meinte«, fährt Jonathan mich an, »warum mein Vater vorbeigekommen ist.«

»Warum glaubst du wohl?«

»Sam.« Mit Gollum auf dem Arm, der schnurrt und alle vier Pfoten von sich gestreckt hat, richtet er sich wieder auf. »Machst du das gerade absichtlich?«

»Nein«, antworte ich, da ich entschieden habe, dass es schlichtweg zu anstrengend ist, der Klügere zu sein. »Worte kommen einfach aus meinem Mund und ergeben aus purem

Zufall vollständige Sätze.« Ich seufze. »Dein Dad kam vorbei, weil ihr euch gestritten habt und er sich deshalb furchtbar fühlt.«

Jonathan ist bereits auf dem Weg in sein Büro. »Sicher, dass wir von derselben Person sprechen? Mein Vater hat noch nie in seinem Leben starke Gefühle gezeigt.«

»Du auch nicht, aber das heißt nicht, dass ihr beide keine starken Gefühle habt.«

Er hält inne. »Ich bin sehr wohl in der Lage, Gefühle zu zeigen.«

»Nur, wenn es sich bei dem Gefühl um *Grantigkeit* handelt.«

Jonathan verhandelt nicht, was merkwürdig für einen Selfmade-Badezimmer-Mogul ist. »Was immer noch mehr ist, als du je von meinem Vater zu Gesicht bekommen wirst.«

Ich weiß ja, dass ich von Jonathan Forest nicht erwarten darf, dass er anderen Leuten Beachtung schenkt, nicht mal seiner eigenen Familie, aber seine Aussage überrascht mich trotzdem. »Okay, vielleicht sprechen wir wirklich nicht von derselben Person.«

»Der Mann hat noch nie die Stimme erhoben.«

Vor drei Wochen hätte mich ein solcher Kommentar nur wieder daran erinnert, was für ein Arsch Jonathan ist. Vor eineinhalb Wochen hätte ich nun geglaubt, dass er doch tiefgründiger ist als angenommen. Jetzt denke ich zwar, dass er tiefgründiger ist als angenommen, aber dass die meisten dieser Tiefen bloß mehr *Arschloch* enthalten. »Du weißt aber schon, dass Leute ihre Gefühle auch ausdrücken können, wenn sie nicht laut sind?«

»Nicht in meiner Familie.« Nun schenkt er mir doch eins dieser Beinahe-Lächeln, aber es hat eine Schärfe, die mir nicht sonderlich gefällt.

»Doch.« Meine Bullshit-Grenze ist aktuell nicht besonders

hoch. »Es ist dir bloß nie aufgefallen, weil so viel Lautes drum herum passiert. Und versteh mich nicht falsch, meistens sind das gute laute Dinge. Aber nur weil dein Dad nicht so ist wie die anderen, heißt das nicht, dass er es nicht verdient hat, dass du ihm zuhörst.«

Jonathan ist damit beschäftigt, seine Bürotür zu öffnen, ohne den Kater dabei fallen zu lassen. »Haben wir nicht schon darüber gesprochen, dass du dich um deinen eigenen Kram kümmern sollst?«

»Ja«, beginne ich, überlege es mir dann aber anders. »Weißt du was, nein. Wir haben nicht darüber *gesprochen*. Du hast mir bloß wieder Befehle zugebrüllt und mich daran erinnert, dass ich für dich arbeite.«

»Du arbeitest ja auch für –«

»Ich weiß. Ich bin dein Angestellter, aber gleichzeitig auch wieder nicht, oder? Ich meine, *das hier* …« Ich mache eine Was-zur-Hölle-Geste. »Du hast meinen Kater auf dem Arm. Ich wohne bei dir. Deine Familie kommt vorbei, um mit mir zu reden, und … du bist mir wichtig.«

»Also magst du mich, und dann magst du mich wieder nicht, und jetzt bin ich dir plötzlich wichtig.« Jonathan lehnt den Kopf gegen die Tür und sieht ehrlich gesagt ein wenig verzweifelt aus. »Und lass Gollum da raus.«

»Er ist ein Kater. Und kein emotional empfindlicher Teenager, dessen Eltern gerade eine dreckige Scheidung durchmachen.«

»Katzen sind emotional empfindlich«, verkündet Jonathan mit der ganzen Autorität eines Mannes, der noch nie in seinem Leben eine Katze gehabt hat.

Er liegt falsch – Katzen sind genetisch dazu veranlagt, narzisstisch zu sein –, aber ich lasse es ihm durchgehen. Denn aus unerfindlichen Gründen hat sich Jonathan Forest von allen

Lebewesen dieser Welt, denen gegenüber er Gefühle zeigen könnte, einen Kater ausgesucht, dessen Gesicht so aussieht, als würden andere Katzen es als Kratzbaum benutzen. »Was ich vorhin zu dir gesagt habe, tut mir leid. Ich war einfach wütend. Und, zu meiner Verteidigung, das warst du auch.«

»Wir können aber trotzdem nicht … wir sollten nicht … Es ist besser so.«

»Jonathan, es ist nicht besser, sondern total beschissen.«

Er neigt leicht den Kopf und sieht mich herausfordernd an. »Hast du eine Alternative?«

»Können wir nicht einfach reden? Über die Situation. Über uns. Über das, was passiert ist?«

Er sieht zwar nicht enthusiastisch aus, aber wenigstens kommt er zurück ins Wohnzimmer. »Über den Abend, an dem du mich geküsst hast, oder den Streit, den ich tags darauf mit meiner Familie hatte?«

»Über beides. Oder auch nur eins von beidem. Egal, was.«

Er setzt sich auf das Sofa, auf dem sein Dad vorher saß. Um die Augen rum hat er etwas Ähnlichkeit mit ihm, aber beide strahlen sehr unterschiedliche Energien aus. Beispielsweise ist Jonathan viel angespannter. »Wie viel gibt es denn zu besprechen?«

So weit hatte ich nicht geplant. »Ich weiß es nicht genau, aber es gibt sicher mehr zu sagen als gar nichts.«

Gollum sitzt auf seinem Schoß, und eine Weile lang ist sein Schnurren das einzige Geräusch. Bis Jonathan sich schließlich genug entkrampft, um zu fragen: »Was hat mein Dad gesagt?«

Das ist bestimmt der sicherste Einstieg ins Gespräch. »Erst mal nur, dass er dich sehen wollte. Ich glaube, er wollte sich wohl mit dir versöhnen.«

»Da gibt es nichts zu versöhnen.« Jonathan krault Gollum hinter den Ohren. Für so einen scharfkantigen Kerl sind seine Berührungen überraschend sanft. »So ist es zwischen uns eben.«

»Wie genau? Jedes Mal, wenn du länger als zwanzig Minuten mit deiner Familie verbringen musst, hast du einen Wutanfall?«

Seine Lippen zucken. »In gewisser Weise. Du verstehst doch sicher, warum ich sie lieber auf Distanz halte.«

»Nein, ich verstehe es nicht. Ich meine, klar, ich verstehe deine Gründe, aber ich finde einfach, dass es Scheißgründe sind.«

»Ich bin so froh«, Jonathan hat seinen trockensten Tonfall aufgesetzt, »dass wir uns die Zeit für dieses Gespräch genommen haben.«

Ich schlage die Hände vors Gesicht. »Fuck, so habe ich das nicht gemeint. Ich meinte bloß … du kannst dich nicht mit Dingen – Menschen – auseinandersetzen, die dir etwas bedeuten, indem du sie von dir stößt.«

»Das tue ich ja gar nicht. Es ist nur … bei gewissen Sachen sind Streite vorprogrammiert, und die versuche ich zu umgehen.«

»Und mit Sachen meinst du deinen Dad.«

»Na schön. Ja.« Er blinzelt einmal heftig. »Unter anderem meine ich meinen Dad.«

»Hat es etwas damit zu tun, wie er seinen Job verloren hat, und allem, was danach kam?«

Plötzlich sieht Jonathan misstrauisch aus. »Was hat er dir erzählt?«

»Er klang nicht so, als wäre das ein großes Familiengeheimnis. Er hat bloß erwähnt, dass er seinen Job im Norden verloren hat und dass es schwer für dich war.«

»Ich meine ja nicht, dass es ein Geheimnis ist. Aber auch nichts, worüber groß gesprochen werden muss.«

»Wenn ihr euch nach fünfzehn Jahren noch deswegen streitet, ist es vielleicht doch etwas, worüber gesprochen werden sollte.«

Vorsichtig hebt Jonathan Gollum von seinem Schoß, steht auf und beginnt, auf und ab zu laufen. »Wie lustig. Als du mir deinen Lebenslauf vorgelegt hast, stand da gar nicht drin, dass du ein qualifizierter Therapeut bist.«

»Das ist nicht, was ich … Weißt du eigentlich, dass es verdammt noch mal unmöglich ist, sich mit dir zu unterhalten?«

»Dann verstehst du also auch, warum ich *dich* auf Abstand halte?« Er versucht, mich zu provozieren, aber darauf werde ich mich nicht einlassen.

Dieses eine Mal wird Jonathan Forest die Situation nicht kontrollieren. »Er glaubt, er wäre ein schlechter Vater gewesen.«

Jonathan zuckt mit den Achseln. »Das war er auch.«

»Wirklich?«

»Ja.«

Wie schon gesagt: Es ist verdammt noch mal unmöglich, sich mit ihm zu unterhalten. »Inwiefern?, frage ich, viel ungeduldiger als ein qualifizierter Therapeut.

»Er wurde gefeuert, weshalb wir ans andere Ende des Landes ziehen mussten, und dann hat er vollkommen darin versagt, sich einen anderen bedeutsamen Job zu suchen.«

»Aber er wurde nicht einfach nur gefeuert, oder? Gemeinsam mit ihm haben sie den halben Norden entlassen.«

Jonathan fährt sich mit der Hand durchs Haar. »Was macht das für einen Unterschied?«

»Das war mitten während einer Finanzkrise. Die gesamte Stahlindustrie ist in sich zusammengefallen. Dafür kannst du ihn doch nicht wirklich verantwortlich machen, oder?«

»Ich mache ihn nicht dafür verantwortlich, dass er am Boden war. Aber ich mache ihn sehr wohl dafür verantwortlich, dass er nicht wieder aufgestanden ist.«

»Aber er *ist* doch wieder aufgestanden.«

Jetzt setzt Jonathan seine verachtende Miene auf. Ich *hasse* seine verachtende Miene. »Was weißt du schon darüber?«

»Ich sehe bloß, was ich sehe. Und zwar einen Mann, der alles in seiner Macht Stehende für seine Familie getan hat.«

»Tja, das war aber nicht genug.« Verdammt, Jonathan kann manchmal wirklich frostig sein. Aber unter dieser Eisschicht verbirgt sich etwas. Etwas geradezu Rohes. Ein kleiner Junge, der nicht verstehen kann, warum sein Dad ihn nicht beschützt. »Es war schon schlimm genug, der schwule Junge mit dem lustigen Akzent zu sein, da habe ich nicht auch noch die fiesen Lieder gebraucht: *Johnny Forest, Johnny Forest, warum ist dein Dad immer noch arbeitslos*.«

Ich starre ihn an. »Jonathan, willst du mir wirklich weismachen, dass du deinem Dad nach zwanzig Jahren immer noch Vorhaltungen machst, weil sie dich auf dem Spielplatz gehänselt haben?«

»Natürlich nicht«, murmelt Jonathan. »Ich will einfach nur nicht wie er werden.«

Und dann ist da erst mal nur noch Stille. Jonathan sieht ein wenig schockiert aus. Seine Augen sind geweitet, und er ist leicht atemlos, als hätte er gerade eine Chilischote ausgespuckt, von der er nicht wusste, dass er sie gegessen hat.

»Hör mal«, sage ich. »Mir ist bewusst, dass ich euch beide nicht besonders gut kenne, aber soweit ich es beurteilen kann, könntest du es schlimmer treffen, als so zu werden wie Les Forest.«

»Das ist es also, was du von mir willst?« In Jonathans Körper regt sich mal wieder kein Muskel. »Dass ich mich von Scheißjob zu Scheißjob hangele, nie für mich selbst oder andere Leute einstehe, immer am Verlieren bin und nicht die Kraft habe, mein eigenes Glück zu schmieden?«

Ich habe keine Ahnung, wie ich darauf reagieren soll. Also beginne ich noch mal von vorne. »Erstens: Ich will gar nichts von dir. Ich meine, ich will nicht, dass du dich veränderst.«

»Du verlangst ständig von mir, mich zu ändern.«

»Ich bitte dich lediglich, dich anders zu *verhalten*. Weniger arschig. Aber du bist nicht dein Verhalten.«

Er wirkt nicht überzeugt. »Aber es ist doch allgemein bekannt, dass unsere Taten zeigen, wer wir sind.«

»Nein. Du tust, was du tust. Du bist, was du bist. Nur weil dein Dad Scheißjobs hatte, macht ihn das nicht zu einer Scheißperson.«

»Natürlich nicht.« Ich bin froh, dass Jonathans Meinung von Les nicht dermaßen schlecht ist, dass er das so unterschreiben würde. »Es macht ihn bloß zu einer gescheiterten Persönlichkeit.«

Jonathans Hin- und Hergelaufe macht mich nervös. Also stehe ich auf und stelle mich vor ihn, in der Hoffnung, dass er damit aufhört. Und das tut er auch, denn die Alternative wäre, in mich hineinzurennen oder scharf links abzubiegen wie eine Kellerassel in einem Labyrinth. »Er ist keine gescheiterte Persönlichkeit. Er hat getan, was nötig war. Stell dir vor, wie dein Leben wäre, wenn dein Dad zu stolz gewesen wäre, um Hilfe oder einen Job anzunehmen, den er als unter seiner Würde erachtet.«

Ein Schatten zuckt durch Jonathans Blick, während wir einander in dem halb dekorierten Wohnzimmer gegenüberstehen und uns ansehen. Gollum reibt das Köpfchen an seinem Schienbein, aber dieses eine Mal schenkt Jonathan *mir* mehr Aufmerksamkeit. »Du meinst, wenn er weniger gewillt gewesen wäre, sein Scheitern zu akzeptieren?«

Es gibt Momente, in denen ich mich frage, warum ich Jonathan Forest mag. Merkwürdigerweise ist dies keiner dieser Momente. Vielleicht habe ich mich daran gewöhnt, mich mit ihm zu streiten. Oder vielleicht diskutiere ich bloß weiter mit ihm, weil ich weiß, dass sich tief in ihm drin eine Person verbirgt, die es wert ist, erreicht zu werden. »Ja. Es ist nichts verkehrt daran, zu erkennen, wenn du am Boden bist. Denn irgendwann sind wir das alle mal. Und sich an Dinge zu klammern, die du schlichtweg nicht mehr hast, hilft nie.«

»Also soll ich dankbar dafür sein, dass mein Dad sich von der Welt wie ein geprügelter Hund hat behandeln lassen?«

Ich hebe die Hand, ohne so richtig darüber nachzudenken, was ich tue, und lege sie auf seinen Arm. Er erstarrt noch mehr, weicht mir aber nicht aus. »Ja, solltest du. Du magst sein Verhalten zwar nicht respektieren, aber du wärst nicht hier, hättest dir nicht alles aufgebaut, was du heute hast, wenn er das nicht getan hätte.«

»Alles, was ich habe, habe ich mir aus eigener Kraft aufgebaut.«

»Aus den Trümmern, die er dir vermacht hat. Und Dingen, die Del dir gegeben hat. Und der Rest deiner Familie.« Jetzt bin ich fast versucht, ihn zu schütteln. »Ich versuche nicht, dich runterzumachen, und ich meine damit auch nicht, dass du kein beeindruckender Mann bist, der in der sehr spezifischen Nische der Schlaf- und Badezimmerbranche großartige Dinge erreicht hat –«

Jonathan unterbricht mich mit einem Geräusch, das ich noch nie von ihm gehört habe. Und da fällt mir auf, dass es ein Lachen ist. »Wie schmeichelhaft.«

Ich seufze. »Trotzdem ist es wahr. Du *bist* ein beeindruckender Mann. Aber dass du an diesen Punkt gekommen bist, hatte seinen Preis. Und das ist kein Preis, den viele Leute zahlen wollen oder sollten.«

»Leute, auf die sich andere verlassen, sollten ihn bezahlen.«

Er legt eine Hand auf mein Handgelenk, als würde er meine Berührung abschütteln wollen, aber er tut es nicht. Es fühlt sich eigenartig an, dass wir uns berühren, während wir uns streiten. Aber so ist es nun mal. »Ich habe das alles getan, um die Menschen, die ich liebe, so unterstützen zu können, wie es mein Vater nie konnte.«

»Ja, aber du hast sie dabei auf eine Art und Weise enttäuscht, wie es dein Dad nie getan hat.«

»Ich habe sie nicht –«

»Doch, hast du, Jonathan. Sieh dich doch mal um.« Ich gebe ihm einen Moment, um sich umzusehen, in der Hoffnung, dass die halb fertige Weihnachtsdeko ihn begreifen lässt, was ich nicht ausspreche. »Deiner Familie geht es gut. Sie brauchen dein Geld nicht –«

»Aber was, wenn etwas passiert?«, fragt er mit ersticktem, dringlichem Tonfall.

»Ist es schon. Und zwar vor fünfzehn Jahren, und ihr habt es alle durchgestanden. Weil ihr einander hattet. Und ihr werdet einander immer haben, solange du sie nicht alle von dir stößt. Was, um das noch mal klarzustellen, du gerade tust.«

Wenigstens dieses eine Mal fährt Jonathan mich nicht mit abwertenden oder gemeinen Worten an.

Also presche ich vorwärts. »Sie wollten einfach nur Zeit mit dir verbringen, und du hast es verkackt. Ich meine, stell dir doch mal vor, wie es sich wohl für deinen Dad anfühlt, dass sein Sohn sein Leben dem Vorhaben gewidmet hat, so wenig wie möglich wie er zu sein.«

»Es ist nicht so, dass ich so wenig wie möglich sein will wie er«, sagt Jonathan sehr leise. »Ich will bloß nicht dieselben Fehler begehen.«

Und jetzt schüttele ich ihn doch ein wenig, obwohl es sich mit meiner Hand auf seinem Arm eher wie ein sanftes Drücken anfühlt. »Er hat keine Fehler begangen. Ein paar Banker in Belgravia haben Fehler begangen. Dein Dad hat Entscheidungen getroffen. Und seine Entscheidung war, seine Familie vor seinen Stolz zu stellen.«

Jonathan macht sich nun doch von mir los. Er geht zum Sofa, lässt sich daraufsinken und schlägt die Hände vors Gesicht. Gollum setzt sich neben ihn, als wäre er empathisch, wie ich gerne glauben würde, dabei sieht er wahrscheinlich nur eine Möglichkeit, es warm und behaglich zu haben.

Unschlüssig bleibe ich stehen. Ich glaube, ich bin zu ihm durchgedrungen, aber vielleicht habe ich ihn auch gebrochen. Vermutlich braucht er jetzt Zeit für sich. Gerade will ich mich aus dem Zimmer schleichen, da blickt er zu mir auf. Seine Augen sind leicht gerötet, als würde er fast weinen.

»Sam«, sagt er. »Geh nicht.«

»In Ordnung«, sage ich.

Und den restlichen Abend über sagen wir nicht mehr viel.

23. KAPITEL

Danach verbessert sich die Situation ein wenig. Es ist nicht wieder ganz so wie vorher, aber immerhin besser. Jonathan arbeitet nach wie vor viel, doch es fühlt sich mehr danach an, dass er wegen der bevorstehenden Feiertage viel zu tun hat, als dass er mir aus dem Weg gehen will. Und ich habe selbst alle Hände voll mit der Partyplanung zu tun. Natürlich muss ich dabei diskret vorgehen, da Jonathan immer noch nicht weiß, dass ich in Kontakt mit meinem alten Team stehe, aber wenn ich ihm sage, dass ich »wegen der Deko mit einer Frau schreibe«, ist das streng genommen keine Lüge.

Je mehr Zeit vergeht, desto mehr wird mir allerdings klar, dass mir *Das ist streng genommen keine Lüge* für Jonathan und mich nicht reicht. Langsam entwickelt es sich zu einem Elefanten im Raum. Schlimmer noch, das ganze Haus füllt sich mit Elefanten. Es gibt den Leide-ich-nach-wie-vor-unter-Gedächtnisverlust-Elefanten, der neben dem Bin-ich-immer-noch-gefeuert-Elefanten steht, der wiederum vor dem Muss-ich-überhaupt-weiterhin-hier-wohnen-Elefanten hockt. Und diese drei beäugen den abseitsstehenden Wie-stehen-die-Dinge-zwischen-Jonathan-und-seinem-Dad-Elefanten. Ein wirklich großer Elefant, der auch noch viel älter ist und gefährlichere Stoßzähne hat, sodass ich ihm nicht zu nahe kommen möchte. All diese Elefanten sitzen auf dem riesigen Elefanten namens Das-eine-Mal-als-ich-dich-geküsst-habe-und-es-mir-gefallen-hat. Ich fand Elefanten immer süß. Jetzt nicht mehr.

Mir ist nicht klar, ob ich wirklich zu Jonathan durchgedrungen bin. Ich meine, ich glaube nicht, dass er der Typ Mensch ist, der seine Meinung über Nacht ändert – oder jemals. Aber er muss zumindest irgendetwas fühlen, denn als er nach Hause kommt, hat er ein ganzes Hühnchen im Schlepptau und beginnt, es in der Küche auf aggressive Weise zu bearbeiten.

»Muss ich etwa die *Royal Society for the Protection of Birds* anrufen?«, frage ich.

Jonathan hat die Ärmel bis zu den Ellbogen hochgekrempelt. »Es ist schon tot, also würden sie vermutlich sagen, dass der Anruf ein bisschen zu spät kommt.«

»Vermutlich ist es besser, dass es tot ist, so wie du es rannimmst.«

»Ich stopfe es«, informiert Jonathan mich auf diese zornige Weise, die ich mittlerweile als seine Art von Amüsement zu erkennen weiß.

Ich sehe ihm noch eine Weile dabei zu, wie er das Hühnchen malträtiert. »Du stopfst es nicht«, sage ich dann. »Das sieht eher nach Fisting aus. Mit einer Zitrone.«

Und nach zwei Jahren der Zusammenarbeit und über zwei Wochen des Zusammenwohnens bricht seine Fassade endlich, und er lacht so richtig. Ich bin mir nicht sicher, ob *ich* schockierter bin oder *er*.

»Dein Ernst?«, frage ich. »Du kommst seit dem dritten Dezember in den Genuss meines Humors und nördlichen Charmes, und der Hühnchen-Fisting-Witz bringt dich zum Lachen?«

Jonathan wirft mir einen Seitenblick zu, und die Fältchen um seine Augen sind einem Lächeln und keiner finsteren Miene geschuldet, und dadurch sieht sein ganzes Gesicht anders aus, auch wenn es immer noch hauptsächlich aus Brauen und Kiefermuskeln besteht. »Was soll ich sagen? Es ist nicht leicht, mich gern zu haben, die fehlende Liebe mache ich mit Geld wett, und mein Sinn für Humor ist zutiefst anspruchslos. Und übrigens betreibe ich kein Fisting mit dem Hühnchen. Ich bin am Kochen.«

»Das kann niemand Kochen nennen, eher Leichenschändung.« Jonathan greift nach etwas Langem, Dünnem, Grünem. »Was machst du denn nun schon wieder?«

»Ich gebe Rosmarin hinzu.«

»Jonathan.« Ohne nachzudenken, lege ich meine Hand auf sein Handgelenk. Wir stehen jetzt nah beieinander, und er winkelt den Arm an, um seine Finger voll rohem Hühnchen von meinem Shirt fernzuhalten. »Du kannst dieses Hühnchen nicht mit einer Zitrone im Arsch und einem hinten herausschauenden Rosmarinzweig in sein Grab schicken.«

Er lacht wieder.

»Ach, komm schon, jetzt findest du also das Wort Arsch lustig?« Erneut lacht er. »Das ist nicht dein Ernst. Du Riesenarsch.«

Nun lacht er so heftig, dass er ein bisschen weint, aber er kann sich nicht über die Augen wischen, ohne circa sechs verschiedene Hygieneregeln zu brechen. Also tue ich es für ihn, wobei ich versuche, mir nicht zu viele Gedanken darüber zu machen, wie dunkel die Ringe unter seinen Augen in letzter Zeit geworden sind.

Jonathan räuspert sich und weicht ein wenig vor mir zurück. »Das stand so in dem Rezept.« Seine Stimme ist vom Lachen nach wie vor ein bisschen weich.

»Ein Rezept hat dir aufgetragen, *das* zu tun? Wo hast du das denn her? Aus dem Magazin des Clubs der Hühnerhasser?

Der Serienkillerzeitschrift? Einem verbotenen Porno aus den Siebzigern?«

»Es ist auf meinem Handy.« Jonathan deutet mit dem Ellbogen darauf, weil seine Finger voller Hühnchen sind. »Sieh nach, wenn du mir nicht glaubst.«

Ich beuge mich vor, um zu lesen, was auf dem Display steht. *Sehr einfaches Brathühnchenrezept. Die fettgeschriebenen Anweisungen sind für Kinder.* »Jonathan, ist das ein Rezept für Kinder?«

»Ich bin mir sicher, dass das Kind optional ist. Und außerdem«, fügt er abwehrend hinzu, »habe ich auch die Anweisungen für Erwachsene befolgt.«

»Da steht nirgendwo, dass Geflügel misshandelt werden soll.«

Mit einer leicht übertriebenen Aufforderungsgeste tritt er beiseite. »Dann los. Zeig mir, wie du eine Zitrone auf respektvolle Weise in ein Hühnchen einführst.«

Ich drehe den Vogel, sodass ich ihn hochkant halte, weite die Öffnung und lasse die Zitronenhälften vorsichtig hineingleiten. »Siehst du? Es geht ganz einfach. Dafür musst du die Hand nicht bis zum Handgelenk darin versenken.«

»Da steht *stopfen*. Für mich ist bei dem Wort *stopfen* eine gewisse Kraftaufwendung impliziert.«

Jetzt ist es an mir, zu kichern, nur dass ich in den ausgehöhlten Leichnam eines Hühnchens hineinlache. »Gut zu wissen. Aber in diesem Kontext ist das nicht nötig. Warum willst du überhaupt ein Brathähnchen machen? Wir haben doch noch den Auflauf von gestern.«

Jonathan verdreht die Augen, was allerdings größtenteils gegen sich selbst gerichtet zu sein scheint. »Ich dachte, ich sollte üben. Für Weihnachten, wenn die Familie kommt.«

Das überrascht mich. Nicht, dass die Familie nach wie vor

an Weihnachten kommt, denn diese Truppe könnte selbst mit in der Auffahrt vergrabenen Landminen niemand aufhalten, sondern dass sich Jonathan darauf vorbereitet, und zwar nicht, indem er Geld ausgibt oder Befehle brüllt. »Du weißt, dass ich dir helfen werde, oder?«, sage ich.

»Das wollte ich nicht einfach voraussetzen. Vor allem nicht, nachdem …« Ihm geht der Sprit aus.

Ich bin mir allerdings nicht sicher, ob ich mehr Sprit habe als er.

Da klingelt Jonathans Handy, und ich war noch nie so froh um Ablenkung. Selbst wenn wir nun beide umeinander herumrennen, um herauszufinden, wie wir den Anruf entgegennehmen sollen, da wir beide klebrige Hühnchenfinger haben.

Schließlich gelingt es Jonathan, mit den Fingerknöcheln zu swipen und den Lautsprecher anzustellen.

»Ich koche gerade«, sagt er sofort. »Brathähnchen.«

»Das ist schön«, ertönt Les' Stimme. »Ist Sam in der Nähe?«

»Ja«, sage ich. »Ich wasche mir eben die Hände, also könnte es kurz rauschen.«

Während ich das tue, fährt Les fort. »Ich rufe bloß an, um Bescheid zu geben, dass wir ein Problem zuhause haben. Falls ihr also Hilfe bei den Weihnachtsvorbereitungen braucht, werdet ihr uns nicht im Haus antreffen.«

»Was ist passiert?«, fragt Jonathan, der sich die Finger an einem Küchentuch abwischt.

Ich höre Wendys laute, wenn auch leicht verzerrte Stimme im Hintergrund, die uns zuruft, dass wir uns keine Sorgen über Details zu machen brauchen. »Deine Mam sagt, dass wir euch nicht damit belasten sollen«, übersetzt Les.

»Sag Mum, dass ich mir nur noch mehr Sorgen mache, wenn ihr es mir nicht verratet.«

»Er sagt, dass er sich nur noch mehr Sorgen macht, wenn

wir es ihm nicht verraten.« Weitere Stimmen ertönen im Hintergrund.

»Ein Wasserrohrbruch«, erklärt Les. »Das wird schon wieder. Ich habe den Absperrhahn zugedreht, bevor ein echter Schaden entstehen konnte, aber so kurz vor Weihnachten findet sich nur schwer ein Klempner, also haben wir kein Wasser.«

Weitere Stimmen folgen.

»Ich soll dir von deiner Mam sagen, dass alles in Ordnung ist.« Noch mehr Stimmen.

»Ich soll dir sagen, dass Barbara Jane uns ein Hotel sucht.«

»Nehmt euch ein schönes Zimmer«, sagt Jonathan sofort. »Ich kann die Rechnung –« Er unterbricht sich selbst, sieht nicht mich, sondern das Hühnchen an. »Es sei denn … Ich habe freie Gästezimmer, falls ihr … Also, wenn ihr lieber …«

Les schweigt. Dann höre ich eine gedämpfte Diskussion. »Er fragt, ob …«, gefolgt von »Sei doch nicht so …« und dann »Eigentlich finde ich«, bevor Les' Stimme wieder deutlich ertönt: »Bist du dir sicher, mein Sohn?«

»Warum sollte ich mir nicht sicher sein?«, fragt Jonathan, und ich muss ihm Extrapunkte für Ironie geben. »Ich bin mir sicher, dass wir euch ein Hotelzimmer auftreiben können, wenn das leichter ist, aber da ihr sowieso an Weihnachten hier sein werdet und ich den Platz habe …«

»Barbara Jane wäre auch dabei«, wirft Les ein.

»Kein Problem.« Und er klingt so, als würde er es ernst meinen oder als gäbe er sich wirklich Mühe, so zu klingen, als meinte er es ernst.

Les hält einen Moment inne. »Und Johnny.«

»Ich dachte, er würde bei Kayla und Theo wohnen.«

»Sie haben keinen Platz mehr«, erklärt Les. »Weil Anthea älter wird und ihr eigenes Zimmer braucht.«

Diesmal braucht Jonathan etwas mehr Zeit zum Antworten.

»Kein Problem.« Er klingt auch weniger überzeugend als vorher. »Ich habe auch Platz für Johnny.«

»Danke, Sohn.« Vielleicht bilde ich es mir nur ein, aber ich könnte schwören, Überraschung aus Les' Stimme herauszuhören.

Und erst, nachdem sie aufgelegt haben – und Wendy in den Hörer gebrüllt hat, dass sie später vorbeikommen –, kommt mir ein Gedanke.

»Weißt du, ich könnte mir das mal ansehen«, sage ich.

»Was denn?« Jonathan hat sich schon wieder dem Hühnchen gewidmet. Allerdings versucht er nun, es mit Butter einzureiben, die gerade erst aus dem Kühlschrank kam, sodass er das Hühnchen eher mit kleinen gelben Steinen bombardiert.

»Das Rohr.«

Beinahe höre ich, wie Jonathan die Schubladen des Aktenschranks in seinem Kopf unter *Becker, S* aufzieht und meine Akte herausnimmt, die er vor Jahren dort abgelegt hat. »Ach ja richtig, du warst früher Klempner, oder?«

»Natürlich habe ich kein Werkzeug hier.« Da erst fällt mir auf, dass ich mich nicht über Wert verkaufen sollte. Und vor allem hoffe ich, dass es meine Gedächtnisverlust-Farce nicht in sich zusammenfallen lässt wie ein Kartenhaus mit einem Wasserrohrbruch, wenn ich verkünde, dass ich mich an meine Klempner-Fähigkeiten erinnere. »Falls sie ein neues Rohr brauchen, weiß ich nicht, wo ich eins auftreiben soll. Ich arbeite schon so lange nicht mehr in der Branche, dass ich keine Lieferanten mehr kenne. Aber ich könnte mir den Schaden wenigstens ansehen und aufpassen, dass sie nicht von einem Experten abgezockt werden, wenn sie einen finden.«

Er sieht mich auf eine Weise an, die ich noch nicht an ihm kenne. Ich glaube, es ist Dankbarkeit. »Das wäre lieb von dir.«

»Gar kein Problem.« Ist es wirklich nicht. Obwohl ich versuche, nicht zu sehr über all die wirren Gründe nachzudenken, aus denen ich meine Hilfe angeboten habe – so wirr wie verklumpte Haare im Abfluss. Denn während ich das für die Forests tun möchte, weil sie nett zu mir waren, tue ich es auch, weil ich ein schlechtes Gewissen habe. So ein richtig schlechtes Gewissen. Aus mehreren Gründen. Außerdem muss ich weiterhin daran arbeiten, Jonathan zu beweisen, wie nützlich ich bin, damit er mich nicht wegschickt. Ich meine natürlich, zum Besten meines Teams.

Und vielleicht meine ich auch … so ganz allgemein.

»Also gut«, Jonathan wirft einen halb neugierigen und halb mitleidigen Blick auf das Hühnchen, »was mache ich diesmal falsch?«

Am Ende ist das fertige Brathähnchen okay – nicht gut, aber auch nicht furchtbar. Das Gemüse ist oben ein wenig verbrannt, und die Kartoffeln sind etwas trocken, aber für Jonathans ersten Versuch und in Anbetracht der Tatsache, dass es sich um ein Rezept für Sechsjährige handelte, hätte es schlimmer ausgehen können.

Wir essen gemeinsam am Küchentisch, und da ich die Fenster im Blick habe, fällt mir ein silbernes Schimmern auf dem Gras im Garten auf.

»Das war wohl der Grund für den Bruch«, sage ich. »Das Rohr muss gefroren sein.«

Jonathan sieht von seinen Erbsen auf. »Wie bitte?«

»Das Gras ist gefroren«, erkläre ich. »Was bedeutet, dass die Temperaturen unter null gefallen sind, und das vielleicht schon seit Tagen. Und wenn deine Eltern ein altes Haus haben, wovon ich ausgehe, weil die meisten Londoner Häuser alt sind, gibt es Stellen, an denen die Isolierung nicht mehr so gut ist, und dann gefrieren die Rohre. Das Wasser dehnt sich aus und sorgt schließlich dafür, dass das Rohr bricht.«

»Möglich.« Jonathan dreht sich zu den Fenstern um. »Oder vielleicht hat Onkel Johnny versucht, etwas die Toilette runterzuspülen, was dort nichts zu suchen hat.«

Jetzt klingt er wieder mehr wie der alte Jonathan, aber das ist in Ordnung, weil ich nicht möchte, dass der alte Jonathan gänzlich verschwindet. »Hast du gerade angedeutet, dass dein Onkel mit Drogen dealt?«

»Als ich dreizehn war, hat er Mums Lieblingsvase zerbrochen und versucht, die Bruchstücke im Klo runterzuspülen, um die Beweise zu vernichten, also gibt es da eine Vergangenheit.«

»Willst du mir wirklich weismachen, dass ein erwachsener Mann versucht hat, Keramikscherben im Klo runterzuspülen?«

»Was Johnny an gesundem Menschenverstand fehlt, macht er mit Dreistigkeit wieder wett.« Ein Hauch von Zuneigung schleicht sich in Jonathans Stimme. Ein klitzekleines Häuchlein. Der Hauch ist so zart, dass die Juroren der Sendung *Bake Off* darüber sagen würden: »Sorry, der kommt einfach nicht bei mir an.«

»Keine Sorge«, sage ich. »Wir verstecken das gute Porzellangeschirr, bevor er kommt.«

Dann widme ich mich wieder meinem Abendessen, während Jonathan weiterhin aus dem Fenster starrt, was bedeutet, dass sein Hähnchen kalt wird, was sich nicht gerade positiv auf den sowieso bereits fragwürdigen Geschmack auswirken wird.

»Es ist bloß Frost«, sage ich. »Das passiert jedes Jahr im Winter.«

»Ich weiß, es ist nur …« Nie hätte ich geglaubt, dass Jonathan Forest träumerisch klingen könnte. Das ist auch jetzt nicht der Fall, aber beinahe. »Diese Jahreszeit. Wenn der Atem weiß in der Luft tanzt. Als ich noch sehr klein war, habe ich dann immer so getan, als wäre ich ein Drache.«

Ich werfe ihm einen ermutigenden Blick zu. »Das kannst du immer noch.«

»Ich bin keine sechs Jahre alt, Sam.«

»Ich weiß. Aber warum sollte Kindern der ganze Spaß vorbehalten sein?«

Jonathan dreht sich wieder dem Tisch zu und spießt ein Stück Hühnchen auf, als hätte das arme Ding nicht schon genug durchgemacht. »Ich spiele nicht Drache mit dir.«

In letzter Zeit ist Jonathan mir so erfolgreich aus dem Weg gegangen, dass ich mich nun fühle, als müsste ich erst wieder lernen, wie ich mich in seiner Gegenwart zu verhalten habe. Denn er ist nicht gerade der Typ Mensch, mit dem man auf den ersten Blick gern Zeit verbringt.

Da er streng genommen gekocht hat, spüle ich ab, und danach finde ich ihn mit Gollum auf dem Schoß auf dem Sofa vor. Die beiden schauen aus dem Fenster, sehen der untergehenden Sonne dabei zu, wie sie das frostgeküsste Gras zum Funkeln bringt. Ich setze mich zu ihnen und betrachte das Schauspiel ebenfalls. Und es ist irgendwie magisch, wenn ich nicht allzu sehr darüber nachdenke, was es mit dem Gras anstellt.

Die Magie wird ein wenig getrübt, als Jonathans Familie hereinpoltert und das Gras zertritt, was dem Rasen nun wirklich nicht guttun wird. Als Jonathan die Tür öffnet, sind Barbara Janes erste Worte: »Scheiße, warum ist es so kalt, wer setzt Teewasser auf?«

Jonathan begrüßt sie mit einem trockenen »Guten Abend, BJ«, das von den lautstarken Begrüßungen, Kommentaren und Forderungen der anderen übertönt wird, die hinter ihr ins Haus kommen.

»Johnny, mein Junge.« Das ist Onkel Johnny, der offenbar das einzige Familienmitglied ist, das Jonathan Johnny nennen kann, ohne dass es verwirrend wird. »Kann ich ein paar Kisten in deiner Garage lagern?«

»Sie standen eine Woche lang in unserem Eingangsbereich«, fügt Wendy hinzu, die eine Bluse mit Mohnblumen unter einem regenbogenfarbenen, gestreiften Cardigan trägt, der selbstgestrickt aussieht.

»Und in unserem Wohnzimmer«, fügt Les hinzu.

Jonathan mustert die drei misstrauisch. »Das klingt nach mehr als ein paar Kisten.«

»Ja, okay.« Johnny hebt beide Hände. »Wir sprechen von etwa zwölf.«

»Und was genau ist da drin?«, fragt Jonathan, womit er den Blick fürs Detail unter Beweis stellt, der ihn an die Spitze der Schlaf- und Badezimmerindustrie befördert hat.

Johnny grinst selbstzufriedener, als es einem Mann Anfang sechzig gut zu Gesicht steht. »Halloween-Zeug.«

Meine Neugier ist geweckt. »Halloween-Zeug?«

»Jap.« Er nickt. »Wenn du es um diese Jahreszeit kaufst, ist es billig, und dann verscherbelst du es nächsten Oktober für das Doppelte.«

Les wirft seinem Bruder einen düsteren Blick zu. »Hattest du wirklich vor, den Scheiß zehn Monate lang in unserem Wohnzimmer zu lagern?«

Johnny zuckt mit den Achseln. »Ich hätte mir schon was einfallen lassen.«

»Wann?«

»Jetzt.« Onkel Johnny wendet sich wieder an Jonathan. Seine Miene würde ich irgendwo zwischen erwartungsvoll und hoffnungsvoll einordnen. »Was sagst du?«

Jonathan verengt die Augen unter den Brauen, die zum allerersten Mal angemessen schwer aussehen. »Und das ganze Zeug befindet sich aktuell bei Mum und Dad?«

Onkel Johnny nickt.

»Ich muss zugeben«, Jonathan klingt beinahe sanft, was ganz neu für mich ist, »dass es kein furchtbarer Plan ist. Zumindest«, plötzlich klingt er weniger sanft, »wenn du damit die Lagerkosten umgehen kannst.«

»Und das werde ich, weil ich Verbindungen habe«, verkündet Onkel Johnny.

Barbara Jane, die schon vor Längerem kapiert hat, dass niemand Teewasser aufsetzen wird, weshalb sie es selbst in die Hand genommen hat, kommt mit einer Tasse in der Hand aus der Küche gestampft. »Mit Verbindungen meinst du eine Person mit einer Garage, die nur *ein klein wenig* zu höflich ist, um dir zu sagen, dass du dich verpissen sollst, Onkel Johnny.«

»Um fair zu sein«, Jonathan schaut grinsend von der Couch auf, »*mir* hat noch niemand vorgeworfen, ich wäre zu höflich.«

Dem kann Barbara Jane nur zustimmen.

»Du kannst sie bis Januar in meiner Garage lagern«, fügt Jonathan an Johnny gewandt hinzu. »Danach besorgst du dir gefälligst irgendein Schließfach.«

Onkel Johnny schaut niedergeschlagen drein.

»Wenn es so ein guter Deal ist, wie du uns weismachen willst, dann wirst du trotzdem Profit machen. Wenn nicht, dann hättest du vielleicht in etwas Besseres investieren müssen.«

»Apropos Kisten.« Wendy hat sich gerade erst hingesetzt, steht aber schon wieder auf und drückt auf sehr offensichtliche Weise den Rücken durch. »Wir sollten unser Zeug holen. Wo wirst du uns unterbringen, Jonathan?«

Er steht ebenfalls auf und deutet die Treppe hoch, als würde er Touris den Weg zum Marble Arch erklären. »In der oberen Etage. Ich dachte, du und Dad könntet das zweite Zimmer rechts und BJ und Johnny das erste auf der linken Seite nehmen.«

»Alles klar.« Wendy schnappt sich einen übergroßen Rollkoffer, der bei der Eingangstür stand. »Komm, Les, je schneller wir anfangen, desto schneller sind wir fertig.«

Onkel Johnny hat sich auch erhoben, doch Barbara Jane strahlt starke *Wartet-mal-einen-Moment*-Vibes aus.

»Du kannst doch nicht *ernsthaft* glauben, dass ich mir ein Zimmer mit dem teile.«

»Was hast du an mir auszusetzen?«, fragt Johnny mit dem Tonfall einer Person, die sich äußerst bewusst ist, dass es darauf mehrere mögliche Antworten gibt.

Barbara Jane funkelt ihn an. »Du meinst, was habe ich an dir *nicht* auszusetzen? Außerdem: Wie viele zweiunddreißigjährige, geschiedene Frauen würden sich bitte gern ein Zimmer mit ihrem über sechzigjährigen Onkel teilen?«

Jonathan lächelt auf diese Weise, auf die er nur Barbara Jane anlächelt. »Ich glaube nicht, dass zweiunddreißigjährige, geschiedene Frauen das Recht darauf haben, wählerisch zu sein.«

»Sohn.« Les schaut missbilligend drein, wenn auch auf nicht ganz überzeugte Weise. »Ich bin mir nicht sicher, aber das ist vermutlich sexistisch.«

»Ist es«, bestätige ich.

Barbara Jane funkelt bloß weiter. »Ich bezweifele, dass ihr beide Experten auf dem Gebiet seid. Und, Johnny, ich darf sehr wohl wählerisch sein, weil ich mir ganz einfach ein Hotelzimmer nehmen könnte. Und wenn ich die Wahl zwischen Zimmerservice oder dem da«, sie deutet auf Onkel Johnny, »als Zimmergenosse habe, weiß ich, wofür ich mich entscheide.«

Mit großer Geste zieht Jonathan sein Handy aus seiner Brusttasche. »Dann lass mich dir ein Taxi rufen.«

»Soll mir recht sein«, sagt Onkel Johnny. »Dann muss ich mein Bett nicht teilen.«

Barbara Janes Augenbrauen bewegen sich auf extrem ausdrucksstarke Weise. »Bitte was? Ich hatte angenommen, dass du wenigstens auf dem Boden schlafen würdest.«

»Mit meinen Rückenschmerzen?«

»Wie wäre es denn damit?« Wendy hat ihren Koffer hochkant hingestellt und sich draufgesetzt. Wahrscheinlich geht sie davon aus, dass sich diese Diskussion noch etwas hinziehen wird. »Warum schläfst du nicht bei uns, und Johnny kann das Zimmer für sich allein haben?«

»Also statt mir ein Zimmer mit meinem nervtötenden Onkel zu teilen, muss ich es mit meinen Eltern teilen?«

»Na schön.« Wie es aussieht, hat sich Wendy eine ganze Strategie überlegt. »Dann bekommst du dein eigenes Zimmer, und Johnny schläft bei uns.«

Les regt sich ein ganz klein wenig. »Das wird er verdammt noch mal nicht.«

»Mit dir würde ich auch nicht in einem Raum schlafen wollen.« Onkel Johnny klingt empörter, als er aussieht. »Du schnarchst.«

»Ich schnarche nicht«, entgegnet Les nachdrücklich.

Wendy bedenkt ihn mit einem halben Lächeln und einer halben Grimasse. »Doch, tust du, Liebling.«

Währenddessen scheint Barbara Jane intensiv über etwas nachgedacht zu haben. »Ich bin verwirrt. Gibt es hier nicht fünf Schlafzimmer? Dann müsste es ein Zimmer für dich, eins für mich, eins für die Eltern, eins für Johnny und eins für Sam geben, davon ausgehend, dass …« Sie wirft Jonathan und mir einen vielsagenden Blick zu.

»Ja, davon wird ausgegangen«, stimmt Jonathan ihr zu. »Aber falls du dich erinnerst, hatte eine Person die brillante Idee, ein

Drittel eines Weihnachtsbaums in Sams altes Zimmer zu stellen, um eine magische Weihnachtsillusion zu erschaffen.«

»Da das meine Idee war«, werfe ich ein, »sollte *ich* mein Zimmer aufgeben.«

»Du kannst nicht von ihm verlangen, dass er sein Zimmer teilt«, entgegnet Wendy. »Er ist dein Gast.«

»Seid ihr nicht alle zu Gast?«, merke ich an.

Barbara Jane schüttelt den Kopf. »Für die Familie gelten andere Regeln. Wir können einander die Köpfe abreißen, aber dir gegenüber müssen wir so tun, als wären wir wohlwollend und großzügig.«

»Ihr zieht gerade bei mir ein, BJ«, sagt Jonathan. »Wie viel wohlwollender und großzügiger soll ich denn noch sein?«

»Du hättest uns Tee anbieten können, als wir angekommen sind?« Barbara Janes gekränkter Tonfall ist nur zum Teil aufgesetzt.

»Und *du* hättest uns allen welchen kochen können.« Johnny wirft einen vorwurfsvollen Blick in Richtung Küche.

»Das habe ich.«

Eine Teelüge lässt Wendy nicht durchgehen, nicht einmal ihrer eigenen Tochter. »Hast du nicht, du hast bloß ein paar Tassen mit Teebeuteln rausgestellt.«

»Damit sich alle den Tee so zubereiten können, wie sie ihn am liebsten trinken.«

»Du verdammte Heilige.« Ich höre geradezu, wie Jonathan die Augen verdreht.

Ich habe das Gefühl, dass uns das Teeproblem vom eigentlichen Problem ablenkt, also versuche ich, das Gespräch wieder auf das Zimmerthema zu lenken. »Es ist wirklich keine große Sache. Ich bin schon länger hier, wenn also jemand sein Zimmer aufgeben sollte, dann bin ich es, und ich kann auch problemlos wieder in das Zimmer mit dem Baum ziehen.«

»Wir mussten das Bett verschieben«, wirft Jonathan ein. »Es lehnt jetzt an der Wand.«

»Dann schlafe ich eben in einem ungewöhnlichen Winkel.«

»Wirst du nicht.« Ich glaube, Wendy weiß, dass ich nur Spaß mache, aber ganz sicher kann ich mir nicht sein. »Wird er nicht. Jonathan, du lässt ihn nicht in einem ungewöhnlichen Winkel schlafen. Wir haben dich nicht dazu erzogen, deinen Besuch in einem ungewöhnlichen Winkel schlafen zu lassen.«

Jonathan seufzt. »Er wird nicht in einem ungewöhnlichen Winkel schlafen, Mum.«

»Das wäre nicht gut für seinen Rücken«, fährt sie fort und wendet sich postwendend wieder an mich: »Das wäre nicht gut für deinen Rücken.«

»Okay.« Ergeben breite ich die Hände vor mir aus. »Ich verspreche, dass ich nicht versuchen werde, so zu schlafen, als läge ich auf einer Streckbank. Wahrscheinlich werde ich mir einfach ein paar Sofakissen auf den Boden legen und es mir dort gemütlich machen.«

Wendy wirft Jonathan einen Blick zu.

»Das ist wirklich kein Problem«, beharre ich.

Wendy starrt Jonathan immer noch an.

»Wie wäre es denn damit?«, sagt Jonathan schließlich, wobei er nur ein wenig so klingt, als würde er ein Skript vorlesen. »Sam nimmt mein Zimmer, und ich schlafe auf dem Sofa.«

»Das ist wirklich nicht –«, versuche ich zu protestieren.

»Jetzt haben wir es.« Wendy strahlt. »Alles geklärt. Komm, Les, hilf mir mal damit.«

Ich bin mir nicht sicher, aber ich glaube zu sehen, wie Les seinem Sohn einen wohlwollenden Blick zuwirft, während er an ihm vorbeigeht, um Wendy mit dem Koffer zu helfen. Die restlichen Familienmitglieder sammeln ebenfalls ihre Sachen zusammen und bringen sie nach oben, außer Onkel Johnny, der sich auf den Weg macht, um ein Dutzend Kisten voller Halloween-Deko zu holen.

Es dauert eine Weile, bis sich die ganze Familie eingerichtet hat, vor allem, da ihnen irgendwann auffällt, dass eins der Zimmer – das, aus dem ich gerade ausgezogen bin – viel kleiner ist als die anderen. Doch da Johnny das Haus zwanzig Minuten lang verlassen hat, muss er sich am Ende mit diesem Zimmer zufriedengeben, was Barbara Jane mit sehr viel Selbstgefälligkeit quittiert. Nachdem alle ausgepackt haben, finden wir uns gemeinsam im mittleren Wohnzimmer ein und sitzen um den nach wie vor weitestgehend grünen Weihnachtsbaum.

»Wie schade, dass wir die Deko nie fertig aufgehängt haben.« Wendy blickt am Baum hinauf. Und sobald sie die Worte ausspricht, hängt da etwas zwischen Les und Jonathan in der Luft. Es ist nicht wirklich Spannung, aber *etwas*. Denn einer der Elefanten hat gerade den Raum betreten und drückt sich nun unter dem Baum herum wie ein riesiges Geschenk, das niemand auspacken möchte.

»Um ehrlich zu sein«, Barbara Jane ist von Tee zu dem Gin übergegangen, den Auntie Jack beim letzten Mal hiergelassen hat, »war es vermutlich von Anfang an ein ziemlich ehrgeiziges Vorhaben.«

Doch wenn Wendy sich einmal etwas in den Kopf gesetzt hat, ist sie nicht davon abzubringen. »Trotzdem schade, alles so nackt zu lassen.«

»Ich werde die Trittleiter *nicht* holen gehen«, protestiert Jonathan. »Es ist schon spät.«

Les nickt. »Es ist, wie es ist, und ich finde, es sieht ganz schön aus.«

Barbara Jane beschreibt einen kleinen Kreis mit ihrem Glas. »Und was versprüht krassere Weihnachtsstimmung als etwas, das mittendrin aufgegeben wurde, weil es in einen sinnlosen Streit ausgeartet ist? Ich meine, das beschreibt doch so ziemlich jede Partie *Monopoly*, die wir je gespielt haben.«

»Das liegt bloß daran, dass du bei *Monopoly* mogelst«, ruft Onkel Johnny, der gerade erst aus der Garage hereingekommen ist.

»Tja, es ist nun einmal langweilig, wenn man nicht mogelt.«

»Nein, BJ.« Jonathan seufzt. »Es ist langweilig, *wenn* man mogelt, weil das Spiel bloß noch länger dauert, wenn du Geld von der Bank stiehlst.«

»Und außerdem ist Mogeln moralisch verwerflich?«, füge ich hinzu.

Barbara Jane stellt ihren Drink vorsichtig auf dem Boden ab. »Nicht so verwerflich, wie Leute überhaupt erst zum *Monopoly*-Spielen zu nötigen.«

»Wie wäre es denn, wenn wir nur die Deko aus der Familienkiste aufhängen?«, sagt Les, und es überrascht mich, dass er so schnell wieder den Mund aufmacht. Sonst ist er eher ein Ein-Satz-pro-Konversation-Typ. »Damit wären wir offiziell fertig.«

Wendy ist schon aufgesprungen, bevor jemand kommentieren kann, dass es eine gute oder schlechte Idee ist, und fünfundvierzig Sekunden später steckt sie den Kopf mit einem verblüfften Gesichtsausdruck wieder zur Tür herein. »Was hast du mit der Kiste angestellt, Jonathan? Sag mir ja nicht, dass du sie verloren hast.«

Jonathan wirft ihr einen scharfen Blick zu. »Natürlich nicht. Sie steht in meinem Zimmer.«

»Was hat sie denn da zu suchen?«

»Ich wollte sie an einem sicheren Ort aufbewahren.«

Ich frage mich, ob er es nicht vielleicht tröstlich fand, sie in der Nähe zu haben.

Er holt die Kiste herunter, und wir versammeln uns darum.

Einen Augenblick lang schauen wir sie einfach nur an, als wäre sie etwas Heiliges. Was sie in gewisser Weise auch ist. Dann öffnet Les sie.

»Normalerweise ist das Dels Aufgabe«, sagt er.

»Tja nun«, wirft Wendy ein, »es ist schon lange überfällig, dass es jemand anderes übernimmt.«

»Vor allem, weil er doch nächstes Jahr vielleicht nicht mehr unter uns weilt.« Barbara Jane grinst.

Les holt die Schneeflocke aus Zuckerpapier mit so viel Ehrfurcht heraus, dass ich fast vergesse, dass es sich dabei bloß um Tand handelt. Er überreicht sie seiner Tochter, die das Gesicht vor kaum verhohlenem Ekel verzieht.

»Irgendwann müsst ihr aufhören, mir die zu geben.«

Wendy verschränkt die Arme vor der Brust. »Das war das Erste, was du als kleines Kind von der Schule mit nach Hause gebracht hast, und diese Flocke hängt seit fast dreißig Jahren an unserem Weihnachtsbaum, also wird sie auch dieses Jahr aufgehängt.«

Barbara Jane hält sich die Schneeflocke vors Gesicht. »Scheiße, ich war echt unkoordiniert, was? Das Ding kann man ja kaum als Schneeflocke erkennen. Es ist bloß ein Stück Papier mit ein paar Löchern drin.«

Trotz ihrer Einwände hängt sie sie vorsichtig an den Baum, sorgsam darauf bedacht, genug Abstand zu allem zu halten, das die Flocke beschädigen könnte.

Dann ist Jonathan an der Reihe. Ihm gehört der Apfel. Seine Reaktion ist nicht so übertrieben empört wie die seiner Schwester, aber er wirkt leicht resigniert. »Wann werdet ihr mich diese Geschichte jemals vergessen lassen?«

»Nie«, verkündet Wendy.

»Entschuldigt mal«, werfe ich ein. »Was würde er gern vergessen?«

Jonathan sieht peinlich berührt aus. Was eine recht normale Reaktion auf die eigenen Eltern ist, aber keine, die ich von Jonathan Forest erwartet hätte. »Sagen wir mal so: Wir hatten früher mal zwei davon, aber eines Tages, als ich noch sehr jung war, bin ich ziemlich hungrig geworden.«

Ich beäuge den Apfel. Er sieht nicht gerade echt aus. »Ich hoffe, du warst wirklich *sehr* jung.«

»Er war sechsundzwanzig«, sagt Barbara Jane.

»Ich war fünf«, korrigiert Jonathan sie.

Dies wäre der richtige Moment, um eine Braue zu heben, aber ich hatte den Dreh dafür nie raus. »Und seitdem haben dich deine Eltern regelmäßig an diese potenziell traumatisierende Glas-Apfel-Verspeisung erinnert?«

Wendy grinst mich so selbstzufrieden an, dass ich es nur als *typisch Mutter* beschreiben kann. »Irgendwoher müssen Traditionen schließlich kommen, Sam.«

In der Zwischenzeit hat Jonathan seinen Apfel aufgehängt, und Les greift erneut in die mit nostalgischen Peinlichkeiten gefüllte Kiste. »Hallo«, sagt er. »Dieser kleine Kerl ist neu.«

Und er zieht das Meerschweinchen mit der Weihnachtsmütze heraus.

24. KAPITEL

Es ist eigenartig.

Also, auf eine gute Weise, glaube ich. Nicht auf eine schlechte. Okay, vielleicht doch schlecht.

Ich hänge mein Meerschweinchen neben die anderen Ornamente an den Baum, und Jonathan und ich erzählen allen, dass wir zwölf Pfund dafür bezahlt haben. Der restliche Abend ist einfach … schön. Still – oder so still es mit dieser Truppe sein kann –, und alles passt zusammen und ergibt Sinn, und das bin ich nicht gewohnt, zumindest nicht mehr.

Und jetzt liege ich im Bett. In Jonathans Zimmer, während er versucht, es sich unten auf einem Sofa gemütlich zu machen, das nicht lang genug für ihn ist und was ehrlich gesagt eher so aussieht, als wäre es von einem überbezahlten Deko-Team des Designs wegen ausgewählt worden und nicht von der Person, die tatsächlich darauf sitzen wird und die eigene Gemütlichkeit im Sinn hat.

Und ich schlafe nicht.

Ich bin mir nicht sicher, ob ich ein schlechtes Gewissen habe oder einfach nur … Keine Ahnung. Vielleicht liegt es bloß daran, dass Jonathans Bett unbequem ist, aber das ist es natürlich nicht, denn er besitzt eine Schlaf- und Badezimmerladenkette, also würde er niemals eine unbequeme Matratze verkaufen, und er würde auf keiner Matratze schlafen, die er nicht verkaufen würde. Für mich hat er das Bett frisch bezogen, aber ich rede mir ein, dass ich ihn trotzdem riechen kann – den scharfen Duft seines Rasierwassers und dieses Radox-Duschgel, das gleichzeitig ein Shampoo ist, für Männer, die zu beschäftigt sind, um auch nur eineinhalb Flaschen mit in die Dusche zu nehmen. Woran es auch immer liegen mag, ich schaffe es einfach nicht, mich zu entspannen. Also stehe ich auf und schleiche nach unten, in dem Versuch, niemanden zu wecken.

Als ich am Fußende der Treppe ankomme, höre ich Stimmen. Keine mir bekannten Stimmen, sondern Stimmen mit dem *Geordie*-Akzent aus dem Nordosten Englands. Sie klingen gedämpft, dringen aus dem Fernseher.

Doch dann höre ich eine Stimme, die ich kenne. »Du musst uns mal das Digitalfernsehen einstellen«, sagt Les.

»Das habt ihr doch schon.«

»Ja, aber wir können es nicht bedienen. Du musst vorbeikommen und uns zeigen, wie«, kurz setzt Stille ein, sodass ich mir vorstelle, wie Les seine technische Unfähigkeit mit einer Handbewegung darstellt, »das mit der App funktioniert.«

»Ich bin sehr beschäf–« Jonathan unterbricht sich. »Ich komme vorbei, wenn das Rohr repariert ist.«

»Wenn es dir lieber ist, kannst du auch Sam vorbeischicken«, sagt Les. »Das würde ihm sicher nichts ausmachen, er ist ein guter Junge.«

»Ich schicke Sam nicht vorbei. Er ist nicht mein … Ich kann ihn nicht einfach herumschicken.«

»Trotzdem glaube ich nicht, dass es ihm etwas ausmachen würde.«

Eine weitere Stimme dröhnt aus dem Fernseher. Ich erkenne den *Brummie*-Akzent, der in der Gegend um Birmingham gesprochen wird. Und der Sprecher ist eindeutig Timothy Spall. Ich nehme es als mein Zeichen, mich endlich zu erkennen zu geben und so zu tun, als hätte ich nicht gerade gelauscht. »Ich will euch ja nicht stören, aber schaut ihr gerade *Auf Wiedersehen, Pet?*«

»Du kannst dich zu uns setzen, wenn du möchtest«, sagt Les.

Nun, da ich im Zimmer stehe, sehe ich die beiden. Sie sitzen mit Gollum auf dem Sofa, vor sich eine riesige Schale mit gemischten Nüssen, die Wendy mitgebracht hat und unbedingt auf den Couchtisch stellen wollte. Denn offenbar ist es erst Weihnachten, wenn eine Schale mit gemischten Nüssen herumsteht.

Ich drücke mich in meinem Schlafanzug in der offenen Tür herum wie ein Kind, das heimlich zu lange aufgeblieben ist. »Ich möchte wirklich nicht stören. Konnte bloß nicht schlafen.«

»Es war ein anstrengender Tag«, sagt Jonathan. Und ich mustere ihn, um herauszufinden, ob er mir *Komm-doch-rein*-Vibes oder *Lass-mich-allein-mit-meinem-Dad*-Vibes sendet. Er strahlt keins von beidem aus. Und da ich nicht allein oben liegen und mich rastlos und verkorkst fühlen möchte, setze ich mich auf den Sessel, der noch frei ist.

»Die Sendung habe ich schon seit Jahren nicht mehr geschaut«, sage ich. »Früher habe ich sie immer mit meiner Nan geschaut.«

»Aber in letzter Zeit nicht mehr?«, fragt Les.

»Sie ist gestorben«, erkläre ich. Was der Wahrheit entspricht. Und es ist so lange her, dass die Tatsache, dass ich mich daran erinnere, meine Gedächtnisverlust-Story nicht in Gefahr bringt.

Les und Jonathan sprechen mir beide ihr Beileid aus, und ich versichere ihnen, dass es schon eine Weile her ist und sie ein gutes, langes Leben hatte. Denn das sagt man so, oder? In ihrem Fall stimmt es auch.

Schweigend schauen wir dann die gerade laufende Folge der Dramedy-Serie über britische Bauarbeiter, die sich Arbeit im Ausland suchen. Und obwohl dies das erste Mal ist, dass ich Les und Jonathan mehr als sechs Minuten lang zusammen erlebe, ohne dass es schwierig zwischen ihnen wird, fühlt es sich vertraut an. Vielleicht liegt es bloß daran, dass es eine dermaßen typische Dad-Aktivität ist, eine Serie aus den Achtzigern zu schauen, lange nachdem die Achtziger vorbei sind. Deshalb fühlt es sich wohl so normal an, egal, wer ich bin oder wer sie sind. Ich könnte mich bestimmt auch mit einem waschechten Alien auf der Internationalen Raumstation befinden, und wenn der Cyborg-Vater des Aliens alte Folgen *'Allo 'Allo!* einschalten würde, wäre es immer noch das Natürlichste auf der Welt.

Dann und wann nehme ich mir eine Nuss aus der Schale.

»Es ist interessant, das nach dem Brexit zu schauen«, sage ich während der nächsten Werbepause. »Heutzutage denken die Leute selten an Briten, wenn sie von immigrierten Arbeitskräften sprechen.«

Les hebt auf diese kaum wahrnehmbare Art die Schultern, mit der er so gut wie all seine Gefühle ausdrückt. »Früher kannte ich viele Männer, die für die Arbeit nach Deutschland gegangen sind. Sogar noch mehr in den frühen Neunzigern. Nach der Wiedervereinigung gab es dort viel Arbeit auf dem Bau.«

»Bist du selbst gegangen?«, frage ich.

»Nein. Zu dieser Zeit habe ich für *British Steel* gearbeitet. In der Stahlindustrie ließ sich damals mehr verdienen als in der Bauindustrie.«

Es war nicht meine Absicht, mit meinem Kommentar eine tiefschürfende Diskussion über Les' Jobvergangenheit loszutreten, aber jetzt ist es zu spät, es zurückzunehmen, also nutze ich die Gelegenheit, um Jonathans Reaktion zu beobachten. Allerdings ist da keine. Oder vielmehr: Er zeigt sie nicht.

»Dann hast du wohl nicht in einer Hütte mit sechs lustigen Typen wohnen müssen«, sage ich.

»Und du warst jeden Abend wieder zuhause bei uns«, fügt Jonathan unerwartet hinzu.

Einen Moment lang hängen die Worte in der Luft, während nur die Stimmen mit den verschiedensten regionalen Dialekten aus dem Fernseher die Stille mit trockenen Bemerkungen zu den Auswirkungen der Politik von Margaret Thatcher füllen. Dann sagt Les: »Ja, dafür habe ich immer gesorgt.«

Danach sagt erst mal keiner mehr was. Wir beenden die Folge, und als sie vorbei ist, steht Les auf und streckt sich.

»Ich kann noch eine abspielen«, bietet Jonathan an.

Doch Les wirkt zufrieden. »Nein danke, Sohn. Ich bin mir nicht sicher, ob ich für dieses Binge-Watching geschaffen bin, das heutzutage der letzte Schrei ist. Damit geht alles viel zu schnell vorbei.« Er sucht sich eine letzte Paranuss aus der Schale und nickt uns zu, während er sie isst. »Ich lasse euch mal allein.«

Ich weiß ja nicht, warum er glaubt, uns allein lassen zu müssen, aber er geht trotzdem. Ich werfe Jonathan einen Seitenblick zu, für den Fall, dass er weiß, wie man sich verhält, wenn man plötzlich mit einem Kerl, mit dem man irgendwie zusammenwohnt, und einer Herde Elefanten allein gelassen wird. Er trägt, was im Casa de Forest wohl als Schlafklamotten durchgeht: eine weiche Stoffhose und ein weiteres Scherzartikel-T-Shirt aus seiner Scherzartikel-T-Shirt-Sammlung, auf dem *Ich ♥ Napoli* steht. Darunter prangt die italienische Flagge und das Bild eines Cartoon-Hunds, der aus irgendeinem Grund Pizza serviert. Jonathan so zu sehen, fühlt sich ein bisschen an, wie wenn man seinem Zahnarzt beim Einkaufen begegnet.

Objektiv betrachtet ist es keine große Sache, und gleichzeitig total abgefahren.

»Was?«, fragt er so direkt wie immer.

»Nichts«, antworte ich. »Ich kann dich nur schwer ernst nehmen, wenn mir Mr Hundekoch von deiner Brust entgegengrinst.«

Er zieht die Brauen zusammen, wenn auch nicht so grimmig wie sonst immer. »Nanny Barb hatte eine tolle Zeit in Neapel und hat mir das Shirt als Souvenir mitgebracht. Dachtest du wirklich, ich würde in einem Anzug schlafen, damit mein Kissen weiß, wer der Boss ist?«

»Ganz ehrlich? Ja, das dachte ich schon ein bisschen.«

»Ach, halt die Klappe«, sagt er, ohne jeglichen Groll.

Ich lasse das so stehen, denn wir befinden uns gerade an der Grenze zwischen unangenehm und schön, und ich will die Stimmung nicht in die falsche Richtung kippen lassen. Jonathan zieht ein Knie an den Körper. Er sieht entspannter aus, als ich ihn je zuvor gesehen habe. Vor allem, weil sein Haar nach dem Bürsten total fluffig ist. Vorher wusste ich es nicht, weil er sich immer irgendwelche Produkte reinschmiert, aber es ist die Art von Haar, durch die ich gern mit den Fingern fahren würde. Oder in die ich mich gern krallen würde.

Nicht den Moment zerstören zu wollen, ist eine Sache, aber langsam finde ich, dass ich etwas sagen sollte. Und obwohl ich mir nicht sicher bin, warum, ist das Erste, was mir in den Sinn kommt: »Lieb von dir, dass du deine Familie bei dir wohnen lässt.«

Sein Mund verzieht sich auf diese Weise, die ich mittlerweile als seine Art zu lächeln erkannt habe. »Mum und Dad hier wohnen zu lassen, war lieb von mir. BJ und Onkel Johnny mitkommen zu lassen, macht mich zu einem verdammten Heiligen.«

Auf eine umständliche Weise ist er, glaube ich, gerade selbstironisch. Was bedeutet, dass er seine arrogante Aussage hinter einem sarkastischen Tonfall tarnt. »Du hättest sie in ein Hotel verfrachten können. Ich dachte tatsächlich, du würdest das tun.«

»Was nicht ist, kann ja noch werden.« Er wird ein wenig weicher, also, für seine Verhältnisse. »Aber ich habe nachgedacht … über das, was du … über unser Gespräch. Und«, die Worte scheinen ihm beinahe körperliche Schmerzen zu bereiten, »du hattest recht.«

»Entschuldige, wie bitte? Ich habe dich nicht gehört.«

»Ich sagte … oh, sehr lustig.«

Ich grinse. Ich bin mir nicht sicher, ob ich grinsen sollte, aber ich tue es. »Nein, fahr ruhig fort. Sag es noch mal. Ich muss diesen Moment auskosten.«

»Du hattest recht«, sagt er entschieden. »Und es gefällt mir nicht, dass du implizierst, ich würde anderen Leuten keine Anerkennung zollen, wenn sie etwas gut oder richtig machen.«

»Das glaube ich dir sofort. Aber um ihnen Anerkennung zu zollen, müsstest du andere Leute überhaupt erst mal etwas tun lassen.«

»Ja, ja, ich bin furchtbar.«

Es fühlt sich fast schon gemein an, immer noch so schockiert darüber zu sein, dass Jonathan etwas Nettes getan hat, und eigentlich bin ich es auch gar nicht. Ich denke ja nicht, er wäre böse oder so. Er ist bloß so verdammt dickköpfig. »Aber mal im Ernst«, sage ich. »Du hättest nicht auf mich hören müssen.«

»Ich weiß. Es ist nur … du hattest recht. Es ist wichtig zu wissen, wenn man geschlagen wurde.«

Jetzt fühle ich mich noch schlechter. »Ich habe nicht versucht, dich zu schlagen. Sondern … wir haben uns einfach nur unterhalten.«

Jonathan krault Gollum hinter den Ohren. »So kann man es auch ausdrücken. Jedenfalls hast du einige Dinge gesagt, die mich zum Handeln bewegt haben.« Okay, ich fühle mich viel schlechter. Egal, was der Plan war, egal, wie gut es sich angefühlt hat, ihn endlich mal etwas lockerer zu erleben, ich hatte nie vor, mich ihm gegenüber wie ein Arsch zu verhalten. »Es geht dabei aber nicht um die ganze *Ich-mag-dich-nicht*-Sache, oder?«

»Ein bisschen schon. Aber ich bin kein Kind, ich bin es gewohnt, für mein Verhalten kritisiert zu werden.«

In gewisser Weise ist das schmeichelhaft. Gleichzeitig dreht sich mir gerade der Magen um. »Aber es ist dir wichtig, dass ich dein Verhalten gutheiße? Dir ist nicht egal, was ich von dir denke?«

»Ganz offensichtlich, ja.«

»Warum?«

Er zuckt bloß mit den Schultern. »Keine Ahnung.« Nun senkt er den Bick. »Ich glaube, der Kater ist schuld.«

Ich fühle mich nach wie vor, als hätte ich eine schlechte Nuss gegessen. »Du weißt aber, dass ich es nicht ernst gemeint habe. Ich war bloß sauer und so.«

»Aber du warst sauer, weil ich mich … weil ich dich … es war dein gutes Recht, sauer zu sein.« Mittlerweile betrachtet er Gollum äußerst eingehend. »Und der Grund dafür, dass du sauer warst … der hat mir ganz und gar nicht gefallen.«

Meine Eingeweide ziehen sich zusammen. »Okay, aber du hattest sicher auch Gründe, sauer auf mich zu sein.«

Als er mich ansieht, erkenne ich in seinem Blick, dass er keine Ahnung hat, wovon ich spreche. Oder tut er nur so? Falls Letzteres der Fall ist, sollte ich ihn wohl einfach weiter so tun lassen. Aber das möchte ich nicht. Neben dem Sturz in die Dusche, dem Gefeuertwerden und der Gehirnerschütterung will ich nicht, dass unser Kuss nur eine weitere Sache wird, die nie geschehen ist. Also wage ich es, einen Schuss auf den Elefanten abzugeben. »Weil ich doch … Wegen dem, was ich getan habe.« Da erst dämmert mir, dass ich so einiges getan habe. »Mit meinen Lippen.«

»Deshalb war ich nicht sauer«, gibt er zu, wobei er sich vor Unbehagen schon beinahe windet. »Ich war … Ich wusste nicht, wie ich darauf reagieren sollte.«

»Es tut mir leid.«

Jonathan dreht sich so abrupt zu mir, dass er Gollum aus seinem selbstzufriedenen Schlummer reißt und ihn so vom Sofa vertreibt. »Es muss dir nicht leidtun.«

»Doch. Ich habe es verkackt.«

»Du bist verletzt. Und ich befinde mich in einer Autoritätsposition. Deshalb ist es meine Aufgabe, die Grenzen zwischen uns zu wahren.«

Irgendwie hat er ja recht, aber auch wieder nicht. »Ja, das würde die Personalabteilung sagen. Aber es ist komplizierter. In dem Moment wusste ich, was ich tat. Und ich habe mich nicht zu irgendetwas gezwungen gefühlt. Ich war bloß … ich habe mich in dir verloren.«

»Was ich nicht hätte zulassen dürfen.«

Er lässt einfach nicht locker. Und es sagt wohl sehr viel darüber aus, wie sehr mir die Situation gerade entgleitet, dass ich sein Verhalten langsam süß statt frustrierend finde. »Es geht hier nicht ums *Zulassen*. Du kannst nicht immer alles kontrollieren, Jonathan, und vor allem kontrollierst du *mich* nicht.«

»Nein«, sagt Jonathan trocken. »Ganz offensichtlich tue ich das nicht.«

Eine Weile sitzen wir einfach nur schweigend da. Es stellt sich heraus, dass die Idee, den Elefanten zu erschießen, nicht die beste war. Denn übrig bleibt ein toter Elefant, und der nimmt genauso viel Platz ein wie ein lebendiger – und er beginnt irgendwann zu stinken.

Schließlich ergreift Jonathan wieder das Wort: »Wie dem auch sei, es darf nie wieder passieren.«

»Ja«, stimme ich ihm zu. »Nie wieder.«

Doch Jonathan Forest kann nicht mal ein Ja als Antwort akzeptieren. »Ich meine es ernst. Wir müssen vernünftig sein. Wir können uns nicht hinreißen lassen.«

»Das habe ich auch nicht vor. Schließlich laufe ich nicht durch die Gegend und küsse sämtliche Leute.«

»Das habe ich dir auch gar nicht angekreidet.«

»Ernsthaft«, protestiere ich weiter, wobei mir bewusst wird, dass Protestieren etwas ist, was man definitiv übertreiben kann. »Ich weiß, dass du der große, düstere, schmollende Typ bist, aber ich kann meine Hände von dir lassen.« Doch nun, da ich es ausspreche, ist da diese leise Stimme in meinem Hinterkopf, die sagt: *Ja, aber was, wenn du es nicht tun würdest?*

»Sam.« Er fährt sich mit den Fingern durch sein wunderschönes, zerzaustes Haar. »Das ist echt *nicht leicht.*«

Diese Reaktion habe ich nicht erwartet. Ich habe erwartet, dass er dasselbe etwa neunmal wiederholen würde, als versuchte er, mir einen Garantie- und Wartungsvertrag aufzuschwatzen. »Was meinst du damit?«

»Jetzt sei doch nicht so begriffsstutzig«, knurrt er, auf einmal wieder ganz der alte Jonathan.

»Ich bin nicht begriffsstutzig. *Du* weichst mir aus.«

»Was soll ich denn sagen? Dass das Zusammenleben mit dir … dass du … dass ich nicht.« Er unternimmt einen zweiten Versuch. »Dass das hier …« Prompt gibt er auf.

Ich starre ihn an, nicht wirklich fassungslos, aber schon sehr nah dran. »Jonathan, versuchst du mir gerade zu sagen, dass du auf mich stehst?«

»Wie könnte ich *nicht* auf dich stehen?« Er fällt nach vorn, stemmt die Ellbogen auf die Knie und presst die Fingerspitzen gegen seine Stirn. »Du bist in mein Leben gekommen wie ein verdammt nervtötender Sonnenstrahl. Du redest so viel, dass ich es vermisse, wenn du mal nicht redest. Du versuchst, Dinge zu reparieren, von denen ich nicht mal wusste, dass sie kaputt sind. Du hast einen schrecklichen Humor, an den ich mich aus unerfindlichen Gründen gewöhnt habe. Andere Menschen liegen dir so mühelos am Herzen, dass sogar ich es schaffe, es mit ihnen auszuhalten. Und dann hast du mich geküsst und jetzt …« Jetzt lässt er den Kopf noch mehr herabsinken, sodass seine Hände sein Gesicht verdecken. »Und ich weiß nicht, wie ich den Rest meines Lebens überstehen soll, ohne noch mal von dir geküsst zu werden.«

Es ist so typisch Jonathan Forest, dass er mir zwar gerade sagt, dass er mich mag, ich mich aber trotzdem ein wenig von ihm beleidigt fühle. Oder vielleicht ist mein Gehirn gerade nur auf diese Idee gekommen, weil ich keine Ahnung habe, wie ich das verarbeiten soll. Das alles. »Tja, das musst du nicht«, sage ich. »Ich bin doch hier.«

»Mir ist äußerst bewusst, dass du *hier* bist«, fährt Jonathan mich an. »Und mir ist außerdem sehr bewusst, dass du mein Angestellter bist.«

Ich bin sein Angestellter, der ihm zu allem Überfluss vorspielt, unter Gedächtnisverlust zu leiden, um Zeit zu schinden und ihn dazu zu bringen, mich zu mögen. Aber Letzteres ist mir jetzt gelungen, und das ist aus so vielen Gründen verkorkst, über die ich mir vorher nicht mal Gedanken gemacht habe, selbst wenn ich damit die Filiale rette. Und was noch schlimmer ist: Der Plan hat auch bei mir gewirkt. Irgendwie stehe ich nun auch auf seiner Seite. Jonathan ist mehr für mich geworden als nur mein Arschloch-Chef. Er ist mein Arschloch-Chef, dessen emotionalen Ballast ich gesehen habe, dessen Familie ich kenne, dessen Lachen ich gehört habe. Und ich weiß ebenfalls nicht, wie ich mein restliches Leben überstehen soll, ohne ihn noch mal zu küssen.

»Was, wenn wir einfach sagen, ich würde nicht für dich arbeiten?«, versuche ich es. »Nur für einen Moment.«

»So funktioniert das nicht.«

»Sagt wer?«

Er blickt auf, seine dunklen Augen glänzen wie Gagatkohle aus Whitby. »Alle, Sam. Das Gesetz.«

»Okay, aber alle sind gerade nicht hier. Wir sind hier. Und was soll schon Schlimmes passieren?« Das ist furchtbar. Ich sollte das nicht tun. Das Problem ist, ich kann mich nicht davon abhalten. Seit langer Zeit habe ich keine Kapazitäten gehabt ... so zu empfinden. Dafür sind zu viele Dinge auf einmal passiert. Und nun, da die Gefühle da sind, kann ich sie nicht gehen lassen. Ich kann sie nicht aufgeben. »Nur dieses eine Mal«, versuche ich es weiter. »Um uns auszutoben und es abzuhaken.«

»Das wird nicht funktionieren.«

»Es ist besser als die Alternative.«

»Welche Alternative?«, fragt er. »Dass wir uns wie vernünftige Erwachsene verhalten?«

»Du warst schon dein ganzes Leben ein vernünftiger Erwachsener, Jonathan. Und was hat es dir gebracht?«

Er schenkt mir eins seiner Zwei-Fünftel-Lächeln. »Ich nehme an, dies ist nicht der richtige Zeitpunkt, um dich daran zu erinnern, dass ich in der sehr spezifischen Nische der Schlaf- und Badezimmerbranche großartige Dinge erreicht habe?«

»Ja, aber was ist das alles wert, wenn du nicht von der Person geküsst werden darfst, von der du gern geküsst werden würdest?«

»Sam.« Das Wort entfährt ihm mit einem kapitulierenden Seufzen. »Das kannst du nicht wollen. Nicht wirklich.«

Ich bin mir ziemlich sicher, er meint damit, *er* könne nicht das sein, was ich will, aber er ist zu stolz, um es auszusprechen. »Doch, ist es«, erwidere ich. »Du bist es.«

Die daraufhin einsetzende Stille dehnt sich aus wie Klebstoffmasse. Und dann sitzt Jonathan Forest plötzlich auf mir und küsst mich so heftig, dass es mir den Atem raubt.

»Sorry«, keucht er, »ich bin nicht sehr –«

Wie ich es schon seit einer Ewigkeit tun will, fahre ich ihm mit den Fingern durchs Haar und küsse ihn, bevor er den Satz beenden kann. Und es fühlt sich an, als würde er mich mit jedem Kuss, den er je hatte oder je haben wird, küssen wollen. Ich hätte wissen müssen, dass Jonathan Forest den *Toben-wir-uns-aus*-Teil meines Plans viel zu ernst nehmen würde.

»Autsch«, murmele ich.

Jonathan weicht zurück. Seine Wangen sind gerötet, und er sieht verlegen aus. »Ich habe dich vorgewarnt. Ich ...« Er sieht weg. »Ich bin ein wenig aus der Übung.«

»Ja, du wirst nicht müde zu erwähnen, wie beschäftigt du bist.«

Er sieht mich immer noch nicht an. Es ist irgendwie süß, dass er sich eben noch auf mich geworfen hat, wie ein Truck, der gegen einen Poller rast, und mir auf einmal kaum mehr in die Augen sehen kann. »Um ehrlich zu sein, hatte ich nicht viele Langzeitbeziehungen, und an unverbindlichem Sex bin ich nicht besonders interessiert, also ... tue ich es ... gar nicht wirklich viel.«

Ich verstehe das gut, denn in den letzten Jahren war ich auch nicht gerade Mr Party Boy. Aber es ist doch wie Fahrradfahren, oder? Als Jugendliche tun wir es so oft, dass wir nicht vergessen können, wie es funktioniert. »Also, dann lass es uns langsam angehen?«

»Ich habe gesagt, dass ich mit unverbindlichem Sex nicht viel anfangen kann«, der keusche Jonathan hat das Gebäude verlassen, »und nicht, dass ich sechzehn bin und noch nie geküsst wurde.«

»Schön, ich meine ja bloß, dass du nicht drauflospreschen musst, als würdest du all die verlorene Zeit auf einmal aufholen wollen.«

Er funkelt mich an. »Wie hättest du es denn sonst gern?«

Nicht so, klingt ein wenig zu barsch. Es war ja nicht schlecht. Sondern bloß ein bisschen … zu viel. Und wenn dies das einzige Mal ist, dass ich Jonathan Forest küssen darf, soll es definitiv alles sein, was es sein kann. »Wie wäre es, wenn du kurz durchatmest und erst mal mich machen lässt?«

»Das hast du unglaublich verführerisch formuliert.«

Ich lache. »Halt einfach den Mund und lass mich dich küssen.«

Und überraschenderweise tut er wie geheißen. Auch wenn ich ihn nicht sofort küsse. Ich ziehe ihn in eine bequemere Position auf meinem Schoß und fahre mit den Fingern über seinen Kiefer und den Nasenrücken.

Er zuckt leicht zurück. »Was machst du da?«

»Ich bewundere dich.«

»Ich habe einen Spiegel. Da gibt es nicht viel zu bewundern.«

»Ach, komm schon. Ich liebe es, dich anzusehen.«

Skepsis legt sich über Jonathans Gesichtszüge wie Frost über eine Wiese. »Vielleicht sollten wir dich wieder zum Arzt bringen.«

»Ich meine es ernst. Ich behaupte ja nicht, du wärst Henry Cavill, aber das heißt nicht, dass es nichts an dir gibt, was mir gefällt. Ich meine, aufs Äußere bezogen.«

»Sam.« Er kommt so ernst rüber, oder versucht es zumindest. Ich glaube, er könnte peinlich berührt sein. »Das ist schön und gut, und ich will ja nicht undankbar erscheinen, aber unsere Zeit ist begrenzt, und du musst nicht … Ich brauche nicht …« Verwirrt wedelt er mit der Hand zwischen uns hin und her. »Was auch immer du hier zu tun glaubst.«

»Du brauchst niemanden, der dich nett behandelt?«

»Wenn ich das bräuchte, wäre ich am Arsch. Falls es dir nicht aufgefallen ist, es gibt nicht gerade viele Freiwillige.«

»Tja, ich melde mich freiwillig.«

»Ja, aber …« Er schließt die Augen und sieht wahrhaft gequält aus. »Das hier ist nicht von Dauer. Ich darf mich nicht daran gewöhnen.«

Mein Herz fühlt sich an, als hätte jemand einen Korkenzieher hineingebohrt, um ihn nun langsam zu drehen, denn das Letzte, was ich will, ist, Jonathan wehzutun. Am Anfang dachte ich noch, das hier wäre ein bisschen egoistisch von mir, aber vielleicht ist es *sehr* egoistisch. Sogar sehr, sehr egoistisch. »Wir können aufhören, wenn du –«

»Nein.« Seine Finger krallen sich fester in mein T-Shirt.

»Ich will dir nicht das Gefühl geben –«

»Ist mir egal.«

Also küsse ich ihn wieder. Ich küsse ihn so, wie es ihm vielleicht Angst macht, aber wie ich glaube, dass er es verdient, geküsst zu werden. Ich küsse ihn sanft und innig und lasse das zwischen uns ganz natürlich fließen, all die Hitze und die Hoffnung und die Zärtlichkeit, als wäre er das Beste, was mir seit langer Zeit passiert ist. Und Jonathan Forest vergisst einen Moment lang – mehr als einen Moment lang –, dass er ein harter Mann ist, der keine Zeit für andere Leute erübrigen kann. Denn in meinen Armen ist er so großzügig, liebevoll, aufmerksam und offen, wie ich es von ihm brauche.

Ich hätte auf ihn hören sollen. Wir dürfen uns nicht daran gewöhnen. Leider ist es für mich, glaube ich, schon zu spät. Und was auf der anderen Seite auf mich wartet, sieht sehr trostlos aus.

Es fällt mir noch schwerer, in Jonathans Bett einzuschlafen, nachdem wir uns wieder geküsst haben. Denn diesmal war die unmittelbare Reaktion darauf nicht: *Oh mein Gott, das war ein Fehler*.

Es ist eine bessere Schlaflosigkeit als die, unter der ich früher am Abend gelitten habe. Ich bin nach unten gegangen, um Jonathan zu sagen, dass er nicht auf dem Sofa schlafen muss, aber wir sind mit dem Wissen auseinandergegangen, dass er das ganz offensichtlich muss, denn eine einmalige Kussausnahme ist in Ordnung, mehr aber nicht, solange ich immer noch für ihn arbeite und Gedächtnisverlust vortäusche und … na ja, die Liste ist lang.

Ich versuche, meine Augen wenigstens ein paar Minuten lang zu schließen, doch sobald die ersten Sonnenstrahlen zum Fenster hereinlugen, beschließe ich, dass ich genauso gut aufgeben und den Tag beginnen kann. Der frühe Vogel fängt den Wurm und so. Das stellt sich als Weg des geringsten Widerstands heraus, denn die Forests – ich hätte es kommen sehen müssen – sind alle frühe und sehr, sehr laute Vögel.

»Sind die Duschen nicht toll?«, brüllt Wendy irgendwo in der unteren Etage, doch in einem Haus zu brüllen ist in etwa dasselbe, wie in nur einer Ecke eines Restaurants zu rauchen oder an einer Stelle ins Schwimmbecken zu pinkeln.

»Wie in einem verdammten Hotel«, stimmt Onkel Johnny ihr zu.

Ich höre Wasser gluckern, als ein Hahn im Erdgeschoss aufgedreht wird, und dann ertönt Wendys Stimme wieder. »Das müssen Sie nicht tun«, gefolgt von einer Stimme, die sehr wahrscheinlich zu Agnieszka gehört und verkündet, dass es ihr Job ist.

»Wie viele Eier möchte der junge Johnny?«, fragt Onkel Johnny.

»Jonathan, wie viele Eier willst du?«, gibt Wendy weiter.

»Ich denke … wären …« Jonathans Antwort ist leiser, aber auch wieder nicht so leise, dass ich sie gar nicht verstehe, während ich die Treppe herunterkomme. »Und könnt ihr bitte leiser sprechen? Sam schläft bestimmt noch.«

Als ich die Küche betrete, ist die ganze Familie dabei, eine unbegreiflich komplexe Frühstücksoperation durchzuführen, die mehrere Pfannen und Tassen beinhaltet, die sie einander hin und her reichen, als wären wir in *Alice im Wunderland.* Dazu kommt, dass sie einander anschreien, obwohl sich alle im selben Raum aufhalten.

»Siehst du.« Wendy strahlt triumphierend, als sie mich sieht. »Er ist wach wie wir alle und will bestimmt frühstücken.«

»Wie viele Eier?«, fragt Onkel Johnny.

»Zwei«, sage ich. Er sieht aus, als wäre das die niedrigste Anzahl, die er akzeptiert.

»Mach ihm drei«, besteht Wendy. »Der Junge befindet sich noch im Wachstum.«

»Da bin ich mir nicht so sicher«, sage ich.

Barbara Jane, die sich an eine Tasse Kaffee klammert, als wäre diese der Eine Ring, scheint als einziges Familienmitglied kein früher Vogel zu sein. Sie nickt mir zu. »Mum, du verwechselst Sam mit Gaston aus *Die Schöne und das Biest.*«

Wendy sieht tief gekränkt aus. »Was? Der Kerzenhalter?«

»Das ist Lumière«, sagt Jonathan.

»Wie hieß noch mal die Uhr?«, fragt Onkel Johnny.

Agnieszka sieht von der Spüle auf, wo sie nach wie vor einen kleinen Kampf mit Wendy darüber ausfechtet, wessen Job es ist, die Tassen zu spülen. »Von Unruh. Die Teekanne ist Madame Pottine. Ich glaube, die anderen Möbelstücke hatten keine Namen.« Kurz wirkt sie nachdenklich. »Außer Plumette, die Staubwedel-Dame, mit der Lumière ganz offensichtlich eine sexuelle Beziehung hat.«

»Ich weiß ja auch nicht«, sagt Wendy. »Ich komme nicht mehr mit.«

»Sie kommt nicht mehr mit«, wiederholt Les. »Aber, Liebling, ich denke, Barbara Jane hat recht: Wenn der Junge zwei Eier möchte, sollte er zwei Eier bekommen, sonst müssen wir den Rest nachher wegschmeißen.«

»Würstchen?«, fragt Onkel Johnny.

Jonathan, mein Held im Nadelstreifenanzug, eilt zu meiner Rettung. »Warum gibst du ihm nicht einfach zwei von allem?«

Onkel Johnny grinst auf eine Weise, die einen jüngeren Mann lausbubenhaft aussehen lassen würde. »Gut, also zwei Eier, zwei Würstchen, zwei Kartoffelpuffer, zwei Bacon-Streifen, zwei Scheiben Black Pudding und zwei Portionen Baked Beans.«

»Eine *normale* Portion Baked Beans«, korrigiert Jonathan ihn. »Und zwei Scheiben Toast?«

Ich stimme ihm zu, denn wir sind an einem Punkt angelangt, an dem Zustimmen sicherlich die schnellste Option ist. »Woher haben wir denn das ganze Essen?«

Jonathan stößt ein gequältes Seufzen aus, das viel langmütiger klingt, als es dürfte, da er ja noch nicht so lang gequält wird. »Sie sind heute Morgen einkaufen gegangen.«

»Du hattest nun mal nichts im Haus«, entgegnet Wendy. Dann wendet sie sich an mich: »Er hatte nichts im Haus.«

Agnieszka quittiert die Aussage mit einem wissenden Nicken. »Hat er nie. Ich putze diese Küche seit Jahren. Ich glaube, der Kühlschrank wurde nie benutzt.«

»Zu unserer Verteidigung muss ich vorbringen, dass wir keinen Besuch erwartet haben«, werfe ich ein. »Und der Kühlschrank wird mittlerweile benutzt. Er ist voller Weihnachtsessen.«

Onkel Johnny wendet sich kurz von der Herdplatte ab. »Das ist trotzdem keine Ausrede dafür, keinen Black Pudding im Haus zu haben.«

Barbara Jane, die am anderen Ende des Frühstückstischs hockt, sieht so aus, als würde sie jede Sekunde dieser Situation hassen. »Wer *mag* schon Black Pudding?«

»Jetzt ist sie sich auf einmal zu fein für Black Pudding, was?«, fragt Onkel Johnny den gesamten Raum.

»*Jeder Mensch* ist zu fein für Black Pudding.« Barbara Jane macht sich noch einen Kaffee, obwohl ich nicht glaube, dass ihr das helfen wird. »Wer kam bitte auf die Idee, eine Wurst aus Blut zu machen, wenn sie aus buchstäblich allem anderen gemacht werden könnte.«

»Ist nicht alles, was in eine Wurst kommt, eklig?«, frage ich. »Wenn es nur Blut ist, kannst du es wenigstens auf diese eine Sache runterbrechen.«

Nun sieht sie aus, als wäre ihr übel. »Gutes Argument. Für mich nur Toast, Johnny.«

»Und ein wenig Bacon.« Onkel Johnny wendet die Bacon-Streifen in der Pfanne, die verheißungsvoll zischen. »Du brauchst etwas mehr auf den Rippen.«

»Warum?« Barbara Janes Miene könnte die Milch in ihrem Kaffee sauer machen, würde sie ihn nicht schwarz trinken. »Willst du mich auf einer Auktion verscherbeln?«

Aus irgendeinem Grund sieht Jonathan davon ab, diese Vorlage zu nutzen und darüber zu spekulieren, wie viel Geld seine Schwester bei einer Auktion erzielen würde. Stattdessen schnappt er sich einen Teller und geht zu den Brotbelägen, die auf dem Tisch stehen. »Für mich auch nur Toast.«

»Was stimmt denn mit deinen Kindern nicht, Les?« Onkel Johnny ist offenbar verwirrt von einer gesamten Generation. »Hast du ihnen nicht beigebracht, ein ordentliches Frühstück wertzuschätzen?«

Jonathan, der sich gerade Butter auf den Toast geschmiert hat, hält in der Bewegung inne. »In unter einer Stunde kann ich nicht ausreichend erklären, was mit BJ nicht stimmt, und ich muss leider zur Arbeit.«

Onkel Johnny ist offenbar nicht gewillt, die Nichtwürdigung seiner Frühstückskünste einfach so fallen zu lassen. »Bist du nicht der Chef? Kannst du nicht auftauchen, wann du Lust hast?«

Während Jonathan sich noch eine Antwort überlegt, greife ich ein. »Er muss mit gutem Beispiel vorangehen. Es bringt nichts, von deinem Team zu verlangen, pünktlich zu sein, wenn du es selbst nicht bist.«

Ich wollte nur helfen. Aber das ging offenbar nach hinten los.

Onkel Johnny wendet sich mit einem typischen Onkelblick an seinen Neffen. »Nein, nein, nein.« Er legt Jonathan beide Hände auf die Schultern und dreht ihn zu sich um. Da Jonathan nach wie vor dabei ist, seinen Toast mit Butter zu beschmieren, ersticht er seinen Onkel beinahe mit dem Messer. »Mein Junge, du solltest ihnen lieber klarmachen, dass du das Sagen hast und sie tun müssen, was du von ihnen verlangst.«

Mit einer Geduld, die in Anbetracht der Tatsache, dass er sich mit Johnny unterhält, schon an Gnade grenzt, nickt Jonathan. »Das werde ich mir merken.«

»Sorry.« Barbara Jane ist zu den beiden geschlendert, offenbar, um etwas Marmelade zu stibitzen. »Wie viele Geschäfte hast du bisher geführt, Onkel Johnny?«

»Einige.«

»Ich sagte *geführt* und nicht *in den Ruin getrieben*.«

Jonathan nutzt die Ablenkung, um sich seinen Toast zu schnappen und die Tür anzusteuern, doch Wendy hält ihn auf, als er sich gerade seinen Mantel von der Garderobe nimmt.

»Wann holst du Nana Pauline ab?«, ruft sie.

»Morgen.« Er hält inne und sieht mich an. Zum ersten Mal seit letzter Nacht. Es ist nicht leicht, einen Was-hat-das-was-letzte-Nacht-passiert-ist-zu-bedeuten-Moment zu haben, wenn man von einem Mann in einem karierten Hemd gefragt wird, wie viel Black Pudding man zum Frühstück möchte. Deshalb ist da jetzt diese Stille zwischen uns. Eine Stille, die zwar von Leuten gefüllt wird, die sich munter weiter über Eier und Bacon unterhalten und darüber, dass Barbara Jane Baked Beans essen sollte, aber trotzdem noch still ist. »Ich ... Sam, ich hätte dir sagen sollen, dass ich nach Sheffield fahren werde, um meine Großmutter abzuholen, und ...«

»Und er will wissen«, wirft Les ein, »ob du lieber fünf Stunden mit ihm im Auto oder mit uns in diesem Haus verbringen würdest.«

Barbara Jane hat sich wieder auf ihren Platz am Tischende gesetzt.

»Oh, gut gemacht, Dad. Jetzt wird er sich fühlen, als würde er jemanden beleidigen, egal, wie er sich entscheidet.«

»Aber nein, wir werden uns nicht beleidigt fühlen«, ruft

Wendy. »Werden wir nicht, oder, Les? Es wird für uns völlig in Ordnung sein, wie auch immer er sich entscheidet.«

»Davon ausgehend, dass Jonathan uns genug vertraut, um uns allein in seinem Haus zu lassen.« Barbara Jane wirft Onkel Johnny einen vielsagenden Blick zu. »Und damit meine ich *nicht* uns alle.«

»Das gefällt mir nicht«, antwortet Onkel Johnny.

»Sie werden allerdings sowieso nicht allein sein«, fügt Agnieszka hinzu. »Keine Sorge, Mr Forest, ich werde ein Auge auf sie haben. Obwohl ich dann vielleicht mehr Geld verlangen muss.«

Jonathan hat seinen Mantel inzwischen angezogen. »Treiben Sie es nicht zu weit. Ich ahne schon, dass Sie sowieso auf deren Seite stehen.«

»Habt ihr das gehört?«, sagt Wendy zu niemand Bestimmtem. »Er spricht von Seiten, wenn es um seine eigene Familie geht.«

»Er ist ein schlechter Sohn, Mrs Forest«, stimmt Agnieszka ihr zu.

»Außerdem dachte ich«, Jonathan wendet sich in dem verzweifelten Versuch, das Thema zu wechseln, an mich, »ein Besuch in Sheffield könnte deinem Gedächtnis vielleicht auf die Sprünge helfen. Wenn ich sowieso schon da bin, wollte ich auch in der Filiale vorbeischauen, und dann könnten wir sehen, ob du dein Team wiedererkennst.«

Fuck. Würde ich wirklich unter Gedächtnisverlust leiden, wäre das eine fantastische Idee. Sogar so fantastisch, dass es verdammt verdächtig klingen würde, wenn ich Nein sage. Außerdem bin ich mir nicht sicher, ob ich überhaupt Nein sagen will. Obwohl ich damit das Risiko eingehe, dass mein Plan auffliegt, wäre es schön, Zeit mit Jonathan zu verbringen, um … Ja, um *was* zu tun? Um zu sagen: *Hey, weißt du noch, diese Sache, die nur eine einmalige Geschichte sein durfte, wie wäre es, wenn wir zugeben, dass das absoluter Bullshit war?*

Fuck.

»Ja«, sage ich. »Ja, ich begleite dich. Das könnte helfen.«

»*Und* dann lernst du auch Pauline kennen«, fügt Wendy hinzu. »Sie ist so ein Sonnenschein, unsere Pauline. Und sie wird sich sehr freuen, *dich* kennenzulernen.«

Ich habe es längst aufgegeben, sie daran zu erinnern, dass Jonathan und ich nicht zusammen sind. Denn das fühlt sich sowieso immer mehr nach einer Lüge an. Und das ist wiederum ironisch, da es eins der wenigen wahren Dinge ist, die ich ihnen gesagt habe.

Am nächsten Morgen ist Johnny wieder fürs Braten zuständig, und diesmal bleibt Jonathan, um sich die volle Eier-Würstchen-Bacon-Kartoffelpuffer-Baked-Beans-Black-Pudding-geröste-te-Pilze-gegrillte-Tomaten-Dröhnung zu geben, denn heute ist er zur Abwechslung mal nicht in die Croydon-Filiale unterwegs, um sein Team anzuschreien. Stattdessen fährt er mit mir nach Sheffield, damit er *mein* Team anschreien kann. Darüber hat er mein Team übrigens informiert, denn während Jonathan Forest im Chef-Modus sicher eine überraschende Filialinspektion abgezogen hätte, ist Jonathan Forest im Sich-um-eine-Person-mit-Gehirnerschütterung-Kümmerer-Modus ein bisschen rücksichtsvoller. Was zwar Claire und den anderen zugutekommt, aber nicht mir, da mir die Situation immer mehr über den Kopf wächst.

Barbara Jane bleibt weiterhin bei Toast, und Wendy besteht darauf, das Wohnzimmer zu saugen.

»Sollte ich fragen, warum du saugst?«, ruft Jonathan ihr über den Lärm zu, während wir frühstücken.

»Agnieszka kommt später, und alles soll schön sein.«

Jonathan schüttelt den Kopf. »Sie ist eine Reinigungskraft, Mum. Ihr Job ist es, dafür zu sorgen, dass alles schön aussieht.«

Das lässt Wendy so nicht stehen. »Aber deshalb willst du doch trotzdem nicht, dass sie denkt, du würdest mit schmuddeligen Teppichen leben.«

Da es keinen Sinn ergibt, weiter mit ihr zu diskutieren, verabschieden wir uns kurz darauf von der Familie. Alle richten Nana Pauline schöne Grüße aus, obwohl sie sie bald selbst sehen werden, und gegen zehn Uhr steigen wir ins Auto, in der Hoffnung, um drei in Sheffield anzukommen.

Doch sobald wir drinsitzen, fällt mir auf, was das für eine Schnapsidee war. Es ist nicht das erste Mal, dass wir diese Autofahrt gemeinsam antreten, aber es ist das erste Mal, seit ich ihn geküsst habe, seit wir uns wegen des Kusses ziemlich gezofft haben und seit ich ihn noch mal geküsst habe, diesmal vorher abgesprochen. Demnach sind die Verhaltensregeln für die fünf Stunden, die wir zusammen in diesem Wagen eingeschlossen sind, nicht besonders klar.

Wie es in London eben so ist, müssen wir erst nach Süden fahren, obwohl wir nach Norden wollen, und wir reden kein Wort miteinander, bis wir auf die M25 fahren.

»Es ist schön, dass ich deine andere Nan kennenlerne«, sage ich schließlich in die Stille hinein.

»Ja.« Jonathan sieht mich nicht an. Ich meine, natürlich sieht er mich nicht an, weil er auf die Straße schaut. Aber irgendwie starrt er plötzlich noch eingehender auf die Straße.

Wir fahren.

»Und es ist auch schön, dass ich mir ansehen kann, wo ich arbeite«, füge ich hinzu. Ich hoffe nämlich, dass ich in der Filiale endlich so tun kann, als würde ich mich an mehr erinnern, ohne dass es verdächtig wirkt. Und dann kann ich mich vielleicht endlich aus diesem schrecklichen Gedächtnisverlustloch herausgraben.

»Ja«, antwortet Jonathan.

Ich beiße mir auf die Lippe. Das wird schwierig. »Ich glaube nicht ... ich dachte nicht ... Wir hatten doch vereinbart, dass es zwischen uns nicht unangenehm werden würde.«

»Es ist nicht unangenehm«, sagt Jonathan, während er weiterhin geradeaus starrt und dabei in etwa so unangenehm rüberkommt wie überhaupt möglich.

»Schon ein kleines bisschen.«

»Ich versuche lediglich, konzentriert zu bleiben, weil es eine lange Fahrt ist.« Weitere Stille folgt.

»Wir könnten uns unterhalten. Das würde nicht dazu führen, dass du von der Straße abkommst.«

Jonathan packt das Lenkrad ein wenig fester. »Natürlich nicht.« Er wirft mir einen vorsichtigen Seitenblick zu. »Worüber willst du dich denn unterhalten?«

Meiner Erfahrung nach funktionieren Unterhaltung so nicht. Trotzdem gebe ich mein Bestes. »Okay, wir könnten damit anfangen, darüber zu sprechen, dass wir uns geküsst haben und dass es toll war, aber da wir uns beide einig sind, dass es nie wieder passieren darf, während ich für dich arbeite, sollten wir lieber einfach versuchen, den Roadtrip zu genießen?«

Er deutet ein Nicken an, sagt aber nichts.

Und das Nichts hält noch eine ganze Weile an. Vor lauter Verzweiflung schaue ich aus dem Fenster und beginne, zu kommentieren, was ich sehe. »Oh, sieh mal, Kühe.«

»Ja.«

»Glaubst du, das sind Holstein-Rinder?«

Endlich dreht er den Kopf, wenn auch nur, um die Kühe anzusehen. »Sind Holstein-Rinder nicht die schwarz-weiß gefleckten?«

»Vielleicht. Aber wie heißen dann die beigefarbenen?«

»Jersey-Rinder?«

»Und was ist mit den braunen zotteligen?«

»Das sind Steaks«, sagt Jonathan.

Was mich zum Lachen bringt. Was wiederum ihn zum Lachen bringt.

»Wirst du jetzt ernsthaft«, er schaut auf die Uhr, »vier Stunden lang Smalltalk über Kühe betreiben?«

»Ich muss zugeben«, gebe ich zu, »dass mir der Kuh-Smalltalk langsam ausgeht.«

»Keine Sorge. Vielleicht entdeckst du ja als Nächstes ein Schaf.«

»Oh, mach dich für meine amüsanten Schafanekdoten bereit.«

Er wirft mir einen weiteren Seitenblick zu. »Na los, amüsiere mich mit einem Schaf.«

»Okay.« Ich denke ein paar Sekunden darüber nach. »Eventuell habe ich die Amüsantheit und auch die Quantität meiner Schafgeschichten über Wert verkauft. Ich bin immerhin in Liverpool aufgewachsen, wo es nicht so viele Schafe gibt. Die sind nämlich keine Stadttiere. Und in der Mersey sind sie auch nicht anzutreffen.«

»Nein, wohl eher nicht. Dann müssten sie lernen, unter Wasser zu atmen und Dönerpapier zu essen.«

»He«, protestiere ich. »Jetzt fang aber nicht an, die Mersey schlechtzureden. Ich greife ja auch nicht die Themse an.«

»Mach ruhig. Die ist nicht viel mehr als eine riesige offene Kloake.«

»Ja, aber es ist *deine* riesige offene Kloake. Du solltest stolz auf diese Kloake sein.«

»Also bist du stolz auf die Mersey?«

»Natürlich bin ich stolz auf die Mersey.«

»Aber ist die nicht auch eine riesige offene Kloake?«

»Nein«, sage ich mit Nachdruck. »Sie ist bloß so braun, weil die starke Strömung Schlamm vom Flussbett aufwirbelt.«

»Das ist Bullshit, Sam.«

»Ist es nicht. Die Mersey ist der beste Fluss Englands. Sie würde den Avon zum Frühstück verspeisen.«

Seine Lippen kräuseln sich verächtlich. »Das könnte jeder andere Fluss. Der Avon ist ein biederer Waschlappen aus dem Süden.«

»Okay, aber gegen die Themse würde sie auch gewinnen.«

»Natürlich. Die Themse ist ein alter Mann. Sehr stark, hat aber keine Ausdauer mehr.«

Das ist eine Seite an Jonathan, die ich noch nie gesehen habe. Zugegeben, die Welcher-Fluss-würde-einen-anderen-Fluss-in-einem-Kampf-besiegen-Seite ist nicht gerade eine Seite, die unter besonders vielen Umständen zum Vorschein kommen würde. »Aber der Tyne-Fluss würde sie ordentlich aufmischen. Er müsste zwar schummeln, aber er könnte es schaffen.«

»Oh, der Tyne würde sofort zuschlagen.«

An diesem Punkt verfallen wir wieder in Schweigen, aber es ist ein viel angenehmeres Schweigen. Und das bringt sowohl Vorteile als auch Nachteilc mit sich. Denn auf der einen Seite ist die Stimmung nicht mehr so angespannt, und das ist gut. Aber auf der anderen Seite erinnert es mich daran, wie gern ich Zeit mit ihm verbringe. Dann wünsche ich mir, er würde sich öfter so verhalten wie jetzt, auch gegenüber anderen Leuten. Natürlich ist er immer noch ein Griesgram. Aber griesgrämig ist eben nicht unbedingt schlimm.

»Soll ich das Radio einschalten?«

»Klar.«

Ich drücke auf den Knopf, und sofort wird *Heart FM* abgespielt. Und ich bin nicht auf die nostalgische Flutwelle vorbereitet, die mich sofort überschwemmt. *Heart FM* ist der absolut einfachste Radiosender des Landes, ohne viel Schnickschnack – noch einfacher als *Radio 1* –, aber das ist genau das, was man braucht, wenn man auf dem Weg nach Rainhill ist und das Wetter dem Namen des Ziels alle Ehre macht. Es überrascht mich und gleichzeitig wieder nicht, dass es auch Jonathans bevorzugter Radiosender ist. Überraschend ist es, weil sie dort Gute-Laune-Musik spielen, und bis vor Kurzem hätte ich gedacht, dass es Jonathan keine Freude bereitet, gut gelaunt zu sein. Wenig überraschend ist es, weil er sicher ebenso mit diesem Radiosender aufgewachsen ist wie ich. Im Moment läuft Bruno Mars, der darüber singt, dass ich »amazing« bin, genau so, wie ich bin, und das ist echt süß von ihm.

Jonathan wirft mir den längsten Seitenblick zu, den er sich aus Sicherheitsgründen erlauben kann. »Ist alles in Ordnung?«

»Ja. Nein. Ich meine, warum sollte es das nicht sein?«

»Bruno Mars scheint dich überraschend stark aus der Fassung zu bringen.«

»Ach, weißt du, er ist ein talentierter Mann.«

»Sam.«

Ich seufze. »Es erinnert mich bloß an zuhause, weißt du. Auf eine … verschwommene Weise.« Manchmal ist es echt praktisch, unter Gedächtnisverlust zu leiden.

»Wie geht es eigentlich deinem Kopf? Kommen die Erinnerungen zurück?«

Wenigstens fragt er nicht nach Details. »Um ehrlich zu sein, glaube ich, dass es besser wird. Kleine Bruchstücke kommen zurück. Familiensachen und ein paar Arbeitserinnerungen.«

Eine kurze Stille setzt ein. Jonathan räuspert sich, und mir fällt auf, dass er versucht, taktvoll zu sein. »Es bereitet mir mehr und mehr Sorge, dass niemand versucht hat, nach dir zu sehen.«

Scheiße. Darüber möchte ich wirklich nicht reden. »Hast du nicht mit meinem Team gesprochen?«

»Ich meinte nicht die Leute von der Arbeit.«

Ich schenke ihm ein Grinsen, von dem ich hoffe, dass es ablenkend ist. »Es gibt für alles ein erstes Mal, oder nicht?«

»Ich meine es ernst. Ich hätte längst erwartet, dass dich jemand suchen kommt. Wäre ich zwei Wochen lang verschwunden, würde meine Mum höchstpersönlich in jedem Krankenhaus, auf jeder Polizeistation und bei jedem Bestattungsinstitut im ganzen Südosten vorbeifahren.«

»Bestattungsinstitut?«

»Sie ist gern gründlich.«

»Tja, ich habe wohl einfach nicht diese Art von …« Ich will es nicht aussprechen, ich will dieses Thema nicht anschneiden. »Weißt du, nicht alle haben eine enge Beziehung zu ihren Eltern.«

Endlich hält Jonathan einen Augenblick den Mund. »Sorry«, sagt er schließlich. Das ist vielleicht das zweite Mal, dass ich das Wort aus seinem Mund höre, und das hier ist ein schönerer Moment, es von ihm zu hören. »Ich glaube … Du hast wohl recht. Ich nehme meine Familie als selbstverständlich hin. Bist du … Wenn du über etwas reden möchtest …«

»Es fällt mir schwer, mich zu erinnern«, sage ich. Das ist streng genommen keine Lüge.

»Natürlich.«

Wie seltsam, dass Stille eine ganz unterschiedliche Beschaffenheit haben kann. Diese fühlt sich … merkwürdig an. Ich kann nicht genau bestimmen, was darin mitschwingt. Sie fühlt sich fast schon einfühlsam an. Vielleicht sogar fürsorglich.

Jonathan tippt auf den Touchscreen seines Onboard-Computers, den ich wohl immer als Radio bezeichnen werde. »Ich kann den Sender wechseln, wenn du möchtest.«

Das ist lieb von ihm, und ich denke einen Moment darüber nach. »Nein«, sage ich dann. »Nein, ist schon gut.«

Bruno macht die Bühne für Katy Perry frei, die uns von ihrem »Eye of the Tiger« berichtet. Und Jonathan Forest springt plötzlich auf spektakuläre Weise über seinen eigenen Schatten und beginnt mitzusingen. Und er ist auch noch ziemlich gut.

»Bist wohl ein großer Fan, was?«, frage ich.

Er wirft mir einen Seitenblick zu, halb lächelnd und halb besorgt – vermutlich immer noch, weil niemand nach mir gesucht hat, und ich weiß nicht, wie ich das finde. »Es wird oft gespielt, und das Gute an dem Song ist, dass der Refrain so häufig wiederholt wird.«

Also stimme ich ebenfalls mit ein, obwohl ich, im Gegensatz zu Jonathan, nicht besonders gut bin. Nicht mal annähernd. Aber die fehlenden Skills mache ich mit Enthusiasmus wett. Und so fahren wir einfach fort. Bei Katy, Justin Bieber, David Guetta, Olly Murs und The Script. Ich singe auf diese typische Auto-Sing-Art, wo man nach zwei Zeilen bemerkt, dass man den Song doch nicht so gut kennt wie gedacht, und den Rest nur noch mitsummt, bis der Refrain kommt, den man dann wieder laut brüllen kann, in der Hoffnung, dass das den Rest wiedergutmacht.

So machen wir stundenlang weiter. Bis wir beide heiser sind und langsam die Nase voll von Guter-Laune-Musik haben. Und Jonathan fragt nicht weiter nach meiner Familie oder meinem Dad oder warum sie nicht versucht haben, mich zu finden. Er lässt mich einfach neben ihm sitzen und nur die Lippen bei einem Song von Rita Ora bewegen, während wir auf der M1 an Nottingham vorbeirasen. Und als er die Lippen zu den Worten »I Will Never Let You Down« bewegt, glaube ich es ihm seltsamerweise.

Denn ich glaube nicht, dass er mich im Stich lassen würde.

Denn wenn wir *so* sind, bin ich glücklich.

Einen langen, aber am Ende doch angenehmen Roadtrip später kommen wir in der Sheffield-Filiale an. Claire begrüßt uns am Eingang.

»Mr Forest«, sie schüttelt seine Hand mit festem, aber nicht zu festem Griff, »und Sam.« Sie sieht mich auf eine Weise an, die nur dann noch verschwörerischer sein könnte, wenn sie dazu gezwinkert hätte. »Kannst du … dich an mich erinnern?«

Okay, Sam. Es ist an der Zeit zu schauspielern. »Vielleicht«, sage ich. »Ist dein Name … er liegt mir auf der Zunge.«

»Claire«, sagt Claire. »Ich bin supergut in meinem Job, und du hast vor deinem Unfall zugestimmt, mir eine Riesengehaltserhöhung zu geben.«

So haben wir auch früher miteinander geredet, aber jetzt ist Jonathan im Arbeitsmodus dabei, und das bedeutet, dass der spaßige Jonathan das Gebäude verlassen hat. Nein, er hat es nicht nur verlassen, sondern abgefackelt. »Ich hoffe schwer, dass dem nicht so ist«, sagt er. »Ursprünglich hatte ich Sam nämlich nach London eingeladen, weil diese Filiale ernsthafte Budget-Probleme hat.«

Obwohl Claire keine Zeit für Narren oder Arschlöcher hat, weiß sie, wann sie es gut sein lassen sollte. »Das war nur ein Witz, Mr Forest. Die Inflation macht auch vor uns im Norden nicht Halt. Ohne Sam war es zwar hart, aber ich glaube, wir werden unser Ziel für dieses Quartal erreichen.«

»Das freut mich zu hören.« Jonathan nickt. Wenn er im Arbeitsmodus ist, beruhigen ihn Worte wie *Ziel erreichen* und *Quartal* wie eine Tasse heiße Schokolade. Er ist tatsächlich dermaßen entspannt, dass er sofort zu seiner Chef-Besuchsroutine übergeht. »Also, jetzt wird Folgendes passieren: Ich werde mir den Laden ansehen, und dann unterhalten wir beide uns darüber, wie es in Zukunft weitergeht.« Er hält inne und sieht mich an. »Und jemand müsste sich um Sam kümmern. Er wird schnell müde.«

»Ach, *wirklich?*«, Claire klingt skeptisch, was sehr unhilfreich ist.

»Ja, mit Kopfverletzungen ist nicht zu spaßen«, sage ich. Ich begleite Jonathan auf dem Großteil seiner Tour durch den Laden, in der Hoffnung, dass ich ihn von den schlimmsten Ecken fernhalten und zu den präsentabelsten führen kann. Claire scheint trotz ihrer Respektlosigkeit einen ähnlichen Plan zu verfolgen. Ich nehme an, dass es kein Zufall ist, dass die erste Person aus dem Team, die uns auf unserem scheinbar willkürlichen Spaziergang über den Weg läuft, der Neue Übereifrige Chris ist.

Für einen Dienstagnachmittag ist der Laden recht gut besucht. Das liegt an der Jahreszeit. Die Leute haben teils frei und sind gewillt, etwas mehr als sonst auszugeben. Also gibt es genug Kundschaft zu bedienen, und der Neue Übereifrige Chris läuft zu Hochtouren auf.

»Dies«, sagt er gerade zu einem jungen Pärchen – er trägt eine Brille mit halbem Rand, sie hat blaue Haare, und beide tragen Vintage-Kleidung, die verrät, dass sie mehr Geld haben, als sie zugeben – »ist zwar nicht unser meistverkauftes Modell, aber ich *glaube*, es könnte Ihnen gefallen.«

Er führt sie in eine wenig besuchte Ecke der Bettenabteilung und tippt auf das Fußende eines Drift-Gaming-Ottoman-Bettgestells. Aus der im Gestell verborgenen Halterung fährt ein Flachbildfernseher nach oben.

»Es gibt es als Doppelbett, kleines Doppelbett, falls Sie nicht viel Platz haben, und als Kingsize, wenn Sie sich gern mit Luxus umgeben. Der Zweiunddreißig-Zoll-Bildschirm kann auf einen Dreiundvierzig-Zoll-Bildschirm aufgestockt werden. Da es sich um ein Ottoman-Bett handelt, ist untendrunter Stauraum vorhanden. Außerdem gibt es neben den an beiden Seiten eingebauten USB-Anschlüssen auch Fächer für Konsolen.«

Man kann ja vieles über den Neuen Übereifrigen Chris sagen, aber er ist wirklich gut in seinem Job.

»Das ist echt cool«, sagt die Blauhaarige.

»Ich mache mir nur Sorgen, dass wir dann gar nicht mehr aus dem Bett kommen«, antwortet der Brillenträger.

Sie grinst ihn an. »Das klingt aus deinem Mund so, als wäre es etwas Schlechtes.«

»Es kostet eins sieben neun neun«, lässt der Neue Übereifrige Chris ganz nebenbei fallen und geht nahtlos zu anderen Dingen über. »Und für einen kleinen Zuschlag bauen wir es sogar für Sie auf. Außerdem gibt es passende Nachttische dazu, wenn Sie den Look vervollständigen möchten, und sollten Sie eine neue Matratze brauchen, kann ich Ihnen einen tollen Deal aushandeln, bei dem Sie an den Kosten für die Lieferung und den Aufbau sparen.«

Die beiden besprechen sich einen Moment, aber ich sehe ihnen an, dass sie es kaufen wollen. Und ich nehme das als ein kleines Weihnachtswunder, denn die Sheffield-Filiale verkauft nicht besonders viele Betten mit eingebauten Smart-TVs. Vor allem nicht vor Ort, denn Leute, die ein zum Gamen entworfenes Bett wollen, kaufen es meistens eher online.

Mit der Kraft seiner Neuheit und seines Übereifers schwatzt der Neue Übereifrige Chris ihnen sogar das Upgrade zum Kingsize-Bett und den Dreiundvierzig-Zoll-Bildschirm auf.

»Und kann ich Ihnen vielleicht noch einen Garantie- und Wartungsvertrag schmackhaft machen?«, fragt er schließlich.

Ich riskiere einen Blick in Jonathans Richtung, um zu sehen, wie er die Performance aufnimmt. Beinahe werde ich eifersüchtig, denn er starrt den Neuen Übereifrigen Chris an, als würde er ihn jetzt und hier nehmen wollen. Aber das wirft natürlich ein gutes Licht auf die ganze Filiale, also darf ich es nicht zu sehr hassen.

Auf keinen Fall kann ich es so sehr hassen wie das, was als Nächstes passiert. Denn plötzlich rennt Brian laut rufend auf mich zu. »Sam, Sam!« Ich brauche einen Moment, um mich daran zu erinnern, dass ich auf meinen Namen reagieren darf, ohne dass meine Lüge auffliegt.

Als ich mich zu ihm umdrehe, sieht er gehetzt und beschämt aus. »Sam«, sagt er erneut.

Ich versuche, keinerlei Wiedererkennung auf meinem Gesicht zu zeigen. »Es tut mir leid, ich bin mir nicht sicher, wer Sie sind.«

»Er leidet unter *Gedächtnisverlust*, schon vergessen?« Claire wackelt mit den Brauen, und zwar auf dermaßen offensichtliche Weise, dass es kein bisschen hilfreich ist.

»Oh«, sagt er. »Ja, richtig. Aber, Sam, es gibt ein Problem in der Badezimmerabteilung.«

Die Worte »Was denn für ein Problem?« entschlüpfen meinem Mund, bevor ich sie aufhalten kann, und ich hoffe, Jonathan begreift anhand der Verdrossenheit in meinem Tonfall nicht, dass ich mich sehr wohl daran erinnere, dass ich mich bereits seit Jahren mit derlei Zeug herumschlage.

Etwa achtzehn Sekunden lang zieht Brian ein *Ich-bin-mir-*

nicht-sicher-ob-ich-es-sagen-kann-Gesicht. Dann erklärt er es schließlich doch: »Ein Kind hat in eine der Ausstellungstoiletten gekackt.«

Ich glaube, dies ist nicht der glorreichste Moment der Sheffield-Filiale. Aber es ist auch auf keinen Fall die Schuld der Sheffield-Filiale. Es ist bloß einer der unglücklichen Nachteile der Toilettenbranche, dass Leute manchmal in die kacken, die man verkaufen möchte.

In einem Anflug von Ritterlichkeit besteht Jonathan darauf, sich persönlich um den Zwischenfall zu kümmern, damit ich mich aufgrund der langen Reise ausruhen kann. Während Jonathan und Brian sich also in Richtung der Badezimmerabteilung aufmachen, um sich mit den Fäkalien auseinanderzusetzen, führt Claire mich in den Pausenraum, damit ich mich setzen kann.

Allerdings stellt sich heraus, dass es dort nicht mehr viel Platz zum Sitzen gibt. Alles steht voller Deko, die Tiff, die sich bereits im Raum aufhält, für die Weihnachtsfeier gekauft hat.

»Warum steht das Zeug denn hier drin?«, frage ich.

»Wo sollen wir es denn sonst unterbringen?« Tiff bedenkt mich mal wieder mit ihrem aufsässigen Blick.

»Im Lager?«

»Denk doch mal nach«, sagt Claire. »Das Lager ist voller Schlaf- und Badezimmerartikel.«

»Und wenn Jonathan hier reinkommt und das alles sieht?«

Tiff zuckt mit den Schultern. »Dann sagen wir ihm, dass wir die Weihnachtsdeko doppelt geliefert bekommen haben.«

Kurz frage ich mich, ob es mir Sorgen bereiten sollte, wie schnell sich Tiff eine plausible Lüge ausgedacht hat, aber das ist im Moment nicht das Problem. »Und wenn er dieselbe Deko auf der Weihnachtsfeier wiedererkennt?«

»Dann erklärst du, dass Weihnachtsdekoartikel massenproduziert werden?«, schlägt Amjad vor, der gerade in einer Ecke Tee trinkt.

Ich schüttle den Kopf. »Jonathan ist sehr detailorientiert. Es wird ihm auffallen, und dann wird er misstrauisch werden und erkennen, dass ich ihn fast einen Monat lang belogen habe, und das wird ihn extrem anpissen, und ich könnte es ihm nicht mal vorwerfen.«

Die Tür öffnet sich, und mein Herz setzt einen Schlag aus, weil ich denke, dass es Jonathan ist. Doch es ist nur Brian. Was fast genauso schlimm ist, aber nur fast. »Oh, hallo«, sagt er. »Sam, das sind Tiff, Claire und Amjad, an die du dich bestimmt nicht erinnerst.«

»Ich weiß«, sage ich. »Ich leide nicht wirklich unter Gedächtnisverlust.«

»Nicht?« Er sieht verwirrt aus.

Claire seufzt. »Wir haben es dir doch schon erklärt, Brian. Sam hat sein Gedächtnis nicht verloren, er tut bloß so, damit wir etwas mehr Zeit haben, bevor Seine Königliche Arschlöchigkeit unsere Filiale schließt.«

»Oh, ja, richtig.« Brian schaut ernst drein. »Und warum hat er das vor?«

Amjad, der seinen Tee ausgetrunken hat, spült die Tasse aus und lässt sie zum Trocknen neben der Spüle stehen. »Soweit ich es verstanden habe, weigert Sam sich, einen von uns zu feuern, also hat Jonathan damit gedroht, uns alle zu feuern. Die klassische Politik des äußersten Risikos. Wie während der Kubakrise, aber mit Bidets.«

Während Brian langsam zu begreifen scheint, wird seine ernste Miene noch ernster. »Das erscheint mir nicht fair. Wen wollte Mr Forest denn feuern?«

»Mich«, sagt Tiff. »Weil ich zu jung bin, um Arbeitsrechte

zu haben.« Streng genommen war das nicht Jonathans Grund, um sie zu feuern. Es ging ihm eher darum, dass sie nie zur Arbeit kommt, was rückblickend bis zu einem gewissen Grad mein Fehler war. »Und dich.« Sie wirft sich das Haar über die Schulter und deutet auf Brian. »Weil du unglaublich mies in deinem Job bist.«

Er denkt kurz darüber nach und nickt dann fröhlich. »Das ergibt Sinn. Amjad, lässt du mich mal kurz durch? Ich brauche Küchentücher und Desinfektionsmittel. Wir haben einen Kacka-Zwischenfall.«

Entgegenkommenderweise – oder vielleicht auch nur, weil er einem Kacka-Zwischenfall nicht im Weg stehen will – macht Amjad ihm Platz, sodass Brian halb unter der Spüle verschwinden kann.

»Brian«, sage ich, als er mit den Armen voller Putzmittel wieder auftaucht. »Das ist eine wirklich ernste Sache, okay? Ich weiß, dass ich viel von euch verlange, aber Jonathan scheint sich ein bisschen abgekühlt zu haben, was das Feuern angeht, also ist es wirklich sehr wichtig, dass er nichts von der Scharade erfährt.«

Sein Lächeln beruhigt mich nicht gerade, denn er grinst genauso, wie als ich ihm den Alarm-Code gegeben oder als ich ihm erklärt habe, warum es keine gute Idee ist, mit einer Tasse Kaffee durch den Laden zu laufen.

»Ich meine es ernst: Keinen Gedächtnisverlust ich habe.«

Das macht es nur *noch* schlimmer. Er schüttelt den Kopf wie ein verwirrter Labrador. »Sorry, Sam, jetzt hast du mich abgehängt.«

Ich seufze. »Bitte sag Jonathan nicht, dass ich mich in Wahrheit an alles erinnere. Wisch einfach die Kacke auf und halt den Mund.«

»Das ist wahrscheinlich generell ein guter Rat beim Kacke-

Aufwischen«, wirft Amjad ein und schließt den Schrank unter der Spüle mit dem Knie.

Brian lächelt wieder, und mir wird langsam klar, dass er bestimmt eine Brian-Nummer abziehen wird. Wenn nicht heute, dann morgen, und wenn nicht morgen, dann höchstwahrscheinlich, wenn ich mit Ilsa Lund am Flughafen stehe.

Als er endlich verschwunden ist, wende ich mich den anderen zu, in der Hoffnung, dass heute wenigstens ein paar Dinge rundlaufen. »Okay, nun, da sich um den buchstäblichen Haufen Scheiße gekümmert wird …«

Tiff grinst frech. »Sprich nicht so über Brian.«

Es ist wirklich unfair, dass Jugendliche damit davonkommen, Dad-Jokes zu reißen, ohne uncool zu wirken. »Du weißt, wie ich es gemeint habe. Können wir uns jetzt bitte auf«, ich wedele mit der Hand in Richtung der Lichterketten und Lametta-Packungen, »*das hier* konzentrieren? Was sollen wir damit anstellen?«

Claire sieht nachdenklich aus. »Eine Decke drüberwerfen?«

»Liegt hier etwa irgendwo eine riesige Decke herum?«, frage ich.

Davon lässt sich Claire jedoch nicht beeindrucken. »Bist du dir sicher, dass du dein Gedächtnis nicht doch verloren hast? Wir sind hier in einem Schlaf- und Badezimmergeschäft. Wir haben tonnenweise Decken.«

»Also ist der Plan, eine superultraweiche Flanell-Fleece-Decke von *Brentfords* aus der Bettenabteilung zu holen und zu hoffen, dass Jonathan hier reinkommt und nicht sagt: *Hey, was versteckt ihr unter der superultraweichen Flanell-Fleece-Decke von* Brentfords?«

»Mach dich doch nicht lächerlich.« Claire wirft mir einen verächtlichen Blick zu. »Die superultraweiche Flanell-Fleece-Decke von *Brentfords* wäre viel zu klein.«

»Ja«, stimmt Amjad ihr zu. »Wir nehmen besser die große *Dreamscene*-Luxus-Waffeldecke mit Wabenmuster. Die gibt es bis zu einer Größe von zwei Mal zweieinhalb Metern.«

Tiff verzieht zweifelnd das Gesicht. »Damit würden wir aber das Lametta zerdrücken.«

»Das Lametta zu zerdrücken ist gerade nicht meine größte Sorge, Tiffany«, sage ich. »Meine größte Sorge ist, dass Jonathan herausfindet, dass wir ihn hintergehen, und uns alle feuert.«

»Tja, aber mit zerdrücktem Lametta wird die Weihnachtsfeier ein Reinfall, und dann wird er denken, du wärst schon die ganze Zeit über ein schlechter Manager gewesen. Also sind wir in jedem Fall am Arsch.«

»Und der Vollständigkeit halber sollte erwähnt werden«, fügt Amjad hinzu, »dass der Plan, ihm zu zeigen, wie gut es in der Sheffield-Filiale läuft, von der Tatsache durchkreuzt wird, dass Jonathan gerade Scheiße aus einer Ausstellungstoilette wischt.«

»Das lag nicht in unseren Händen«, sage ich, in der Hoffnung, dass der neue vernünftige Jonathan das ebenso sehen wird.

Amjad verzieht das Gesicht. »Lässt uns trotzdem in keinem guten Licht dastehen, oder?«

Er hat recht, aber mich stört noch etwas anderes. »Moment mal. Wenn das alles für die Weihnachtsfeier ist, wie sollen wir es nach London kriegen?«

Tiff zuckt wenig enthusiastisch mit den Schultern, was noch weniger Zuversicht in mir auslöst, als sie offenbar empfindet. »Wir lassen uns was einfallen.«

»Was denn?«

»Irgendwas.«

Das klingt nicht nach einem Plan, auf den ich mich verlassen sollte. »Kannst du uns wenigstens einen Van auftreiben?«

Tiffs »Klar« löst noch größeres Misstrauen in mir aus. Werde ich gerade verarscht? »Moment mal. Ab welchem Alter darf man heutzutage überhaupt Vans mieten?«

»Dreiundzwanzig«, sagt Amjad, und wenigstens dieses eine Mal bin ich froh, dass er absolut alle existierenden Fakten auswendig gelernt hat.

»Als dreiundzwanzig durchzugehen, schaffe ich«, verspricht Tiff.

Claire tätschelt ihr sanft die Schulter. »Tiffany, Liebes, pass bitte auf, zu wem du das sagst.«

»Und das machst du nicht«, füge ich hinzu. »Ich lasse dich nicht illegal einen Van mit Firmengeld mieten. Wir werden meinen nehmen müssen.«

»Deinen?« Nun wirft Claire mir einen misstrauischen Blick zu. »Du hast mir nie erzählt, dass du einen Van hast.«

Habe ich tatsächlich nicht. Und dafür gibt es Gründe, aber die will ich nicht erläutern müssen, also versuche ich, es mit einem Witz zu überspielen. »Wie kannst du mir jemals vergeben, dass ich dieses schreckliche Geheimnis gewahrt habe? Wie dem auch sei, uns bleibt keine andere Wahl. Ich sage Jonathan, dass ich nicht mit ihm zurück nach London fahre. Dann komme ich hier vorbei und bringe dich mit all diesem«, wieder wedele ich mit der Hand in Richtung der Deko, »*Zeug* nach London, wo wir schauen, wie es weitergeht.«

Die anderen scheinen nicht begeistert von diesem Plan zu sein, und Claire nimmt es mir augenscheinlich immer noch krumm, dass ich meinen Van vor ihr geheim gehalten habe, aber sie haben auch keine besseren Ideen.

»In Ordnung.« Ich klatsche einmal in die Hände, in dem vergeblichen Versuch, resolut zu wirken. »Ich gehe Jonathan suchen. Es sollte mich wohl jemand begleiten, damit wir nicht erklären müssen, wie ich mich plötzlich wieder im Laden zurechtfinde. Und wir halten ihn unter allen Umständen davon ab, hier hereinzukommen.«

»Ah.« Claire strahlt plötzlich wieder. »Wir sind also doch bei dem Plan angelangt, ihn mit einer Klobrille zu erschlagen.«

»Nein«, sage ich nachdrücklich. Auch wenn ich annehme, dass Claire nicht so schnell zu gewalttätigen Mitteln greifen würde, kenne ich sie nicht gut genug, um es komplett auszuschließen. »Aber es gibt immer noch den Kacka-Zwischenfall, und das Positive an Hygieneproblemen ist, dass es lange dauern kann, sie zu lösen, was uns heute besonders zugutekommt.«

»In jedem Haufen Scheiße verbirgt sich ein Lichtblick«, sagt Tiff, philosophisch wie immer.

Amjad schüttelt den Kopf. »Sollte deine Scheiße leuchten, solltest du lieber einen Arzt aufsuchen.«

Mit Claire im Schlepptau verlasse ich die jüngeren Teammitglieder, die sich weiter über die feinen Nuancen einer Toilette voller Kacke, aber ohne Wasseranschluss unterhalten. Ich bin zu alt für den Scheiß.

Der Neue Übereifrige Chris – und überraschenderweise auch Brian – hat die Situation im Griff. Die verschmutzte Umgebung wurde mit gelben Schildern umstellt, auf denen *Hier wird gerade sauber gewischt* steht, die Kundschaft wird zu anderen, weniger besudelten Toilettenmodellen umgeleitet, und Raumduftspray wurde strategisch eingesetzt.

Beim Putzen ist Brian ebenso selbstvergessen wie bei allem anderen. Und obwohl ihn das zu einem schlechten Verkäufer macht, hilft es ihm dabei, ein guter Teamplayer zu sein. Es gibt nämlich nicht viele Menschen, die es so gelassen hinnehmen würden, auf den Knien herumzurutschen und Scheiße aufwischen zu müssen. Zwar überkommt mich bei dem Anblick kein warmes Gefühl der Zuneigung, aber doch ein Gefühl von *Vielleicht-hätte-ich-die-Fähigkeiten-dieses-Typen-besser-nutzen-können*. Denn hätte ich nicht ständig alles, was er tat, als *Ach, so ist Brian eben* abgetan, befänden wir uns jetzt vielleicht nicht in dieser verzwickten Situation.

Jonathan kümmert sich nach wie vor um die Kundin, deren Kind die zweifelhafte Tat begangen hat. »Ich meine ja bloß, dass es ein Schild geben müsste«, sagt sie gerade.

Er gibt sich professionell, aber da wir über zwei Wochen zusammengewohnt haben, erkenne ich, dass Jonathan es nicht gerade gut aufnimmt. »Sie meinen, ein Schild mit der Aufschrift *Bitte erleichtern Sie sich nicht in diesen Toiletten?*«

»Es gibt schließlich auch eins für die Betten.«

»Darauf steht, dass man sich nicht auf die Betten *legen* darf.« Jonathan arbeitet sehr hart daran, seinen Tonfall höflich zu halten. »Bisher bestand keine Notwendigkeit, ein Schild aufzustellen, um die Kundschaft dazu anzuhalten, doch bitte nicht auf die Betten … nun ja.«

»Betten und Toiletten sind aber nun einmal zwei unterschiedliche Dinge.« Zwar ist der Spruch *der Kunde ist König* nach wie vor in Stein gemeißelt, doch diese Kundin reizt das bis zum Äußersten aus. »Da müssen Sie sich schon an die eigene Nase fassen.«

Das Kind, das meiner Meinung nach so aussieht, als würde es sein Ego damit pushen, regelmäßig auf Dinge zu scheißen, grinst selbstgefällig zu Jonathan auf.

Mir dämmert, dass Jonathan kurz davor ist zu explodieren, also mische ich mich ein, während ich versuche, nicht daran zu denken, wie katastrophal das beim letzten Mal lief. »Ist alles in Ordnung?«, frage ich, wobei ich meinen Akzent ein klein wenig mehr aufdrehe.

»Ich habe dem Manager gerade erklärt, dass solche Dinge

nun einmal passieren, wenn es keine Schilder gibt, die deutlich machen, dass sich die Kundschaft von den Ausstellungstoiletten fernhalten soll.«

Dass die Kundschaft immer recht hat, ist nur der erste Teil des bekannten Mantras. Denn im zweiten Teil heißt es: *selbst wenn sie unrecht hat*. Also nicke und lächele ich. »Ja, das ist ein gutes Argument. Ich möchte nur anmerken, dass es dort drüben ein kleines Schild gibt.« Ich deute auf das Schild, auf dem sehr deutlich steht: *Nur für Ausstellungszwecke.* »Vielleicht sollten wir es ein bisschen sichtbarer platzieren«, das ist praktisch unmöglich, »aber jetzt ist das Malheur nun mal passiert.«

Der Junge, dem besagtes Malheur passiert ist, schaut zu mir auf. »Du hast einen hässlichen Schal.«

»Danke, er hat meiner Mam gehört.«

»Warum trägst du einen Mädchenschal?«, fragt der unausstehliche kleine Scheißer, der leider immer recht hat.

»Weil er meinen Hals wärmt«, antworte ich. Dann wende ich mich wieder seiner Mutter zu. »Also, wonach suchen Sie heute, und wie können wir Ihnen behilflich sein?«

Sie ist tatsächlich auf der Suche nach einem neuen Badezimmerset, obwohl das, vor dem wir stehen, nun natürlich mit einem gewissen Makel behaftet ist. Also gebe ich an den Neuen Übereifrigen Chris ab, der mir am meisten dafür geeignet scheint, die Kundin eine Kleinigkeit wie das Kot-Malheur vergessen zu lassen.

Nachdem sie und ihr Dämonenkind abgezogen sind, wirft Jonathan mir einen beinahe dankbaren Blick zu. »Das hast du gut gehandhabt«, sagt er und schiebt prompt hinterher: »Woher wusstest du von dem Schild?«

Fuck. »Ich glaube, langsam kommt vieles zurück. Es hilft tatsächlich, vor Ort zu sein. Und außerdem ist das Schild wirklich sehr gut sichtbar.«

Zu meiner Erleichterung reicht ihm die Erklärung. »Okay«, sagt er. »Nun, da das abgehakt ist, sollte ich mich mit dem restlichen Team unterhalten. Kannst du alle im Pausenraum zusammentrommeln?«

»Nein«, sage ich viel zu schnell und viel zu eindringlich. »Ich meine, wir wollen das Team doch nicht von der Arbeit fernhalten, solange so viel Kundschaft im Laden ist, oder?« Glücklicherweise ist gerade viel los.

»Und außerdem steht im Pausenraum doch alles voller Deko«, sagt Brian.

Claire rettet die Situation. »Ach ja, genau, weil es doch diese ganze Verwirrung mit der Lieferung gab. Erst haben wir gar keine Deko bekommen und dann die doppelte Ladung und mussten alles im Pausenraum unterstellen, weil wir im Lager nicht genug Platz hatten.«

»Ich hoffe, es wurde nicht doppelt berechnet«, sagt Jonathan, der sofort wieder in seinen *Ich-rufe-zuallererst-meine-Anwältin-an*-Modus verfällt.

»Nein.« Claire ist so viel besser darin als ich. »Die Lieferfirma hat den Fehler gemacht, und wenn sie die Deko zurückwollen, können sie sie gern haben. Ich muss mich nur noch um die Abholung kümmern.«

»Aber – « Brian will etwas beisteuern, doch Claires und mein Blick lassen ihn verstummen.

»Wie wäre es«, Claire nimmt Jonathan am Arm, als wäre es das Natürlichste auf der Welt, »wenn wir unsere Runde durch den Laden fortsetzen und ich Ihnen zeige, wie schön das Team dieses Jahr alles für Weihnachten dekoriert hat? Und wenn Sie danach noch etwas zu besprechen haben, können Sie es mir sagen, und ich informiere das Team, sobald es weniger hektisch ist?«

Zu meinem Schock macht Jonathan mit, obwohl es nicht

mal seine Idee war. Langsam werde ich etwas müde. Es war wirklich eine lange Fahrt, und die mich ständig begleitende Panik hilft auch nicht, also lasse ich mich von Brian zurück in den Pausenraum bringen, wo ich mich neben eine Kiste voller geschmackvoller, mit roten Schleifen verzierter Stechpalmenzweige setze. Tiff und Amjad sind zurück zur Arbeit gegangen, daher sind wir nur zu zweit. Brian macht mir einen Tee, während ich warte.

»Ich muss schon sagen, dass ich sehr verwirrt bin, was die ganze Situation angeht«, meint er.

»Das ist in Ordnung, Brian. Ich glaube, alles wird gut gehen. Claire scheint zu wissen, was sie tut.«

»Oh ja.« Brian nickt wie ein Wackeldackel. »Seit du weg bist, hat sie das toll gemacht. In letzter Zeit war alles besser als vorher.« Jetzt blickt er verlegen drein. »Nicht, dass du einen schlechten Job gemacht hättest. Ich meine nur, dass sie auch gut ist. Auf andere Weise. Und alle haben ein bisschen mehr Angst vor ihr als vor dir.«

Ich weiß nicht, wie ich das auffassen soll. »Ich möchte nicht, dass Leute Angst vor mir haben.«

»Das ist gut.« Nun setzt er eine weise Miene auf. »Haben wir nämlich nicht. Was ich sagen will: Mach dir keine Sorgen, wenn du länger wegbleiben musst. Claire macht das großartig.«

»Oh«, sage ich. »Großartig.«

»Sie hatte die tolle Idee, dass ich keinen Kaffee mehr durch den Laden tragen soll.«

»*Ich* hatte diese Idee«, protestiere ich. »Es ist nicht mal eine Idee. Es sollte offensichtlich sein.«

Brian schnalzt mit der Zunge, als wäre er es, der enttäuscht ist. »Ich glaube nicht, dass du das mir gegenüber je erwähnt hast.«

»Doch, da bin ich mir ziemlich sicher.«

»Aber du hast es nicht wichtig klingen lassen. Ist ja auch egal.« Jetzt klingt er wieder fröhlich. »Ich dachte bloß, es würde dich freuen zu hören, dass wir in guten Händen sind.«

Und natürlich freut mich das. Gleichzeitig gibt es mir aber auch ein bisschen das Gefühl, überflüssig zu sein. Es ist ja nicht so, als wäre es mein Lebenstraum oder meine Berufung gewesen, eine Schlaf- und Badezimmerfiliale zu führen, und ich wollte auch nie unentbehrlich sein. Dass ich zurückkomme und alle sagen: *Oh Sam, wir sind so froh, dass du wieder da bist, hier ging es drunter und drüber ohne dich.* Aber jetzt fühlt es sich so an, als wäre ich ersetzt worden. Schlimmer noch: Ich wurde ersetzt, und jetzt geht es allen besser. Und das ist nicht leicht zu verdauen.

Denn während ich hier sitze, meinen Tee trinke und über das Dilemma nachdenke, ohne zu sehr darüber nachdenken zu wollen, wird mir klar, dass ich in dieser Filiale und in diesem Team ein Teil von etwas war. Und nun, da es ohne mich weitergeht, bin ich nicht mehr wirklich ein Teil davon. Vielleicht war ich es ja auch nie. Zumindest nicht so sehr, wie ich gedacht habe. Am Ende sind es bloß Jobs. Gut, einen zu haben. Aber alle Verbindungen, die wir auf der Arbeit knüpfen, basieren auf Geld und Zweckmäßigkeit. Sie sind kein Ersatz für …

Sie ersetzen gar nichts.

Nach seiner Tour durch den Laden verbringt Jonathan viel Zeit mit Claire, was mich nervös macht. Jedoch nicht so nervös wie die drei Nachrichten, die fünfundvierzig Minuten später auf meinem Handy auftauchen:

Er ist auf dem Weg zurück.
Versucht immer noch, Geld einzusparen.
Vor allem Brian ist am Arsch.

Da Jonathan den Pausenraum mit denselben Deko-Objekten, die in drei Tagen auch in Shoreditch auftauchen werden, trotz allem nicht sehen darf, verlasse ich den Raum mit Brian, und wir treffen ihn in der Handtuchabteilung.

»Ist es gut gelaufen?«, frage ich.

»Ich denke schon.« Sein Blick ist noch unergründlicher als sonst. Und obwohl ich es eigentlich gar nicht will, analysiere ich sein Verhalten.

Denn ich weiß, dass er gerade mit Claire darüber gesprochen hat, dass er Leute feuern will. Und er weiß nicht, dass ich es weiß. Außerdem weiß er nicht, dass ich weiß, dass er dasselbe Gespräch mit mir in London geführt hat und dass es dieses Gespräch war, das dazu führte, dass ich in eine Dusche stolperte, mir den Kopf anstieß und seitdem unter Fake-Gedächtnisverlust leide.

Deshalb habe ich nun ein schlechtes Gewissen und bin gleichzeitig sauer. Die Reue rührt daher, dass ich eine ernsthafte Verletzung vorgetäuscht habe, um Jonathan dazu zu bringen, seine Entscheidung zu überdenken.

Die Wut rührt daher, dass es ganz offensichtlich nicht funktioniert hat. Ich habe mein Bestes gegeben, damit er mich als Mensch wahrnimmt und erkennt, dass auch in ihm etwas Gutes schlummert, aber er ist immer noch derselbe habgierige kleine Scheißer, der er vor drei Wochen war. Und am schlimmsten ist, dass ich wirklich dachte, er hätte sich verändert. Aber vielleicht verhält er sich ja nur in meiner Gegenwart anders.

»Oh«, sage ich und schlucke schwer, weil ich auf keinen Fall verraten darf, was ich weiß. »Das ist gut. Sollen wir los?«

Jonathan nickt traurig, als wäre er ein Kind, das von seinen Eltern gezwungen wird, *Disney World* zu verlassen, bevor es ein zweites Mal mit der *Space-Mountain*-Achterbahn fahren konnte. Es liegt wohl weniger daran, dass ihn der einzigartige Charme der Sheffield-Filiale umgehauen hat, als vielmehr daran, dass er ein Workaholic ist, der alles bis ins kleinste Detail kontrollieren muss. Und mein Team bietet ihm leider sehr viel Futter dafür.

Wir steigen in seinen Wagen, und er fährt uns ins Stadtzentrum, wo er uns Zimmer in einem *Premier Inn* gebucht hat. Und wenn mich seine Rückverwandlung in Arbeitstier-Jonathan nicht schon vorgewarnt hätte, wäre mir spätestens bei der Wahl des Hotels klar geworden, dass dies kein romantischer Kurztrip für zwei ist. Einerseits, weil er uns getrennte Zimmer gebucht hat, aber vor allem, weil kein Mensch eine Person, die er verführen möchte, in ein *Premier Inn* einladen würde.

Ich lasse meine Tasche fallen und setze mich ans Fußende des Betts, auf diesen lilafarbenen Streifen, der offenbar auf allen Betten der gesamten *Premier-Inn*-Kette zu liegen hat.

Nach ein paar Minuten erkenne ich, dass mich Herumsitzen und Grübeln nicht weiterbringt, also lasse ich mich rückwärts aufs Bett fallen, um die Decke anzustarren und meine wie ein Haufen Gummis verhedderten Gedanken, Gefühle und Instinkte zu entwirren.

Ich habe es mir doch nicht eingebildet, oder? Jonathan hat sich in letzter Zeit wirklich weniger wie Jonathan verhalten, also weniger wie ein unglaubliches Stück Scheiße. Ich zücke mein Handy und lese Claires Nachrichten ein weiteres Mal.

Fuck, antworte ich dann. Also hat es nicht funktioniert?

Ich hätte die verschiedenen Bereiche besser voneinander abgrenzen müssen. Das ist das Problem. Aus Jonathans Sicht hat die Frage, was er mit der Sheffield-Filiale anstellen soll, nichts mit der Frage zu tun, ob er seine Familie weniger wie eine lästige administrative Aufgabe behandeln sollte.

Hat er wenigstens so gewirkt, als würde es ihm schwerfallen?, frage ich, und die drei kleinen Punkte zeigen mir an, dass Claire schreibt.

Wie sieht er denn aus, wenn ihm etwas schwerfällt?, fragt sie.

Wahrscheinlich könnte ich ihr das sogar beantworten. In letzter Zeit habe ich Jonathan Forest sehr oft angesehen, und obwohl er auf den ersten Blick so stoisch wirkt, hat er in Wahrheit ein sehr ausdrucksstarkes Gesicht. Wenn er einen inneren Kampf ausficht, passen seine Augen und Lippen nicht zusammen. Dann zeigt sich diese Falte auf seiner Stirn, wie wenn er über etwas nachdenkt, selbst wenn er so tun will, als wäre es etwas, worüber er nicht nachdenken muss.

Woher soll ich das wissen?, antworte ich.

Eine weitere Nachricht geht ein: Ich bin unten. Möchtest du etwas essen gehen? Diese ist nicht von Claire, sondern von Jonathan.

Ich bin versucht, ihm zu antworten, dass ich zu müde bin. Es ist noch früh, aber wir haben eine lange Fahrt und einen wichtigen Besuch in der Filiale hinter uns, und ich habe tatsächlich noch mit den Nachwirkungen der Gehirnerschütterung zu kämpfen. Also wäre es plausibel. Aber es fühlt sich an, als würde ich ihn hängenlassen.

Er war verständnisvoll. Diesmal ist es wieder Claire. Nur nicht verständnisvoll genug, um Brian zu behalten.

Langsam denke ich, dass er recht damit hat, antworte ich ihr.

Und dann an Jonathan: Gib mir eine Minute.

Ich sage seit Monaten, dass Brian eine Belastung ist und Keine Eile kommen zurück, also verschicke ich ein Ich weiß, sorry und ein Wo möchtest du essen gehen?.

Was bedeutet, dass die letzten beiden Nachrichten, die ich an diesem Abend bekomme, folgende sind: Es ist albern, aber es gibt da so ein Restaurant, wo ich immer hingehe und Wenn ich meinen Job verliere, weil du mich zwingst, eine Lanze für den schlechtesten Verkäufer Englands zu brechen …

Ich ziehe es in Erwägung, Claire mit *Ich kümmere mich drum, versprochen* zu antworten. Aber ich weiß nicht, wie ich das anstellen soll, ohne den Klobrillen-Mordplan in die Tat umzusetzen.

Auf dem Weg nach unten zur Rezeption versuche ich, mir nicht vorzustellen, wie ich Jonathan Forest in einem Chicken-and-Chips-Restaurant in Sheffield ermorde. Er sieht irgendwie anders aus, obwohl er sich nicht umgezogen und noch nicht mal seine Haare gestylt hat. Vertrauter. Der frostige Ich-feuere-dich-Jonathan, mit dem Claire noch vor zwanzig Minuten gesprochen hat, ist vollkommen verschwunden, und ich stehe dem Ich-schaue-*Auf-Wiedersehen-Pet*-mit-meinem-Dad-Jonathan gegenüber.

»Albern inwiefern?«, frage ich ihn.

»Was?« Er sieht verwirrt aus.

»Du hast mir geschrieben, du wolltest in ein albernes Restaurant gehen.«

Er sieht zu Boden und mir dann wieder in die Augen. »Ich meinte eher, dass es albern von mir ist, dass ich dort essen gehen will, und nicht, dass es … Wir gehen nicht in ein Clown-Restaurant.«

»Wie schade«, rufe ich schwer enttäuscht. »Ich hatte mich auf ein Clown-Restaurant gefreut. Zum Nachtisch hätten wir Sahnetorte essen können und alles.«

Er neigt den Kopf in einer Lass-uns-gehen-Geste. Vielleicht, weil er mir nicht in den Kaninchenbau folgen will, als der sich das Thema Clown-Restaurants sicher entpuppen wird. Und vielleicht, weil er es doch tun will, aber nicht im Beisein eines gelangweilten Rezeptionisten in einem billigen Hotel. Im Gehen legt er seine Hand ganz natürlich auf meinen unteren Rücken, doch dann zieht er sie abrupt wieder weg. Und während wir nebeneinander die Straße entlanggehen und dabei gewissenhaft zehn Zoll Abstand zueinander halten, wird mir bewusst, dass Jonathans Bemühungen, unsere Beziehung weniger intim zu gestalten, nach hinten losgehen. Denn wenn selbst ein gemeinsamer Nachmittag in einem Schlaf- und Badezimmergeschäft, gefolgt vom Check-in in einem *Premier Inn* nicht das Knistern zwischen uns zerstören kann, dann stecken wir echt tief drin.

Sheffield ruft in mir gemischte Gefühle hervor. Auf der einen Seite ist es nicht London, aber das ist ein Vorteil, den es mit allen anderen Städten der Welt gemeinsam hat. Und ich muss zugeben, dass Croydon es mir angetan hat. Ironischerweise habe ich dort ein paar schöne neue Erinnerungen geschaffen – ironisch, weil ich sie schuf, während ich vorgab, unter Gedächtnisverlust zu leiden. Es gefällt mir aber, dass sich Sheffield allgemein nach Norden anfühlt. Das liegt an den roten Backsteinhäusern und daran, dass die Gebäude alle etwas weiter auseinanderstehen und nicht so aneinandergequetscht wirken wie Sardinen in der Büchse. Aber genau genommen, ist es auch bloß eine Stadt.

Wir laufen die *Ecclesall Road* entlang und kommen an einem *Kwik Fit* und einer Autowaschanlage vorbei, bis wir schließlich zu dem Teil mit den Restaurants kommen. Ich werde immer neugieriger, wohin Jonathan mich führt, denn wir sind bereits an zwei Pubs und einem indischen Restaurant vorbeigegangen. Wir kommen an eine Straßenecke, und Jonathan bleibt vor *Uncle Sams Diner* stehen, einem winzigen Gebäude mit weiß gestrichener Fassade und einem Glaskasten mit der Speisekarte – immer ein Zeichen für Qualität.

Ich öffne den Mund, um einen amüsierten Kommentar abzulassen, als Jonathan einen Finger hebt.

»Fang erst gar nicht an«, sagt er peinlich berührt. »Als Kind bin ich mit meinen Eltern zu besonderen Anlässen hergekommen. Und ich mag die Burger hier.«

Oh Scheiße. Ich weiß nicht, was schlimmer ist. Dass er sentimental ist oder dass er so tut, als wäre er es nicht. Und mit *schlimm* meine ich natürlich *süß*.

»Gibt es hier auch Milchshakes?«, frage ich.

»Natürlich gibt es hier auch Milchshakes. Es ist ein verdammter amerikanischer Diner.«

Er stürmt ins Restaurant, immer noch peinlich berührt, weil er einen unter Gedächtnisverlust leidenden Typen aus Liverpool, den er vor drei Wochen hätte feuern müssen, an einen Ort seiner Kindheit gebracht hat. Wie sich herausstellt, hat er einen Tisch reserviert. Schließlich würde Jonathan Forest niemals etwas dem Zufall überlassen, wenn er stattdessen im Vorhinein buchen kann. Also werden wir von einer jungen Frau in einem *Uncle-Sams-Diner*-T-Shirt zu unserem Tisch geführt.

Irgendwie hatte ich gedacht, es würde diese amerikanischen Sitzecken geben, aber wir nehmen auf Holzstühlen an einem Holztisch Platz. Die Speisekarte steht auf einem kleinen Metallständer in der Mitte.

»Es gibt das Restaurant schon seit den Siebzigern«, erklärt Jonathan.

Ich kann nicht zulassen, dass er sich den ganzen Abend so verhält, also schiebe ich meine Hand in die Mitte des Tischs, als wollte ich, dass er seine Finger mit meinen verschränkt, aber das tut er natürlich nicht. »Es ist in Ordnung«, sage ich. »Du musst dich nicht weiter entschuldigen. Es ist schön, dass du hierherkommen wolltest.«

»Es ist albern«, wiederholt er. »Im Hotel gibt es ein Restaurant. Wir hätten dorthin gehen können.«

»Hätten wir, aber dann wären wir nicht in den Genuss von«, ich überfliege die Speisekarte, auf der Suche nach etwas, das gut klingt, »dem Spezial-Burger mit weißer Käsesoße, Bacon und Salat gekommen.«

»Du machst Witze, aber der ist wirklich lecker.«

»Das ist kein Witz. Ich denke, den werde ich bestellen, es sei denn, du kannst mir etwas empfehlen.«

Er schüttelt den Kopf. »Nein, das ist eine gute Wahl. Möchtest du eine Vorspeise?«

»Sollen wir uns etwas teilen?«

Er runzelt schon wieder die Stirn, als würde er abzuschätzen versuchen, ob uns diese Entscheidung vielleicht in eine gefährliche Richtung führen könnte. Als bestünde die Möglichkeit, dass wir, wenn wir den Abend mit einer Kombi-Platte mit Chickenwings und Mozzarella-Sticks beginnen, am Ende in einer Gasse landen und es hinter einem *Londis* treiben. Schließlich gibt er nach. »Wie wäre es mit Nachos?«

»Finde ich gut.«

»Du hast kein Problem mit Essen aus anderen Ländern?«

Das ist das vermutlich Seltsamste, was er hätte sagen können. »Nein. Und es sind doch bloß Nachos. Außerdem gibt es hier amerikanisches Essen, also ist streng genommen alles aus einem anderen Land.«

Jonathan schüttelt den Kopf, als versuchte er, Spinnweben daraus zu vertreiben. »Entschuldige, das war ein Insider. Als wir früher mit Granddad John hergekommen sind, wollte er nie die Nachos bestellen, weil sie ihm zu fremd waren. Bei Pizza war es ähnlich.«

»Aber Burger sind merkwürdigerweise typisch britisch?«

»Er hat meistens Steak bestellt. Aber wir können es ihn nicht erklären lassen, weil er, na ja, gestorben ist.«

»Tut mir leid.«

Einen Moment lang starrt Jonathan auf sein Besteck. »Es ist lange her. Ich kann mich kaum noch an ihn erinnern.«

»Es ist trotzdem traurig.«

Er nickt. »Ein bisschen.«

»Also ist Pauline schon recht lange allein?«

Ich wollte bloß das Gespräch am Laufen halten, aber jetzt fürchte ich, dass meine Frage zu persönlich ist, weil sich Jonathan sofort wieder in sich selbst zurückzieht. »Ich wollte sie nach London holen, aber da hat sie nicht mitgemacht. Das Heim, in dem sie wohnt, ist das beste, was ich hier finden konnte.«

»Ich bin mir sicher, dass du alles in deiner Macht Stehende für sie getan hast«, sage ich, teils, um ihn zu trösten, und teils, weil ich das wirklich glaube.

Es sieht so aus, als würde es jetzt wieder unangenehm zwischen uns werden, doch da kommt die Kellnerin. Unsere Bestellung ist recht unkompliziert: Nachos zum Teilen, jeder einen Burger, einen Erdbeermilchshake für mich und, nach einem Moment des Zögerns, einen Vanillemilchshake für Jonathan.

»Einen Vanillemilchshake?«, frage ich, nachdem die Kellnerin gegangen ist.

Jonathan runzelt die Stirn auf eine Weise, die ich mittlerweile als spielerischen Zorn erkenne. »Was stimmt denn nicht mit Vanillemilchshakes?«

»Du hättest jede andere Sorte wählen können.«

»Ja, aber ich bin keine sechs Jahre alt.«

Ich lache. »Du hast einen Milchshake bestellt. Der Kultiviertheitszug ist abgefahren.«

»Ich mag Vanille«, entgegnet er abwehrend. »Diese Sorte Milchshake ist am meisten … Milchshake.«

»Was soll das bitte bedeuten?«

»Keine Ahnung, aber ich bin davon überzeugt.«

Ich weiß immer noch nicht, wie zu erkennen ist, ob Jonathan Forest versucht, witzig zu sein. Vermutlich weiß er es selbst nicht. Also lächele ich ihn an, denn auch wenn er es nicht versucht, macht er mich glücklich. Glücklich auf eine Art, von der mir bewusst ist, dass sie nicht auf Dauer sein kann, aber sie gefällt mir trotzdem.

»Was ist?«, fragt Jonathan.

»Nichts«, antworte ich. Eigentlich ist es nicht *nichts*. Es ist eine komplexe Mischung aus *sehr viel*. Aber ich kann nicht mal alles benennen. Denn er plant schließlich nach wie vor, Brian zu feuern. Was es nicht leicht macht, hier zu sitzen und unsere Milchshake-Diskussion zu genießen. Warum tue ich es dann trotzdem?

Vielleicht hat Jonathan gerade mit seiner eigenen Mischung aus *sehr viel* zu kämpfen, denn Stille setzt ein. »Ich kann nicht glauben, dass du seit zwei Jahren in Sheffield wohnst und nie hier warst«, sagt er dann.

Ich denke darüber nach, mit *Vielleicht war ich ja hier, kann mich aber nicht daran erinnern* zu antworten. Es fühlt sich aber immer falscher an, ihn zu belügen, selbst wenn es um belanglose Dinge geht. Nicht, dass die Wahrheit besser wäre. »Ich gehe nicht oft essen.«

Er denkt ungewöhnlich lange darüber nach. »Aus finanziellen Gründen oder weil es gesünder ist, selbst zu kochen?«

Selbst für ihn ist das eine seltsame Reaktion. »Nein, ich will die Restaurant-Industrie aus purer Bosheit in sich zusammenfallen sehen.«

»Sam, ich weiß, dass ich nicht gut in Smalltalk bin, aber ich gebe hier wirklich mein Bestes.«

»Warum dein Bestes? Wir essen doch bloß was.« Verdammt, ich glaube, ich lüge ihn schon wieder an. Aber auch mich selbst. »Es ist genau wie das eine Mal, als ich eine Wagyu-Pizza bestellt habe.«

Einmal mehr verfällt er in Schweigen. »Es ist aber nicht wirklich dasselbe, oder?«, fragt er dann.

»Es muss nicht anders sein«, versuche ich, ihn zu beruhigen. »Und wenn du befürchtest, dass da etwas zwischen uns … also dass sich eine Dynamik entwickeln könnte …« Ich deute auf die knallroten Wände und den Raum voller Leute, die Steak und Pommes essen. »Versteh das bitte nicht falsch, aber das ist der denkbar unromantischste Ort, an den du einen Mann ausführen kannst.«

»Falls es dir nicht aufgefallen ist, ich bin keine sonderlich romantische Person.«

Jetzt ist *er* es, der lügt. Ja, er ist nicht der Typ für rote Rosen und Kerzenlicht, aber das bin ich auch nicht. Er ist der Typ, der mich in seinem Zimmer schlafen lässt, weil mich seine Familie aus meinem geworfen hat, der mir ein überteuertes Meerschweinchen gekauft hat, damit ich etwas an den Weihnachtsbaum hängen kann, der mich in ein Restaurant ausführt, an das er schöne Kindheitserinnerungen hat, und der mich küsst, als wäre ich der einzige Mann auf der Welt. »Da wäre ich mir nicht so sicher. Ab und zu hast du so deine Momente.«

Jetzt errötet er ein wenig, und ich befürchte, dass ich gerade versehentlich einen Ausflug nach Flirt-Town gemacht habe. »Habe ich nicht. Auf meinem letzten Date habe ich einen Tandem-Fallschirmsprung gebucht, und der Kerl hat es gehasst.«

Okay, das wirft so einige Fragen auf. »Du hast *was?*« Wir bekommen unsere Nachos serviert – ein riesiger Haufen, von dem der Käse läuft wie Lava von einem Vulkan –, aber ich lasse mich davon nicht von der Frage abhalten, was zum Teufel Jonathan sich dabei gedacht hat. »Nein, ganz im Ernst: Du hast *was?*«

Mit einer Hand bedeckt er seine Augen. »Er war jünger als ich, und ich wollte cool rüberkommen.«

»Kennst du dieses Phänomen«, ich starre ihn fast schon begeistert an, »wenn Antworten bloß weitere Fragen aufwerfen?«

»Ich sagte doch, dass ich nicht romantisch veranlagt bin.«

»Und du dachtest, einen Mann aus einem Flugzeug zu schubsen, würde ihn dazu bringen, dich zu mögen?«

Mit beinahe chirurgischer Präzision nimmt sich Jonathan einen Nacho. Ich glaube, er versucht bloß, Zeit zu schinden. »Ich dachte, ich könnte es nicht ganz so schnell vermasseln, wenn wir etwas zu tun haben, und in der Woche lief nichts Gutes im Kino.«

Ich versuche, nicht zu lachen, es gelingt mir aber nicht. Okay, ich habe mir nicht besonders viel Mühe gegeben. »Wer war der Typ? Und wie jung war er genau?«

»Coby Nightingale. Er spielt für den *Croydon FC*.«

»Du hast einen Profifußballer zum Fallschirmspringen eingeladen?«

»Ich dachte, etwas Körperliches würde ihm gefallen.«

»Jonathan, die körperliche Aktivität, der auf einem Date nachgegangen wird, nennt sich Sex.«

Ich nehme mir einen Nacho, woran unverhofft ein weiterer klebt und noch einer und so weiter. Jonathan hilft mir, sie voneinander zu trennen. »Aber Respekt dafür, dass du einen Fußballer gedatet hast.«

»Nun ja, wie schon erwähnt, habe ich den Fußballer nicht gedatet. Ich habe versucht, mit ihm Fallschirm springen zu gehen, und es stellte sich heraus, dass er schreckliche Höhenangst hat, und auf dem Weg nach Hause hat er mich vollgekotzt.«

Ich bin an einem Punkt angelangt, an dem ich nicht mehr weiß, ob ich ihn zu trösten versuche oder mich bloß noch über ihn lustig mache. »Okay, aber wenigstens hast du ihn um ein Date gebeten. Also warst du streng genommen, wenn auch für sehr kurze Zeit, eine Art Spielerfrau.«

»Granddad Del hat es so gefeiert. Er ist schon seit den Siebzigern Fan.«

»Mir kommt ein Gedanke. Wie habt ihr euch überhaupt kennengelernt? Nichts für ungut, aber ich habe nicht das Gefühl, dass du dich in denselben Kreisen wie eine Fußballmannschaft der ersten Liga bewegst.«

»Ich habe einen Sponsoren-Deal ausgehandelt. Wir sind uns auf ein paar Veranstaltungen über den Weg gelaufen, er hat mich angepflaumt, weil ich einen *Sheffield-Wednesday*-Schal trug, und mich dann trotzdem gefragt, ob ich mit ihm ausgehe.«

Fast tut es mir leid für ihn. Er war so nah dran und doch so fern. »Und dein erster Gedanke war: *Ich wette, dieser Mann will unbedingt an einen anderen Mann gekettet werden und mit nichts als einem Bettlaken gesichert aus einem Flugzeug springen?*«

»So ziemlich, ja.«

Die Kellnerin bringt uns unsere Milchshakes. Es sind *richtige* Milchshakes in kurvigen Gläsern mit zwei Strohhalmen, selbst wenn wir nicht vorhaben, sie zu teilen. Gerade nehme ich einen Schluck, als mir ein weiterer Gedanke kommt. »Moment mal, bedeutet das, dass du *auch* aus einem Flugzeug gesprungen bist?«

»Mit einem Profi, ja.«

Ich starre ihn an. »Hattest du keine Angst?«

Er starrt zurück. »Glaubst du wirklich, dass meine vorherrschende Emotion in Anbetracht der Umstände Angst war?«

»Willst du mir etwa weismachen, es hätte dich mehr gestört, dass dein Date scheiße lief, als dass du mit einer Geschwindigkeit von hundert Meilen pro Stunde auf den Boden zugerast bist?«

»Na ja, es war meine Schuld, dass das Date scheiße war, und dafür gab es keinen Fallschirm.«

Er sieht aus, als würde ihn die Erinnerung immer noch heimsuchen. »Mach dir keine Gedanken deswegen«, sage ich. »Das ist ein leicht lösbares Problem. Wenn du das nächste Mal auf ein Date gehst, organisiere einfach keinen Fallschirmsprung.«

»Darauf bin ich selbst gekommen.«

Ein paar Minuten lang kämpfen wir mit den Nachos. Ich muss zugeben, dass Nachos eine gute Wahl für die ungewöhnliche Situation sind, in der sich zwei Männer, die ganz offensichtlich aufeinander stehen, aber so tun müssen, als würden sie es nicht, eine Vorspeise teilen. Dabei bekleckern wir uns nicht allzu sehr und müssen gerade genug interagieren, dass es nicht zu sexy wird.

Schließlich blickt Jonathan von einem Teller mit Sour-Cream-Dip und Tortillas auf. »Ich nehme an, du hattest noch nie ein schlechtes Date.«

»Jonathan, jeder Mensch hatte schon mal ein schlechtes Date. Zugegeben, mit der Fallschirmsprung-Kotz-Profifußballer-Kombi hast du die Messlatte ziemlich hoch gelegt, aber ich hatte auch so meine Reinfälle.«

»Zum Beispiel?« Er klingt so skeptisch, dass es schon beinahe ein Kompliment ist.

Peinlicherweise fällt mir nicht sofort etwas ein. Es liegt nicht daran, dass ich ein totaler Dating-Profi wäre oder so, sondern einzig und allein daran, dass es immer auch etwas Gutes gibt, selbst bei einem schlechten Date. Na ja, außer in Jonathans Fall. »Ich habe mir *Gods of Egypt* mit meinem Date angesehen.«

»Und?«

»Er mochte den Film nicht besonders. Und es gefiel ihm nicht«, ich bin mir nicht sicher, wie ich es formulieren soll, »dass es mir egal war, dass es ein schlechter Film war? Danach meinte er: *Die Dialoge waren grottig, der Plot hat keinerlei Sinn ergeben, und das Alte Ägypten war in Wahrheit ganz anders.* Und ich so: *Aber du hast doch den Kerl aus* Game of Thrones *oben ohne gesehen, was willst du mehr?*«

»Um ehrlich zu sein, verstehe ich, warum er das nervig fand.«

»Nein. Wenn du einen Film nicht mochtest, dann würdest du sagen: *Puh, der war nicht besonders gut,* und wenn ich dann antworte: *Keine Ahnung, aber du hast doch den Kerl aus* Game of Thrones *oben ohne gesehen*, könntest du einfach sagen: *Stimmt wohl.* Du würdest es nicht als persönliche Beleidigung auffassen und den restlichen Abend damit zubringen, mich davon überzeugen zu wollen, dass ich falschliege, obwohl wir eigentlich Pommes essen wollten.«

»Hm.« Jonathan mustert mich mit einem dieser intensiven Blicke, die, glaube ich, spielerisch gemeint sind. »Ich habe gelernt, dass es vollkommen unmöglich ist, dich davon zu überzeugen, dass du falschliegst.«

Ich denke wieder daran, was heute in der Filiale passiert ist. »Das gilt ebenso für dich.«

»Warum? Wovon willst du mich denn diesmal überzeugen?«

Oh Gott. Ich kann nicht wirklich sagen: *Bitte entlasse Brian nicht*. Teils, weil ich nicht wissen darf, dass er Brian feuern will, aber hauptsächlich, weil Jonathan jetzt auch in Flirt-Town angekommen ist, und ich möchte ihm nicht den Rückweg zeigen, auch wenn ich sollte. Also finde ich einen anderen Weg. »Davon, dass Vanille als Milchshake-Sorte totale Verschwendung ist.«

Leider sind die Straßen in Flirt-Town viel länger und kurviger als in meiner Erinnerung. Jonathan schiebt mir seinen Drink zu. »Probier doch mal.«

Ich sollte wahrscheinlich ablehnen. Aber dann würde ich Flirt-Town ganz schnell verlassen und mich in Arschloch-City wiederfinden. Also beuge ich mich vor und sauge am Strohhalm, wobei ich versuche, so unfellationierend auszusehen wie möglich. Was in gewisser Weise nicht schwer ist, weil Strohhalme um einiges dünner als Schwänze sind, aber wenn du vor der Person, die du gernhast, an etwas saugst, hat es einfach immer etwas Anzügliches. »Okay«, sage ich. »Schmeckt gut. Aber immer noch bloß wie ein Milchshake.«

Jonathan zieht die Brauen zusammen. Offenbar ist sein Beschützerinstinkt sehr ausgeprägt, was den Milchshake angeht. »Was dachtest du denn, wonach er schmeckt? Nach flüssigem Gold und Engelstränen?«

»So, wie du ihn angepriesen hast, ja.«

»Tja, vergib mir, dass ich es mag, wenn mein Milchshake nach Milchshake schmeckt und nicht nach …« Er macht eine abwertende Geste mit einem Nacho. »Rotwein.«

»Aber rot ist die beste Geschmacksrichtung. Das weiß jeder.«

»Nein, das ist bloß Propaganda, die für *Big Red* verbreitet wurde.«

»Willst du mir wirklich weismachen, dass du die roten M&Ms nicht am liebsten magst?«

»Die Erdnuss-M&Ms sind die besten.«

»Okay, aber in einer Packung Erdnuss-M&Ms?«

»Die schmecken alle gleich, denn es geht doch darum, dass sie mit Erdnüssen gefüllt sind, und nicht darum, welche Farbe sie haben.«

»Du hast keine Seele«, sage ich lachend.

Jonathan sieht mich erneut mit dieser halb verwirrten, halb gequälten Miene an.

»Was ist?«, frage ich.

»Nichts«, sagt er. »Es ist nur … es überrascht mich immer, wenn du lachst.«

Was mich nun ebenfalls halb verwirrt. »Warum? Ich bin eine fröhliche Person. Die meisten Leute brauchen nicht drei Wochen und ein Hühnchen-Fisting, um mal zu lachen.«

Die Erinnerung daran, wie er unbeschreibliche Dinge mit dem toten Geflügel angestellt hat, zaubert ein Lächeln auf Jonathans Lippen, doch dann wird er schnell wieder traurig-ernst. »Ich meinte eher, dass es mich überrascht, dich in meiner Gegenwart lachen zu sehen.«

»Jonathan.« Ich setze einen strengen Tonfall auf. »Kannst du bitte damit aufhören? Du bist kein Monster aus einem Märchen. Du bist eine Person. Du kannst lustig sein, und andere Leute werden über Dinge lachen, die du sagst, und nein, nicht auf gemeine Weise.«

Wir haben die Nachos fast aufgegessen, und Jonathan schiebt den Rest nur noch lustlos hin und her. »Bevor du dein Gedächtnis verloren hast«, sagt er und klingt dabei so zögerlich, dass ich ihm am liebsten gestehen würde, dass ich es nie verloren habe, »habt du und Claire mich immer Seine Königliche Arschlöchigkeit genannt.«

Ich gebe mein Bestes, um überrascht zu wirken. »Du bist unser Chef. Alle denken das über ihre Chefs.«

»Du hast mir außerdem nach dem Unfall gesagt, dass ich mich dir gegenüber allgemein wie ein Arschloch verhalte.«

»Ja, weil es so war. Aber damit hast du aufgehört. Du musst nicht ständig …«, ich wedele mit den Händen, um kleine Kreise zu beschreiben, die dafür stehen, was andere Leute über Jonathan Forest denken und was er selbst von sich denkt, »die Person sein, die du auf der Arbeit bist oder die deine Mitstudierenden auf der Uni in dir gesehen haben, oder was auch immer das Gegenteil von deinem Vater ist. Du kannst einfach du selbst sein. Weißt du, so, wie du bist, wenn du mit mir zusammen bist.«

Die Kellnerin bringt unsere Burger und stellt die Teller mit einem *Kling* vor uns ab. Jonathan senkt den Blick darauf, rührt das Essen aber nicht an. Er holt nicht mal sein Besteck aus der Serviette, in die es eingerollt ist. »Das kann ich aber nicht, Sam. Wegen … wegen allem. Weil du verletzt bist. Weil ich dein Chef bin. Und noch aus hundert anderen Gründen.«

»Okay, aber …« Was das Chef-Problem angeht, hat er recht, und würde ich ihn nicht belügen, hätte er auch recht, was meine Kopfverletzung angeht. Aber mit dem Rest liegt er falsch. »Du kannst trotzdem diese Person sein. Du darfst trotzdem haben, was diese Person haben darf.«

Jetzt funkelt er mich an. »Ich will es aber nicht.«

»Doch. Ich habe gesehen, dass du es willst.«

Und jetzt ist da weniger wütendes Funkeln und mehr … ich kann es nicht in Worte fassen. Er sieht mich an, als würde er zu Stein erstarren, wenn er jemals damit aufhört. Als wäre ich irgendeine Art verdrehte Medusa. »Ich will es nicht, wenn ich es nicht mit dir haben kann.«

Oh.

Ich sollte ihm sagen, dass er sich albern verhält. Dass er einen anderen Mann finden wird, solange er nicht versucht, mit ihm Fallschirm springen zu gehen. Aber ich glaube, ich will nicht, dass er es mit einer anderen Person bekommt. Nicht zuletzt deshalb, weil ich die ganze Arbeit reingesteckt habe.

»Jonathan«, beginne ich, spreche aber nicht weiter.

Er schiebt seinen Teller von sich und steht auf. »Was auch immer du sagen willst … Es wäre mir lieber, wenn du …« Er holt seinen Geldbeutel aus der Hosentasche. Vielleicht ist es ein Überbleibsel aus seiner Zeit als Marktverkäufer, aber er hat ein nicht zu verachtendes Bündel Scheine in einem dieser Klips, die schon lange nicht mehr benutzt werden. »Ich glaube, es ist besser, wenn wir es einfach so stehenlassen.«

Er wirft mehr als genug Geld für das Essen auf den Tisch, und bevor ich mir eine Antwort überlegen kann – oder das sagen kann, was er offenbar auf keinen Fall von mir hören wollte –, ist er schon zur Tür hinaus. Ich bleibe allein mit zwei Burgern zurück. Jemand hat sich die Mühe gemacht, diese Burger für uns zuzubereiten, aber es würde sich jetzt extrem seltsam anfühlen, auch nur einen davon zu essen.

Ich weiß nicht, was mich schlechter dastehen lassen würde: einen Tisch voll unberührtem Essen zu verlassen oder allein hier zu sitzen und Burger und Pommes zu essen, als würde es mir ständig passieren, dass mich Leute zum Essen ausführen, dann Geld auf den Tisch werfen und abhauen.

Ich nehme eine Pommes in die Hand und zerdrücke sie zwischen den Fingern, sodass die Kartoffelmasse herausquillt. Aber die Pommes hat auch keine Antworten für mich.

28. KAPITEL

Es gibt keinen guten Zeitpunkt für diesen Streit zwischen Jonathan und mir, aber da es in Sheffield passiert ist, kann ich jetzt wenigstens zu mir nach Hause gehen. Na ja, wenn ich von meinem Zuhause spreche, meine ich die Wohnung. In der aktuell noch nicht mal mein Kater auf mich wartet, weil er nach wie vor in London von der Familie des Typen verwöhnt wird, der gerade irgendwie halb mit mir Schluss gemacht hat.

Ich habe die Wohnung gemietet, weil ich gerade erst nach Sheffield gezogen war und eine Bleibe brauchte. Es war nicht die erste, die ich mir angesehen habe, aber vielleicht die dritte. Damals war ich absolut nicht in der Stimmung gewesen … mich überhaupt für irgendetwas zu interessieren. Schon gar nicht für eine schöne Aussicht oder eine gemütliche Atmosphäre. Leider bedeutet das auch, dass es jetzt noch furchtbarer ist, in die Wohnung zurückzukehren.

In der Luft hängt ein Hauch von Vernachlässigung, und ich hoffe, dass der erst neu dazugekommen ist, weil ich lange nicht hier war, aber realistisch gesehen war er vielleicht schon immer da. Da ich nicht weiß, was ich sonst mit mir anfangen soll, räume ich den Kühlschrank aus. Den habe ich bisher immer ordentlich gehalten, doch während meiner Abwesenheit ist die Milch sauer geworden, und der Orangensaft sieht schlecht aus. Ich weiß, wie er sich fühlt.

Danach geht mir die Puste aus, und ich setze mich aufs Sofa. Theoretisch hat sich nichts verändert. Mein sehr kurzer Aufenthalt als extrem unerwarteter Gast in Jonathan Forests übertrieben elegantem Haus hat ein vorzeitiges Ende genommen, und ich bin jetzt wieder das Häufchen Elend, das eine kleine Schlaf- und Badezimmerfiliale führt und allein in einer Wohnung über einer Metzgerei wohnt. Wenigstens trifft das noch so lange zu, bis Jonathan mich feuert, weil ich echt mies in meinem Job bin, was immer wahrscheinlicher wird, nun, da Claire mich über seine Pläne informiert hat.

Sollte er mich feuern, würde er aber gleichzeitig den Hauptgrund verlieren, aus dem er mich nicht datet. Das wäre zwar ziemlich unangenehm, weil ich dann mit dem Typen zusammen wäre, der mich gerade gefeuert hat, aber das könnte ich verkraften. Denn allein in meiner schäbigen, katerlosen Wohnung zu sitzen, erinnert mich an die Gründe, aus denen ich überhaupt hergezogen bin. Nämlich gar keine. Ich habe bloß irgendwie meine Rechnungen bezahlen und aus Liverpool verschwinden wollen. Und wenn ich so darüber nachdenke, habe ich genau das getan. Mehr nicht. Und wenn ich den Hintern nicht hochkriege und mich nicht ernsthaft für etwas einsetze, was ich wirklich will, wird das auch so bleiben.

Scheiß drauf.

Ich schnappe mir meine Jacke und rufe ein Taxi. Dann warte ich auf das Taxi, was meiner romantischen Geh-zu-ihm-denn-es-ist-deine-letzte-Chance-Geste ein wenig den Schwung nimmt. Andererseits ist das *Premier Inn* nicht gerade um die Ecke. Und die Vorstellung, nach einem langen Sprint schwitzend in einem billigen Hotel aufzutauchen, führt nicht gerade dazu, dass ich mich wie Sandra Bullock fühle.

»Hallo«, sagt der Taxifahrer, als ich einsteige. »Sie möchten zum *Premier Inn?*«

»Ja«, antworte ich.

Als er losfährt, läuft *Heart Radio*. »Haben Sie Ihre Zahnbürste vergessen?«

Habe ich tatsächlich. »In gewisser Hinsicht, ja. Auch meine Klamotten. Und meinen Chef. Mit dem ich zusammen sein möchte.«

»Oh«, sagt er. »Davor sollten Sie sich vorsehen. Es kann ernsthafte Konsequenzen nach sich ziehen, eine Beziehung am Arbeitsplatz anzufangen.«

»Das ist mir bewusst.« Langsam dämmert mir, dass dies eine sehr lange Fahrt werden wird.

»Sie sollten erst mal mit der Personalabteilung sprechen«, erklärt der Fahrer, während er durch einen Kreisverkehr fährt und dann nach Süden in Richtung der A630 abbiegt.

»Ich hatte tatsächlich gehofft, er würde mich einfach feuern.«

Der Fahrer schüttelt den Kopf. »Oh nein, das ist nicht gut. Dann könnten Sie ihn wegen außerordentlicher Kündigung anschwärzen.«

»Aber das werde ich ja nicht. Weil ich dann mit ihm zusammen bin.«

»Ja, aber darauf kann er sich nicht verlassen.«

Ich starre seinen Hinterkopf an. »Woher wissen Sie so viel über Arbeitsrecht?«

»Ich war früher Gewerkschaftsvertreter im Stahlbau.«

»Echt jetzt?«

Er sieht verwirrt aus. »Warum sollte Sie das überraschen. Das war hier in der Gegend einer der Hauptarbeitgeber.«

»Es ist bloß ein Zufall, weil der Dad meines Chefs auch dort gearbeitet hat. Kennen Sie einen Les Forest?«

»Zur Hölle noch mal.« Der Fahrer nickt. »Was macht der jetzt?«

»Dies und das. Er lebt in London. Aber seinem Sohn gehört die Schlaf- und Badezimmer-Ladenkette *Splashes & Snuggles*.«

»Kein guter Name.«

»Aber ein guter Laden. Und ich glaube, Jonathan hat seinen Abschluss an der Es-muss-draufstehen-was-drin-ist-Schule für Geschäftsnamensgebung gemacht.«

»Wohl wahr. Und ich habe dort vor Kurzem eine Klobürste gekauft.« Die nächsten zwanzig Minuten unterhalten wir uns also wie Leute, die eine sehr flüchtige Verbindung miteinander haben. Am Ende gibt er mir seine Nummer und bittet mich, sie an Les weiterzureichen. Was irgendwie ganz besonders seltsam ist, wenn ich bedenke, dass ich gerade auf dem Weg zu Les' Sohn bin, um ihm zu sagen, dass ich mit ihm zusammen sein will. Ich wette, Sandra Bullock wäre das nicht passiert.

Niemand hält mich auf, als ich an der Rezeption vorbeigehe und dann die Treppe nach oben nehme. Jonathans Zimmer ist nicht schwer zu finden, denn es ist das neben meinem. Ich klopfe an die Tür und frage mich zu spät, ob ich vorher hätte anrufen sollen. Um höflich zu sein, aber auch, weil er vielleicht gar nicht da ist.

Ist er aber. Denn er öffnet die Tür und sieht – vielleicht benutze ich die folgende Redewendung falsch – durch den Wind aus. Er trägt nur sein Hemd, kein Jackett, die zwei obersten Knöpfe sind offen, und er hat sich offenbar exzessiv an der Teebar bedient, denn er hält eine Tasse in der Hand. Sein Haar ist verwuschelt, und die weiße Strähne hängt ihm ins Auge.

»Ich kündige«, sage ich zu ihm.

Auf sehr kalkulierte Weise zeigt er keine Reaktion. »Was?«

»Ich kündige. Mit ein paar Bedingungen.«

»Was für Bedingungen?« Er klingt nun etwa zu achtundneunzig Prozent misstrauisch und zu zwei Prozent hoffnungsvoll.

»Im Laden habe ich mit Claire gesprochen.« Das ist nur eine halbe Lüge. Und obwohl ich wünschte, ich wäre nicht an dem Punkt, an dem ich Lügen in Kategorien einteile, kann ich es mir gerade nun einmal nicht aussuchen. »Und sie hat mir erzählt, dass du immer noch Einsparungen machen möchtest. Große. Nur ist mir heute klar geworden, dass das Team sehr gut ohne mich zurechtkommt, also wäre mein Gehalt eine große Einsparung.« Um ganz ehrlich zu sein, hat Claire das Team so gut unter Kontrolle, wie es mir nie gelungen ist. Wie ich es nie haben wollte. »Wenn du Claire die Verantwortung überträgst, aber niemand anderen feuerst, hast du ein ganzes Gehalt eingespart und musst niemandem kündigen.«

»Das ist sehr galant von dir.« Jonathans Misstrauenslevel ist jetzt vielleicht bei dreiundneunzig, was für meinen Geschmack immer noch zu hoch ist.

»Nein. Es ist … Es ist bloß das Richtige. Für alle. Ich finde einen anderen Job, das Geschäft ist offensichtlich in guten Händen«, genau genommen sogar in *besseren* Händen, »und wenn ich nicht mehr für dich arbeite, dann …«

Das *dann* baumelt zwischen uns in der Luft wie ein Meerschweinchen mit Weihnachtsmütze.

»Dann?« Vierundachtzig Prozent.

»Dann können wir es miteinander versuchen?« Ich wollte es nicht als Frage formulieren, aber es kommt mir so über die Lippen. »Also, wenn du möchtest. Aber selbst wenn nicht, ist es das Richtige, mich gehen zu lassen. Dann hast du dein Ziel erreicht, und niemand muss darunter leiden. Ich bin sowieso bereits seit fast einem Monat nicht mehr auf der Arbeit gewesen.«

»Sam.« Die Runzeln auf Jonathans Stirn sind wirklich sehr tief. »Dich für dein Team aufzuopfern ist nicht galant und auch nicht niedlich. Es ist einfach nur –«

»Ich versuche gar nicht, mich für mein Team aufzuopfern«,

brülle ich. »Ich versuche, ein Opfer zu bringen, damit … Nein, ich opfere überhaupt nichts. Ich will einfach nur … mit dir zusammen sein, und das geht nicht, wenn ich für dich arbeite.«

»Aber –«, versucht Jonathan es weiter.

Kein Aber. Ich lasse ihn nichts entgegnen, sondern komme ihm zuvor. »Und nichts für ungut, aber ich glaube, du wirst einen besseren Freund abgeben, als du ein Chef warst.«

Er blickt missmutig drein. »Vielleicht sollte ich dann mit der gesamten Filiale ausgehen.«

»Du solltest mit *mir* ausgehen«, sage ich sehr ernst. »Weil du es willst. Weil ich es will. Weil es uns beiden erlaubt ist, schöne Dinge in unserem Leben zu haben, auch wenn wir uns das Gegenteil einreden.«

»So einfach ist das ni–«

»Doch, Jonathan, ist es. Es sei denn, du willst mir weismachen, du wärst ein Alien vom Planeten der Wichser und musst jetzt zurück zu deinen Leuten, aber selbst dann: Sag ihnen, sie können dich mal. Es ist sowieso kein guter Planet.«

Er blickt nicht mehr ganz so finster drein. Sondern beinahe amüsiert. »Warum bin ich auf dem Planeten der Wichser zuhause?«

»Ich weiß es nicht. Es mag dich schockieren, aber meistens verlangt der Kerl, den ich daten will, nicht, dass ich mir auf Anhieb Science-Fiction-Universen ausdenke.«

»Du hast mich gerade buchstäblich als Wichser betitelt.«

»Tja, damit beweise ich, wie gut ich dich kenne.«

»Aber du kennst mich nicht.« Er umklammert seine Tasse fester als jemals zuvor. Und das erinnert mich daran, dass wir diese emotional aufgeladene Diskussion auf dem Flur eines *Premier Inn* führen. »Du leidest unter Gedächtnisverlust. Wenn du … wenn du dich daran erinnern könntest, was du früher von mir gehalten hast, wärst du nicht hier.«

Ich wünschte wirklich, mir nie diese Gedächtnisverlustsache ausgedacht zu haben. Auch wenn ich dann wahrscheinlich vor drei Wochen gemeinsam mit dem ganzen Team gefeuert worden wäre. »Jonathan, falls es dir nicht aufgefallen ist: Du bist von Menschen umgeben, denen du etwas bedeutest und die Zeit mit dir verbringen wollen, *obwohl* ihnen bewusst ist, was für ein absolutes Arschloch du manchmal sein kannst.«

»Sie sind mit mir verwandt, also haben sie keine Wahl.«

Ich seufze. »Natürlich haben sie eine Wahl. Sie wählen dich. So wie ich dich wähle.« Langsam verwandelt sich diese Situation von *romantisch* zu *erniedrigend*. Hätte ich vorher gewusst, dass er so dickköpfig reagieren würde, hätte ich eine PowerPoint-Präsentation vorbereitet. »Weil du nicht mehr mein Chef bist, Jonathan. Weil ich eben gekündigt habe. Und das wird so bleiben, ob du nun mit mir zusammen sein willst oder nicht.«

Sobald ich die Worte ausspreche, fällt mir auf, wie wahr sie sind. Es ist nicht nur das Beste für das Team, sondern auch für mich. Egal, ob ich mit Jonathan Forest zusammenkomme oder nicht. Ich hatte mir eingeredet, es wäre egal, welche Arbeit ich verrichte. Aber rückblickend wird mir bewusst, dass es bloß damit zusammenhing, dass mir eine Zeitlang alles egal war.

Jonathan sagt immer noch nichts, was wirklich die schlimmste Art der Zurückweisung ist. Kann er mir nicht wenigstens klar und deutlich sagen, dass ich mich verpissen soll? Wenigstens habe ich jetzt eine peinliche Dating-Geschichte zu erzählen. Darin geht es zwar nicht um Fallschirmspringen und Kotzen, aber sie ist trotzdem gruselig, kalt und unbequem.

»Okay«, sage ich. Denn es gibt sonst nichts mehr zu sagen. »Tschüss dann.«

Mein Zeug befindet sich nach wie vor auf meinem Zimmer, nur acht Fuß entfernt. Ich frage mich, was unterm Strich wohl lächerlicher war: die vermeintliche romantische Geste, die sich am Ende bloß als Taxifahrt entpuppte, um meine Sachen aus dem Hotelzimmer zu holen, oder mein dramatischer Abgang den Hotelflur entlang.

Ist ja auch egal. Ich komme nämlich nicht weit, bevor Jonathan mich packt, zu sich herumdreht und küsst.

Ich würde nicht sagen, dass er entspannter ist als beim letzten Kuss. Doch er hält sich ein kleines bisschen mehr zurück. Es dürfte mich nicht überraschen, da ich doch weiß, wie er sein Geschäft führt. Viel kann über Jonathan Forest gesagt werden, aber nicht, dass er nicht effizient ist. Doch was das Küssen angeht, hat er wenigstens ein paar Tipps von mir angenommen. Das führt jedoch nur dazu, dass er jetzt so gut wie unaufhaltsam ist. Denn wenn er einmal herausgefunden hat, wie etwas funktioniert, dann zieht er es auch durch. Also küsst er mich, als würde er mich auseinandernehmen wollen. Im positiven Sinn. Auf eine Ich-wusste-nicht-wie-sehr-ich-das-hier-gebraucht-habe-Weise. Auf eine stöhnende, atemlose Ich-vergrabe-meine-Hände-in-seinen-Haaren-weil-meine-Knie-weich-werden-Weise.

Wir landen vor meiner Zimmertür, und ich versuche, die Schlüsselkarte vor das Schloss zu halten, ohne hinzusehen. Es fühlt sich ein bisschen an, als wäre ich hetero und würde versuchen, einen BH zu öffnen. Jonathans Enthusiasmus verrät mir, dass ihm unsere Position an der Tür nichts ausmacht, aber da wir das letzte Mal auf dem Sofa rumgemacht haben, würde ich ihn jetzt sehr gern ins Bett kriegen. Außerdem ruinieren wir sicher gerade die *Tripadvisor*-Bewertung des armen Hotels: *Ich kam mit meinem Koffer nicht durch, weil zwei Typen es im Gang getrieben haben, ein Stern.*

Dann wäre da noch das kleine Detail, dass eine Tür irgendwann nachgibt, wenn sich zwei Personen dagegenlehnen und sie gleichzeitig zu öffnen versuchen – und das erwischt uns trotz aller Öffnungsversuche kalt. Als die Tür aufschwingt, stolpere ich rückwärts, während Jonathan mich nach wie vor umklammert. Er gibt sein Bestes, um mich auf romantische Weise aufzufangen, doch obwohl er nicht gerade dürr ist und ich nicht superstämmig bin, kommen wir nicht gegen die Schwerkraft an. So landen wir ineinander verschlungen auf dem Boden, und wie sich herausstellt, zählt das, neben dem Hühnchen-Fisting, zu den total niveauvollen und hochgeistigen Dingen, die Jonathan zum Lachen bringen.

»Lachst du etwa gerade?«, frage ich, sobald ich wieder zu Atem gekommen bin. »Ich bin dir durch ganz Sheffield hinterhergelaufen, habe gekündigt, dir mein Herz ausgeschüttet und bin Hals über Kopf in ein *Premier-Inn*-Hotelzimmer gestürzt. Und *das* findest du lustig?«

Jonathan stemmt sich auf die Ellbogen, um mich nicht zu erdrücken. Dann grinst er auf mich herab. »Eigentlich bin ich einfach bloß glücklich. Und wir hatten ja schon festgehalten, dass ich ein Wichser bin.«

»Du bist glücklich, weil du mich auf den Hintern fallen lassen hast?«

Er errötet und wird plötzlich ernst. Und das gefällt mir, obwohl ich es nicht gewöhnt bin. »Ich bin glücklich, weil du hier bist. Weil *wir* hier sind.

»Du sanfte Seele.«

»Du hast dich gerade erst darüber beschwert, dass ich mich über deinen unglücklichen Sturz lustig gemacht habe.«

»Ja, ich bin ein vielschichtiger Mann mit ständig wechselnder Stimmung.«

Einen Moment lang sieht er auf mich herunter und wirkt nach wie vor wie eine sanfte Seele – ich tue so, als würde mich Letzteres nicht total anmachen. Aber sein Blick ist gleichzeitig irgendwie wissend. Was mich ein bisschen verunsichert. »Das bist du, Sam Becker.«

Ich weiß nicht, was ich darauf antworten soll. Vielleicht liegt es daran, dass Jonathan mir sonst nie zustimmt. Also ziehe ich ihn wieder auf mich, und wir kehren zum Küssen zurück. Beim letzten Mal haben wir uns eingeredet, das würde nie wieder zwischen uns passieren, was dem Ganzen eine gewisse Dringlichkeit verliehen hat. Es war erregend, aber auch ablenkend – wie bei einem All-you-can-eat-Buffet, wenn man versucht, so viel wie möglich zu essen, um das Geld rauszubekommen, es aber am Ende nicht in Ruhe genießen kann. Jetzt genießen wir es. Auch wenn wir beide immer noch nicht ganz glauben können, dass das gerade passiert. Und das ist irgendwie ... Fuck, vielleicht verwandele ich mich ja auch in eine sanfte Seele, aber das einzige Wort, was mir dazu einfällt, ist *magisch*. Es ist einfach schön, von einer anderen Person gehalten zu werden, als hätte sie Angst, ich könnte mich jeden Moment in Luft auflösen. Denn bei mir ist es für gewöhnlich andersherum.

Mal abgesehen von der Magie, fällt mir allerdings bald auf, dass das *Premier Inn* bei seinen Teppichen mehr darauf geachtet hat, dass sie strapazierfähig sind, und weniger, dass es sich auf ihnen gut zum Höhepunkt kommen lässt. Meine Ellbogen werden schwer in Mitleidenschaft gezogen.

»Wie wäre es, wenn wir aufs Bett umsteigen?«, frage ich.

Gesagt, getan. Auf dem Weg entledige ich mich meines Pullis. Jonathan lehnt sich gegen das Kopfteil, und da ich eben derjenige war, dessen Ellbogen verbrannt wurden, bin ich jetzt wohl an der Reihe, oben zu sein. Begeistert kletterte ich auf ihn. Gerade will ich ihn wieder küssen, da fällt mir auf, dass Jonathan unerwartet unsicher zu mir aufsieht. Und da wird mir klar, dass zwischen der Annahme, dass wir nie zusammen sein können, und der Erkenntnis, dass wir zusammen sein werden, zu wenig Zeit vergangen ist und ich mich wohl ein bisschen habe mitreißen lassen.

»Alles in Ordnung?«

Er nickt. »Ja, sehr.«

Ich lege meine Hand an seinen scharf geschnittenen, leicht stoppeligen Kiefer. Dabei durchfährt mich ein kleiner Lustblitz. Einfach nur, weil ich ihn berühren darf. Auf diese lockere Art, als wäre er mein. Was er jetzt wohl ist, was? Wow.

»Wir können zurück auf den Teppich gehen, wenn du möchtest?«

Überraschenderweise wirkt er wirklich, als würde er das wollen. »Ähm. Müssen wir nicht.«

»Hast du irgendeinen Teppich-Fetisch, von dem ich wissen sollte?«

»Was? Nein.«

»Das wäre voll okay. Ich verurteile dich nicht. Für die meisten Dinge bin ich zu haben.«

»Ich habe keinen Teppich-Fetisch«, knurrt er auf sehr typische Jonathan-Art. »Es ist nur … auf dem Bett ist es sehr … dabei entsteht eine gewisse Erwartungshaltung.«

»Muss es nicht. Ich weiß, ich habe meinen Pulli eben sehr eilig ausgezogen, aber ich werde dich zu nichts drängen.«

Er schnaubt entnervt. Ebenfalls typisch Jonathan. Es überrascht mich nicht, dass mein Versuch, seine Grenzen zu akzeptieren, von ihm wie eine persönliche Beleidigung aufgefasst wird. »Ich bin keine … das ist nicht mein erstes Mal … Ich muss nicht verhätschelt werden.«

»Oh, super«, antworte ich. »Dann zieh endlich die Boxershorts aus. Ich öle schon mal die Kumquats ein.«

»Woher solltest du um diese Zeit denn Kumquats kriegen?«

»Ich habe immer welche dabei. Nur für den Fall. Ich weiß ja nie, wann sie vielleicht gebraucht werden.«

Er dreht den Kopf und beißt mich in die weiche Haut unterhalb meines Daumens. »Das ist nicht lustig, Sam.«

»Hast du mich etwa gerade gebissen?«

Er sieht verlegen aus. »Nein.«

»Ach so. Mein Fehler.«

Diesmal schmiegt er sich beinahe sanft an mich. »Es ist nur«, sagt er zögerlich. »Für mich ist es schon eine Weile her. Ich bin vielleicht aus der Übung.«

Für mich ist es auch schon eine Weile her. »Okay, aber wie sähe es aus, wenn du übst?«

»Ich denke, es würde …« Nun klingt er verwirrt, und zwar auf die niedlichste Weise. »So aussehen, als hätte ich Sex mit jemandem?«

»Und danach würdest du ihm aufs Bein hauen und sagen: *Danke, Kumpel, das war eine gute Übung*.«

»Wie würdest du denn vorgehen?« Nun klingt er wütend, ebenfalls auf die niedlichste Weise. »Hartes Training vor dem Spiegel?«

Ich gebe ihm einen flüchtigen Kuss. »Ich glaube nicht, dass Sex etwas ist, was groß vorbereitet werden muss.«

Verdammt, zumindest hoffe ich das. Denn ich habe es seit Jahren ohne Vorbereitung getan.

»Ich meine bloß«, er vergräbt die freie Hand in der Decke, »du solltest nicht … Ich werde vielleicht nicht …«

»Alles wird gut werden«, sage ich. »Wie Mariah Carey in ihrem Weihnachtssong will ich nur dich.«

Ich habe ihn wohl kalt erwischt, denn er errötet und windet sich ein wenig. »Du kannst sehr süß sein.« Er räuspert sich. »Und jetzt hol die Kumquats.«

»Dir ist schon klar, dass ich keine dabeihabe, oder?«

»Das hatte ich gehofft, als ich dir befohlen habe, sie holen zu gehen.«

»Du wirst dich wohl mit mir zufriedengeben müssen.«

»Darauf hatte ich auch gehofft.«

Danach geht es mit dem Küssen weiter, und es dauert so lange, wie wir Lust darauf haben. So lange, wie Jonathan braucht, um sich keine Gedanken mehr zu machen, und bis er unter meinen Berührungen total benommen und hungrig wird. Schließlich stellt sich heraus, dass ich recht hatte. Es ist wie Fahrradfahren. Wenn du darauf vertraust, dass alles gut geht, dann klappt es irgendwie auch.

Wir ziehen uns nach und nach aus, und Jonathan sieht unter seinem Anzug so gut aus, wie ich ihn mir vorgestellt habe. Er hat keinen total durchtrainierten Fitnessstudio-Körper, aber darauf stand ich sowieso noch nie. Gib mir einen Körper, in dem gelebt wurde, etwas Reales zum Anfassen, etwas, das auf die perfekteste Weise unperfekt ist. Ich liebe es, ihn unter meinen Fingern zu spüren, diese köstliche Mischung aus weichem Haar und harten Muskeln und wie er ganz ungefiltert auf meine Berührungen reagiert.

Ein Teil von mir findet, dass ich das hier nicht verdiene – wegen all der Lügen –, aber ich *brauche* es. Und bis zu diesem Moment war mir nicht klar, wie sehr ich es gebraucht habe. Wie einsam ich war. Ich habe es gehasst, was in den letzten Jahren aus meinem Leben geworden ist. Aber am Ende hat mich das alles zu Jonathan geführt. Und ich bin froh, dass *er* es ist. Dass ich das hier mit *ihm* gefunden habe. Denn was habe ich mir da nur vorenthalten. Einen anderen Menschen zum Keuchen und Stöhnen zu bringen, sodass er sich an mir festhält … und mir zu erlauben, mich ebenso an ihm festzuhalten.

Ich hatte angenommen, Jonathan wäre im Schlafzimmer ebenso herrisch wie in der Chefetage, aber da lag ich falsch. Er kann sehr entspannt sein. Genau das, was ich in diesem Moment brauche.

Es gibt so vieles, was ich will und was ich vermisst habe, und nun, da ich einiges davon zurückbekomme, erinnert es mich an alles, was ich verloren habe, und an andere Dinge, die ich aufgegeben habe. Es ist so abgefuckt, wie viel Schlimmes man durchmachen muss, um etwas Gutes zu empfinden. Und dann ist das Gute so überwältigend, dass es beinahe wieder wehtut. Aber Jonathan ist die ganze Zeit über an meiner Seite. Er teilt seine Hitze und seinen Atem und sein schlagendes Herz mit mir. Und die Lust, die wir miteinander teilen, befördert mich höher und höher, zu schöneren Orten und einem klareren Himmel.

29. KAPITEL

Ich wache neben Jonathan Forest auf. Wir sind beide keine Kuscheltypen, aber mein Kopf liegt auf seinem Kissen und meine Hand auf seiner Brust, und er hat sich mir zugedreht.

Er öffnet die Augen. »Morgen.« Seine Stimme ist immer recht rau, und jetzt, nach dem Aufwachen, noch rauer. Es ist eins der intimsten Dinge, die man über eine Person in Erfahrung bringen kann.

»Morgen«, antworte ich.

So liegen wir ein paar Minuten nebeneinander. Ich spüre, dass wir beide bestimmt bald rastlos werden, aber für den Moment ist es ... Ich weiß nicht. Schön?

»Ist alles in Ordnung bei dir?«, fragt Jonathan.

»Ja«, antworte ich.

»Letzte Nacht war ...«

»Ja«, sage ich wieder.

Letzte Nacht war allerdings auch ein bisschen peinlich für mich. Denn sosehr ich Sex auch genieße, fühlt es sich gewöhnlich nicht so intensiv für mich an.

Er versucht es ein zweites Mal. »Mir ist bewusst, dass ich ein bisschen ...«

»Ich war wohl auch ein wenig ...«

»Ich bin nicht immer so ...«

»Ich auch nicht.«

»Aber es war gut«, sagt er entschlossen. »Sehr gut.«

»Oh ja, auf jeden Fall.«

Er räuspert sich. »Willst du es eventuell …«

Ja, das will ich. Aber es macht mir Spaß, es ihn aussprechen zu lassen. Außerdem fühle ich mich gern begehrt.

Er räuspert sich erneut. »… noch mal tun?«

Das tun wir. Und trotz des kalten Morgenlichts, das unter der Jalousie hindurchdringt, und obwohl wir beide etwas schläfrig und zerzaust sind, ist es nicht so offenbarend wie gestern. Oder vielleicht schon. Nur auf andere Art und Weise. Denn auch wenn ich mein Herz gerade nicht wieder so weit aufreiße wie letzte Nacht, muss ich schon sehr auf ihn stehen und er auf mich, wenn wir beide miteinander schlafen, obwohl wir nach letzter Nacht noch nacheinander riechen und uns nicht mal die Zähne geputzt haben.

Am Ende ist es so gut, dass wir beinahe das Frühstück verpassen. »Es ist ein All-you-can-eat-Buffet«, erklärt Jonathan, als wir nach unten eilen.

»Ja, ist mir aufgefallen.«

»Ich meinte das Frühstück«, knurrt er, aber auf spielerische Weise. Und es fühlt sich gut an – besser als gut, es fühlt sich wundervoll an, so viel von dieser Seite an ihm zu sehen. Wenn er zeigt, dass ihm neben der Arbeit auch andere Dinge wichtig sind. Und dass er spielerisch und sexy und großzügig sein kann – und Letzteres meine ich nicht auf eine Ich-bezahle-fürs-Buffet-Art.

Aber dann erinnere ich mich an die andere Seite. Daran, dass ich streng genommen einen Kerl date, der denkt, ich würde unter Gedächtnisverlust leiden. Und dass er das denkt, weil ich ihn nur so davon abhalten konnte, mich und mein ganzes Team zu feuern. Doch nun habe ich gekündigt, und das müsste ihn von diesem Plan abgebracht haben, also sollte ich ihm vermutlich die Wahrheit sagen. Okay, ich hätte schon längst reinen Tisch machen sollen, aber das habe ich nicht, und ich kann es nicht und werde es nicht können und – Fuck. In einer anderen Welt hätte ich alles besser gelöst. Aber in dieser anderen Welt hätten Brian und Tiff jetzt vielleicht keine Jobs mehr. Oder vielleicht wäre in dieser Welt alles gut, weil ich die sechs magischen Wörter gefunden hätte, die alles gut machen. Ich lebe allerdings nicht in jener Welt, sondern in dieser. Wo die Situation kompliziert und verworren ist und wo Fehler begangen und Kompromisse eingegangen werden und die Dinge so verdammt schnell außer Kontrolle geraten.

Jonathan stupst mich leicht in Richtung des Buffets. »Komm schon, sonst ist gleich nichts mehr übrig.«

Und ich konzentriere mich darauf, Würstchen auf meinen Teller zu stapeln, damit ich an nichts anderes denken muss. Leider funktioniert das nicht, also ist es Jonathan überlassen, das Schweigen zu brechen.

»Hast du gut geschlafen?«, fragt er.

Was bedeutet, dass ich mich neben allem anderen jetzt auch noch frage, ob ich schnarche. »Ganz gut, denke ich, ja«, antworte ich. »Aber woher soll man das eigentlich immer so genau wissen?«

Über seinen Teller mit Bacon und den starken Schwarztee wirft er mir einen misstrauischen Blick zu. »Was meinst du damit?«

»Na ja, du schläfst. Also könnte es sein, dass du wirklich gut schläfst, aber das würdest du dann ja nicht wissen. Oder du könntest dich hin und her werfen und rufen: *Aaah, haltet mir die Dachse vom Hals,* und würdest es ebenfalls nicht merken.«

»*Aaah, haltet mir die Dachse vom Hals?*« Er lächelt wieder, und es ist ein ganz anderes Lächeln als das, was ich von ihm kenne. Zu zwei Dritteln ist es immer noch brummig, und darin schwingt auch nach wie vor ein *Es gefällt mir, dass du wie eine totale Witzfigur rüberkommst* mit, aber ich erkenne auch Zuneigung darin. Echte Zuneigung, die er, glaube ich, immer tief in sich drin versteckt hat. Ich habe bloß eine Weile gebraucht, um sie zu entdecken, und er hat eine Weile gebraucht, um sie mir zu zeigen.

»Tja, ich kann es nicht wissen, weil ich, wie schon gesagt, schlafe. Das ist es ja gerade.«

»Aaah«, wiederholt Jonathan todernst. »Die Dachse.«

Ich beschließe, mein Argument weiter zu untermauern. »Ja. So sind Träume nun einmal. Außerdem sind Dachse verdammt furchteinflößend.«

Er sieht skeptisch aus. »Inwiefern?«

»Als würden sie etwas planen.«

»Hmm.« Nachdenklich kaut er ein Stück Bacon. »Mit den Streifen im Gesicht sehen sie tatsächlich aus, als wären sie bei der Spezialluftеinheit.«

»Sage ich doch.« Keine Ahnung, wie wir zu den Spezialluftеinheitsdachsen gekommen sind, aber ich bin froh über die Ablenkung. »Sie sind sicher auf irgendeiner geheimen Mission. Trau ihnen nicht.«

Er nimmt einen Schluck Tee. »Ich fand sie immer recht … tröstlich. Ich glaube, als Kind habe ich diesen Knetanimationsfilm *Der Wind in den Weiden* gesehen, und der Dachs in der Geschichte strahlte so eine«, nun sieht er beinahe peinlich berührt aus, »sanfte Stärke aus, die ich sehr beruhigend fand.«

»Ja, mit dieser Daddy-Energie kriegen sie dich rum.«

»Ich habe nicht von *Daddy-Energie* gesprochen.«

Ich lächele ihn an. »Nein, aber du hast es gedacht. Wie dem auch sei, wann holen wir Pauline ab?«

»In etwa einer Stunde. Sie ist Frühaufsteherin.«

»Das scheint ihr fast alle zu sein.«

Jonathan nickt. »Wurde uns allen in die Wiege gelegt. Und da wir eine lange Fahrt vor uns haben, kommt uns das heute gelegen.«

»Je eher du anfängst, desto schneller bist du fertig«, stimme ich ihm zu, da diese typische Oma-Weisheit perfekt zu dem Grund passt, aus dem wir überhaupt nach Sheffield gekommen sind. »Ach ja«, füge ich so beiläufig wie möglich hinzu. »Ich dachte, ich bleibe noch etwas länger hier. Ich habe einen Van, den ich schon länger nicht benutzt habe und der uns in London für die Party zugutekommen könnte, und es ergibt keinen Sinn, deshalb zweimal herzukommen. Außerdem dachte ich, ich könnte zu meiner Hausärztin gehen, wo ich schon mal hier bin.«

»Also erinnerst du dich an deine Hausärztin?«, fragt Jonathan. Kein Misstrauen schwingt in seiner Stimme mit, doch ich habe trotzdem das Gefühl, es gerade zu verpatzen.

»Ich habe einfach nach einer Praxis in der Nähe meiner Wohnung gegoogelt.« Ich spreche nur ein kleines bisschen schneller als sonst. »Und der Name kam mir irgendwie bekannt vor, was wohl ein gutes Zeichen ist.«

Er nimmt es mir ab. Und irgendwie wünschte ich, er würde es mir nicht einfach abkaufen, dann hätte ich ihm reinen Wein einschenken müssen, und vielleicht wäre alles gut gegangen. Aber ich fürchte, dass es anders kommen könnte. Also lasse ich die Gelegenheit ungenutzt verstreichen, und wir unterhalten uns weiter. Und hinge über mir nicht der Schatten der *Nexa by MERLYN*-Walk-in-Dusche mit 8-mm-Glasschiebetür, wäre dies der unkomplizierteste, schönste Morgen, den Jonathan und ich je zusammen verbracht haben.

Da wir richtig erwachsen sind, stopfen wir uns beim *All-you-can-eat*-Buffet nicht unnötig voll, bis nichts mehr geht, sondern hören auf, als wir genug haben, und machen danach einen kleinen Spaziergang durch Sheffield, was ich mit Jonathan an meiner Seite in einem neuen Licht wahrnehme. Ich meine, es ist immer noch bloß eine Stadt, und nicht mal eine, der die Sparpolitik gutgetan hat, aber für Jonathan verkörpert diese Stadt seine Kindheit, wie es bei mir mit Liverpool der Fall ist.

Der Winterhimmel erstrahlt in verschiedensten Grautönen, und der Wind verliert etwas von seiner Schärfe, je näher wir der Küste kommen, doch es ist trotz allem frisch, also lasse ich zu, dass Jonathan mich dicht an sich zieht, und es … fühlt sich richtig an. Und ich versuche, nicht zuzulassen, dass sich dieses richtige Gefühl falsch anfühlt, und mich daran zu erinnern, dass ich das hier haben darf und dass mein Leben nicht für immer scheiße sein muss. Das ist jetzt tatsächlich leichter, woran ich mich erst gewöhnen muss.

Wir verlassen die Hauptstraße, und Jonathan verkündet, dass es nur noch ein paar Minuten bis zu Paulines Wohnheim sind, was viel Sinn ergibt. Zwar habe ich nur wenige Wochen in London verbracht, aber ich habe mich offenbar schnell an die Tatsache gewöhnt, dass die andere Seite der Großstadt eine Million Meilen entfernt ist, also wirkt es beinahe schockierend, an einem Ort zu sein, wo wir nur zehn Minuten laufen müssen, um von Bürogebäuden zu kleinen Steinmauern und einem Dorf-Vibe zu kommen.

Das Heim, in dem Jonathan seine Nan untergebracht hat, befindet sich in einem viktorianischen Herrenhaus, nicht weit von der Stadtmitte entfernt, und wenn mich mein Enkel an so einem Ort wohnen lassen würde, wäre ich ziemlich froh. Ich versuche allerdings, nicht zu sehr darüber nachzudenken, was es ihn kostet, denn solche Heime sind nicht billig.

An der Rezeption begrüßt uns eine breit lächelnde Frau namens Melissa, die uns offensichtlich erwartet hat. Sie lässt uns sofort durch. Pauline wartet auf einem Sessel in einer Art Gesellschaftsraum, einem hübschen kleinen Zimmer mit blauen Wänden und Verandatüren, durch die ein Garten erkennbar ist. Natürlich sind sie geschlossen, denn es ist Winter, und in einem Altenheim ist ein kalter Luftzug unter allen Umständen zu vermeiden.

Ich bin mir nicht sicher, wie ich mir Nana Pauline vorgestellt habe. Sie ist die einzige Person, die ich von Les' Seite der Familie kennenlerne, und das ist irgendwie beunruhigender, als ich dachte. Sie ist hochgewachsen und so dünn, dass sie ein bisschen an zerbrechliches Porzellan erinnert, wie es bei alten Leuten oft der Fall ist. Außerdem trägt sie zwei Cardigans und sitzt an einem offenen Fenster.

»Jonathan.« Sie begrüßt ihren Enkel mit einem Lächeln und einer Umarmung. Für Letzteres braucht sie allerdings um einiges länger, weil sie erst aufstehen muss. Ich an seiner Stelle hätte mich zu ihr heruntergebeugt, um es ihr leichter zu machen, aber Jonathan steht bloß da und lässt sie zu ihm kommen. »Schön, dich zu sehen.«

»Dich auch, Nana.«

Eine kurze Stille setzt ein. »Ich komme nicht mit.«

»Fantastisch«, antwortet Jonathan. »Ist dein Gepäck in deinem … Moment mal, *was?*«

»Ich bleibe hier.« Sie zieht sich von ihm zurück und setzt sich wieder, was nicht ganz so lange dauert wie das Aufstehen.

Jonathan sieht beinahe so aus, als fühlte er sich persönlich beleidigt. »Das wirst du verdammt noch mal nicht.«

»Werde ich verdammt noch mal doch.«

»Wirst du verdammt noch mal –«

Das sieht stark danach aus, als würden wir auf einen Teufelskreis zusteuern. »Entschuldigung«, werfe ich ein, »aber *warum* möchten Sie nicht mitkommen?«

»Wer ist das?«, fragt Nana Pauline. »Und was geht ihn das an?«

Jonathan sieht ein klein wenig so aus, als würde er sich gerade erst an meine Anwesenheit erinnern. Er legt mir eine Hand auf den Rücken und stellt mich vor. »Das ist Sam, Nana. Sam, das ist Nana Pauline.«

»Ist er dein fester Freund?«, will sie sofort wissen.

»N–« Wäre ich nicht selbst gerade dabei gewesen, es zu verneinen, hätte es mich beleidigen müssen, wie schnell Jonathan dasselbe tun wollte. »Ja. In gewisser Weise.« Ich lasse ihm auch das *in gewisser Weise* durchgehen.

»Was meinst du mit *in gewisser Weise?*«, fragt Nana Pauline.

»Es ist noch ganz frisch«, erklärt er.

Ich bin recht erpicht darauf, das Thema zu wechseln. »Können wir uns wieder der Frage widmen, warum Sie fürs Weihnachtsfest nicht nach London kommen möchten?«

Nana Pauline wedelt geringschätzig mit der Hand. »Es ist einfach so ein Aufwand.«

»Ja, Nana, das ist es«, sagt Jonathan. »Zum Beispiel war es ein ziemlicher Aufwand für uns, hierherzufahren, nur damit du uns sagen konntest, dass wir es uns hätten sparen können.«

»Oh, *so* ist das also.« Nana Paulines Miene ist irgendwie fröhlich-entrüstet. Und das ist nur fair, denn Jonathan ist so direkt in ihre Falle getappt wie Wile E. Coyote in seinen eigenen Amboss.

Jonathan lässt es ihr aber nicht durchgehen. »Moment mal, ich komme dich jedes Mal besuchen, wenn ich in Sheffield bin, und ich bin *wirklich oft* hier.«

Mein ursprünglicher Porzellanvergleich hinkt immer gewaltiger, denn Nana Pauline wirkt mittlerweile eher wie eine Frau, die in ihrem ganzen Leben noch nie nachgegeben hat, egal, wie ausweglos die Diskussion auch erscheinen mochte. »Das behauptest du, ja. Aber du hast mich hierherverfrachtet und verkümmern lassen. *Verkümmern!* Weißt du, wie sich das anfühlt, Jonathan, dieses Verkümmern? Du wachst morgens auf und denkst dir: *Was soll ich heute tun?*, und dann denkst du: *Ach, jetzt weiß ich's, ich werde einfach langsam vor mich hinsiechen.*«

»Sagen Sie es ruhig, wenn ich mich zu weit aus dem Fenster lehne«, werfe ich ein, »aber wenn es Sie stört, hier vor sich hinzusiechen, sollten Sie dann nicht nach London kommen *wollen?*«

Ich habe mich zu weit aus dem Fenster gelehnt. Nana Pauline wendet sich mir mit dem geballten Genuss einer langjährigen Beschwer-Veteranin zu. »Oh, *das* ist also in Ordnung, was? Die lassen mich hier oben verkümmern, und wenn sie mit den Fingern schnipsen, muss ich sofort alles stehen und liegen lassen und einmal durchs ganze Land reisen, nur weil *Weihnachten* ist?«

»Na ja … Weihnachten ist allgemein ein guter Grund, um … Dinge zu tun«, sage ich, auch wenn ich wünschte, ich hätte den Mund gehalten.

»Jetzt hörst du mir mal gut zu, junger Mann.« Sie ist eindeutig nicht mit Porzellan zu vergleichen. Eher mit diesen Küchenmessern aus Keramik. »Ich bin alt genug, um deine Großmutter zu sein und –«

»Ich glaube, das ist ihm bewusst«, sagt Jonathan sanft. »Weil du *meine* Großmutter bist. Aber leider ist ihm nicht bewusst, wie du drauf bist.«

»Wie ich drauf bin? Wie bin ich denn drauf?«

Jonathan bedenkt sie mit einem vielsagenden Blick. »Streitsüchtig.«

»Das bin ich *nicht*.«

Er wirft ihr einen noch vielsagenderen Blick zu. »Ich lasse

das einfach mal so stehen. Und jetzt hör auf, dich so albern zu verhalten.«

»Ich verhalte mich nicht albern.« Nana Pauline lehnt sich zurück und verschränkt die Arme vor der Brust. »Ich komme nicht mit.«

»Okay, aber was ist der wahre Grund dafür?«, frage ich, in der Hoffnung, dass Nana Pauline sich *so* gern streitet, dass ich deshalb Pluspunkte bei ihr sammele.

»Das ist der wahre Grund. Ich fühle mich beleidigt. Benutzt. Nicht wertgeschätzt.«

Ich funkele sie zwar nicht an, mustere sie aber mit ernstem Blick. *»Wirklich?«*

Einen Moment lang hängen die Worte in der Luft, dann ergibt sie sich. »Ich habe einen Freund.«

Gerade, als ich nachfragen möchte, *wer* ihr Freund ist, kommt Jonathan mir mit seinem Talent für Höflichkeit und Anstand, das ich kennen und lieben gelernt habe, zuvor. »Nein, im Ernst, warum willst du an Weihnachten nicht nach London kommen?«

Ich bohre ihm meinen Ellbogen in die Seite. Und er braucht einen Augenblick, um zu begreifen, warum ich ihm meinen Ellbogen in die Seite bohre, also bohre ich ihm meinen Ellbogen erneut in die Seite.

Da versteht er und fängt sich gerade noch, bevor er sich absolut zum Narren macht. »Du bist wirklich in einer Beziehung?«

Nana Pauline hat die Arme unverändert vor der Brust verschränkt. »Du musst deshalb nicht so schockiert aussehen, Jonathan.«

Schockiert trifft es meiner Meinung nach nicht mal annähernd. Er sieht eher aus, als hätte er einen Geist gesehen, der ihm verraten hat, dass Königskobras in Wahrheit gar keine Kobras sind. »Aber du bist –«

Ein drittes Mal bekommt er meinen Ellbogen in die Seite.

»*Was* bin ich, Jonathan?«

»Nun ja …« Ich habe Jonathan Forest sehr selten nervös erlebt. Selbst jetzt ist er nicht wirklich nervös, eher unsicher, was er als Nächstes sagen soll. »Ich meine ja bloß, dass das nicht gerade *gewöhnlich* ist.«

»Ich habe deinen Großvater geheiratet«, entgegnet Nana Pauline. »Obwohl eine Menge Jungs hinter mir her waren, als ich jung war.«

»Ganz genau. Als du *jung* warst.« Ich habe es so im Gefühl, dass Jonathan, wenn er in ein tiefes Loch geschubst werden würde, sofort nach einer Schaufel verlangen würde.

»Und jetzt nicht mehr, weil ich alt und hässlich bin?«

Jonathan hebt eine Hand, als würde er sich schützen wollen. »Jetzt mach aber mal halblang. Das Wort hässlich habe ich *nie* in den Mund genommen.«

»Also bloß alt?« Nana Pauline versprüht *Ich-habe-diesen-Streit-gewonnen*-Vibes, und damit liegt sie nicht falsch.

Dies scheint mir der perfekte Zeitpunkt zu sein, um einzuschreiten und die Wogen zu glätten. »Wie heißt er?«, frage ich.

»Ralph. Und siehst du, Jonathan, das war gar nicht so schwer, oder?«

Jonathan muss wohl zugeben, dass das gar nicht so schwer war, aber er geht direkt zur nächsten Frage über. »Und er wohnt auch hier?«

»Nein.« Langsam sehe ich, woher Jonathan seinen Hang zum Sarkasmus hat. »Die Straße runter. Er ist Paketzusteller. Sechsundzwanzig Jahre alt und gebaut wie ein Hafenarbeiter.«

»Das ist nicht besonders hilfreich, Nana.«

Ich blicke zu Jonathan auf. »Fairerweise sollte ich anmerken, dass du auch nicht gerade hilfreich bist.«

»Auf wessen Seite stehst du?«

Nana Pauline lächelt mich an. »Weißt du, ich glaube, ich mag ihn. Den da kannst du behalten.«

»Den da?«, frage ich.

»So nennt sie alle meine Freunde«, erklärt Jonathan.

Ich habe mich nach wie vor noch nicht daran gewöhnt, von ihm so bezeichnet zu werden, und es ist … Es gefällt mir. Glaube ich.

Auf zutiefst verurteilende Weise zieht Nana Pauline einen ihrer Cardigans zurecht. »Du bist ein dreckiger Lügner, Jonathan Forest.«

Von Jonathans dreckiger Lügnerei abgesehen, dachte ich wirklich, die beiden würden sich langsam annähern. »Also, hat Ralph keine eigene Familie, mit der er Weihnachten feiern kann?«

»Ha.« Nana Pauline lacht nicht. Sie sagt einfach nur »Ha«. »Glaubst du etwa, dass Leute, die ihre betagten Eltern an so einen Ort –«

»Sie meinen diese luxuriöse und sehr zentral gelegene betreute Wohneinheit mit eigenem Garten in einem zweckentfremdeten Herrenhaus?«, erkundige ich mich.

»An so einen Ort abschieben«, fährt sie ungerührt fort, »damit wir vor uns *hinsiechen* können. Glaubst du, die würden ihre Verwandten hier wegholen, um Weihnachten mit ihnen zu feiern?«

Ich blicke von ihr zu Jonathan. »Na ja, Jonathan *ist* hier, um Sie abzuholen.«

Das bringt Nana Pauline in die prekäre Lage, entweder endlich nachzugeben oder zuzugeben, dass Jonathan ein besserer Enkelsohn als andere ist. »Aber Ralphs Familie holt ihn nicht. Also sitzt er hier fest, und ich bleibe bei ihm.«

»Er kann uns gern begleiten.« Einen Augenblick lang kann

ich nicht glauben, dass Jonathan das gerade gesagt hat. Ich weiß, dass sich gewisse Dinge verändert haben, nun, da wir miteinander geschlafen haben, aber ich dachte nicht, dass mein Schwanz der Geist der vergangenen Weihnacht ist. Andererseits ist Jonathan nun schon seit einiger Zeit nicht mehr so verklemmt wie vorher.

»Was?« Nana Pauline klingt, als könnte sie es ebenso wenig fassen.

»Er kann uns gern begleiten«, wiederholt Jonathan. Und mir fällt auf, dass er nicht mehr ganz so überzeugt von seinem Angebot klingt.

Nana Pauline lächelt. »Ich sage ihm Bescheid.«

Diesmal komme ich ihr zu Hilfe, als sie wieder sehr, sehr langsam aufsteht.

Das kommt nicht gut an. »Untersteh dich, mich zu verhätscheln, junger Mann«, fährt sie mich an. »Ich schaffe das schon allein.«

Und sie schafft es wirklich. Irgendwann.

Ich verstehe, warum Jonathan früh hier auftauchen wollte, denn nachdem Pauline ihrem Freund Ralph die guten Neuigkeiten verkündet hat, geht sie nach oben auf ihr Zimmer, um ihr Gepäck zu holen, dann kommt sie runter, muss aber wieder hoch, weil sie ihren Mantel vergessen hat, und natürlich lässt sie niemanden etwas für sie tragen oder für sie nach oben gehen, was sich als recht zeitaufwendig herausstellt.

Ralph wirkt nett. Er betitelt sich selbst als *Toy Boy,* weil er gute zehn Jahre jünger als Nana Pauline, aber trotzdem über siebzig ist. Außerdem trägt er nur einen Cardigan, was mich freut, weil ich mich sonst langsam *underdressed* gefühlt hätte. Während wir auf Nana Pauline warten, unterhalte ich mich ein wenig mit ihm. Dreißig Jahre lang hat er ein großes Teppichgeschäft in Rotherham geführt, weshalb er viele amüsante Anekdoten über Twist-Pile-*Fairford*-Teppiche zu erzählen hat.

Sobald alle bereit sind, machen wir uns auf den Weg zurück zu Jonathans Wagen. Wir geben unser Bestes, um den Tag zu genießen, aber obwohl wir nur fünfzehn Minuten hierher gebraucht haben, brauchen wir mit den beiden Oldies im Schlepptau länger, da sie natürlich jegliche Angebote, mit dem Auto zurückzukommen, um sie abzuholen, ablehnen.

»Ach, das ist wirklich ein hübscher Stadtteil«, sagt Ralph auf dem Weg zurück ins Stadtzentrum. »Nichts Elegantes, aber wir brauchen nichts Elegantes, nicht wahr, Pauline?«

»Richtig«, sagt Pauline.

»Nichts von diesem Quatsch, den sie in London haben.«

»Quatsch«, wiederholt Pauline. »Du kannst dich glücklich schätzen, dass wir mitkommen, Jonathan. Den ganzen Weg bis nach London. Wer braucht das schon?«

»Wer braucht das schon?«, fragt Ralph.

»Ich bin versucht, einfach umzudrehen und es sein zu lassen«, fährt Nana Pauline fort, was nicht gerade etwas ist, was wir hören wollen, nachdem wir seit zwanzig Minuten unterwegs sind und es gerade mal bis zur Hälfte der Straße geschafft haben.

Jonathan wirft seiner Großmutter einen Blick zu. Sie straft ihre eigenen Worte Lügen, indem sie sich mit tapferen Schritten stetig weiter von ihrem Zuhause entfernt. »Es wäre mir lieber, wenn du das nicht tun würdest.«

»Hörst du, wie er mit mir spricht?« Nana Pauline wendet sich an Ralph. »Hörst du, wie unhöflich er ist?«

»Ich war überhaupt nicht unhöflich, Nana.«

Mit sanfter, aber missbilligender Miene zieht Ralph die Luft ein. »Du solltest einer Lady nicht widersprechen, mein Junge, das gehört sich nicht für einen Gentleman.«

»Das ist einfach nur albern.« Vermutlich wären das keine Worte, die ich zu dem neuen Freund meiner Nan gesagt hätte, aber irgendwie bin ich froh, dass Jonathan sie ausgesprochen hat.

Nana Pauline ist allerdings weniger froh darum. »Hör dir das an. Er ist abgehoben, das ist er.« Sie wendet sich an Jonathan. »Abgehoben bist du. Er ist nach London gezogen und abgehoben. London ist schuld.«

Jonathan lässt sich das nicht gefallen, was ich respektiere. »Ich bin nicht abgehoben.«

»Doch. Du fliegst schon in der Luft.« Sie hebt den Kopf, als würde sie mit dem tatsächlich schwebenden Jonathan sprechen.

»Das ist bloß eine Redewendung, Nana. Du kannst jetzt aufhören.« Langsam rutscht Jonathan von *ich lasse mir das nicht gefallen* zu *ich mache mich lächerlich* ab.

Nana Pauline verengt die Augen. »Was willst du damit sagen? Dass du nicht längst vom Gehsteig abgehoben bist?«

»Ich stehe direkt vor dir.«

»Ja, aber deine Füße berühren den Boden nicht. Abgehoben, das bist du.«

Ich lache.

Jonathan funkelt mich an. »Sollte das etwa lustig sein?«

»Ja, war es.« Ich tätschele ihm den Rücken. »Na komm, lass uns weitergehen.«

Wir schaffen es zum Auto, ohne dass Jonathan seine Nan allzu sehr anfährt und ohne dass Ralph und Nana Pauline etwas dermaßen Beleidigendes sagen, dass er sie anfahren muss. Dort angekommen, erinnere ich alle an meinen Plan, in Sheffield zu bleiben, um mit dem Van zurückzufahren, und nun, da Jonathan und ich … Na ja, seit es ein *Jonathan und ich* gibt, fühle ich mich deswegen noch schlechter. Teils, weil ich ihn nach unserer ersten gemeinsamen Nacht allein lasse, und teils, weil der Van-Plan zu dem Netz aus Lügen gehört, das mit dem Gedächtnisverlust einhergeht und offenbar nie verschwinden wird.

Allerdings hoffe ich, dass vielleicht doch noch alles gut wird. Denn meine Ärztin müsste mich für gesund erklären. Und dann kann ich nach London zurückkehren und sagen: *Ja, mein Gedächtnis ist größtenteils wiederhergestellt, und das erklärt, warum ich mich jetzt an mein Team aus Sheffield erinnern kann.*

Zum Abschied küsse ich Jonathan, wenn auch nicht so, wie ich gern würde – schließlich steht seine Nan direkt neben uns.

Und nachdem sie losgefahren sind, bin ich wieder allein und kann nirgendwohin, außer in meine Wohnung.

Dort angekommen, rufe ich Claire an und erzähle ihr, was passiert ist. Dann holt sie die anderen, damit ich es allen erzählen kann.

»Du hast *was* getan?«, fragt Amjad.

»Ich habe gekündigt.«

»Aber nicht, um uns zu verarschen, oder?«, fragt Tiff. »Um ehrlich zu sein, klingt das nämlich ein *bisschen* so, als würdest du uns auf dem sinkenden Schiff zurücklassen.«

»Ich lasse euch nicht im Stich«, sage ich, in der Hoffnung, dass das stimmt. »Jonathan und ich haben einen Deal ausgehandelt.«

»Einen Deal?«, fragt Claire. Nein, sie fragt eigentlich nicht. Sie wiederholt die Worte bloß in einem fassungslosen Tonfall.

»Ja. Ich habe ihm gesagt, dass er mein Gehalt einspart, wenn ich kündige, und dass du meinen Job übernehmen könntest, weil du das ja sowieso schon tust, und so muss niemand gefeuert werden.«

Claire klingt nicht besonders überzeugt. »Und du bist dir sicher, dass du es getan hast, weil es das Beste fürs Team ist, und nicht, weil du Jonathan Forests pulsierenden Turm der männlichen Lust reiten wolltest?«

Claire kann manchmal echt ätzend sein. »Wie wäre es, wenn wir auch einen Deal eingehen?«, schlage ich vor. »Und zwar, dass du niemals wieder die Worte *Turm der männlichen Lust* in den Mund nimmst.«

»Aber ist er das denn?«, fragt Tiff. »So hart und hoch aufragend wie ein Turm?«

»Entschuldige mal«, stottere ich. »Das darfst du mich nicht fragen. Ich bin dein Chef.«

»Nein, bist du nicht. Du hast gekündigt.«

»Ich arbeite hier noch bis Ende des Jahres. Was bedeutet, dass ich dich nach wie vor feuern kann.«

»Würde das nicht in direktem Gegensatz zu dem Grund stehen, aus dem du überhaupt erst gekündigt hast?«, wirft Amjad mit seiner altbekannten, nervtötenden Logik ein.

Dies ist nicht das Love-in, das ich erwartet hatte. »Können wir uns bitte einen Moment nehmen, um meine unglaubliche Heldentat zu würdigen, mit der ich meinen Job aufgegeben habe, um all eure Jobs zu retten?«

Seufzend mobilisiert Claire das Team. »Na schön, ein Applaus für Sam, der ein großes Opfer gebracht hat, indem er sich für uns bumsen lassen hat.«

»Wisst ihr, was«, sage ich. »Ich hasse euch.«

»Wir hassen dich auch«, antworten sie im Chor – alle. Danach besprechen Tiff und ich die Details unserer Operation *Heimlich einen Haufen Weihnachtsdeko nach London transportieren*. Sie schlägt vor, dass sie einfach im Van schlafen könnte statt in einem Hotel, und ich erkläre ihr, dass sie eine verdammte Jugendliche ist und ich ihr verdammter Chef und dass es verdammt noch mal Gesetze gibt.

»Aber wenn ich auf Festivals bin, mache ich das ständig.«

Seufzend gebe ich an Claire ab. »Kannst du es ihr bitte erklären, Claire?«

»Er hat Angst, dass du ihn verklagst«, erklärt sie.

Hätte ich gerade Kaffee getrunken, hätte ich den jetzt ausgespuckt. »Wie bitte? Das stimmt nicht.«

»Es klingt schon ein bisschen so«, wirft Amjad ein.

»Nein. *Jonathan* hätte Angst, dass sie ihn verklagt.«

»Der Jonathan, mit dem du schläfst?«, fragt Tiff.

»Der Jonathan, der, obwohl er ein vielschichtiger Mann ist,

dessen zahlreiche gute Seiten ich kennengelernt habe, immer noch ein echter Arsch ist, ja.«

»Und glaubst du nicht, dass er vielleicht ein kleines bisschen auf dich abgefärbt hat?«, fragt Claire.

Das ist Verleumdung! »Moment mal, wie kommt es, dass ich auf einmal der Böse bin, nur weil ich nicht will, dass Tiff in einem Van schlafen muss?«

»Es geht darum, dass du meine Handlungsfähigkeit respektierst«, sagt Tiff. »Indem du meine Handlungsfähigkeit nicht respektierst, verhältst du dich sehr patriarchalisch.«

Ich gebe auf. Und natürlich nimmt Tiff am Ende gern das Gratiszimmer in einem *Travelodge*-Hotel, vor allem, nachdem ich ankündige, ihr auch das Frühstück zu spendieren.

Dann gehen alle zurück an die Arbeit, und ich … starre meine Wände an, da nicht mal mein Kater bei mir ist, um mir Gesellschaft zu leisten. Davon abgesehen, entspricht das hier in etwa dem Leben, das ich vor einem Jahr geführt habe. Es fühlt sich aber anders an. Leerer. Ich verabscheue es fast schon.

Zwar ist mein Hass auf alles, was weiter südlich liegt als Coventry, nicht ganz so glühend wie der von Nana Pauline und Ralph, aber es stört mich trotzdem, dass ich mich nun, da ich in London gelebt habe, schlechter fühle, weil ich im Norden festsitze. Ich klammere mich allerdings an die Erkenntnis, dass das nichts mit der Stadt und alles mit den Leuten zu tun hat, die dort leben. Okay, als ich bei Jonathan gewohnt habe, habe ich meine Zeit hauptsächlich damit verbracht, die Weihnachtsfeier zu planen, *Pointless* zu schauen und ab und an zu kochen, aber ich war nicht allein. Selbst, als da nur Jonathan und ich waren und er sich unfassbar arschig verhalten hat, gab es jemanden, der einfach … da war. Denn wenn ich allein mit der Stille bin, fühlt es sich schnell so an, als würde ich gar nicht existieren. Oder als hätte ich nie existiert. Als wäre ich nichts.

Ich lege mich aufs Bett, schließe die Augen und versuche zu schlafen. Aber es funktioniert nicht. Obwohl die Heizung an ist, kriecht Kälte in meine Brust und Arme, und wenn ich blinzele, glaube ich, dass ich weine.

Dann klingelt das Telefon.

»Äh.« Es ist Jonathan. Es ist eindeutig Jonathan. »Hi.«

»Hi.«

»Sorry, bist du gerade beschäftigt?«

Ich betrachte das dicke fette Nichts, das mich hier umgibt. »Nein. Nicht wirklich.«

»Ich wollte bloß … Also, wir sind gut zuhause angekommen.«

»Oh. Gut.« Ich wünschte, wir wären beide nicht so grottig im Telefonieren, weil ich nicht will, dass dieses Gespräch aufhört, aber wenn es so weitergeht, wird es achtzehn Sekunden dauern und nur aus *Oh, ja, also, genau* bestehen, bis wir auflegen.

In der einsetzenden Stille glaube ich, einen Anflug von Peinlichkeit mitklingen zu hören. »Ich habe es übrigens meiner Familie erzählt. Also, ich meine, keine Details … Und Nana Pauline hätte früher oder später sowieso –«

Kurz klingt es nach einem Handgemenge, und dann ertönt Barbara Janes glockenklare Stimme. »Er sagt, dass ihr die ganze Nacht gebumst habt und dass es die spektakulärste Erfahrung seines Lebens war.«

Im Hintergrund höre ich Jonathan sagen: *Das habe ich nicht gesagt,* und dann: *BJ, gib mir mein Handy zurück.*

»Wie dem auch sei, *Daaarling,* wie geht es dir?«, fragt Barbara Jane. »Soweit ich es mitbekommen habe, steckst du über Nacht in Sheffield fest, weil Johnny zu geizig ist, für einen Van zu bezahlen.«

Ich glaube, ein *Bin ich nicht* im Hintergrund aufzuschnappen, und dann ein *An Sheffield ist absolut nichts verkehrt.*

»Daran liegt es nicht.« Ich hätte Jonathan in jedem Fall verteidigt, auch wenn sie ihm nichts vorgeworfen hätte, das zu einhundertdrei Prozent meine Idee war. »Ich habe sowieso einen Van, und warum sollten wir den nicht benutzen. Außerdem ist da diese Sache mit den Steuern, wenn wir das Budget –«

»Sam, du bist kurz davor, mich zu langweilen.« Barbara Jane klingt überhaupt nicht gelangweilt, obwohl ich glaube, dass das daran liegt, dass sie ihrem Bruder gern auf die Nerven geht und nicht an meinen Worten.

»Barbara Jane«, ertönt Wendys Stimme im Hintergrund. Leiser als sonst, aber das ist relativ. »Gib deinem Bruder sein Handy zurück.«

»Werde ich nicht.«

Ich glaube, als Nächstes Les' Stimme aufzuschnappen, aber ich verstehe nicht, was er sagt.

»*Na gut*«, sagt Barbara Jane. »Hier.«

Ich stelle mir vor, wie ich weitergereicht werde, und dann höre ich wieder Jonathan. »Tut mir leid.«

»Muss es nicht, ich weiß ja, wie es sein kann.«

»Sonst sind sie nicht ganz so schlimm. Ich glaube, gerade herrscht eine allgemeine Aufregung.« Das kommentiert der Rest der Familie munter. Ich höre nicht wirklich, was sie sagen, kann es mir aber gut vorstellen. Jonathan, wie er in der Küche steht und versucht, ein Telefonat zu führen. Wendy und Barbara Jane, die in der Nähe herumlungern, um alles mitzuhören, während Les ihnen vom Sofa aus zusieht.

»Es ist wirklich kein Problem. Schön, von dir zu hören.«

»Ja, also …« Er ist wirklich furchtbar im Telefonieren. »Ich dachte, ich sollte … du weißt schon.«

Ein weiteres Handgemenge folgt. »Er meint, dass er dich vermisst und hofft, dass du bald zurückkommst.« Diesmal ist es Wendy. »Nicht wahr, mein Schatz?«

Ich höre ein gedämpftes *Ja, Mutter* von Jonathan und dann Schritte im Hintergrund, gefolgt von Wendys sehr lauter Stimme: »Ja, das wäre lieb, zwei Löffel Zucker bitte, danke.« Erst dann scheint sie sich daran zu erinnern, dass sie mich am Telefon hat. »Wusstest du, dass Nana Pauline einen Freund hat?«

»*Natürlich* weiß er es.« Nun höre ich Jonathans Stimme gerade so im Hintergrund. »Er war dabei, als wir die beiden abgeholt haben.«

»Jetzt ist es wirklich voll hier«, fährt Wendy fort. »Barbara Jane musste zu uns ins Zimmer ziehen, um Platz für die beiden zu machen.«

»Es ist verdammt entzückend«, ruft Barbara Jane. »Als wäre ich wieder dreizehn.«

Jonathan entgegnet etwas, aber Wendy hält das Handy offensichtlich in die Nähe eines kochenden Teekessels, sodass ich ihn nicht verstehe. »Warte mal einen Moment«, verkündet sie. »Jonathan möchte noch etwas sagen, also stelle ich dich auf Lautsprecher.«

»Stell ihn nicht auf Lautsprecher«, protestiert Jonathan vergebens.

Ein ganzer Chor aus *Hi Sam*s begrüßt mich, und ich muss das Bild in meiner Vorstellung anpassen. Es sind viel mehr Leute anwesend als gedacht.

»Sind alle da?«, frage ich.

»Sie wollten Nana Pauline begrüßen«, erklärt Jonathan.

»Alle außer mir«, ruft Agnieszka, die ein wenig weiter entfernt klingt als die anderen. »Ich arbeite bloß hier. Mrs Forest, *bitte* hören Sie auf, die Anrichte zu putzen. Wenn Sie weiterhin meinen Job für mich machen, wird Ihr Sohn mich feuern.«

»Das wird er auf keinen Fall«, verkündet Wendy.

»Ist das gerade superunangenehm für dich?«, fragt mich eine Stimme, die ich nicht sofort erkenne. Eine Sekunde später wird mir klar, dass es Anthea ist.

»Ja«, sage ich. »Total.«

»Du wirst dich dran gewöhnen«, mischt sich Auntie Jack ein. »In etwa sechzig oder siebzig Jahren.«

»Wisst ihr was?« Jonathan klingt endlich wieder entschlossen. »Ich denke, ich werde jetzt oben weitertelefonieren.«

Ein sehr kindischer Chor aus *Uuuuuuuh*s ertönt, nur unterbrochen von Antheas *Euer Ernst?,* was sie so voller jugendlichem Abscheu rüberbringt, dass danach kurz Stille herrscht.

Die daraufhin folgenden *Tschüss, Sam*s verklingen, als Jonathan den Lautsprecher ausstellt und mich, wie ich annehme, in sein Zimmer trägt.

»Tut mir leid«, sagt er erneut.

»Alles gut. Es war schön, auch die anderen zu hören.«

»Und es waren wirklich alle.« Er lacht leise, viel sanfter als sonst. »Herrgott, ich habe dich wirklich in ein Haifischbecken geworfen, nicht wahr?«

In gewisser Weise bin ich selbst reingesprungen. »Ich gewöhne mich langsam daran.«

Einen Moment schweigt er wieder, dann sagt er: »Also, wir sehen uns morgen.«

»Ja.«

»Gut.«

Wir sind beide weiterhin grottig im Telefonieren. »Also, ich nehme an …«, versucht er es dann noch mal.

Wir sind beide weiterhin *wirklich* grottig im Telefonieren. »Ja«, sage ich.

»Du hast sicher …«

»Und du hast sicher auch …«

»Irgendwie schon, ja. Ich glaube, Granddad Del will gleich *Scharade* spielen, und er wird sich aufregen, wenn ich dann nicht da bin.«

»Das klingt toll«, sage ich, weil es wirklich toll klingt. »Also sollte ich wohl …«

»Ja.«

»Es war schön, mit dir zu reden.«

»Fand ich auch.«

Er legt nicht auf. Ich auch nicht.

»Mir ist bewusst«, sagt er langsam, »dass es absurd ist, weil ich dich erst heute Morgen gesehen habe. Aber ich vermisse dich.«

Und dann legt er so schnell auf, als hätte etwas Feuer gefangen. Er gibt mir nicht mal die Gelegenheit, ihm zu sagen, dass ich ihn auch vermisse.

31. KAPITEL

Am nächsten Tag werde ich dem Folge-meinem-Finger-Test unterzogen und warte dann, während Dr. Singh ein paar Notizen auf ihrem Computer überfliegt.

»Hier steht«, sie klingt zögernd, »dass Sie ein paar Probleme mit Ihrem Erinnerungsvermögen hatten.«

Ah. »Ja«, sage ich. »In gewisser Weise.«

»Was meinen Sie mit *in gewisser Weise?*«

»Na ja, es gab ein klitzekleines Missverständnis, was die ganze Gedächtnisverlustsache angeht.«

Sie schiebt sich die riesige Brille mit dem leicht glitzernden Rand höher auf die Nase. Dr. Singh ist kaum älter als ich, und obwohl ich mittlerweile alt genug bin, dass mich das nicht überraschen dürfte, kommt sie mir manchmal immer noch sehr jung für eine Ärztin vor. »Wie klein?«

Ich hebe zwei Finger und halte sie etwa einen halben Zentimeter auseinander.

»Ich weiß nicht, ob mir das medizinisch weiterhilft.«

Ich halte sie ein bisschen weiter auseinander.

»Immer noch nicht.«

Also gebe ich die Finger-Methode auf und benutze meinen Mund. »Nachdem ich in die Dusche gefallen bin, hat mich der Arzt gefragt, ob ich mich daran erinnern kann, und da alles etwas verschwommen war, habe ich gesagt, ich könne mich nicht erinnern, und dann hat Jonathan – mein Chef, also, mein Freund, na ja, ich meine, jetzt ist er mein Freund, aber er war mein Chef, und streng genommen ist er immer noch mein Chef, weil ich gekündigt habe, aber noch bis zum Ende des Jahres für ihn arbeite –«

»Sam, kommen Sie irgendwann zum Punkt?«

»Jonathan hat gesagt: *Oh nein, er leidet unter Gedächtnisverlust,* und ich habe das nicht bestritten. Und ich glaube, deshalb taucht diese Info in dem Bericht auf.«

Sie lässt ihre Brille die Nase wieder herunterrutschen, damit sie mich über den Rand ansehen kann. »Also haben Sie keine Probleme mit Ihrem Gedächtnis?«

»Nein, es ist alles gut. Aber ich hatte wirklich eine Gehirnerschütterung.«

»Ganz bestimmt. Aber der Mann, mit dem Sie zusammen sind, der bis vor Kurzem Ihr Chef war, denkt, Sie würden unter der Filmversion von Gedächtnisverlust leiden?«

Ich nicke. »Ja.«

»Vielleicht sollten Sie das geradebiegen?«

»Ich bin dabei.« Ich versuche, beruhigend zu klingen. »Deshalb bin ich hier. Sobald Sie mir attestiert haben, dass ich gesund bin, kann ich ihm endlich sagen, dass mein Gedächtnis wieder in Ordnung ist und ich mich wieder an alles erinnern kann, und dann wird alles gut.«

»Abgesehen davon, dass Sie ihn einen Monat lang belogen haben.«

Ich hebe die Hände. »Okay, okay, sind Sie Ärztin oder Paartherapeutin? Ich versuche, das Beste aus einer schlimmen Situation zu machen.«

Mein Unbehagen scheint Dr. Singh wenig zu kümmern. Sie widmet sich wieder ihren Notizen. »Ich versuche bloß, Interesse zu zeigen. Was das *Medizinische* angeht, ist alles in Ordnung.

Sie können Ihrem Freund/Chef sagen, dass Sie laut Ihrer Ärztin fit wie ein Turnschuh sind.«

»Danke.«

»Ein lügnerischer Turnschuh.«

Ich seufze und gehe. Vermutlich würde ich mich gekränkter fühlen, wenn sie nicht recht hätte.

Der nächste Punkt auf meiner To-do-Liste ist der Van. Ich habe ihn seit Jahren, aber seit ich in Sheffield wohne, habe ich ihn kaum benutzt. Er steht in einer Garage am Stadtrand, die ich von einem Typen miete, der neben einer Frittenbude wohnt.

Ich hole den Schlüssel aus meiner Hosentasche und öffne das Tor. Unsere Absprache ist nichts Offizielles, ich miete den Parkplatz bloß für hundert Mäuse pro Monat, also bin ich nicht gerade schockiert, zu sehen, dass der Besitzer alles mit irgendwelchem Zeug vollgestellt hat, das er wohl nicht im Haus aufbewahren wollte. Auf der einen Seite befindet sich eine Dartscheibe, auf der anderen ein Klapptisch, und dann sind da noch ein paar Kisten, auf denen *Scotts Zeug* steht. Keine Ahnung, wer Scott ist. Ohne die Sachen zu verschieben, kriege ich den Van hier nicht raus, also hebe und räume und schiebe ich alles so vorsichtig wie möglich auf eine Seite, auch wenn ich mich schlecht dabei fühle. Dann fahre ich den Van rückwärts aus der Garage.

Sobald er draußen ist, kann ich das Garagentor schließen. Als ich mich wieder umdrehe, fällt mein Blick allerdings auf den Schriftzug an der Seite des Vans: *Becker und Sohn, Klempner aus der Region.* Abrupt halte ich inne.

So lange stehe ich eigentlich gar nicht dort herum, aber im Winter hier in Sheffield, in der Einfahrt von jemandem, den ich kaum kenne, fühlt es sich wie Jahre an. Ich starre auf das *und Sohn* und fühle mich auf unerklärliche Weise, als hätte ich eine andere Person enttäuscht. Ich ziehe meine Jacke fester um mich, steige in den Van und versuche, nicht zu denken. Dann fahre ich zur Filiale.

Tiff wartet bereits neben einem Riesenhaufen Deko-Zeug auf mich. Ich öffne die Hintertüren des Vans und warte darauf, dass sie die Kisten einzuladen beginnt, doch das tut sie nicht.

»Oh nein«, sagt sie. »Du hast mich für meine Kreativität angeheuert und nicht fürs Kistenschleppen.«

»Sie sind nicht schwer«, entgegne ich. »Ist bloß ein bisschen Plastik und Glas.«

Sie schaut selbstgefällig drein. »Dann wird das ja kein Problem für dich.«

Ihr Argument überzeugt mich nicht, aber ich habe auch keine Lust auf eine Diskussion. Also beginne ich, die Kisten einzuladen. Sobald alles zu Tiffs Zufriedenheit verstaut ist, steigen wir vorne ein, und ich funkele sie so lange an, bis sie sich anschnallt. Dann fahren wir los.

Eine Weile schweigen wir, denn auch wenn ich Tiff gernhabe und nicht glaube, dass sie mich nicht leiden kann, sosehr sie auch so tut, als ob, ist da ein ziemlich großer Altersunterschied zwischen uns, der Gespräche manchmal schwierig gestaltet.

»Wie läuft es mit deinem Kurs?«, frage ich schließlich.

Sie gibt einen nichtssagenden Laut von sich.

»Wird es schwieriger?«, frage ich weiter, obwohl mir langsam dämmert, dass ich dieses Gespräch wohl mit mir selbst führen werde.

»Es macht mir keinen Spaß.«

»Oh.« Ich trommele mit den Händen auf das Lenkrad. »Vielleicht wird es ja noch besser.«

»Vielleicht.«

Wieder schweigen wir. Ich ziehe es in Erwägung, das Radio

einzuschalten, aber wenn es eine Person gibt, die sich sofort über meinen Musikgeschmack lustig machen würde, dann ist es Tiff. Außerdem bin ich gerade nicht in der Stimmung für *Heart FM*.

Es beginnt zu regnen, und das Trommeln der Tropfen auf die Windschutzscheibe untermalt unser Nicht-Gespräch wenigstens mit einem schlagzeugähnlichen Beat.

»Eigentlich habe ich mit dem Gedanken gespielt, den Kurs abzubrechen«, sagt Tiff plötzlich.

»Oh, echt?« Ich versuche, neutral zu klingen. Natürlich sollte ich sie dazu ermutigen, dranzubleiben, das gehört sich so. Aber wir stehen uns nicht nah – nicht wirklich –, und es ist nicht auszuschließen, dass sie die grottigste Haar- und Schönheitsberaterin ist, die je versucht hat, andere Leute hübsch zu machen.

»Ja.«

Wir lassen die Regentropfen ihr Stakkato-Ding durchziehen, und ich gebe ihr Raum, damit sie sich entscheiden kann, ob sie weiter über das Thema sprechen möchte oder nicht.

»Es macht mir einfach keinen Spaß«, wiederholt sie.

»Das hast du schon gesagt.«

»Oh. Ja, richtig.«

Die Scheibenwischer werden schneller, als sich draußen ein Sturm zusammenbraut. Schließlich sage ich: »Du spielst aber doch nicht mit dem Gedanken, Vollzeit in der Badezimmer-Industrie zu arbeiten, oder?«

»Nein.« Sie klingt schockiert.

»Okay, okay, du musst nicht gleich *so* beleidigt klingen. Mit Badezimmern lässt sich gutes Geld verdienen.«

»Ja, wenn dir der Laden gehört.«

Ein zutiefst uncooler Teil von mir möchte ihr sagen, dass sie alles erreichen kann, wenn sie es nur versucht, obwohl das nicht der Realität entspricht – nur in Disney-Filmen. Also sage ich stattdessen: »Dann arbeite hart, und vielleicht eines Tages …«

»Vielleicht werde ich eines Tages die Person sein, die damit droht, Jugendliche zu feuern, damit ich ein paar Extramäuse verdienen kann?«

»Ja.« In dem Wort schwingen nur sechzig Prozent Verlegenheit mit.

»Weißt du«, jetzt trommelt sie im Takt der Regentropfen mit den Fingernägeln aufs Dashboard, »das ist das Problem mit unserer modernen Gesellschaft in Zeiten des sterbenden Kapitalismus. Sie bietet den Leuten kein Rahmenkonzept, sich eine Alternative vorzustellen, sodass sich selbst die Menschen, die davon ausgeschlossen oder entrechtet werden, kein alternatives System vorstellen können, bloß eine alternative Version desselben Systems, in der sie einen größeren Teil vom Kuchen abbekommen.«

»Oh.« Keine Ahnung, was ich darauf antworten soll. »Das ist sehr politisch von dir.«

»Keine Sorge, ich darf noch nicht wählen. Und wenn ich es endlich darf, werde ich so zermürbt sein, dass ich mich für die weniger schlimme Alternative entscheide, genau wie der Rest von euch.«

Wir verfallen abermals in Schweigen.

»Eigentlich«, sagt sie und hält dann inne.

»Eigentlich *was?*«

»Nichts.«

Zuerst lasse ich es gut sein, aber da das hier ein vierstündiger Roadtrip ist und ich keine Lust darauf habe, die ganze Fahrt in unangenehmem Schweigen zu verbringen, schiebe ich dann doch hinterher: »Nein, was wolltest du wirklich sagen?«

»Eigentlich habe ich darüber nachgedacht, vielleicht in eine andere Richtung zu gehen und«, sie wedelt mit der Hand, »*das hier* zu tun.«

»Du willst Van-Fahrerin werden?«

Sie sieht mich an, als wäre ich der absolut schlimmste Mensch auf Erden. »Event-Planung.«

»Oh. Okay. Und wie hast du dir das vorgestellt?«

»Ich kann Kurse belegen. Es ist … Ich weiß nicht, es klingt einfach interessant. Interessanter als Haare oder Bäder.«

Damit hat sie wahrscheinlich recht. Obwohl ich glaube, dass es nicht besonders schwer ist, interessanter als Bäder zu sein. »Tja, ich würde dich anheuern«, sage ich in meinem besten *Ich-unterstütze-die-Ambitionen-der-Jugend*-Tonfall.

Sie schweigt wieder. »Lustig, dass du das sagst.«

»Ich würde dich anheuern, wenn ich ein Event planen müsste, was nicht der Fall ist.«

»Schon klar, aber ich brauche vielleicht Empfehlungen. Vor allem, weil ich wie eine Versagerin rüberkomme, wenn ich meinen Kurs abbreche.«

»Also willst du, dass ich dir ein Empfehlungsschreiben verfasse, in dem so was steht wie *Unter meiner Führung hat Tiffany ihre wahre Leidenschaft für Veranstaltungsmanagement gefunden, und ich glaube, sie wird eine Bereicherung für diesen Berufszweig sein.*«

»Vergiss es einfach. Ich frage Claire.«

»*Noch nie wurde ein Event so geplant wie dieses. Es war eine Offenbarung.*«

»Halt die Klappe, Sam.«

Ich nehme mir eine halbe Sekunde, um den Blick von der Straße zu nehmen, und mustere sie missbilligend von der Seite. »Ich bin immer noch dein Chef, vergiss das nicht.«

»Ja, aber du warst nicht gut darin.«

»Bitte was? Ich war hervorragend.«

Sie windet sich ein wenig auf ihrem Sitz. »Du warst in Ordnung. Aber … Jetzt mal ernsthaft, du wirst mich nicht feuern oder kein Empfehlungsschreiben verfassen, oder?«

»Nein.« Auch wenn ich mir jetzt Sorgen mache. Was albern ist, weil es mir egal sein sollte, was Tiff von mir denkt, da sie eine Jugendliche ist, die ich im Rahmen eines Jobs angestellt habe, den ich längst gekündigt habe.

»Du warst in Ordnung, aber du warst immer … versteh mich jetzt nicht falsch, ich bin froh, dass du nicht wie der Neue Übereifrige Chris warst. Ich hätte es gehasst, wenn du einer dieser *Hey-lasst-uns-alle-superhappy-sein-weil-wir-für-die-*Splashes & Snuggles-*Familie-arbeiten-*Chefs gewesen wärst. Aber du warst immer irgendwie … keine Ahnung, nicht ganz anwesend?«

»Nicht ganz anwesend?«

Sie nickt. »Ja.«

»Inwiefern?«

Einen Moment lang sagt sie nichts, wodurch ich mir noch größere Sorgen mache.

Es ist, als würde sie auf die Art von vernichtendem Diss zusteuern, der nur von einer Jugendlichen ausgesprochen werden kann, die es gut meint. »Es gibt entspannt«, sagt sie. »Und dann gibt es nihilistisch.«

»Jetzt mach aber mal halblang«, sage ich. »Ich bin nicht nihilistisch. Ich bin eine Frohnatur.«

»Ja, so fröhlich wie ein Todestraktinsasse.«

»Nein, das stimmt nicht.«

»Doch.«

Ich riskiere noch einen halben Seitenblick. »Hast schon viele Todestraktinsassen getroffen, was?«

»Ich habe Dokus gesehen. Was ich sagen will: Du warst immer sehr nett, aber es kam mir so vor, als wärst du bloß nett, weil du tief drin weißt, dass die ganze Welt bloß ein Witz und der Tod die Pointe ist.«

»Okay, jetzt stellst du mich wie einen verdammten Serienmörder dar.« Das wäre dann eine weitere Sache, die Jonathan und ich gemeinsam haben.

»Darüber hatte ich eine Wette am Laufen. Mit Amjad.«

»Ihr hattet *was?*«

»Bevor wir erfuhren, dass du schwul bist, haben wir darauf gewettet, wie viele Ex-Frauen du unter deinen Dielen vergraben hast.«

Ich umklammere das Lenkrad fester. »Wie bitte? Schwule können auch Serienmörder sein.«

»Ja, aber es hat sich irgendwie zu gruselig angefühlt, darüber zu spekulieren, wie viele Ex-Freunde unter deinen Dielen liegen.« Kurz schaut sie nachdenklich drein. »Eigenartig, oder?«

Ich schüttele den Kopf. »Ich kann nicht glauben, was ich da höre.«

»Ich sage ja nicht, dass es nicht schön war, für dich zu arbeiten, und ich bin dir echt dankbar, dass du den ganzen Weg nach London auf dich genommen hast, um«, sie wedelt mit der Hand, »diesen wirklich absurden Scheiß durchzuziehen und unsere Jobs zu retten. Aber hätten sich sechzehn Leichen in deiner Wohnung gefunden, wären wir schnell über den Schock hinweggekommen.«

»Das ist Verleumdung!«

»In letzter Zeit warst du allerdings besser«, sagt sie.

»Das sagst du bloß, weil du ein Empfehlungsschreiben willst.«

»Nein, wirklich. Ich glaube, so zu tun, als würdest du unter Gedächtnisverlust leiden, hat dir gutgetan.«

Vor uns erkenne ich die Lichter einer Autobahnraststätte, und da ich mich gerade sehr nach einer Rast sehne, fahre ich ab. »Nur damit du es weißt«, sage ich zu Tiff, »ich hatte vor, dir einen Milchshake zu kaufen, aber das werde ich jetzt sein lassen.«

»Gut.« Sie grinst mich an. »Du hättest ihn bestimmt ohnehin vergiftet.«

5

BEICHTEN UND SICH VERABSCHIEDEN

32. KAPITEL

Die übrige Fahrt vergeht, so gut es in Gesellschaft einer Person geht, die ich nur von der Arbeit kenne, und als ich an diesem Abend nach Hause komme – Scheiße, wann habe ich begonnen, Jonathan Forests protzige Millionärsvilla als mein *Zuhause* zu bezeichnen? –, ist das ganze Haus voller Stimmen und Licht und Chaos und … ja. Das alles ist es wert, dass ich mich daran gewöhne, und ich glaube, ich gewöhne mich tatsächlich daran. Außerdem freut sich Jonathan so sehr, mich zu sehen, wie er es vor seiner Familie zeigen kann, ohne dass sie ihn deshalb zu sehr aufziehen, und ich finde, dass es das ebenfalls wert ist, dass ich mich daran gewöhne.

Am nächsten Tag gibt es dasselbe Frühstück wie jeden Morgen, seit sie eingezogen sind, und nachdem Jonathan zur Arbeit gegangen ist, hole ich Tiff von dem billigen Hotel ab, in das ich sie verfrachtet habe, und versuche, mich nicht zu sehr so zu fühlen, als hätte ich eine Affäre mit unangebracht festlicher Deko.

Ich fahre uns zum Veranstaltungsort, und irgendwie bin ich … nicht wirklich pessimistisch drauf, aber mir ist bewusst, dass die Möglichkeit besteht, dass das hier ein Riesenreinfall wird. Denn als wir die Kisten in das kleine unterirdische Labyrinth tragen, in dem unsere Weihnachtsfeier stattfinden soll, finde ich, dass es bloß wie ein dunkler Keller in Shoreditch aussieht, und wenn die Leute von überallher für die Party anreisen, wird es weiterhin bloß ein dunkler Keller in Shoreditch sein. Und dann wird dieses als das Jahr eingehen, in dem Jonathan sich entschieden hat, die Weihnachtsfeier in einem dunklen Keller in Shoreditch zu organisieren, was nach *auf einem Boot* der zweitfurchtbarste Ort ist, an dem eine vernünftige Person eine Weihnachtsfeier schmeißen würde.

Doch nach einigen Stunden – ja, es dauert Stunden, den Keller in ein festliches Wunderland zu verwandeln – sehe ich es langsam. Und ich muss Tiff lassen, dass sie es die ganze Zeit über gesehen hat. Mit den Lichtern und der Deko, die an der Grenze zu übertrieben kratzt, und all den kleinen Figürchen, die die leeren Regale und gruseligen Ecken zieren, die mir beim letzten Besuch aufgefallen sind, sieht es nach und nach wirklich magisch aus. Denn wenn dir auffällt, dass sich eine Person die Mühe gemacht hat, ein Rentier aus Korbgeflecht zwischen zwei Backsteinen in einem ehemaligen Postfach zu verstecken, musst du einfach glauben, dass es etwas bedeutet.

Um neunzehn Uhr bin ich total fertig, und wenn die Selfcare-Fee jetzt vorbeikommen und mir sagen würde, dass ich nach Hause und ins Bett kann, würde ich mich bedanken und mit dem Gesicht voran direkt vor ihr zu Boden klatschen. Aber die Self-care-Fee gibt es nicht, also lobe ich Tiffs Arbeit und eile nach draußen, um mich mit Jonathan zu treffen, der ja streng genommen der Gastgeber dieser Party ist.

Alles geht gerade so auf. Denn Tiff flitzt in dem Moment die Straße hinunter, um sich mit der Sheffield-Crew zu treffen, als Jonathan aus der anderen Richtung kommt. Da die Croydon-Filiale nicht weit weg ist, musste er keinen Transport für das Team organisieren und ist allein gekommen – zu früh.

Da wir uns hier auf einer Arbeitsveranstaltung befinden, begrüße ich ihn auf relativ professionelle Art, also mit einer Umarmung und keinem Kuss.

»Ich weiß, du machst dir Sorgen«, sage ich. »Aber es sieht wirklich gut aus.«

»Ich glaube dir«, antwortet er, und es klingt seltsam aufrichtig. Als wäre das etwas Bedeutsames. Was es für ihn wohl auch ist, denn anderen Leuten zu vertrauen, steht auf der Liste seiner zwölf verhasstesten Dinge.

Natürlich wird die Bedeutsamkeit seines großen, aufrichtigen *Ich-vertraue-dir*-Moments leicht geschmälert, als ich ihn in den Keller führe. Er schaut sich um, sieht das weiche bunte Licht, die Deko, die Tiff so perfekt platziert hat, dass man vergisst, dass man sich in einem Keller aufhält, bis man sich wieder daran erinnert, aber auf coole Weise, und … stößt den tiefsten Seufzer in der Geschichte der Seufzer aus. »Oh Gott, danke.«

»Ich dachte, du würdest mir vertrauen.«

»Tue ich auch«, lügt er. »Wirklich. Aber du musst zugeben, nach der Sache mit dem Budget stand es ein bisschen auf der Kippe.«

Ich nicke leicht verlegen. »Ja, du hast wohl recht.«

Ich zeige ihm alles. Es gibt einen Raum für das Buffet, einen für den DJ, wo getanzt werden kann, und die anderen Räume sind entweder mit Boxen für die Musik ausgestattet oder nicht, sodass man sich darin unterhalten kann. Der Keller ist so groß, dass die Leute von der Leeds-Filiale bereits einzutreffen beginnen, als wir fertig sind. Das bedeutet, dass Jonathan in seinen sehr spezifischen Chef-der-versucht-entspannt-zu-sein-Modus umswitchen muss, was unangenehm für alle Beteiligten ist. So unangenehm, dass ich ihn erst mal allein lasse.

Irgendetwas muss ich richtig gemacht haben, denn der Keller füllt sich schnell. Bald gesellen sich die ersten Leute aus der Croydon-Filiale zu den Leeds-Leuten. Natürlich nur die, die Angst haben, zu spät zu kommen, oder unbedingt ihren Chef beeindrucken wollen – also die ortsansässigen Klone von unserem Neuen Übereifrigen Chris. Dann taucht die Sheffield-Filiale in einer großen Gruppe auf, und schließlich trudeln auch die restlichen Leute aus Croydon ein, wie es diejenigen, die am nächsten wohnen, auf Partys so an sich haben.

Eine Weile mache ich die Runde und versuche, stolz auf mich und diese Feier zu sein. Ich begrüße einige Leute, doch es fühlt sich merkwürdig an, zu wissen, dass ich nächstes Jahr nicht hier sein werde – oder höchstens als Jonathans Begleitung. Und mit diesem Gedanken weiß ich erst einmal nichts anzufangen. Ich entdecke ihn am anderen Ende des Raums. Er hält offensichtlich qualvollen Smalltalk mit einer Person aus einer anderen Filiale. Dieser Anblick sollte in mir nicht den Drang aufkommen lassen, mich neben ihn zu stellen, seine Hand zu halten oder irgendwas in diese Richtung, aber so ist es nun einmal. Leider traue ich mich nicht so recht, nachdem ich gefeuert wurde, Gedächtnisverlust vorgetäuscht habe und schließlich selbst gekündigt habe.

Im nächsten Raum treffe ich auf die Große Ernste Pam, die Managerin der Leeds-Filiale, die Claire dazu gratuliert, mich endlich ersetzt zu haben. Und das klingt nicht wie ein Gespräch, das ich mit meiner Anwesenheit bereichern würde. In der Ecke führt Amjad eine sehr, sehr ausschweifende Diskussion mit einem Typen, den ich nicht kenne. Und das wirkt nicht wie ein Gespräch, das *mich* in irgendeiner Weise bereichern würde, allerdings werde ich trotzdem hineingesogen.

»… ist so verdammt *basic*«, sagt der Typ mit einem leichten Leeds-Akzent.

»Ich bin nicht *basic*«, erwidert Amjad. »Nur weil alle, deren Meinung was taugt, dasselbe sagen, macht mich das nicht *basic*, sondern es beweist, dass ich recht habe. Sam, würdest du ihm bitte sagen, dass ich recht habe?«

Widerwillig stelle ich mich zu den beiden. »Du wirst mir nicht sagen, womit du recht hast, oder?«

»Wiederhole einfach meine Worte«, sagt er mit todernstem Gesichtsausdruck. »Dass Malekith sich als der wahre Phönixkönig herausstellte, war einfach nur Bullshit.«

Da ich kein Wort verstanden habe, versuche ich, das Beste daraus zu machen. »Warum streitet ihr euch über den Bösewicht aus dem *Thor*-Film?«

Amjad und der Typ aus Leeds funkeln mich so außer sich an, als hätte ich ihnen ins Gesicht gespuckt.

»Darum ging es gar nicht?«, frage ich.

»Nein«, sagen beide im Chor.

»Siehst du, womit ich mich herumschlagen muss«, stöhnt Amjad.

»Das ist schrecklich.« Der Typ aus Leeds seufzt. »Letztens habe ich mich mit Pam über *Der Herr der Ringe* unterhalten, und weißt du, was sie gesagt hat?«

Amjad wirft ihm einen Blick zu, der besagt, dass er seine Qualen teilt. »Dass sie einfach mit den Adlern nach Mordor hätten fliegen können?«

Während sich die beiden über dieses neue Thema annähern, ziehe ich mich zurück, um weiter meine Runden zu drehen. Es ist schön, alle wiederzusehen, und sie scheinen sich gut zu amüsieren – zumindest besser als auf den Weihnachtsfeiern der letzten paar Jahre –, aber mein anfängliches Gefühl, dass ich hier nicht mehr hingehöre, hat sich mittlerweile in Gewissheit verwandelt. Natürlich ist es noch zu früh zu sagen, dass ich zu Jonathan gehöre, aber ich wäre gerade lieber bei ihm zuhause als hier. Und zwar auf seinem ungemütlichen Sofa, während ich ihm dabei zusehe, wie er so tut, als hätte er die letzte halbe Stunde nicht damit verbracht, Gollum einer Maus an einem Seil hinterherjagen zu lassen.

Das ist ein tröstlicher Gedanke, und ich lasse mich trösten. Und zwar so sehr, dass ich die nächsten zwanzig Minuten damit verbringe, durch mein mentales Fotoalbum zu blättern und mir herzerwärmende Jonathan-Momentaufnahmen anzusehen. Wie sich herausstellt, gibt es viele davon, selbst wenn er auf den meisten grummelig dreinschaut. Erst als ich am Ende des Albums ankomme, fällt mir auf, dass Leute mich anstarren, und zwar nicht auf eine *Warum-steht-der-Typ-mit-diesem-verklärten-Blick-in-der-Ecke-rum*-Weise. Wahrscheinlich ist es nichts Schlimmes, und sie denken sich bloß, dass ich der nette Kerl bin, der die Party organisiert hat. Aber dann bekomme ich einen hochgereckten Daumen von einer Frau aus Croydon, was sich schlimmer anfühlt, als sich ein hochgereckter Daumen anfühlen dürfte, denn normalerweise bekommt man die nicht für die Orga einer leicht überdurchschnittlichen Betriebsweihnachtsfeier.

Oh, Scheiße. Langsam hoffe ich, dass es nicht um eine gewisse Sache geht.

»Sorry«, sage ich. »Aber darf ich fragen, warum du das gerade getan hast?«

»Einfach weil … du weißt schon: gut gemacht«, sagt sie wenig hilfreich.

Ihr verschwörerischer Tonfall verstärkt die Befürchtung, dass sie mich nicht zu meiner tollen Deko-Auswahl beglückwünschen wollte. »Was habe ich gut gemacht?«

Sie stößt mich mit dem Ellbogen an. »Na, weil du den König von Arschlochhausen verarscht hast.«

Scheiße. Sehr wahrscheinliche Scheiße. »Wie soll ich ihn verarscht haben?«

»Ich habe gehört, dass Jonathan gedroht hat, dein ganzes Team zu feuern, und du deshalb so getan hast, als würdest du unter Gedächtnisverlust leiden und –«

Jap, die Scheiße wurde bestätigt. »Wer hat dir das erzählt?«

»Ist schon okay.« Sie grinst, und ich wünschte mir wirklich, sie würde nicht *so* grinsen. »Niemand wird es ihm sagen.«

Das ist nicht gerade beruhigend. Keine Beruhigung ist bei mir angekommen. Ich bin absolut nicht beruhigt. »Wer weiß es noch?«

Sie denkt viel zu lange darüber nach, viel, viel zu lange. »Ich habe es von Agnes, die es von Jim gehört hat, der es von Mickey hatte, dem es Liam erzählt hat – «

Ich lasse sie nicht aussprechen, sondern renne los. Keine Ahnung, was ich eigentlich vorhabe, denn ich flitze umher wie ein Whippet, aber sobald ich stehen bleibe, werde ich vollkommen zusammenbrechen. Denn es ist ausgeschlossen, dass das nicht irgendwann an Jonathans Ohren dringt, und wenn das passiert …

Daran kann ich nicht mal denken.

Dann beginne ich, wahllos Leute anzuquatschen, um zu fragen, ob sie es schon gehört haben. Entweder bin ich einfach nur verzweifelt oder habe eine masochistische Ader und muss mich daran erinnern, wie sehr ich am Arsch bin. Denn mein Verhalten weist mich nicht nur als miserablen Partygänger aus, sondern sorgt auch dafür, dass jene, die *es* noch nicht wissen – und das sind echt wenige –, jetzt wissen, dass es etwas zu wissen *gibt,* und die Chancen stehen recht hoch, dass sie es herausfinden werden.

Ich entdecke Liam, den Mitarbeiter aus Croydon, der dabei war, als ich in die *Nexa by MERLYN*-Walk-in-Dusche mit 8-mm-Glasschiebetür gestolpert bin. Atemlos und ein wenig zusammenhanglos frage ich ihn, wer *es* ihm erzählt hat.

Frustrierenderweise zuckt er bloß mit den Schultern, als wäre es keine große Sache. »Es macht halt die Runde«, sagt er. »Aber keine Sorge. Alle finden dich cool.«

Wäre es meine Hauptsorge, ob mich die Croydon- und Leeds-Filialen cool finden, wäre das sehr hilfreich. Ist es aber nicht. Also fahre ich herum und entdecke Brian in dem hübsch mit Lichterketten ausgeleuchteten Raum. Er ist auf dem Weg zum Buffet, und ich renne hinter ihm her.

»Brian.« Ich versuche, nicht wütend zu klingen, und glücklicherweise bin ich so panisch drauf, dass ich sowieso eher verängstigt klinge. »*Was* hast du *wem* erzählt?«

»Mal sehen, ich hatte ein wundervolles Gespräch mit Jill aus Leeds. Es ging um dieses neue Puder, das sie für ihre Füße gekauft hat und –«

Mein Fehler. Ich hätte es klarer formulieren sollen. »Ich meine, wem hast du von der Sache mit meinem Gedächtnisverlust erzählt?«

Er strahlt. »Keine Sorge, Sam. Ich habe nicht vergessen, dass ich Jonathan nichts verraten darf.«

Ach ja, richtig. Das hätte ich auch klarer formulieren müssen. »Und auch niemand anderem?«, frage ich in meiner hoffnungsfrohsten Stimmlage.

»Oh, ich bin sehr diskret vorgegangen«, sagt er. »Habe es bloß einer oder zwei Personen gegenüber erwähnt und ihnen gesagt, dass sie es Mr Forest nicht verraten dürfen.«

Also ist es jetzt vorbei. Ich wusste längst, dass es vorbei ist. Aber jetzt fühlt es sich gerade so an, als würde eine Axtklinge auf mich zurasen. Denn entweder wird es jemand in Jonathans Gegenwart ausplaudern, oder jemand wird finden, dass der Chef wissen sollte, dass er verarscht wurde, und es Jonathan auf die Nase binden. Und was Letzteres angeht, könnte ich der Person nicht mal einen Vorwurf machen. Ich hätte ihm bereits vor Wochen reinen Wein einschenken sollen. Ich hatte bloß solche Angst, schon wieder alles zu verlieren. Und jetzt werde ich sowieso alles verlieren. Ich meine, ihn. Ich werde *ihn* verlieren.

Kalter Schweiß bricht mir aus, während ich nach Jonathan Ausschau halte. Wahrscheinlich ist es mittlerweile sowieso egal, ob ich ihn zuerst erreiche, aber was soll ich sonst tun?

Also renne ich durch diesen wunderschön dekorierten, überraschend weihnachtlichen und zunehmend klaustrophobischen und verwirrenden Keller in Shoreditch, als befände ich mich in einem Albtraum mit Weihnachtsthema, in dem meine gesamte Kollegenschaft mitspielt.

Nach einer unbestimmten Zeit betrete ich einen der kleinen Seitenräume und entdecke endlich Jonathan. Er unterhält sich mit der Großen Ernsten Pam. Und wenn es eine Person gibt, die aus vollkommen ernsten Gründen findet, dass Jonathan Forest wissen sollte, dass ich nicht wirklich unter Gedächtnisverlust leide, dann ist es die Große Ernste Pam.

Und sie sieht gerade wirklich verdammt ernst aus.

Fast ist es, als würde ich in Slow Motion verfallen, aber nur fast. Jedenfalls nehme ich plötzlich alles überdeutlich wahr, was um mich herum passiert. Der DJ spielt *Slade,* und ich verfolge, wie Jonathans Gesichtsausdruck von *Chef, der höflich seiner Angestellten zuhört* zu *Sag das nochmal* wechselt. Dann wiederholt Pam, was auch immer sie gerade gesagt hat, und er sieht … nicht so aus, wie ich erwartet hatte. Ich hatte Wut erwartet. Ich hatte erwartet, dass er völlig ausrastet, wie als ich ihm gesagt habe, er könne nicht mit Kritik umgehen. Aber er sieht einfach … nach nichts aus.

Aus den Lautsprechern brüllt Noddy Holder *Iiiiiiiiiiiit's Chriiiiiiiiiiiistmaaaaaaaas,* und am anderen Ende des Raums wendet sich Jonathan Forest von der Großen Ernsten Pam ab und sieht mich an. Er sieht mich an, aber er sieht mich nicht, oder scheint mich zumindest nicht zu sehen.

Und plötzlich fühle ich mich, als wäre ich gar nicht wirklich hier. Und als wäre er auch nicht wirklich hier. Ich weiß es nicht mit Sicherheit, aber ich glaube, dass ich eine Hand nach ihm ausstrecke.

Doch er geht schon davon.

Obwohl ich weiß, dass Jonathan Forest zu Wutausbrüchen neigt, weiß ich auch, dass für ihn nichts wichtiger ist als seine Arbeit, also kann er sich nicht weit von der Feier entfernt haben. Ich vermute, dass er nicht weiter als bis zum Gehsteig vor dem Veranstaltungsort gekommen ist, und dort finde ich ihn auch. Er hat die Hände in den Taschen vergraben und starrt in den Himmel, als versuchte er, die Sterne zu zählen.

»Eins muss ich dir lassen, Sam«, sagt er, ohne mich anzusehen. »Es hat funktioniert.«

Ich habe keine Antwort darauf.

»Du wolltest deinen Job behalten, und das hast du. Zumindest, bis du selbst gekündigt hast. Du wolltest deine Filiale und dein Team retten, und du hast sie gerettet. Und was am allerwichtigsten war, du wolltest Seine Königliche Arschlöchigkeit von seinem hohen Ross herunterholen.«

Ich weiß nicht, was schlimmer ist: dass er das wirklich glaubt oder dass er irgendwie recht hat. »Ich wollte nicht –«

»Doch, wolltest du.«

»Ich –«

»Bitte lass gut sein, Sam.«

Ich bin es nicht gewohnt, dass Jonathan Forest *bitte* sagt. Es gefällt mir weniger als gedacht. Ich möchte – muss – ihm so vieles sagen. Aber das jetzt zu versuchen, obwohl er mich gerade gebeten hat, es nicht zu tun, wäre egoistisch. Und egoistisch war ich in letzter Zeit genug. Leider bedeutet das in der Praxis, dass wir schweigend vor einem Veranstaltungsort in Shoreditch stehen.

Schließlich sagt Jonathan: »Die Croydon-Filiale nennt mich den König von Arschlochhausen.«

»Ich weiß«, gebe ich zu.

»In Leeds bin ich schlicht als Arschnathan Forest bekannt.« Er zuckt mit den Achseln. »Meiner Meinung nach lässt deren Kreativität zu wünschen übrig.«

Mein Mitgefühl kommt reichlich spät, aber ich versuche es trotzdem. »Das tut mir leid. Es muss echt scheiße sein.«

Er hat sich immer noch nicht gerührt. Steht bloß da wie eine Statue mit dem Titel *Sam, du hast es total verkackt.* »Ich bin ihr Chef. Das bringt der Job mit sich. Es hat sich bloß verändert, dass es mir früher egal war.«

Ich glaube nicht, dass das der Wahrheit entspricht. Denn es hat ihn echt geärgert, wenn Claire ihn Seine Königliche Arschlöchigkeit genannt hat. Aber dass es ihn wütend macht, ist wohl nicht dasselbe, wie dass es ihn verletzt. »Es sind bloß Leute, die für dich arbeiten.« Mir ist überdeutlich bewusst, wie ironisch es ist, dass diese Worte aus *meinem* Mund kommen. »Es ist egal, was sie von dir halten.«

Einen Moment lang verzieht er nur grimmig das Gesicht. Dann sieht er mich endlich an. Mit dieser bemüht neutralen Miene, die umso niederschmetternder ist. »Mir ist aber nicht egal, was du von mir hältst.«

Darauf hätte ich vorbereitet sein müssen, bin es aber nicht. Und es trifft mich wie ein Schlag auf die Brust. Ich fühle mich wie ein Stück Scheiße. »Meine Meinung über dich … habe ich mir im Laufe des letzten Monats gebildet, glaube ich. Nämlich, dass du als Chef nicht derselbe bist wie als Person.«

»Wenn dem so wäre, hättest du mir gesagt, was vor sich ging.« Er blinzelt einmal heftig, als würde er gegen Tränen ankämpfen. »Wenn dem so wäre, hättest du mir vertraut.«

»Das hätte ich tun sollen«, sage ich ein wenig verzweifelt.

»Aber ich hatte Angst, und ich war verwirrt und … und ich weiß, dass es wahrscheinlich gerade das Letzte ist, was ich erwähnen sollte, aber ich hatte wirklich eine Gehirnerschütterung.«

»Aber du hast dich an mich erinnert?«

Ein Londoner stößt einen frustrierten Laut aus, als er sich zwischen uns vorbeischiebt. »Ja«, sage ich. »Und ich hatte nie vor … es war nicht meine Absicht, dich anzulügen. Ich habe mich einfach darin verstrickt. Und ich habe auch nicht versucht, dich zu verarschen. Ich brauchte bloß Zeit, um … Ich weiß nicht. Um alles geradezubiegen.« Ich traue mich, näher an Jonathan heranzutreten. Er weicht zwar nicht vor mir zurück, versteift sich aber. Ich hätte nie gedacht, dass sich ein paar Gehwegplatten so weit anfühlen können. »Aber dann habe ich dich besser kennengelernt und …« Herrgott, ich versaue es gerade total. »Und«, fahre ich fort, obwohl ich weiß, dass es vermutlich nichts bringt, »ich mochte, ich meine, ich *mag* dich wirklich. Das war … das war alles echt.«

In London ist es nie ruhig. Aber die Stille zwischen uns ist groß genug, um die ganze Stadt zu verschlucken. Dann sagt Jonathan schlicht: »Ich weiß.«

Was etwas Gutes sein sollte. Aber er sagt es nicht auf eine gute Weise. Der Teil von mir, der sich an den letzten Strohhalm klammert, klammert sich trotzdem daran. »Was ist dann das Problem? Ich mag dich, du magst mich, und ich arbeite nicht mehr für dich. Ich habe einen Fehler gemacht, und es tut mir leid, und ich werde es nie wieder tun.«

»Du magst mich«, wiederholt Jonathan. Es klingt wie ein Todesurteil. »Aber nicht genug.« Er fährt sich mit einer Hand durchs Haar, seine weiße Strähne gleitet durch seine Finger, wie sie vor nur wenigen Nächten durch meine geglitten ist. »Du bist die Person, die die beste Meinung von mir hatte … die mich so gut verstanden hat, wie niemand sonst … die mir das Gefühl gegeben hat, es wäre nicht unmöglich, mich zu … Dass ich nicht unmöglich bin. Aber die ganze Zeit über, und vor allem, wenn es darauf ankam, hast du bloß deinen Arschloch-Chef in mir gesehen.«

»Das sehe ich nicht in dir«, erwidere ich. Denn das sehe ich wirklich nicht. Schon länger nicht mehr.

»Warum sind wir dann hier, Sam?« Er klingt nach wie vor nicht wütend. Fast wünschte ich mir, er würde sauer werden. Dass er mich einfach anschreien und mich in eine weitere *Nexa by MERLYN*-Walk-in-Dusche mit 8-mm-Glasschiebetür drängen würde, damit wir noch mal von vorn anfangen könnten. »Du hättest einfach nur ehrlich zu mir sein müssen. Stattdessen hast du mich zum Narren gehalten.«

»Ja, aber auch mich selbst.« Langsam hasse ich diese zwei Gehsteigplatten, die zwischen uns liegen. »Du bist das Beste, was mir seit Jahren passiert ist.«

Er gibt sein verabscheuungswürdigstes Schnauben von sich. »Mein Beileid.«

Er will bloß gemein sein – und er hat allen Grund dazu –, aber die Worte treffen mich trotzdem. »Sag das nicht. Damit kann ich gerade nicht umgehen.«

»Aber ich soll«, er macht eine Handbewegung, die alles umfassen soll, *»hiermit* umgehen.«

»Ich versuche, mich zu entschuldigen und dir zu sagen, dass du mir wichtig bist. Und ich hasse es, dass ich das zwischen uns wegen … nichts und wieder nichts versaut habe.«

»Ich hasse es auch. Aber das hast du nun mal getan.«

Das fühlt sich sehr endgültig an. »Bitte lass nicht zu, dass diese Sache …« Ich bin am Flehen, aber es ist mir egal. »Ich weiß nicht. Bitte nicht. Ich brauche bloß –«

»Zeit?«, fragt Jonathan. Und er klingt einfach nur verdammt traurig.

»Eine Chance?«

»Sam«, sagt er. »Du wirst drüber hinwegkommen. In einer Woche hast du mich vergessen.«

Ich zucke zusammen. »Werde ich nicht. Das könnte ich nicht.«

Doch Jonathan schüttelt bloß den Kopf. »Das zwischen uns wäre sowieso nicht gut gegangen. Ich bin zu … Du bist zu … Es war zu viel.«

Und das ist der Moment, in dem ich weiß, dass es wirklich vorbei ist. Denn ein Mann wie Jonathan Forest nimmt es nicht auf die leichte Schulter, wenn er geküsst wird. Und auch nicht, wenn er verletzt wird.

Als ich weggehe, beginnt es zu regnen, und ich habe den halben Weg zur Bushaltestelle zurückgelegt, bevor mir wieder einfällt, dass ich einen Van habe, und ich habe den halben Weg zum Van zurückgelegt, bevor mir auffällt, dass ich weine und mein Gesicht nicht bloß feucht vom Regen ist. Glücklicherweise – na ja, glücklich in Bezug auf das, was zuletzt passiert ist, und nicht in Bezug darauf, dass Brian mich verraten hat – habe ich zwar meine Jacke am Veranstaltungsort zurückgelassen, aber alles andere, was ich brauche, um zu packen und zu der Leere zurückzukehren, die ich mein Leben nenne, befindet sich in meinen Hosentaschen. Mit *alles* meine ich meinen Schlüssel und mein Handy.

Und wenn ich so darüber nachdenke, ist selbst das Handy optional.

Ich habe den Van in einem Langzeitparkhaus nicht weit vom Veranstaltungsort untergebracht, auch wenn die Parkzeit nun viel kürzer ist als ursprünglich erwartet. Und ich bin so fertig von der Sache mit Jonathan, dass ich nicht mal innehalte, um mich noch fertiger zu machen, indem ich den *Becker-und-Sohn*-Schriftzug auf dem Van lese. Was wohl ein kleiner Trost ist, für den ich dankbar sein sollte.

Ich öffne die Tür, hieve mich auf den Sitz und fahre los.

Erstens fällt mir auf, wie kalt, feucht und elend ich mich

fühle. Regen lässt sich aushalten, wenn man sich mittendrin befindet, selbst dann, wenn es etwas kühl draußen ist. Aber sobald man nicht mehr vollgeregnet wird und irgendwohin geht, wo es kalt und ungemütlich ist, beginnt man so richtig zu merken, an welchen Stellen die Kleidung an einem klebt, wo definitiv nichts kleben sollte, und wie sehr man zittert.

Zweitens wird mir bewusst, dass ich keine Ahnung habe, wohin ich fahre.

Also, natürlich weiß ich, dass ich zurück nach Croydon muss, um meine Sachen und meinen Kater zu holen – obwohl, vielleicht sollte ich Gollum einfach bei Jonathan lassen –, und mich dann zurück nach Sheffield verziehen sollte, wo ich hingehöre.

Wo ich aber nun keinen Job mehr habe.

Wo ich sowieso keine gute Arbeit geleistet habe. Wo ich nie wirklich hingehört habe.

Ich fahre im Kreis um den *Finsbury Circus* herum und starre zu all den riesigen, beeindruckenden, archetypischen Londoner Häusern auf, die fünf oder sechs Stockwerke hoch über mir aufragen.

Samwise Eoin Becker, du hast ein paar wirklich miese Entscheidungen getroffen. Um wenigstens ein bisschen das Gefühl zu bekommen, ein Ziel zu haben, fahre ich in die Richtung, in der ich Süden vermute. Obwohl der Berufsverkehr längst abgeklungen ist, sind die Londoner Straßen immer noch so stark befahren, dass ich über eine Stunde nach Croydon brauche. Danach brauche ich weitere zwanzig Minuten, um den Mut aufzubringen, ins Haus zu gehen. Mich mit Jonathan auseinanderzusetzen war schon schlimm genug, mich mit seiner gesamten Familie auseinanderzusetzen, wird ein verdammtes Gemetzel. Was soll ich denn bitte zu ihnen sagen? *Hi, Jonathan hat mich abserviert, weil ich nie unter Gedächtnisverlust gelitten und mich nicht getraut habe, mit ihm darüber zu sprechen, wie es jeder vernünftige Mensch getan hätte.*

Ich stelle den Van ab und schleiche zur Eingangstür, in der Hoffnung, dass alle schon im Bett sind. Und mein Plan geht fast auf, nur leider treffe ich in der Küche auf Wendy, die einen blauen Bademantel mit weißen Rosen und Hausschuhe mit Plüsch-Seeleopardenköpfen an den Zehen trägt.

»Hallo, mein Lieber«, sagt sie, auch wenn ich mir wünschte, sie würde mich nicht so nennen. »Ich hätte euch nicht so früh zuhause erwartet.«

»Nein«, antworte ich.

Auch wenn ich ihr damit nicht viel verrate, interpretiert Wendy die Situation richtig. »Wo ist Jonathan?«

»Immer noch auf der Feier. Ich … wir … Es ist unmöglich, es dir schonend beizubringen, also werde ich es einfach sagen: Ich leide in Wahrheit gar nicht unter Gedächtnisverlust.«

»Oh.« Sie schiebt die Hände in die Taschen ihres Bademantels. »Möchtest du eine Tasse Tee?«

»Hast du nicht gehört, was ich gesagt habe?«

Sie hat den Teekessel bereits aufgesetzt. »Na ja, ich werde nicht so tun, als würde mich das nicht verwirren, aber meiner Meinung nach sind deine Erinnerungen allein deine Angelegenheit, und wir haben alle Dinge in unserem Leben, die wir lieber vergessen würden.« Sie lässt Teebeutel in zwei Tassen fallen, gießt erst das kochende Wasser und dann Milch darüber und stellt dann beide, mit den Teebeuteln nach wie vor in den Tassen, auf dem Küchentisch ab. Dann holt sie noch einen kleinen Teller und einen Teelöffel, damit ich meinen Teebeutel herausnehmen kann, wann immer ich möchte.

Reflexartig greife ich nach einer der Tassen, als würde es mir gar nicht in den Sinn kommen, dass ich den Tee ablehnen könnte. »Ja, aber ich habe Jonathan sehr wehgetan.«

»Hm.« Der Laut hängt eine Weile zwischen uns. »Das ist eine Sache zwischen euch beiden. Er war immer eher sensibel.« Gerade will ich fragen, ob wir über denselben Jonathan sprechen, da fällt mir auf, dass sie recht hat. Wäre er nicht sensibel, würde er sich nicht mal halb so arschig verhalten, und ich hätte die ganze Sache nicht mal halb so schlimm verkackt. »Ich sollte lieber nicht mehr hier sein, wenn er zurückkommt.«

»Meinst du?« Das ist eine Mam-Taktik. Damit meint sie: *Du liegst falsch.* Aber sie weiß auch, dass ich bloß störrisch reagieren würde, wenn sie das ausspricht.

»Ich denke, dass er das so will. Ich habe versucht, mich bei ihm zu entschuldigen, aber das hat nichts gebracht.«

Sie nickt. »Das überrascht mich nicht. Wütend zu sein ist einfacher, als traurig zu sein, vor allem für Männer.«

»Er war gar nicht wütend. Nur traurig.«

»Siehst du.« Wendy pikt mich in den Arm. »Du warst ein guter Einfluss.«

»Wäre ich gut für ihn gewesen, wäre er jetzt weder wütend noch traurig.«

Sie sieht mich auf eine Weise an, mit der sie einmal mehr stumm *Meinst du?* ausdrückt. »So funktioniert das nicht, Sam. Wenn du von anderen Leuten erwartest, das zu empfinden, was sie deiner Meinung nach empfinden müssten, wirst du es dir sehr schwer machen.«

Ich brauche einen Moment, um ihren Satz zu entwirren, also sage ich nur: »Scheint so«, um die Stille zu füllen.

»Du musst nicht gehen.« Geräuschvoll schiebt sie ihren Stuhl über den Küchenboden in meine Richtung. »Jonathan wird sich wieder einkriegen.«

»Ich glaube nicht, dass er der Typ Mensch ist, der sich wieder einkriegt.«

»Er war auch nicht der Typ, der seine ganze Familie an

Weihnachten zu sich einlädt, aber sieh dir an, wie das gelaufen ist.«

Ich versuche, mir von ihr keine falschen Hoffnungen machen zu lassen. Denn auch wenn Weihnachten vor der Tür steht, erwarte ich keine Wunder. Darüber bin ich längst hinaus. »Es fühlt sich falsch an, zu bleiben. Nach dem … was ich getan habe.«

»Du weißt sicher am besten, was zu tun ist.« Sie meint das ganz offensichtlich nicht ernst, und ich weiß es ganz offensichtlich nicht am besten. »Aber ich möchte nicht, dass du so spät noch zurück nach Sheffield fährst.«

Fuck, das will ich auch nicht. Aus so vielen Gründen. »Ich lasse mir etwas einfallen.«

»Du weißt sicher am besten, was zu tun ist«, sagt Wendy erneut, ehe sie einen Schluck von ihrem Tee nimmt.

Ich sehe sie über den Tisch hinweg an. »Weißt du, ich kenne diesen Trick.«

»Was für einen Trick?«

»Dass du mir sagst, du würdest meine Entscheidungen unterstützen, damit ich sie doch infrage stelle.«

»Ach.« Mit einem *Klink* stellt sie ihre Tasse ein wenig zu weit links neben dem Untersetzer ab. »*Den* Trick meinst du.«

Ich schlucke schwer und versuche, genug Mut zusammenzunehmen, um ein paar Dinge zu sagen, von denen ich nicht weiß, ob ich sie aussprechen möchte. »Ich weiß, du denkst, dass er es abkann, aber ich … ich glaube, dass *ich* es nicht kann. Ich meine, ich weiß nicht, wie ich ihm in die Augen sehen soll.«

Damit dringe ich zu ihr durch. Sie bedenkt mich mit einem leisen, verständnisvollen Blick. Einem Blick, den ich von niemandem mehr bekommen habe, seit meine Nan verstorben ist, und mein Mund wird plötzlich ganz trocken. Darauf war ich nicht vorbereitet. »Das verstehe ich«, sagt sie. »Komm, wir suchen dir ein Plätzchen für die Nacht.«

Wir verfrachten Gollum in seinen Korb und versuchen dann, ein haustierfreundliches Hotel zu finden, wo ich nach Mitternacht noch ein Zimmer bekommen kann. Beides dauert viel länger, als es sollte.

»Also«, sagt Wendy schließlich mit dieser übereifrigen Miene, die Mams zur Schau stellen, wenn sie dir genau das anbieten, was du gerade brauchst. »Wenn es dir nichts ausmacht, dass gerade kein Wasser im Haus ist, kannst du bei uns übernachten.«

»Das Angebot kann ich nicht annehmen«, sage ich, schiebe aber sofort hinterher: »Ich meine, mir bleibt wohl keine andere Wahl, aber ich würde mich deswegen schlecht fühlen.«

»Sei doch nicht albern.« Neben ihr stößt Gollum grummelige Laute in der Transportbox aus. »So ist es am besten für alle. Außerdem ist dann jemand da, der Licht einschalten kann, um einem Einbruch vorzubeugen.«

»Daran hat meine Mam auch immer gedacht. Manchmal frage ich mich, ob Leute, die Einbrüche planen, wirklich so viel Zeit auf das Licht im Haus verwenden, wie wir glauben.«

Sie zuckt mit den Schultern. »Ich kann nur sagen, dass ich immer Licht anlasse, und bei uns wurde noch nie eingebrochen. Also muss ich ja etwas richtig machen.« Meine Tasse ist nach wie vor voll, ich nehme aber nur einen großen Schluck und schiebe sie dann von mir. »Ich sollte … du weißt schon.«

»Ja«, sagt sie. »Alles klar, mein Lieber.« Sie übergibt mir meine gepackte Tasche und den Korb mit meinem erzürnten Haustier. Und das war's dann. Ich gehe. In der Tür bleibe ich stehen und werfe einen letzten Blick auf Jonathans übertrieben riesiges, nicht mehr ganz so leeres Haus im hübschen Teil von Croydon.

Wendy umarmt mich. »Meld dich mal, ja?«

»Wäre das nicht komisch?«

Sie sieht nicht aus, als würde ihr das etwas ausmachen. »Du bist ein lieber Junge, Sam, was ich nicht über viele von Jonathans Ex-Freunden sagen kann. Und manchmal nicht mal über Jonathan.«

»Trotzdem ist es –«

»Sch.« Sie gibt mir einen Kuss auf die Wange. »Du weißt, wo du uns findest, wenn du uns brauchst. Gute Reise.«

Und dann gehe ich. Ganz allein mit meiner Katze und dem Van meines Dads, um die Nacht im Haus der Eltern meines kurzzeitigen Freundes zu verbringen.

Es war lieb von Wendy, es anzubieten, aber Herrgott, es fühlt sich richtig beschissen an.

Les' und Wendys Haus befindet sich nur etwa eine halbe Stunde von Jonathans entfernt, aber es sieht ganz anders aus. Ein typisches Reihenhaus mit zwei Zimmern im Erdgeschoss und zwei Schlafzimmern im Obergeschoss, das vermutlich im viktorianischen Zeitalter für Fabrikarbeiter gebaut worden ist. Ich schließe auf und will mir dann ein Glas Wasser einschenken, ehe mir wieder einfällt, dass es gerade kein Wasser gibt. Ich ziehe es in Erwägung, mich schlafen zu legen – zu meiner Erleichterung haben sie ein Extrazimmer, sodass ich nicht im Bett von Jonathans Eltern schlafen muss –, aber ich bin zu aufgewühlt, um schlafen zu können. Also lasse ich Gollum aus seinem Korb und sehe ihm dabei zu, wie er umherrennt, als würde er nach dem verschollenen Piratenschatz suchen, während ich mich ins Wohnesszimmer setze und versuche, an gar nichts zu denken.

Es gelingt mir nicht.

Also stehe ich wieder auf, gehe zum Van und komme mit

einem Rohrabschneider, einer Bügelsäge, einer halbrunden Feile, Stahlwolle und … am Ende bringe ich einfach den ganzen Werkzeugkasten mit.

Es ist nicht schwer, das kaputte Rohr ausfindig zu machen, denn es befindet sich unter der Spüle, direkt beim Absperrhahn, wodurch meine Arbeit immens erleichtert wird. Ich lasse das übrige Wasser ablaufen, lege mich hin und schneide das Rohr an der gebrochenen Stelle durch. Dann schleife ich die Kanten ab und bringe ein Rohrverbindungsstück an. Anschließend räume ich auf, wische noch mal über das Rohr und drehe das Wasser auf.

Acht Sekunden lang überkommt mich ein Wirrwarr der Gefühle, das mit dem Klempnern zu tun hat. Zuerst fühle ich mich total befriedigt, weil ich mich nützlich gemacht habe, denn ich verbinde viele schöne Erinnerungen mit dieser Arbeit. Schöne Erinnerungen können aber manchmal schmerzhaft sein, was der Grund ist, warum ich schon länger nicht mehr als Klempner gearbeitet habe. Aber diesmal ist es … irgendwie nicht mehr so traurig. Was toll ist, bis mir wieder einfällt, dass ich die Sache mit Jonathan verkackt habe. Und dann liege ich plötzlich wieder auf dem Boden in einem fremden Haus und denke daran, dass mich die einzige Person, deren Meinung mir etwas bedeutet, für ein verlogenes Stück Scheiße hält.

Schlimmer noch: Gollum hat offenbar entschieden, dass er Jonathan lieber mag als mich und dass Jonathans Eltern nach Jonathan riechen, und hat sich deshalb zum Schlafen in Les' und Wendys Schlafzimmer verzogen.

Ich lasse ihn, nehme mir aber vor, das Bett mit der Fusselrolle abzubürsten, bevor ich morgen abreise.

Und ich verbringe keine gute Nacht in diesem Haus.

34. KAPITEL

An Heiligabend stehe ich früh auf, verfrachte Gollum wieder in seinen Transportkorb und trete hinaus in die kalte, graue und verdammt windige Morgendämmerung in Croydon. Und dann fahre ich los.

Aus London rauszukommen, ist immer schwer. Damit meine ich nicht auf emotionale Weise – London kann emotional echt abfuckend sein –, sondern ich meine mit dem Auto. Ich bin im Süden und will nach Norden, muss aber erst mal zwanzig Minuten lang nach Süden fahren, um auf die M25 zu gelangen. Dann muss ich der M25 fast eine Stunde lang folgen, bevor ich mich auch nur ein bisschen von der vermaledeiten Stadt entfernen kann.

Gerne würde ich behaupten, dass ich Erleichterung verspüre, als ich es endlich geschafft habe und an Watford Gap vorbeirase. Darüber, dass der Teil meines Lebens, der Jonathan beinhaltete, vorbei ist, und die Weihnachtsfeier und die ganze komplizierte Geschichte mit der echten Gehirnerschütterung und dem Fake-Gedächtnisverlust und dem Versuch, es allen recht zu machen, um es am Ende für alle zu versauen und mich im allerletzten Moment so richtig tief in die Scheiße zu reiten. Doch es stellt sich keine Erleichterung ein. Alles ist immer noch scheiße.

Da ich früh losgefahren bin – wahrscheinlich zu früh, weil

ich nicht gut geschlafen habe und vermutlich gerade nicht der sicherste Fahrer bin –, komme ich bereits kurz nach Mittag in Sheffield an. Und so bin ich an Heiligabend in einer Stadt, in der ich nicht weiß, wo ich hingehen oder was ich tun soll.

Zuerst fahre ich nach Hause, um Gollum abzusetzen. Er war so lange weg, dass es fast so ist, als müsste er sich wieder neu eingewöhnen. Vielleicht hätte ich eins von Jonathans Hemden mitnehmen sollen, um den Kater zu beruhigen.

»Es tut mir leid«, sage ich zu ihm, als er sich entschlossen in die winzige Lücke hinter dem Kühlschrank zu quetschen versucht. »Ich weiß, dass du ihn lieber mochtest, aber jetzt musst du mit mir vorliebnehmen.«

Er sieht mich an, als würde er nichts verstehen, oder vielleicht ist er bloß sauer – bei Katzen ist das allgemein schwer zu sagen, ganz zu schweigen von einem Kater mit *diesem* Gesicht.

Da er so aufgekratzt ist, habe ich ein schlechtes Gewissen, ihn allein zu lassen, aber ich muss hier raus. In einer leeren Wohnung – Gollum nicht eingerechnet – zu hocken, bis ich entweder einen neuen Job finde, sterbe oder einkaufen gehen muss, fühlt sich wie eine besonders kalte, feuchte Ecke der Hölle an. Außerdem sind Katzen keine geselligen Tiere. Ihm wird vermutlich erst auffallen, dass ich weg bin, wenn er etwas von mir will.

Da ich keine Modepuppe bin, wie meine Mam es ausdrücken würde, besitze ich nur eine Jacke, und die befindet sich aktuell in einem Keller in Shoreditch oder vielleicht in einer Fundkiste in Shoreditch oder, wenn ich großes Glück habe, auf dem Weg zurück nach Sheffield, weil eins meiner Teammitglieder sie vielleicht erkannt und vergessen hat, dass sie sie mir nicht zurückgeben können, weil ich nicht mehr in der Filiale arbeite. Kurz: Mein Spaziergang durchs Stadtzentrum gestaltet sich bitterkalt, was irgendwie zur ganzen Situation passt. Anfangs beiße ich die Zähne zusammen, als würde ich mich irgendwie bestrafen wollen, aber am Ende scheiße ich drauf und kaufe mir eine olivfarbene Pufferjacke bei *George at Asda*.

Zwischen der Kälte, der Traurigkeit und der Leere vergeht der Tag wie im Flug, bis ich an den Punkt komme, an dem mir auffällt, dass ich seit gestern Abend nichts mehr gegessen habe. Aus einem masochistischen Anflug von Verzweiflung heraus tragen mich meine Füße zu *Uncle Sams*. Auf dem Weg dahin versuche ich mir einzureden, dass ich bloß richtig Lust auf einen Burger habe, und als ich dort ankomme, rede ich mir ein, dass es jetzt zu spät ist, irgendwo anders hinzugehen, auch wenn ich vorher an mindestens drei weiteren Restaurants vorbeigekommen bin.

Schließlich muss ich mir eingestehen, dass ich erbärmlich bin.

Ich setze mich an einen Tisch und bestelle einen Burger.

»Ihre Jacke gefällt mir«, sagt die Kellnerin, als sie mir meine Bestellung bringt. »Ist die neu?«

»Ja«, sage ich und füge automatisch hinzu: »Dreiundzwanzig Pfund bei *Asda George*.«

Wenn er nicht nach Asche und Elend schmecken würde, wäre es ein echt guter Burger. Trotz allem hinterlasse ich ein großzügiges Trinkgeld und schleiche wieder nach Hause.

Da ich für den Rest des Abends, oder auch für den Rest meines Lebens, nichts zu tun habe, schalte ich den Fernseher ein und will gerade auf *Pointless* klicken, als mir auffällt, dass mich selbst das an Jonathan erinnert.

Aber scheiß drauf, ich zerfließe gerade sowieso schon in Selbstmitleid. Also kann ich mir auch gleich die volle Dröhnung geben. Ich schalte *Pointless* aus und lade mir *UKTV Play* herunter, um *Auf Wiedersehen, Pet* zu schauen.

Nach gerade mal zwei Folgen fange ich aus unerfindlichen Gründen an zu weinen.

Es ist Weihnachten, und ich habe absolut nichts und niemanden, also besuche ich meine Familie.

Raffinierterweise kommt mir der Norden, nachdem mich ein grimmiger Mann mit haarigen Armen und dichten Brauen auf den London-Geschmack gebracht hat, so vor, als wäre es nur ein Ort, dabei ist es ein verdammt riesiges Gebiet. Also, gemessen an englischen Standards – Leute aus den USA würden das wohl anders sehen.

Bei guten Verkehrsbedingungen brauche ich deshalb von meiner kalten, leeren, elendigen Wohnung etwas über zwei Stunden zu dem kalten, leeren, ein bisschen weniger elendigen Ort, an dem sich meine Eltern aufhalten.

Und da sind sie. Genau dort, wo ich sie zurückgelassen habe.

Allerton ist ein hübscher Friedhof. Grün und gut instand gehalten, und ich möchte glauben, dass sie gern hier wären, wenn sie auch nur annähernd in dem Alter gewesen wären, in dem sie sich über solche Dinge Gedanken gemacht hätten. Was sie natürlich nicht waren. Tatsächlich waren sie dabei, ihre Silberhochzeit zu planen, die zwei Wochen später hätte stattfinden sollen, als sie auf dem Weg nach Hause von ihrem Freitagabenddate von einem Wichser in einem Bugatti totgefahren wurden.

»Wenn er gut genug für Ken Dodd und Cilla Black ist, dann ist er gut genug für mich«, höre ich meinen Dad sagen.

Nicht, dass er jemals dazu gekommen wäre, die Worte wirklich auszusprechen.

Sie liegen tatsächlich nicht weit von Ken Dodd entfernt. Nicht dass sie Fans seiner Comedy gewesen wären. Mein Granddad war aber ein Fan, obwohl er schon vor einer Weile von uns gegangen ist, und auch meine Nan, bei der ich nach dem Unfall gelebt habe, mochte ihn. Nachdem auch sie fort war, bin ich nach Sheffield gezogen.

Da liegen sie nun, alle in einer Reihe. Sechs. Mam und Dad in der Mitte, je flankiert von ihren Eltern, wie bei einem Hochzeitsfoto. So soll es ja irgendwie auch sein. In dem einen Hugh-Grant-Film gab es nicht umsonst eine Beerdigung und eine plumpe Anspielung auf die Partridge-Familie und einige sehr alberne Hüte.

William Becker. Mary Becker. Thomas Becker. Louise Becker – meine Mam war eine moderne Frau, aber als sie geheiratet hat, war es noch sehr ungewöhnlich, dass eine Frau ihren Nachnamen behielt. Direkt neben ihrer Tochter kommt Bridget O'Brien – die Letzte, die gegangen ist – und dann Samuel O'Brien, der seinen Freunden gern erzählt hat, dass ich nach ihm benannt wurde, auch wenn das streng genommen nicht stimmt.

Es schneit.

An Weihnachten schneit es sonst nie. Nicht mal so weit im Norden. Aber jetzt schneit es. Ich glaube nicht wirklich an Gott, aber würde ich an ihn glauben, würde ich jetzt denken, dass er mich verarschen will. Oder vielleicht, dass er mir eine Lektion erteilen will, weil ich zu stolz war, um meine olivfarbene Pufferjacke anzuziehen.

»Tja«, sage ich zu meiner Mum, meinem Dad und meinen vier Großeltern, »da bin ich nun. Um ehrlich zu sein, war der letzte Monat ein bisschen seltsam.«

Es ist nicht nur Gott. Ich glaube an so gut wie gar nichts. Aber in solchen schweren Zeiten wünschte ich, ich würde an etwas glauben. Ich wünsche es mir so sehr, dass ich dem Kerl, der sich die beschissene Regel ausgedacht hat, dass Männer nicht weinen dürfen, gern ein paar Takte erzählen würde.

»Ich habe einen Mann kennengelernt«, sage ich. »Na ja, was heißt *kennengelernt*. Ich arbeite schon seit ein paar Jahren für ihn, und ich glaube nicht, dass ihr euch gut verstehen würdet.« Ich schaue zu Granddad William rüber. »Okay, du vielleicht schon. Ich erinnere mich, dass du auch ein bisschen arschig sein konntest.«

Der Wind frischt auf, und ich ziehe die Jacke, die ich gar nicht trage, fester um mich. Wenigstens habe ich Mams Schal dabei, aber sie hat ihn ausgewählt, weil er hübsch ist und nicht danach, wie gut er sie vor der Kälte schützt. Mam war nie besonders praktisch eingestellt.

»Es ist so«, fahre ich an den Becker-O'Brien-Clan gewandt fort. »Ich habe es verkackt. Keine Ahnung, was ich mir dabei gedacht habe, aber ich weiß auch nicht, was ich hätte anders machen sollen. Vielleicht hätte ich … Ach, du bist schuld, Dad, weil wir diesen verdammten Goldie-Hawn-Film zuhause auf DVD hatten und er einer deiner Lieblingsfilme war, und ich habe ihm weisgemacht, ich würde unter Gedächtnisverlust leiden.«

Ich schiebe die Finger in meine Ärmel. Hätte Handschuhe mitbringen sollen. Handschuhe besitze ich nämlich, aber ich habe nicht vorausschauend gedacht – ein Problem, das sich inzwischen wie ein roter Faden durch mein Leben zu ziehen scheint.

»Dir muss furchtbar kalt sein«, sagt eine Stimme hinter mir. Und obwohl ich genauso wenig an Geister glaube wie an Gott, zucke ich heftig zusammen, denn auch wenn ich auf einem wirklich hübschen Friedhof stehe und es früh am Morgen ist, sodass die Atmosphäre nicht gruselig ist, befinde ich mich immer noch in der Gegenwart von toten Leuten.

Als ich mich umdrehe, sehe ich Jonathan Forest. Er sieht vorsichtig, fast schon wachsam aus, und ich glaube, so habe ich ihn noch nie gesehen. Das ist aber auch das einzige Unvertraute an ihm. Den Rest hätte ich beschreiben können, ohne mich umzudrehen. Wie sich seine Mundwinkel nach unten ziehen, als würde er mürrisch dreinschauen, auch wenn er das gar nicht tut. Seine dichten Brauen, die er, hätte er eine andere Persönlichkeit, in Form bringen würde. Die eine Strähne, die im Schnee noch weißer aussieht. Es macht mir Angst, dass ich mich freue, ihn zu sehen, aber ich kann nicht anders.

»Du hast deine Jacke vergessen.« Er hält sie mir hin.

»Das Einzige, was ich tatsächlich vergessen habe.« Ich hoffe sehr, dass es nicht zu früh ist, Witze darüber zu reißen.

»Ja, so wie ich es verstanden habe.« Er kommt auf mich zu und legt mir die Jacke um die Schultern. Und es fühlt sich an wie … Wie wenn ich aus der Kälte ins Warme komme und die Jacke nicht sofort ausziehe und meine Mam oder mein Granddad mir sagen, dass ich sie sofort ausziehen soll, weil ich den Unterschied sonst nicht spüre, wenn ich wieder rausgehe – so, nur andersherum. Ich fühle den Unterschied stärker als je zuvor.

Ich sehe erst ihn an, dann die Jacke, und dann schaue ich mich auf dem Friedhof um, der sich in einer Stadt befindet, in der Jonathan meines Wissens noch nie war. »Was machst du hier?«

Seine Ohren färben sich leicht rosa. »Das habe ich dir doch schon gesagt. Du hast deine Jacke vergessen.«

»Also bist du deshalb zu einem Friedhof in Liverpool gefahren?«

»Nein. Ich bin nach Sheffield gefahren, habe gemerkt, dass du nicht dort bist, und dann …« Seine Ohren werden noch röter. »Na ja, dein Handy teilt immer noch deinen Standort mit mir.«

Ach, stimmt ja. Von allen herrischen, kontrollierenden und

irgendwie auch süßen Dingen, die er je getan hat, ist das hier wahrscheinlich das herrischste, kontrollierendste und süßeste überhaupt. »Ja, erinner mich mal daran, die Funktion auszuschalten.«

»Du hast damals zugestimmt, als ich es eingestellt habe.«

»Schon, aber ich habe in letzter Zeit recht viele schlechte Entscheidungen getroffen.«

Er sieht weg. »War ich eine dieser schlechten Entscheidungen?«

»Nein«, antworte ich schneller, als je ein Mensch eine Frage beantwortet hat. »Auf gar keinen Fall. Ich meine damit, dass ich Entscheidungen getroffen habe, die uns auseinandergebracht haben, und ich wünschte, ich hätte das nicht getan. Und ich wünschte, ich könnte … aber das kann ich nicht.«

»Also bist du gegangen?«

Es klingt nicht wie ein Vorwurf. In seiner Stimme schwingt eigentlich gar nichts mit. Was trotzdem viel verrät. »Du wolltest nichts mehr mit mir zu tun haben, Jonathan. Du hast nicht mal zugelassen, dass ich mich bei dir entschuldige.«

»Aber ich wollte nicht, dass du gehst.« Er wendet sich mir wieder zu. Es schneit immer noch, und langsam nimmt der Boden denselben Farbton an wie der Himmel, sodass Jonathan so aussieht, als wäre er das einzig Reale an diesem Ort. »Das Ganze hat mich überrascht. Und wir waren auf einer Arbeitsveranstaltung. Und ich war nicht darauf vorbereitet, dass du … du …«

»Dass ich nur so tue, als hätte ich alles vergessen?«, frage ich. »So etwas sieht wohl niemand kommen.«

Sein Blick ist düster und unerschütterlich. »Dass du mich verletzen würdest. Dass du die Macht hast, mich zu verletzen.«

Das ist wohl das Schlimmste, was eine Person zu einer anderen sagen kann. Denn du kannst einen Menschen nicht verletzen, wenn du ihm egal bist. Und wenn du ihm wichtig bist, *solltest* du ihn nicht verletzen. »Es tut mir einfach so unglaublich leid.«

»Ich weiß.«

»Und ich habe nicht nur so getan, als würde ich dich mögen.«

»Das weiß ich auch.« Er schluckt laut und trocken. »Schließlich hast du einen furchtbaren Geschmack.«

»Hey, das stimmt nicht.«

»Ich kenne deinen Kater.«

»Du liebst meinen Kater.«

Jonathan räuspert sich. »Ja, das tue ich. Und das ist einer der Gründe, aus denen ich hergekommen bin … Na ja, ich hätte deinen Kater gern wieder in meinem Leben. Weil ich deinem Kater nie das Gefühl geben wollte, dass er gehen muss.«

Das ist wieder einer dieser Momente, in denen Jonathan dem, was er eigentlich sagen will, so nahe kommt, wie es ihm möglich ist. Und das ist in Ordnung für mich. »Der Kater war einfach echt am Boden, weil er dich enttäuscht hat«, sage ich. »Und er wird dir in Zukunft mehr vertrauen.«

»Ich verstehe aber wirklich, warum er …« Jonathan blinzelt, als würde ihm gerade erst klar werden, was wir da für ein Gespräch führen. »Das ist albern. Ich meine, warum *du* das getan hast. Und obwohl es mich nicht gerade … freut, will ich dich deswegen auch nicht verlieren.«

Die Tatsache, dass er am Morgen des ersten Weihnachtsfeiertags sechs Stunden hergefahren ist, hätte mir wahrscheinlich schon früher verraten müssen, dass er gewillt ist, mir eine zweite Chance zu geben. Aber es nun aus seinem Mund zu hören – vor allem, weil ich doch die ganze Zeit über dachte, es wäre vorbei – macht mich fertig. »Ernsthaft?«

»Ja, Sam, ernsthaft. Und es ist sehr kalt, und ich bin recht nervös, und ich habe dich mehr vermisst, als es nach siebenunddreißig Stunden angemessen wäre, also würde ich mich freuen, wenn du mir eine Antwort geben könntest.«

Natürlich ist meine Antwort Ja, aber meine Gedanken sind total durcheinander, und ich habe Angst, das Wort auszusprechen, für den Fall, dass es zerbricht. Also küsse ich ihn stattdessen. Und er legt augenblicklich beide Arme um mich, und es schneit, und es ist Weihnachten, und wir stehen auf einem verdammten Friedhof, und meine Jacke hängt von meinen Schultern, und meine Finger sind halb erfroren und … als wir uns voneinander lösen, fällt mir auf, dass ich weine. Also, so richtig.

»Sorry«, sage ich, was äußerst unverständlich und sehr würdelos klingt. »Ich bin bloß ein bisschen … Es ist alles etwas viel.«

»Ich hätte wohl warten sollen, bis du …« Jonathan wischt ein winziges bisschen von der Tränenflut von meinen Wangen. Ich frage mich, ob es mich jemals nicht überraschen wird, wie sanft er sein kann. »Bis du nicht mehr auf einem Friedhof stehst?«

Ich schüttele den Kopf. »Nein. Ich … ich bin froh, dass du hier bist.« Und weil es immer seltsam sein wird, deinen Freund deiner toten Familie vorzustellen, nehme ich seine Hand und führe ihn zu den Gräbern. »Das ist … ich meine … einer der Gründe, warum ich … Ich weiß, dass ich dir die Wahrheit hätte sagen sollen, aber es ging nicht nur um den Job. Sondern auch um … das hier. Als du mich gefragt hast, wen ich in meinem Leben habe, wo meine Familie ist und all das, da war es einfacher zu antworten, dass ich mich nicht erinnern kann. Denn dann musste ich es auch nicht.«

Er sagt nichts. Nickt bloß. Seine Hand fühlt sich in meiner

wie ein kleiner warmer Ball an, während die Welt um uns herum eiskalt ist.

»Autounfall«, erkläre ich. »Vor ein paar Jahren.«

Wir stehen nebeneinander vor ihnen und sehen dabei zu, wie sich der Schnee auf den Grabsteinen sammelt. »Möchtest du mir von ihnen erzählen?«, fragt er.

Und es stellt sich heraus, dass ich das endlich tun will.

EPILOG

Es ist wieder Weihnachten.

»Warum hast du den Rosenkohl nicht kreuzweise eingeschnitten?«, fragt Nanny Barb.

»Weil man das nicht muss«, erwidert Jonathan. »BJ, bitte unterstütz mich wenigstens ein Mal in deinem Leben. Rosenkohl muss vor dem Kochen nicht eingeschnitten werden.«

»Es widert mich an«, sagt BJ, »aber er hat recht.«

Das letzte Jahr war okay. Wir brauchten etwas Zeit, um uns von der Fake-Gedächtnisverlust-Sache zu erholen –

»Wer hat die Bratensoße aufgegessen?« Granddad Del starrt mit für die Situation unangebrachter Empörung in die leere Soßenschüssel. »Ich habe nichts abbekommen.«

»Doch, hast du.« Mit ihrer Gabel deutet Auntie Jack auf seinen Teller. »Da sehe ich es doch. Die Kartoffeln haben bloß viel davon aufgesaugt.«

–, aber wir haben es geschafft. Und inzwischen können wir darüber lachen. So wie wir über das eine Mal lachen, als Jonathan ein paar Wochen vor Weihnachten gedroht hat, mich und mein ganzes Team zu feuern. Ich glaube, es hilft, dass wir beide ziemlich schlechte Menschen sind.

Ralph, der auf der anderen Tischseite sitzt, liest einen Witz aus einem Weihnachtscracker vor. »Wie heißt die Frau vom Weihnachtsmann?«

»M–«, will Barbara Jane antworten, doch Nana Pauline hebt mahnend einen Finger.

»Hier wird nicht geraten. Barb, sag ihr, dass nicht geraten werden darf.«

»Es wird nicht geraten«, stimmt Nanny Barb zu. »Ich weiß nicht, was mit den jungen Leuten von heute nicht stimmt.«

»Glauben, sie wüssten alles.« Nana Pauline wendet sich an Ralph. »Oder nicht? Sie glauben, sie wüssten alles.«

»So ist es«, antwortet Ralph im Chor mit allen anderen Personen am Tisch, die über sechzig sind.

Barbara Jane verdreht die Augen. »Ich denke nicht, dass ich alles weiß. Ich bin mir aber sicher, dass ich die Pointe eines uralten Weihnachtscrackerwitzes kenne.«

Seit ich mit Jonathan zusammen bin, habe ich mich an diese Dynamik gewöhnt. Ich bin nach wie vor nicht ganz ein Teil davon, nicht so wie die anderen, aber einige von ihnen haben nun einmal einen fünfzigjährigen Vorsprung, und ich komme dem schon recht nahe.

»Lass es ihn einfach vorlesen«, sagt Auntie Jack. »Das geht am Ende schneller.«

Ich habe es so im Gefühl, dass es nicht schneller gehen wird.

»Mary«, sagt Ralph.

»Das ist alles?«, frage ich.

Er schielt auf das Stück Papier, das er zwischen Daumen und Zeigefinger hält. »Ja.«

»Bist du dir *ganz* sicher?« Ich tue mein Bestes, ihn sanft darauf zu stoßen, ohne zu besserwisserisch zu klingen.

Nanny Barb schüttelt den Kopf. »Heutzutage sind die Witze wirklich merkwürdig geworden.«

»Ist es …« Anthea, die am anderen Tischende sitzt, hebt eine Hand. »Ist es vielleicht *Mary Christmas?*« Ich kenne sie zwar erst seit einem Jahr, aber es ist unglaublich, wie sehr sie sich zwischen ihrem sechzehnten und siebzehnten Lebensjahr verändert hat. Sie ist nicht besonders viel gewachsen, hat sich aber das Haar kurz schneiden lassen und steht jetzt total auf Nagelkunst und Psychedelic-Rock aus den Siebzigern.

Ralph blickt wieder nach unten. »Oh, Moment mal, ich habe einen Teil mit dem Daumen verdeckt.« Er bewegt den Finger. »Ja, du hast recht.«

»Tja, ich verstehe den Witz immer noch nicht«, grummelt Nanny Barb.

»Was verstehst du daran nicht?«, frage ich. »Ihr Name ist *Mary Christmas.*«

»Ist das wegen der Bibel?«, fragt Les in die Runde. »Wegen Maria, der Mutter von Jesus?«

»Nein«, versuche ich es weiter. »Weil *Mary Christmas* wie *Merry Christmas* klingt.«

Les sieht nachdenklich aus, was ehrlich gesagt sein normaler Gesichtsausdruck ist. »Nicht wirklich, oder?«

»Ich muss zugeben«, gebe ich zu, »dass es mit meinem Akzent nicht so gut funktioniert. Dafür müsstest du das *e* in *Merry* richtig langziehen. Weißt du, so: *Meeeery Christmas.*«

»Wenn Quincey diesen Witz erzählt hat«, wirft Barbara Jane ein – Quincey ist ihr Ex, ein Öltyp aus Texas –, »hat die Pointe immer perfekt funktioniert. *Wie heißt die Frau vom Weihnachtsmann?*«, fragt sie in einem nicht allzu schlechten texanischen Akzent. »*Mary Christmas.*«

»Na großartig«, sagt Nana Pauline an alle gewandt. »Sie lassen uns für Witze bezahlen, die nur mit einem fremden Akzent funktionieren.«

Jonathan erhebt sich. »Ich hole Granddad mal mehr Bratensoße. Braucht noch jemand etwas aus der Küche?«

»Ich helfe dir beim Tragen.« Ich glaube zwar nicht, dass er Hilfe braucht, aber es wäre schön, einen Moment allein zu haben, auch wenn wir uns nur sechs Fuß von seiner Familie entfernt befinden. Als wir die Küche betreten und Jonathans Hand auf meinem unteren Rücken liegt, als würde sie dort leben, klingelt mein Arbeitshandy. »Fuck«, sage ich. »Sorry, ich sage ihnen, sie sollen mich in Ruhe lassen.«

»Ist schon in Ordnung.« Jonathan grinst mich an. »Eine *Bisto*-Soßenschale kann ich auch allein tragen.«

»Hallo.« Ich melde mich mit meinem besten professionellen Tonfall. »*Becker-und-Sohn*-Klempnerservice hier.« Normalerweise würde ich an Weihnachten keine Anrufe entgegennehmen, aber da ich nun einmal ein neues Unternehmen in einer neuen Stadt führe, muss ich mir erst einen guten Ruf aufbauen.

Jonathan bringt die Bratensoße zum Tisch, während ich dem Anrufer erkläre, dass es sich hoffentlich verdammt noch mal um einen Notfall handelt (nur netter ausgedrückt), weil ich gerade beim verdammten Weihnachtsessen bin (nur netter ausgedrückt), und dass ich, sollte sich herausstellen, dass es bloß um einen tropfenden Wasserhahn geht, allen anderen Handwerksleuten in Croydon sagen werde, dass er die Mühe nicht wert ist (nur netter ausgedrückt).

»Es tut mir leid«, sage ich dann zur ganzen Familie. »Ein Mann hat kein Wasser mehr, und die ganze Familie ist zu Besuch, und, tja, sie müssen die Klos benutzen können. Es ist bloß drüben in *Sandrock Place*, also wird es hoffentlich schnell gehen.«

Jonathan küsst mich zum Abschied und sagt mir, dass ich schnell zurückkommen soll, und ich sage ihm, dass ich schnell zurückkommen werde, und bitte die Familie, sich gut um ihn zu kümmern, während ich weg bin. Das ist so ein kleines Ritual, das wir alle sehr mögen.

»Ich habe mich sein ganzes Leben um ihn gekümmert«, sagt

Wendy, »da schaffe ich es auch noch eine Stunde länger. Pass auf dich auf und zieh dich warm an.«

Als ich nach meiner Jacke greife, ertönt ein Scheppern, und ich drehe mich um. Gollum sitzt auf dem Boden, neben den Überbleibseln der gerade frisch aufgefüllten Soßenschale.

»Ist in Ordnung«, sagt Ralph. »Wenn ihr einen neuen Teppich braucht: Ich habe noch Kontakte.«

Und es ist wirklich in Ordnung. Ich gehe zu meinem Van, und obwohl ich heute Abend lieber nicht noch mal zur Arbeit fahren würde, macht es mir nichts aus. Denn ich weiß, dass alle auf mich warten werden, wenn ich nach Hause komme.

Der Kater. Die Familie.

Und Jonathan Fucking Forest.